Diana Stainforth

SCHAU NIEMALS ZURÜCK

Roman

Deutsch von
Uta Rupprecht

Rowohlt Taschenbuch Verlag

Die Originalausgabe erschien 1994 unter dem Titel
«Don't Look Back» bei Century, London

Neuausgabe September 2004

Veröffentlicht im Rowohlt Taschenbuch Verlag,
Reinbek bei Hamburg, April 1998

Umschlaggestaltung any.way, Ulrike Kuhr
(Foto: Corbis)
Gesamtherstellung Clausen & Bosse, Leck
Printed in Germany
ISBN 3 499 23707 5

DIANA STAINFORTH · SCHAU NIEMALS ZURÜCK

Danksagungen

Viele Menschen haben ihre Zeit geopfert, um mir bei den Recherchen für dieses Buch behilflich zu sein. Ihr Fachwissen und ihre Erfahrungen machen meine Geschichte glaubwürdig, und ich bin ihnen sehr dankbar.

Besonderen Dank schulde ich John Page und Julia Schulze bei Lloyd's und Peter Clark von C. Claims, die mir Einblick in das Schiffsversicherungswesen gaben.

Ich danke John Pennefather, David Stancomb, Bill Dineen von Southern Motorboats und Peter Raymond, die mich von ihrem Wissen und ihrer Liebe zu Booten und zum Segeln profitieren ließen.

Dankbar bin ich auch Constable Ian Hill, Nachrichtenoffizier der Marine, für Informationen über Kriminalität im Bereich der Seefahrt.

Mein Dank gilt zudem Hilary Peake, die mich durch Melbourne geführt hat, Mark Schubin und Karen McLaughlin, meinen Fremdenführern auf Rhode Island, Sue Brown für ihre Führung über die Isle of Wight, Moyra McGhie für ihre Einblicke in das Immobiliengeschäft, Tanja Klijn, der Pressereferentin des Rotterdam Hilton, und Raymond Levine für seine Gastfreundschaft in «Belworth».

Außerdem danke ich Judith Baldwin für ihr gutgelauntes Tippen.

Schließlich möchte ich mich noch bei meiner Agentin Gill Coleridge bedanken, für ihre ausdauernde Unterstützung und Ermutigung – und für ihr Segel-Fachwissen.

Diana Stainforth
London
4. Januar 1994

Kapitel 1

London – Juni 1988

Bis zu dem Tag, an dem sie das Haus am Ladbroke Hill kauften, befürchtete Anna, Charlie könne einen Rückzieher machen. Noch heute morgen, im Taxi auf dem Weg zum Notar, hatte er plötzlich von Melbourne zu reden begonnen. Dabei schwang jener heimwehkranke Tonfall mit, den sie insgeheim immer als Warnung verstand: Wenn er wolle, könne er jederzeit und ohne weiteres nach Australien zurückgehen.

Anna stand auf der gegenüberliegenden Seite des Platzes und sah hinüber auf ihr neues Haus: ihr erstes gemeinsames Zuhause. Sie wünschte sich, Charlie wäre mitgekommen, aber er hatte es eilig gehabt, ins Büro zu fahren. Jetzt dürften sie keine Zeit mehr verschwenden, hatte er gesagt, vor allem, nachdem sie nun einen so hohen Hypothekenkredit abzahlen mußten. Er fand sie sentimental; erst gestern hätten sie das Haus zuletzt gesehen, heute abend würden sie es noch einmal besichtigen und am Wochenende auch. Aber Anna hatte den Wunsch verspürt, es heute vormittag zu besuchen, denn jetzt gehörte es ihnen.

Ladbroke Hill war eine Oase der Ruhe, die einige Minuten zu Fuß von dem breiten, geschäftigen Strom der Ladbroke Grove entfernt lag. In der Mitte des fast dreieckigen Platzes, der von fünfzehn Häusern umrahmt wurde, befand sich ein kleiner Park mit zwei cremefarben blühenden Kastanienbäumen und einer hölzernen

Bank. Sämtliche umstehenden Häuser waren paarweise aneinandergebaut, nur ihres ragte allein über den bunt gestrichenen Hausreihen auf, die sich in Richtung Portobello mit seinem lebhaften Straßenmarkt den Hügel hinunterzogen. Anna hatte sich auf den ersten Blick in das Haus verliebt. Es erinnerte sie an Cliff Cottage, und das auf und ab brandende Treiben der Leute auf dem Markt glich in gewisser Weise Ebbe und Flut am Strand der Belworth Cove. Aber nicht nur die nostalgische Sehnsucht nach dem einst geliebten Haus hatte sie magisch angezogen. Ladbroke Hill weckte Erinnerungen an eine Zeit, als sie sich glücklich und sicher fühlte – ehe alles aus der Bahn geraten war.

Die Sonne war bereits ziemlich heiß und brannte Anna auf die Kopfhaut an ihrem Scheitel. Dick, weich und glatt wie ein Vorhang hing ihr das Haar auf die Schultern, von den Locken, die sie heute morgen eingedreht hatte, war keine Spur mehr zu sehen. Anna schob sich die Haare hinter die Ohren und überquerte die Straße.

Selbst an diesem strahlenden Junimorgen hatte das Haus etwas bezaubernd Geheimnisvolles. Im vorigen Jahrhundert war es neben der Pferderennbahn am Rand von Notting Barn und Portobello Farms erbaut worden. Vor den Blicken der Vorübergehenden schützte es eine hohe, mit Efeu überwachsene Mauer, und diese wurde von einer alten Eibe beschattet, deren oberster Ast letzten Herbst dem Sturm zum Opfer gefallen war. Das Haus war zwar dringend renovierungsbedürftig, dennoch strahlte es mit seiner geschwungenen Treppe, die zu dem großen, mit Bögen und Säulen versehenen Vorbau hinaufführte, und den trotz der gesprungenen Scheiben elegant wirkenden hohen Fenstern mit fächerförmigen Oberlichten eine klassische Schönheit aus.

Anna stöckelte die halbmondförmige Auffahrt hinauf und stolperte dabei über die Efeuranken, die den Kiesweg überwucherten. An der Treppe blieb sie stehen, um sich die Erde von den hohen Schuhen zu wischen. Dabei verlor sie das Gleichgewicht und streifte mit dem Ärmel ihres teuren weißen Leinenkostüms die schmutzige Mauer. Charlie hatte recht gehabt. Es war albern von ihr gewesen herzukommen.

Aber nachdem sie nun schon einmal da war, konnte sie nicht gehen, ohne das Haus wenigstens betreten zu haben. Ihr Schlüssel knirschte im Schloß, und sie mußte die Tür mit der Schulter aufstemmen. In den Räumen befanden sich weder Teppiche noch Möbel. Nur ein Haufen Reklamesendungen lag auf den rohen Holzbrettern des Dielenfußbodens, und in der warmen, abgestandenen Luft tanzten Staubkörnchen. Doch selbst in diesem heruntergekommenen Zustand fand Anna das Haus schön.

Die Räume auf beiden Seiten des Hauses waren identisch. In der Mitte schwang sich eine freitragende Wendeltreppe hinauf bis ins Speichergeschoß, und jede Tür, jeder Fensterstock war von feinen Stukkaturen umgeben. In ihrer Vorstellung sah sie das Haus frischgestrichen und vollständig eingerichtet vor sich und sich selbst, wie sie in einem tief dekolletierten Abendkleid die Treppe herunterschwebte, während Charlie, im Abendanzug, in der Diele auf und ab marschierte und auf seine Armbanduhr klopfte, weil sie ihn hatte warten lassen.

Anna machte die Tür zu ihrer Rechten auf, die in das ehemalige Arbeitszimmer führte, durch dessen holzgetäfelte Doppeltür man ins Eßzimmer gelangte. Von dort aus öffneten sich Terrassentüren auf einen schmiedeeisernen Balkon über dem dschungelartig zugewachsenen Garten, in dem Geißblatt und Efeu um Sonnenlicht kämpften. Hinter dem Eßzimmer, über den Stufen zum Garten, befand sich ein hübsches Morgenzimmer mit rundem Grundriß – oder, genauer gesagt, hatte sich befunden, bis Miss Elismore, die von Arthritis geplagte alte Dame, der das Haus während der letzten dreißig Jahre gehört hatte, es in ein Badezimmer und eine Küche aufteilen ließ, weil sie gezwungen war, die beiden oberen Stockwerke zu vermieten.

Anna konnte es kaum erwarten, bis das Haus wieder im alten Glanz erstrahlte. Xavier Benites-Macdonald, ihr Architekt, hatte ihnen gesagt, hunderttausend Pfund müßten sie schon hineinstekken, aber dann hätten sie ein Haus, auf das sie stolz sein könnten. Anna war bereits jetzt stolz darauf.

Als sie die Balkontüren aufmachte, hörte sie aus dem Kellergeschoß Glenn Millers *Chattanooga Choo-Choo*. Sie kannte die Melodie gut, es war eines der Lieblingsstücke ihrer Großmutter. Anna trat an die Brüstung und spähte nach unten, direkt in die kleinen, feindseligen Augen von Mr. Shufflebuck, ihrem Mieter. Ausgestreckt lag er auf einem grün-weiß gestreiften Liegestuhl und sah mit seinem schmalen, in weißen Flanell gehüllten Körper ganz so aus, als posiere er für das Reklamefoto einer Kreuzfahrt. Auf einem Stuhl neben ihm befand sich eine große orangerote Katze.

«Vermutlich werden Sie mir nicht mehr erlauben, im Garten zu sitzen, wie das Miss Elismore getan hat», sagte er und schürzte die Lippen wie ein zorniger, alter Kobold.

Trotz seiner Unfreundlichkeit empfand Anna Mitleid mit ihm. «Wir müssen an dem Haus einiges reparieren lassen und werden erst in einigen Monaten einziehen, daher können Sie den Garten vorläufig gern weiter benutzen», antwortete sie höflich.

«Es ist einfach ungerecht.» Er setzte sich auf. «Miss Elismore hat ihrem Neffen gesagt, ich könne für den Rest meines Lebens ungestört hier wohnen. Das hat sie nicht in ihr Testament geschrieben, weil sie ihm vertraut hat.» Er stand auf und verschwand im Keller.

Anna seufzte. Charlie hatte recht; je eher sie Mr. Shufflebuck mit einer Abfindung kündigten, desto besser, selbst wenn es bedeutete, daß sie ihren Kredit erhöhen mußten.

Sie holte den Kompaktpuder aus der Handtasche und überprüfte ihr Make-up. Ihr Gesicht wurde von manchen Leuten herzförmig und von anderen kantig genannt. Heute wirkte es herzförmig, weil sie glücklich war. Sie hielt den Spiegel näher, um ein Staubkörnchen von einer ihrer langen Wimpern zu pflücken. Dann erneuerte sie ihre Wimperntusche, die eine Spur Türkis enthielt, um die Farbe ihrer Augen zu betonen. Ihre Augen waren das Schönste an ihr –

zumindest behauptete das Charlie. Es war das erste Kompliment gewesen, das er ihr gemacht hatte. An seinem ersten Tag bei Marinecover war er in ihr Büro gekommen und hatte in seinem gedehnten australischen Akzent gesagt, ihre Augen weckten in ihm das Heimweh nach dem Meer vor Wilson's Promontory.

Plötzlich merkte Anna, wie spät es war. Statt der geplanten fünf Minuten hatte sie eine volle Stunde im Haus verbracht. Eilig ging sie hinaus, schloß ab und lief die Treppe zur Auffahrt hinunter. Dabei spürte sie, daß Mr. Shufflebuck sie durch seine Stores beobachtete.

«Sie können mich nicht zwingen auszuziehen!» schrie er durch seine offenstehende Wohnungstür. «Ich kenne meine Rechte.»

Sie blieb stehen und trat auf ihn zu. «Es tut mir leid, daß Sie Unannehmlichkeiten haben, aber wenn wir das Haus nicht gekauft hätten, hätte es jemand anders getan.»

«Das ist nicht bloß ein Haus, es ist mein Zuhause.» Er hielt sich die Hände vors Gesicht, damit sie seine Tränen nicht sah.

Seine Verzweiflung erinnerte Anna wieder an Cliff Cottage, an den Tag, als die neuen Besitzer einzogen. Sie hätte ihm gern erklärt, wie gut sie ihn verstehen konnte. Auch sie hatte einmal weinend dagestanden und gesagt: «Das ist mein Zuhause.» Doch ehe ihr etwas Passendes einfiel, verschwand er in seiner Wohnung und zog die Tür hinter sich zu.

Seufzend drehte sie sich um und ging über den Kiesweg davon.

Kapitel 2

Als Anna aus dem Taxi stieg und das Marinecover-Gebäude mit seiner glänzenden Fassade aus Glas und Chrom betrat, hatte sie Mr. Shufflebuck längst in eine der hintersten Ecken ihres Gehirns geschoben. Statt dessen dachte sie an die Arbeit, die sich in ihrem Eingangskorb häufte.

«Ihren Ausweis muß ich ja nicht überprüfen, Miss Tobias», sagte Mr. Hawthorn, der uniformierte Pförtner.

«Das glaube ich auch nicht, schließlich werden es nächste Woche sieben Jahre, die ich hier arbeite.» Sie lächelte ihm zu, während sie zum Lift ging.

Der Aufzug brachte sie in den zehnten Stock. Dort trat sie hinaus in den Empfangsbereich, der in gedecktem Marineblau gehalten war. Gordon Routlish, der geschäftsführende Direktor der gesamten Marinecover-Versicherungsgruppe und Annas direkter Vorgesetzter, war der Meinung, für das Büro einer Schiffsversicherung komme nichts anderes als Blau in Frage, damit die Angestellten immer daran erinnert wurden, daß sie es mit dem Meer, dem unkontrollierbarsten aller Risiken, zu tun hatten.

Judy, die zierliche Empfangsdame mit den kastanienbraunen Haaren, saß an ihrem ovalen Schreibtisch und war gleichzeitig damit beschäftigt, den Lieferschein für ein Paket zu unterschreiben, Informationen an ihrem Computer aufzurufen und eine telefonische Anfrage zu beantworten.

«Anrufe für Sie!» rief sie Anna zu, als sie das Telefongespräch beendet hatte, und deutete auf eine der Klemmtafeln, die auf der Vorderseite des Schreibtischs lagen.

«Hat denn Elaine meine Gespräche nicht angenommen?»

Judy verdrehte die großen braunen Augen.

«Sie wollen doch nicht sagen, daß sie wieder zu spät gekommen ist?»

«Um elf.»

Das Telefon klingelte. Judy antwortete mit: «Marinecover, guten Morgen. Könnten Sie bitte einen Augenblick warten?» Dann hielt sie die Sprechmuschel zu und sagte zu Anna: «Sie nimmt sich ganz schön was heraus. Sie wußte, daß Sie später kommen, weil Sie mit Ihrem neuen Haus beschäftigt sind.»

Anna seufzte. «Danke für die Vorwarnung. Ich bringe nicht gerne jemanden um seinen Job, aber wenn Delia aus dem Urlaub zurück ist, muß ich mit ihr darüber reden.»

Anna überflog die Zettel mit ihren Anrufen, während sie durch das zentrale Großraumbüro ging, wo die Sekretärinnen, Schreibkräfte und Sachbearbeiter unter dem kalten Schein von Neonröhren vor ihren Computern saßen. Der Raum hallte wider von menschlichen Bewegungen, Stimmen, klingelnden Telefonen und Quoten. Anna liebte diesen Lärm.

Marinecover war eine mittelgroße Maklerfirma, die aus vier Abteilungen bestand: Kasko, Güterversicherung, Haftpflicht und Jachten. Die Aufgabe eines Maklers war es, die Bitte eines Klienten um ein Versicherungsangebot anzunehmen und einen Underwriter – oder mehrere – zu finden, der bereit war, das Risiko zu tragen. Der Makler bildete dabei das Bindeglied zwischen dem Klienten und dem Underwriter. Er oder sie vertrat den Klienten als Agent und zog von dessen Prämie eine Provision ab, ehe er das Geld an den Underwriter, der das Risiko übernommen hatte, weiterreichte. Je höher die Prämie war, desto mehr verdiente der Makler. Gleichzeitig mußte der Makler aber versuchen, die besten Bedingungen herauszuholen – sonst wechselte der Kunde zu einem anderen Makler.

Die größte Abteilung bei Marinecover war die Kaskoversicherung. Der zuständige Abteilungsleiter Harold, ein begeisterter Bergsteiger, hatte ein Team aus zehn Maklern unter sich, die jeweils von einem Assistenten und einer Sekretärin unterstützt wurden. Dazu gab es noch mehrere Sachbearbeiter. Hier herrschten harte Bedingungen. Klienten waren die großen Schiffahrtsgesellschaften, und man mußte sich gegen so große Maklerfirmen wie Merchant & Leisure durchsetzen.

Als Assistentin hatte Anna in jeder der Abteilungen gearbeitet. Am langweiligsten fand sie die Güterversicherung. An einer fehlenden Ladung Kaffeebohnen war nichts Aufregendes, aber eine Jacht, selbst wenn sie nur klein war, strahlte doch eine gewisse Romantik aus. Jachten sprachen die Seglerin in ihr an, und sie war begeistert gewesen, als Gordon sie zur Leiterin dieser Abteilung machte. Sie führte sie mit Hilfe eines Assistenten, einer Sekretärin, zwei Sachbearbeitern und sechzehn Versicherungsagenten, die an verschiedenen Orten Großbritanniens und am Mittelmeer saßen. Es störte sie weder, daß es die kleinste Abteilung war, noch, daß man in vielen Maklerfirmen Jachtversicherungen für einen unwesentlichen Bereich hielt, ein Abstellgleis für altgediente Angestellte, die es nie ganz bis nach oben geschafft hatten. Die Abteilung war Annas Kind, und seit sie die Leitung innehatte und ihr Komplettangebot für Jachten, das sie Jachtcover genannt hatte, vertrieb, hatte sich der Umsatz verdoppelt.

In einer abgelegenen Ecke des Großraumbüros saß ihr Assistent Chris an seinem Schreibtisch und sprach rasend schnell in den Telefonhörer. Er war ein blonder pausbäckiger Junge aus dem Londoner East End mit Chorknabenlöckchen, einem Engelslächeln und einer unersättlichen Gier nach Geld. «Neuer Kunde», bedeutete er Anna durch Mundbewegungen. «Jachtflotte auf einer griechischen Insel.»

Anna gab ihm mit erhobenen Daumen ein aufmunterndes Zeichen.

Hinter Chris saß Elaine, ihre Sekretärin, über ihre Tastatur gebeugt und starrte auf den flackernden Bildschirm, während sie in den Telefonhörer flüsterte. Sie war eine großgewachsene anmutige junge Frau mit dunkler, mahagonifarbener Haut. Ihre wirre schwarze Lockenpracht fiel ihr ins Gesicht, das eigentlich sehr hübsch war, jetzt aber müde und gereizt wirkte. Sie arbeitete noch nicht einmal einen Monat für Anna. Beim Bewerbungsgespräch hatte sie in einem hübschen roten Kostüm und mit geflochtenen und hochgesteckten Haaren lebhaft und ordentlich gewirkt. Heute trug sie ein hellblaues Baumwollkleid, das so zerknittert aussah, als habe sie darin geschlafen.

Als Elaine Anna kommen sah, sagte sie allzu deutlich in den Hörer hinein: «Ich muß jetzt weiterarbeiten. Danke, daß du angerufen hast.» Dann lächelte sie Anna schuldbewußt an. «Haben Sie das Haus bekommen?»

«Ja, danke.» Anna warf ihr einen wissenden Blick zu. Sie ging in ihr Büro, stellte ihre Tasche und die Aktenmappe auf den Schreibtisch und beschloß, sich später mit Elaine zu befassen.

Ihr Zimmer war klein – das waren sie alle –, aber es bot einen großartigen Ausblick über die Dächer auf das silbergraue, röhrenförmige neue Lloyd's-Gebäude. Allerdings fand Anna selten Zeit, aus dem Fenster zu sehen. Sie ordnete die Telefonzettel in der Reihenfolge ihrer Wichtigkeit auf dem Schreibtisch an und legte Vincent Ellerby-Creswell an die erste Stelle. Er war ein erfolgreicher Gebrauchtwagenhändler und einer ihrer besten Kunden. Ehe er ein Vermögen gemacht hatte, nach Ascot zog und seine dritte Frau Monique heiratete, war er einfach Vince Creswell aus Brixton gewesen. Ganz unten an den Stapel legte sie ihre ältere Schwester Rosamund. Es hatte keinen Sinn, jetzt bei Roz anzurufen, denn am Mittwoch spielte sie immer Tennis.

Doch ehe sie Vince anrief, ging Anna den Korridor entlang und durch die erste der vielen Türen, auf denen «Kaskoversicherung» stand.

Charlie lehnte in seinem Stuhl, hatte den Telefonhörer unter dem Kinn eingeklemmt und die langen Beine vor sich ausgestreckt. Eine Locke seiner goldblonden Haare fiel ihm in die sehr blauen Augen. Er lächelte sein gelassenes hübsches Lächeln und deckte die Sprechmuschel ab. «Steht das Haus noch?»

«Natürlich.» Sie lächelte zurück.

«Habe ich nicht gesagt, daß es Zeitverschwendung ist, heute morgen hinzugehen?»

«Ich wollte es sehen.» Anna setzte sich vor ihm auf die Tischkante und baumelte mit den Beinen, wobei sie ihren gerade geschnittenen weißen Rock über die Oberschenkel nach oben rutschen ließ. Sie sah Charlie gern zu, wenn er einen Abschluß aushandelte, weil sie es genoß, wie seine Augen blitzten, wenn er Konkurrenten aus dem Rennen schlug. Bei solchen Gelegenheiten gefiel ihr sogar seine Redeweise. Früher hatte sie den australischen Akzent gräßlich gefunden, aber wenn sie jetzt im Vorübergehen eine Stimme so sprechen hörte, dann drehte sie sich um und lauschte, wie jemand, der an einem offenen Fenster vorbeikommt und eine Melodie vernimmt, die Erinnerungen weckt, ob nun glückliche oder weniger glückliche.

Zum erstenmal seit Monaten hatte Anna keine Angst mehr, Charlie zu verlieren. Durch den gemeinsamen Hauskauf hatte er sich an sie gebunden, auch wenn er das selbst nicht so sehen wollte. Sie nahm eine Büroklammer, bog sie um ihren Ringfinger und schwenkte diesen «Verlobungsring» vor seinen Augen. Vor einigen Monaten hätte sie das noch nicht gewagt, aus Angst, ihn zu vertreiben. Er sah verblüfft aus und brach mitten im Satz ab. Sie hörte, wie der Mann am anderen Ende der Leitung schrie: «Charlie? Verdammt, wir sind unterbrochen worden.»

«Nein, sind wir nicht.» Charlie sprach weiter. «Was ich sagen will, Bill, die Prämien sind gestiegen. Da kann man nichts machen.»

Anna zog die Büroklammer ab und warf sie in den Papierkorb. Als sie die Beine von Charlies Schreibtisch schwang, packte er sie am Knöchel. Sie trat spielerisch nach ihm, aber er hielt sie fest, bis er das Telefongespräch beendet hatte. Dann küßte er sie sanft auf die Innenseite ihres Knies und ließ sie grinsend los. «Hast du den alten Knacker gesehen?»

«Ja. Er ist sehr verärgert, darum habe ich ihm gesagt, er könne den Garten benutzen, solange wir nicht dort wohnen.» Sie stand auf und öffnete die Tür. «Jetzt muß ich aber wieder an die Arbeit. Ich hab für heute abend einen Tisch im *L'Artiste Assoiffé* reserviert, zur Feier des Tages. Ich lade dich ein.»

Er strahlte. «Das ist toll.»

Anna wurde rot vor Freude. «Und wir haben deinen Lieblingstisch.»

«Noch besser.» Er bedeutete ihr, die Tür zu schließen und senkte die Stimme. «Aber ich kann erst um neun, weil ich mich nach der Arbeit mit einigen Typen von Merchant & Leisure treffe. Einer ihrer Spitzenmakler hatte einen Nervenzusammenbruch, und das könnte ein ausgezeichneter Einstieg für mich sein.»

Anna starrte ihn ungläubig an. «Aber ... Charlie ... wir haben gerade ein unwahrscheinlich teures Haus auf den günstigen Angestelltenkredit von Marinecover gekauft.»

«Merchant & Leisure bietet mir dasselbe.»

«Warum willst du dann wechseln?»

«Weil ich hier keine Aufstiegschancen mehr habe. Wenn Harold in den Ruhestand geht, dann wird Stuart Porterill, die gefürchtete, glubschäugige Kobra, Abteilungsleiter.»

«Was ist mit der Frachtabteilung?»

«Sei doch nicht so dämlich! Da sitzt schon Jeremy, und der ist erst knapp vierzig. Haftpflicht ist nicht meine Stärke, und Jachten hast du schon reserviert. Jeder weiß, daß du Gordons Liebling bist.» Er hob die Hände, um ihren Protest zu unterbinden. «Es stört mich ja nicht, Kleines, das weißt du doch, aber wenn ich weiterkommen will, muß ich wechseln. Du warst vor mir da.»

«Und bin ich nicht auch drei Jahre älter als du?»

«Komm her, meine ältere Geliebte.» Er lachte so unbeschwert wie immer und fuhr ihr mit den Händen durch das seidenweiche helle Haar, ohne zu merken, wie sehr er sie verletzt hatte, als er sie dämlich nannte. «Makler haben Mitte Dreißig ihre beste Zeit, das wissen wir alle, und mit fünfundvierzig sind sie ausgebrannt, müde, erschöpft – wenn sie nicht wirklich erstklassig sind. Ich will Abteilungsleiter werden, deshalb muß ich mich jetzt umsehen. Wenn mir Marinecover keine entsprechende Stelle bieten kann, gehe ich eben woanders hin.»

Sie widersprach ihm nicht, weil sie wußte, daß er recht hatte. «Marinecover war tagsüber unser Zuhause», sagte sie traurig. «Hier haben wir uns kennengelernt. Es wird anders werden, wenn wir nicht mehr zusammenarbeiten.»

Charlie kicherte. «Anna, du bist so sentimental. Wir wohnen doch zusammen und sehen uns jeden Abend.»

«Wahrscheinlich hast du recht.» Sie zwang sich zu einem Lächeln und gab ihm einen schnellen Kuß auf die Wange. Dann trat sie zurück, hob den Kopf und straffte die Schultern. «Wir sehen uns um neun. Laß mich nicht warten!»

Er warf ihr eine Kußhand zu. «Diesmal nicht, das verspreche ich!»

Nachdem Anna wieder in ihrem Büro war und die Tür hinter sich geschlossen hatte, blieb sie mitten im Zimmer stehen und atmete langsam und tief durch. Sie sagte sich, daß Charlie recht hatte, was seine Aufstiegschancen anging, aber sie konnte nicht verhindern, daß alte Kindheitsängste in ihr aufstiegen. Wie oft hatte ihre Mutter gesagt: «Ich weiß, daß du nicht gerne umziehst, Anna, aber wir müssen mitkommen. So ist die Arbeit deines Vaters eben, bei der Armee bleibt man nur zwei Jahre lang auf einem Posten.» Und so zogen sie immer wieder um, bis zu dem Tag, an dem er sie verließ, so gewaltsam, so plötzlich und ohne Vorwarnung.

Anna holte einen Spiegel aus ihrem Schreibtisch und kämmte sich das Haar aus dem Gesicht. Diese Frisur nannte Charlie «die Eiskönigin». Er hatte es lieber, wenn sie es, wie am Wochenende, offen ums Gesicht hängen ließ. Sie fragte sich, was er wohl sagen würde, wenn er wüßte, daß die hellsten Strähnen eingefärbt waren. Dann strich sie ihre Augenbrauen glatt und runzelte die Stirn angesichts der winzigen Sorgenfältchen zwischen den Augen, was diese nur noch deutlicher hervortreten ließ. Ihr kam es vor, als hätte sie diese Fältchen schon ihr Leben lang.

Wie gerne wäre sie so gewesen wie Charlie, der nur im Heute und Morgen lebte, sich nicht über jede Kleinigkeit aufregte und nicht ständig von seiner Vergangenheit in schon überwunden geglaubte Ängste zurückgetrieben wurde.

Erinnerungen an die unglaubliche Schönheit der Sommerabende in Belworth stiegen in ihr auf: Damals hatte sie immer eilig ihre Hausaufgaben hinter sich gebracht und war dann vom Cottage aus zum Tor am Ende der Straße gelaufen. Dort schwang sie sich auf dem obersten Balken hin und her, wartete und hoffte, daß ihr Vater früh genug heimkam, um mit der *Little Auk* auf das vom Sonnenuntergang gerötete Meer hinauszufahren in der Stille des goldenen Abends. Sie konnte noch heute das Plätschern der Wellen hören und seine Stimme, die ungewöhnlich hell war für so einen großen Mann.

«Annie, ich habe eine neue Idee, mit der wir ein Vermögen machen werden. Dann kündige ich bei der Armee, und wir kaufen das ganze Land rund um Cliff Cottage. Es ist zwar ein Geheimnis, aber dir erzähle ich es: Ich habe eine Eieruhr aus Plastik erfunden.»

«Aber Daddy, das gibt es doch schon. Die Schwester vom alten Mr. Holdsworthy hat eine aus Amerika mitgebracht.»

«Nicht so gut wie meine. Du wirst sehen, Annie, bald bist du die Tochter von Jeffrey Tobias, dem berühmten Erfinder.»

So segelten sie lachend und schwatzend dahin und waren fest davon überzeugt, daß seine Erfindung, anders als die anderen, sie diesmal endlich reich machen würde. An Land war Jeffrey Tobias stets ein freundlicher, höflicher Träumer gewesen, ein nie beförderter Major, der nur seinem Vater zuliebe in die Armee eingetreten war.

Aber auf dem Meer war er der Kapitän der *Little Auk*, ein Erfinder und Entdecker, Christoph Kolumbus und Galilei in einer Person.

Die Sprechanlage rief Anna wieder zurück in die Gegenwart. Es war Gordon, ihr Chef. «Kommen Sie doch auf ein paar Sandwiches und einen Kaffee in den Sitzungssaal», sagte er.

«Bin schon unterwegs.»

Der Sitzungssaal bei Marinecover galt als einer der eindrucksvollsten von allen Maklerfirmen. Außer zwei herrlichen Kristallkronleuchtern beherbergte er eine wertvolle Sammlung von maritimen Ölgemälden. Umgeben von seinen üblichen Papierbergen saß Gordon am hinteren Ende des ovalen Mahagoni-Tisches. Er war ein verbindlicher silberhaariger Mann, dessen Augenbrauen und Wimpern bei einem Schuljungenstreich im Chemielabor dauerhaft weggebrannt worden waren. Das ließ sein Gesicht seltsam leer wirken.

«Ich habe wieder ein Bild gekauft.» Er deutete auf ein Gemälde von zwei Teeklippern, die über die Atlantikwellen ritten.

Sie betrachtete es eine Weile. «Es gefällt mir.»

«Dachte ich mir. Haben Sie das Haus gekauft?» Gordon verschwendete ungern Worte, wenn er über etwas anderes als Marinecover sprach.

«Heute morgen.»

«Um es zu bezahlen, müssen Sie hart arbeiten.»

«Das tue ich immer.»

«Hoffentlich, bei dem enormen Gehalt, das wir Ihnen zahlen.»

Anna lächelte. «Gordon, ich verdiene es.»

Er grinste. «Sie waren in der Jachtabteilung sehr erfolgreich; die einzige Person außer mir selbst, der das je gelungen ist. Die Klienten mögen Sie, Anna. Sie verstehen etwas vom Segeln, und Sie sprechen ihre Sprache.» Er deutete auf ein Tablett mit Sandwiches und Kaffee. «Bedienen Sie sich. Und dann erzählen Sie mir doch einmal, wie Sie verhindern möchten, daß Barry Limehouse Ihnen die Klienten wegnimmt?» Barry Limehouse war der neue Jachtmakler bei Merchant & Leisure.

Es war typisch für Gordon, daß er ihr keine Zeit zum Nachdenken ließ. Einmal hatte er Charlie im Ausverkauf bei Harrods getroffen und ihn vor den heruntergesetzten Kaschmirpullovern über Kaskoprämien ausgefragt. «Ich sorge dafür, daß meine Klienten die besten Quoten bekommen, und außerdem werde ich die privaten Kontakte noch verbessern», antwortete sie in dem unbeschwerten und zuversichtlichen Tonfall, den Gordon von seinen Angestellten hören wollte. «Da kann Barry nicht mithalten. Er ist ein Gangster, und die meisten meiner Kunden würden ihn nicht einmal ins Haus lassen. ‹Der Gangster› ist sogar sein Spitzname.»

«Er wird versuchen, den alten Isaac Finestein zu überreden, ihm bindende Kraft zu geben. Die sollten eigentlich Sie haben.»

Anna legte ihr Sandwich beiseite. «Was das Geld seines Syndikats angeht, vertraut Isaac keinem Makler. Ich habe ihn gebeten, ob ich für kleine Beträge bis zu fünfzigtausend ohne Rücksprache mit ihm vorläufige Deckungszusagen unterschreiben darf, aber er hat es glatt abgelehnt.»

«Ich dachte, er mag Sie.»

«Das stimmt auch, und ich mag ihn ebenso. Ich kenne seine Familie, ich war schon bei ihm zum Abendessen eingeladen und auch zur Feier des einundzwanzigsten Geburtstags seiner Tochter. Aber das eine ist privat, Gordon, und das andere ist geschäftlich. Isaac ist der beste Jacht-Underwriter. Er hat es nicht nötig, Maklern bindende Kraft einzuräumen, und er will es auch nicht.»

«Wenn er Ihnen schon keine vorläufigen Deckungszusagen erlaubt, wird er sie auch Merchant & Leisure nicht geben.»

«Das würde ich ihm auch nicht raten.»

Gordon lächelte. «Ihnen ist doch klar, daß Barry Limehouse versuchen wird, Ihnen den Markt an der Costa del Sol streitig zu machen?»

«Diese Gauner kann er gerne haben.»

«Da haben Sie recht. Unehrliche Geschäfte sind nur Zeitverschwendung. Paul Sheldon hat gerade erst wieder eine Forderung zurückgewiesen. Der dämliche Klient hat sein Boot selbst versenkt, indem er von innen Löcher in den Schiffsrumpf gebohrt hat. Diesen Trick durchschaut selbst der dümmste Regulierungsbeauftragte – und Sheldon ist der beste.»

Anna spürte, wie sie rot wurde, und beugte sich vor, um in ihrem Kaffee zu rühren. «Ich persönlich finde Giles Humphreys besser.»

«Ich dachte, Sie wären mit Sheldon befreundet.»

«Ach … ich kenne ihn kaum.»

«Er ist sehr unterhaltsam und ein hervorragender Segler. Außerdem ist er bei Frauen beliebt, wie ich höre.»

«Er ist ein Prämienjäger. Das sind alle Regulierungsbeauftragten.»

«Aber Sheldon ist ein Prämienjäger mit Gewissen, das unterscheidet ihn von anderen.»

«Ach, hören Sie auf, Gordon. Diese Leute leben doch alle von Verbrechen und Katastrophen.»

«Er würde behaupten, daß wir Makler von der Angst der Leute vor Verbrechen und Katastrophen leben.»

Lachend stand sie auf. «Dann sollte ich besser zu meinen verängstigten Klienten zurückkehren, ehe der Gangster sie mir wegschnappt.»

Ein Gespräch mit Gordon gab Anna immer neuen Schwung und das Gefühl, ihr Handwerk zu beherrschen. Zu Marinecover war sie ursprünglich als Aushilfssekretärin für einen Monat gekommen, weil sich Miss Thin, Gordons ergebene Assistentin, den Arm gebrochen hatte. Einen Tag, bevor ihr Vertrag endete, rief Gordon sie in den Sitzungssaal und sagte: «Sie sind zwar nur eine mittelmäßige Schreibkraft, aber wir könnten eine gute Maklerin aus Ihnen machen. Bleiben Sie bei uns, dann bilden wir Sie aus.» Das war die Herausforderung, auf die Anna gewartet hatte.

Sie ging zurück in ihr Büro. Im Haus war es relativ ruhig, weil die meisten Angestellten beim Mittagessen waren. Nur Elaine tippte wie wild, mit gesenktem Kopf und vorgeschobenen Schultern. Sie blickte nicht auf, als Anna an ihr vorbei ins Büro ging. Anna machte die Tür hinter sich zu und begann, ihre Telefonzettel abzuarbeiten. Viele der Leute, die sie anrief, darunter auch Vince Ellerby-Creswell, waren beim Mittagessen. Sie erreichte nicht einmal Roz, die vermutlich gerade ihre beiden Jüngsten, Oliver und Phoebe, von der Schule abholte. Es war frustrierend. Anna erledigte alles gern schnell, damit die Dinge abgehakt waren und nicht auf dem Schreibtisch unter dem Briefbeschwerer warteten.

Sie ging die Briefe durch, die sich in den letzten Tagen, in denen sie innerlich mit Ladbroke Hill beschäftigt gewesen war, angesammelt hatten. Darunter fanden sich ein optimistischer Bericht von ihrer Versicherungsagentin in Lymington, eine Anzahl von Anträgen auf Neuversicherung von alten Kunden, mehrere Bitten um weltweite Deckung anstatt der normalen, die nur für Großbritannien, Europa und das Mittelmeer galt, und eine Anfrage wegen einer transatlantischen Versicherung von einem wohlhabenden Ehepaar, das mit seiner sehr kostspieligen Jacht in die Karibik segeln wollte. Anna rief die jeweiligen Dateien auf, schaltete ihr Diktiergerät ein und diktierte die Antworten. Oft war nur die Bestätigung für eine kleine Änderung im Versicherungvertrag notwendig, aber Anna fügte stets noch eine persönliche Mitteilung an. Ihre Klienten schätzten das.

Ihr Telefon klingelte. Es war Vince. «Haben Sie mit Ihrem Geliebten aus dem Land der Antipoden das Haus gekauft?» tönte er lautstark.

«Heute morgen, danke der Nachfrage. Wie geht die Arbeit an der *Le Nouveau Monde* voran? Sie muß doch jetzt bald fertig zur Übernahme sein.»

«O ja, das ist sie auch, und sie ist die schönste Hochseejacht, die Sie je gesehen haben, Annie, das beste Boot, das ich bisher hatte. Und Sie sollen sie für mich versichern, weil Sie meine liebste Maklerin sind und außerdem die hübscheste.»

«Und Sie sind mein liebster Kunde, Vince.»

«Aber keineswegs der hübscheste!»

Sie lachten beide. Er war eineinhalb Meter groß, eineinhalb Meter breit und hatte ein Gesicht wie ein verschlagener Affe – von jener frechen Sorte, die sich vor den Augen von Nonnen und kleinen Mädchen immer mit ihren Genitalien beschäftigen.

«Ich erwarte einen guten Preis», sagte er.

«Habe ich Ihnen je etwas anderes geboten?» Anna griff nach ihrem Notizblock. «Wieviel ist sie denn wert?»

«Eineinhalb Millionen, mit der gesamten Ausrüstung.»

«Dann muß sie ja sagenhaft sein. Das ist doppelt soviel, wie Sie für Ihre letzte Jacht bezahlt haben. Haben Sie die Rechnungen?»

«Ich habe eine ganze Schublade voll, die meisten von der Firma Ribble in Hamble. Mein alter Freund Fred Ribble hat die Jacht aus den Vereinigten Staaten herübertransportiert, und die meisten Arbeiten wurden auf seiner Werft ausgeführt. Warten Sie, bis Sie den großen Salon sehen. Er ist in einem farblosen Seidenstoff ausgeschlagen, den meine Frau und dieser tuntige Pariser Innenarchitekt ‹*peau-de-pêche*› nennen.» Vince' Parodie eines lispelnden Innenarchitekten brachte Anna zum Lachen.

«Da es ein neues Schiff ist und Ribble es sicherlich entsprechend der Klassifikation ausgestattet hat, braucht der Underwriter kein Gutachten», sagte Anna. «Wollen Sie eine Deckung für Großbritannien, Europa und den Mittelmeerraum oder auch für Transatlantikfahrten?»

«Transatlantik mache ich später. Damit sie genug Treibstoff für eine Ozeanüberquerung transportieren kann, müßte sie umgebaut werden. Jetzt möchte ich mit meinem neuen Spielzeug erst ein bißchen spielen.»

Anna befragte ihn über die Besatzung, den Liegeplatz, die Sicherheitsvorkehrungen und den Feuerschutz. Als sie fertig war, sagte Vince: «Wir machen am Sonntag vor dem Bank Holiday eine Stapellauf-Party. Sie können Ihren Antipoden mitbringen, wenn Sie einem älteren Mann unbedingt das Herz brechen wollen.»

Anna hätte ihre Freizeit lieber in Ladbroke Hill verbracht, aber Vince war ihr bester Kunde. «Wir kommen sehr gern», antwortete sie. «Aber das Herz breche ich Ihnen bestimmt nicht, Vince. Sie sind doch Monique treu ergeben.»

Er lachte. «Dann bis zur Party. In der Zwischenzeit können Sie mir ein paar Zahlen faxen. Fred Ribble hat mir erzählt, daß auf den Flüssen viel gestohlen wird, sogar aus den Marinas, und ich will mit meinem Schiff kein Risiko eingehen.»

«Ich kümmere mich sofort darum.» Anna schrieb eine Liste mit den Angaben über das Schiff und brachte die Akte zu Elaine, damit diese das Formular tippen konnte.

Um die Wartezeit totzuschlagen, wählte Anna Roz' Telefonnummer. Wenn sie Glück hatte, erwischte sie Roz zwischen dem Abholen von Phoebe und Oliver und der Fahrt zu Lukes Geigenstunde. Oder hatte er heute Klavierstunde? In Roz' Familie schien sich alles um Lukes musikalisches Talent zu drehen, und Anna bedauerte die anderen Kinder ein bißchen, sogar Melissa, die wenig liebenswerte Älteste.

Roz' Telefon klingelte und klingelte. Anna stellte sich vor, wie das Klingeln in dem weitläufigen, mit Steinboden ausgelegten Marschland-Bauernhaus widerhallte. Sie sah Roz vor sich, wie sie in der Küche mit den dicken Deckenbalken ärgerlich die Lippen schürzte, sich dann eilig die Hände abtrocknete und ans Telefon rannte. Während das Telefon immer noch klingelte, stellte sie sich vor, wie das Geräusch durch die offenen Fenster tönte, hinaus in den Rosengarten und über die Gemüsebeete bis zu den Feldern mit den Reihen von Kohl und roten Rüben, die das Land ihres Schwagers überzogen. Sie sah Roz, wie sie sich vom Unkrautjäten aufrichtete, einen tiefen Seufzer ausstieß und eilig über die Wiese lief, wobei sie sich die Erde von den Händen rieb. Selbst im Garten konnte Roz das Telefon jederzeit hören, weil keines der Fenster von Lower Gossip Fen anständig schloß. Aus diesem Grund weigerte sich Charlie, zu einer anderen Jahreszeit als im Sommer dort länger zu

Besuch zu bleiben. Als sie zum erstenmal gemeinsam bei Roz waren, hatten sie beim Aufwachen Eisblumen an den Fenstern ihres Schlafzimmers gefunden.

Roz ging nicht ans Telefon, und Anna gab auf. Sie beschloß, Roz zu Weihnachten einen Anrufbeantworter zu kaufen.

Anna griff nach ihrer Aktentasche und verließ ihr Büro. «Ist das Formular fertig?» fragte sie Elaine.

Elaine nickte und reichte ihr die Mappe.

Anna las die Angaben durch. Wie immer hatte Elaine alles fehlerfrei getippt. «Das ist ausgezeichnet», sagte sie. «Auf dem Stuhl in meinem Büro liegen ein Band und ein paar Briefe. Bitte erledigen Sie das bis heute abend. Wenn jemand anruft, ich bin bei Lloyd's.»

«Es ... es tut mir leid, daß ich heute morgen zu spät gekommen bin.» Elaine schob nervös ihre Hände ineinander.

Anna sah sie an. «Das war das drittemal in dieser Woche.»

«Ich weiß, aber ... mein kleiner Sohn ist krank, daher kann ich ihn nicht zur Kinderfrau bringen, und ich mußte auf meine Mutter warten, damit sie auf ihn aufpaßt.»

«Ich wußte gar nicht, daß Sie ein Kind haben», sagte Anna überrascht.

Elaine sah verlegen aus. «Beim Bewerbungsgespräch hat Delia nur gefragt, ob ich verheiratet sei oder vorhabe zu heiraten. Sie hat nicht gefragt, ob ich bereits Kinder hätte.»

«Und Sie haben es ihr nicht gesagt?»

«Ich habe dringend eine Stelle gebraucht.» Elaine hob das Kinn und sah Anna offen ins Gesicht. «Daniels Vater zahlt mir nichts. Als ich mit der Arbeitssuche anfing, habe ich immer ehrlich von Danny erzählt, aber sobald die Arbeitgeber merkten, daß ich eine alleinstehende Mutter bin, lehnten sie mich ab. Deshalb blieb mir nichts anderes übrig, als meinen Sohn zu verschweigen.» Sie senkte den Blick und fügte leise hinzu: «Ich komme nicht noch einmal zu spät, das verspreche ich.»

«Das haben Sie gestern und letzten Freitag auch schon gesagt.

Und auch wenn Sie hier sind, hängen Sie den ganzen Tag am Telefon.»

«Er ist mein Kind. Er ist krank. Ich mache mir Sorgen.»

Anna atmete tief durch. «Es tut mir leid, aber ich kann die Abteilung nur führen, wenn jeder hier absolut zuverlässig ist. Am Montag kommt Delia zurück, und dann werde ich mit ihr sprechen.» Weil sie die Verzweiflung in Elaines Gesicht nicht ertragen konnte, sagte Anna rasch «Auf Wiedersehen» und ging mit eiligen Schritten durch das Gebäude zum Lift. Elaine war nicht ihr Problem. Elaines Kind ging sie nichts an. Sie drückte den Aufzugknopf und wartete. Über ihr leuchteten die Stockwerksnummern auf. Ein «Ping!» ertönte, und die Türen öffneten sich. Anna machte einen Schritt vorwärts, zögerte dann und ging zu Judys Tresen. Dort griff sie nach dem internen Telefon und tippte Elaines Nummer ein.

Elaine war am Apparat. «Büro von Miss Tobias.»

«Elaine, hier ist Anna. Sie haben noch eine Chance. Lassen Sie mich aber nicht im Stich.»

«Bestimmt nicht, das verspreche ich Ihnen.» Elaines Stimme stockte. «Oh, und vielen Dank.»

Als Anna den Hörer auflegte, schüttelte Judy den Kopf und sagte leise: «Mehr Herz als Verstand!»

Kapitel 3

Das Marinecover-Gebäude befand sich in einer schmalen Straße, nur wenige Minuten zu Fuß von Lloyd's entfernt. Kein Makler hatte sein Büro im Lloyd's-Gebäude, was Charlie ärgerlich fand, weil er sich gern im Zentrum des Geschehens aufhielt. Anna hingegen gefiel die Entfernung. Während sie durch den alten Leadenhall-Markt ging, wo unter verzierten viktorianischen Bögen die Verkäufer an den offenen Ständen ihre Waren ausriefen, fand sie oft die Lösung für ein Problem, über das sie schon länger nachgedacht hatte.

Außerdem mochte sie das neue Lloyd's-Gebäude nicht. Es war ihr zu grau, zu röhrenförmig und sah mit seinen Rohren, Leitungen und Aufzügen, die außen sichtbar verliefen, anstatt im Inneren versteckt zu sein, so aus, als habe man die Innenseite nach außen gekehrt. Charlie behauptete, sie möge es nur deshalb nicht, weil sie wie alle Briten noch im letzten Jahrhundert stecke und ein Gebäude erst dann schön finde, wenn es bereits auseinanderfällt.

Anna war unangenehm heiß, während sie eilig die Lime Street entlangging. Das Sonnenlicht wurde von den Glasfronten der modernen Gebäude reflektiert und warf dunkle, scharfumrissene Schatten über die schmale, kurvige Straße. In der Sommerluft hing schwer der Geruch nach Autoabgasen. Sehnsüchtig dachte Anna an den Garten von Ladbroke Hill, wo sie und Charlie inmitten von Jasmin und Geißblatt im Freien zu Abend essen und romantische Abende verbringen würden.

Sie war in Gedanken noch so mit Elaine beschäftigt, daß sie vor sich hinmurmelte. Vielleicht hätte sie dem Mädchen doch keine zweite Chance mehr geben sollen, vielleicht hatte sie wirklich mehr Herz als Verstand. Als ihr klar wurde, daß sie laut geredet hatte, wurde sie rot und überlegte, ob sie wohl allmählich durchdrehte. Es wäre nicht überraschend, wenn sie eines Tages zusammenbräche – sie kannte viele, denen das passiert war –, bei dem starken Arbeitsdruck, den Aufregungen um das Haus und ihrer Angst, Charlie könne sie verlassen und nach Melbourne zurückgehen. Manchmal fragte sie sich, ob sie sich wohl am meisten davor fürchtete, mit einem neuen Mann noch einmal von vorne anfangen zu müssen. Oder davor, daß sie keinen mehr fand und so wurde wie Sandra aus der Güterversicherungs-Abteilung, die so oft sitzengelassen worden war, daß sie die Hoffnung aufgegeben hatte und jetzt mit zwei Katzen in Ealing lebte.

Aber es war nicht nur Unsicherheit, was Anna an Charlie band. Sie liebte ihn, weil er Eigenschaften hatte, die ihr fehlten und die auch ihren Eltern gefehlt hatten. Er war auf offene Weise herzlich, selbstbewußt und stets gut gelaunt. Über Geld machte er sich keine Gedanken. Er analysierte weder die Vergangenheit noch die Zukunft und schlich nie zögernd um eine Gruppe von Leuten herum in der Angst, man könne ihn nicht mögen. Als er sie im letzten Winter mit seinem «Ich will frei sein»-Gerede so verletzt hatte, hoffte Anna heimlich, er würde krank werden. Dann hätte sie ihm zeigen können, wie sehr er sie brauchte. Sie hatte sogar ein Kochbuch mit speziellen Rezepten für Kranke gekauft, von dem sie allerdings vorgab, es sei ein Geschenk ihrer Großmutter.

Sie betrat Lloyd's durch den Eingang im Untergeschoß, zeigte dem Portier ihren Ausweis und ging zum Aufzug. Der Saal der Underwriter, der einfach als «The Room» bekannt war, lag im Erdgeschoß. Auf dem freien, mit Marmor ausgelegten Platz in der Mitte hing in einem großen Schiffsrumpf aus Holz die Lutine Bell. In alten Zeiten war die Glocke jedesmal geläutet worden, wenn ein

Schiff überfällig war. Gelegentlich erklang sie auch jetzt noch: zweimal für gute Nachrichten und einmal für schlechte.

In der Oase relativer Ruhe vor dem Schiffsrumpf trafen sich Underwriter und Makler, um zu plaudern oder Lloyd's Verzeichnis der Schiffsfahrten und die Nachrichten auf den Mitteilungsbrettern zu studieren. Annas Absätze klackten, als sie über den Marmorfußboden ging und dabei mehreren Gruppen von Leuten auswich. Es war die einzige Stelle im «Room», wo ihre hohen Schuhe zu hören waren, denn der restliche Saal war mit dämpfendem Teppichboden ausgelegt.

Edward Lloyds Kaffeehaus in der Tower Street war vor dreihundert Jahren ein Treffpunkt gewesen, wo die Besitzer von Handelsschiffen sich einen – oder mehrere – wohlhabende Kaufleute suchen konnten, die bereit waren, mit ihnen das Risiko der geplanten Reise zu tragen. Im zwanzigsten Jahrhundert gab der Besitzer eines Schiffes einem Makler den Auftrag, die beste Quote herauszufinden, und der reiche Kaufmann bildete mit anderen reichen – und in jüngster Zeit oft nicht so reichen – Leuten ein Syndikat. Gemeinsam ernannten sie einen Agenten, der wiederum Underwriter bestimmte, die sich auf verschiedene Versicherungsgebiete spezialisiert hatten.

Auf jeder Seite des Raumes saßen in Reihen, wie Kinder an altmodischen hölzernen Schulbänken, die Underwriter jeweils zu zweit an einem Tisch, der «Box» genannt wurde. Der «Room» erinnerte Anna stets an eine Bibliothek, in der lautstark geredet wurde. Isaac Finestein hatte sich auf Jachten spezialisiert, und Anna ging auf seine Box zu. Er war gerade mit einem anderen Makler ins Gespräch vertieft, und außerdem wartete bereits Barry Limehouse, der Gangster, um mit ihm zu sprechen. Limehouse war ein stämmiger, untersetzter Karatefanatiker mit flachem Gesicht, Schweinsäuglein und einem Bürstenschnitt. Er sah genauso aus, wie sich Anna das prügelnde Rauhbein auf einem Kinderspielplatz vorstellte.

Spitznamen waren bei Lloyd's sehr gebräuchlich, und Isaac nannte man den «Zwerg». Er war sehr klein, hatte riesengroße schwarze Augen, eine Hakennase und tiefe Falten auf der Stirn. Anfang der dreißiger Jahre in Leipzig geboren, war er schon als kleines Kind nach England gekommen, als sein vorausblickender Vater mit der Familie Deutschland verlassen hatte. Von den zurückgebliebenen Onkeln und Vettern, die sich weigerten, ihr gemütliches Zuhause aufzugeben, hatte keiner die Judenvernichtung überlebt, und Isaac fuhr jedes Jahr nach Israel, um für sie an der Klagemauer den *Kaddisch* zu sagen.

Von seiner Vergangenheit hatte Anna durch Isaacs Frau Sybil erfahren, auf dem Fest zum einundzwanzigsten Geburtstag seiner Tochter Rebecca. Während sie sich beide auf der Damentoilette die Haare kämmten, vertraute sich Sybil, eine mütterliche Frau mit silberblonden Haaren, Anna an. «Ich wünsche mir nur, daß Rebecca einen netten Mann findet, einen guten Mann, so wie meinen Isaac. Wir haben sie nach seiner Lieblingscousine genannt, einer von denen, die ... dort geblieben sind. Mein Isaac vergißt nie, was für ein Glück er hat, am Leben zu sein.» Sybil tätschelte Annas Arm. «Sie sollten bald heiraten. Es ist so schade, daß Sie keine Jüdin sind, Sie hätten so gut zu einem meiner Söhne gepaßt.»

Ein Rippenstoß von Barry Limehouse riß Anna aus ihren Gedanken. «Wie geht's denn Ihren Klienten aus dem Jet-Set, Anne?» fragte er.

«Danke, gut, Larry.»

«Ich heiße Barry!»

Sie lächelte zuckersüß. «Und ich Anna.»

Er beugte sich vor und schob sein unschönes Gesicht nahe an das ihre. «Die Namen von Mädchen kann ich mir nie merken, darum nenne ich sie alle ‹Schätzchen›.» Dann sah er sie von oben bis unten an. «Frauen mögen es, wenn man ein bißchen grob ist, besonders die arroganten, so wie Sie.»

Annas Lächeln wurde noch liebenswürdiger. «Ich bin kein Snob, Larry. Ich kann Sie nur nicht leiden.»

In der Nähe lachte jemand laut, und ehe Barry sich eine Retourkutsche ausdenken konnte, sagte Isaac: «Der Nächste!», und Barry mußte seine Aufmerksamkeit dem Underwriter zuwenden.

Eine Hand drückte Annas Ellbogen, und als sie sich umdrehte, sah sie Charlie hinter sich stehen. «Gut gemacht.» Er lächelte stolz.

«Ich weiß gar nicht, warum er mich so gemein angreift.»

«Er war am Sonntag in Hamble und hat versucht, dir Ellerby-Cresswell wegzuschnappen. Die Kobra hat gehört, wie er darüber geredet hat.»

«Aber Charlie, warum hast du mich denn nicht vorgewarnt? Vince ist mein bester Klient.»

«Weil ich weiß, daß Vince dir treu ergeben ist.» Charlie drückte nochmals ihren Arm. «Bis später.» Schon war er verschwunden.

Anna war aufgewühlt, aber sie beschloß lieber zu schweigen. Sie konnte nicht vergessen, daß es die hartnäckige, immer wieder sanft vorgebrachte Unzufriedenheit ihrer Mutter war, die ihren Vater dazu getrieben hatte, sich ständig zu überfordern – bis er es nicht mehr aushalten konnte.

Der Gangster beendete seine Verhandlungen mit Isaac und ging davon, ohne Anna noch eines Blickes zu würdigen. «Wie geht's Sybil?» fragte sie, als sie zu Isaac an die Box trat.

«Sie ist verärgert über Sie. Sie sagt, Sie sollten mehr Verstand haben, als mit einem Mann zusammenzuleben, ehe er Sie heiratet.»

Anna lachte. «Charlie und ich sind glücklich miteinander, Isaac. Was für einen Unterschied würde da schon ein Stück Papier machen?»

«In den Augen meiner Frau einen ungeheuer großen.» Er tätschelte ihre Hand. «Es freut mich, daß Sie glücklich sind.»

«Danke.» Anna schlug die Mappe Ellerby-Creswell auf, legte den ausführlichen Antrag vor Isaac hin und sagte: «Das ist mein allerbester Klient. Er hat noch nie einen Schaden gehabt, und *Le Nouveau Monde* ist sein fünftes Schiff, eine Fünfundzwanzig-Meter-Jacht im Wert von eineinhalb Millionen Pfund.»

«Nicht schlecht!» Isaac las die Einzelheiten durch. «Goldene

Wasserhähne in Form von Engelsfiguren im Badezimmer! Was denn noch alles?»

Anna kicherte. «Venus auf der Holzverkleidung im Schlafzimmer. Na, wie ist die Quote? Ich muß sie meinem Klienten heute abend rüberfaxen.»

«Wieviel Prozent nehmen Sie?»

«Zwanzig.»

«Das ist übertriebene Gier, Anna.»

«Er ist mein bester Klient. Ich arbeite hart, um ihn bei Laune zu halten, ich opfere den Sonntag, um auf seine Party zu gehen. Ich verdiene meinen Anteil.»

Isaac seufzte und schrieb mit seiner dünnen, gekritzelten Handschrift einige Berechnungen nieder. «Grob gerechnet – und ich meine wirklich grobe Schätzungen – würde die Prämie etwa fünfzehntausend Pfund betragen.»

«Ein Prozent!»

«Wenn der Versicherungsnehmer bei jedem Schaden die ersten sechstausend selbst übernimmt.»

«Isaac, meinen Klienten wird der Schlag treffen.»

«Die Prämien sind gestiegen, Annie. Schauen Sie sich an, was wir in letzter Zeit an Katastrophen hatten: Wirbelstürme, Dürre, Ölverschmutzung, die Autofähre von Zeebrugge, die bombardierten Tanker im Golf, gar nicht zu reden von den immer häufigeren Bootsdiebstählen. Ein so teures Schiff ist ein Risiko. Wenn es sinkt, verlieren wir sehr viel. Wenn es gestohlen wird …»

«*Le Nouveau Monde* ist fünfundzwanzig Meter lang und bestimmt nicht leicht zu verstecken.»

«Es ist ein Fabrikmodell und keine Einzelanfertigung, daher ist es nicht unmöglich, es zu stehlen. Unter den südamerikanischen Drogenhändlern gibt es einen großen Markt für solche Schiffe. Wenn man einen zusätzlichen Tank einbaut, kommt es bis in die Karibik, und dort wird es dann verkauft.»

«Mein Klient wird wütend sein, und ich will ihn nicht verlieren.

Der Gangster ist mir schon auf den Fersen.» Sie wartete, ob Isaac die Prämie niedriger ansetzen würde, aber er sagte nichts. Dann atmete sie tief durch. «Ich reduziere unsere Provision auf siebzehn Prozent.»

Isaac rechnete erneut. «Vierzehntausend, und Ihr Klient bezahlt die ersten fünftausend von jedem Schaden.»

«Das ist noch immer eine ganze Menge.»

«Darunter geht es nicht. Außerdem übernimmt mein Syndikat nur fünfzig Prozent des Risikos. Den Rest müssen Sie über den Markt verteilen.»

«Isaac, wenn Sie bereit sind, machen auch die anderen mit.»

«Schmeichlerin.»

«Nach dieser Quote haben Sie das eigentlich nicht verdient.» Sie griff nach der Ellerby-Creswell-Mappe. «Ich komme später wieder zu Ihnen.»

Ohne zu zögern, ging sie auf Kevin Kittericks Box zu. In jeder anderen Abteilung für Schiffsversicherungen hätte sie zum Vergleich eine Anzahl anderer Quoten einholen können, aber bei den Jachtversicherungen gab es wenig Auswahl. Sie verschwendete wertvolle Minuten damit, Kevin über seinen Golf-Urlaub zu befragen, ehe sie ihm Vince' Antrag reichte, aber Plaudern gehörte zu ihrem Geschäft. «Isaac übernimmt fünfzig Prozent», sagte sie.

Kevin warf kaum einen Blick auf die einzelnen Angaben. «Na, wenn der Zwerg für fünfzig einsteht, übernehme ich dreißig.»

Sie ging noch zu zwei anderen Underwritern. Da der Zwerg und Kevin bereits achtzig Prozent abdeckten, waren sie gern bereit, das Restrisiko zu tragen.

Anna verbrachte den restlichen Nachmittag bei Lloyd's. Sie unterhielt sich mit verschiedenen Leuten, traf sich mit einigen zum Tee im Captain's Room und tauschte in erster Linie Klatschgeschichten aus. Kontakte waren ein wesentlicher Teil des Maklergeschäfts.

Als sie das Lloyd's-Gebäude verließ, waren die Stände des Leadenhall-Marktes bereits geschlossen. Auf einer Seite des Marktes sammelte ein Müllauto den Abfall des Tages ein, auf der anderen spritzte jemand das Kopfsteinpflaster ab.

«Immer lächeln!» rief ihr einer der Müllmänner zu. «Das Leben ist doch gar nicht so schlimm.»

Anna lachte. «Es ist überhaupt nicht schlimm», antwortete sie und dachte an das Haus am Ladbroke Hill.

Bei ihrer Rückkehr zu Marinecover waren die meisten Angestellten bereits nach Hause gegangen. Der Nachtportier hatte den alten Hawthorn abgelöst, und die Empfangsdame der Abendschicht saß an Judys Tresen. Die Büros waren leer, nur Chris telefonierte noch. Elaines Stuhl war nicht mehr besetzt, aber auf Annas Schreibtisch lag ein Stapel sauber getippter Briefe und ein Zettel, auf dem stand: *Ich werde Sie nicht enttäuschen.*

Die nächsten Stunden verbrachte Anna damit, Vince die Quote zu faxen, weitere Briefe zu beantworten und zu telefonieren. Zwischen geschäftlichen Telefonaten versuchte sie Roz zu erreichen, aber der Anschluß im Farmhaus war besetzt.

Schließlich beendete sie ihre Arbeit, nahm einen Spiegel und frischte ihr Make-up auf. Sie wäre gern noch nach Hause gefahren, um zu duschen, ein feminines Sommerkleid aus fließendem Stoff anzuziehen und sich für Charlie schön zu machen, aber dazu war keine Zeit mehr.

Die beiden bunten Papageien in ihren Käfigen plapperten, als Anna das Restaurant betrat. Zu ihrer Überraschung saß Charlie bereits an ihrem Tisch auf der Plattform neben dem Karussell, von wo aus man die anderen Tische überblicken konnte. Er lächelte, als er sie sah, und sein Gesicht strahlte aufgeregt.

Sie gab ihm einen Kuß auf die Wange, während der Kellner ihr den Stuhl zurechtrückte. «Also hast du die Stelle bekommen», stellte sie fest und sagte sich, daß es nicht das Ende der Welt sei, wenn er Marinecover verließ.

«O ja, das steht so gut wie fest, aber ich muß erst im Herbst anfangen, und natürlich wollen sie noch einmal über die Bedingungen nachdenken.» Er langte über den Tisch und drückte ihre Hand. «Du bist doch nicht mehr wütend auf mich?»

«Natürlich nicht.» Sie setzte ein tapferes Gesicht auf. «Was bieten sie dir?»

«Sie haben mir gar kein Angebot gemacht, also habe ich ein Grundgehalt von achtzigtausend verlangt, plus Provisionen, und alle zwei Jahre ein neues Auto.»

«Achtzigtausend! Charlie, das ist doppelt soviel, wie du jetzt bekommst!»

«Das bin ich auch wert. Ich verdiene ein Vermögen an Provisionen, und mit Klienten kann ich genausogut umgehen wie du.»

Das stimmte nicht immer; manchmal war er einfach zu ungeduldig, aber sie sagte: «Ich habe nicht behauptet, daß du es nicht kannst, aber ich verdiene keine achtzigtausend. Mein Geld mache ich mit den Provisionen.»

Er lächelte wieder strahlend. «Du solltest wirklich mehr bekommen, genau wie ich. Dein Auto ist schon vier Jahre alt. Und das ist keine Überheblichkeit. Ich will nur das Beste für uns beide, meine Süße.» Charlie bestellte eine Flasche Dom Perignon und bat den Kellner, sie getrennt zu berechnen. Als ihre Gläser gefüllt waren, hob er sein Glas und prostete Anna zu: «Auf unseren Erfolg! Auf unser neues Haus! Auf uns!»

Sie lächelte. «Auf unser Haus! Auf uns!»

«Du solltest auch von Marinecover weggehen», fuhr er fort und lächelte ihr zu. «Die Firma ist nicht groß genug für Leute wie uns.» Sie wollte protestieren, aber er hob die Hand. «Nein, Anna, bitte hör mir zu. Wenn ich erst einmal bei Merchant & Leisure bin, werde ich darauf bestehen, daß sie dir eine Stelle anbieten. Dann arbeiten wir wieder zusammen.»

Er war so voller Begeisterung, daß Anna sich anstecken ließ. Sein Optimismus legte sich wie eine Rettungsweste um sie, auch wenn der Gedanke, Marinecover zu verlassen, für sie mindestens so beängstigend war wie der Umzug in ein neues Haus.

Erst weit nach Mitternacht verließen sie das Restaurant. Anna hätte Ladbroke Hill gerne noch einen Besuch abgestattet, aber es war zu spät. Mit dem Taxi fuhren sie Richtung Victoria, zu dem modernen Wohnblock, wo Charlie eine Wohnung mit Service gemietet hatte. In den achtzehn Monaten, die er und Anna zusammen waren, hatte er die auf deprimierende Weise charakterlose Wohnung kaum genutzt, weil sie die meiste Zeit in Annas kleinem, gemütlichen Häuschen in Fulham verbrachten. Jetzt war sie vollgestopft mit Annas Kleidung. Ihre Möbel hatte sie eingelagert.

«Tut mir leid, daß ich so ein Durcheinander verursache», sagte sie, während sie einen großen Koffer öffnete und Stapel von Unterwäsche durchwühlte.

«Mir macht das nichts aus.» Charlie warf sein Jackett aufs Sofa, schlüpfte aus den Schuhen und verschwand in der Dusche.

Das war eine weitere Eigenschaft, die Anna an Charlie liebte. Er war so lässig. Sie dachte an ihre Mutter, bei der man kaum auf dem Sofa sitzen konnte, weil sie ständig Angst hatte, die Sofakissen könnten Falten bekommen.

Als Anna mit der Auswahl ihrer Kleidung für den morgigen Tag fertig war und geduscht hatte, schlief Charlie schon fast. Rasch schlüpfte sie neben ihm unter das herrlich kühle Laken.

«Du brauchst immer so ewig, bis du ins Bett kommst», murmelte er und schmiegte sich an sie.

«Ich lege mir gern alles zurecht.»

Er schob seinen Arm um ihre nackte Taille. «Das hättest du auch morgen früh machen können.»

Sie streichelte seine Finger. «Du weißt doch, wie ungern ich früh aufstehe.»

Er vergrub sein Gesicht in ihren Haaren. «Du riechst gut, sehr gut. Bist du jetzt zufrieden, nachdem wir Ladbroke Hill gekauft haben?»

Zärtlich küßte sie ihn auf einen Mundwinkel. «Das weißt du doch.»

«So ein Theater bloß wegen einem Haus», seufzte er.

«Das ist nicht irgendein Haus, Charlie, sondern ein ganz besonderes Haus.»

«Für eine ganz besondere Frau.» Noch fast im Halbschlaf rollte er sich auf sie und umfaßte ihr Gesicht mit den Händen. «Eine sehr besondere Frau.» Er küßte ihre Nasenspitze, dann die Augen und schließlich den Mund, während er ihr mit den Fingern erst durchs Haar und dann über den Nacken fuhr und sich an sie schmiegte.

Sie schlang die Arme um ihn und hielt ihn fest, zog ihn an sich, so daß er ihr nicht entkommen konnte. Langsam und zärtlich liebten sie sich. In all den Monaten, die sie sich jetzt kannten, war Anna sich Charlies immer nur dann völlig sicher gewesen, wenn sie sich liebten, bis heute, bis sie das Haus am Ladbroke Hill gekauft hatten. Jetzt fühlte sie sich sicher. Dort würden sie sich ein Zuhause schaffen, eine Zuflucht vor der Außenwelt, und dort würden sie Wurzeln schlagen, so tief, daß nichts sie wieder lösen konnte.

Kapitel 4

Vince Ellerby-Creswell war bereits am Telefon, als Anna ins Büro kam. «Vierzehntausend Pfund!» kreischte er durch die Leitung. «Du liebe Güte, Annie, das ist fast ein Prozent!»

«Es tut mir leid, Vince, aber das ist die beste Quote am Markt. Die Prämien sind gestiegen. Nach den Stürmen in Großbritannien im letzten Winter gab es zahlreiche Jachtschäden, und die Bombardierung der Öltanker im Golf letzte Woche war auch nicht gerade förderlich.»

«Was zum Teufel hat ein Tanker im Golf mit meiner Jacht am Hamble zu tun? Nichts. Das Problem ist einfach, daß Leute wie Sie viel zu gierig sind. Wir haben den Boom des Jahrhunderts, aber das genügt euch offenbar nicht. Ihr Blutsauger!» Er knallte den Hörer auf.

Anna lehnte sich in ihrem Stuhl zurück und atmete tief durch. Dann stand sie auf und ging nach nebenan zu Charlie. «Wir werden nicht auf Vince' Party gehen», sagte sie bedrückt. «Er hat mir gerade wegen der Quote eine Szene gemacht.»

«Ach, Süßes, das hast du nicht verdient.» Er lächelte mitleidig. «Der Kerl ist ein Multimillionär. Ich hätte nie gedacht, daß er so sehr die Hand auf dem Geld hat.»

«Er ist vorsichtig, darum ist er ja auch Millionär geworden.»

Die Tür ging auf, und Gordon erschien, mit einem finsteren Gesichtsausdruck. «Judy hat mir berichtet, Ellerby-Creswell habe Sie angebrüllt. Sie haben ihn doch nicht etwa verloren, oder?»

Anna nickte unglücklich. «Ich fürchte schon. Er hat wegen der Prämie getobt. Vince ist mein Klient, aber auch ein Freund. Es ist schwer, es nicht persönlich zu nehmen, wenn er mich einen Blutsauger nennt, selbst wenn es ums Geschäft geht.»

Sie erwartete, daß Gordon explodierte, aber er zuckte lediglich mit den Achseln. «Sie machen das schon richtig. Bleiben Sie dran.»

Nachdem Gordon gegangen war, schüttelte Charlie ungläubig den Kopf. «Du bist der einzige Mensch bei Marinecover, der es sich leisten kann, einen wichtigen Klienten zu verlieren, ohne gefeuert zu werden. Vermutlich ist Gordon in dich verliebt.»

Sie lachte das scheinbar gelassene Lachen, das ihr stets als Barrikade diente, wenn sie ihre Gefühle nicht zeigen oder vielleicht gar nicht erst spüren wollte, und ging zurück in ihr Büro. Erst als sie die Tür hinter sich geschlossen hatte, sank sie in ihrem Stuhl zusammen.

Es klopfte, und Elaine trat ein, eine Tasse Kaffee in der Hand. «Mit Milch, ohne Zucker. Das stimmt doch, oder?»

«Ja, danke.» Anna machte eine Pause und fragte dann: «Wie geht es Ihrem kleinen Jungen?»

Elaines Gesicht strahlte. «Oh, sehr viel besser, vielen Dank. Er wird heute von meiner Mutter betreut. Sie wohnt bei mir, bis ich wieder allein zurechtkomme.» Sie zögerte, weil sie Anna gegenüber offenbar immer noch nervös war, und fügte dann vorsichtig hinzu: «Es tut mir leid, daß Sie den Klienten verloren haben, aber ich bin sicher, er wird wieder zurückkommen. Alle hier sagen, Sie sind die beste Jachtmaklerin.»

«Wirklich?»

Elaine nickte.

«Danke, daß Sie mir das sagen. Damit fühle ich mich weniger ... wie eine Versagerin.»

«Sie! Eine Versagerin!» Elaine machte ein Gesicht, als sei Anna verrückt geworden, und trat den Rückzug aus dem Raum an.

Anna versuchte den Gedanken an Vince zu verdrängen und sich auf ihre übrige Arbeit zu konzentrieren, aber das gelang ihr nicht ganz. Sie rief Chris zu sich ins Büro und übergab ihm die kleineren Anfragen für die Versicherung einzelner Jachten. Um die Mehrfachversicherungen kümmerte sie sich selbst: eine Flotte von Ferienbooten in einem Hafen auf Kreta und eine neue Segelschule an der jugoslawischen Küste. Aber diese Aufträge waren kleine Fische im Vergleich mit Vince' *Le Nouveau Monde*.

In der Mittagspause telefonierte sie mit Roz. «Tut mir leid, daß ich dich nicht früher erwischt habe», sagte sie.

«Das tust du nie», beschwerte sich Roz. «Ich bin immer diejenige, die anrufen muß. Tom wird wütend, weil unsere Telefonrechnung so sagenhaft hoch ist.»

«Ich habe es mehrmals versucht, aber du warst nicht da. Ich hätte ja eine Nachricht hinterlassen, doch du hast keinen Anrufbeantworter.» Anna versuchte ihre Wut im Zaum zu halten, um nicht in den Stil der Auseinandersetzungen ihrer Kindheit zurückzufallen. Ihr gemeinsames Zimmer hatten sie mit einer strikten Demarkationslinie in der Mitte geteilt. Roz' Hälfte war stets ordentlich und aufgeräumt gewesen, während die von Anna mit getrockneten Blumen und am Strand gesammelten Steinen übersät war.

«Wir können uns keinen leisten.»

«Dann laß dir von mir einen zum Geburtstag schenken.»

«Anna, du bist meine kleine Schwester. Ich will keine teuren Geschenke von dir, wenn ich nicht das Geld habe, dir auch etwas Teures zu schenken.» Roz seufzte und sagte dann gleich darauf reumütig: «Tut mir leid, du erwischst mich in schlechter Laune.»

Anna bekam Mitleid. «Was ist los? Kann ich dir helfen?»

«Ach nein, es ist nur das Übliche. Der Hof läuft nicht gut, und das bißchen Geld, das wir verdienen, müssen wir für Maschinen ausgeben. Außerdem habe ich wieder mal das Rauchen aufgegeben und sehne mich verzweifelt nach einer Zigarette, und die Kinder machen mich verrückt, besonders Melissa. Sie hat das ganze Wochenende damit verbracht, auf dem Bett zu liegen und Rockmusik zu hören.»

«Wie ich damals?»

«Ja.» Roz lachte, aber es klang nicht fröhlich. «Wie ist das neue Haus?»

«Herrlich, ich wünschte nur, ich könnte mehr Zeit dafür aufbringen. Mutter schaut es sich am Samstag an, ich hoffe, es gefällt ihr.»

«Bestimmt wird es ihr gefallen.» Roz fiel wieder in ihre gewohnte Rolle als Trösterin zurück.

«Vater hätte es geliebt», sagte Anna traurig, «aber was Mutter wirklich denkt, weiß man nie genau. Du weißt doch, wie sie ist. Sie würde noch über einen Schuhkarton sagen, es sei der Buckingham Palace, wenn sie glaubt, die anderen freuen sich darüber. Sie sagt nie die Wahrheit ... nicht einmal über Dad.»

Ein vertrauliches Schweigen trat ein, während beide an ihre wurzellose Kindheit zurückdachten, die Roz soviel besser überstanden hatte als Anna. Zum einen war sie älter und hatte nicht mehr zu Hause gelebt, als die Familie Cliff Cottage verlor, und zum anderen hatte sie ihrem Vater nie so nah gestanden wie Anna. Deshalb hatte sein Tod sie auch nicht so tief getroffen.

Anna hörte nichts mehr von Vince, aber über die üblichen Kanäle bei Lloyd's erfuhr sie, daß er sich beim Gangster nach einer Quote erkundigt hatte. Das machte sie wütend. Sie wünschte sich, Delia wäre bereits aus dem Urlaub zurück, damit sie sich über Vince aussprechen könnte. Bei Charlie ging es nicht, denn er hatte die Geschichte schon gehört und fand sie allmählich langweilig, und sonst kam niemand aus dem Büro dafür in Frage, denn auf diese Weise hätte sie ihr schwindendes Selbstvertrauen eingestanden.

Die Woche verging, ohne daß Anna und Charlie Zeit fanden, nach Ladbroke Hill zu fahren. Jeden Abend waren sie entweder zu beschäftigt, oder es war zu spät. Anna hatte ihre Versicherungsprüfung bereits im letzten Sommer abgeschlossen, aber Charlie mußte noch Kurse besuchen, was ihn zwei Abende in der Woche kostete. Während er unterwegs war, verbrachte Anna viele glückliche Stunden damit, die Einrichtungsideen für das Haus zu studieren, die Xavier, ihr aalglatter und unglaublich teurer schottisch-spanischer Innenarchitekt, ihnen lieferte.

Am Samstag vormittag fuhr Anna, während Charlie Squash spielte, eilig nach Ladbroke Hill, um die Auffahrt mit dem Rechen zu säubern, die Treppe zu kehren und zum Lüften die Fenster zu öffnen, denn ihre Mutter haßte stickige Häuser. Im Lauf der Woche hatten sich wieder Reklamesendungen angesammelt, die sie größtenteils gleich in den Abfall warf. In dem Haufen fand sich auch ein abgegriffener Umschlag, auf dem in sorgfältiger zierlicher Schrift stand: «P. Shufflebuck, Miete für eine Woche – £ 20».

Sie stopfte das Geld in ihre Jeanstasche. Zwanzig Pfund waren ein Witz für eine Zwei-Zimmer-Wohnung in Notting Hill, selbst für eine in heruntergekommenem Zustand. Aber sie konnten die Miete nicht erhöhen, weil Mr. Shufflebuck einen festen Mietvertrag hatte; ihre einzige Möglichkeit war, ihm eine Abfindung zu zahlen.

Anna beschloß, einen weiteren Versuch zum Aufbau einer freundlichen Beziehung zu machen, und stieg die Treppe zu seiner Eingangstür hinunter. Auf einer Karte neben der Klingel stand: «Mr. Marilyn (P. Shufflebuck)». Sie unterdrückte ein Kichern, als sie sich Charlies Reaktion darauf vorstellte, und klingelte.

«Ja?» kam die gedämpfte Antwort.

«Ich wollte mich für die Miete bedanken, Mr. ... äh ... Marilyn.»

«Nur meine Freunde nennen mich Mr. Marilyn. Für Sie bin ich Mr. Shufflebuck.»

Anna verzichtete auf eine Antwort und lief wütend die Treppe hinauf. Er war ein störrischer alter Bock, und es war sinnlos, wertvolle Zeit auf ihn zu verschwenden.

Im Kohlenverschlag fand sie eine alte Gartenschere, mit der sie die schlimmsten Efeuwucherungen aus der Auffahrt schnitt. Sie rechte die Zweige gerade zu einem Haufen, als ihre Mutter ankam. Langsam steuerte sie ihren alten Ford Fiesta durch das Tor.

Anna ließ ihren Rechen fallen. «Hallo», rief sie und eilte zum

Wagen, um die Tür zu öffnen. «Hattest du eine gute Fahrt? Hast du ohne Schwierigkeiten hergefunden? Das Haus ist leider noch ziemlich dreckig. Ich wollte putzen, ehe du es siehst, aber …»

«Liebes!» Ihre Mutter lächelte sie von unten herauf freundlich an. Ihr Gesicht war so herzförmig wie das von Anna, wenn sie glücklich war. «Liebes, rede doch nicht soviel. Laß mich erst einmal verschnaufen. Ich bin eine ganze Weile im Kreis gefahren.»

«Tut mir leid.» Anna trat einen schnellen Schritt zurück. Warum konnte sie anderen Leuten unbefangen begegnen, nur ihrer eigenen Mutter nicht?

Veronica Tobias stieg aus dem Auto, strich ihr silberblondes Haar in den Nackenknoten zurück und blickte am Haus empor. «Ach, das ist ja riesig!» rief sie. «Es ist wunderschön. Aber sicherlich hat es ein Vermögen gekostet.»

«Das stimmt, aber es gefällt uns sehr.» Anna zögerte und fügte dann vorsichtig hinzu: «Dad hätte es bestimmt gemocht, glaubst du nicht auch?»

Ihre Mutter erstarrte. «Genau so ein Haus hätte er sich sehnlichst gewünscht, wenn wenigstens eine seiner Erfindungen ein Erfolg gewesen wäre. Der liebe Jeffrey!» Sie hakte sich bei Anna unter. «Ich habe mich wirklich bemüht so zu tun, als wäre ich in diesem schäbigen kleinen Häuschen in Leatherbridge zufrieden. Es hatte ja keinen Sinn, daß wir alle über den Verlust von Cliff Cottage trauerten.» Sie ging schneller und eilte die Vordertreppe hinauf.

Anna folgte ihr. «Mum, es tut mir leid. Ich weiß, daß du nicht gerne über ihn redest, aber manchmal möchte ich von ihm sprechen, damit er nicht ganz von mir, aus meinem Leben, aus unserem Leben verschwindet.»

«Sein … Unfall liegt jetzt fünfzehn Jahre zurück, und manchmal kann ich immer noch nicht glauben, daß er nicht wiederkommen wird», sagte ihre Mutter und zupfte ein Stück losen Putz von dem Säulenvorbau. «Ich denke oft, daß er gleich um die Ecke biegen wird, in seiner gräßlichen alten grauen Wolljacke.»

Anna lachte, aber sie war auch gerührt. In diesem Augenblick liebte sie ihre Mutter ohne jeden Vorbehalt, selbst wenn Veronica Tobias sich noch immer nicht eingestehen konnte, was damals wirklich geschehen war. «Du meinst die, die du in die Altkleidersammlung stecken wolltest, und er hat es nicht erlaubt?»

«Ja. Ich habe mich so vor den neuen Nachbarn geschämt, weil er so schlampig angezogen war. Aber jetzt würde ich sie nicht mehr hergeben. Nie würde ich sie wegwerfen, sie ist mir viel zu wertvoll.» Ihre Mutter straffte die Schultern und lächelte tapfer, wie Anna selbst es manchmal tat. «Jetzt zeig mir einmal dein schönes Haus. Ich habe Granny Tobias versprochen, daß ich rechtzeitig zu Hause bin, um ihr den Tee zu machen, und du weißt ja, wie ärgerlich sie werden kann, wenn man sie warten läßt.»

Nach der Besichtigung des Hauses trafen sie sich mit Charlie zu einem frühen Mittagessen, und dann fuhren sie im Konvoi mit Annas Mutter zum nördlichen Stadtring und zeigten ihr den Weg, damit sie sich nicht wieder verfuhr.

Anna hätte Charlie gerne von der alten Wolljacke ihres Vaters erzählt. Aber vermutlich würde er nicht verstehen, welche Bedeutung es hatte, daß ihre Mutter sie immer noch aufhob. Er stammte aus einer außerordentlich wohlhabenden Familie, die seit jeher in der teuersten Gegend von Melbourne lebte. Bestimmt hatte Charlies Mutter seinem Vater niemals vorgeworfen, er beschäme die Familie, weil er wie ein Penner herumlaufe.

Kapitel 5

Als Anna am Montag ins Büro kam, hörte sie voller Freude, wie aus der Personalabteilung Delias vertraute herrische Stimme durch den gesamten Korridor dröhnte.

«Willkommen daheim!» sagte sie und schob den Kopf durch Delias Tür. «Wie war's in Kanada?»

«Schön, aber ich bin froh, wieder hierzusein. Komm doch rein und setz dich.» Geschäftig lief Delia durch ihr Büro, während sie ihrer Sekretärin ein Memo diktierte. Sie war sehr groß und dünn, hatte ein jungenhaftes Gesicht, kurze schwarze Fransenhaare und eindrucksvolle dunkle Augen. Sie trug gerade geschnittene Kostüme und Schuhe mit hohen Absätzen, was sie noch größer erscheinen ließ. Wenn Anna und Charlie mit ihr und ihrem verheirateten Liebhaber Russell ausgingen, überragte sie alle, was ihr allerdings vollkommen egal war. Anna bewunderte das.

Delia diktierte das Memo zu Ende, und die Sekretärin verließ das Zimmer. «Es war großartig, einmal rauszukommen», sagte sie, während sie ihre langen Glieder auf dem Stuhl zusammenfaltete und einen Schluck aus einer Tasse kalten Pfefferminztees trank. «Meine Cousinen sind ja nett, aber zwei Wochen sind eine lange Zeit, um bei jemandem zu Gast zu sein, vor allem, wenn man gewöhnt ist, allein zu leben. Jetzt erzähl mal, was hier so los ist. Chris hat gesagt, du möchtest, daß ich Elaine austausche.»

«Das wollte ich, aber es hat sich erledigt. Sie hat sich enorm gebessert.» Anna beugte sich vor. «Ich habe eine grauenvolle Woche hinter mir, ich habe Vince Ellerby-Creswell verloren. Er hat einen Tobsuchtsanfall gekriegt wegen der Prämie für sein neues Schiff.»

«O nein! Was hat Gordon dazu gesagt?»

«Er hat es bemerkenswert gelassen aufgenommen. Ich war sicher, daß ich rausgeschmissen werde, und das wäre das letzte, was ich mit dem neuen Haus brauchen kann.»

«Wie ist denn das Liebesnest?»

Anna strahlte. «Herrlich.»

«Wann findet die Hochzeit statt?»

«Ach, wegen einer Heirat mache ich mir überhaupt keine Gedanken mehr. Der Hauskauf hat die Sachlage geändert. Charlie hat sich verpflichtet, ob es ihm gefällt oder nicht. Du mußt kommen und es dir ansehen. Bring Russell mit.»

«Falls ich mich noch mit ihm treffe! Mutter hat mir zugesetzt, ich soll ihn aufgeben. Ständig erzählt sie von verheirateten Männern, die einsame, alleinstehende Frauen nur für Sex ausnützen.»

«Aber du hast doch immer gesagt, du würdest Russell auch dann nicht heiraten, wenn er frei wäre.»

«Das würde ich auch nie tun!» Delia strich sich das dunkle Haar zurück. «Der Sex ist großartig, aber er ist noch selbstsüchtiger als mein Ex-Ehemann.»

Anna lachte. «Ich mache mich mal besser an die Arbeit.» Sie stand auf. «Ich habe dich vermißt, Dee. Ich mußte immer so tun, als mache es mir gar nichts aus, Vince zu verlieren.»

«Weil sie dich sonst eine Jammerliese genannt hätten?»

«Genau!»

Sie lächelten einander an, Freundinnen und Verbündete in einer Welt, die noch immer vor allem von Männern bestimmt wurde.

Auf ihrem Schreibtisch fand Anna einen ganzen Stapel Telefonnotizen vor. Ehe sie sich darum kümmerte, rief sie Chris in ihr Büro. «Ich habe der Personalabteilung mitgeteilt, daß ich mit Elaine voll und ganz zufrieden bin», informierte sie ihn mit einer Stimme, die keinen Widerspruch duldete.

Er wurde ein bißchen rot. «Ja, selbstverständlich.»

Die ganze Woche über war Anna so beschäftigt, daß sie kaum Zeit fand, über den Verlust von Vince Ellerby-Creswell nachzudenken. Dennoch war ihr der Versuch, ihn wieder zurückzugewinnen, wichtiger als jede andere Arbeit. Sie schickte ihm ein Fax, in dem sie ihm viele glückliche Fahrten mit der *Le Nouveau Monde* wünschte. Es war ein Schuß ins Blaue, aber sie war überzeugt, er würde nicht widerstehen können. Wider Erwarten hörte sie nichts von ihm.

Da sie vor Isaac nicht länger den Schein wahren konnte, lud sie ihn zum Mittagessen in den Captain's Room ein. «Ich habe Creswell verloren», gestand sie, während sie sich setzten.

«Ich weiß.» Er schob seine schmalen Knie unter den Tisch.

Anna lächelte strahlend und winkte nach dem Kellner. «Natürlich ist es nicht so wichtig. Das Geschäft blüht. Leute, die früher in Mietwohnungen gelebt haben, besitzen jetzt zwei Häuser, drei Autos und eine Jacht.»

«Und sind bis über die Ohren verschuldet», knurrte Isaac. Er bestellte Spargel und danach gedünsteten Lachs.

«Was ist so schlimm daran, Sie Pessimist?»

«Der Boom wird nicht anhalten.» Er steckte sich die Serviette unter dem Kinn fest. «Lloyd's hat fast vierhundert Syndikate und dreitausendsechshundert Mitglieder – oder ‹Namen›, wie wir sie nennen –, und ein ganzer Haufen Leute schreit, daß sie unbedingt hineinwollen, weil ihr Geld, wenn sie ein Name sind, zweimal Zinsen abwirft, einmal in ihrer Baufirma oder wo immer sie es investieren, und einmal, indem es bei Lloyd's eingesetzt wird.»

«Aber Lloyd's braucht mehr Mitglieder, um größere Geschäfte abschließen zu können», protestierte Anna. «Sie sind doch Underwriter, Isaac. Ich hätte geglaubt, Sie würden sich darüber freuen.»

«Wie alle Underwriter bin ich aber auch zugleich ein Name, der sein Geld aufs Spiel setzt, und ich kann Ihnen versichern, Sie unschuldiges Wesen, daß ich mein Geld nicht in eines dieser Hochrisiko-Syndikate stecken würde – aber ich bin natürlich ein alter Mann, und vorsichtig dazu.»

Anna widersprach ihm nicht gern, aber sie fand, daß er sich unnötig aufregte. «Bis jetzt hat noch niemand Verluste gemacht», sagte sie.

Er verzog den Mund zu einem schmalen Lächeln. «1960 mußte ein Name jederzeit fünfundsiebzigtausend Pfund flüssig haben, was heute etwa einer Million Pfund entspricht. Heute braucht ein Name nur noch eine Viertelmillion – und ich frage mich, wie viele von ihnen soviel auf einen Schlag freimachen könnten und ob allen wirklich klar ist, was unbegrenzte Haftung bedeutet.»

«Isaac, sie werden gewarnt, wenn sie beitreten.»

«Aber wir hören doch alle nur, was wir hören wollen, nicht wahr, liebe Anna?»

«Da können Sie recht haben. Also lassen Sie uns den Erfolg genießen, solange er anhält.» Sie bestellte den teuersten Wein auf der Speisekarte.

Den Samstag verbrachten Anna und Charlie mit ihrem Architekten in Ladbroke Hill. Sie einigten sich darauf, fünf der acht Schlafzimmer zu behalten und die anderen drei zu luxuriösen Badezimmern umbauen zu lassen, jedes mit einer dieser Hochdruck-Duschen, nach denen Charlie süchtig war. Die Küchen im Obergeschoß, die eingebaut worden waren, als Teile des Hauses vermietet wurden, sollten geräumige begehbare Schränke werden. Aus dem jetzigen kleinen Badezimmer wurde eine Sauna. Doch ehe der Innenausbau beginnen konnte, mußten das Dach, die Dachrinnen und das Mauerwerk repariert werden. Es waren umfangreiche Arbeiten, aber Xavier versprach, daß Charlie und Anna bis zum Herbst in aller Herrlichkeit wohnen würden. Das einzige Hindernis war, daß die geplante Küche im Untergeschoß warten mußte, bis sie Mr. Shufflebuck zum Auszug überreden konnten.

«Wir brauchen einen neuen Telefonanschluß», sagte Anna, als sie das Haus verließen. «Miss Elismore hatte einen Gemeinschaftsanschluß mit der Kellerwohnung.»

«Bestell lieber gleich zwei. Du weißt ja, wie gerne ich lange Gespräche führe.» Charlie legte ihr den Arm um die Schultern, und gemeinsam stiegen sie die Treppe hinunter zu seinem Auto.

In der darauffolgenden Woche mußte Charlie nach Liverpool, weil in der nordenglischen Niederlassung von Marinecover eine Reihe von Verkaufsstrategie-Besprechungen stattfand. Anna fuhr nach Weymouth im Süden, um ein Bewerbungsgespräch mit einer neuen Versicherungsagentin für das Büro in Dorset zu führen. Michelle war eine amüsante, lebhafte geschiedene Frau, die das Meer über alles liebte. Sie aßen im Sea-Cow-Bistro am Hafen zu Mittag und sprachen über Möglichkeiten, neue Klienten zu finden. Draußen fiel strömender Regen auf die Fischerboote und durchnäßte die Leute, die sich über die Brücke zwischen der Bucht und dem inneren geschützteren Hafen kämpften.

Am Nachmittag fuhr Anna zurück Richtung Lymington, um ihren Agenten in Hampshire aufzusuchen. Obwohl der Weg über die A 31 schneller gewesen wäre, nahm sie die Straße über die Isle of Purbeck und die Kettenfähre, weil sie es nicht ertragen konnte, so nahe an Belworth vorbeizukommen, ohne es zu besuchen.

Die Straße, die zur Bucht hinunterführte, war noch schmaler und dichter bewachsen, als sie es in Erinnerung hatte. Auf beiden Seiten wölbte sich die Randbefestigung nach innen, und beim Vorüberfahren streiften lange Gräser das Auto. Der Regen hatte aufgehört, die Sonne schien, und in den Hecken hingen die Wassertropfen wie glitzernde Diamantketten zwischen den Blättern. Durch Feldeinfahrten erhaschte Anna kurze Blicke auf das weite grüne Land und das mit Gestrüpp bewachsene Ödland, das dem Verteidigungsministerium gehörte, bei dem ihr Vater einst gearbeitet hatte.

An einer bestimmten Stelle, die Anna sehr vertraut war, stieg die Straße über die grasbewachsene Böschung und führte hinauf auf einen Hügel. Von dort aus fiel das Land ab bis zu dem kleinen Dorf Belworth, das wie ein Riß inmitten der Felsen saß. Hinter dem Dorf lag das Meer. Es verlor sich im Dunst des Horizonts.

Anna hielt an und legte ihr Kinn aufs Lenkrad. Der Ausblick hatte sich nicht verändert, er war immer gleich, und das war der Grund, weshalb sie Belworth liebte. Seine Dauerhaftigkeit verlieh ihr Kraft.

Einmal war sie für ein Wochenende allein hergefahren, um dem Vakuum zu entkommen, zu dem ihr Leben geworden war. Damals war sie fast verzweifelt angesichts der Folge kurzfristiger Jobs, die derart langweilig waren, daß sie oft glaubte, ihre Uhr sei stehengeblieben, weil die Zeit so langsam verrann. Sie teilte sich eine Wohnung mit drei anderen Mädchen, von denen jede gerade dabei war, sich eine eigene Wohnung zu kaufen, was Anna sich nicht leisten konnte. Dazu hatte sie noch eine Liebesaffäre, die zu nichts führte und von der sie auch gar nicht wollte, daß sie zu etwas führte, weil sie nicht sicher war, ob sie den Mann überhaupt mochte. Belworth hatte in ihr die Erinnerungen an all das wachgerufen, was im Leben wirklich wichtig war. Erfrischt war sie nach London zurückgekehrt, und einen Monat später hatte sie bei Marinecover begonnen.

Anna kurbelte das Fenster hinunter, damit sie das Meer riechen konnte, und fuhr weiter die steile, kurvige Straße hinunter, bis sie an den Fluß kam, der mitten durchs Dorf floß und im Meer mündete. Belworth bestand aus einem Dutzend kleiner grauer Steinhäuser, die meist mit Reet gedeckt waren, einem alten Pub, einem Laden, in dem es von Kartoffeln bis Zeitungen alles zu kaufen gab, und der Bushaltestelle, von der aus Anna mit dem Bus zur Schule gefahren war. Sie stellte das Auto ab und spazierte den Pfad hinunter, der zwischen dem Fluß und den mit Heckenrosen und Malven bewachsenen Hausgärten verlief.

Die Bucht lag geschützt, weil sie von hohen Felsen umgeben war und nur einen kleinen Eingang zum offenen Meer hatte. Sie war nicht so groß wie das benachbarte Lulworth, aber man kam mit dem

Segelboot leichter hinaus und wieder hinein. Als Anna am Strand stand, atmete sie voller Genuß die vom Salzwasser angereicherte Luft und roch den Teer der Fischernetze. Im Rauschen der Wellen hörte sie die Stimme ihres Vaters: «Komm schon, Annie, ab ins Boot», und sie dachte daran, wie kalt das Wasser gewesen war, wenn sie die kleine Jolle die Helling hinunterließen und hinauswateten, um einzusteigen. Außer im Hochsommer mußte sie oft die Zähne zusammenbeißen, damit sie nicht klapperten. Aber Anna beschwerte sich nie, denn sie hatte viel zuviel Angst, ihr Vater könnte sie nicht mehr mitfahren lassen.

Mehrere Fischerboote waren auf den Strand gezogen, und am oberen Ende der Helling stapelten sich Hummerreusen. Auf dem Rand eines umgedrehten Bootes saß ein grauhaariger alter Mann, der Tabak kaute, während er seine Netze reparierte. Anna erkannte den alten Mr. Holdsworthy, dessen Enkelin Margaret die Pension führte, in der Anna damals gewohnt hatte. Sie lächelte, als er zu ihr herübersah, und wunderte sich, als er lediglich mit einem Nicken antwortete.

Sie machte sich daran, die Stufen hinaufzusteigen, die vom Strand zum Cliff Cottage hinaufführten.

«Das ist Privatbesitz, Miss», rief er ihr nach.

«Ich weiß, ich habe früher hier gewohnt. Erkennen Sie mich nicht mehr, Mr. Holdsworthy? Ich bin Anna Tobias.»

«Du liebe Güte, du bist aber elegant geworden.»

«Danke.» Anna hatte ihm bei ihrem letzten Besuch erzählt, daß ihr Vater gestorben war, ohne auf die Umstände näher einzugehen. Er erkundigte sich nach ihrer Mutter und nach Roz.

«Margaret hat mir gar nicht gesagt, daß du hier bist», sagte er.

«Ach, ich bin nur zufällig vorbeigekommen. Ich war in der Nähe und konnte nicht widerstehen, die Bucht und Cliff Cottage wiederzusehen.»

«Tja, das Cottage wird abgeschlossen sein. Die Besitzer kommen bloß im August, und manchmal nicht einmal dann. Es ist eine

Schande, daß ihr damals wegziehen mußtet. Seitdem hat sich niemand mehr richtig um das Haus gekümmert.»

«Danke, daß Sie mich vorgewarnt haben. Es war schön, Sie einmal wiederzusehen, Mr. Holdsworthy. Grüßen Sie bitte Margaret sehr herzlich von mir.» Eilig lief Anna die Stufen hinauf. Beim nächstenmal würde sie Charlie mitbringen, beschloß sie. Nachdem sie jetzt wirklich ein Paar waren, konnte sie es riskieren, Belworth mit ihm zu teilen.

Das Haus stand auf einer ebenen Fläche, die etwa dreißig Meter vom Felsrand entfernt lag. Es war weder schön noch geräumig, sondern nur ein graues Steincottage mit einem klug gestalteten kreisförmigen Wohnzimmeranbau. Das halbrunde Fenster bot einen großartigen Ausblick auf die zerklüftete Küste von Dorset. Kein anderes Haus in Belworth war so schön gelegen. Zu jeder Stunde des Tages änderte sich das Licht, und jeden Tag wirkte es anders. Manchmal leuchtete es blaßgolden, manchmal dunkelblau, und dann wieder in einem herrlichen Türkis. Selbst wenn es regnete, war das Licht schön. Es zeigte sich in den Schatten des vom Meer her aufsteigenden Nebels und dem Glitzern der Sonne draußen auf dem Wasser. Jetzt fiel der Sonnenschein seitlich auf das Cottage und erleuchtete das Halbrund des Wohnzimmerfensters. Als Kind war Anna gern auf die Vorderterrasse gegangen und hatte zugesehen, wie ihr riesenhafter Schatten auf die Wasserfläche der angrenzenden Bucht fiel.

Jetzt stand sie auf der Terrasse und sah den Möwen zu, die über ihrem Kopf kreisten und durch die Luft tauchten. Die Schreie wurden vom Wind davongetragen. Das Cottage hinter ihr sah traurig aus. Der Garten war ungepflegt, die Fensterläden waren geschlossen, und die Fassade hätte einen Anstrich nötig gehabt. Anna ging ums Haus, vorbei an der Küche und unter dem Bogen hindurch in den Garten zu dem alten Schuppen, wo ihr Vater an seinen Erfindungen gearbeitet hatte. Die Tür war verschlossen, deshalb wischte sie Staub und Sand von der Scheibe des Fensters und spähte hinein.

Der Schuppen war leer. Lediglich die hölzerne Werkbank stand noch da, an der ihr Vater stundenlang über Entwürfen gebrütet hatte, die nie ausgeführt wurden.

Als Anna in den kleinen Raum starrte, wo ihr Vater so zufrieden gewesen war, mußte sie mit einem Würgen in der Kehle an seinen letzten Tag denken. Zur gewohnten Uhrzeit hatte er das Haus in Leatherbridge verlassen und war mit dem Morgenzug nach London gefahren, um seine Monatskarte, die an diesem Tag auslief, noch zu nutzen. Dabei tat er so, als fahre er ins Büro, und keine von ihnen ahnte, daß er vor einem Monat wieder einmal seine Stelle verloren hatte.

Sie entfernte sich von der Hütte, setzte sich auf die alte Steinbank neben der Küchentür und stützte das Kinn auf die Hände. Wie hatte er sich nur umbringen können? Wie konnte er seine Familie, konnte er Anna in dieser Wut, dieser Trauer zurücklassen? Wie hatte er sie so im Stich lassen können – und seine Familie ihn? Was hatte er wohl gedacht, als er seine Aktentasche auf den Bahnsteig stellte und vor den ankommenden Zug sprang?

Plötzlich wirkte die Mauer unbequem hart und die Bank kalt. Anna stand auf und lief eilig die Stufen hinab. Mr. Holdsworthy war verschwunden, worüber sie froh war – sie wollte nicht noch einmal mit ihm reden. Fast im Laufschritt ging sie die Straße hinauf zum Parkplatz, sprang ins Auto und fuhr davon. Erst als sie den Gipfel des Hügels erreicht hatte, bog sie in eine Feldeinfahrt und hielt an.

Mit geschlossenen Augen saß sie im Wagen und umklammerte das Lenkrad so fest, daß ihre Knöchel weiß wurden. Die Steinbank hatte eine Erinnerung wachgerufen, die sie seit zwanzig Jahren verdrängt hatte. Es war an ihrem dreizehnten Geburtstag gewesen, und sie war früher als sonst aus der Schule nach Hause gekommen, weil sie sich mit Bauchschmerzen – ein Zeichen, daß sie «erwachsen» wurde – vom Hockeyspielen entschuldigt hatte. Mit einem großartigen Gefühl von Reife setzte sie sich auf die Bank neben der Hintertür. Sie wartete, weil ihre Mutter drinnen gerade telefonierte. Anna vermutete, daß sie ihr einen besonderen Kuchen zum Geburtstag gebacken hatte, und wollte die Überraschung nicht verderben. So lehnte sie sich gegen die Mauer und lauschte durch das offenstehende Küchenfenster auf die Stimme ihrer Mutter, während diese sich einer unbekannten Person anvertraute. «Wir haben es Anna noch nicht erzählt, aber wir werden Cliff Cottage verkaufen müssen. Jeffrey ist entlassen worden.» Ihre Mutter begann zu weinen.

Vor Schreck erstarrt, war Anna draußen auf der Steinbank sitzengeblieben. Noch nach so vielen Jahren konnte sie sich an das Gefühl vollkommener Hilflosigkeit erinnern, während sie ihre Mutter weinen hörte, und wenn sie an diesen Nachmittag zurückdachte, schien es ihr oft, als wäre ihr Vater schon damals gestorben, obwohl es noch drei Jahre dauern sollte, bis er sich umbrachte.

Kapitel 6

Auch wenn Anna innerlich noch mit Vince' ablehnender Reaktion auf ihr Angebot beschäftigt war, so tröstete sie sich doch damit, daß sie so viele neue Abschlüsse wie noch nie tätigen konnte. Die Besitzer der Bootsflotte in Griechenland hatte sie an ein Dutzend anderer Firmen weiterempfohlen, Michelle, ihre neue Agentin in Weymouth, betreute bereits fünfzig Klienten, und Stephen, ihr Kontaktmann auf der Isle of Wight, faxte ihr so viele Anfragen nach Quoten, daß ihr Faxgerät heißlief.

Auch Charlie war bester Laune. Merchant & Leisure hatte ihm inoffiziell bestätigt, er werde die freie Stelle bekommen, und das feierte er, indem er den neuesten und stärksten BMW bestellte, der auf dem Markt erhältlich war, ungeachtet der Tatsache, daß Marinecover ihm ein entsprechendes, wenn auch nicht ganz so PS-starkes Modell zur Verfügung stellte. Nachdem der Wagen geliefert worden war, rasten sie noch am selben Abend über die M 40 nach Oxford, um im *Le Manour aux Quat' Saisons* unglaublich teuer zu essen. Auf dem Heimweg wurde Charlie wegen Geschwindigkeitsüberschreitung von der Polizei angehalten, aber das konnte ihnen die gute Laune nicht verderben. Sie lachten noch, als sie in seiner Wohnung aufs Bett fielen.

«Uns geht's großartig, findest du nicht auch?» sagte er und schmiegte sich an sie.

«Es ist herrlich.» Sie küßte ihn zärtlich. Ob er sie jetzt wohl bitten würde, ihn zu heiraten?

«Ich werde dich vermissen, wenn wir nicht mehr zusammenarbeiten», gestand er, strich ihr das Haar nach hinten und gab ihr einen gierigen Kuß.

Über diese Bemerkung freute sie sich sehr, denn das bedeutete ihr viel. Sie legte die Arme um seinen Nacken. Er strich mit den Händen über ihren Körper und begrub das Gesicht an ihren warmen Brüsten, während sie sich vorsichtig, aber zielbewußt unter ihm bewegte. Langsam und hingebungsvoll liebten sie sich, jeder genoß den Körper des anderen. Sie küßten und streichelten sich, und diesmal drängte er sie nicht, sondern nahm sie ganz sanft und ließ ihr Zeit, so daß sie, als er tief in sie eindrang, ebenfalls voller Erregung war und sich wünschte, der Augenblick möge niemals enden.

Als Anna am nächsten Morgen ins Büro kam, strahlte sie noch in der Erinnerung an die vergangene Nacht. Nicht einmal der lange, umständliche Brief eines gewissen Mr. Cargill, eines Klienten, der für seine zu Ostern gestohlene Jacht noch immer keinen Schadenersatz erhalten hatte, konnte ihr Hochgefühl dämpfen. In dieser Angelegenheit fragte sie bei Bridget an, die bei Isaacs Syndikat die Forderungen bearbeitete. Bridget und der «Zwerg» waren ein berühmtes Paar, weil sie so großgewachsen und zurückhaltend war wie er klein und lebhaft.

«Wir haben die Schadensumme noch nicht ausgezahlt, weil einer von Paul Sheldons Ermittlern Cargills Außenbordmotor an einem gestohlenen Schiff in Cowes entdeckt hat», erklärte Bridget.

«Aber Bridget, was soll denn das? So etwas ist doch bloße Verzögerungstaktik. Mein Klient hat sein Schiff als gestohlen gemeldet. Wo liegt das Problem?»

«Warum sollte jemand den Motor aus einer neuen Jacht ausbauen, und falls doch, wo ist dann die Jacht?»

«Bei einem anderen Dieb, könnte ich mir denken.»

«Sheldon möchte noch einmal mit Cargill reden.»

«Sie wollen doch nicht sagen, Sie verdächtigen ihn des Versicherungsbetrugs? Er ist ein schüchterner kleiner Mann. Ich habe ihn gebeten, mich Anna zu nennen, aber er traut sich nicht und sagt immer noch ‹Miss Tobias›. Er hätte nicht einmal den Mut, vor einer Haustür eine Flasche Milch zu klauen.»

Bridget lachte. «Sie würden selbst Barbarossa noch verteidigen.»

«Ja, wenn er mein Klient wäre.» Anna legte den Hörer auf. Sie hoffte nur, daß Cargill nicht doch in zwielichtige Geschäfte verwikkelt war. Die meisten Regulierungsbeauftragten untersuchten und bewiesen lediglich den Versicherungsbetrug und gaben dem Syndikat den Rat, die Auszahlung zurückzuhalten. Dann stellten sie eine Rechnung über die geleistete Arbeitszeit. Die moralische Beurteilung des versuchten Betrugs überließen sie anderen. Paul Sheldon hingegen informierte stets die Polizei. Das war der Grund, weshalb ihn Gordon als Prämienjäger mit sozialem Gewissen bezeichnet hatte.

Am späten Donnerstag nachmittag kam Elaine mit einem üppigen Strauß rosafarbener und weißer Orchideen in der Hand in Annas Büro.

«Sind Sie sicher, daß die Blumen für mich sind?» fragte Anna. Warum schickte Charlie ihr Blumen, wo doch sein Büro weniger als zwanzig Meter entfernt lag?

«Auf dem Umschlag steht ‹Miss Tobias›.»

Anna schlitzte ihn auf und nahm die Karte heraus. «Hören Sie sich das an!» rief sie. «‹Verzeihen Sie mir bitte meine Grobheiten. Ich akzeptiere Ihre Quote. Wir sehen uns dann auf unserer Party. Vincent Ellerby-Creswell.›»

Einen Augenblick später bestätigte ein Fax, daß Vince ihre Bedingungen angenommen hatte.

Anna griff nach dem Telefonhörer und tippte Isaacs Nummer. «Ich habe Creswell doch nicht verloren», rief sie triumphierend.

Er lachte. «Damit hatte ich auch nie gerechnet.»

Anna warf Elaine ein breites Lächeln zu, packte den Blumenstrauß und marschierte zum Sitzungssaal, wo Gordon an seinem gewohnten Platz saß und arbeitete. «Sehen Sie mal, was ich bekommen habe.» Sie winkte mit dem Blumenstrauß. «Ellerby-Creswell hat angenommen – und sich entschuldigt.»

Gordons brauenloses Gesicht verzog sich zu einem Grinsen, soweit ihm das möglich war. «Gut gemacht.»

Charlie freute sich über die Einladung zu Vince' Party, weil sie ihm Gelegenheit gab, seinen neuen Wagen vorzuführen. Sie rasten so schnell über die Autobahn, daß sie unter den ersten Gästen waren.

Fred Ribbles Bootswerft lag am Fluß Hamble. Sie bestand aus vier großen Hallen, die etwas vom Ufer entfernt standen, und einer Marina voller Luxusjachten. Für die Schiffstaufe war die *Le Nouveau Monde* am oberen Ende einer Helling befestigt, und das Flußufer hatte man im Stil der Henley-Regatta mit einem bonbonfarbenen gestreiften Zelt und riesigen Töpfen pinkfarbener Geranien geschmückt. «Ich hätte etwas Eleganteres anziehen sollen», flüsterte Anna Charlie zu, als eine exotische Rothaarige vorüberschwebte, die von Kopf bis Fuß in Goldlamé gehüllt war. Ihr folgte ein älterer Herr, zusammen mit einer noch älteren Dame in leuchtend orangem Chiffon, auf deren runzligem Brustansatz Diamanten glitzerten und deren gebleichtes Haar wie weiße Zuckerwatte leuchtete.

«Du siehst toll aus.» Charlie berührte ihr einfach geschnittenes scharlachrotes Seidenhemd. «Ich hasse grellbunte Kleider, und ich hasse gefärbte Haare.»

Anna lächelte insgeheim und wechselte das Thema.

«Na, wie geht es meiner Lieblingsmaklerin?» rief Vince, als Anna auf ihn zukam. Er war klein und rundlich und erinnerte mit seinem faltigen Gesicht an einen Cox-Orange-Apfel, der das ganze Jahr über am Baum hängengeblieben war.

«Ich freue mich, bei meinem Lieblingsklienten zu Gast zu sein», antwortete sie und beugte sich hinunter, damit er sie auf beide Wangen küssen konnte.

«Ich war mir sicher, Sie würden schwach werden und mir doch

noch einen besseren Preis machen», fügte er mit einem leisen Kichern hinzu.

«Ich habe Ihnen bereits meinen besten Preis gemacht, Vince.»

«Ich weiß, ich habe mich anderswo umgehört.»

«Ich weiß, daß Sie sich anderswo umgehört haben.»

Er stieß einen schrillen Lacher aus. «Sie sind ein tolles Mädchen! Und das ist also der Geliebte?» Er streckte Charlie die Hand hin. «Willkommen bei den Ellerby-Creswells.» Dann senkte er die Stimme und sagte mit Verschwörermiene: «Anna weiß es schon, in Wirklichkeit heiße ich nur Creswell. Aber Monique legt Wert auf Stil, und so habe ich Ellerby angehängt, das ist der Mädchenname meiner Mutter.»

«Vince! Das erfindest du. Es war doch deine Idee.» Monique trat vor, eine elegante Blondine mit sonnengebleichten Strähnchen und von unbestimmbarem Alter. «Hallo, Anna.» Sie küßte Anna auf beide Wangen. «Ach, und das ist der neue Mann? Ich freue mich sehr, daß Sie mitkommen konnten.» Ihr Englisch, das sie mit starkem französischem Akzent sprach, war ausgezeichnet und klang amüsant, weil sie von Vince zahlreiche umgangssprachliche Begriffe aufgeschnappt hatte.

Charlie und Anna gesellten sich zu den anderen Gästen und unterhielten sich mit einem Paar, das eine Jacht in Puerto Banus liegen hatte. Als der Mann erfuhr, daß Anna die Versicherung für die *Le Nouveau Monde* abgeschlossen hatte, bat er sie um ihre Karte. «Sie selbst stammen aber nicht aus Australien, oder?» erkundigte er sich mit einem Kopfnicken in Richtung Charlie.

Sie lächelte und schüttelte den Kopf.

«Es ist ein schönes Land. Ich kenne es gut, ganz besonders Melbourne», fuhr er fort.

«Charlie kommt aus Melbourne.»

«Aus welchem Viertel?»

«Toorak. Sein Vater ist ein bekannter Chirurg.»

«Ach, die reichen Leute! Ich hatte einmal eine Freundin, die aus

Toorak stammte, aber ihre Eltern haben nicht viel von mir gehalten.» Er zwinkerte ihr zu. «Damals war ich noch arm.»

Anna gestand nicht, daß sie selbst noch nie in Australien gewesen war, weil sie sonst hätte zugeben müssen, daß Charlie sie nicht eingeladen hatte.

Weitere Gäste trafen ein, und bald waren es gut über zweihundert Menschen, die im Sonnenschein plauderten und lachten. Charlie kam mühelos mit jedem ins Gespräch. In seiner Begleitung fand Anna es leicht, sich unter die Leute zu mischen, obwohl lockere Konversation eigentlich nicht ihre starke Seite war. Aber Charlie war eine Naturbegabung im Umgang mit anderen Menschen. Zum Mittagessen gab es Hummer und zum Nachtisch Erdbeeren mit Sahne, und danach hielt Vince eine Messingglocke hoch, die zwar kleiner war als die Lutine Bell bei Lloyd's, ihr aber ansonsten glich, und läutete kräftig.

«Meine Freunde», rief er, und sein rundes Gesicht legte sich in dicke Lachfalten, «*Le Nouveau Monde* ist das beste Schiff, das ich je besessen habe. Ich möchte euch danken, daß ihr zur Schiffstaufe gekommen seid.» Er legte seine Arme um Monique. «Das ist ein ganz besonderer Tag für uns.»

Monique griff nach einer Flasche Champagner, die mit einem pinkfarbenen Band an der Jacht festgebunden war. Sie hielt sie in die Höhe und ließ sie dann fallen. Als die Flasche am Schiffsrumpf zerschellte, jubelten alle und hoben ihre Gläser. Die fünfundzwanzig Meter lange Jacht glitt über die Helling ins Wasser.

Vince lief als erster die Gangway hinauf. «Bitte anstellen für die Besichtigungstour», schrie er und läutete erneut die Glocke wie ein kleiner, herrischer Schuldirektor.

«Man sollte glauben, wir sind beim Pferderennen», schimpfte die beeindruckende Rothaarige in Goldlamé.

«Reden Sie doch nicht so laut!» zischte der Mann, der Melbourne kannte. «Heute ist Vince' großer Tag. Er hat es weit gebracht, und er darf stolz darauf sein.»

Im Gänsemarsch stiegen sie die Gangway hinauf und betraten den großen Salon, der mit Blattgold verziert und mit edlen Vorhängen in Pfirsichrosa und Creme ausgestaltet war. An der Wand hingen lebensgroße Fotos von Monique, mit Weichzeichner aufgenommen, so daß sie zwanzig Jahre jünger aussah. Annas Geschmack entsprach das nicht, aber um Vince einen Gefallen zu tun, bewunderte sie die Ausstattung mit gebührenden Worten. Das Schlafzimmer war ebenso üppig. Es enthielt einen herzförmigen Whirlpool, der von einer halbrunden Wand umgeben war, auf der Botticellis *Geburt der Venus* abgebildet war – das Gesicht der Venus war allerdings durch ein Porträt von Monique ersetzt. Anna wagte nicht, Charlie anzusehen, sie hätte losplatzen müssen.

Am Ende der Besichtigungstour überreichte Vince jedem Gast ein Geschenk – den Männern eine goldene Krawattennadel, auf der *Le Nouveau Monde* stand, und den Frauen ein Kettenarmband mit der gleichen Inschrift.

«Das war ein wunderschöner Tag», sagte Anna. «Noch einmal vielen Dank für die herrlichen Orchideen.»

«Ach, die haben Sie geschickt», bemerkte Charlie mit gespielter Eifersucht.

Vince genoß es, als Rivale zu gelten. «Passen Sie gut auf mein Lieblingsmädchen auf», sagte er zu Charlie. «Sie müssen uns beide einmal in Puerto Banos besuchen, wenn das Schiff dort liegt. Dann werden wir uns vergnügen, und darum geht's doch im Leben, nicht wahr?» Er umarmte Anna, gab Charlie einen Klaps auf den Rücken und winkte ihnen zum Abschied nach.

Als sie außer Hörweite waren, fragte Charlie: «Hat er die Blumen gemeint, die du deiner Sekretärin gegeben hast?»

«Ja. Ich wollte dich noch warnen, aber Gott sei Dank hast du Vince nichts davon gesagt.» Anna hängte sich bei ihm ein und lächelte, weil sie an die Freude auf Elaines Gesicht dachte, als sie ihr Vince' Strauß überreicht hatte.

Anna befand sich gerade an Isaacs Box, um die Versicherung einer vor kurzem restaurierten holländischen Barkasse zu besprechen, als die Nachricht kam, die Bankzinsen seien um einen halben Prozentpunkt gestiegen.

Sie stöhnte. «O nein! Unsere Kreditraten.»

Gelassen kritzelte Isaac seine Initialen unter das Formular. «Wir müssen eben die Inflation bremsen. Ich habe Ihnen ja gesagt, die Leute sollten aufhören, alles auf Kredit zu kaufen.»

«Aber man kann kein Haus kaufen, ohne sich Geld zu leihen», gab Anna zurück. Seine Selbstzufriedenheit ärgerte sie.

Bei Marinecover suchte sie Charlie an seinem Schreibtisch auf, wo er gerade Daten in den Computer eingab. «Die Kreditzinsen sind gestiegen», erklärte sie und spürte, wie irrationale Panik in ihr aufstieg.

«Nur keine Sorge, Kleines, wir können uns das doch leisten. Wir haben einen billigen Kredit.» Er lächelte ihr beruhigend zu und wandte sich wieder seiner Arbeit zu.

Anna ging in ihr Büro, atmete tief durch und zählte bis zwanzig. Charlie hatte recht. Sie brauchten nichts zu befürchten. Sie hatten gute, sichere Jobs, sie verdienten beide – und Charlie war nicht wie ihr Vater. Ihn würde nichts so leicht aus der Bahn werfen.

Vier Tage später stiegen die Zinsen um ein weiteres halbes Prozent, und Charlie schimpfte: «Das liegt überhaupt nicht am Zustand der Wirtschaft. Schuld daran sind nur diese düsteren Prognosen der Journalisten, die eine Rezession vorhersagen und die Leute damit panisch machen.»

Anna äußerte sich nicht dazu, weil sie den Eindruck vermeiden wollte, es mangele ihr an Zuversicht, aber in dieser Nacht träumte sie von dem gemieteten Haus in Leatherbridge.

Xaviers Kostenrechnung für die Außenarbeiten in Ladbroke Hill lag um zweitausend Pfund höher als seine mündliche Schätzung. Anna wollte sie anfechten, aber Charlie weigerte sich. Wäre es um ein geschäftliches Projekt gegangen, dann hätte er sich bemüht, den Preis niedrig zu halten, aber bei Privatangelegenheiten diskutierte er nie über Geld, weil er das kleinkariert fand. Er zahlte Xaviers Forderung ohne Protest.

Die Zinsen stiegen erneut, und der Mangel an Zuversicht erreichte nun auch die Börse, wo die Aktienpreise zu sinken begannen. In den Büros und den Weinbars der City sah man lange Gesichter. Die Leute erinnerten sich an den schwarzen Montag im Oktober letzten Jahres und fragten sich, ob es noch schlimmer kommen würde. Zwei von Annas Klienten, die geplant hatten, neue Jachten zu kaufen, beschlossen, mit dem Kauf noch zu warten, und ein weiterer Kunde erklärte ihr, Barry Limehouse biete bessere Werbeprämien.

«Was für Werbeprämien?» wollte Anna wissen.

«Na ja ... äh ... Sie wissen schon.»

«Sie meinen Sex?»

Der Klient schwieg.

Anna knallte den Hörer auf und rief Elaine zu: «Der Gangster besorgt ihnen Nutten! Der Kerl macht mich krank!»

Deprimiert und voller Sorge wegen des plötzlichen Absinkens ihrer Abschlußzahlen verdoppelte Anna ihre Bemühungen, die Geschäfte wieder in Gang zu bringen. Aber wo immer sie auch hinkam – zu den luxuriösen Marinas der englischen Südküste, den Werften und den Jacht-Charterfirmen –, der Gangster folgte ihr und unterbot ihre Quoten.

Die Arbeiten in Ladbroke Hill gingen beinahe schneller voran, als sie es sich leisten konnte. Der Kamin wurde verstärkt, das Dach und die Fenster wurden erneuert und die lockeren Bodenbretter ausgetauscht, so daß sich die neuen deutlich von den alten abhoben. Xavier besuchte sie mit Katalogen für Badezimmereinrichtungen und Armaturen, und sie ließen sich von seiner Begeisterung anstekken und wählten die teuersten.

Charlie war gerade in Newcastle, als Anna die Rechnung erhielt.

Entsetzt rief sie bei Xavier an, damit er die Bestellung stornierte, aber er war nicht erreichbar. Daher fuhr sie mit dem Taxi zum Haus in der Hoffnung, ihn auf der Baustelle zu finden. Doch da war niemand. Die Bauarbeiter waren gerade beim Mittagessen, und das einzige lebende Wesen war Mr. Shufflebucks Katze, die auf der Gartenmauer entlangschlich. Eilig rannte Anna die Treppe hinauf, um sich die Badezimmer anzusehen. Die Wannen und die Waschbekken waren bereits eingesetzt und die handgefertigten Messingarmaturen angebracht. Es war nichts mehr zu machen, sie mußten bezahlen.

Sie fuhr in die Firma zurück und saß gerade im Sitzungssaal, um mit Gordon über ihre Verkaufsstrategie zu sprechen, als Miss Thin ihnen die Nachricht von der Explosion auf der Ölplattform Piper Alpha übermittelte.

«Das wird einen sagenhaften Schadenersatz geben», meinte Gordon düster. «Gott sei Dank sind wir keine Underwriter. Erst der Wirbelsturm und dann das – da werden einige Leute bei Lloyd's ganz schön unglücklich sein.»

Als Charlie nach Hause kam, sah Anna sich gerade die neuesten Nachrichten über die Ölplattform an. Erst als sie zu Bett gingen, bot sich ein geeigneter Moment, mit ihm über das Haus zu sprechen, weil er den ganzen Abend telefoniert hatte. Der Zeitpunkt war natürlich nicht glücklich gewählt. «Ich finde, wir sollten diese Wohnung aufgeben», sagte sie. «Es ist verrückt, weiterhin die Miete zu bezahlen, wenn wir im oberen Stockwerk von Ladbroke Hill wohnen könnten.»

Aufstöhnend ließ er sich in die Kissen sinken. «Ich werde bestimmt nicht auf einer Baustelle wohnen, wo meine ganzen Kleider vom Zementstaub ruiniert werden.»

«Charlie, im Obergeschoß kann man wohnen. Nur die Wände müssen noch gestrichen werden.»

«Anna, bitte, ich hatte heute einen langen, harten Tag. Laß uns lieber über etwas Erfreuliches reden, wie zum Beispiel unsere Einweihungsparty. Ich finde, wir sollten sie im September feiern.» Er küßte sie auf die Nasenspitze. «Und als Zugeständnis an deinen Geiz bin ich damit einverstanden, daß wir normalen Champagner anstatt eines Spitzengewächses anbieten.»

Sie legte ihm den Arm um den Nacken. «Charlie, ich bin nicht geizig, sondern lediglich vorsichtig. Das mußte ich schon als Kind lernen, und alte Gewohnheiten vergißt man nicht so schnell.»

«Aber wir sind reich, Anna, und wir werden noch reicher. Du mußt keine so furchtbare Angst davor haben, Geld auszugeben.» Er lächelte sie an. «Vertraust du mir denn nicht?»

«Doch, natürlich.» Sie gab ihm einen Kuß.

Er fuhr fort, über die Einweihungsparty zu reden. Sie schliefen nicht miteinander – wie so oft. Charlie war nicht der sexbesessene Typ, den Anna anfangs in ihm gesehen hatte, aber er war warmherzig, und das liebte sie an ihm.

Sie dachte zurück an seinen ersten Tag bei Marinecover, als er in ihr Büro marschiert war und deutlich gezeigt hatte, daß sie ihm gefiel, ohne darüber nachzudenken, ob andere Leute es bemerkten. Das hatte Anna sowohl schmeichelhaft als auch beunruhigend gefunden. Doch vorsichtig, wie sie war, machte sie sich Gedanken: Wenn eine Affäre mit einem Kollegen zu Ende ging, konnte sie leicht als Verliererin darstehen. Deshalb umschlichen sie sich einen Monat lang und trafen sich lediglich im Korridor bei der Kaffeemaschine oder auf einen Drink nach der Arbeit in einer Bar in der City.

Schließlich hatte Charlie unter dem Vorwand, eine Akte holen zu wollen, Anna in ihrem Cottage in Fulham besucht. Sie öffnete die Haustür und trat zur Seite, um ihn in dem engen Korridor vorbeigehen zu lassen. Er streifte sie, und sie konnte sich noch an ihre Erregung erinnern, als sein Pullover ihren Handrücken berührte. Sie führte ihn ins Wohnzimmer, das gerade frisch gestrichen worden war, und er witzelte: «Ihr neues Parfüm gefällt mir.» Beide hatten nervös gelacht.

Dann ging sie in die Küche, und er folgte ihr und hielt sich in ihrer

Nähe, während sie vergeblich versuchte, den Korken aus einer Weinflasche zu ziehen. Schließlich nahm er ihr Flasche und Korkenzieher ab und sagte ganz leise: «Sollen wir den Wein im Schlafzimmer trinken?»

Heimlichkeit war die Würze in dieser Anfangszeit ihrer Liebe. Sie verbrachten jeden Abend miteinander, liebten sich bis zum Morgengrauen, trennten sich dann, um noch eine Stunde zu schlafen, und erschienen zu unterschiedlichen Zeiten und aus unterschiedlichen Richtungen im Büro. Wenn sie sich tagsüber trafen, unterhielten sie sich in gekünsteltem Tonfall und mußten sich sehr zurückhalten, einander nicht anzufassen. Diese Begegnungen waren beinahe so erotisch wie leidenschaftliche Umarmungen, denn in ihnen lag alle Ungeduld des Begehrens und das Wissen, daß die Sehnsucht bald erfüllt würde. Eines Abends konnten sie sich nicht mehr zurückhalten und liebten sich auf dem hochflorigen marineblauen Teppich im Sitzungssaal. Jetzt lag Anna neben Charlie und bebte vor Erregung, wenn sie an diesen Augenblick reiner, ungezügelter Erotik dachte.

Charlie bekam die Stelle bei Merchant & Leisure nicht. Am Samstag morgen, als er und Anna von ihrer umfangreichen vierzehntägigen Einkaufstour zum Supermarkt zurückkehrten, wartete der Brief auf ihn. «Ich komme mir wie ein Versager vor», stöhnte er und knüllte das Blatt zu einem Ball zusammen.

Sie legte tröstend die Arme um ihn. «Es ist doch nur ein Rückschlag, Charlie, du findest etwas anderes, wenn du es unbedingt willst.»

«Ja ... aber ich habe Russell und ... ach, ich weiß nicht wem noch alles erzählt, sie hätten mir diesen Job angeboten, und jetzt stehe ich dumm da.»

Sie gab ihm einen Kuß aufs Kinn. «Jeder weiß, daß du einer der strahlenden Sterne von Marinecover bist, und bestimmt finden alle, die Leute von Merchant & Leisure seien Idioten, weil sie dich nicht nehmen.» Sie lächelte ihn an und sagte: «Was möchtest du heute machen? Du darfst es dir aussuchen.»

Sie erwartete, daß er seine Enttäuschung mit einem Achselzucken abschüttelte und sagte, er wolle *Batman* sehen, weil er davon bereits gesprochen hatte, aber zu ihrer Überraschung seufzte er und begrub sein Gesicht an ihrem Hals. «Ach, es ist mir egal. Ich möchte diese Stelle», murmelte er.

Anna drückte ihn an sich. Auf einmal hatte sie wie nie zuvor das Gefühl, er brauche sie, was seltsam war, denn bis zu diesem Augenblick hatte sie ihn für den Beschützer gehalten und sich selbst für die Schutzbedürftige.

Als sie am Sonntag nach Lower Gossip Fen zum Geburtstagsessen ihrer Großmutter fuhren, war er noch immer bedrückt. Anna fragte ihn, ob er lieber zu Hause bleiben wolle, aber er schüttelte den Kopf und sah mürrisch und schweigend zu, wie sie ein Seidenband um die Champagnerflasche band, die sie als Geschenk gekauft hatte.

Sie brauchten eine Stunde, bis sie die nördlichen Vororte von London hinter sich gelassen hatten, und noch eine weitere Stunde nach Lower Gossip Fen. Der Name Gossip – Klatsch – für die Farm stammte, wie die lokalen Historiker schrieben, von einer Straßenkreuzung, auf der sich die Frauen auf dem Weg zum Markt trafen und miteinander plauderten. Tom behauptete allerdings, der Name beziehe sich auf seine Frau. Er hatte das Land und das dazugehörige Haus kurz vor ihrer Heirat geerbt. Der Besitz hatte einem älteren, verwitweten Onkel gehört und war sehr verwahrlost gewesen, daher steckte Tom das Geld, das er mit seinen endlosen Reihen von Kohlköpfen und roten Rüben verdiente, in die Modernisierung der landwirtschaftlichen Maschinen.

Das alte Bauernhaus stand auf der einzigen Anhöhe der Gegend. Es war ein weitläufiges graues Steinhaus mit niedrigen Balkendekken und gefliesten Böden. Im Sommer, wenn der Garten sonnendurchflutet war, lebte es sich herrlich darin, aber im Winter war es eiskalt, weil Tom und Roz es sich nicht leisten konnten, anständig zu heizen. Vom Spätherbst bis zu den ersten Frühlingstagen tobte der Nordostwind um das Haus und trug den Nebel aus dem Wash und den Entwässerungskanälen heran.

Am ersten Weihnachtsfest, nachdem Tom und Roz geheiratet hatten, verirrte sich ein Lastwagen, der Schafe geladen hatte, im Nebel, verfehlte die schmale Straße, die am Tor zur Farm vorbeiführte, und kippte in den Kanal. Die Tiere, die nicht ertrunken waren, flohen in Panik und rannten über den Hof der Farm. Vier von ihnen waren in die Küche eingedrungen und hatten sich, tropfnaß vor Schlamm, unter dem Tisch versteckt. Anna erinnerte sich, daß ihr Vater dem Lastwagenfahrer anbot, sie zu kaufen, um sie vor dem Schlachthaus zu retten. Der Himmel wußte, wie er vier Schafe in Leatherbridge unterbringen wollte. Aber sie hatte ihn dafür geliebt, daß er es versucht hatte, und die Erinnerung daran war besonders deshalb schmerzlich, weil er sich wenige Monate danach umgebracht hatte. Keiner von ihnen war in der Lage gewesen, *ihn* zu retten.

Als Charlie und Anna endlich ankamen, saßen Annas Mutter und ihre Großmutter bereits am Tisch im Eßzimmer. «Entschuldigt bitte, daß wir so spät kommen», sagte Anna mit betonter Fröhlichkeit. «Es war ein schrecklicher Verkehr. Hallo, Mum ... alles Gute zum Geburtstag, Granny.» Sie beugte sich vor und gab ihrer Großmutter einen Kuß auf die faltige Wange.

«Es ist unhöflich, zu spät zu kommen, Anna», bemerkte ihre Großmutter. Sie war eine grauhaarige Frau mit stechenden Augen, die sich stets untadelig geradehielt.

«Es tut mir leid, Granny.»

«Zu meiner Zeit haben junge Leute die Älteren nie warten lassen.»

«Ja, Granny.» Anna ging um den Tisch, küßte ihre Mutter kurz auf die Wange und überließ es Charlie, höflich Konversation zu machen, weil er das so gut konnte. Sie selbst floh in die große Küche mit der Balkendecke, wo Roz und Tom gerade den Kindern ihre Aufgaben zuteilten.

Roz hatte ihr Aussehen von Granny Tobias und der väterlichen Seite ihrer Familie: ein hübsches, längliches Gesicht, breite Wangenknochen und eine Menge rotbrauner Locken. Da Tom die gleiche Haarfarbe und die gleichen Augen hatte wie seine Frau, wurden sie von den Leuten oft für Geschwister gehalten. Charakterlich waren die beiden jedoch grundverschieden. Während Roz lebhaft, herrisch und leicht aufbrausend war, hatte Tom ein zufriedenes, geduldiges Wesen und zeigte stets ein wohlwollendes Lächeln.

«Tut mir leid, daß ich zu spät komme», verkündete Anna. Dann fügte sie, um lästige Fragen zu verhindern, hinzu: «Charlie ist heute vielleicht ein bißchen schweigsam, er hat eine Enttäuschung zu verkraften.»

«Es ist doch nichts Ernstes?» fragte Roz.

«Er hat sich um eine andere Stelle beworben und sie nicht bekommen.»

«Das klingt wie bei Dad.»

«O nein! Er ist ganz anders.» Dieser Vergleich schockierte Anna. Sie griff nach einem Stapel Teller. «Soll ich die ins Eßzimmer bringen?»

«Nein danke, das macht Melissa.»

«Ich fülle gerade die Spülmaschine!» schimpfte Melissa hinter ihrem Vorhang glatthängender dunkler Haare hervor.

«Teenager!» murmelte Roz und verdrehte die Augen. Dann wies sie Luke, das rothaarige Musikgenie, und den pausbäckigen, sommersprossigen Oliver an, Melissas Aufgabe zu übernehmen. Nur Phoebe, fünf Jahre alt und zierlich wie eine winzige goldfarbene Blume, mußte nicht in der Küche helfen. Sie saß neben Annas und Roz' Mutter am Tisch.

Beim Essen wurde Anna ihrer Mutter gegenüber zwischen Oliver und Tom plaziert. Charlie saß am oberen Tischende neben Melissa.

«Vielen Dank für den Champagner», sagte Roz. «Granny, Anna

und Charlie haben eine Flasche Champagner mitgebracht. Wir trinken ihn zum Käse. Ich weiß, daß du ihn dann am liebsten magst.»

«Ich liebe Champagner.» Annas Mutter lächelte ihr über den Tisch hinweg zu.

«Ich weiß», sagte Anna. «An deinem Geburtstag bringen wir auch welchen mit.»

Zufriedenheit erfüllte das alte Eßzimmer mit der Balkendecke, während sie aßen und tranken, redeten und lachten. Charlie lauschte geduldig, als ihm Melissa von ihren mannigfaltigen Frustrationen erzählte. Er fing Annas Blick auf und zwinkerte ihr zu, und sie hätte ihn am liebsten geküßt, weil er seine eigenen enttäuschten Hoffnungen beiseite schob.

«Vor kurzem war ich in Belworth», erzählte sie ihrer Mutter vorsichtig. Sie fragte sich, ob es richtig war, davon zu reden, fand aber dann, es sei feige, den Besuch zu verschweigen. «Ich habe Mr. Holdsworthy getroffen, und er hat mir gesagt, Cliff Cottage wird nur im August bewohnt. Ich war dort. Es war so heruntergekommen.»

Die Reaktion sah so traurig aus, daß Anna sich wünschte, sie hätte nichts gesagt. «Eines Tages werde ich nach Belworth zurückkehren, aber jetzt noch nicht», sagte Annas Mutter leise, so daß Granny Tobias sie nicht hören konnte. «Ich bin viel zu beschäftigt, mich um du weißt schon wen zu kümmern. Ich kann sie nicht einmal eine Nacht lang alleinlassen.»

Die Art, wie sie das sagte, erheischte Zustimmung, und Anna bestätigte sie eilig. «Du hast recht, Mum, sie käme ohne dich nicht zurecht.»

Melissa brachte den Käse, und Tom goß den Champagner ein. Aber als sie die Gläser erhoben, um auf Granny Tobias anzustoßen, richtete Annas Großmutter ihren strengen Blick auf Charlie. «Wenn ich das nächste Mal Champagner trinke, dann wird es, so hoffe ich doch, auf der Hochzeit von Ihnen und meiner Enkelin sein», sagte sie fest. «Ich finde es nicht richtig, wenn Paare unverheiratet zusammenleben.»

Anna lief purpurrot an. «Granny! Bitte!»

«Ich bin sechsundachtzig, und ich sage, was mir paßt.» Mit ihrem knochigen Zeigefinger deutete sie auf Charlie. «Nun, junger Mann, was haben Sie dazu zu sagen?»

Charlie wurde rot wie ein unartiger Junge, der mit der Hand in der Bonbondose erwischt wird. Er zögerte erst und antwortete dann: «Erst muß Anna meine Familie kennenlernen, aber ich habe vor, sie über Weihnachten nach Australien einzuladen.»

Mit einem Freudenschrei schoß Anna hoch, rannte um den Tisch und umarmte ihn.

Kapitel 7

Weil Anna glücklich war, vergass sie ihre Sorgen, und weil sie keine Angst mehr hatte, war auch Charlie gut gelaunt, was sie noch glücklicher machte. Obwohl er nichts davon gesagt hatte, war sie überzeugt, daß er vorhatte, ihr in Australien einen Heiratsantrag zu machen. In ihren Tagträumen kehrten sie als Verlobte zurück – oder, genauer gesagt, sie kehrten zurück, und Charlie bat ihre Mutter offiziell um Annas Hand. Tom hatte nämlich ihren Vater gefragt, als er Roz heiraten wollte, und wenn Charlie es nicht ebenso machte, würde das Anna, wie sie wußte, von ihrer Großmutter immer wieder zu hören bekommen.

Auf dem eiligen Weg in die Arbeit und nach Hause plante sie die Hochzeit. Sie sollte Anfang Juni nächsten Jahres stattfinden. Anna wäre Mai lieber gewesen, aber das brachte angeblich Unglück, und im April konnte es noch sehr kalt sein. Am liebsten hätte sie in der kleinen Kirche in Belworth geheiratet, aber damit hätte sie ihrer Mutter Kummer bereitet, und so dachte sie an die alte, steinerne Marschland-Kirche bei Lower Gossip, wo es einen bereitwilligen Pfarrer gab. Im Juni sah Roz' Garten herrlich aus. Charlie war vielleicht der Meinung, eine kirchliche Zeremonie sei sentimental. Aber Anna konnte behaupten, es sei wegen ihrer Mutter, obwohl sie sich in Wirklichkeit selbst eine traditionelle Hochzeit wünschte.

Im Lauf der nächsten Wochen arbeitete sie das Fest in allen Einzelheiten aus: das Kleid, der Brautstrauß, die Gästeliste. Oft, wenn sie neben Charlie im Bett lag und er über ihre Einweihungsparty redete, lächelte sie und nickte, war aber in Gedanken bei der Frage, ob das Brautkleid elfenbein- oder cremefarben sein sollte.

Xaviers nächste Rechnung zahlte Anna ohne Protest. Sie sagte sich, daß Ladbroke Hill perfekt sein sollte, da es nun ihr eheliches Zuhause werden würde. Als die Kreditzinsen zum siebtenmal innerhalb von drei Monaten stiegen, zwang sie sich, nicht in Panik zu geraten, und an dem Tag, an dem wegen der steigenden Inflationsrate auf den Geldmärkten Alarm geschlagen wurde, ging sie am späten Abend noch in die Bond Street zum Einkaufen und gab ein Vermögen für ein rotes Seidenkleid von Giorgio Armani aus.

Bei der Arbeit sprühte Anna vor Energie. Die düsteren Vorahnungen, daß eine Rezession bevorstand, beschäftigten sie nicht länger, und ihre Zuversicht wirkte ansteckend. Es gelang ihr, einen Klienten, der sie zugunsten des Gangsters im Stich gelassen hatte, zurückzugewinnen und einen anderen davon zu überzeugen, daß er bei Fred Ribble eine Jacht in Auftrag gab. Nachdem sie und Charlie ein Wochenende mit Vince und Monique an Bord der *Le Nouveau Monde* in Puerto Banus verbracht hatten, kehrte Anna mit den Namen von sechs potentiellen Klienten in ihrem Kosmetikkoffer nach Hause zurück. Dort fand sie auf dem Schreibtisch im Büro einen dankbaren Brief von Mr. Cargill vor, in dem er ihr mitteilte, sein Schaden sei vollständig ersetzt worden. Sie rief Isaac an und sagte: «Ich habe Ihnen doch gesagt, daß Cargill ehrlich ist.»

Er kicherte. «Ja, diesmal hatten Sie recht.»

«Wagen Sie es nur nicht, Sheldons Honorar in Cargills nächste Prämie einzurechnen.»

«Anna, ich heiße Isaac Finestein. Das tun andere vielleicht, aber ich nicht.»

«Ich weiß, ich habe nur Spaß gemacht.»

Er wechselte das Thema. «Ein kleines Vögelchen hat mir erzählt, daß Sie eine Reise machen werden, um Charlies Familie kennenzulernen.»

«Zu Weihnachten – und ich kann es kaum erwarten.»

«Sie müssen ihn an einem Freitag einmal zu unserem Sabbatessen mitbringen, wenn er sich dabei nicht langweilt.»

«Natürlich langweilt er sich nicht. Wir kommen sehr gerne.»

Sie vereinbarten einen Termin. Als sie Charlie davon erzählte, stöhnte er, wie sie geahnt hatte, aber am Abend selbst war er charmant, und auch das hatte sie im voraus gewußt.

Zu Annas Enttäuschung waren die Arbeiten am Haus zum Stillstand gekommen, weil die Baufirma, die einzige, der Xavier vertraute, Ferien machte. Die Schlafzimmer und die Badezimmer waren zwar bereits zum Verputzen vorbereitet, aber die Kücheneinrichtungen mußten noch demontiert werden, die Sauna war noch nicht eingebaut, und weil Mr. Shufflebuck ihr Angebot nicht angenommen hatte, war das Morgenzimmer noch immer in Küche und Badezimmer aufgeteilt.

Charlie genoß es zwar, über das Fest zu reden, aber für die Vorbereitungen fehlte ihm die Geduld. Also kümmerte Anna sich darum, sobald sie während der Arbeit eine Minute Zeit fand. Sie beauftragte den Partyservice und bestellte den Champagner, Blumen und eine Steelband. Insgeheim betrachtete sie diese Organisationsaufgaben als Probelauf für ihre Hochzeit und die künftigen Einladungen, für die sie und Charlie bisher nie Zeit gefunden hatten, die sie aber nach ihrer Heirat bestimmt nachholen würden.

An dem Tag, an dem sie die Einladungen auf die Post gab, fand sie bei ihrer Rückkehr in die Wohnung Charlie bei der Lektüre eines Briefes von Xavier vor. «Die Vordertreppe muß erneuert werden.» Er stöhnte laut. «Warum zum Teufel hat Xavier das nicht früher entdeckt? Dieses Haus kostet uns ein Vermögen.»

«Wir nehmen dafür etwas von dem Geld, das wir für Teppiche zurückgelegt haben», sagte Anna ruhig. Sie war fest entschlossen, sich nicht mehr über Geld zu streiten.

«Aber was ist mit unserem Fest?»

«Wir tanzen auf den nackten Böden. Auf diese Weise sparen wir uns das Ausleihen einer Tanzfläche.»

Er lächelte strahlend und umarmte sie. «Ach, du bist so wunderbar praktisch. Du bist wie meine Mutter.»

Anna wußte nicht, ob sie sich über diese Bemerkung freuen sollte. Sie hatte ein Foto von Charlies Mutter gesehen, auf dem Mrs. Blythely aussah wie ein großes blondes Pferd.

Zwischen der Arbeit und den Festvorbereitungen blieb Anna wenig Zeit, um mit Delia zu plaudern. Daher vereinbarten sie einen Abend und trafen sich nach der Arbeit in einer Bar, wo sie ungestört reden konnten.

«Hier ist deine Einladung», sagte Anna und überreichte Delia einen weißen Umschlag.

Delia schlitzte ihn mit ihrem langen scharlachroten Daumennagel auf. «Tanzen? ‹Musik: Die Blue Steel Band›! Das klingt ja fabelhaft. Da werde ich mir ein neues Kleid zulegen müssen.»

Anna lachte. «Ich habe mir schon eins gekauft, an dem ich fast pleite gegangen wäre.» Sie zog eine weitere Einladung aus ihrer Handtasche. «Für Russell habe ich eine eigene Einladung dabei. Ich weiß, daß er eine Wohnung in der Stadt hat und seine Frau immer auf dem Land lebt, aber ich wollte sie lieber nicht mit der Post schikken, damit sie sie nicht findet. Kannst du sie ihm geben?»

Delia zögerte. «Er ... äh ... kann vielleicht nicht kommen.»

«Du meinst, du willst nicht, daß er kommt? Dee, habt ihr beiden euch getrennt?»

«Ich habe über das nachgedacht, was Mutter gesagt hat.» Delia spielte mit dem Stiel ihres Weinglases. «Ich bin letzte Woche im Theater gewesen, und der Platz neben mir – Russells Platz – war leer, weil er bei der Schulaufführung seines Sohnes war. Das letzte Wochenende habe ich allein verbracht, und das davor auch. Ich weiß, daß er in der Stadt bleibt, wenn etwas Besonderes ist, aber er bleibt nicht, um einfach nichts zu tun – die Sonntagszeitungen lesen, fernsehen, eben solche Wochenenden, wie du sie mit Charlie verbringst.»

«Das kann ich verstehen», sagte Anna. «Hast du es ihm schon gesagt?»

«Nein, aber ich habe es vor.» Delias Wangen wurden rot. «Weißt du, es gibt da jemand anderen, den ich gerne mitbringen würde.»

«Du Geheimniskrämerin, wer ist es denn?»

«Ich bin noch nicht mit ihm ausgegangen, aber er hat mir schon immer gefallen, und ich glaube, er mag mich auch, obwohl ich nicht weiß, wie sehr – er ist einer der Männer, die sich nichts anmerken lassen. Aber wenn ich ihn auf dein Fest einlade, werde ich bestimmt bald merken, ob ich bloß meine Zeit verschwende.»

«Ist es jemand, den ich kenne?»

«Paul Sheldon.»

«O nein! Doch nicht Sheldon. Er ist so arrogant.»

«Anna, ich dachte, du magst ihn. Auf der Weihnachtsfeier hast du mit niemand anderem gesprochen. Ich war mir sogar so sicher, du bist in ihn verliebt, daß ich meinen Mund gehalten habe, aber nachdem du und Charlie jetzt ... na ja ... warum sollte ich mich nicht für Paul interessieren?»

«Delia, er ist verheiratet. Das willst du dir doch nicht noch einmal antun.»

«Seine Frau ist tot. Sie starb bei einem Autounfall.»

Anna starrte Delia an. «Wann?»

«Im Januar, glaube ich.» Delia lehnte sich in ihrem Stuhl zurück und betrachtete Annas Gesicht. «Warum schaust du so ernst? Hast du mit Paul geschlafen? Ist das der Grund, weshalb du nicht möchtest, daß ich ihn mitbringe?»

«Delia!»

«Na und, wäre das so schlimm? Charlie war in Australien, er hat dich nicht angerufen, und du warst offenbar davon überzeugt, daß er vorhat, dich zu verlassen – und du warst sehr betrunken, als Paul dich nach Hause fuhr.» Delia machte eine Pause, und als Anna nichts sagte, fuhr sie fort: «Ich mag Paul, und es wäre eine ausgezeichnete Gelegenheit für mich, ihn näher kennenzulernen – und erzähl mir bloß nicht, Charlie würde sich aus Freundschaft zu Russell aufregen. Charlie interessiert sich nicht die Bohne für andere Menschen, außer für dich.»

Anna atmete tief durch. «Wenn du mir versprichst, es niemandem weiterzusagen, Dee, dann erzähle ich dir, was passiert ist. Ich habe es bisher keinem gesagt, Charlie natürlich schon gar nicht.» Sie beugte sich vor, damit niemand mithören konnte. «Ich habe nicht mit Paul Sheldon geschlafen, aber ich hätte es vermutlich getan, wenn ich nicht so betrunken gewesen wäre. Andererseits, wäre ich nicht betrunken gewesen, dann wäre ich gar nicht mit ihm nach Hause gefahren.» Sie versuchte ein schuldbewußtes Lächeln. «Wir haben die Feier verlassen, aber an die Fahrt kann ich mich nicht mehr erinnern. Irgendwann hat er mich wohl gefragt, ob ich noch zu ihm nach Hause mitgehe, und ich habe offenbar ja gesagt. Ich kann mich erinnern, daß er ein Loft in der Nähe der King's Road hatte mit einer Wendeltreppe, die auf eine Galerie führte, wo das Schlafzimmer war. Das weiß ich noch, weil ich mich am Geländer festgeklammert habe, als ich die Treppe hinaufstieg. Ich kann mich nicht einmal erinnern, ob ich ihn geküßt habe, so betrunken war ich, aber ich weiß noch, daß ich erst aufrecht stand und im nächsten Moment über der Galerie lehnte und fürchterlich gekotzt habe, fünf Meter weit runter auf den Perserteppich.»

Delia stieß ein schallendes Gelächter aus. «O Anna! Was hat er dazu gesagt?»

«Er war sehr nett, wenn man bedenkt, wie schroff er manchmal sein kann. Er hat saubergemacht, während ich in der Badewanne lag und heulte und mich am liebsten ertränkt hätte. Dann erzählte ich ihm, daß ich glaubte, Charlie liebe mich nicht, und er erzählte mir von den Schwierigkeiten in seiner Ehe. Er hatte eine Trennung auf Probe verlangt, obwohl er nicht sagte, warum, dazu war er wohl zu loyal. Ich weiß noch, daß er mir eine Tasse Tee brachte, und ich stieg aus der Badewanne, wickelte mich in ein Handtuch und trank, während ich am Fußende seines Bettes saß.»

«Was ist dann passiert?»

«Ach ... nichts. Ich bin wieder in Tränen ausgebrochen und konnte einfach nicht aufhören zu weinen. Aber dann hatte Paul genug von der Heulerei, und das kann ich ihm auch nicht übelnehmen. Er hat im Gästezimmer geschlafen, und ich lag auf seinem Bett und habe in seine Daunendecke geschluchzt. Nach einer Stunde, als ich sicher war, daß er schon schlief, hab ich mich rausgeschlichen, ein Taxi genommen und bin nach Hause gefahren.»

«Und seitdem hast du ihn nicht mehr gesehen?»

«Ich habe ihm eine Nachricht auf dem Anrufbeantworter hinterlassen und angeboten, die Reinigung des Teppichs zu bezahlen, aber er hat nie zurückgerufen. Irgendwann hab ich ihn im Büro angerufen, und er erzählte mir, seine Frau und er seien wieder zusammen. Er war sehr kühl und tat, als würde ich ihm nachlaufen. Du weißt schon, was ich meine, dieses Er-ruft-nicht-an-Syndrom. Ich kam mir vor wie eine komplette Idiotin, und bevor ich zum Gegenschlag ausholen und ihm erklären konnte, ich sei nur mit ihm nach Hause gefahren, weil ich betrunken und wegen Charlie unglücklich war, sagte er, auf der anderen Leitung warte ein Anruf, und legte auf. Jetzt verstehst du wohl, warum ich ihn nicht auf meiner Party haben möchte.»

Sie redeten nicht weiter über Paul Sheldon, sondern tauschten Klatschgeschichten aus dem Büro aus. Es war schon spät, als sie mit getrennten Taxis nach Hause fuhren. Während Anna die nächtlichen Straßen Londons vorüberziehen sah, wünschte sie sehnlichst, sie hätte Delia nicht von Paul Sheldon erzählt.

Am Tag ihrer Einweihungsparty wachte Anna mit einem heftigen Schnupfen und Halsschmerzen auf. Sie blieb im Bett liegen, nieste und nippte an heißem Tee, während Charlie seinen Squashschläger suchte und *Rudolph the Red-Nosed Reindeer* sang.

«Hör auf!» bat sie ihn lachend und nieste erneut.

Er beugte sich zu ihr und gab ihr einen Kuß auf die Stirn. «Zumindest wird deine Nase farblich zum Kleid passen.»

Sie wollte ihm einen Schlag versetzen, aber er wich aus und verließ die Wohnung. Über seine Schulter hinweg rief er noch: «Bis später. Bleib im Bett.»

«Ich kann nicht», jammerte sie. «Ich muß doch zum Haus.»

«Nein, das mußt du nicht. Der Partyservice hat genaue Anweisungen, was zu tun ist, das hast du mir gestern abend selbst gesagt.»

Er ging, und sie ließ sich wieder in die Kissen sinken und schlief, bis es Zeit war, sich auf den Weg zum Friseur zu machen. Dann zwang sie sich aufzustehen, zog einen Trainingsanzug an, schluckte zwei Aspirin und rief ein Taxi. Drei Stunden später befand sie sich wieder im Bett und versuchte so zu liegen, daß ihr frisch gesträhntes und in weiche Locken gelegtes Haar nicht zerdrückt wurde oder gar einer der frisch lackierten Nägel splitterte.

Um fünf Uhr kam Charlie nach Hause. «Du wirst im Bett bleiben müssen», sagte er, nachdem er ihre glühende Stirn gefühlt hatte.

«Ich werde auf jeden Fall auf das Fest gehen, nachdem ich soviel für das Kleid ausgegeben habe.»

«Dann brauchst du einen Brandy.» Er goß ihr ein großes Glas ein und trank selbst einen.

Durch den Alkohol und nach einer Dusche fühlte Anna sich besser. Sie schminkte sich bis auf den Lippenstift und zog das rote Kleid über den Kopf. Es war kurz, einfach geschnitten und anliegend, aber nicht zu eng, so daß es die Kurven betonte, die ihr gefielen, und diejenigen überspielte, gegen die sie schon ihr Leben lang vergeblich kämpfte.

«Wie findest du es?» fragte sie Charlie und schob den Rock ein Stück hoch, so daß die Spitzenkanten ihrer Strümpfe zu sehen waren.

«Sagenhaft. Versprichst du mir, daß du das Kleid in Australien trägst?»

«Wenn du möchtest.» Sie ging zu ihm und küßte ihn auf den Mundwinkel.

Er strich mit den Händen über ihren Rücken, zog sie an sich und tastete nach dem Saum ihres Kleides. «Seit zwei Wochen haben wir nicht mehr miteinander geschlafen», sagte er, während seine Finger ihre Strumpfhalter berührten.

Sie biß ihn ins Ohrläppchen. «Weil wir immer zu beschäftigt oder zu müde sind.»

«Jetzt hätten wir Zeit.» Er vergrub sein Gesicht in ihren gewellten Haaren und flüsterte: «Zieh das Kleid aus. Bitte! Ich kann nicht bis nach der Party warten. Ich will dich jetzt.»

Er zog ihr das Kleid über den Kopf und legte es sorgfältig auf einen Stuhl. Dann nahm er sie in die Arme und küßte sie auf den Nacken und die Arme. Sie ließen sich aufs Bett fallen, sahen einander in die Augen und lächelten.

«Ich dachte, du wärst krank», sagte er und küßte sie auf die Nasenspitze.

«War ich auch – aber du hast mich geheilt.»

Sie ließen sich Zeit, während sie sich berührten und streichelten, betasteten und erregten. Er strich ihr über den Rücken und die Pobacken und schob die Hände in ihre Spitzenunterwäsche. Sie küßte seine Brust und legte ihr Gesicht an seinen Bauch, und während er ihr mit den Fingern durchs Haar fuhr und in den seidigen blonden Strähnen wühlte, stöhnte er leise. Erst erregte sie ihn, dann ließ er sie genießen. Er zog sie auf sich, und sie liebten sich. Dann drehte er sie auf den Rücken, und sie liebten sich noch einmal. Anna wünschte sich, es möge ewig andauern, aber sie konnte sich nicht zurückhalten. Sie umklammerte ihn, schlang ihre Beine in den seidigen Strümpfen um seinen Körper und genoß das Gefühl, ihn tief in sich zu spüren.

Danach lagen sie eng umschlungen da und sprachen über Australien, bis Anna einen Blick auf den Radiowecker warf und entsetzt aufschrie: «Halb acht!»

Sie sprangen aus dem Bett und kicherten panisch, weil der Taxifahrer bereits klingelte. Anna hatte keine Zeit mehr, die Spuren abzuwaschen, die Charlie hinterlassen hatte. Sie zog das Kleid über den Kopf, griff nach den hochhackigen Schuhen und dem Mantel und verließ hinter Charlie die Wohnung. Im Lift besprühte sie sich mit Parfüm, im Taxi kämmte sie ihr wirres Haar, und an den Ampeln legte sie Lippenstift auf.

Tom und Roz warteten bereits vor der Tür, als Charlie und Anna ankamen und sich wortreich entschuldigten. Sie schoben die Verspätung auf den dichten Verkehr, auch wenn ihre strahlenden Augen eine ganz andere Geschichte erzählten.

Anna hatte den Raumschmuck mit dem Floristen abgesprochen, aber sie war völlig verblüfft, wie verändert das Haus aussah. Grüner und weißer Moiré-Stoff war in üppigen Falten über jedes Fenster drapiert, ergänzt von einer Spur Scharlachrot, damit es wärmer wirkte. Fächerförmige Blumenarrangements verdeckten die häßlichsten Stellen, wo die Renovierung noch nicht abgeschlossen war, und um das Treppengeländer, das zwar abgebeizt, aber noch nicht eingelassen war, wanden sich Geißblatt und cremefarbene Rosen. Im großen Eßzimmer, wo auf Tischen an der Wand das Büffet wartete, war vor einer Stelle mit feuchtem Putz ein Ficus Benjaminus aufgestellt, und im Wohnzimmer, wo vor den offenstehenden Fenstern zum Garten die Steelband spielte, lenkten große Spiegel den Blick von den ungestrichenen Wänden ab.

«Es sieht toll aus.» Charlie umarmte Anna. «Du bist sehr geschickt.»

Annas Gesicht war vor Freude und durch das Fieber hochrot.

«Das ist ja ein Palast!» rief Roz bewundernd aus. «Mutter hat mir erzählt, daß euer Haus groß ist, aber so groß habe ich es mir nicht vorgestellt. Das muß doch ein Vermögen gekostet haben.»

Charlie lachte. «Kostet es immer noch.»

Die Gäste trafen ein, die Band spielte, und die Kellner boten Häppchen und Champagner an. An der Eingangstür hörte man Lärm, und dann stürmte Vince Ellerby-Creswell herein, gefolgt von einer sonnengebräunten Monique mit sonnengebleichten Haaren und einem halben Dutzend ihrer Freunde aus Puerto Banus.

«Sie haben wohl gedacht, wir kommen nicht?» sagte er und umarmte Anna stürmisch. «Wir sind extra hergeflogen, nur für diesen Abend.»

«Vince, ich bin geschmeichelt.»

Sie war überrascht, als Russell kam. «Ist Delia hier?» fragte er.

«Ach ... äh ... ist sie nicht mit dir gekommen?» Anna fiel nichts Besseres ein.

«Wir haben seit einem Monat nicht miteinander gesprochen. Charlie hat mir von dem Fest erzählt – gestern.» Russell war beleidigt, weil er keine Einladung erhalten hatte, aber Anna konnte ihm schwerlich den Grund erläutern, ohne Delia zu verraten. So stellte sie ihn hastig Roz und Tom vor und floh in die Küche.

Durch das Sprechen und die verräucherte Luft hatte sie wieder heftige Halsschmerzen bekommen. Sie warf einen prüfenden Blick ins Eßzimmer, wo sich einige Gäste bereits am kalten Büffet bedienten, und gesellte sich dann zu den Zuschauern am Rand der Tanzfläche. Gordon war mit einer ernsten Brünetten ins Gespräch vertieft, der kleine, feiste Vince brachte der großen, ruhigen Bridget den Jive bei, und Isaac und Sybil Feinstein tanzten zur Bewunderung der Zuschauer einen perfekten Foxtrott. Anna sah sich nach Delia um, konnte sie aber nicht entdecken.

«Das ist eine tolle Party, Anna», sagte Kevin Kitterick, der gerade eine Blondine in einem durchsichtigen Kleid auf die Tanzfläche führte.

«Danke, Kevin.»

Sie mußte kichern, weil sie sich an Charlies Behauptung erinnerte, Kevin notiere seine sexuellen Eroberungen in einer Rubrik seines Filofax.

In der Musik trat eine kurze Pause ein. Einige Leute verließen die Tanzfläche, andere betraten sie. Charlie nahm Anna bei der Hand. «Das ist unser Tanz», sagte er und zog sie in seine Arme.

«Charlie, ich muß nachsehen, ob die Leute vom Partyservice etwas brauchen.»

«Nein.» Er hielt sie fester. «Alles klappt ausgezeichnet.»

«Bist du sicher?»

Er lächelte über ihre Selbstzweifel. «Es ist eine wunderbare Party. Jetzt entspann dich und genieße das Fest.»

Es war schon nach elf, als Anna in die zum Garten hinaus gelegene Küche kam, wo jemand vom Partyservice gerade diskret die Reste des Büffets beseitigte. «Gibt es irgendwelche Probleme?» fragte sie.

«Ihr Untermieter ist wütend. Er war schon zweimal oben, um sich über den Lärm zu beschweren.»

Anna runzelte die Stirn. «O je!»

Sie ging zurück in den vorderen Teil des Hauses. Als sie in die Diele kam, ging die Haustür auf, und Delia trat herein. Sie war von Kopf bis Fuß in strahlendes Weiß gekleidet, was ihr schwarzes Haar betonte.

«Tut mir leid, daß wir zu spät kommen.» Delia flatterte auf Anna zu wie eine aufgeregte weiße Motte, und hinter ihr entdeckte Anna Paul Sheldon.

Er stand auf der Schwelle und schien größer, als Anna ihn in Erinnerung hatte. Vielleicht wirkte er auch nur so groß auf sie, weil sie sich in seiner Gegenwart verlegen fühlte. Er sah anders aus als sonst. Sein gewöhnlich unordentlich abstehendes dunkles Haar war sorgfältig nach hinten gekämmt, und er trug einen Abendanzug, der ihn älter und bürgerlicher wirken ließ, während sie ihn lässig, fast jungenhaft in Erinnerung hatte. Und um seine nachdenklichen Augen lag eine Zurückhaltung, eine Art Leere, die neu war.

«Hallo, Anna», sagte er mit freundlicher Stimme so höflich, als hätten sie einander gerade erst kennengelernt.

«Hallo.» Sie war wütend auf Delia, konnte es aber vor Paul nicht zeigen. Daher winkte sie mit der Hand Richtung Eßzimmer und sagte: «Dort findet ihr reichlich zu trinken, aber ich fürchte, das Büffet ist schon fast abgegrast.» Dann drehte sie sich auf dem Absatz um und stieg die Treppe hinauf. An drei Gästen vorbei, die vor dem Klo im ersten Stock warteten, floh sie in die Einsamkeit des obersten Stockwerks. Einen Augenblick später kam Delia hinter ihr her. «Es tut mir leid», erklärte sie. «Ich weiß, du hast mir gesagt, ich soll Paul nicht mitbringen.»

«Dee, konntest du dich nicht an einem anderen Abend mit ihm treffen?»

«Wann denn? Ich brauchte doch etwas, wozu ich ihn einladen kann. Nicht einmal ich bringe es fertig, ihn einfach so anzurufen.» Sie machte eine Pause. «Anna, bitte, sei nicht wütend. Paul ist der erste attraktive Mann ohne Anhang und im richtigen Alter, mit dem ich seit meiner Scheidung ausgehe. Ich bin neununddreißig …»

«Du bist sechsunddreißig.»

«Ich bin neununddreißig und lüge über mein Alter, weil ich nicht jedem auf die Nase binden will, daß ich nächstes Jahr vierzig werde.»

Es war ungewohnt, Delia so verletzlich zu sehen, und Annas Ärger verflog. «Wenn es irgendein anderer Mann wäre, hätte ich ihn mit offenen Armen empfangen», sagte sie.

«Aber was ist denn so schlimm an Paul? Du hast auf seinen Teppich gekotzt und zu heulen angefangen – das ist peinlich, aber sonst nichts.»

«Weil … die Sache etwas weiterging.»

«Du hast doch mit ihm geschlafen?» fragte Delia in ihrer üblichen direkten Art.

«Ich bin mittendrin in Tränen ausgebrochen, als er gerade …»

«Warum hast du mir das nicht früher gesagt?» Delia war beleidigt und verblüfft. «Anna, wir sind Freundinnen, beste Freundinnen, und ich erzähle dir immer alles. Du hast ständig Geheimnisse.»

Anna dachte an den Tod ihres Vaters, den ihre Mutter nach all den Jahren noch immer nicht Selbstmord nannte. «Ich bin dazu erzogen worden, unangenehme Wahrheiten zu verschweigen.»

«Na ja, normal ist das nicht, weißt du.» Delia lief die Treppe hinunter, um sich auf die Suche nach Paul zu machen.

Bedrückt folgte Anna ihr. Sie war erschöpft, der Hals tat ihr weh, und sie sehnte sich danach, ins Bett zu gehen. Weil sie sich den fröhlichen Gästen im Wohnzimmer nicht gewachsen fühlte, eilte sie durchs Eßzimmer und trat auf den Balkon, der auf den Garten hinausging. Es war kalt, und in der Luft spürte man den ersten eisigen Hauch des Herbstes. Sie umfaßte das Geländer und starrte zum vollen Mond hinauf. Er hatte einen hellen, weißlichen Hof, fast wie der Mond im Oktober.

«Anna!»

Sie fuhr herum und sah Paul Sheldon an der Tür im Eßzimmer stehen.

Er betrat den Balkon. «Ich möchte mich entschuldigen, daß ich einfach so auf Ihr Fest gekommen bin, aber Delia hat mir versichert, ich sei willkommen.»

Anna wurde rot. «Ich ... äh ... ich wollte nicht unhöflich sein.» Sie zögerte, und obwohl sie nicht wußte, ob es richtig war – es war so schwer, mit der Trauer anderer Menschen umzugehen –, fügte sie hinzu: «Das mit Ihrer Frau tut mit leid. Ich habe es erst kürzlich erfahren, sonst hätte ich Ihnen geschrieben.»

Er starrte hinaus in den Garten. «Danke.»

Ein verlegenes Schweigen trat ein. Er wollte sich schon abwenden, um wieder zu gehen, aber dann blieb er stehen. «Das Haus gefällt mir sehr», sagte er leise und mit einer plötzlich ganz sanften Stimme. «Es erinnert mich an das Haus meines Großvaters in Rhode Island, wo ich den Sommer nach dem Tod meines Vaters verbracht habe.»

«Ich ... äh ... tut mir leid.»

«O nein, das haben Sie mißverstanden. Ich habe dieses Haus geliebt.» Er lächelte. «Dieser erste Sommer in Whaler's Rock war wie verzaubert.» Er hielt inne. «Wissen Sie, dort habe ich nämlich segeln gelernt.»

Sie antwortete flüsternd, teilweise deshalb, weil ihr Hals trocken war, und teilweise, weil sie die Intimität des Gesprächs auf dem

Balkon nicht zerstören wollte: «Ich habe auch von einem Haus aus segeln gelernt, das ich liebte.»

Er berührte ihre Schulter, aber nur so kurz, daß sie nicht sicher war, ob er sie wirklich angefaßt oder lediglich die Finger bewegt hatte, so daß sie sich die Berührung eingebildet hatte. «Dann kennen Sie diesen Zauber», sagte er.

Hätte Anna mit Paul nicht dieses unangenehme Erlebnis gehabt, dann hätte sie gerne noch mehr über Whaler's Rock erfahren und ihm vielleicht sogar von ihren Erinnerungen an Cliff Cottage erzählt. Aber der peinliche Gedanke an ihre kurze, unerfreuliche Leidenschaft lähmte sie.

Weil sie nicht antwortete, sagte Paul: «Ich schaue mal besser nach, was Delia macht.» Er verschwand im Haus.

Erst jetzt bemerkte Anna, wie abwehrend ihr Schweigen auf ihn gewirkt haben mußte, aber es war zu spät. Paul war in der Menge untergetaucht, und sie war zu müde und zu krank, um ihm nachzulaufen.

Das Fest endete um vier Uhr früh. Charlie war bereits auf dem Sofa eingeschlafen. Aus Erfahrung wußte Anna, daß es aussichtslos war, ihn aufzuwecken, also deckte sie ihn mit seinem Jackett zu und machte sich auf dem Boden ein Bett aus Sofakissen. Ehe sie sich mit drei Damast-Tischtüchern zudeckte, zog sie ihr schönes rotes Kleid aus. Es war kalt und unbequem, und sie sehnte sich nach der Wärme ihrer Daunendecke und dem weichen Kopfkissen.

Am nächsten Morgen wachte sie auf, weil Mr. Shufflebuck rief: «Errol Flynn! Komm nach Hause! Jetzt komm doch, mein Junge!»

Annas Kehle war ausgetrocknet, sie griff nach ihrem Wasserglas und trank gierig. Auf der anderen Seite des Zimmers schlief Charlie. Er lag auf dem Rücken und schnarchte. Anna hörte, wie Mr. Shufflebuck die Gartentreppe hinaufstieg und die unverschlossene Küchentür öffnete. Im nächsten Augenblick stand er im Zimmer.

Er trug einen bodenlangen, grünen Morgenmantel aus Satin, und seine Augen waren rotgerändert vom Weinen. Als er Anna auf den

Kissen liegen sah, stieß er einen erschrockenen Schrei aus und wandte den Blick von ihren nackten Schultern ab. «Ich suche meinen Kater», sagte er. «Sie haben gestern so viel Lärm gemacht, daß er Angst bekam und weggelaufen ist.»

Sie versuchte sich zu entschuldigen, brachte aber kein Wort heraus.

«Höfliche Leute hätten mich vorgewarnt, wenn sie ein Fest veranstalten», fuhr er fort. «Und sie hätten meine Topfpflanze nicht zerbrochen, meine Lieblingspflanze, die rosafarbene Geranie.»

«Wir ersetzen sie Ihnen», krächzte sie.

«Ich rede über Manieren, nicht über Geld, aber Leute wie Sie kennen diesen Unterschied ja nicht.» Mit geschürzten Lippen stolzierte er aus dem Zimmer.

Anna wühlte sich aus den Kissen, wusch sich, zog sich an und schluckte zwei Aspirin mit dem letzten Rest Orangensaft. Vom Küchenfenster aus konnte sie Mr. Shufflebuck sehen, wie er auf der Straße hinter dem Garten nach seinem Kater suchte. Er hielt eine offene Dose mit Katzenfutter in der Hand und spähte unter die geparkten Autos.

Anna zog Charlies Mantel an, weil er wärmer war als ihrer, und verließ das Haus. Auf der Straße winkte sie ein Taxi heran. Während sie einstieg, kam Mr. Shufflebuck vorbei, mit verächtlich hochgezogenen Schultern. Er warf ihr nicht einmal einen Blick zu.

Sie mußte bis nach Chelsea fahren, ehe sie ein Gartencenter fand, in dem Terrakotta-Töpfe verkauft wurden, die bereits mit hellrosa Geranien bepflanzt waren. Sie bat den Taxifahrer zu warten und suchte einen Topf aus, der dem von Mr. Shufflebuck glich, aber größer war und zwei Pflanzen anstatt einer enthielt. Nach der Rückfahrt bezahlte sie vor dem Haus das Taxi. Als es abfuhr, sah Anna etwas Rotes, Pelziges unter einem geparkten Auto verschwinden. Anna stellte die Geranie auf den Bürgersteig und spähte unter das Auto. Errol Flynn blickte sie an. «Na, komm!» sagte sie und lockte ihn mit den Fingern.

Er gähnte und leckte sein Fell.
«Braver Junge! Komm her!»
Er rührte sich nicht.
«Na gut, dann bleib.» Sie richtete sich auf.
Sofort schlüpfte der Kater unter dem Auto hervor und rieb sich an Annas Beinen.
«Du bist eine widersprüchliche Kreatur.» Zögernd beugte sie sich hinunter, um ihn zu streicheln. Sie hatte ihn noch nie berührt und fürchtete, daß er beißen oder kratzen könnte, aber er schnurrte zufrieden. Kurz entschlossen schob sie ihre Hände unter seine Brust und hob ihn auf ihre Schulter, nahm den Topf mit der Geranie und ging zum Haus.
«Mr. Shufflebuck! Ich habe Ihren Kater gefunden!» rief sie, während sie unter dem Gewicht des Tieres und des Terrakotta-Topfes schwankend die Treppe zum Kellergeschoß hinunterstieg.
Er öffnete die Tür. «Ach, du böser Junge!» rief er und streckte die Arme aus. «Wo warst du denn?»
«Ich habe ihn unter einem Auto gefunden», sagte Anna.
«Und er hat sich von Ihnen hochheben lassen? Du liebe Güte! Eigentlich mag er keine Fremden.»
Sie lächelte. «Er ist schön, aber leider sehr schwer.»
Mr. Shufflebucks Gesichtsausdruck entspannte sich. «Ich habe ihn schon, seit er ein kleines Kätzchen war. In einem Papierkorb ganz in der Nähe der Portobello Road habe ich ihn gefunden. Er war so klein und so verschüchtert, und sehen Sie ihn jetzt an! Der König von Ladbroke Hill.»
«Ich möchte mich wegen letzter Nacht entschuldigen», sagte Anna schuldbewußt und hielt den Geranientopf hoch. «Das habe ich als Ersatz gekauft.»
Zweifelnd blickte Mr. Shufflebuck auf die beiden großen blühenden Pflanzen. «In meinem Topf war nur eine Pflanze.»
Einen Augenblick war Anna verblüfft, dann antwortete sie: «Bitte betrachten Sie die zweite als unsere Entschuldigung.»

«Aber das will ich nicht. Leute wie Sie glauben immer, daß man mit Geld Gefühle ersetzen kann, aber das stimmt nicht.» Er ging in seine Wohnung zurück und machte die Tür zu.

Anna war so wütend, daß sie am liebsten den Topf durch sein Wohnzimmerfenster geworfen hätte. Statt dessen stellte sie ihn direkt vor seine Tür, so daß er ihn nicht übersehen konnte.

Kapitel 8

Als Anna am Montag, noch immer grippekrank, ins Büro kam, klingelte ihr Telefon. Sobald sie den Antwortknopf drückte, tönte Vince' Stimme aus dem Lautsprecher und hallte in ihrem Büro wider: «Annie! Die *Le Nouveau Monde* ist gestohlen worden!»

«Was?» Sie schaltete den Lautsprecher ab.

«Es ist passiert, während wir in London waren. Mein schönes Schiff! Irgendein Mistkerl hat sie geklaut.» Seine Stimme klang erstickt.

Anna konnte Vince weinen hören, und er tat ihr sehr leid. Sie suchte sich einen Stift und einen Notizblock und wartete einige Augenblicke, ehe sie so sanft wie möglich sagte: «Ich muß ein paar Einzelheiten wissen. Tut mir leid, wenn ich Sie jetzt ausfragen muß, Vince, aber wir müssen eine Schadenmeldung machen. Was ist denn passiert?»

«Ich habe der Besatzung übers Wochenende freigegeben, weil wir doch nach London geflogen sind zu Ihrer Party. Ich gebe ihnen immer freie Wochenenden, wenn sie nicht gebraucht werden – abgesehen von dem diensthabenden Matrosen, der das Boot nicht unbewacht lassen darf. Aber dieser Vollidiot hat sich in eine Nutte verguckt, die gerade den Kai entlangkam. Er hat sich nicht getraut, sie an Bord zu nehmen – das verstößt gegen eine meiner Vorschriften –, darum sind sie hinunter zum Strand, haben Wein getrunken, Dope geraucht und sich die Seele aus dem Leib gevögelt. Entschuldigen Sie, wenn ich grob werde, Annie, aber ich könnte ihn umbringen.»

«Ist schon gut, Vince, das kann ich verstehen. Was ist dann passiert?»

«Als er am nächsten Morgen am Strand aufwachte, war das Mädchen verschwunden, und als er wieder zum Hafen kam, war auch mein schönes Schiff weg.»

«Der Polizei und dem Hafenmeister haben Sie es gemeldet?»

«Ich habe es jedem gemeldet.»

«Und was sagen sie?»

«Es sei eine geplante Aktion gewesen, an der das Mädchen beteiligt war. Sie ist natürlich verschwunden.»

«Vince, die *Le Nouveau Monde* ist ein großes Schiff, das man nicht so leicht loswerden kann.»

«Außer wenn man es in die Karibik bringt und an einen Drogenhändler verkauft.»

«Dazu müßte man erst einmal den Motor umbauen und den Tank vergrößern, sonst schafft sie die Fahrt über den Atlantik nicht. Ich wette, sie ist noch immer im Mittelmeerraum. Früher oder später muß sie anlegen, um aufzutanken, und dann erwischen wir sie. Ich schicke Ihnen per Fax ein Formular für die Schadenmeldung und warne die Underwriter vor. Wenn es Neuigkeiten gibt, lassen Sie es mich wissen.»

«Mir bricht das Herz, wenn ich sie nicht zurückbekomme», sagte er. «Wäre ich nur nicht nach London gefahren.»

«Sie machen mir ein schlechtes Gewissen.»

«Tut mir leid, das wollte ich nicht. Sie sind ein Schatz. Ich melde mich wieder.»

Anna nahm einen Schluck Hustensaft, dann rief sie Bridget an. «Die *Le Nouveau Monde* ist in Spanien gestohlen worden.»

«Diese riesige Jacht! Das kann ich mir gar nicht vorstellen.»

«Bridget, da werden Sie sich wohl nicht herauswinden können. Sie wurde am Samstag gestohlen, während mein Klient in London war, auf unserer Party – und Sie selbst haben mit ihm getanzt ... ja, der feiste kleine Mann mit der blondgesträhnten französischen Ehefrau.»

«Anna, ich glaube Ihnen, daß Ihr Klient ehrlich ist. Aber das ist ein großer Schaden, und wir müssen Sheldon bitten zu ermitteln, ehe wir zahlen können.»

«Dagegen hat Vince sicher nichts. Er will nichts verheimlichen, sondern lediglich seine Jacht wieder. Wenn es Sheldon gelingt, das Schiff aufzutreiben, wird er vor Freude in die Luft gehen.»

Anna machte sich einen Zitronensaft und ging zu Gordon, um ihm die Nachricht zu überbringen. Er saß im Sitzungssaal und studierte mit düsterem Gesicht die August-Abschlußzahlen von Marinecover. «Das war Ihr schlechtester Monat in diesem Jahr, Anna», sagte er und deutete auf die Zahlenreihen der Jachtabteilung.

«Nur weil alle anderen Monate so ausgezeichnet liefen.»

«Sie haben fünf alte Kunden verloren.»

«Kleine Kunden, Gordon, die ihre kleinen Jachten verkauft haben, um die Kreditraten zahlen zu können. Ich habe keinen einzigen großen Kunden verloren», verteidigte sie sich ärgerlich. Ihr pochendes Kopfweh verbesserte die Situation nicht gerade. «Ich bin hergekommen, um Ihnen zu sagen, daß die *Le Nouveau Monde* gestohlen wurde.»

«Du lieber Himmel!»

«Vince ist am Boden zerstört.»

«Was sagen Isaacs Leute dazu?»

«Sie lassen Sheldon ermitteln, aber ich bin sicher, Vince ist ein ehrlicher Kunde.» Sie nieste heftig. «Ich gehe nach Hause und lege mich ins Bett. Morgen bin ich wieder da.»

Sie erwartete Gordons übliches, beiläufiges Mitleid, aber er runzelte die Stirn. «Ich weiß, Sie haben ein neues Haus, und Sie haben das Fest organisiert, und Sie fahren bald weg, um Charlies Familie kennenzulernen, aber vor uns liegen schwierige Zeiten, Anna. Das ist jetzt nicht der richtige Moment, um frei zu nehmen.»

Anna nieste erneut. «Gordon, ich bin krank.»

«Sie können es sich nicht leisten, krank zu sein, Anna. Sie haben viel geleistet, aber der Jachtversicherungsmarkt schrumpft, und Sie müssen Ihren Anteil halten.»

«Gordon, ich habe in diesem Jahr für Marinecover ein Vermögen verdient.» Sie hob die Hand, um ihn daran zu hindern, sie zu unterbrechen. «Ja, ich habe dabei auch nicht schlecht abgeschnitten, aber ich habe nicht vor, an meinem Schreibtisch tot umzufallen.» Mit schnellen Schritten verließ sie den Sitzungssaal, holte ihren Mantel und die Tasche und fuhr nach Hause.

Charlie war die ganze Woche im Norden, um neue Geschäftspartner anzuwerben, daher konnte sie ihm nicht erzählen, was Gordon gesagt hatte. Außerdem hörte er nicht gerne schlechte Nachrichten.

Am Abend rief Anna bei Delia an. «Ach, Anna», sagte Delia. «Ich wollte mich auch schon bei dir melden. Das Fest war toll, alle haben sich sagenhaft amüsiert.» Sie machte eine Pause und fügte dann in spitzem Tonfall hinzu: «Ich muß schon sagen, für zwei Leute, die einander angeblich nichts zu sagen haben, habt ihr euch auf dem Balkon aber gut unterhalten, Paul und du.»

«Ach ... wir haben nur über das Segeln geredet.»

«Das hat er mir erzählt.»

Anna fragte sich, was Paul Delia sonst noch erzählt hatte und ob sie ihn wiedersehen würde, aber sie wollte nicht fragen. Delia hatte recht, Anna hatte schließlich Charlie. Dennoch fühlte sie Paul gegenüber einen gewissen Besitzanspruch. Immerhin hatten sie miteinander geschlafen, und Anna hatte in ihrem Leben noch nicht allzu viele Liebhaber gehabt.

Ihr erster Freund war Sebastian gewesen. Anna war siebzehn und er zwanzig, als sie sich kennenlernten, auf einer Tennisparty bei Jacynthia Peabody. Sie war die erste Freundin ihrer Mutter, seit sie bei Granny Tobias lebten, in deren Bungalow am Rand eines kleinen Dorfes, nicht weit von Northampton entfernt. Eigentlich hatte

Anna gar keine Lust gehabt, auf die Party zu gehen. Unter vielen Menschen, die sie nicht kannte, fühlte sie sich immer unsicher, aber schließlich hatte sie zugestimmt, um ihrer Mutter, die seit dem Tod ihres Vaters schrecklich einsam war, eine Freude zu machen. Sie erinnerte sich noch an die vielen teuren Autos, die in der Auffahrt der Peabodys standen, als sie mit dem Fahrrad ankam. Weil sie sich für ihr altes Fahrrad schämte, versteckte sie es in den Rhododendron-Büschen. Nervös ging sie auf den Tennisplatz zu, wo bereits etwa ein Dutzend fremder Menschen versammelt war, als ein sehr großer, aristokratisch wirkender Mann mit hellen Haaren das Gespräch mit seinen Freunden unterbrach, um ihr freundlich zuzulächeln. «Hier kommt meine Partnerin», rief er und winkte Anna mit seinem Schläger zu.

An diesem Abend hatte Sebastian sie in seinem roten MG-Sportwagen heimgefahren. Anna sagte nichts von ihrem Fahrrad, das in den Büschen versteckt war, und als sie am folgenden Morgen zurückkehrte, war es gestohlen.

Sebastian stand kurz vor einem Offizierslehrgang in Sandhurst, weil er in die Armee eintrat, und seine letzten Wochen in Freiheit verbrachte er mit Anna. Sie spielten Tennis, schwammen, tanzten und küßten sich, aber sie schliefen nicht miteinander, noch nicht. Anna hätte in diesem Jahr ihren Schulabschluß machen sollen – sie wollte auf die Universität gehen –, aber der Kummer und der Schock über den Tod ihres Vaters und der plötzliche Schulwechsel zu einem so späten Zeitpunkt belasteten sie sehr. Und dann kam Sebastian – er war verläßlich, praktisch und unerschütterlich, genau das Gegenteil ihres Vaters. Im Vergleich mit seinen langen Briefen waren Geschichte und englische Literatur glanzlos und langweilig, und anstatt zu lernen, träumte Anna in den Tag hinein. Irgendwann ging sie nicht in den Unterricht, sondern in eine Beratungsstelle für Familienplanung.

Zum Jahreswechsel besuchte sie Sebastian im Haus seiner Eltern in Cumbria, und nachdem alle anderen zu Bett gegangen waren, schlich er sich über den knarrenden Korridor in ihr Schlafzimmer. Bis heute konnte sie sich an seinen Gesichtsausdruck erinnern, der eine Mischung aus Begehren und Furcht zeigte.

Hastig und unruhig schliefen sie miteinander, voller Angst, seine Eltern könnten sie hören. Anna gefiel es nicht besonders, obwohl sie so tat, als mache es ihr Spaß, aber nachdem er wieder in sein Zimmer zurückgeschlichen war, stand sie nackt vor dem Spiegel und fragte sich, ob sie jetzt anders aussah und ob die Leute am nächsten Tag merken würden, daß sie ES getan hatte.

Diese erste Liebe dauerte drei Jahre. Nachdem Anna ihre Abschlußprüfungen in den Sand gesetzt hatte, konnte sie nicht studieren, daher absolvierte sie einen Schreibmaschinenkurs und nahm nacheinander eine Reihe öder Jobs an. Wenn sie nicht bei Sebastian war, wohnte sie zu Hause. Oft langweilte sie sich, hatte aber Angst vor einer Veränderung. Und dann gestand er ihr einen Seitensprung, der während eines Manövers in Deutschland vorgefallen war.

Anna fühlte sich verletzt und gedemütigt. Sie schrie ihn an, sie wolle ihn nie wiedersehen, schickte seine sämtlichen Briefe und Geschenke zurück und schloß sich in ihrem Zimmer ein, um zu weinen – bis ihre Mutter sich gewaltsam Zutritt verschaffte. «Sebastian hätte dich nicht glücklich gemacht, Liebes», sagte sie freundlich. «Er ist in der Armee. Denk doch nur, wie sehr du das ständige Umziehen gehaßt hast. Du wolltest immer Bäume pflanzen, die Jahre brauchen, bis sie Früchte tragen.»

«Ich dachte, wenn ich einen Baum pflanze, dann müßten wir dableiben, um ihn wachsen zu sehen.»

«Ich fand es auch schrecklich, immer wieder umzuziehen», gestand ihre Mutter.

«Tatsächlich?» Anna hörte auf zu weinen. «Das wußte ich gar nicht.»

«Ich habe es gehaßt, aber ich wollte es deinen Vater nicht merken lassen.»

«Das hättest du mir erzählen sollen, Mum. Wenn du es nicht verschwiegen hättest, dann hätte er sich uns vielleicht ... auch anvertraut.»

Das Gesicht ihrer Mutter wurde verschlossen. «Komm schon, steh jetzt auf!» sagte sie und ging eilig zur Tür. «Wir tun einfach so, als hätte es Sebastian nie gegeben. Das ist das beste.»

Eine Woche später zog Anna nach London, getrieben sowohl von dem Wunsch, den Selbsttäuschungen ihrer Mutter zu entkommen, als auch von der Notwendigkeit, ein neues Leben anzufangen. Sie unterschrieb einen Vertrag als Sekretärin bei einer Zeitarbeitsfirma und teilte sich mit drei anderen Mädchen eine Wohnung. Ihr nächster Liebhaber war der Cousin einer Mitbewohnerin. Er sagte klar und deutlich, daß er keine feste Beziehung wolle, und obwohl Anna nicht in ihn verliebt war, fand sie das doch beleidigend. Sie trennte sich von ihm und war inzwischen abgehärtet und weniger verletzlich – zumindest schien ihr es so. In Wirklichkeit hatte sie panische Angst, daß jemand, den sie liebte, sie im Stich lassen könnte. Manchmal hatte sie einen festen Freund, aber die meiste Zeit blieb sie für sich. Oft zog sie sich schon zurück, noch ehe die Liebe eine Chance hatte, sich zu entwickeln, weil sie den Schmerz einer Trennung nicht ertragen konnte. Charlie hatte ihr nicht erlaubt, sich zurückzuziehen.

Die ganze Woche litt Anna unter ihrer Grippe. Jeden Morgen schleppte sie sich ins Büro, und jeden Abend ging sie sofort nach Hause und ins Bett. Charlie kehrte entmutigt von seiner Dienstreise zurück, weil es ihm nicht gelungen war, einen großen Neuabschluß zu machen. Seine Niedergeschlagenheit verstärkte sich noch, als Gordon eine Hausmitteilung herumgehen ließ. Darin stand, die Ausgaben müßten reduziert werden, daher seien teure Geschäftsessen ab sofort nicht mehr möglich.

Vince schickte Anna täglich ein Fax. Es gab keine Spur von der *Le Nouveau Monde*, aber die Polizei hielt den Matrosen noch immer in

Haft. Am Ende eines Faxbriefes stand: «Wie lange dauert es noch, bis mein Schaden ausgezahlt wird?»

Sie faxte zurück: «Rechnen Sie mit einem Besuch von Paul Sheldon.»

Die düstere wirtschaftliche Stimmung machte ihre Klienten nervös. Von den sechs möglichen Kunden, die sie in Puerto Banus kennengelernt hatte, verkauften drei ihre Jachten, einer ging in Konkurs, und nur zwei – die am wenigsten einträglichen – schlossen über Anna eine neue Versicherung ab. Die Prämien waren nicht hoch, aber sie besserten ihre Septemberzahlen auf, die niedriger lagen als im letzten Jahr, wenn auch nicht so niedrig, wie Anna befürchtet hatte.

Ihre Versicherungsagenten an der englischen Südküste, die noch vor ein paar Monaten mehr Aufträge hatten, als sie bearbeiten konnten, waren genau wie Anna erschrocken über den plötzlichen wirtschaftlichen Einbruch. Anna besuchte sie, um sie bei Laune zu halten. Allerdings erzählte sie ihnen nicht, daß sie, wenn sich die Abschlußzahlen nicht besserten, einige von ihnen entlassen mußte. Die Angst vor der Arbeitslosigkeit stand ihnen bereits ins Gesicht geschrieben, und sie hatte Mitleid. Sie kannte die Scham eines Vaters, der gestehen mußte: «Ich habe meine Stelle verloren.»

Als sie am frühen Abend nach London zurückkehrte, machte Anna einen Abstecher nach Ladbroke Hill. Seit einigen Tagen war niemand mehr im Haus gewesen; die Baufirma arbeitete an einer anderen Baustelle, und sie warteten auf den Stukkateur, der eine bereits angefangene Arbeit zu Ende bringen sollte. In der Einfahrt hatte sich haufenweise goldfarbenes, rotes und rostbraunes Laub gesammelt. Anna wischte die Blätter mit dem Fuß von der Vordertreppe und schloß die Tür auf. Ehe sie das Haus betrat, warf sie einen Blick ins Kellergeschoß. Neben Mr. Shufflebucks Haustür stand ihr Terrakottatopf mit seinen beiden rosafarbenen Geranien. Sie waren gut gepflegt.

Sie hatte sich mit Charlie in seinem indischen Lieblingsrestaurant verabredet. Er kam spät und war noch immer schlecht gelaunt wegen Gordons Sparmaßnahmen. Um ihn aufzuheitern, bestellte Anna alle Gerichte, die er gerne mochte, selbst diejenigen, die sie selbst nicht so gerne aß, und nach dem Essen war er um einiges fröhlicher.

«Ich habe eine Überraschung für dich», erklärte er und griff mit einer derart geheimnisvollen Geste in seine Jackettasche, daß sie schon glaubte, er überreiche ihr den Verlobungsring. Aber er zog ein Flugticket heraus.

Sie öffnete es und las laut: «‹Miss A. Tobias, London Heathrow über Hongkong Kai Tak nach Melbourne›. Ach, Charlie! Ich fahre tatsächlich.» Sie beugte sich über den Tisch und küßte ihn. Nun würde auch der Verlobungsring bald kommen.

Kapitel 9

Vince bedrängte Anna wegen der Auszahlung seines Schadens. Als sie ihm zu erklären versuchte, Paul Sheldon überprüfe noch immer die Mittelmeerhäfen, drohte er, seine künftigen Versicherungen bei Merchant & Leisure abzuschließen. Für Anna war das frustrierend, weil sie Vince nicht verlieren wollte – sie hatte bereits Cargill verloren, der sich kein neues Schiff mehr leisten konnte –, aber sie konnte nichts tun, um die Auszahlung von Vince' Schaden zu beschleunigen.

Voreilig hatte sie im Sommer ihre Mutter und Roz ins *L'Escargot* eingeladen, um dort mit einem Mittagessen Mutters Geburtstag zu feiern. Zufällig fiel er auf den Tag, an dem sie Gordon ihre Abschlußzahlen für November mitteilen mußte. Damals hatte sie sich nichts dabei gedacht, aber inzwischen sah die Situation anders aus. Eine andere Verabredung hätte sie ohne weiteres abgesagt, aber weder ihre Mutter noch Roz konnten sich das *L'Escargot* leisten, und Anna wußte, daß sie sich, wenn Anna nicht kam, mit einem Sandwich und einer Tasse Kaffee in einem Schnellimbiß zufriedengeben würden.

«Unsere Zahlen sind im Keller, und Gordon will bestimmt mit mir darüber reden», vertraute sie Elaine an. «Es ist wohl am besten, wenn ich abwarte, bis Mutter und Roz mit Sicherheit am Tisch sitzen. Dann rufe ich im *L'Escargot* an, daß ich aufgehalten werde und daß sie die Rechnung auf mich schreiben sollen.»

Chris blickte von seinem Schreibtisch auf. «Es ist nicht nötig, daß

Sie Ihre Mutter enttäuschen. Gordon ist heute nachmittag nicht da.»

«Sind Sie sicher?»

«Ich habe gehört, wie er das zu Miss Thin gesagt hat.»

«Dann gehe ich.» Anna griff nach ihrer Tasche und eilte davon.

Atemlos kam sie im Restaurant an. Ihre Mutter und Roz saßen bereits in dem hellgrün dekorierten Saal im Obergeschoß und fragten einen geduldigen Kellner über jedes einzelne Gericht auf der Speisekarte aus.

«Ach, da bist du ja!» rief ihre Mutter fröhlich. «Wir hatten schon befürchtet, du hättest es vergessen. Wir amüsieren uns sehr, stimmt's, Roz? Nimm dir doch den Rest des Tages frei, Anna. Roz muß mit einem frühen Zug zurückfahren, aber du und ich, wir könnten einkaufen gehen.»

«Das würde ich nur zu gerne tun», sagte Anna und dachte daran, wie schön das wäre. «Aber im Geschäft läuft es nicht so gut.» Sie warf einen Blick in die Speisekarte und überlegte, daß es ihre Mutter sehr verletzen würde, wenn sie lediglich einen Gang aß und dann wieder ging.

«Du brauchst doch neue Kleider für Australien», drängte ihre Mutter. «Charlies Familie scheint ziemlich elegant zu leben.»

«Ich weiß, aber ich kann mir nicht frei nehmen, wenn es im Büro Schwierigkeiten gibt.»

«Ich verlange doch nichts Unmögliches, nur ein paar Stunden mit meiner Tochter.»

«Mum, mach mir bitte kein schlechtes Gewissen.»

Ihre Mutter breitete die weiße Damastserviette auf ihrem Schoß aus. «Ich weiß nicht, was an einer solchen Karriere so toll sein soll, wenn man nicht einmal einen Nachmittag frei nehmen kann.»

Anna seufzte. Ihre Mutter hatte recht, aber sie konnte nichts dagegen tun.

Später als geplant kehrte sie ins Büro zurück, weil es, als sie das Restaurant verließen, heftig zu regnen begonnen hatte. Sie konnte mit Mühe ein Taxi ergattern, ein zweites, das ihre Mutter zum Bahnhof gebracht hätte, war nicht aufzutreiben, und so fuhren sie gemeinsam. Daher war es, als sie wieder bei Marinecover ankam, fast vier Uhr nachmittags.

Gordon marschierte im Empfangsbereich auf und ab, als sie aus dem Lift trat. «Was zum Teufel denken Sie sich dabei, mit Ihrer Mutter zum Essen zu gehen, wenn Sie solche entsetzlichen Zahlen abliefern?» herrschte er sie an.

Anna, die wußte, daß alle zuhörten, wurde dunkelrot. «Sie hatte Geburtstag, aber ich wäre nicht gegangen, wenn ich gewußt hätte, daß Sie hier sind.»

«Wovon reden Sie? Ich war doch den ganzen Tag da.»

«Sie haben Miss Thin doch gesagt, Sie würden weggehen.»

«Wie sollte ich? Miss Thin ist im Urlaub. Kommen Sie mit in den Sitzungssaal.»

Mit großen Schritten ging er den Korridor hinab, und Anna eilte ihm nach. Sie fragte sich, ob sie Chris mißverstanden hatte. Aber natürlich war ihr klar, daß das nicht der Fall war. Er hatte ihr ein Messer in den Rücken gestoßen.

Gordon setzte sich auf seinen üblichen Platz, und Anna zog sich ihm gegenüber einen Stuhl heran. «Es tut mir leid, daß ich nicht da war ...», begann sie.

Er ließ sie nicht ausreden. «Sie wurden hier gebraucht. Isaac Finestein saß mir im Nacken, weil er sie nicht finden konnte. Ellerby-Creswell hat die *Le Nouveau Monde* selbst versenkt.»

«Das glaube ich nicht. Vince hat diese Jacht geliebt.»

«Sheldon hat Beweise. Er hat Fotos von der *Le Nouveau Monde* auf dem Hamble, auf denen man das Wasserski-Boot sieht, und welche, die genau dieses Wasserski-Boot letzte Woche auf Mallorca zeigen.»

«Das beweist doch nicht, daß Vince beteiligt war. Irgend jemand könnte das Wasserski-Boot gestohlen haben.»

«Der Mann mit dem Boot hat der Polizei gegenüber gestanden,

daß Creswell ihm und zwei Komplizen jeweils zehntausend Dollar gezahlt hat, um sich mit der *Le Nouveau Monde* abzusetzen. Der Besuch Ihrer Party war Creswells Alibi. Er hat den dümmsten Matrosen an Bord gelassen, einen, von dem er wußte, daß er dem Mädchen nicht widerstehen konnte, und sobald sie ihn weggelockt hatte, haben drei Männer das Schiff bestiegen, sind damit aufs Meer hinausgefahren und haben die Lenzventile geöffnet. Der Plan hätte funktioniert, wenn nicht einer der Männer das Wasserski-Boot behalten hätte.»

Angesichts dieser Tatsachen blieb Anna nichts anderes übrig, als Vince' Schuld zu akzeptieren. «Wenn man sich vorstellt, wie er mich wegen der Auszahlung bedrängt hat», sagte sie wütend. «Warum hat er das bloß getan, verdammt noch mal? Er hat doch Geld wie Heu.»

«Nicht mehr, wie ich von Sheldon erfahren habe, und von dieser Zahlung wird er nicht einen Penny zu sehen bekommen. Es würde mich nicht überraschen, wenn er dafür ins Gefängnis wandert.»

«Das sollte er auch! Er ist ein Betrüger und Gangster.»

«Möglicherweise hatte er das von Anfang an geplant», warf Gordon mit seinem gewohnten Zynismus ein.

«Was muß er gelacht haben, als wir uns über die Prämie gestritten haben. Ach, ich könnte ihn umbringen! Dieses ständige ‹Annie, das ist das beste Schiff, das ich jemals hatte. Annie, du bist meine Lieblingsmaklerin.›» Anna sah, daß die Abschlußzahlen der Jachtabteilung vor Gordon lagen, und fügte hinzu: «Es tut mir leid, daß der November so schlecht ist, aber ich gebe mein Bestes in einem vergeblichen Kampf. Die Klienten sind durch die steigenden Kreditraten und dieses ganze Gerede über eine bevorstehende Rezession verunsichert.»

Gordon raschelte mit seinen Papieren und räusperte sich. «Ich muß alle meine Abteilungsleiter warnen, daß es Entlassungen geben wird. Ich nehme Leuten nicht gerne die Arbeit weg, aber ich habe keine andere Wahl.»

Anna dachte an Chris und wollte Gordon schon erklären, daß sie es auch ohne einen Assistenten schaffen könne, aber sie brachte es einfach nicht über sich, jemanden um seinen Job zu bringen, auch wenn er gerade gegen sie intrigiert hatte. «Wenn das alles ist, gehe ich jetzt wieder an meine Arbeit», sagte sie.

«Ja, das ist alles – vorläufig.»

Als Anna auf dem Weg in ihr Büro an Chris' Schreibtisch vorbeikam, wurde dessen Nacken leuchtend rot. Sie sagte nichts, aber sie registrierte mit einer gewissen Bitterkeit, daß die Angst vor der Arbeitslosigkeit sie jetzt dazu brachte, sich gegeneinander zu wenden. Früher hatten sie lediglich gegen ihre Konkurrenten um Geschäftsanteile gekämpft.

Der versuchte Versicherungsbetrug von Ellerby-Creswell beherrschte an diesem Nachmittag alle Gespräche. Für Anna bedeutete der Vorfall allerdings mehr als eine Gelegenheit zum Klatsch. Vince hatte sie getäuscht, und das verletzte und ärgerte sie. Natürlich war sie nicht so naiv zu glauben, daß Vince sich stets an die Gesetze gehalten hatte. Er hatte sein Vermögen in einer Branche gemacht, in der mit harten Bandagen gekämpft wurde. Sie wußte, daß er Monique der Steuer gegenüber als seine Sekretärin ausgab und daß er seine Häuser auf Geschäftskosten gekauft hatte. Das Bargeld trug er, wie sie selbst gesehen hatte, in dicken Bündeln in der Tasche, und oft genug hatte sie ihn sagen hören, er zahle nur gerade soviel Einkommen- und Umsatzsteuer, daß ihn das Finanzamt in Ruhe lasse. Er hatte getrickst – und war damit möglicherweise durchgekommen.

Doch dieser Vorfall war etwas anderes. Um die *Le Nouveau Monde* zu versenken, mußte er ein Verbrechen planen und ausführen. Als er nach London flog, hatte er genau gewußt, daß sein Schiff zu seinem nassen Grab im Meer gefahren wurde. Zur gleichen Zeit hatte er Anna umarmt und geschworen, er hätte es nicht über sich gebracht, ihr Fest zu versäumen. Anna konnte sich nicht vorstellen, jemals derart verzweifelt zu sein, daß sie so etwas tun würde. Selbst ihr Vater, der unter Schulden und vor Scham stöhnte, hatte seine Zuflucht nicht im Verbrechen gesucht.

An diesem Abend erzählte sie Charlie die ganze Geschichte. Anfangs war er noch voller Mitleid, aber als sie um Mitternacht zum drittenmal anfing, wie besessen jede Einzelheit durchzugehen, schlief er ein. Die ganze Nacht lag sie neben ihm wach und versuchte nicht herumzuzappeln, während der Ärger in ihr brannte. Sie mußte ihrem Zorn irgendwie Luft machen.

Charlie schlief noch, als sie beim Morgengrauen aus dem Bett schlüpfte, ihre Jeans, einen Pullover und Stiefel einsammelte und in die Küche schlich. Dort wusch sie sich so leise wie möglich, putzte die Zähne und zog sich an. Sie machte sich keinen Kaffee, weil die Maschine laut gegurgelt hätte. Statt dessen trank sie kalten Orangensaft direkt aus der Packung und verließ die Wohnung.

Es war ein kalter, feuchter Dezembermorgen, und sie hatte vergessen, einen Mantel anzuziehen. Aber sie konnte nicht mehr in die Wohnung zurück, ohne Charlie aufzuwecken. Also biß sie die Zähne zusammen, stieg in ihr Auto und fuhr davon. Als sie über die M 3 nach Westen fuhr, kam ihr bereits der erste Berufsverkehr in Richtung London entgegen. Es dauerte nicht lange, bis sie die Ausfahrt Ascot erreicht hatte.

Anna war schon mehrmals bei Vince gewesen, aber stets im Sommer, wenn die gepflegten Rasenflächen um das Haus samtiggrün waren und die angepflanzten Bäume und Büsche, die das Grundstück von der Straße abgrenzten, ein undurchdringliches herrlich grünes Dickicht bildeten, das mit rosafarbenen und weißen Rhododendren durchsetzt war. Das Haus war eine Hollywood-Villa im nachgemachten Tudorstil, die mit so vielen Fachwerkbalken besetzt war, daß sie wie ein Schachbrett aussah. Im Sommer wurde die Architektur gnädig von Bäumen verdeckt, aber jetzt wirkte das Haus geschmacklos und protzig.

Anna, die viel zu wütend war, um Angst zu empfinden, ließ ihren Wagen mitten in der Einfahrt stehen und marschierte auf das Haus zu. Gerade wollte sie läuten, als sie neben der Hintertür zur Küche ein Auto bemerkte. Es war ein Renault-Kombiwagen, nicht gerade ein Modell, das Vince bevorzugte. Die Heckklappe stand offen, und auf den Sitzen häuften sich Koffer und Schachteln.

Vince kam mit einem Koffer aus dem Haus. Als er Anna erblickte, wurde er bleich.

«Ja, ich bin es», sagte sie.

«Was ... was tun Sie hier?»

«Ich erwische Sie dabei, wie Sie versuchen abzuhauen.» Sie trat auf ihn zu. «Sie haben mich getäuscht, Vince. Sie haben mich wegen der Zahlung gedrängt, obwohl Sie Ihr verdammtes Schiff selbst versenkt hatten.» So fest sie konnte, schlug sie ihm ins Gesicht und schrie: «Sie gemeiner Betrüger!»

Er war so erschrocken, daß er den Koffer fallen ließ und zurückwich, wobei er seine Wange umfaßte, auf der sich in deutlichen, roten Umrissen Annas Finger abzeichneten. «Ich weiß nicht, wovon Sie reden», stotterte er.

«Vince, lügen Sie mich nicht schon wieder an.»

Er zögerte, und dann wurde er rot vor echter Scham. «Es tut mir leid, Annie, wirklich. Ich sage Ihnen die Wahrheit. Ich weiß zwar nicht warum, aber vielleicht, weil ich Sie mag. Ich wollte die *Le Nouveau Monde* nicht versenken. Ich habe sie geliebt, das wissen Sie, aber ich brauchte Geld. Ich hatte mich auf einen zwielichtigen Handel eingelassen und mußte zahlen.»

«Vince, ich habe Ihnen vertraut. Immer wieder habe ich dem Underwriter versichert, Ihre Forderung sei ehrlich.»

«Das habe ich Ihnen wirklich nicht gerne angetan.» Er nahm den Koffer und legte ihn zu den anderen ins Auto.

«Wenn Sie Geld brauchten, warum haben Sie das Schiff dann nicht verkauft?»

«Hätte ich sie inseriert und keinen Käufer gefunden, dann hätte es doch sehr seltsam ausgesehen, wenn sie plötzlich sinkt.»

«Also haben Sie das Ganze schon vor Monaten geplant?»

«Annie, ich hätte es nicht getan, wenn ich nicht mit dem Rücken zur Wand gestanden hätte. Dafür könnte ich ins Gefängnis kommen. Vielleicht erwartet mich an der Fähre in Portsmouth schon die Polizei. Monique habe ich zur Sicherheit vorausgeschickt.» Verzweifelt rang er seine dicklichen Hände. Der aalglatte Verkäufer, der sich mit Schläue und Geschick aus den Straßen von Brixton nach oben gearbeitet hatte, war jetzt nur noch ein unrasierter älterer Mann. «Vermutlich würden Sie nicht mit mir das Auto tauschen?» fragte er.

«Um Ihnen bei der Flucht zu helfen? Sie sind wohl verrückt! Ich sollte die Polizei holen!»

Resigniert zuckte er die Achseln. «Ich dachte mir schon, daß Sie das sagen, aber einen Versuch war es wert.» Er öffnete die Fahrertür, und Anna sah auf dem Vordersitz die Messingglocke der *Le Nouveau Monde*. Er bemerkte ihren Blick und schnitt eine Grimasse. Vergeblich versuchte er die Gefühle zu verbergen, die ihm ins Gesicht geschrieben standen. «Ein Erinnerungsstück mußte ich einfach behalten», gestand er. «Ich weiß, ich bin ein sentimentaler Narr, aber das Schiff war mein ein und alles.»

«Darum konnte ich auch nicht glauben, daß Sie es versenkt haben.»

«Sie ahnen nicht, was man alles tut, wenn man verzweifelt ist.»

«Stehlen würde ich nicht.» Sie ging zum Auto und fuhr davon. Sie war noch immer so durch und durch wütend, daß sie sich, als ihr ein anderes Auto auf der schmalen Straße entgegenkam, weigerte, Platz zu machen. Der andere Fahrer war gezwungen, bis zur Hauptstraße rückwärts zu fahren.

Nach der Auseinandersetzung mit Vince fühlte sie sich besser, aber nicht nur, weil sie ihm nicht gestattet hatte, sie widerstandslos auszutricksen, sondern auch, weil sie jetzt wußte, daß ihm das Versenken der *Le Nouveau Monde* leid tat. Sie kam sich nun nicht mehr so dumm vor, weil sie ihm getraut hatte.

Sie fuhr nach Hause, duschte, zog sich um und ging zu Lloyd's, wo sie mit verschiedenen Leuten sprach und schließlich mit Bridget zum Mittagessen ging.

Als sie Marinecover betrat, winkte Judy sie an ihren Schreibtisch. «Die Polizei ist bei Gordon», flüsterte sie. «Sie sollen sofort in den Sitzungssaal kommen.»

«Du liebe Güte! Warum?»

«Creswell, glaube ich.»

Anna strich ihren Rock glatt, entfernte ein Haar vom Ärmel ihres schwarzen Blazers und klopfte an die Tür des Sitzungssaals.

«Herein!» rief Gordon.

Sie trat ein. Am anderen Ende des langen Mahagoni-Tisches saßen Gordon, zwei Polizisten in Zivil und Paul Sheldon. Abgesehen von Paul, der ihr zulächelte, sahen alle sehr ernst aus. «Guten Tag», sagte sie fröhlich. «Ich glaube, Sie wollten mich sprechen.»

«Allerdings», fuhr Gordon sie an. «Was haben Sie sich dabei gedacht, als Sie Creswell heute morgen gewarnt haben?»

«Ich habe ihn nicht gewarnt, ich habe ihm eine Szene gemacht.»

«Das Haus stand unter Bewachung, Miss Tobias», erläuterte der ältere der Polizisten. «Wir wollten Creswell gerade verhaften, aber Sie haben die Auffahrt blockiert, und er ist über die Pferdekoppel entkommen.»

Sie erinnerte sich an das Auto, das sie zum Rückwärtsfahren gezwungen hatte. «Oh, das tut mir leid. Ich wußte nicht, daß Sie das waren. Das Auto sah ganz normal aus.» Sie wandte sich an Paul. «Wenn man mich vorgewarnt hätte, wäre ich nicht hingefahren.»

Noch ehe Paul antworten konnte, mischte sich der Polizist ein. «Woher sollten wir wissen, daß Sie Creswell stellen wollten? Die meisten von euch jungen Typen aus der City können doch Recht und Unrecht nicht unterscheiden.»

«Aber ich kann es. Vince hat mein Fest als Alibi benutzt. Er hat mich gedrängt, als wir die Zahlung zurückgehalten haben. Ich hatte jedes Recht, mich mit ihm auseinanderzusetzen.»

Paul zog eine Augenbraue hoch. «Und ihn zu ohrfeigen?»

Ihre Blicke trafen sich, und sie lachte. Einen Augenblick lang war es, als stünden sie wieder auf dem Balkon. «Und ihn zu ohrfeigen», wiederholte sie seine Worte.

Der ältere Polizist stand auf. «Es freut mich, daß die junge Dame nicht in ein betrügerisches Komplott verwickelt ist.»

«Meinen Sie damit, daß ich auch unter Verdacht stand?» fragte Anna entsetzt.

«Nach Mr. Sheldons Meinung nicht, aber wir verdächtigen zunächst einmal jeden.»

«Dann bin ich ja froh, daß ich meine Unschuld beweisen konnte.»

«Das wußten sie bereits.» Paul schloß seinen Aktenkoffer. «Das Auto wurde abgehört.»

«Meins oder das von Vince?»

«Creswells – obwohl ich das nächste Mal, wenn Sie wieder einen betrügerischen Versicherungsnehmer per Lynchjustiz abstrafen wollen, wohl in Ihr Auto eine Wanze setzen sollte, falls Sie Hilfe brauchen. Ihnen hätte ja etwas passieren können.»

«Ich mußte einfach mit ihm reden.»

Er zwinkerte. «Das hätte ich auch getan.» Er verließ den Sitzungssaal, und die Polizisten folgten ihm.

Sobald sie die Tür hinter sich geschlossen hatten, wandte sich Gordon an Anna. «Wie konnten Sie nur so ungeschickt sein? Sie haben alles getan, um sich einem Verdacht auszusetzen. Eine schöne Geschichte, in die Sie uns da hineingeritten haben. Wir können es uns nicht leisten, für so etwas Zeit zu verschwenden.»

«Es tut mir leid, das soll nicht mehr vorkommen. Aber sehen Sie es doch positiv, Gordon. Unser Anteil an Vince' Prämie hat der Jachtabteilung den besten Monatsabschluß überhaupt verschafft. Isaacs Syndikat muß nicht zahlen, weil Vince' Schadenersatzforderung betrügerisch ist. Wir haben nichts verloren, nur Vince steht jetzt schlecht da. Er hat jetzt weder das Schiff noch das Geld.» Sie drehte sich um und wollte gehen.

Gordon räusperte sich. «Äh … Anna … können Sie noch einen Moment bleiben?»

Sie lächelte. «Ja.»

«Sie erinnern sich doch, daß ich Ihnen erzählt habe, wir müßten unsere Belegschaft verringern?»

«Natürlich.» Sie hoffte, er meinte nicht Elaine.

Gordon tat so, als reibe er einen Fleck vom Tisch. «Es fällt mir nicht leicht, das zu sagen, Anna, aber … äh … ich muß Ihnen leider mitteilen, daß Sie es sind, die wir freisetzen müssen.»

Ihr blieb die Luft weg, als hätte man ihr einen Schlag auf den Brustkorb versetzt. Das Blut wich ihr aus dem Gesicht und sammelte sich in der Umgebung des Herzens, während die Abwehr gegen das Begreifen sie durchzuckte, überschwemmte und in jede Pore drang. Sie versuchte etwas zu sagen und konnte es nicht, sie wollte «Nein!» schreien, aber das Wort blieb ihr im Hals stecken.

Gordon redete schnell weiter, um die peinliche Situation aufzulösen. «Wir legen die Jachtabteilung mit der Kaskoversicherung zusammen, bis sich die Lage gebessert hat. Sie sind ja mit Ihrem neuen Haus und dem Besuch bei Charlies Eltern beschäftigt.»

«Das … das ist nicht wahr. Ich habe so hart gearbeitet wie alle anderen.»

«Anna, bitte, Sie machen die Sache nur noch schwieriger.»

«Was glauben Sie, wie ich mich fühle? Ich habe gerade meinen Job verloren.» Sie holte tief Luft. «Was wird aus meinen Klienten?»

«Chris wird sie weiter betreuen.»

«Sie behalten ihn, aber mich entlassen Sie?»

«Anna, er verdient weniger als halb soviel wie Sie. Ich muß wirtschaftlich denken.»

«Ich arbeite hier seit sieben Jahren, Gordon. Ich war immer eine loyale Angestellte, und auch Sie schulden mir Loyalität.»

«Es tut mir leid, wirklich, und wenn Sie das tröstet, es werden gleichzeitig neunzehn andere Leute entlassen.» Er machte eine Pause. «Darunter auch Charlie.»

Der Schock war so stark, daß sich alles um sie drehte. Sie stand auf und ging langsam auf die Tür zu. Vorsichtig setzte sie einen Fuß vor den anderen, als habe sie Angst, der Fußboden könnte unter ihr wegbrechen.

«Nehmen Sie es nicht persönlich, Anna», rief Gordon ihr nach. «Ich schreibe Ihnen ein erstklassiges Zeugnis, und ich werde mein Bestes tun, damit Sie eine neue Stelle finden.»

«Es ist wegen der Sache mit Creswell, nicht wahr?»

«Nein, ganz bestimmt nicht. Die Entlassungen wurden schon vergangene Woche beschlossen.»

«Das glaube ich Ihnen nicht, Gordon.» Sie ging weiter, verließ den Sitzungssaal und schritt mit hoch erhobenem Kopf durch das Großraumbüro in ihr Zimmer. Erst dort, nachdem sie die Tür sorgfältig hinter sich geschlossen hatte, ließ sie die Maske fallen. Sie sank in ihren Stuhl, begrub ihr Gesicht in den Händen und weinte.

Die Tür ging auf, und Charlie kam breit lächelnd hereinspaziert. «Wir verlassen das Büro und feiern», sagte er.

«Charlie, wir sind arbeitslos.»

«Das ist doch ausgezeichnet!» Er lachte laut. «Marinecover ist eine beschissene kleine Maklerfirma, und woanders gibt es viel bessere Jobs. Mehr Geld, bessere Klienten. Beeil dich, und räum deinen Schreibtisch leer.» Er faltete einen schwarzen Müllsack auf, öffnete ihre oberste Schreibtischschublade und begann den Inhalt herauszunehmen.

«Laß das!» rief sie und griff nach einem Stapel mit Notizen. «Ich muß meine Klienten anrufen, ich kann sie nicht einfach so im Stich lassen.»

«Das soll Chris für dich erledigen.»

«Ich schulde ihnen eine Erklärung.»

«Verdammt noch mal, Anna! Marinecover hat uns rausgeschmissen. Du schuldest deinen Klienten gar nichts.» Er nahm ihren Blazer vom Haken.

«Charlie, bitte, ich kann nicht so schnell gehen. Ich möchte mich verabschieden.»

Er zog sie in die Höhe. «Deine Freunde warten in der Bar auf dich. Und die anderen können dir egal sein. Sie haben uns einen Dolchstoß in den Rücken versetzt. Komm schon.»

«Ich muß Delia anrufen.»

«Sie ist schon in der Bar.»

«Ich möchte mich von Isaac verabschieden.»

«Rede morgen mit ihm.»

«Ich möchte noch ein paar Minuten hier allein bleiben.»

Charlie umfaßte ihr Gesicht mit den Händen und blickte ihr in die Augen. «Anna, du hast hier nichts mehr verloren. Verschwende doch deine Gefühle nicht. Du findest einen besseren Job mit netteren Leuten. Das gilt für uns beide.» Er küßte sie sanft auf die Lippen. «Glaub mir, das wird sich zu unserem Besten auswirken.»

Sie sah hinauf in sein hübsches Gesicht und hätte ihm so gerne geglaubt, aber als sie zum letztenmal mit dem Lift nach unten fuhr, spürte sie dasselbe schmerzliche Gefühl, in die Verbannung geschickt zu werden, wie damals an dem Tag, als sie aus Cliff Cottage auszogen.

Sie gingen in eine Bar in der Nähe des Bahnhofs Fenchurch Street, und den restlichen Tag nahm Anna wegen der Mengen an Champagner, die sie trank, nur noch durch einen Schleier wahr. Als Delia ihr sagte, Marinecover könne ihr leider keine sonderlich großzügige Abfindung zahlen, aber Gordon wolle, daß Anna das Auto behalte, da antwortete Anna zuversichtlich, das mache nichts, sie finde bestimmt bald eine neue Stelle. Als sie Elaine auf der Damentoilette traf, sagte sie zu ihr: «Wenn Sie eine Referenz brauchen, ich schreibe Ihnen gerne eine.»

Elaine wurde verlegen. «Ich ... äh ... ich bleibe bei Marinecover.»

«Sie werden doch nicht für Chris arbeiten?»

«Ich kann mir nicht leisten zu kündigen, ich muß Danny ernähren.»

Beinahe wäre Anna herausgeplatzt: «Das verstehen Sie also unter Loyalität.» Aber sie wußte, wie unfair das gewesen wäre, daher sagte sie: «Elaine, das verstehe ich.»

Plötzlich begriff Anna, was der Verlust ihres Arbeitsplatzes bedeutete. Morgen würde Chris in ihrem Büro und an ihrem Schreibtisch sitzen, und Elaine würde seine Briefe aufnehmen, als hätte es Anna nie gegeben.

Sie fragte sich, ob sich ihr Vater wohl so gefühlt hatte, als er von der Armee entlassen wurde und von der Versicherungsgesellschaft und von all den anderen Firmen, bei denen er gearbeitet, aber selten die Probezeit überstanden hatte. Nur bei seiner letzten Stelle war er fast ein Jahr gewesen, so daß es ihn unvorbereitet traf, als man ihn ins Personalbüro rief und ihm seine Papiere überreichte. Und das machte wohl alles noch schlimmer. Allerdings hatte er sich seinen Kummer nie anmerken lassen, denn wie der Personalchef nach seinem Tod ihrer Mutter erzählte, hatte ihr Vater lediglich darum gebeten, die Monatskarte der Bahn behalten zu dürfen.

Anna drängte sich durch die überfüllte Bar hinaus auf die Straße, wo sie durch die plötzliche Kälte beinahe das Gleichgewicht verlor. Vor dem Bahnhof Fenchurch Street befand sich ein Taxistand, aber gerade als sie das erste Taxi heranwinken wollte, fiel ihr ein, daß sie ihre Handtasche in der Bar vergessen hatte. Sie wollte nicht wieder zurückgehen, außerdem würde etwas frische Luft ihr guttun, um einen klaren Kopf zu bekommen. Also spazierte sie durch die Fenchurch Street zum Fen Court, einem kleinen versteckten Friedhof, der von hohen Häusern umgeben war. Dort setzte sie sich neben einem der alten Gräber auf eine Bank.

Über ihr raschelten leise die Zweige der unbelaubten Bäume, die sich wie Spinnenbeine gegen den Abendhimmel abhoben. Zu ihren Füßen wehte der Wind Laub und Abfall zu Haufen, die am frühen Morgen weggekehrt werden würden. Sie beugte sich vor und legte ihre Stirn auf den Grabstein. Er war angenehm kalt an ihrer heißen Haut.

Eine Hand legte sich auf ihre Schulter, und sie schrie auf vor Schreck.

«Ich bin es nur», sagte Elaine. «Ich habe Ihre Tasche.» Sie setzte sich neben Anna. «Ich komme mir wie eine Verräterin vor, weil ich für Chris arbeite.»

«Das sollten Sie nicht. Es ist eine gute Stelle.»

«Er hat gegen Sie intrigiert.»

«Ich weiß. Dieser Mistkerl!»

«Ich werde nicht vergessen, was Sie für mich getan haben.» Elaines Stimme klang belegt. «Hoffentlich finden Sie bald etwas Neues.»

Anna lächelte. «Danke. Sie haben mir sehr geholfen.»

Auf dem kleinen, menschenleeren Friedhof gaben sie einander die Hand und hielten sie einen Augenblick länger als nötig fest, in einer Geste der gegenseitigen Ermutigung. Dann ging Elaine zur U-Bahn-Station Monument, um sich auf den weiten Weg in die Vorstadt zu machen, und Anna ging zurück zur Bar, um Charlie abzuholen.

Er saß auf einer Bank in der Nähe des Taxistandes und war viel zu betrunken, um sie zu fragen, wo sie gewesen sei. Sie stiegen in ein Taxi, um nach Hause zu fahren, aber als sie das Themseufer erreichten, sagte er: «Komm, laß uns aussteigen, wir gehen zu Fuß.» Damit klopfte er an die Scheibe, die sie vom Fahrer trennte.

Sie spazierten auf dem Bürgersteig neben der Deichmauer des Flusses entlang. Die Luft war feucht, aber angenehm auf ihren heißen Gesichtern. Vor ihnen zeichneten sich vor dem orangefarbenen Abendhimmel die gezackten Türmchen des Westminster-Palastes ab, und die Lichter vom anderen Themseufer tanzten auf der ölig-schwarzen Wasseroberfläche des Flusses. Es nieselte nicht mehr, aber das Pflaster war noch naß, und die Lichter der Straße spiegelten sich in den Pfützen, die sich auf den abgetretenen Steinen gebildet hatten.

Charlie faßte Annas Hand. «Weißt du was, wir buchen unsere Flüge um und fahren schon am Samstag nach Australien. Wir machen richtig Ferien, einen ganzen Monat in der Sonne.»

Sie zögerte, weil sie an Ladbroke Hill dachte, an die Ratenzahlungen und das Geld, das sie ausgeben würden und besser sparen sollten.

«Ach, komm schon, Anna! Bitte! Ich kündige die Wohnung, und wir bringen unsere sämtlichen Sachen nach Ladbroke Hill, ehe wir fahren. Wenn wir zurückkommen, können wir im Speichergeschoß wohnen. Bis dahin ist es fertig. Das willst du doch schon seit Monaten.» Er zog sie an sich und lächelte sie an wie ein kleiner Junge, der etwas haben möchte.

Plötzlich wurde sie von der Sehnsucht überwältigt, dieser ganzen Situation zu entkommen. Sie wollte im Sonnenschein spazierengehen, sich dem Urlaubsvergnügen hingeben und die Zukunft noch für eine Weile aufschieben. Warum sollte sie sich Sorgen machen? Sie würden andere und bessere Jobs finden. Charlie hatte recht. «Ja, wir fahren», antwortete sie und streckte sich, um ihm einen Kuß zu geben.

Stürmisch umarmte er sie. «Nächste Woche um diese Zeit werden wir schon dort sein. Ach, ich kann es gar nicht erwarten!» Er machte eine Pause. «Mir wäre es lieber, wenn wir meinen Eltern nicht erzählten, daß wir unsere Stellen verloren haben.»

Anna war einverstanden. «Sie würden sich nur Sorgen machen und meine Mutter auch. Sie wäre entsetzt, weil sie dann an meinen Vater denken muß. Ich werde ihr erst erzählen, daß ich von Marinecover weg bin, wenn ich eine neue Stelle habe.»

Er küßte sie auf die Nasenspitze. «Wir sagen einfach, wir hätten den langen Urlaub anstelle einer Bonuszahlung genommen.»

Sie lächelte ihn an. Manchmal war er gedankenlos, aber zu anderen Gelegenheiten, wie jetzt zum Beispiel, konnte er rücksichtsvoll sein.

«Australien wird dir gefallen.» Er schob einen Arm um ihre Taille, tanzte mit ihr über den breiten Bürgersteig und sang dazu *Waltzing Matilda*.

Ein vorbeifahrender Taxifahrer kurbelte sein Fenster herunter und rief: «Heiratet ihr?»

«Vielleicht», antwortete Charlie und walzte mit Anna unter den Straßenlaternen dahin.

Sie blickte zu ihm auf, und in diesem Moment fühlte sie sich geborgen und sicher.

Kapitel 10

Melbourne

Wegen der Notlandung eines anderen Flugzeugs auf dem Tullamarine-Flughafen mußte Charlies und Annas Maschine eine Weile kreisen, und vom Fenster aus konnte Anna in der Ferne Melbourne sehen – eine hübsche, undramatisch wirkende Stadt, die von einem Gitter aus Straßen durchzogen wurde. Die nicht enden wollenden Vororte erstreckten sich bis zu einer fernen Bergkette. Anna sah den gewundenen braunen Fluß Yarre und die blaue Rundung der Port-Phillip-Bucht. Über allem hing ein warmer, seidiger Dunstschleier, in dem sich das Blau des Meeres und das Purpurrot und Grün der Berge spiegelten.

Charlies Eltern erwarteten sie am Flughafen. Während Anna hinter Charlie her durch die Ankunftshalle ging, bedauerte sie einmal mehr, daß keine Zeit mehr blieb, ihre zerdrückten Reisekleider gegen frische auszutauschen. In London hatte sie Fotos von Charlies Eltern gesehen, auf denen vor allem seine Mutter einen hochmütigen und herrischen Eindruck machte, aber als sie vor ihnen standen, wirkten die beiden sehr viel netter. Phyllis Blythely war ein nordischer Typ, eine große sonnengebräunte Blondine mit einem freundlichen Gesicht. Donald, ein gutaussehender grauhaariger Mann, war so schlank und gut gebaut wie seine Frau stattlich. Sein hervorragendes Aussehen hatte Charlie von seinem Vater geerbt, die blonden Haare und die helle Haut stammten von seiner Mutter.

«Es ist so herrlich, dich wiederzusehen.» Seine Mutter schlang ihre Arme um Charlie und küßte ihn auf beide Wangen. «Und es ist schön, daß wir Sie endlich einmal kennenlernen, Anna.» Anna wurde so stürmisch umarmt, daß sie beinahe hingefallen wäre.

«Vielen Dank, Mrs. Blythely.»

«Ach, nennen Sie mich doch Phyllis, das tut jeder.»

«Und mich nennen Sie Donald.» Charlies Vater drückte ihr kraftvoll die Hand. «Willkommen in Melbourne, Anna.»

«Danke.» Es schien völlig egal zu sein, daß ihre Kleider zerknittert waren.

Charlie ging mit seiner Mutter voraus und schob den Gepäckwagen. Anna folgte neben seinem Vater. «Ihr erster Besuch in Melbourne?» fragte er.

«Mein erstes Mal in Australien», antwortete sie. Aus dem Terminal traten sie in den warmen Sonnenschein. Eine Brise bewegte die bläulichen Blätter der Eukalyptusbäume auf dem Flughafenparkplatz.

«Heute abend veranstalten wir ein Barbie – ein Barbecue. Ich habe zu Phyllis gesagt, daß ihr bestimmt müde sein werdet, aber sie kann es nicht abwarten, euch der Verwandtschaft vorzuführen. Vivianne, Charlies Schwester, kommt und Ingrid, die Schwester von Phyllis. Außerdem wird meine Mutter dasein. Sie ist eine schwierige alte Dame, und wir müssen sie bei Laune halten. Natürlich haben wir auch Charlies sämtliche Cousinen und Cousins eingeladen. Bestimmt hat er Ihnen schon alles über seine Familie erzählt.»

Mit einem Lächeln nickte Anna. Hoffentlich fand dieser freundliche Mann nie heraus, daß Charlie, wenn er von Melbourne sprach, immer nur die Wochenenden erwähnte, die er mit den Zwillingen Josh und Matt, seinen besten Schulfreunden auf der Melbourne Grammar, im schicken Portsea verbracht hatte, oder die wunderschönen Häuser in Toorak, in denen sie alle wohnten, und die tollen Clubs, wo er Segeln gelernt hatte. Von Cousinen und Cousins hatte er nie geredet.

Über die Autobahn fuhren sie in die Stadt. Phyllis saß am Steuer und Charlie neben ihr.

Anna hörte, wie sie Charlie fragte: «Wie habt ihr es geschafft, fünf Wochen Urlaub zu bekommen?»

«Ach, wir haben ihn anstatt einer Bonuszahlung genommen.»

«Du liebe Güte, euch muß es aber gutgehen!» Phyllis warf Anna über den Rückspiegel einen Blick zu.

«O ja», sagte Anna und lächelte strahlend.

Charlie und seine Mutter redeten weiter, und Anna hörte, daß Charlie Worte wie «Beförderung» und «Gewinnanteile» fallenließ. Hoffentlich übertrieb er nicht allzusehr. Doch sie wollte nicht über ihre Arbeit, über Marinecover, die Jobsuche oder andere Probleme nachdenken, die sie bei ihrer Rückkehr nach England erwarteten, und wandte ihre Aufmerksamkeit lieber der flachen unvertrauten Landschaft vor dem Fenster zu, die allmählich von kleinen Bungalows abgelöst wurde. In den dichter bewohnten Stadtvierteln standen breite Wohnhäuser im viktorianischen Stil direkt neben Hochhäusern aus Glas und Stahlbeton, und die traditionellen grünen Straßenbahnen ratterten laut über baumbestandene Boulevards.

Südlich der Innenstadt bogen sie ab in eine geschäftige Straße mit modischen Boutiquen und teuren Restaurants. «Das ist die Toorak Road. Toorak ist unser teuerster Stadtteil», erklärte Donald Anna.

Sie blickte aufmerksam hinaus. «Das hat mir Charlie erzählt.»

Sie hielten in einer Seitenstraße mit alten Häusern, an denen sich hübsche schmiedeeiserne Balkone befanden. Anna faßte nach dem Türgriff.

«Sie sind noch nicht zu Hause», sagte Donald. «Hier in der Nähe liegt meine Klinik, und ich muß wieder an die Arbeit.»

«Müssen Sie heute noch Operationen durchführen?»

«O nein, das glaube ich nicht. Vielleicht ein Hühnerauge oder eine Blase, aber nicht mehr. Die meisten meiner Patienten leiden um diese Zeit des Jahres an Sonnenbrand.» Er stieg aus dem Wagen und winkte ihnen zum Abschied zu.

Anna kam sich albern vor. Dabei erinnerte sie sich genau, daß Charlie ihr erzählt hatte, sein Vater sei Chirurg.

Sie fuhren weiter, vorbei an herrlichen Häusern, die inmitten gepflegter Rasenflächen standen und von großen Bäumen und Sicherheitszäunen umgeben waren. Anna sah, daß in den Auffahrten vor den imposanten Eingangstüren teure Autos parkten, und durch Lücken in den Hecken erhaschte sie Blicke auf riesige Swimmingpools und Tennisplätze. Neugierig wartete sie auf das Haus der Blythelys. Sie kreuzten eine belebte Straße – Anna sah, daß ihr Name Glenferrie war –, und fast sofort wurden die Häuser kleiner. Sie sahen hübsch aus, waren aber nicht großartig und hatten kleinere Gärten und kleinere Pools.

«Das ist Malvern», sagte Phyllis und bog in die Auffahrt eines einladend wirkenden roten Backsteinhauses. Es war ein Flachbau, abgesehen vom Mittelteil, der ein oberes Stockwerk hatte.

Das Haus ähnelte den besseren Häusern in Leatherbridge, wenn auch nicht den teuersten, aber es war nicht mit dem Haus zu vergleichen, das Charlie beschrieben hatte. Anna störte das nicht, doch es war ihr unangenehm, daß er ihr nicht die Wahrheit gesagt hatte.

Charlie sah Anna nicht an, während er nach hinten ging, um das Gepäck aus dem Kofferraum zu holen. Sie sah, daß sein Nacken vor Verlegenheit puterrot war. Gern hätte sie ihm gesagt, daß sie ihn trotzdem liebe und es ihr nichts ausmache, wenn seine Eltern keine Millionäre waren, aber es bekümmerte sie, daß er so übertrieben hatte. Allerdings konnte sie in Anwesenheit seiner Mutter keinesfalls eine Bemerkung dazu machen.

«Kommen Sie herein, meine Liebe», sagte Phyllis, die bemerkte, wie blaß Anna war. «Sie sind bestimmt müde. Charlie trägt Ihnen den Koffer hinein.»

Charlie hob den Kopf, fing Annas Blick auf und sah betreten aus. Sie lächelte ihm beruhigend zu. Sein Gesichtsausdruck ähnelte dem eines kleinen Jungen, der etwas falsch gemacht hat. Erschrocken bemerkte Anna, wie ähnlich er in seiner Neigung zum Schwindeln ihrer eigenen Mutter war. Als ihre Eltern nach Leatherbridge zogen, hatte ihre Mutter die Adresse durch «Weybridge» ergänzt, weil sie fand, daß das besser klang. Als Granny Tobias dann bemerkte, in Weybridge wohnten nur Neureiche, änderte ihre Mutter die Adresse in «Leatherhead». Damit verwirrte sie den Postboten derart, daß die Familie Tobias sechs Wochen lang keine Post erhielt. Der Gedanke, daß Charlie über solche Lächerlichkeiten keineswegs erhaben war, beunruhigte Anna.

Das Haus der Blythelys war modern gebaut und hatte einen weiten offenen Wohnraum, der mit großen weichen Sofas und Chintzvorhängen eingerichtet war. Genau wie Phyllis wirkte es gemütlich und freundlich. Es hatte einen Innenhof und einen seitlich gelegenen kleinen Swimmingpool und war von einem gepflegten, farbenfrohen Garten umgeben.

Phyllis führte Anna zu einem Einzelzimmer im Erdgeschoß, dessen Fenster auf den Pool hinausging. «Das war früher Viviannes Zimmer», sagte sie. «Viv wohnt jetzt zusammen mit zwei anderen Krankenschwestern in St. Kilda, aber heute abend zum Barbie kommt sie. Das da ist Charlies Zimmer.» Phyllis deutete auf eine gegenüberliegende Tür. «Ich weiß, daß ihr beiden in London zusammenlebt, aber Donalds Mutter findet das nicht richtig, und sie kann jederzeit vorbeikommen, die alte Schnüfflerin. Darum müßt ihr in getrennten Zimmern schlafen, oder ich bekomme es noch bis in alle Ewigkeit zu hören.»

Anna wurde rot und stammelte: «Das verstehe ich.»

«Mir selbst ist das natürlich völlig egal», fuhr Phyllis in ihrer offenen und gewinnenden Art fort, «aber falls ihr einmal Kinder haben wollt, solltet ihr doch vielleicht heiraten. Mehr sage ich dazu nicht. Jetzt schlafen Sie ein bißchen, meine Liebe, ich wecke Sie dann später.» Sie verließ den Raum und machte die Tür hinter sich zu. Anna blieb im Zimmer, weil sie spürte, daß Phyllis Charlie für sich haben wollte. An Phyllis erkannte sie jene tiefe Liebe einer Mutter zu ihrem Sohn, die auch Roz Luke gegenüber empfand.

Es war früher Abend, als Phyllis Anna mit einer Tasse Tee weckte. Sie trug eine kurze Hose in lebhaftem Türkis und ein grell pinkfarbenes rückenfreies T-Shirt, das schrecklich aussah an einer Frau in ihrem Alter und mit ihrer Figur, insbesondere, da ihre Arme und das Dekolleté von der Sonne zu Leder gebrannt waren. Aber weil es Phyllis nichts auszumachen schien, spielte es auch keine Rolle. «Charlie ist im Garten, und Vivianne ist schon da», sagte sie zu Anna und schob beiläufig einen BH-Träger zurecht. «Kommen Sie doch raus, wenn Sie fertig sind.»

Anna setzte sich auf. «Sie sind sehr freundlich.»

«Ich bin froh, Sie kennenzulernen. Seit Serena hat Charlie kein Mädchen mehr nach Hause mitgebracht.» Phyllis machte eine Pause, als sie Annas verständnislosen Gesichtsausdruck sah. «Er hat Ihnen doch sicher von Serena erzählt?»

«Sie meinen die Schwester von Matt und Josh?»

«Die Liebesbeziehung hat Charlies Freundschaft mit den Zwillingen zum Glück nicht geschadet, aber es wäre durchaus möglich gewesen.» Phyllis verließ den Raum und rief über die Schulter zurück: «Wir sind am Pool, und es gibt bald Abendessen.»

Anna war übel vor Unsicherheit. Charlie hatte bei allem übertrieben – bei dem Haus und dem Beruf seines Vaters, aber vor allem hatte er nie etwas von Serena gesagt, abgesehen davon, daß sie Matts und Joshs jüngere Schwester sei. Anna stand auf, ging unter die Dusche und bereitete sich innerlich darauf vor, nett zu Charlies Verwandtschaft zu sein, obwohl ihr einziger Wunsch war, Charlie auszufragen und die Hintergründe dieser Lügen zu erforschen.

Sie durchwühlte die Stapel eleganter Kleidung in ihrem Koffer und verwarf ihre sämtlichen exotischen Designerstücke. Ihr pfirsichfarbener Hosenanzug aus Seide würde neben Phyllis' Shorts lächerlich aussehen, das weiße italienische Seidenstrickhemd wäre durch einen einzigen Spritzer Barbecuesoße für immer ruiniert, und ein Funke vom Grillfeuer auf ihrem roten Armanikleid bedeutete, daß sie ein Vermögen in den Mülleimer werfen konnte. Charlie hatte zugesehen, wie sie diese ganzen unpassenden Kleidungsstücke einpackte, und sie nicht vorgewarnt. Wäre ihre eigene Familie elegant und wohlhabend gewesen, hätte sie seine Befürchtungen ja noch verstanden. Aber so wie die Dinge lagen, gelang ihr das nicht.

Anna wählte orangefarbene Shorts und ein passendes T-Shirt, und als sie den Innenhof betrat, sah sie sehr viel selbstsicherer aus, als sie sich fühlte. Sofort wandten sich ein Dutzend Leute, die um den Grill standen, zu ihr um und kamen eilig auf sie zu, um sie zu begrüßen.

«Ich bin Vivianne», sagte eine junge Frau, die Anna schon durch ihr Aussehen als Charlies Schwester identifiziert hätte, weil sie das längliche Gesicht ihrer Mutter, die blonden Haare und den gleichen Körperbau hatte. «Charlie telefoniert. Wie du sicher weißt, wurde mein Bruder mit einem Telefonhörer am Kopf geboren.»

«O ja, das ist mir nicht verborgen geblieben.»

Alle lachten, und Vivianne umfaßte Annas Hände. «Willkommen bei den Blythelys. So, und jetzt sollst du den Rest der Familie kennenlernen.» Sie stellte Anna der Großmutter väterlicherseits vor, einer strengen Frau in den Achtzigern, die auf einem Stuhl mit gerader Lehne saß. «Das ist Charlies Freundin aus England, Granny», schrie sie. Dann flüsterte sie Anna zu: «Sie ist nicht taub, sie hört nur das, was sie will.»

Anna dachte liebevoll an Granny Tobias. «Genau wie meine Großmutter.»

Charlies Tante Ingrid, eine kleinere Ausgabe seiner Mutter, bot ihr ein Glas Wein oder einen Krug Bier an – sie nahm den Wein –, und Vivianne stellte sie den Cousinen und Cousins vor: einer jungenhaften Fünfzehnjährigen namens Pippa, einer Biologiestudentin mit Hornbrille und klugen Augen, einem langweilig wirkenden Paar, das in Sydney lebte, und einer ganzen Reihe anderer. Jeder von ihnen sagte zuversichtlich: «Natürlich hat Ihnen Charlie alles von mir erzählt.»

Warum sollte Anna sie verletzen, indem sie die Wahrheit sagte?

Sie war erschöpft, als die Feier zu Ende ging, und viel zu müde, um Charlie zur Rede zu stellen. Den folgenden Tag verbrachten sie mit Vivianne, so daß Anna keine Möglichkeit sah herauszufinden, warum er ihr die Unwahrheit gesagt hatte. Am Tag darauf besuchten sie Freunde und am nächsten Tag ebenfalls, und erst als Charlie ein Auto mietete, um mit Anna nach Portsea zu fahren, waren sie endlich einmal allein. Aber dieser Tag war so wunderschön, daß Anna keine Lust hatte, ihn zu verderben, indem sie Charlie über seine ehemalige Freundin ausfragte oder mit ihm darüber stritt, was – wie sie sich einzureden versuchte – lediglich eine kleine Übertreibung war.

Die Woche verging mit einer unübersichtlichen Schar neuer Leute und neuer Orte. Anna hätte sich gerne ein wenig erholt und wünschte sich, faul am Pool liegen und Charlies Familie besser kennenlernen zu können, aber Charlie hielt es zu Hause nicht aus. Matt und Josh waren bis Weihnachten in den Vereinigten Staaten, deshalb besuchten sie in aller Eile seine sämtlichen anderen Freunde, als bliebe dafür keine Zeit mehr, sobald die Zwillinge erst wieder zu Hause waren. In London gingen Anna und Charlie ständig aus, und Anna hatte sich die Zeit in Melbourne ruhiger vorgestellt, aber hier traf Charlie sich sogar noch öfter mit Leuten, weil er so viele kannte.

«Ich habe Serena noch nicht kennengelernt», sagte Anna eines Morgens beim Frühstück so beiläufig wie möglich.

«Ach, du wirst sie schon noch treffen.»

Ein Johlen von draußen unterbrach ihr Gespräch. Weitere Freunde waren gekommen, um Anna in St. Kilda herumzuführen, dem am Meer gelegenen Künstler- und Boheme-Viertel von Melbourne, wo Vivianne in einer Wohngemeinschaft wohnte. An der Strandpromenade kaufte Anna Postkarten, die sie ihrer Familie, Delia, Judy und Elaine schicken wollte.

«Stell dir nur vor, wie die Ärmsten jetzt durch den Londoner Regen laufen müssen», sagte Charlie und streckte seine Arme in die Sonne.

«Euch muß es ja wirklich gutgehen, wenn ihr so lange Urlaub nehmen könnt», sagte einer seiner Freunde bewundernd.

«Das stimmt.» Charlie lächelte Anna zu, und einen Augenblick lang hatte sie das schreckliche Gefühl, daß er die Lüge allmählich selbst glaubte. Auf all diesen Ausflügen gingen sie essen, und fast jedesmal bestand Charlie darauf, für alle zu zahlen.

«Wir müssen ein bißchen sparen», sagte Anna eines Abends, nachdem sie sechs Leute zu einem teuren Essen eingeladen hatten.

«Ach, Liebes, sei doch nicht so geizig! Meine Freunde zeigen dir die Sehenswürdigkeiten, da können wir sie doch zumindest zum Essen einladen.»

«Ich weiß, und sie sind auch sehr nett, aber wir sind arbeitslos. Wir sollten nicht in so teure Restaurants gehen.»

Er holte sich ein Bier aus dem Kühlschrank und trank es gleich aus der Dose. «Gefällt es dir hier denn nicht?» fragte er mit so unsicherer Stimme, als erinnere er sich auf einmal an alle seine Übertreibungen.

«Doch, sogar sehr.» Sie legte die Arme um ihn, um ihn zu beruhigen. «Ich mag deine Familie und deine Freunde. Sie könnten wirklich nicht netter sein.»

«Dann verdirb uns doch die Ferien nicht damit, daß du dir Sorgen um Geld machst. Wir sind klug, wir sind gut, wir werden neue Jobs finden.» Er zog sie an sich. «Was deinem Vater passiert ist, wird uns nicht passieren.»

«Ich weiß, aber ich bin nervös. Ich kann nichts dagegen tun. In meinem Leben habe ich schon so viele Schläge hinnehmen müssen, daß ich mich auf das Glück nicht mehr verlasse.» Sie küßte seine Unterlippe, die nach Bier schmeckte. «Kannst du nicht etwas vorsichtiger sein?»

«Wenn es dich glücklich macht.» Er umarmte sie zärtlich, und sie schmiegte sich an seinen Körper, um seine Arme schützend um sich zu spüren. Er küßte sie aufs Gesicht, die Augen und die Stirn und flüsterte: «Ich möchte es im Pool mit dir machen.»

Sie kicherte, teilweise auch aus Erleichterung, weil sie sich durchgesetzt und er, wenn auch zögernd, zugestimmt hatte. «Was ist mit deinen Eltern?»

«Die schlafen.»

Sie gingen hinaus in die warme Nacht zum Pool, dessen Wasser noch die Hitze des Tages gespeichert hatte. Im Schatten neben dem Haus zogen sie sich aus und ließen sich auf der Seite, wo ein großer Baum sie vor dem Mondlicht verbarg, ins Wasser gleiten. Sie schwammen gemeinsam, indem Charlie auf dem Rücken lag und Anna auf ihm. Ihr Körper schmiegte sich an den seinen, und ihr Haar floß fächerartig um sie. Mit den Händen strich er ihr über den Rücken, bis er ihren Po umfaßte. Sie küßten sich heftig und stürmisch. Sie schlang die Arme um seine Hüften, und sie liebten sich inmitten des sprudelnden Wassers im Swimmingpool.

Danach lagen sie nackt auf den warmen Fliesen der Umrandung. Anna sehnte sich danach, Charlie nach Serena zu fragen, doch wieder einmal verzichtete sie darauf: Sie wollte den Zauber des Augenblicks nicht zerstören.

Die Tage flossen ineinander, und Anna genoß ihren Aufenthalt bei den Blythelys. Wenn Phyllis sie wie eine riesige blonde Glucke umsorgte, vergaß sie beinahe den Kummer über ihre Arbeitslosigkeit.

Sie lernte Serena nicht kennen, und nie kam ein geeigneter Moment, um Charlie nach ihr zu fragen. Auch Wilson's Promontory besuchten sie nicht, wie er es in London versprochen hatte. Als sie sich danach erkundigte, meinte er, es wäre lustiger, mit Matt und Josh dorthin zu fahren. Obwohl Anna so tat, als stimme sie ihm zu, war sie insgeheim enttäuscht. Sie fragte sich, ob er sie jemals bitten würde, ihn zu heiraten, wenn sie nie auch nur eine Minute lang allein waren.

An Weihnachten luden sie seine Eltern und Vivianne zum Abendessen ins *Stephanie's* ein, eines der bekanntesten Restaurants von Melbourne. Es befand sich in einem alten Haus im Stil der Jahrhundertwende und war in mehrere Räume aufgeteilt, in denen jeweils eine Anzahl Tische standen. In letzter Minute entschloß Charlie sich, auch noch Ingrid einzuladen. Das Essen war köstlich und der Abend ein großer Erfolg, aber als die Rechnung kam, erhaschte Anna einen Blick darauf und wurde bleich. Natürlich konnte sie Charlie keinen Vorwurf machen, wenn er seiner Familie etwas bieten wollte – schließlich gingen sie oft genug mit ihrer Mutter zum Essen. Außerdem war es unwahrscheinlich, daß Ingrid es sich leisten konnte, zu ihrer Hochzeit nach England zu kommen.

Eines Vormittags blieb Anna zu Hause, während Charlie seine Großmutter besuchte. Sie zog ihren Bikini an, nahm sich das Frühstück mit an den Pool und legte sich auf eine Sonnenliege. Sie dachte an Delia, Elaine und das ganze lebhafte Büro bei Marinecover, stellte sich Gordon im Sitzungssaal und Isaac in seiner Box bei Lloyd's vor – und fragte sich, ob diese auch an sie dachten. Während die Sonne heiß auf ihre nackten Glieder brannte und der Pool neben ihr plätscherte, konnte sie kaum behaupten, daß sie ihre ehemaligen Kollegen um das Kunstlicht und die winterliche Kälte beneidete, aber sie konnte die Menschen, die so etwas wie ihre zweite Familie gewesen waren, auch nicht vergessen.

Sie hörte Schritte. «Endlich erwische ich dich mal», sagte Vivianne, die in einem Paar türkisfarbener Gummisandalen und einem zerknitterten Sonnenkleid in Pink quer durch den Innenhof auf sie zuschlappte. «Jedesmal, wenn ich komme, seid ihr unterwegs.»

Anna lächelte. Sie mochte Vivianne, die sie an Roz erinnerte. «Charlie möchte seine Freunde sehen.»

«Mein Bruder kennt jeden in Melbourne – oder zumindest die sogenannte Schickeria.» Vivianne zog ihr Kleid aus und enthüllte einen knallroten Bikini.

«Du meinst Matt, Josh und Serena?»

«Ja, diese ganzen Typen aus Toorak, die auf der Melbourne Grammar waren.»

Anna bemühte sich um einen beiläufigen Tonfall. «Natürlich hat mir Charlie von Serena erzählt, aber er hat nie gesagt, wie lange sie zusammen waren.»

«Ein paar Jahre, bis er nach England gegangen ist.»

«Sie ist doch um einiges jünger, glaube ich.»

«Sie war sechzehn, als es anfing. Viel zu jung. Das war wirklich schade.»

Anna hätte Vivianne gerne gefragt, was sie mit ‹schade› meinte. Hieß es, daß Serena genau das reiche Glamourgirl gewesen wäre, das Charlie brauchte, oder daß er zu spät entdeckt hatte, wie sehr er sie liebte? Aber sie wurden unterbrochen.

«Josh und Matt sind wieder da», rief Charlie aufgeregt durch das Küchenfenster. «Komm schon! Wir treffen uns mit ihnen am Fluß. Willst du mitkommen, Schwesterherz?»

«Nein, danke. Ich muß bald zum Dienst.» Vivianne lächelte Anna zu. «Nur keine Sorge wegen Serena. Sie hat im letzten Monat geheiratet.»

Merkwürdigerweise beruhigte Anna diese Auskunft nicht. War es möglich, daß Charlie noch immer in eine verheiratete Frau verliebt war?

Sie fuhren an den Yarra, einen breiten schlammigen Fluß, der sich durch eine sanfte grüne Parklandschaft wand. Anna schwieg, bis Charlie den Wagen anhielt, dann fragte sie: «Charlie, liebst du Serena immer noch?»

«Sei doch nicht albern!» Er winkte zwei Männern zu, die auf dem Fluß ruderten. «Josh! Matt!»

Anna blieb hartnäckig. «Du hast mir nie erzählt, daß sie deine Freundin war.»

Er nahm ihre Hand. «Serena ist Vergangenheit.»

«Hast du sie geliebt?»

«Sie war zu jung.» Er ließ sie neben dem Wagen stehen, als Josh und Matt am Ufer anlegten, und Anna war genauso verwirrt und unsicher wie zuvor.

Josh und Matt waren eineiige Zwillinge. Sie waren groß, dunkelhaarig und gutaussehend, hatten aber nicht Charlies lässige Art, und für Anna war deutlich zu sehen, daß sie ihn darum ebenso beneideten wie er sie um ihren Reichtum.

Auf der Heimfahrt im Auto sagte Charlie: «Sie mögen dich», und Anna spürte, daß sie einen wichtigen Test bestanden hatte.

Sie hatten sich mit Josh und Matt für den gleichen Abend in einem beliebten französischen Bistro verabredet, dessen Wände mit Zeitungsseiten des *France Soir* tapeziert waren. Als sie ankamen, saßen die beiden mit einer großen Gruppe von Freunden zusammen, die sich um drei Tische geschart hatten. Die Männer waren braungebrannt und sportlich, die Mädchen fast alle blond. Beim Sprechen warfen sie ihre sonnengebleichten Haare auf verführerische Weise von einer Seite zur anderen. Nur ein Mädchen, das am anderen Ende des Tisches saß, unterschied sich von den anderen. Sie hatte ein zartes viktorianisches Gesicht von der Art, wie sie traurig aus alten Sepia-Fotografien blicken. Ihre glatten braunen Haare waren hinter den Ohren festgesteckt, eine Frisur, die auch Anna oft trug.

Als Anna ihr vorgestellt wurde, trat Schweigen ein. «Das ist Serena», sagte Charlie ohne jede Verlegenheit.

Eine bleiche kühle Hand wurde Anna über den Tisch hinweg hingestreckt, und eine angespannte Stimme sagte. «Guten Tag. Meinen Ehemann Howard kennst du wohl noch nicht.» Sie stellte einen Mann vor, der wie eine langweilige Kopie von Charlie wirkte.

«Hallo.» Anna versuchte zu lächeln, als sei Serena nur irgendeine von Charlies zahlreichen Freunden, aber das Lächeln gefror ihr auf den Lippen.

Man hatte Anna, ob nun zufällig oder absichtlich, einen Platz auf der anderen Tischseite freigehalten. Die Leute stellten ihr Fragen und lachten, wenn sie antwortete, auch wenn sie oft genug gar nicht gehört hatten, was sie sagte. Sie beugten sich vor, um sich mit Anna zu unterhalten, was Anna davor bewahrte, Serena ansehen zu müssen.

«Melbourne ist die beste Stadt von Australien», erklärte man ihr. «Sydney kannst du vergessen, es ist großkotzig.»

Anna zitierte: «Melbourne bringt die Kunstwerke hervor, die in Sydney verkauft werden.»

Alle lachten. «Wo hast du denn das her?»

«Das hat Charlie mir beigebracht.» Sie lächelte ihm über den Tisch hinweg zu.

Nach dem Essen ging Anna zur Toilette. Sie war gerade in der Kabine, als zwei Mädchen hereinkamen, um ihr Make-up aufzufrischen.

«Charlie ist ein Scheißkerl», sagte eine, ohne zu merken, daß sie nicht allein waren. «Hast du das Gesicht von Serena gesehen? Er hätte ihr doch vorher sagen können, daß er die Engländerin mitbringt.»

«Josh und Matt hätten es ihr erzählen sollen.»

«Nein, das wäre Charlies Aufgabe gewesen. Männer sind solche Feiglinge. Weißt du noch, letztes Weihnachten, als er jeden Abend mit Serena ausging und sie dachte – wir alle dachten –, daß er ihr einen Heiratsantrag machen würde? Und am letzten Abend hat er ihr erzählt, er habe in England jemanden kennengelernt.»

«Wenigstens hatte Serena Howard, um sich zu trösten.»

Mit einem Klicken schloß eine der beiden ihre Handtasche.

«Sie würde sich von Howard augenblicklich scheiden lassen, wenn Charlie zurückkäme.»

«Er kommt doch nicht zurück, wenn er in London solchen Erfolg hat. Hier hatte er ständig Schulden. Matt und Josh mußten oft für ihn mitzahlen.»

Sie verließen den Raum. Anna wartete, bis sie die Schritte nicht mehr hören konnte, ehe sie vor den Spiegel trat. Was die Mädchen über Charlies Schulden gesagt hatten, wurde von der Erleichterung, daß er nicht mehr in Serena verliebt war, beinahe ausgelöscht. Dennoch traf es sie tief, daß Charlie Weihnachten mit Serena zusammen gewesen war, während sie in London saß und auf seinen Anruf wartete. Diese Entdeckung tat weh, selbst ein Jahr danach noch, aber sie würde es verschmerzen. Schließlich war da ihr eigenes Fiasko mit Paul Sheldon gewesen.

Bei ihrer Rückkehr an den Tisch stellte sie fest, daß Serena und ihr Mann gegangen waren, und Charlie winkte mit seiner goldenen Kreditkarte nach dem Kellner und ignorierte die Protestschreie seiner Freunde, während er rief: «Das Abendessen bezahle ich!»

Anna konnte nichts dagegen tun. Sie lächelte dünn und hoffte, daß Charlie danach das Gefühl haben würde, seine Schulden seien abgetragen.

Sie gingen weiter ins Metro, eine riesige Diskothek in einem alten Theater, die, wie Josh Anna erzählte, dieses Jahr «in» war. Jeder, der fünfzehn Dollar bezahlte, konnte hinein, aber nur diejenigen, die man kannte – wie Josh und Matt –, durften ins Obergeschoß. Die Musik war laut und pulsierend, und Anna tanzte mit Charlie, mit Josh und mit Matt. Jemand bestellte eine Magnumflasche Champagner, und sie stießen auf das kommende Jahr an.

Es war schon spät, als sie aufbrachen. Als der Kellner mit der Rechnung kam, griff Charlie danach.

«Nein, Charlie, du hast uns schon alle zum Essen eingeladen», protestierte Josh. «Das war mehr als großzügig. Nicht einmal Matt und ich halten alle einen ganzen Abend lang aus.»

Die anderen stimmten in den Protest ein und griffen nach ihren Geldbeuteln. Zu Annas Erleichterung konnten sie Charlie überzeugen, die Rechnung zu teilen, aber jetzt hatte sie den Verdacht, daß er nicht nur seine Schuld gegenüber Matt und Josh begleichen, sondern die beiden ausstechen wollte.

Auf dem Heimweg war sie schweigsam. «Müde?» fragte Charlie und zog sie zärtlich an sich. Sie zuckte die Achseln.

«Sie mögen dich alle sehr.» Er knabberte an ihrem Ohr. «Das habe ich von vornherein gewußt.»

Als sie zu Hause ankamen, sagte sie: «Charlie, wir müssen uns unterhalten.»

«Ach, das hat doch Zeit bis morgen.» Er lächelte und fuhr ihr durchs Haar. «Ich bin todmüde.» Er stolperte den Korridor hinunter zu seinem Zimmer, fiel angezogen aufs Bett und schlief ein.

Anna ging hinaus in den Innenhof und stand allein unter den Eukalyptusbäumen. Die Nachtluft war warm, und Anna lauschte auf das beruhigende Rauschen der Blätter. Sie war zu aufgeregt, um zu schlafen. Marinecover hatte ihr noch drei Monatsgehälter bezahlt und die Minimalabfindung von einem Wochengehalt für jedes Jahr, das sie in der Firma gewesen war. Charlie hatte gar keine Abfindung bekommen, weil er nicht lange genug dort gearbeitet hatte. Seine Abschlußzahlung bestand lediglich aus seinem Gehalt, den Provisionen und dem Urlaubsgeld – und das hatte er bereits in der ersten Woche ausgegeben.

Es dämmerte schon, als sie endlich einschlief. Sie träumte von dem Haus am Ladbroke Hill, dessen Räume leer waren. Das einzige Geräusch waren Mr. Shufflebucks schnelle Schritte, während er zu *Chattanooga Choo-Choo* tanzte. Es war Nacht, und sie sah sich auf dem Balkon stehen, nur daß unter ihr nicht der Markt lag, sondern die Bucht von Belworth. Dann verwandelten sich Mr. Shufflebucks Schritte in das Plätschern der Wellen an der Seitenwand der Jolle, und die Musik wurde zur Stimme ihres Vaters, der versprach: «Eines Tages werden wir reich sein, Annie. Dann gehört uns das ganze Land rund um Cliff Cottage, und wir kaufen uns eine Zwanzig-Meter-Jacht und segeln um die Welt.»

Im Traum hörte Anna, wie sie ihn anschrie, er habe doch nicht einmal eine Zwölf-Meter-Jacht besessen, geschweige denn eine von zwanzig Metern. Das einzige, was er je gehabt hatte, war die *Little Auk* gewesen, eine fünf Meter lange Jolle, und damit waren sie nie weiter als von Belworth nach Bosham gesegelt. Und was das Land rund um Cliff Cottage anging, so war es ihm nicht einmal gelungen, das Haus selbst abzuzahlen. Ohne Abschied war er fortgegangen. Er hatte sie verlassen, ohne zu erklären, warum, und ohne ihr die Chance zu geben, ihm zu helfen.

Kapitel 11

Anna wartete, bis Charlie sein Frühstück beendet hatte, ehe sie ihn ansprach. «Ich weiß, daß du es haßt, über Geld zu reden, aber der gestrige Abend war enorm teuer», sagte sie, während sich sein Gesicht hellrot färbte. «Ende Januar läuft unser billiger Kredit über Marinecover aus, und wenn wir bis dahin keinen Arbeitgeber haben, der uns dieselben Bedingungen bietet, müssen wir eine Bank oder eine Bausparkasse finden, die unseren Kredit übernimmt – zum vollen Zinssatz.»

«Wir können immer noch das Haus verkaufen.»

«Nein!» Sie war entsetzt über seinen Vorschlag.

«Anna, ich werde wegen eines Haufens aus Steinen und Mörtel nicht wie ein Bettler leben.» Er griff nach seinem Autoschlüssel und ging, wobei er ihr über die Schulter hinweg zurief: «Ich treffe mich mit Matt und Josh.» Er lud sie nicht ein, ihn zu begleiten, und sie bat ihn nicht darum.

Sie ging hinaus an den Pool und warf sich auf eine Sonnenliege. Wie gerne wäre sie jetzt zu Hause gewesen, wo sie sich weniger hilflos gefühlt hätte als bei Charlies Eltern, vor denen sie so tun mußte, als sei alles in Ordnung.

Eine Hand berührte ihre Schulter. Sie drehte sich um und erwartete, Charlie zu sehen, aber es war Vivianne. «Nur keine Sorge», sagte sie, «seine Zornesausbrüche gehen schnell wieder vorbei.»

Es war Anna peinlich, daß jemand ihren Streit mit angehört hatte. «Ich glaube … äh … das ist wohl ernster.»

Vivianne zog sich die zweite Sonnenliege heran. «Kann ich irgendwie helfen?»

Anna zögerte. «Kannst du ein Geheimnis für dich behalten? Ich habe Charlie versprochen, es niemandem zu erzählen, aber ich muß mit irgend jemandem reden, weil ich mir solche Sorgen mache. Weißt du, wir haben unsere Arbeit verloren. Seit November sind wir arbeitslos.»

«Du meinst ... ihr seid entlassen worden?»

Anna nickte bekümmert. «Die Firma hat Verluste gemacht, deshalb haben sie zwanzig Leute auf die Straße gesetzt. Es passierte, nachdem wir unseren Flug hierher schon gebucht hatten, und wir haben ausgemacht, deinen Eltern nichts davon zu erzählen, weil Charlie sie nicht beunruhigen will. Ich habe es meiner Mutter auch nicht erzählt. Das Problem ist nur, daß er das Geld mit vollen Händen ausgibt, und wir müssen einen großen Kredit abzahlen.» Sie schluckte. «Ich liebe unser Haus, ich könnte es nicht ertragen, wenn wir es verlieren.»

Vivianne sah besorgt aus, aber nicht überrascht. «Charlie hat immer schon über seine Verhältnisse gelebt – Dad mußte ihn oft genug auslösen. Er macht nicht absichtlich Schulden, sondern glaubt, daß er andere beeindrucken muß. Hinter all seinem Charme ist mein Bruder, glaube ich, sehr unsicher. Er war auch hier eine Zeitlang arbeitslos, und vermutlich ist diese Entlassung für ihn wie ein immer wiederkehrender Alptraum – aber ich kann mir nicht vorstellen, daß er dir davon erzählt hat.»

Anna schüttelte den Kopf. Sie dachte an ihren Vater, der seine Fehlschläge vor ihrer Mutter geheimgehalten hatte, und fragte sich, ob sie, Anna, auch immer zuviel von Charlie erwartete.

Schon eine Stunde später kehrte Charlie zurück und rief Anna ins Haus. «Es tut mir leid wegen heute morgen.» Er nahm ihre Hände.

Sie schob ihre Finger um seine. «Wir stehen beide unter Druck.»

«Du hast recht, es ist die Belastung.» Er lächelte erleichtert, weil sie ihm einen Grund geboten hatte, der ihm erlaubte, nicht die ganze

Schuld auf sich zu nehmen. «Wir sollten einmal ganz allein einen Ausflug machen. Ich bin mit dir noch immer nicht zu Wilson's Promontory gefahren. Das könnten wir doch heute machen. Jetzt sofort! Nur wir beide.»

«Ach, Charlie, das wäre herrlich.»

«Du packst eine Tasche, und ich buche eine Lodge am Tidal River. Mum soll uns Steaks und Bier mitgeben, und den Rest kaufen wir dann unterwegs.» Er strich mit der Hand an der weichen Innenseite ihres Oberschenkels nach oben und flüsterte: «Dann machen wir bei Sonnenuntergang unser ganz privates Barbecue.» Er küßte sie zärtlich auf den Mund. «Kein Wunder, wenn wir uns streiten, wir sind ja nie allein. Aber das war mein Fehler. Es tut mir leid.»

Sie liebte ihn dafür, daß er es ehrlich zugab, wenn er etwas falsch gemacht hatte.

Eine Stunde später verließen sie Melbourne und fuhren über die kurvige Küstenstraße zu Wilson's Promontory, dem Nationalpark an der südlichsten Spitze des australischen Kontinents, wo die unteren Berghänge mit üppigem Wald bewachsen waren und bunte Vögel von Baum zu Baum flatterten. Anna genoß die Fahrt und merkte, wie sie sich allmählich entspannte.

Erst als sie ihr Ziel schon fast erreicht hatten, sahen sie den Leuchtturm, der auf einem von Wind und Regen glattgeschliffenen Granitfelsen stand. Unter ihm breiteten sich wunderschöne weiße und noch unverdorbene Sandstrände aus, die von blaugrünem Meerwasser bespült wurden.

«Habe ich dir nicht gesagt, daß das Meer die gleiche Farbe hat wie deine Augen?» sagte Charlie.

«Das hast du.» Sie beugte sich zu ihm, küßte ihn und legte zärtlich eine Hand auf seinen Oberschenkel. Der Wagen schaukelte auf der engen Straße, und die Bewegungen ließen Annas Hand höher und höher rutschen.

«Kannst du damit nicht aufhören?» bat er.

«Nein.» Sie lachte und schob ihre Hand noch weiter hinauf.

«Dann bist du selbst schuld.»

Sie kicherte. «Das habe ich auch gehofft.»

Sie holten den Schlüssel zu ihrer Lodge ab. Es handelte sich um einen einfachen Holzbungalow, im Schatten von zwei Eukalyptusbäumen gebaut. Auf der Vorderseite war eine überdachte Holzveranda angebaut, auf der ein Tisch mit Stühlen stand. Innen gab es ein Wohnzimmer, eine winzige Küche und ein Schlafzimmer, das von einem Doppelbett beinahe ausgefüllt wurde.

«Willst du schwimmen gehen?» fragte Charlie, als er die Taschen hereintrug.

«Nein.» Anna schloß die Tür der Lodge und schob ihn rückwärts ins Schlafzimmer.

Es war Wochen her, seit sie zuletzt miteinander geschlafen hatten, ohne Angst zu haben, seine Eltern könnten sie hören. Jetzt warfen sie sich aufs Bett und fielen so leidenschaftlich und heftig übereinander her, als könne die bloße Kraft ihres körperlichen Begehrens alle Probleme und Streitereien aus der Welt schaffen. Danach schlüpften sie in die Badeanzüge und rannten Hand in Hand zum Strand hinunter. Wie Kinder sprangen sie durch die Brandung, lachten und spritzten sich gegenseitig naß. Ihre Küsse schmeckten nach Salzwasser, sie umschlangen einander mit Armen und Beinen und ließen sich treiben. Das war die Nähe, nach der Anna sich gesehnt hatte. Sie hatte das Gefühl, nichts könne sie je wieder auseinanderbringen.

Am späten Nachmittag machten sie einen Spaziergang auf einem der zahlreichen Waldwege, die an den niedrigeren Berghängen angelegt waren. An einer Stelle traten sie neben einem riesigen Granitfelsen aus dem Wald. Unter ihnen lag eine winzige Bucht mit einem hübschen Teich, der so klar war, daß er ihre Gesichter spiegelte, wenn sie hinunterblickten.

«Ich wollte dich etwas fragen», sagte Charlie befangen.

«Ja.» Das Wort geriet ihr zu einem Flüstern, weil ihr Herz laut zu schlagen begann.

«Oh, Dad, schau mal!» kreischte eine Kinderstimme, und ehe Charlie noch weitersprechen konnte, kam ein kleiner Junge aus dem Wald gerannt, sprang in den Teich und spritzte Charlie und Anna naß. Ihm folgten drei weitere Kinder und zwei Erwachsene.

Charlie und Anna sahen einander an, grinsten und gingen weiter. Die Unterbrechung störte Anna nicht. Sie fühlte sogar eine gewisse Erleichterung, auch wenn sie nicht wußte, wieso. Charlie hatte vorgehabt, ihr einen Heiratsantrag zu machen, und jetzt würde er sie eben später fragen, und sie würde ja sagen. Es war das, was sie wollte und wovon sie so lange geträumt hatte, aber aus irgendeinem unerklärlichen Grund erfüllten sie jetzt, wo die ersehnte Sicherheit innerhalb ihrer Reichweite lag, Zweifel – nicht nur wegen Charlie und seines extravaganten Lebensstils, sondern auch weil sie sich nicht mehr sicher war, was sie selbst eigentlich vom Leben erwartete.

Sie kamen an einen Strand mit weißem Sand, der unter ihren Füßen knirschte. «Das ist Quarzsand», erklärte Charlie. «Komm, wir gehen schwimmen.» Er packte sie an der Hand und zog sie mit sich über den Strand und ins Wasser.

Dort zog er seine Kleider aus und warf sie auf den Strand. Die Brandung verbarg seine Nacktheit. «Zieh dich auch aus», sagte er.

«Man wird uns verhaften.»

Er lachte. «Wen soll das stören?»

Sie zog ihre Shorts aus und warf sie auf den Sand. Dann schlüpfte sie aus dem Bikini und kniete sich nackt neben ihn. Er zog sie an sich und hielt sie so fest, daß die starken Wellen sie nicht auseinanderreißen konnten. Als sie den Strand verließen, waren Annas Zweifel wie weggeblasen.

Am Abend brieten sie die Steaks, die Phyllis ihnen mitgegeben hatte, buken die Kartoffeln, die sie in dem kleinen Laden gekauft hatten, und machten den Salat mit Phyllis' Soße aus Öl, Essig und Knoblauch an. In der warmen Abendluft, die ihre sonnengewärmten Glieder umschmeichelte, aßen sie draußen an dem groben

Holztisch, wo sie die Rufe der Waldvögel und das Rauschen des Meeres hören konnten.

Charlie faßte Annas Hand. «Wir haben noch nie über Kinder gesprochen», sagte er.

«Nein, aber ich habe daran gedacht.»

Er sah überrascht aus. «Tatsächlich?»

Sie wurde rot. «Charlie, natürlich habe ich daran gedacht. Ich liebe dich und wünsche mir mindestens drei.»

«Dann sollten wir uns besser beeilen, oder?» Er betrachtete sie im Schein der Lampe, und erneut beschleunigte sich Annas Herzschlag. «Entschuldige bitte, daß ich dir nie von Serena erzählt habe», fuhr er fort. «Es war albern von mir zu glauben, du würdest es nicht herausfinden. Aber ich habe sie nie so geliebt wie dich.»

Anna beugte sich über den Tisch und küßte ihn mitten auf den Mund. «Das weiß ich inzwischen.»

Er lächelte. «Du bist das Beste, was mir jemals passiert ist. Du bist tapfer und ehrlich, und du stellst dich den Problemen, während ich so tue, als gebe es sie gar nicht.»

«Ich kämpfe lieber gegen unangenehme Dinge an, als sie allzu nah an mich heranzulassen.»

Er nahm ihre Hand und küßte die Fingerspitzen. «Wir dürfen niemals Geheimnisse voreinander haben. Wir müssen einander alles erzählen.»

«Du hast recht.» Zögernd blickte sie beiseite und sagte dann. «Es gibt etwas, das ich dir erzählen muß, weil es mir auf der Seele liegt.»

Er küßte erneut ihre Finger. «Bestimmt ist es nichts Schlimmes. Sag's mir.»

«Na ja ... heute morgen, nachdem du gegangen bist, war ich sehr wütend, und Vivianne hat mich gefragt, und ich ... ich habe ihr erzählt, daß wir entlassen wurden.»

Charlie ließ ihre Hand los. «Warum um Himmels willen hast du ihr das erzählt?»

«Ich habe mir Sorgen gemacht, das weißt du genau.»

«Und deswegen mußt du meiner Familie gegenüber alles herausplappern, nachdem du versprochen hast, daß du nichts sagst!» schrie er.

«Charlie, sie wird es niemandem weitererzählen. Ich habe sie darum gebeten.»

«Sie werden es herausfinden, das ist immer so.» Abrupt schob er seinen Stuhl zurück, ging hinein und ließ sich im Schlafzimmer aufs Bett fallen.

Anna ging ihm nach. «Charlie! Bitte!» Sie berührte seine Schulter. «Es tut mir leid. Ich hätte nichts sagen sollen, aber dein ständiges Geldausgeben macht mich panisch.»

Er begrub sein Gesicht in den Händen. «Ich kann es nicht ertragen, wenn alle erfahren, daß ich schon wieder entlassen wurde. Matt ... Josh ... meine ganzen Freunde.»

«Viv wird es ihnen nicht erzählen.» Anna setzte sich neben ihn. «Und nächste Woche fahren wir nach England zurück. Bis du Matt und Josh wiedersiehst, hast du längst eine neue Stelle.»

Er seufzte. «Du hast recht. Tut mir leid, daß ich dich angeschrien habe.»

Tröstend legte sie die Arme um ihn. Daß er laut geworden war, störte sie nicht so sehr wie die Vorwürfe, die er ihr machte.

Sie blieben noch eine weitere Nacht in Wilson's Promontory. Obwohl Charlie sich große Mühe gab, seinen Ausbruch wiedergutzumachen – der magische Moment auf der Veranda, als sie über Kinder gesprochen hatten, war vorüber, und die Stimmung dieses Augenblicks kam nicht wieder.

Daheim in Melbourne empfing Phyllis sie an der Eingangstür mit einem erwartungsvollen Lächeln, doch sie verbarg ihre Enttäuschung taktvoll, als Charlie keine Ankündigung machte. An diesem Abend beim Essen erzählte Anna fröhlich von Wilson's Promontory, von der schönen Landschaft, dem Wald und den Papageien. Doch es nützte nichts: Als sie geendet hatte, warf Phyllis ihr ein mitleidiges Lächeln zu.

Während der letzten Tage ihres Urlaubs war Charlie sehr schweigsam. Er verließ das Haus fast nicht mehr, er traf sich nicht mit Matt und Josh, und sie verbrachten jeden Abend mit seinen Eltern. Anna gegenüber war er liebevoll und fürsorglich, aber er schien offenbar nicht den Wunsch zu haben, mit ihr zu schlafen. Sie war froh darüber, weil sie Zeit zum Nachdenken brauchte. In England war ihr Charlies jungenhafte Art charmant erschienen, hier bei seiner Familie wirkte er kindlich. Sie konnte ihm das kaum vorwerfen, denn sie trug ja selbst noch immer eine ungeheure Wut auf ihren Vater mit sich herum, und die Gefühle ihrer Mutter gegenüber waren stets ein wechselhaftes Durcheinander. Dennoch beschäftigte sie Charlies veränderte Art immer wieder.

Am letzten Tag warf Anna beim Packen einen Blick aus dem Fenster und sah Charlie neben dem Swimmingpool stehen. Er ließ die Schultern mutlos hängen und hatte die Hände tief in die Taschen seiner kurzen Hosen geschoben. Dabei sah er so verletzlich und traurig aus, daß sie ihre Koffer stehenließ und hinausging.

«Es kommt schon wieder alles in Ordnung», sagte sie und legte die Arme um ihn.

«So ein Glück, daß ich dich habe.» Er umarmte sie voller Heftigkeit, und ihr wurde bewußt, wie sich in den letzten Monaten das Gleichgewicht in ihrer Beziehung verschoben hatte. Charlie brauchte sie jetzt genauso, wie sie ihn brauchte – und wie damals ihr Vater ihre Mutter gebraucht hatte.

Kapitel 12

Januar 1989

Anna freute sich sehr, wieder zu Hause zu sein. Das Haus am Ladbroke Hill glitzerte im Schein der winterlichen Sonne, die Laubhaufen glänzten wie dunkles nasses Gold. Auf der Vordertreppe lagen welke Blätter, und die Haustür war während ihrer langen Abwesenheit aufgequollen. Charlie mußte mit der Schulter dagegen drücken, um sie zu öffnen. Über den Berg von Briefen und Reklamesendungen, der sich während ihrer Abwesenheit angesammelt hatte, stolperte er hinein und schob fluchend eine Zeitung zur Seite, ehe er eilig die Zentralheizung anschaltete. Fauchend sprang der Brenner an, und Charlie wandte sich an Anna. «Wir fahren noch einmal hin, wenn wir wieder Arbeit haben und es uns gutgeht», sagte er und sah zum ersten Mal seit mehreren Tagen wieder fröhlich aus.

«Natürlich, das machen wir.» Sie lächelte erleichtert, weil sein alter Optimismus zurückzukehren schien.

Sie sammelten ihre Post auf, die hauptsächlich aus Weihnachtskarten und Rechnungen bestand. «Die machen wir morgen auf, damit wir keine unnötigen Depressionen bekommen.» Charlie schob die Rechnungen beiseite und öffnete eine Karte. «O, wie schön! Russell und Delia sind wieder zusammen. Wir müssen nächste Woche mit ihnen zum Abendessen gehen.»

Unter Annas Karten befanden sich ein Rentier auf einem Motorrad von Elaine und Danny, ein Kätzchen in einem Weihnachtsstrumpf von Judy, eine fromme Botschaft von Miss Thin und ein Gruß von Isaac und Sybil. Diese Gesten gaben ihr ein warmes Gefühl. Es war ein Irrtum gewesen zu glauben, alle hätten sie vergessen. Sie schlitzte einen großen eindrucksvollen Umschlag mit spanischer Briefmarke auf und las laut vor: «Fröhliche Weihnachten von Vince und Monique Ellerby-Creswell.»

«So eine Frechheit», sagte Charlie.

Anna legte die Karte auf den Tisch. «Ich würde Vince am liebsten ermorden, aber er bringt mich zum Lachen. Er hat soviel Chuzpe.» Sie öffnete ihren letzten Umschlag und stieß wütend hervor: «Dieser Heuchler! Hör dir das an: ‹Liebe Anna, bitte melden Sie sich einmal. Lassen Sie mich wissen, wenn Sie Unterstützung brauchen. Gordon.› Das ist der letzte Mensch, von dem ich Hilfe annehmen würde.»

Sie machte die Tür zum Eßzimmer auf, wo es erstickend nach Farbe roch. «Das Zimmer ist gestrichen worden», sagte sie überrascht. Sie lief zum Balkon, schob die behelfsmäßigen Vorhänge beiseite und riß die Türen auf. Im hereinfallenden Tageslicht sah sie, daß auch die alte Küche und das nicht modernisierte Badezimmer mit seiner alten Klauenfuß-Badewanne säuberlich in dem gebrochenen Weiß gestrichen waren, das für das Obergeschoß vorgesehen war. «Ach, Charlie, sie haben die falschen Zimmer gestrichen!»

Er ging ins Wohnzimmer und entdeckte, daß ihre Möbel dort lagerten anstatt im Speichergeschoß. Anna rannte die Treppe hinauf und stellte fest, daß der Raum, der als Schlafzimmer vorgesehen war, zwar verputzt, aber weder tapeziert noch gestrichen war. Die anderen Zimmer waren unberührt, und die ausgebleichte Blümchentapete hing streifig von den Wänden.

«Dafür zahlen wir nicht, das kommt gar nicht in Frage», tobte sie. «Sie schulden uns sogar noch etwas, für die verschwendete Farbe.» Ihr gesammelter Ärger konzentrierte sich auf Xavier, und drei Stufen auf einmal nehmend sprang sie die Treppe hinab, zog das

Telefon unter einem Haufen Kissen hervor und begann seine Nummer einzutippen.

«Anna, ruf Xavier nicht an!»

«Warum nicht?»

«Weil wir ihm noch zweitausend Pfund schulden und ich ihm versprochen habe, sie zu bezahlen, wenn wir zurückkommen.»

«Charlie, das haben wir doch schon bezahlt. Weißt du das nicht mehr? Du hast den größten Teil deines letzten Monatsgehalts darauf verwendet!»

Er wurde rot und wich ihrem Blick aus. «Das Geld habe ich für die letzte Rate meines Autos gebraucht. Wenn ich es nicht bezahlt hätte, hätten sie es mir weggenommen.»

Anna legte den Hörer auf und versuchte ruhig zu bleiben. «Ich dachte, du hättest das Auto bar bezahlt.»

«Jetzt habe ich es ja bezahlt.» Er legte die Arme um sie. «Bitte sei mir nicht böse! Sobald wir Geld brauchen, verkaufe ich das Auto, das verspreche ich, aber dann bekomme ich viel weniger dafür, als ich bezahlt habe. Es ist ja nicht nötig, einen Verlust hinzunehmen, solange wir noch nicht am Ende sind. Und das sind wir nicht, wenn wir bis Ende des Monats neue Jobs gefunden haben.»

Sie wollte ihn schon daran erinnern, daß sie vereinbart hatten, voreinander keine Geheimnisse mehr zu haben, aber sie war viel zu müde von der langen Reise. Darum sagte sie lediglich: «Das nächste Mal erzähl mir so etwas bitte.»

«Natürlich, das werde ich.» Er umarmte sie fester, und sie lehnte sich an ihn und genoß die Wärme, die durch sein Jackett und ihren Mantel zu ihr strömte. Er hat nicht unrecht, dachte sie. Warum sollten sie das Auto verkaufen, wenn es nicht unbedingt nötig war?

Da das Obergeschoß nicht renoviert war, beschlossen sie, das Eßzimmer als Schlafzimmer zu nutzen. Sie zogen das Doppelbett vom Wohnzimmer herüber, waren aber danach viel zu müde, um das Bett noch zu beziehen. Also warfen sie ein Laken über die Matratzen und sanken angezogen aufs Bett. Charlie schlief augenblicklich ein, aber Anna konnte nicht schlafen, denn ihre Gedanken rasten. Sie dachte an all die Dinge, die sie noch erledigen mußte: das Haus saubermachen, Briefe schreiben, Roz anrufen, ihre Mutter anrufen, ihren Lebenslauf überarbeiten, eine Stelle finden. Das Gefühl von Dringlichkeit war so stark, als hätte sie nur diesen Tag und müßte morgen wieder ins Büro.

Weil sie nicht still liegen konnte, schlich sie sich aus dem Bett ins Wohnzimmer und begann sauberzumachen. Sie wusch den Schmutz aus jeder Ritze des verzierten Kaminaufsatzes aus weißem Marmor, den hohen Fenstern und den Fußleisten. Danach schrubbte sie auf den Knien den Holzboden und ordnete schließlich die Möbel im Raum an: das Sofa und die Sessel stellte sie um den Kamin und ihren langen Eßtisch auf die Seite, die zum Garten hinausging. Sie rückte die Möbelstücke hierhin und dorthin, wobei sie versuchte, sowenig Lärm zu machen wie möglich, bis sie mit dem Aussehen des Zimmers zufrieden war.

Charlies Wohnung war möbliert gewesen, daher gehörte der Großteil der Möbel ihr. Sie hatten das Cottage in Fulham gut ausgefüllt, aber in den riesigen Räumen von Ladbroke Hill wirkten sie winzig. Teppiche gab es nicht, weil das dafür vorgesehene Geld für Bauarbeiten ausgegeben worden war, so daß lediglich ihr geliebter rotgrüner türkischer Läufer, den Grandpa Tobias ihr vererbt hatte, den Fußboden schmückte. Sie legte ihn vor den Kamin und trat zurück, um ihr Werk zu bewundern.

Es war Jahre her, seit sie zuletzt einen Fußboden geputzt hatte – wie Charlie hatte sie eine Putzfrau gehabt –, und der Druck der nassen Bodenbretter an ihren Knien und ihre schmerzenden Arme erinnerten sie an ihre Kindheit und die zahllosen Umzüge von einem Haus ins andere. Den Vormittag hatten sie immer damit verbracht, das alte Haus zu putzen, und am Nachmittag hatten sie im neuen saubergemacht, selbst dann, wenn es völlig sauber hinterlassen worden war. Ihre Mutter vertraute keiner Hausarbeit, die sie nicht selber getan hatte.

Charlie erschien auf der Schwelle. Er betrachtete den blanken Boden und ihre Vorhänge, die für die bis zum Boden reichenden Fenster zu kurz waren. Früher hätte er vielleicht gesagt, die Zimmer im Haus seiner Eltern seien viel schöner, aber jetzt witzelte er lediglich: «Wenigstens haben wir genug Zeit, uns für eine Farbzusammenstellung zu entscheiden.»

Sie lachte. «Das stimmt!»

Sie fuhren zum nächsten Supermarkt, und Anna lud den Wagen, den Charlie schob, voll mit allem, was billig und leicht zu kochen war: Nudeln, Salat, Reis, Milch, Eier, Hackfleisch und Kartoffeln. Am Kühlregal griff Charlie nach einer Packung Räucherlachs, aber Anna nahm sie ihm aus der Hand und legte sie wieder zurück. Er grinste treuherzig.

An diesem Abend telefonierte Anna mit ihrer Mutter. Es war schwer, fröhlich über Marinecover zu plaudern, als sei gar nichts geschehen, und als sie danach mit Roz sprach, gestand sie ihr die Wahrheit.

Am frühen Samstag morgen lag der Umschlag mit Mr. Shufflebucks Miete auf ihrer Fußmatte.

«Ich hätte nie gedacht, daß wir einmal darauf angewiesen sind», sagte Anna und nahm die sorgfältig gefalteten Scheine heraus.

«Zwanzig Pfund für eine Wohnung am Ladbroke Hill? Können wir die Miete denn nicht erhöhen?»

«Der Rechtsanwalt meint, nein. Er wohnt schon seit Jahren hier – und er hat einen Mietvertrag. Gott sei Dank hat er unser Angebot nicht akzeptiert, sonst hätten wir jetzt noch höhere Ratenzahlungen.» Sie hakte sich bei Charlie unter. «Komm, wir gehen auf den Markt. Dort waren wir noch nie, weil wir nie Zeit hatten.»

Sie knöpften ihre Lederjacken wegen der Kälte bis oben hin zu, schoben die Jeans in die teuren Lederstiefel, die sie in besseren Zeiten bei Harrods gekauft hatten, und spazierten den Hügel hinunter. Die Stände, an denen sie vorbeikamen, verkauften Antiksilber, alte Lederkoffer, Stiche von London und Krimskrams.

«Das macht Spaß, nicht wahr?» sagte Anna, während sie sich durch die dichte Menschenmenge aus Sammlern, Touristen, Kauflustigen und Taschendieben schoben. «Schau mal, da.» Sie deutete auf einen Stand, an dessen oberem Querbalken Messingtrompeten und Hörner hingen. «Von meinem ersten Gehalt kaufe ich dir eine Trompete.»

Charlie lachte und deutete auf einen Stand, an dem altmodische Samtmäntel und Seidenkleider verkauft wurden. «Von diesem Müll kaufe ich bestimmt nichts», sagte er lauter, als er eigentlich wollte.

Die Standbesitzerin, eine auffällige sinnliche Frau mit einem länglichen sommersprossigen Gesicht und einem Schopf hennagefärbter Locken warf Charlie einen bösen Blick zu. «Einem so ignoranten Arschloch wie Ihnen würde ich meine Kleider auch nicht verkaufen.»

Charlie lief dunkelrot an, aber noch ehe er etwas erwidern konnte, zog ihn Anna die Straße hinunter und sagte: «Laß sie doch! Vergiß es!»

Sie gaben Mr. Shufflebucks Miete für Obst, Gemüse und ein Bund Narzissen aus und kauften Brot in einer Bäckerei, wo der Geruch nach frischem Gebäck ihnen das Wasser im Munde zusammenlaufen ließ. Zum Mittagessen erstanden sie eine große Pizza zum Mitnehmen, aber auf halbem Weg nach Hause wurden sie so hungrig, daß sie die Schachtel öffneten, sich heiße, mit Käse belegte Stücke abrissen und sie beim Gehen in den Mund stopften. Während ihnen Tomatenpüree über das Kinn tropfte, verfielen sie in heilloses Kichern bei dem Gedanken daran, was ihre Kollegen bei Marinecover sagen würden, wenn sie sie jetzt sehen könnten.

Die Post am Montag holte Anna und Charlie wieder auf den Boden der Tatsachen zurück. Sie erhielten nämlich einen Brief von Delia mit der Anfrage, was sie unternommen hätten, um das Darlehen auf einen anderen Kreditgeber überschreiben zu lassen. Handschriftlich hatte sie hinzugefügt: Tut mir leid, daß ich Euch das schicken muß. Sie legten den Brief beiseite, denn sie hatten noch Zeit bis Ende Januar.

Sie hatten *Lloyd's List International* für Dienstag und Donnerstag bestellt, die Tage, an denen die Stellenanzeigen erschienen. Daher verbrachten sie den Montag damit, ihre Lebensläufe vorzubereiten – Charlie am Eßtisch im Wohnzimmer und Anna an Grandpa Tobias' altem Schreibtisch aus Eichenholz, der unter dem vorderen Fenster des Schlafzimmers stand. Am nächsten Morgen eilte Anna zum Zeitungshändler, während Charlie schläfrig durch die Küche schlurfte und Kaffee kochte. Die *Lloyd's List* fest unter den Arm geklemmt, rannte sie den ganzen Weg nach Hause, wo sie das Blatt auf dem Tisch ausbreitete und auf Seite sieben aufschlug. Seite an Seite lasen sie jede einzelne Stellenanzeige.

«Nichts.» Anna sah entmutigt auf.

«Am Donnerstag haben sie mehr», sagte Charlie zuversichtlich. «Komm, wir machen einen Ausflug.»

«Charlie, wir können keine Zeit verschwenden, wir müssen es bei den Personalagenturen und den Personalabteilungen der Firmen probieren.»

Er seufzte. «Na gut, aber erst muß ich zur Bank.»

Anna machte das Bett, räumte die Küche auf und goß sich noch eine Tasse Kaffee ein. Obwohl sie versuchte, an etwas anderes zu denken, ging ihr Marinecover nicht aus dem Kopf. Ständig sah sie das Büro und die Leute darin vor sich. Sie vermißte ihre Kollegen, selbst diejenigen, die sie nicht mochte. Als Charlie eine Stunde später zurückkam, trug er einen Computer auf dem Arm – keinen teuren, aber Anna war dennoch entsetzt. «Das können wir uns nicht leisten», protestierte sie. «Bist du verrückt geworden?»

«Den brauchen wir für unsere Bewerbungsbriefe und die Lebensläufe. Wir können sie doch nicht mit der Hand schreiben.» Er stellte das Gerät auf den Eßtisch. «Es ist ein Ausstellungsstück. Ich habe ihn für den halben Preis bekommen. Ach, Anna, sei doch nicht so wütend. Heutzutage hat jeder einen Computer.»

«Aber nicht jeder ist arbeitslos!»

Er gab keine Antwort, sondern schloß das Gerät an und setzte sich eifrig vor den grün flackernden Bildschirm. Anna zog sich ins Schlafzimmer zurück und ließ sich vor dem Schreibtisch nieder. Sie begann, eine Liste aller in Frage kommenden Personalagenturen und Maklerfirmen anzulegen, aber sie war zu verärgert und konnte sich nicht richtig konzentrieren.

An diesem Abend aß sie im Schlafzimmer Rühreier, während Charlie vor dem Computer ein Curry vom Imbiß verzehrte. Als er ins Bett kam, tat sie, als schliefe sie, aber er schlang seine Arme um sie und flüsterte: «Sei nicht mehr böse. Bitte!»

Am Donnerstag waren immer noch keine passenden Stellenanzeigen in der *Lloyd's List*, aber Charlie blieb zuversichtlich. Er vervollkommnete seinen Lebenslauf und den Bewerbungsbrief und verbrachte Stunden vor dem Computer, bis er mit dem Layout zufrieden war. Anna setzte ihre Bewerbungsunterlagen mit der Hand auf und ließ sie auf dem Schreibtisch liegen, während sie das Abendessen zubereitete.

«Na, was hältst du davon?» Charlie kam in die Küche, während sie gerade Zwiebeln für die Sauce Bolognese schnitt, und wedelte stolz mit ihrem wunderschön getippten Lebenslauf von ihrer Nase herum.

Mit zwiebeltränenden Augen las sie ihn durch. «Das ist toll. Vielen Dank. Mit dem Computer hatte ich unrecht. Die Investition lohnt sich doch.»

Er stand hinter ihr, zog sie an sich und küßte ihren Nacken unter den Haaren. Doch als sie seine Zärtlichkeiten erwidern wollte, wich er zurück, öffnete den Kühlschrank und holte sich eine Dose Bier heraus.

Anna tat so, als mache es ihr nichts aus, aber sie mußte daran denken, daß sie seit seinem Wutanfall in Wilson's Promontory nicht mehr miteinander geschlafen hatten. Anfangs hatte sie selbst keine Lust gehabt. Jetzt aber fragte sie sich allmählich, ob er sie nicht mehr attraktiv fand. Oder wirkte die Arbeitslosigkeit sich auch auf seine Libido aus? Sie hackte die Zwiebeln fertig und sagte nichts. So vieles in ihrem Leben war in letzter Zeit schiefgelaufen, dem Gedanken, es könne noch schlimmer kommen, wollte sie sich jetzt nicht stellen.

Die erste Personalagentur, der Charlie seinen Lebenslauf geschickt hatte, lud ihn zu einem Vorstellungsgespräch ein, und Anna winkte ihm von der Schwelle aus nach. «Viel Glück!»

Er grinste und streckte siegessicher die Daumen in die Höhe.

Anna ging ins Haus zurück und setzte sich mit ihrer eigenen Liste von Personalagenturen vors Telefon, aber als sie nach dem Hörer greifen wollte, war sie plötzlich vor Angst wie gelähmt. Die Firmenwelt von Lloyd's und Marinecover hatte sie zurückgewiesen, und sie hatte keinen Grund anzunehmen, daß man sie wieder willkommen heißen würde.

Ihr Telefon klingelte. Sie zuckte vor Schreck zusammen und meldete sich stotternd: «Hallo?»

«Na, haben Sie Ihre alten Freunde ganz vergessen?»

«Isaac! Oh, wie schön, daß Sie anrufen!»

«Gordon hat erzählt, er hätte nichts mehr von Ihnen gehört.»

«Er ist der letzte Mensch, mit dem ich etwas zu tun haben möchte.»

«Anna, Sie sollten keinen Groll gegen ihn hegen. Ihre Entlassung war keine persönliche Entscheidung, sondern rein geschäftlich, und er könnte ihnen nützlich sein. Haben Sie schon eine neue Stelle gefunden?»

«Ich wollte gerade bei Keifer & Bell anrufen, der Personalagentur.»

«Wenn Sie eine Empfehlung brauchen, ich gebe Ihnen gerne eine.»

«Meinen Sie das ehrlich?»

«Ellerby-Creswell war nicht Ihr Fehler. Er ist ein überzeugender

Betrüger, und ich an Ihrer Stelle wäre auch auf ihn hereingefallen. Wir sollten bald einmal miteinander zum Mittagessen gehen.»

«Gerne, Isaac. Und vielen Dank für alles.»

«Wofür denn?»

«Ach, das zu erklären wäre zu schwierig.»

Sie hatte Tränen der Dankbarkeit in den Augen, als sie sich verabschiedeten. Isaac glaubte an sie, und das löste ihre lähmende Angst. Sie rief bei Keifer & Bell an, und ihr wiedergewonnenes Selbstvertrauen war so überzeugend, daß Mr. Keifer einen anderen Termin absagte, um sie am folgenden Nachmittag zu empfangen. Mit einem Jubelschrei legte sie den Hörer auf: Sie fühlte sich nicht mehr völlig minderwertig. Keifer & Bell waren an ihr interessiert.

Charlie kam mit einem unendlich breiten Grinsen nach Hause, weil er am Freitag bei Hull & Steel ein Vorstellungsgespräch hatte. «Fünfzigtausend plus Gewinnanteile!» jubelte er. «Besser als bei Marinecover – und das bei dieser schlechten Wirtschaftslage!»

«Das ist großartig!» Anna umarmte ihn.

«Komm, wir feiern.» Er wollte schon die Nummer eines teuren französischen Restaurants heraussuchen.

Lachend nahm ihm Anna das Telefonbuch aus der Hand. «Nein, Charlie, das ist die Belohnung, wenn wir unsere Stellen haben. Heute abend gehen wir billiger essen.»

Sie gingen zu Geales, einem preiswerten Fischrestaurant hinter Notting Hill, und aßen Fisch, Chips und Erbsenpüree an einem Tisch im Obergeschoß.

«Eines Tages werden wir lachend an diese Zeit zurückdenken», sagte Charlie.

Anna antwortete nicht, sie hatte den Mund voll.

Hand in Hand gingen sie durch die eleganten baumbestandenen Straßen nach Hause, und als sie im Haus waren, zog Charlie Anna an sich, und sie schliefen miteinander. Anna wurde klar, wie dumm es gewesen war, eine Katastrophe zu sehen, wo gar keine war.

Die Büros von Keifer & Bell lagen in einem modernen Bürogebäude in der Nähe der St. Paul's Cathedral. Mr. Keifer, ein großer, kahlköpfiger Mann, war früher der Personalchef einer großen Versicherungsgesellschaft gewesen. Sein erfahrener Blick registrierte Annas gutgeschnittenen schwarzen Blazer und den kurzen – aber nicht zu kurzen – Rock. «Ah, Miss Tobias, schön, daß Sie so schnell kommen konnten.» Beim Händeschütteln zerquetschte er ihr beinahe die Hand. «Ich bin sicher, daß wir Ihnen helfen können.»

Er bedeutete ihr, sich auf ein Sofa am Fenster zu setzen, und ließ sich gegenüber in einem Sessel nieder. Anna öffnete ihre Aktenmappe und reichte ihm ein Exemplar ihres ordentlich getippten Lebenslaufs. Während eine Sekretärin Tee in zarten Porzellantassen hereinbrachte, las er ihn. Als er bei der letzten Zeile angekommen war, blickte er lächelnd auf. «Mir fällt sofort eine freie Position ein, aber dort bekommen Sie weniger als bei ihrer letzten Stelle.»

Sie dachte an Charlies Angebot von fünfzigtausend Pfund. «Ich hatte eigentlich auf eine Verbesserung gehofft.»

«Bei so vielen Entlassungen und dem wirtschaftlichen Abwärtstrend müssen Sie realistisch bleiben.»

«Was ist mit Vergünstigungen?»

«Meine liebe Miss Tobias, die Firmen bieten günstige Darlehen und teure Autos nur dann an, wenn sie auf der Jagd nach Personal sind. In den vergangenen drei Monaten hatte ich fünfzig Bewerber, die nahezu jede Stelle genommen hätten.»

Sie zögerte, aber sie konnte es sich nicht leisten, allzu wählerisch zu sein. «Ich bewerbe mich», sagte sie. «Wenn ich mich bewähre, zahlen sie mir bestimmt mehr.»

«Das ist die richtige Einstellung. Jetzt gehen Sie nach Hause, und ich mache Ihnen sofort einen Termin.»

Er hielt sein Versprechen. Anna hatte kaum das Haus betreten, als er bereits am Telefon war, um ihr die Details für ihr erstes Vorstellungsgespräch durchzugeben. Es war bei Boatsure, einer kleinen Maklerfirma in der Gegend um Houndsditch.

Sie ging ins Wohnzimmer, um Charlie, der vor dem Computer saß, davon zu erzählen. «Habe ich dir nicht gesagt, daß wir es schaffen?» fragte er sie lächelnd.

«Der Verdienst liegt niedriger als bei Marinecover», gestand sie und fühlte sich angesichts seiner Aussichten wie eine Versagerin. «Es sind nur zwanzigtausend mit Gewinnanteilen, aber ohne Vergünstigungen.»

Er schaltete den Computer ab. «Hull & Steel bieten nur ein Grundgehalt von dreißigtausend. Der dämliche Personalagent hat einen Fehler gemacht und die Gewinnanteile des letzten Jahres dazugerechnet.»

«Was ist mit einem günstigen Darlehen?»

Er schüttelte den Kopf.

«Oh, Charlie, wir werden das Haus verlieren!»

Er nahm ihre Hand. «Anna, Liebste, ich finde, wir sollten es verkaufen. Was für einen Sinn hat ein riesiges Haus, wenn wir in zwei Zimmern auf dem blanken Fußboden leben müssen?»

«Nein! Bitte! Wir schaffen es schon.» Sie lächelte aufmunternd und gab sich alle Mühe, genug Zuversicht für beide auszustrahlen, aber hinter der Fassade zitterte sie.

Im Vergleich mit Marinecover wirkte Boatsure klein und schäbig. Die Büros lagen im obersten Stockwerk eines Hauses, das bald abgerissen werden sollte, und rochen nach Feuchtigkeit und Trostlosigkeit. Anna konnte sich nicht vorstellen, daß es bei einer solchen Firma überhaupt Gewinnanteile gab. Das Vorstellungsgespräch führte eine ältliche Personalchefin, die zugleich Sekretärin des Geschäftsführers war. «Sie hören ganz bestimmt von uns, Miss Tobias», sagte die Frau, als Anna aufstand, um zu gehen.

Anna nickte und floh. Als sie an die frische Luft trat, atmete sie vor Erleichterung tief durch. Von einer Telefonzelle aus rief sie Mr. Keifer an.

Sobald er ihre Stimme hörte, verkündete er begeistert: «Die

Firma findet, Sie passen ausgezeichnet für diese Stelle, Miss Tobias. Sehr gut gemacht!»

«Mr. Keifer, das Gehalt reicht nicht einmal, um meine monatlichen Verpflichtungen abzudecken. Ich muß weitersuchen.»

«Na ja ... wenn es das ist, was Sie wollen, obwohl ich sagen muß, in diesen schwierigen Zeiten ...»

«Mr. Keifer, ich muß mehr verdienen. Ich rufe Sie am Montag an und erkundige mich, ob Sie noch weitere Stellen haben. Ein schönes Wochenende und auf Wiedersehen.»

Ihr entschlossenes Auftreten gab Anna das Gefühl, ihr Leben im Griff zu haben. Sie ging die Lime Street hinunter und an Lloyd's vorbei, wo sie den Leuten, die sie kannte, zulächelte.

«Anna!» Kevin Kitterick überquerte die Straße, um sie zu begrüßen.

«Hallo, Kevin, wie geht's dem Golfspiel?»

«Hervorragend! Ich bin gerade aus Florida zurückgekommen.» Dann begann er, jedes Tee und jedes Green genau zu beschreiben und über jeden Ball, den er geschlagen, und jeden Schläger, den er dafür benutzt hatte, Bericht zu erstatten. Anna gab sich alle Mühe, interessiert zu erscheinen. Schließlich sagte er: «Es war verrückt von Marinecover, Sie gehenzulassen. Chris ist nicht halb so gut.»

«Es ist nett, daß Sie das sagen.» Sie verzieh ihm, daß er sie gelangweilt hatte.

«Das ist die Wahrheit. Chris hat längst nicht Ihr Geschick im Umgang mit den Klienten. Er schleppt ständig Idioten an, die zwanzigtausend für ein Boot ausgeben, aber zu geizig sind, um Gebühren für die Marina zu zahlen. Dann binden sie es an eine Boje mitten in einem einsam gelegenen Fluß, lassen die Papiere und den Ersatzschlüssel an Bord und wundern sich, wenn es gestohlen wird.»

Anna lachte laut.

Kevin warf ihr einen erfreuten Blick zu und begann, sich für sein Thema zu erwärmen. «Einem von Chris' Klienten wurde sein Boot gestohlen, und wir haben ihn ausbezahlt. Und dann kauft er sich genau das gleiche Boot noch einmal, auf eine Kleinanzeige in einer Jachtzeitschrift hin, ohne zu merken, daß es sich um sein eigenes handelt, weil er die Schiffspapiere nicht genau gelesen hat. Diese Käufer sind so leichtgläubig. Darum haben es die Diebe auch immer so leicht.» Er beugte sich zu Anna, die an die Liste in seinem Filofax denken mußte und einen peinlichen Augenblick lang glaubte, er wolle sich an sie heranmachen. Aber dann flüsterte er: «Im Vertrauen. Merchant & Leisure hat vor, den Gangster hinauszuwerfen. Rufen Sie Prue Longman an, und berufen Sie sich auf mich.»

Anna war überwältigt vor Dankbarkeit. «Kevin, ich weiß nicht, wie ich Ihnen danken soll.»

«Arbeiten Sie mit mir zusammen, wenn Sie wieder in der Branche tätig sind.»

«Ja, natürlich.» Sie dachte an ihre Loyalität gegenüber Isaac, sagte sich dann aber, daß sie dieses Problem lösen würde, wenn es soweit war.

Prue freute sich sehr, von Anna zu hören, was Annas Selbstbewußtsein noch ein Stück hob. Sie vereinbarten, sich in der folgenden Woche in der Bar des Tower Hotels über dem St. Katherine's Dock zu treffen. Im Büro wollte Prue sie nicht empfangen, weil, wie sie erläuterte, Barry noch nicht wisse, daß seine Stelle in Gefahr sei.

Charlie strahlte vor Zufriedenheit, als er nach Hause kam. Er stand auf der Auswahlliste für die Stelle bei Hull & Steel. Zur Feier des Tages bestellten sie eine riesige Pizza und öffneten ihre einzige teure Flasche Wein. Als sie mit dem Essen fertig waren, riefen Delia und Russell an, und nachdem sie die guten Nachrichten gehört hatten – obwohl Charlie und Anna natürlich keine Details über die angebotenen Stellen ausplaudern durften –, kamen sie mit einer weiteren Flasche vorbei. Es war das erste Mal seit Annas und Charlies Entlassung, daß sie sich zu viert trafen. Während sie mit den Weingläsern in der Hand vor dem Kamin im Wohnzimmer saßen und lachten und Witze machten, war es, als hätte sich gar nichts geändert.

Es war schon weit nach Mitternacht, als Delia und Russell aufbrachen, und beim Abschied fragte Delia: «Habt ihr einen neuen Kreditgeber gefunden?»

Charlie wurde rot. «Nein, aber wir finden schon einen.»

«Ihr habt nur noch zehn Tage», beharrte sie, ohne das Unbehagen der anderen zu bemerken. «Ich finde wirklich, Ihr solltet zum Sozialamt gehen. Es übernähme die Hälfte eurer Hypothekenzinsen.»

«Delia», sagte Anna mit Bestimmtheit, «heute abend wollen wir nicht darüber reden.»

«Ich möchte euch doch nur helfen!» Irritiert und ärgerlich stolperte Delia über den Kiesweg zu Russells Wagen.

Anna und Charlie gingen ins Haus und machten die Tür hinter sich zu. «Wir brauchen keine Almosen!» sprudelte Charlie zornig hervor.

«Sie hat es nicht böse gemeint, sie war nur taktlos.»

«Sie ist eifersüchtig auf dich, das war sie schon immer. Du bist hübscher als sie, klüger als sie, und du hast auch mehr verdient. Wenn sie so eine gute Freundin ist, warum hat sie dich dann nicht vorgewarnt, daß du deinen Job verlieren wirst?»

«Charlie, das konnte sie nicht, sie muß doch Beruf und Privatleben trennen.»

«Sie hätte dir sagen können, du sollst dich vor Chris in acht nehmen.»

«Ich weiß», sagte Anna traurig. «Aber das hat sie nicht getan.»

Am Sonntag fuhren sie in den Norden, um Annas Mutter und Großmutter zu besuchen. Charlie hatte keine Lust, und Anna vermutete, daß er die bohrenden Fragen ihrer Großmutter fürchtete, aber sie konnten den Besuch nicht länger aufschieben, ohne die Gefühle ihrer Mutter zu verletzen. Sie kamen mittags an und tauschten verspätete Weihnachtsgeschenke aus, während sie fröhlich über Australien plauderten.

Zu Annas Erleichterung fragte ihre Großmutter nicht, warum sie nicht als Verlobte zurückkehrten. Als Anna und ihre Mutter allerdings in der Küche allein waren, flüsterte Mrs. Tobias: «Warum habt ihr denn keine Fotos mitgebracht? Ich hätte so gerne den Besitz der Blythelys gesehen. Sind sie schrecklich reich?»

Anna dachte an die Bilder zu Hause auf dem Eßtisch. Um Charlie nicht bloßzustellen, hatte Anna sie absichtlich nicht mitgebracht. «Sie sind wohlhabend.» Sie griff nach einem Geschirrtuch, um das Besteck abzutrocknen.

«Nicht mehr als das?»

Anna warf einen Blick durch die halboffene Wohnzimmertür auf Charlie, der ihrer Großmutter gerade aus der Zeitung vorlas. «Nein, aber sie sind sehr nett.»

Ihre Mutter senkte ihre Stimme noch mehr. «Ist … ist irgend etwas nicht in Ordnung, Anna?» fragte sie ängstlich, und in ihrem Gesicht zeigten sich plötzlich Sorgenfalten.

«Nein, alles ist bestens.»

«Ich hatte eigentlich gehofft, daß ihr, Charlie und du, beim Nachhausekommen …»

«Mutter, bitte, jetzt nicht!»

«Tut mir leid.» Sie drückte Annas Hand. «Es ist dein Leben, und du mußt tun, was du für richtig hältst.»

So nahe neben ihrer Mutter fand Anna es schwierig, sich ihr nicht anzuvertrauen. Gleichzeitig sah sie die Unruhe im Gesicht ihrer Mutter und spürte den Wunsch, sie zu schützen.

Für ihr Treffen mit Prue Longman kleidete Anna sich sorgfältig. Sie wählte ein geschäftsmäßig wirkendes dunkelgraues Kostüm. Als Anna das Hotel betrat, saß Prue, eine große, energische Frau, bereits an einem der ruhigeren Tische. «Gordon und Isaac sind des Lobes voll über Sie», sagte sie und schüttelte Anna fest die Hand.

«Danke.» Anna setzte sich Prue gegenüber.

«Paul Sheldon ebenfalls.»

Anna sah überrascht aus.

«Er sagt, Sie kämpfen um Ihre Klienten, selbst wenn sie es nicht verdienen. Vermutlich bezieht er sich auf diesen Gangster Ellerby-Creswell, der, wie ich fürchte, noch immer gemütlich an der spanischen Ganovenküste sitzt und Pink Gin trinkt.»

Anna seufzte. «Die Vinces dieser Welt schaffen es doch immer irgendwie.»

«Weil sie gewitzte Betrüger sind.» Prue wollte sich nicht länger mit Geplauder aufhalten und begann, den Aufbau von Merchant & Leisure zu erklären, einer Maklerfirma, die um einiges größer war als Marinecover. «Wir bieten Ihnen ein Grundgehalt von fünfzigtausend, mit den üblichen Vergünstigungen», sagte sie. «Das ist möglicherweise weniger, als Sie vorher bekommen haben, aber beim gegenwärtigen Wirtschaftsklima müssen wir unsere Gehälter niedrig halten.»

Es war genausoviel wie bei Marinecover, aber das sagte Anna nicht.

«Natürlich handelt es sich hier nur um ein Vorgespräch», fuhr Prue fort, «aber ich darf Ihnen sagen, Anna, daß Sie unsere erste Wahl sind.»

«Danke.» Entspannt lehnte sich Anna in ihrem Stuhl zurück und genoß es, daß sich jemand für sie interessierte.

«Am Freitag vormittag findet das Gespräch mit Barry statt, darum rufe ich Sie am Nachmittag an. Wir möchten, daß Sie in vierzehn Tagen anfangen.»

Anna wünschte, es wäre früher, weil sie das Darlehen umschreiben lassen mußten, aber sie sagte nichts. Beim Nachhausekommen, noch immer beschwingt von dem erfolgreichen Gespräch, fand sie auf dem Anrufbeantworter eine Nachricht von Gordon vor. «Vielleicht habe ich etwas für Sie», sagte er. «Rufen Sie mich doch an.» Sie löschte die Nachricht. Jetzt brauchte sie ihn nicht mehr.

Delia rief an, als Anna sich gerade zur Feier des Tages ein Glas Wein einschenkte. «Ich möchte mich wegen neulich entschuldigen.»

«Ach, mach dir keine Gedanken», antwortete Anna fröhlich und trank einen Schluck Wein. «Ich feiere gerade, weil ich einen tollen neuen Job habe. Ich kann dir noch nicht sagen, wo, aber es wird am Freitag endgültig bestätigt.»

«Das ist wunderbar. Wie wäre es morgen mit Mittagessen?»

Anna zögerte nur einen Augenblick. «Ja, bis dann.»

Charlie kam nach Hause und war noch zuversichtlicher wegen der Stelle bei Hull & Steel. Er hätte gern mit einem festlichen Essen gefeiert, aber Anna bestand darauf, vernünftig zu bleiben. Also einigten sie sich auf ein Pasta-Restaurant, wo sie zwei Flaschen Wein und danach noch drei Sambucas tranken. Dann gingen sie schwankend nach Hause, fielen aufs Bett und liebten sich derart stürmisch, daß Charlie seine Nachttischlampe vom Tisch stieß. Sie zerschellte am Boden, aber sie bemerkten es kaum.

Delia saß bereits an ihrem Lieblingstisch, als Anna am nächsten Mittag die vertraute Bar betrat. «Das muß ja eine tolle Nacht gewesen sein», meinte Delia grinsend mit einem Blick auf die dunklen Ringe unter Annas Augen.

«Das kannst du laut sagen!» Anna ließ sich auf einen Stuhl fallen und lachte. Sie warf ihr Haar nach hinten und betrachtete die Gäste an der Bar. Freundliche Gesichter wandten sich ihr zu, und einige Leute riefen: «Schön, daß Sie wieder da sind!»

Sie lächelte und winkte und fragte sich, warum sie jemals das Gefühl gehabt hatte, nicht erwünscht zu sein.

Sobald am Freitag die Post durch den Briefschlitz fiel, sprang Charlie aus dem Bett und rannte nackt zur Eingangstür. Er kehrte mit einem glatten, weißen Umschlag zurück, auf dem ordentlich getippt seine Adresse stand. «Das ist es!» jubelte er und winkte ihn vor Anna hin und her.

Sie setzte sich auf, zog die Bettdecke um ihre Schultern und sah zu, wie er den Umschlag aufschlitzte.

Stille trat ein, während er den Brief eilig überflog. Dann sah er sie entsetzt an. «Sie haben den anderen Bewerber genommen.» Er knüllte den Brief zu einem festen Ball, warf ihn durchs Zimmer und rannte die Treppe hinauf.

Anna hätte ihn gern getröstet, aber sie spürte, daß er jetzt allein sein mußte. Also ging sie erst einmal ins Badezimmer, um zu duschen. Während sie sich die Zähne putzte, hörte sie seine Schritte auf der Treppe, aber als sie aus dem Bad kam, waren seine Kleider vom Stuhl verschwunden, und er war gegangen.

Sie war davon überzeugt, daß er einen Spaziergang machte und bald zurückkommen werde, zwar noch immer enttäuscht, aber entschlossen, es woanders zu versuchen. Sie machte den Abwasch vom vorigen Abend, rief alle Personalagenturen auf ihrer Liste an und schrieb einige Briefe. Um die Mittagszeit war Charlie noch immer nicht zurück, und Anna mußte immer wieder an ihren Vater denken, den die Erwartungen ihrer Mutter vor Scham an den Rand der Verzweiflung getrieben hatten.

Eilig lief sie nach draußen, um den *Evening Standard* zu kaufen. Sie wollte nicht zu lange wegbleiben, damit sie Charlies Rückkehr oder Prue Longmans Anruf nicht verpaßte. Als sie nach Hause kam, hörte sie das Telefon klingeln. Sie rannte die Stufen hinauf, und noch während sie die Haustür aufsperrte, hörte sie Prues Stimme auf dem Anrufbeantworter. «Anna, es tut mir leid, daß ich Ihre Zeit unnötig in Anspruch genommen habe, aber wir haben beschlossen, Barrys Probezeit noch bis zum Herbst zu verlängern. Viel Glück bei Ihrer Stellensuche.» Man hörte einen Klick und dann das Zurückspulen des Anrufbeantworters.

Anna konnte weder klar denken noch weinen. Stolpernd lief sie ins Schlafzimmer, ließ sich dort auf den Boden sinken, zog die Knie an die Brust und begrub ihr Gesicht in den Armen.

Sie saß noch immer da, als Charlie zurückkehrte. Er kam ins

Schlafzimmer, und sie streckte ihm in dem verzweifelten Wunsch nach Trost die Hand hin, aber er ging einfach an ihr vorbei und fiel quer übers Bett. Er war so betrunken, daß er sie gar nicht wahrnahm, und als er wieder nüchtern war, hatte sich Anna in sich selbst zurückgezogen. Sie liebte ihn noch immer, zumindest glaubte sie das, aber der Charlie, der früher so entschlossen und optimistisch gewesen war, geriet angesichts der Schwierigkeiten in immer tiefere Verzweiflung, und ihr wurde klar, daß sie sich nicht länger auf ihn verlassen konnte.

Kapitel 13

Anna und Charlie mussten es bei achtzehn verschiedenen Banken und Bausparkassen versuchen, ehe sie eine fanden, die bereit war, den Kreditantrag trotz ihrer Arbeitslosigkeit zu prüfen. In der Zwischenzeit wurden sie von Marinecover mit Briefen und Telefonanrufen überschwemmt, weil man dort den Namen des neuen Kreditgebers wissen wollte.

Die East Metro Bank, deren Hauptstelle sich in einem seelenlosen Gebäude in der Nähe von Holborn befand, stand im Ruf, hart zu verhandeln und hohe Zinsen zu verlangen. Mr. Hyde, der Leiter der Kreditabteilung, war ein korpulenter Mann, der mit seiner dickrandigen Brille einer mürrischen Eule ähnelte, die man aus dem Schlaf gerissen hat.

Er bat sie zu einem Gespräch und gab ihnen kaum Zeit, sich zu setzen, ehe er sagte: «Wir haben Ihren Besitz auf dreihundertfünfzigtausend Pfund geschätzt.» Dabei hob er die Hand, um ihre Proteste zum Schweigen zu bringen. «Ich weiß, es ist weniger, als Sie dafür bezahlt haben, und zudem haben Sie noch siebzigtausend für die Instandsetzung ausgegeben, aber der Markt verschlechtert sich laufend, das Haus ist innen nicht renoviert, und Sie haben außerdem noch einen Mieter. Nein, Mr. Blythely, bitte unterbrechen Sie mich nicht! Ihr vorheriger Kreditvertrag lief über zweihundertdreißigtausend, aber East Metro verleiht, wenn der Kreditnehmer arbeitslos ist, grundsätzlich nicht mehr als sechzig Prozent vom Wert des Objekts, damit wir unsere Kosten im Fall einer Versteigerung wieder hereinbekommen. Daher müßten Sie Ihren Kreditantrag um zwanzigtausend verringern.»

«Woher sollen wir zwanzigtausend Pfund nehmen?» fragte Anna verzweifelt. «Wir sind doch arbeitslos!»

«Verkaufen Sie etwas. Was für ein Auto fahren Sie?»

«Einen BMW, aber er ist fast fünf Jahre alt. Wenn ich Glück habe, bekomme ich bei dieser Wirtschaftslage noch fünftausend dafür.»

«Die Abfindung?»

«Ich habe nur noch zweitausend Pfund, und tausend schulden wir noch der Baufirma.»

Er wandte sich an Charlie. «Was fahren Sie, Mr. Blythely?»

«Einen BMW – und ich werde ihn nicht verkaufen.» Charlie schob seinen Stuhl zurück. «Komm, Anna, wir bleiben nicht länger hier sitzen und hören uns Beleidigungen an.»

Sie legte ihre Hand auf seinen Ärmel. «Charlie, bitte, wir verlieren sonst das Haus.»

«Anna, ich habe dir bereits gesagt, daß wir es verkaufen sollten.»

«Ich liebe unser Zuhause.»

«Dann kannst du dein Auto hergeben, aber meines werde ich nicht opfern.» Er stand auf und marschierte aus Mr. Hydes Büro.

Anna holte ein paarmal tief Luft, und als sie aufblickte, bemerkte sie, daß Mr. Hyde sie mit einer Mischung aus Verlegenheit und Mitleid betrachtete. «Es tut mir leid, das ist der Streß», sagte sie. «Wir stehen so unter Druck.»

«Er hat recht, Sie sollten verkaufen.»

Sie dachte an den schmiedeeisernen Balkon, von dem aus sie die Welt betrachten konnte, ohne selbst gesehen zu werden. «Ladbroke Hill ist meine Zuflucht. Dort fühle ich mich sicher. Ich habe in meinem Leben soviel verloren und kann es nicht ertragen, auch noch das hergeben zu müssen.» Sie spürte, wie ihr die Tränen kamen, und wischte sie ärgerlich weg. «Es tut mir leid», sagte sie noch einmal, bevor sie aufsprang und eilig das Büro verließ.

Charlie war nicht da, als sie nach Hause kam, und sie war froh darüber. Sie legte sich ins Bett, zog die Decke über den Kopf und sperrte die Welt aus.

Am frühen Abend kehrte Charlie zurück. Da er das Licht nicht anschaltete, stolperte er über Annas Schuhe, als er ins Zimmer kam. «Hier ist dein verdammtes Geld.» Er warf mehrere Bündel Zwanzig-Pfund-Noten auf das Bett.

Anna schaltete die Nachttischlampe an, ihr stockte der Atem. «Du hast nicht vielleicht eine Bank ausgeraubt?»

Er lachte laut und überdreht. «Eine Bank? Daran habe ich gar nicht gedacht. Nein, ich habe mein Auto verkauft, damit du dein geliebtes Haus behalten kannst.»

Sie streckte die Arme nach ihm aus, zog ihn an sich und umfaßte seinen Kopf. Dabei flüsterte sie: «Danke.»

Er schmiegte sich an sie und schloß die Augen. «Das nächste Mal ist das Haus fällig.»

Sie antwortete nicht, denn sie wußte, daß das, was er sagte, völlig logisch war.

Durch den Verkauf der beiden Autos und den Einsatz von Annas Abfindung konnten sie ihren Kreditantrag verringern. Die East Metro Bank wollte ihre Hypothek nur übernehmen, wenn sie sich damit einverstanden erklärten, daß der Kredit, bis sie die monatlichen Zahlungen leisten konnten, mit einem vollen Prozent über der üblichen Rate steigen würde. In drei Monaten sollte die Situation neu bewertet werden, und die Bank behielt sich das Recht zur Enteignung vor. Das waren harte Bedingungen, aber Charlie und Anna hatten keine andere Wahl. Sie konnten es sich nun nicht mehr leisten, auch noch Xavier zu bezahlen, und er erschien in stummem Zorn und baute die teuren Duschköpfe aus.

Allmählich nagte die Zeit der Arbeitslosigkeit an ihnen. Sie höhlte ihre Energie aus und unterminierte ihr Selbstvertrauen. Anna und Charlie begannen die Vormittage an den Werktagen zu fürchten, wenn sie zusehen mußten, wie andere Leute zielbewußt zu den U-Bahn-Stationen strebten. Nur noch mühsam konnten sie sich dazu zwingen, die Arbeitssuche fortzusetzen, und es brauchte den letzten noch verbliebenen Mut, Personalagenturen anzurufen, Vorstellungsgespräche durchzustehen und die Angst zu verbergen. Jeden Dienstag und Donnerstag durchforsteten sie die *Lloyd's List* und bewarben sich bei jeder freien Stelle, auch wenn sie außerhalb ihres bisherigen Arbeitsfelds lag. Aber bei jedem Bewerbungstermin wuchs die Zahl der Interessenten, die genauso qualifiziert und genauso verzweifelt waren.

Es fiel Anna immer schwerer, ihrer Mutter die Wahrheit zu verschweigen. Als sie mit ihrer Schwester darüber sprach, zeigte Roz sehr viel Mitleid: «Ich würde dir ja so gerne helfen, aber alles, was wir verdienen, stecken wir in die Farm oder in die Kinder.»

«Roz! Bitte! Ich habe mich dir nicht anvertraut, weil ich Geld brauche, sondern nur, weil ich eine freundliche Stimme hören muß, mehr nicht. Wir schaffen das schon, nur keine Angst. Irgendwann findet einer von uns etwas.» Anna wechselte das Thema und erkundigte sich nach den Kindern.

Als Anna und Charlie noch arbeiteten, hatten sie jeden Abend im Restaurant gegessen. Jetzt gingen sie nur noch selten aus, denn bereits ein Besuch im Pub mit zwei Getränken kostete fünf Pfund. Statt dessen sahen sie fern und aßen Nudeln in jeder Form und Zubereitungsart. Jeden Samstag kochte Anna eine enorme Menge Eintopf, dessen Zutaten sie mit Mr. Shufflebucks Miete bezahlte.

Das fehlende Geld machte sie einsam. Sie konnten sich nicht mehr mit Delia und Russell treffen, weil sie sich deren Lebensstil nicht leisten konnten, Roz und Tom konnten sie nicht besuchen, weil die Bahnfahrt zu teuer war, und Annas Mutter und Großmutter suchten sie nicht auf, um die unausweichliche Frage zu vermeiden, warum sie kein Auto mehr hatten. Manchmal lagen sie schweigend und verzweifelt auf dem Bett, und jeder war mit sich selbst beschäftigt. Charlie sah fern, und Anna fragte sich, was aus ihnen werden sollte. Es gab aber auch Momente, in denen sie sich einander sehr nahe fühlten. Dann kuschelten sie sich aneinander, flüsterten sich ihre Ängste ins Ohr, schliefen miteinander und trösteten sich.

Rechnungen trafen ein: Gas, Strom, Telefon. Sie bezahlten das Telefon, weil sie es unbedingt brauchten, um überhaupt noch jemals Arbeit zu finden, und zahlten den Strom, weil sie ohne Licht nicht leben konnten. Die Gasrechnung ließen sie liegen, weil sie hofften, für die Gaswerke sei es schwieriger, die Lieferung einzustellen.

Der Frühling kam, und die Tage wurden länger. Das Wetter wurde deutlich wärmer, hellgrüne Knospen waren an den Bäumen zu sehen, und draußen im Garten schoben sich Narzissen und Krokusse aus der feuchten Erde.

«Ich habe die Heizung so eingestellt, daß sie sich tagsüber abschaltet», erzählte Anna Charlie eines Morgens.

«Ich weiß, ich habe die Uhr wieder umgeschaltet.»

«Charlie, wir können uns das nicht mehr leisten.»

«Ich weigere mich, zu allem Überfluß auch noch zu frieren.» Er zog sich die Decke über den Kopf und schlief weiter.

Sein Tonfall verletzte Anna so sehr, daß sie in die Küche ging, die Tür zum Garten öffnete und sich auf die steinernen Stufen setzte. Sie fragte sich, ob sie eigentlich entsetzlich selbstsüchtig war, weil sie sich so dagegen wehrte, das Haus zu verkaufen. Ob sich wohl ihre Mutter ihrem Vater gegenüber genauso verhalten hatte? Wenn sie auch einsah, daß sie Ladbroke Hill vielleicht irgendwann verkaufen mußten – gerade jetzt konnte sie dieses Opfer einfach nicht bringen.

Delia hinterließ mehrere Nachrichten auf dem Anrufbeantworter, aber Anna rief nicht zurück, denn sie konnte es nicht ertragen, das Mitleid in Delias Stimme zu hören. Charlie behauptete, es sei kein Mitleid, sondern Befriedigung, aber Anna wollte sich ihren Glauben an das Gute nicht nehmen lassen. Ihr Rettungsanker war Roz, mit der sie an den Abenden nach sechs Uhr, wenn es billiger war, telefonierte. Anna, die sich bislang um solche Dinge nie gekümmert hatte, lernte schnell.

Isaac schrieb ihr und lud sie zum Abendessen ein. Als Anna ihn anrief, um abzulehnen, sagte er: «Warum nicht? Weil Sie arbeitslos sind? Das weiß ich. Meinen Sie, deshalb wollten wir Sie nicht trotzdem sehen?»

Sie spürte demütige Dankbarkeit. «Wir kommen sehr gerne.»

Aber in letzter Minute weigerte Charlie sich, sie zu begleiten. Er schäme sich zu sehr für seine Arbeitslosigkeit, sagte er, und da es zu spät war, um abzusagen, mußte Anna allein hingehen. Mit der U-Bahn fuhr sie den weiten Weg nach Highgate, wo sie die Finesteins mit ihrer Wärme, ihrem jüdischen Humor und einem großen Topf Hühnersuppe empfingen. Der Abend verging wie im Flug, und plötzlich stellte Anna fest, daß es schon fast Mitternacht war.

Unvermittelt sprang sie auf. «Ich muß gehen.»

Sibyl Finestein nahm ihre Hand. «Jetzt doch noch nicht, meine Liebe. Wollen Sie nicht noch eine Tasse Kaffee?»

«Nein.» Anna wollte nicht ruppig und unhöflich sein, aber sie hatte Angst, die letzte U-Bahn zu verpassen. «Es war sehr schön. Vielen Dank.» Sie rannte in die Diele, griff nach ihrem Mantel und stürmte aus der Haustür.

«Ich bringe Sie noch zum Auto», bot Isaac verblüfft an.

«Nein! Bitte nicht! Ich komme schon zurecht. Auf Wiedersehen!» Sie war bereits die halbe Auffahrt hinuntergelaufen.

Er ging hinter ihr her. «Aber ich bestehe darauf.»

«Da steht mein Wagen schon.» Sie deutete auf einen kleinen schwarzen BMW.

«Anna, was sagen Sie da? Das ist das Auto meiner Tochter.»

«Ach, wie dumm von mir, ich habe mich geirrt. Meines steht da drüben. Auf Wiedersehen. Vielen Dank.» Sie winkte und eilte davon. Sobald sie außer Sichtweite war, begann sie zu rennen und erreichte die U-Bahn-Station gerade eine Minute vor Abfahrt des Zuges.

Sie mußte zweimal umsteigen, und einmal stand sie wartend auf einem leeren Bahnsteig mit drei betrunkenen Männern. Schwankend und grölend kamen sie auf Anna zu, und ihr Herz begann zu rasen. Ihr war übel vor Angst, zu gern wäre sie davongerannt, aber sie hörte ihren Zug einfahren, den letzten an diesem Abend. Einer der Männer streckte die Hand aus, und einen entsetzlichen Augenblick lang glaubte sie, er wolle sie vor den einfahrenden Zug stoßen. Sie sah sich selbst auf den elektrischen Gleisen liegen, wie der Zug sie trotz Vollbremsung überrollte und ihr die Arme und Beine abfuhr, während sie noch lebend und schreiend unter den Rädern lag.

Aber die Männer faßten sie nicht an. Sie amüsierten sich über Annas Angst und gingen weiter.

Anna zitterte noch, als sie am Holland Park ausstieg. Sie zog ihren Mantel eng um sich und eilte Ladbroke Grove entlang, eine einsame, verängstigte Gestalt, die fast im Laufschritt unter den unheimlichen, düster wirkenden Ästen der Platanen dahinmarschierte.

In Kleidern und fest schlafend, lag Charlie auf ihrem gemeinsamen Bett. Sie hätte ihn gerne geschlagen, gestoßen oder getreten, weil er so schwach war, aber sie war zu müde, um auch nur seinen Namen auszusprechen. Sie ließ sich auf ihre Seite des Bettes fallen und schlief ein.

Am nächsten Morgen murmelte er: «War es schön?» Aber Anna tat, als schliefe sie, weil sie noch immer wütend war.

Sie erhielten einen Brief von Mr. Hyde, der wissen wollte, wann sie mit der Rückzahlung des Kredits beginnen würden. Anna schluckte ihren Stolz hinunter und meldete sich beim örtlichen Sozialamt. Charlie weigerte sich mitzukommen, aber das änderte nichts an Annas Anspruch. Für die nächsten sechzehn Wochen übernahm der Staat die Hälfte der Zinsrückzahlung für ihren Kredit. Da sie mit den monatlichen Raten bisher nur Zinsen zurückzahlten, bekamen sie tausend Pfund im Monat. Das zweite Tausend mußten sie allerdings anderweitig auftreiben.

«Nach sechzehn Wochen übernehmen wir in der Regel die Zinsen ganz», erklärte die Frau am Sozialamt Anna. «Aber bei einer so großen Summe kann ich das nicht versprechen. Wenn die Steuerzahler wüßten, daß wir ihr Geld dafür ausgeben, die Leute in riesigen Häusern leben zu lassen, dann wären sie zu Recht wütend.»

«Ich habe auch Steuern gezahlt», sagte Anna. «Zehntausende von Pfund.»

Die Frau zuckte lediglich die Schultern und wandte sich dem nächsten Antragsteller zu.

Anna war froh, daß Charlie nicht mitgekommen war, denn er hätte wieder eine Szene gemacht. Sie hatte keine Kraft mehr, mit seinem Ärger umzugehen, weil sie genug mit ihren eigenen Gefühlen zu tun hatte. Auf dem Heimweg ging sie über den Markt und kaufte bei Ceres eine Pizza – nicht eine der exotischen Pizzas, die sie und Charlie sonst immer gegessen hatten, sondern die kleinste und billigste. Als sie den Hügel hinaufging, kam sie an dem Stand mit Secondhand-Kleidung vorbei. Das Mädchen mit den Sommersprossen und dem tabakbraunen Haar goß sich gerade eine Tasse Kaffee aus einer Thermoskanne ein. Sie warf Anna einen Blick zu, und ihre Augen verrieten, daß sie Anna erkannt hatte. Anna wandte den Kopf ab und eilte weiter. Sie war nicht in der Stimmung für eine Auseinandersetzung.

Nachdem sie das Sozialamt so tapfer überstanden hatte, ließ Anna sich herab, Gordon anzurufen.

«Warum haben Sie nie zurückgerufen?» fragte er.

«Was glauben Sie wohl?»

«Stolz?»

«So etwas ähnliches.»

«Haben Sie eine Stelle?»

«Nein, deshalb rufe ich an. Sie sagten, Sie wüßten etwas.»

«Anna, die Stelle wurde schon vor Wochen besetzt. Sie hätten sich früher bei mir melden sollen. Ich würde Ihnen gerne etwas anderes vermitteln, aber ich weiß nichts, weil alle Maklerfirmen Personal abbauen. Wir mußten die Jachtabteilung ganz schließen und Chris entlassen – aber vermutlich hat Delia Sie auf dem laufenden gehalten.»

«Ach … äh … wir haben uns schon länger nicht mehr gesprochen.»

«Das tut mir leid, aber in diesen Zeiten, wo jeder gegen jeden kämpft, geht manche Freundschaft baden. Kommen Sie doch Anfang Mai einmal mit mir zum Essen. Vereinbaren Sie einen Termin mit Miss Thin, weil ich bis dahin nicht da bin.»

«Nur wenn ich eine Stelle habe, Gordon.»

«Sie müssen sich sehen lassen, Anna. Glauben Sie mir, ich weiß, wovon ich rede. Ich war Anfang der Siebziger einmal arbeitslos, und ich kann mich bis heute erinnern, was für ein Schock das war. Selbst als ich schon eine neue Stelle hatte, plagte mich jahrelang die Angst, sie wieder zu verlieren. Ich rechne fest mit Ihnen zum Mittagessen, wenn ich wieder zurück bin.»

Sie verabschiedete sich und fragte sich, ob sie ihn je verstehen würde. Er mochte sie so sehr, daß er den Kontakt hielt – wieso hatte er sie dann entlassen können, wenn er schon wußte, welches Leid er ihr damit zufügte?

Sie verdoppelte ihre Anstrengungen, eine Stelle zu finden. Noch einmal suchte sie jede Personalagentur auf und rief jeden Personalchef an, aber ihre Bemühungen wurden durch die Streiks im öffentlichen Nahverkehr behindert. Da sie sich kein Taxi leisten konnte, verpaßte sie Vorstellungstermine, weil sie es nicht schaffte, rechtzeitig zu kommen.

Charlie verließ immer seltener das Haus. Sein neugewonnener Optimismus war wieder verschwunden, und oft blieb er den ganzen Tag zu Hause, lag auf dem Bett und sah sich dümmliche Quizsendungen im Fernsehen an. Die Vorgänge auf dem Bildschirm nahmen ihn so gefangen, daß er nicht einmal ans Telefon ging, um nichts zu verpassen. Als seine Mutter anrief, weigerte er sich, mit ihr zu sprechen. Wenn Vivianne sich meldete, drehte er die Lautstärke am Fernsehapparat lauter, um ihre Stimme auf dem Anrufbeantworter zu übertönen.

Anna hätte ihm gerne von ihrer Stellensuche erzählt, um die Mühen und Enttäuschungen mit jemandem zu besprechen, aber als sie bemerkte, daß Charlies Aufmerksamkeit sich immer wieder dem Fernseher zuwandte, gab sie schließlich auf. Sie erzählte ihm nicht mehr, bei wem sie gewesen war, sondern setzte sich allein ins Wohnzimmer. Gelegentlich aß sie sogar allein, um dem ständigen Gebrabbel des Geräts zu entkommen. Sie verloren den Kontakt zueinander, was Anna traurig machte, aber nach einem anstrengenden, mit Arbeitssuche verbrachten Tag war sie nicht mehr in der Lage, zu Hause gegen den Fernseher um Charlies Zuwendung zu kämpfen.

Während der ersten Hitzewelle des Sommers fuhr Anna nach einem erfolglosen Vorstellungstermin mit der U-Bahn nach Hause. Es war Hauptverkehrszeit, und die Leute drängelten und schoben, während ihnen der Schweiß über die winterblassen Gesichter lief. Als Anna am Holland Park ankam, klebte ihr das cremefarbene Jackett am Rücken, und das Haar hing ihr in feuchten Strähnen ums Gesicht. Hinkend stieg sie in ihren hochhackigen Schuhen den Hügel hinauf. Sie mußte an ihren Vater denken, der so oft hektisch Arbeit gesucht hatte, und auf einmal war ihre Wut auf ihn verflogen. Wie hatte die Familie seine Verzweiflung nur übersehen können?

Sie betrat den Lebensmittelladen, um Brot zu kaufen. Neben dem Laden lag ein beliebter Pub, der «Admiral Vernon», den man im Viertel nur den «Vernon» nannte. Er war nach dem Admiral benannt, der 1739 den Spaniern Porto Bello entrissen hatte, ein Ereignis, das der einst hier ansässigen Portobello-Farm den Namen gegeben hatte. Als Anna aus dem Laden kam, bemerkte sie ein Schild im Fenster. «Wochenend-Aushilfe für die Bar gesucht. Sprechen Sie mit unserem Geschäftsführer Gerry Simcock.»

Sie ging den Hügel hinauf auf ihr Haus zu, aber an der ersten Querstraße blieb sie stehen und zögerte. Dann zog sie das Jackett aus, faltete es zusammen und legte es in ihre Einkaufstasche. Sie öffnete zwei Knöpfe an ihrer Bluse, sprühte sich Parfüm an Hals und Handgelenke und schlug den Bund ihres Rockes um, damit er kürzer wurde. Schließlich lockerte sie ihr Haar mit den Fingern, erneuerte ihren Lippenstift und ging den Hügel hinunter zum Pub.

Der Innenraum war alt und dunkel, hatte eine Balkendecke und einen nackten Holzboden und war mit abgestoßenen Tischen und Stühlen ausgestattet. An den Wänden hingen Schwarzweiß-Fotos von Portobello, wie es früher einmal gewesen war. Auf einer Seite befand sich eine Theke, vor der vier Männer Darts spielten, und auf der anderen Seite war die Bar, an der auf hohen Holzstühlen zwei alte Männer saßen. Nebenan an einem Tisch löste ein Mann, der etwa in Annas Alter war, das Kreuzworträtsel des *Guardian*. Er hatte die feinen Züge eines Renaissancedichters, und seine Haare waren zum Pferdeschwanz nach hinten gebunden.

Anna trat an die Bar, wo ein dunkelhaariger Mann Bier zapfte.

«Ich würde gerne mit Gerry Simcock sprechen», sagte sie.

«Der bin ich, meine Liebe.»

«Ach ... ähm ... es geht um den Job.»

Er starrte sie an. «Sie sehen nicht gerade wie eine Bardame aus. Haben Sie das schon mal gemacht?»

«Nein, aber ich kann es lernen.»

«Tut mir leid, Liebste, ich habe keine Zeit, es Ihnen beizubringen.» Er nahm vier Glas Bier auf, zwei mit jeder Hand, und trug sie zur Theke an der anderen Wand. Anna wartete. Neben ihr flüsterten die alten Männer.

Als der Geschäftsführer wiederkam und sie sah, sagte er: «Sind Sie noch immer da?»

«Während ich lerne, würde ich für weniger Geld arbeiten.»

«Sie geben wohl nicht auf, oder?»

«Ich brauche einen Job.»

«Na gut. Zwei fünfzig in der Stunde, von sechs bis Mitternacht. Donnerstag, Freitag, Samstag, manchmal auch am Sonntag. Drei

Pfund, wenn Sie die Sache erfaßt haben. Sie waschen ab, räumen auf und gehen erst, wenn der Pub für den nächsten Tag vorbereitet ist. Sie kommen nicht zu spät, Sie betrinken sich nicht, Sie machen Ihre eigene Abrechnung, und wenn sie mehr als einmal in der Woche zu niedrig ist, dann ziehe ich Ihnen das Geld vom Lohn ab. Wenn Sie ein Glas Bier so schnell zapfen können wie ich, zahle ich Ihnen mehr. Sonst noch Fragen?»

«Wenn meine Abrechnung zu hoch ist, kann ich das dann mit späteren Verlusten verrechnen?»

Die alten Männer lachten, als Gerry der Mund offenstand. Er stotterte: «Ja ... äh ... natürlich.»

«Danke. Das werden Sie nicht bedauern.» Sie ging auf die Tür zu.

«Warum sind Sie so froh darüber?» rief Gerry ihr nach. «Ich biete Ihnen bloß fünfzehn Pfund pro Abend. Das ist kein Vermögen.»

«Es ist eins, wenn man abgebrannt ist», gab sie mit breitem Lächeln zurück.

Kapitel 14

Als Anna Charlie mitteilte, sie werde im «Admiral Vernon» arbeiten, starrte er sie verblüfft an.

«Vielleicht könntest du dir auch einen Teilzeitjob suchen», schlug sie vor und schlüpfte aus den hochhackigen Schuhen.

«In einem Pub? Kleines, ich bin doch nicht um die halbe Welt gefahren, um hinter einer Bar zu stehen.»

So ruhig sie konnte, antwortete sie: «Charlie, wir müssen die Rechnungen bezahlen, sonst sperren sie uns alles.»

«Anna, ich habe sie bezahlt, also mach dir keine Sorgen.»

Sie hätte ihn gerne gefragt, womit er sie bezahlt hatte, aber das war genau das, was ihre Mutter getan hätte. Also hinkte sie in die Küche und schaltete den Wasserkessel ein. Während sie wartete, bis das Wasser kochte, lehnte sie ihre Stirn gegen die Fensterscheibe, sah hinaus in den Garten und versuchte, nicht an all die Hoffnungen und Träume zu denken, die sie beim Einzug in dieses Haus gehegt hatte. Mr. Shufflebuck kam aus dem Kellergeschoß, um seine Topfpflanzen zu gießen. Anna fragte sich, ob er wohl merkte, daß sie kein Geld mehr hatten. Falls es ihm klar war, freute er sich bestimmt über ihr Pech, und sie konnte ihm daraus nicht einmal einen Vorwurf machen.

Sie wünschte sich, Charlie würde die Arme um sie legen und sagen, er sei ihr dankbar dafür, daß sie an den Abenden arbeite. Nein, dankbar war das falsche Wort. Sie wollte nur die Bestätigung hören, daß sie gemeinsam kämpften, am selben Strang zogen, anstatt sich ständig mit seinem unterschwelligen Groll auseinandersetzen zu müssen, als sei sie seine Mutter und habe ihm das Taschengeld gestrichen.

Für ihren ersten Abend im Pub zog sie einen Jeansrock, ein weißes T-Shirt und flache Leinenschuhe an. Eigentlich wollte sie Charlie bitten, sie abzuholen, aber er verließ das Haus, während sie unter der Dusche stand – er verschwand immer genau dann, wenn sie ihn brauchte. Darum schrieb sie ihm einen Zettel: «Ich bin um Mitternacht fertig. Bitte hol mich ab.»

Es war ein heißer, schwüler Abend, und im «Admiral Vernon» war viel los. Die Leute saßen zu zweit auf den Stühlen oder standen draußen auf dem Bürgersteig, wo sie in lärmenden Gruppen tranken. Sie blockierten die Durchgänge, weil diejenigen, die hineindrängten, sich weigerten, den Hinausgehenden Platz zu machen. An der Bar standen die Leute in Sechserreihen, sie drängelten, schoben und schrien ihre Bestellungen.

«Komm her und übernimm!» rief Gerry, sobald er Anna bemerkte.

Sie schlüpfte um den Rand der Bar und trat neben ihn. «Sie müssen mir zeigen, was ich tun soll.»

«Das ist ganz einfach.» Er deutete auf die aufgereihten Gläser und Flaschen. «Das sind die für Pints, das sind die für Half-Pints, und die hier sind für Wein. Gin und Whisky bis zum ersten Eichstrich, für einen Doppelten bis zum zweiten.» Aufgeregt deutete er mit dem Arm hinüber zur Theke auf der anderen Seite. «Ich muß nach nebenan.»

«Sie können mich jetzt nicht allein lassen», protestierte Anna. Ein Meer von Gesichtern drängte sich an die Bar, die Leute hielten das Geld hoch und riefen Bestellungen.

«Ich helfe ihr», bot der blasse junge Mann mit dem Pferdeschwanz an, den sie schon beim ersten Mal gesehen hatte.

Gerry gab ihm einen Klaps auf die Schulter. «Danke, Dominic. Schenk dir auf Kosten des Hauses einen ein.»

Dominic schlüpfte neben Anna hinter die Bar. Er war groß und sehr schlank, hatte Künstlerhände mit langen Fingern und ein träges Lächeln. In seinen ausgebleichten Jeans und dem weiten, bestickten Hemd wirkte er so verträumt, daß man keine schnellen Bewegungen von ihm erwartet hätte, aber sobald er zu arbeiten begann, legte er ein Höllentempo vor.

«Du nimmst die Seite, und ich diese», sagte er. «Dein erster Kunde will zwei Pint Dunkles.» Er berührte einen der Hähne. «Dieser hier! Denk dran, du mußt das Glas schräg halten, sonst gibt es zuviel Schaum.»

Anna griff nach oben, um zwei Pint-Krüge zu nehmen, hielt ein Glas schräg unter den Hahn und zog an dem Messinggriff.

«Zieh noch einmal», rief Dominic über den Lärm der Gäste hinweg. «So ist es richtig. Jetzt stell dieses Glas ab, damit sich der Schaum setzen kann, während du mit dem nächsten anfängst.»

Dominic bediente schon seinen dritten Gast, bis Anna endlich die beiden Pint-Gläser gefüllt hatte. «Eins fünfzig für jedes», rief er ihr zu und zeigte ihr dann, wie sie ihre Kasse bedienen mußte.

Sie nahm das Geld, tippte den Betrag ein und zählte dem Gast das Geld langsam in die ausgestreckte Hand, voller Angst, einen Fehler zu machen. Sofort wurde sie von anderen durstigen Trinkern belagert. Sie zapfte ein weiteres Pint, und der Schaum schwappte bis über ihre Leinenschuhe. Sie goß einen Gin-Tonic ein und bemerkte, daß sie zuviel Gin hineingegeben hatte. Beim Einschenken von Wein fiel ihr ein Stück Korken ins Glas; glücklicherweise war der Gast zu betrunken, um es zu bemerken. Neben der Kasse befand sich eine Preisliste, aber Anna hatte keine Zeit und konnte nur einen flüchtigen Blick darauf werfen, während sie die Preise eintippte und das Wechselgeld herausgab. Hoffentlich stimmte am Ende die Abrechnung.

Hinter der Bar war es heiß und stickig. Das Haar hing ihr ins Gesicht, das T-Shirt klebte an ihrem Körper wie eine zweite Haut, und die biergetränkten Leinenschuhe rieben ihr die Zehen auf.

Rauch brannte in ihren Augen, weil Gäste an der Bar lehnten und ihr den Zigarettenqualm ins Gesicht bliesen. Der Atem der Männer roch nach Alkohol und Kartoffelchips mit Zwiebelgeschmack, und sie machten alberne Witze. Anna tat, als fände sie es lustig, obwohl ihr von dem Geruch übel wurde.

Als Gerry endlich die Glocke läutete und zu letzten Bestellungen aufrief, war sie erschöpft.

«Alles in Ordnung, Mädchen?» fragte er, als er von der Theke zurückkam.

Sie nickte. Für eine Antwort war sie zu müde.

«Anna macht das ganz gut.» Dominic bröselte Tabak auf ein Zigarettenpapier und rollte sich eine Zigarette.

Sie lächelte dankbar. In letzter Zeit kam es häufig vor, daß sie Freundlichkeiten von Fremden zu Tränen rührten.

Anna wischte die Bierränder von den Tischen, während Gerry ihre Kasse prüfte.

«Na, das hätte ich nie gedacht!» rief er.

«Stimmt etwas nicht?» fragte sie ängstlich.

«Nur zwanzig Pence zuviel. Das ist ein Wunder für eine Anfängerin.»

«Danke.» Sie warf einen Blick auf ihre Armbanduhr. Es war schon fast Mitternacht, und sie fragte sich, warum Charlie wohl nicht kam.

«Das hast du gut gemacht.» Gerry zählte ihre fünfzehn Pfund ab.

«Das habe ich alles Dominic zu verdanken.» Sie ging zu der Ecke des Pubs, in der er saß und seine selbstgedrehte Zigarette rauchte, und hielt ihm eine Fünf-Pfund-Note hin. «Dir steht etwas davon zu», sagte sie.

Er zuckte die Achseln. «Wenn du darauf bestehst», meinte er und steckte zu ihrem Schrecken ihr schwer verdientes Geld ein.

Anna mußte sich zu einem Lächeln zwingen. Es war ihr nie in den Sinn gekommen, daß er ihr Geld annehmen würde.

Draußen auf der Straße waren Schritte zu hören. «Das wird für mich sein», sagte sie. «Dann bis morgen. Gute Nacht.» Sie nahm ihre Tasche und die Jeansjacke und eilte hinaus, damit die beiden nicht sahen, wie verzweifelt sie über den Verlust ihrer fünf Pfund war.

Aber Charlie war nirgendwo zu sehen. Lediglich ein alter Obdachloser urinierte in einen Gully. Ärgerlich und enttäuscht überquerte sie die Straße und rannte nach Hause.

Er lag ausgestreckt auf dem Bett und sah sich im Spätprogramm einen Horrorfilm an.

«Du Schwächling!» schrie sie und schaltete den Fernseher aus, wo das Monster gerade auf dem Bildschirm zu sehen war. «Ich arbeite in einem dreckigen Pub, damit wir überleben können, und du machst dir nicht einmal die Mühe, mich abzuholen.»

«Niemand hat dich dazu gezwungen.» Er drückte den Knopf an der Fernbedienung, und das Monster erschien wieder.

Anna riß den Stecker aus der Dose, der Bildschirm wurde schwarz. «Du tust nichts ... überhaupt nichts, um mir zu helfen. Du jammerst bloß. Du bist kein Mann, sondern ein Baby.» Sie ließ sich auf das Bett sinken und weinte aus tiefster Enttäuschung über Charlie, sich selbst und ihr gemeinsames Leben.

Erstarrt und mit hochrotem Gesicht saß er da, als hätte sie ihm eine Ohrfeige versetzt. Dann flüsterte er: «Es tut mir leid, Anna. Ich weiß, daß ich dich im Stich lasse, aber ich kann es nicht ertragen, keine Arbeit und kein Geld zu haben. Ich fühle mich so nutzlos.» Er griff nach ihrer Hand und schob ängstlich seine Finger zwischen ihre. «Es tut mir leid. Ich bin ein Versager, und du wärst ohne mich besser dran.»

Genau die Worte, die ihr Vater in dem Brief geschrieben hatte, den er in seiner Aktentasche auf dem Bahnsteig zurückgelassen hatte – ehe er sich vor den Zug warf.

Anna sah plötzlich Charlie vor sich, wie er vom Bahnsteig am Holland Park sprang, und sie legte den Arm um ihn. «Nein, das stimmt nicht», versicherte sie ihm rasch. «Aber ich werde wütend, wenn du nicht mit mir redest. Früher haben wir über unsere Probleme gesprochen.»

«Ich weiß nicht, was ich zu dir sagen soll; ich komme mir so hilflos vor. Du bemühst dich noch immer, Arbeit zu finden, aber ich schaffe nicht einmal das mehr. Ich habe nicht deinen Mumm, Anna.»

«Das hat mit Mumm nichts zu tun, ich will nur das Haus nicht verlieren.»

Er küßte sie, und sie ließ es zu, auch wenn sie eigentlich nicht den Wunsch dazu verspürte. Sie wollte nur im Arm gehalten werden. «Bitte verlaß mich nicht», flehte er.

Anna fragte sich, ob ihr Vater jemals befürchtet hatte, ihre Mutter könne ihn verlassen.

«Ich werde mir mehr Mühe geben, das verspreche ich», sagte er und strich ihr das Haar aus dem Gesicht. «Ich lasse dich nicht wieder im Stich. Ich liebe dich; ohne dich könnte ich nicht leben.» Er schob die Jacke von ihren Schultern und warf sie zur Seite. Dann knöpfte er ihr T-Shirt auf, küßte sie auf Hals und Schultern und murmelte: «Ich brauche dich. Ich brauche dich.»

Anna erwiderte seine Zärtlichkeiten, weil sie ihn nicht noch mehr verletzen wollte, aber sie fühlte keine Leidenschaft, sondern nur Sorge und Erschöpfung. Früher hatten seine Berührungen ihren Körper vor Erregung zittern lassen, jetzt sehnte sie sich nur noch nach Trost. Weil er sie als Beschützer im Stich gelassen hatte, gab sich Charlie alle Mühe, sie als Liebhaber zu befriedigen. Er küßte sie, streichelte sie und bewegte sich in ihr. Er war zärtlich und weich, wild und leidenschaftlich, aber er erreichte sie nicht. Weil Anna wußte, wie schwach sein Selbstbewußtsein war, täuschte sie einen Orgasmus vor. Erst danach gab er sich zufrieden.

Später lag sie neben ihm, lauschte auf seinen Atem und fragte sich, ob sie ihn unfair behandelte. Als sie noch Geld hatten und erfolgreich waren, hatte sie seinen Schutz nicht gebraucht, und es war nicht seine Schuld, daß er der Situation nicht gewachsen war. Aber weil er sich nicht anpassen konnte, wußte sie, daß sie stärker war als er, und selbst wenn sie neue Stellen fanden und wieder viel Geld verdienten, würde ihre Beziehung nie wieder so werden wie zuvor.

Am nächsten Abend bot Dominic Anna erneut seine Hilfe an, aber sie lehnte mit fester Stimme ab. Es war relativ ruhig im Vernon, und Dominic, der glücklicherweise keine Ahnung hatte, wie wütend Anna auf ihn war, saß an der Bar und unterhielt sich mit ihr über seine Musik. Er war ausgebildeter Musiker, wenn auch ohne finanziellen Erfolg, wie Anna vermutete. Gegen Mitternacht merkte sie, daß er seinen Mut zusammennahm, um zu fragen, ob er sie nach Hause bringen dürfe, aber da tauchte Charlie auf.

«Bist du fertig?» fragte er mit einem mißtrauischen Blick auf Dominic.

Sie nahm ihre Handtasche, rief «Gute Nacht!» und folgte ihm nach draußen.

«Wer ist dieser langhaarige Kerl?» fragte Charlie, als sie den Hügel hinaufstiegen.

«Ach, nur ein Freund des Geschäftsführers.»

«Ich glaube, er steht auf dich.»

Anna zuckte die Achseln. Sie war so müde, daß sie kaum einen Fuß vor den anderen setzen konnte.

Sie kamen an einem brandneuen, glänzenden VW Golf vorbei.

«Schau mal!» Charlie packte ihren Arm und deutete aufgeregt. «Die Schlüssel stecken noch in der Tür. Der Besitzer hat sie offenbar vergessen. Wollen wir eine Spritztour machen?»

Lächelnd zog Anna ihn weiter.

Er schüttelte ihre Hand ab und machte einen Schritt auf das Auto zu. «Anna, das meine ich ernst. Warum nehmen wir den Wagen nicht und verkaufen ihn? Dafür bekommen wir mindestens achttausend, und wir könnten das Geld verdammt gut gebrauchen.»

Allmählich dämmerte ihr, daß er keinen Witz machte. «Wir können doch nicht stehlen», sagte sie entsetzt.

«Warum nicht?» Er zog die Schlüssel aus der Tür. «Wir sind verzweifelt.»

«Aber nicht so verzweifelt!» Sie entriß ihm die Schlüssel, öffnete die Wagentür und warf sie ins Innere, auf den Boden. Dann ging sie weiter den Hügel hinauf.

Nach einem Augenblick holte Charlie sie ein und schob seinen Arm in ihren. «Ich habe doch nur Spaß gemacht, Liebes», sagte er und gab ihr einen Kuß auf die Wange.

Sie lächelte, denn sie wollte es unbedingt glauben.

Anna hatte vorgehabt, sich weiterhin nach einer Stelle umzusehen, aber die Arbeit im Pub fraß all ihre Energie. Die Hitze, der Rauch und der Geruch von Alkohol schlugen ihr auf den Magen. In ihren Kleidern und in den Haaren konnte sie den Pub noch am nächsten Morgen riechen, und ihr wurde regelmäßig übel davon.

Sie sah Dominic eine ganze Weile nicht. Doch eines ruhigen Abends kam er in den Pub geschlendert, zog sich einen Barhocker heran und fragte: «Warum hast du mir nicht gesagt, daß du einen Freund hast?»

«Du hast mich nicht danach gefragt.»

«Ihr seht nicht sonderlich glücklich aus.»

«Wir waren es aber», antwortete sie traurig. Dann wandte sie sich verlegen ab und ging an das andere Ende der Bar.

Als sie eines Abends ohne Pause hinter der Bar zapfte und servierte und ihr der Schweiß übers Gesicht lief, sah sie plötzlich Mr. Shufflebuck vor sich stehen. «Ach ... verkaufen Sie Streichhölzer?» stotterte er.

Sie griff nach einer Schachtel. «Zwanzig Pence.»

Er zählte die Münzen ab. «Ich wußte nicht, daß Sie hier arbeiten, Miss Tobias, sonst wäre ich nicht gekommen», sagte er, nahm die Streichhölzer und eilte durch die überfüllte Bar nach draußen.

«Der alte Knabe ist ein echtes Original», sagte Gerry und trat neben Anna hinter die Bar. «Früher war er in Hollywood Choreograph, und man nennt ihn Mr. Marilyn, weil er einmal mit Marilyn Monroe getanzt hat. Er ist sehr nett zu den einsamen alten Damen in der Gegend. Der arme Mr. Marilyn – er hat es zur Zeit sehr schwer. Ein reiches junges Paar hat das Haus gekauft, in dem er schon seit vielen Jahren lebt, und sie versuchen, ihn hinauszuwerfen. Das ist nicht fair, nicht in seinem Alter.»

Zu Annas Erleichterung verlangte ein Gast nach ihr, aber sie fragte sich dennoch, wie lange es wohl dauern würde, bis Gerry erfuhr, wer sie war.

Am Freitag nachmittag, als Anna gerade die Waschmaschine ausleerte und Charlie nicht zu Hause war, rief Delia an. «Hallo! Ich freue mich so wegen morgen.»

«Was ist mit morgen?» fragte Anna.

«Das Rugbyspiel in Twickenham, die Middlesex Sevens. Russell und ich hatten schon geglaubt, ihr beiden würdet dieses Jahr nicht mitgehen, aber gestern abend haben wir Charlie in der Kneipe getroffen, und da sagte er, er hätte die Eintrittskarten schon gekauft.»

«Tatsächlich?» Anna lief es kalt über den Rücken, weil sie an das Geld dachte.

«Wir bezahlen natürlich für uns selbst. Aber Charlie hat recht, Anna, nur weil ihr arbeitslos seid, müßt ihr doch nicht auf jedes Vergnügen verzichten. Du hättest gestern abend mitkommen sollen. Charlie wirkte so deprimiert, daß wir uns wirklich Sorgen um ihn gemacht haben. Er hat Russell erzählt, ihr geht gar nicht mehr miteinander aus. Anna, gerade jetzt mußt du dich mit deinen Freunden treffen.»

«Ich hatte gestern abend etwas anderes vor», zischte Anna mit zusammengebissenen Zähnen. Sie dachte an den Betrunkenen, der versucht hatte, sie hinter der Bar anzutatschen.

«Charlie hat behauptet, du wärst zu Hause. Na ja, es geht mich ja nichts an. Wir sehen uns morgen. Um zwölf Uhr mittags holen wir euch ab.» Delia legte auf.

Anna knallte die Klappe der Waschmaschine zu, hob den Korb

mit feuchter Wäsche hoch und ging hinunter in den Garten, zur Wäscheleine hinter dem alten Apfelbaum. Wie sollte sie am Abend ausgehen, wenn sie arbeiten mußte und sie beide kein Geld hatten? Wie konnte sie sich vergnügen, wenn sie so müde war? Während sie Charlies Jeans mit Wäscheklammern auf der Leine festmachte, fragte sie sich, ob er Russell auch erzählt hatte, daß sie schon seit Wochen nicht mehr miteinander geschlafen hatten.

Anna gestand sich ein, daß sie mit Charlie nicht glücklich war und nicht wußte, wie die Beziehung auf lange Sicht weitergehen sollte, aber sie hatte das starke Bedürfnis, ihn zu schützen. Sie ging zurück ins Haus und betrachtete ihr Gesicht im Badezimmerspiegel. Unter ihren Augen waren dunkle Ringe, ihre Haut war stumpf und blaß. In ihrem Make-up-Täschchen fand sie eine dunkle Grundierung, die sie auf der Handfläche mit Wasser mischte, um den Effekt einer leichten Sonnenbräune zu erzielen. Mit Rouge und einem großen Puderpinsel ließ sie ihre Wangen rosig glänzen, und Lipgloss in der Mitte der Unterlippe gab ihr ein sinnliches, vitales Aussehen.

Als sie im Vernon ankam, lehnte Dominic an der Bar und unterhielt sich mit Gerry. «Du siehst glücklich aus», sagte er. «Sind die Probleme mit deinem Freund gelöst?»

Anna lächelte und tat, als hätte er richtig getippt.

Charlie holte sie um Mitternacht ab, und auf dem Heimweg hängte sie sich bei ihm ein und sagte: «Ich freue mich, daß wir nach Twickenham fahren.»

«Du bist nicht wütend? Ich hatte Angst, du wärst es.»

Sie zog ihn an sich. «Wir haben eine Erholungspause verdient.»

Er küßte sie mitten auf den Mund. «Ich suche mir auch einen Job an der Bar – nächste Woche. Das verspreche ich.»

Sie legte ihre Arme um seinen Nacken, und er küßte sie nochmals, wobei er sie gegen eine Mauer schob. Plötzlich begehrte sie ihn heftig. Die Erregung lief durch ihren Körper nach oben und breitete sich in den Armen aus, daß die Nervenenden unter der Hautoberfläche prickelten und sie Gänsehaut bekam. Die letzten Wochen, die sie lieblos und schweigend verbracht hatten, schienen spurlos verschwunden. Sie hielt ihn fester, schlang die Arme um ihn und wünschte sich, daß die Häuser, das Licht der Straßenlaternen und die ganze Welt verschwänden. Er strich mit der Hand ihren Oberschenkel hinauf und hob ihren Rocksaum. Sie lehnte sich an ihn und preßte ihren Körper an seinen, damit er sie augenblicklich nahm, damit er sich kraftvoll, mutig und ohne Angst zeigte. Sie wollte, daß er ihr weh tat, daß er grob und entschieden war und die Kontrolle übernahm.

Er trat zurück. «Wir könnten verhaftet werden.»

Sie versuchte, sich ihre Enttäuschung nicht anmerken zu lassen.

Zu Hause wusch sie mit der Dusche den Geruch des Pubs vom Körper und aus den Haaren. Sie fühlte sich herrlich frisch und kühl, als sie zu Charlie ins Bett schlüpfte. Er nahm sie in die Arme und zog sie an sich, umfaßte ihr Gesicht mit den Händen, als er sie wieder und wieder küßte. Er küßte sie auf den Hals und die Brüste, fuhr mit dem Mund über ihre weiche kühle Haut. Er küßte ihren Nacken, wo die Haare noch feucht waren, fuhr ihr dann mit der Zunge die Wirbelsäule entlang und leckte Wirbel für Wirbel. Aber die Woge des Begehrens, die Anna auf der Straße empfunden hatte, kam nicht wieder. Statt dessen empfand sie eine leise, zärtliche Sehnsucht.

Sie streichelten und küßten sich, umarmten sich und lösten sich wieder voneinander, umarmten sich dann wieder, neckten und kitzelten sich. Mit zart kreisenden Fingern strichen sie einander über die Haut und flüsterten, unterbrachen sich dann und sahen sich lächelnd in die Augen. Keiner von ihnen sprach, weil es nicht nötig war. Die Veränderung in ihrer Beziehung hatte ihre körperliche Liebe nicht beschädigt, aber sie war anders geworden. Wenn Charlie Anna mit seinen langen Armen und Beinen umfaßte, dann schloß er damit die bedrohliche Welt aus, eine Welt, die beiden, aber vor allem ihm, Angst machte.

Danach schlief Anna in seinen Armen ein, was sie schon seit Monaten nicht mehr getan hatte, und als sie am nächsten Morgen erwachte, stand er in der Küche und bestrich dünne Schwarzbrotscheiben mit Butter. Sie trat neben ihn, umarmte ihn, um ihn auf die Bartstoppeln zu küssen, und erstarrte. Neben dem Kühlschrank standen in einer durchsichtigen Kühltasche drei Flaschen Champagner und einige Dosen Bier. Daneben lagen zwei Pfund Räucherlachs und ein Berg roher Würstchen.

«Woher stammt denn der Champagner?» wollte Anna wissen.

«Von Russell.» Charlie ließ sich beim Buttern der Brote nicht stören.

«Und der Räucherlachs?»

«Von Delia. Wir bringen das Brot und die Würstchen mit, und bereiten das Picknick vor. Ich habe schon mal mit den Vorbereitungen angefangen, damit du ausschlafen kannst.»

Sie schämte sich, weil sie ihn verdächtigt hatte, Geld zu verschwenden.

«Russell und Delia wissen nicht, daß du in einem Pub arbeitest, und ich finde, das sollte auch so bleiben», sagte er und griff nach einer weiteren Brotscheibe.

«Ach, Charlie, ich würde ihnen lieber die Wahrheit sagen, weil sie sich sonst wundern, warum ich um sechs Uhr wieder zurück sein muß.»

«Wir behaupten einfach, daß du dich mit Roz triffst.» Er lächelte zögernd. «Bitte.»

«Na gut.» Sie mußte daran denken, wie ihr Vater zum ersten Mal nach ihrem Umzug nach Leatherbridge seine Stelle verloren hatte. Damals hatte ihre Mutter ihn täglich um neun Uhr morgens zur Bibliothek gefahren, damit die Nachbarn nichts von seiner Arbeitslosigkeit merkten.

Auf dem grasbewachsenen Parkplatz in Twickenham hatte sich bereits eine ganze Menge Schaulustiger versammelt, als sie in Russells brandneuem Range Rover ankamen. Russell parkte an ihrem Lieblingsplatz nahe der Fußgängerbrücke, die zum Stadion führte, direkt neben einigen Freunden aus den vergangenen zwei Jahren, seit Charlie den Besuch zum ersten Mal angeregt hatte. Russell und Charlie stellten die Tische und Stühle auf, und Delia und Anna kümmerten sich um das Essen. Sie breiteten ein weißes Damasttuch über den Tisch und stellten die Teller mit Räucherlachs und Würstchen bereit. Delia hatte auch Käse und Salate mitgebracht.

«Es tut mir leid, daß ihr euch um alles kümmern mußtet», sagte Anna und zog die Klarsichtfolie von einem ganzen Briekäse.

«Ihr habt schon genug getan.» Delia umarmte Anna kurz. «Ich bin so froh, daß du mitgekommen bist.»

Anna reagierte mit einer wärmeren Umarmung. «Ich bin auch froh. Du hattest recht mit dem, was du am Telefon gesagt hast. Wir brauchen unsere Freunde.»

Zum ersten Mal seit Monaten war sie nicht niedergeschlagen, sondern fühlte sich attraktiv und vergnügt. Es störte sie nicht, daß ihr marineblaues Jackett schon bessere Tage gesehen hatte, während Delias roter Hosenanzug ganz neu war. Russell und Delia blieben ihre Freunde, auch wenn sie und Charlie nicht mehr soviel zahlen konnten. Diese Tatsache machte Anna besonders glücklich, denn alles andere in ihrem Leben wurde am Geld gemessen – oder genauer gesagt, am Fehlen desselben.

Russell öffnete eine Flasche Champagner und füllte vier Gläser. «Ein Toast auf Anna und Charlie», sagte er.

Sie stießen an, und Anna lächelte Charlie zu. Sie wußte, daß er den Gedanken, in einem Pub arbeiten zu müssen, haßte, aber sie schöpfte neue Hoffnung für ihre Beziehung, weil er dennoch dazu bereit war.

Jubel ertönte aus dem Stadion, als die erste Mannschaft aufs Feld kam, und das Spiel begann. Die Teams aus jeweils sieben Spielern stammten vor allem von Rugby-Clubs aus Middlesex, ergänzt von einer Reihe ausländischer Mannschaften. Am Schluß dieses Tages würden sich zwei Teams ins Finale gekämpft haben.

Freunde aus den vorangegangenen Jahren gesellten sich zu der

Gruppe vor Russells Range Rover. Die Männer unterhielten sich über Rugby und die Börse, und die Frauen gaben sich Mühe, nicht allzu gelangweilt auszusehen. Weiterer Champagner wurde aufgetischt, noch mehr Leute kamen, und bald war es eine große Gruppe, Charlie, wie stets, im Mittelpunkt. Anna fing seinen Blick auf, und er zwinkerte ihr zu.

Nach dem Mittagessen gingen sie über die Fußgängerbrücke in das ovale Stadion, wo sie sich, an anderen Leuten vorbeistolpernd, zu ihren Sitzplätzen durchdrängten.

«Wie geht es Elaine?» erkundigte sich Anna bei Delia.

«Sie ist zur Assistentin von Miss Thin befördert worden.»

«Ach, schön. Grüß sie herzlich von mir. Und was ist mit den anderen?»

«Hawthorn geht nächste Woche in Rente, und Gordon war im Urlaub.»

«Ich weiß. Er hat mich nach seiner Rückkehr zum Mittagessen eingeladen.»

«Tatsächlich? Das ist großartig.» Delia machte eine Pause. «Aber ich bin mir nicht sicher, ob er dir eine Stelle anbieten kann. Wir mußten noch weitere Leute entlassen.» Delia streckte die Hand aus. «Jetzt fängt es zu regnen an. Rugby ist schon langweilig genug, ohne daß es regnet. Komm, wir gehen zum Auto zurück.» Sie stand auf und schob sich durch die Reihe zum Mittelgang.

Anna folgte ihr. «Wer wurde denn entlassen?»

«Stuart – ‹Die Kobra›.»

«Den mochte ich nie. Er war so ein Chauvinist.»

«Und Judy.»

«O nein! Die arme Judy! Wie hat sie es aufgenommen?»

«Sie hat mich gebeten, ihr Geld zu leihen, nur hundert Pfund, damit sie ihre Gasrechnung zahlen kann. Ich habe ihr fünfzig gegeben. Sie war so dankbar. Natürlich hat sie es mir zurückgezahlt, aber ich fand es doch erstaunlich, daß Judy offenbar keinen Stolz hat.»

«Vielleicht war sie verzweifelt.»

«Sie hätte mich nicht darum bitten dürfen. Es war peinlich.»

Hätte Anna ein Messer gehabt, hätte sie es Delia jetzt in den Rükken gerammt. Aber sie gingen schweigend weiter, und Delia merkte gar nicht, daß etwas nicht stimmte. Auf dem Parkplatz standen ein paar Bekannte, mit denen sich Delia unterhielt, und Anna räumte die Reste des Mittagessens fort, damit sie mit niemandem sprechen mußte.

Sie bekam schon Angst, ob sie es noch rechtzeitig in den Pub schaffen würde, als Charlie und Russell auftauchten. «Anna trifft sich um sechs Uhr mit ihrer Schwester bei uns zu Hause», erklärte Charlie.

«Wir fahren euch heim, aber erst müssen wir abrechnen.» Russell zog eine Rolle Zwanzig-Pfund-Noten aus der Tasche. «Charlie, wir bezahlen für die Tickets.»

«Nein.» Charlie hob die Hände. «Die gehen auf mich.»

«Aber ihr habt den größten Teil des Essens bezahlt.»

«Nein, haben wir nicht», sagte Anna. «Das war doch von euch.»

«Nein», sagte Delia. «Wir haben nur den Käse und die Salate mitgebracht.»

Anna drehte sich zu Charlie um, damit er ihr zustimmte, aber er wurde rot und blickte zur Seite. Da begriff sie. Ihr wurde übel, als sie auf die drei leeren Champagnerflaschen und die Überreste des Räucherlachses blickte. «Du meinst ...», setzte sie an.

Charlie schnitt ihr das Wort ab. «Wir laden euch ein. So war es auch im letzten Jahr und im Jahr davor.»

«Damals hatten wir Arbeit», sagte Anna.

«Na und?» Er warf ihr einen Blick zu wie ein trotziges Kind. «Nur weil wir arbeitslos sind, heißt das doch noch lange nicht, daß wir uns nicht mehr leisten können, unsere Freunde zu sehen.»

Ein peinliches Schweigen trat ein, und Russell spielte mit seinem Glas, während Delia auf die Uhr sah. Anna griff nach ihrer Tasche und ging auf die Fußgängerbrücke zu. Sie schob sich durch die entgegenkommende Menge und überquerte den Fluß. Auf der anderen Seite ging sie an der Rückseite des Stadions entlang in Richtung des Ausgangs, der dem Bahnhof am nächsten lag.

Als sie am Drehkreuz ankam, an dem jetzt nur noch zwei Polizisten und ein Schäferhund standen, hörte sie Delia rufen: «Anna! Warte!»

«Wieso?»

Stolpernd und außer Atem lief Delia über den Asphalt auf sie zu. Ihr Gesicht war genauso rot wie ihr Hosenanzug. Sie streckte ihr Russells vierzig Pfund hin. «Nimm das Geld.»

«Ich will es nicht.» Anna ging weiter.

«Dann hör doch um Himmels willen auf, so streng zu Charlie zu sein. Er hat es doch nicht böse gemeint, er haßt die Arbeitslosigkeit genausosehr wie du. Bitte komm zurück.»

Sie hatten die Hauptstraße erreicht und mußten warten, weil zu viele Autos kamen. «Ich kann nicht zurückkommen», rief Anna über den Verkehrslärm hinweg. «Ich muß den Zug erwischen, weil ich um sechs mit der Arbeit anfange, in einem Pub. Ich mache das, weil wir pleite sind – und Charlie, dieser Idiot, der sich die Hände nicht schmutzig machen will, verschwendet mein sauer verdientes Geld für Champagner!» Die Worte blieben Anna im Hals stecken. Ohne auf den Verkehr zu achten, machte sie einen Schritt auf die Straße.

Delia packte sie am Arm. «Warum habt ihr uns nicht gesagt, daß ihr pleite seid? Woher sollten wir das wissen?» Sie schob Anna Russells Geld in die Hand und sagte: «Nimm es, bitte!»

Anna zögerte.

«Komm schon, du brauchst es nötiger als wir. Du kannst es uns von deinem Arbeitslosengeld zurückzahlen; du bist doch arbeitslos gemeldet, oder? Wenn nicht, dann solltest du es tun. Das habe ich dir ja schon früher gesagt, aber du wolltest nicht auf mich hören.»

Ohne Delias letzte Bemerkung hätte Anna das Geld vielleicht genommen. Aber sie dachte daran, was Delia über Judy erzählt hatte. Sie stellte sich vor, wie Delia am Montag zu Marinecover kam und jedem berichtete, wie die arme Anna nach vierzig Pfund gegrapscht hatte.

«Nein, danke», sagte sie und schob Delia die Scheine in ihre Jackettasche. «Wir sind zwar arbeitslos, aber wir sind noch lange keine Bettler.» Zwischen den Autos hindurch lief sie über die Straße, und als sie auf der anderen Seite war, blickte sie nicht mehr zurück.

Kapitel 15

An diesem Abend holte Charlie Anna nicht aus dem Pub ab. Sie hatte zwar keineswegs fest mit ihm gerechnet, doch ihre Wut wäre vielleicht verflogen, wenn er gekommen wäre. So hingegen wurde sie nur noch ärgerlicher.

Als sie zurückkam, war das Haus dunkel, aber die Haustür nicht verschlossen. Anna hatte vor, Charlie zur Rede zu stellen, selbst wenn sie ihn dazu wecken mußte. Sie öffnete die Schlafzimmertür und schaltete das Licht an. Schlafend lag er im Bett, den blonden Kopf mit entspanntem Gesicht auf dem Kissen. Anna starrte ihn an, verblüfft über seine Fähigkeit, in jeder Situation schlafen zu können – und dann erstarrte sie. Auf dem anderen Kissen, *ihrem* Kissen, befand sich ein Schopf wasserstoffblonder Haare.

Es dauerte einen Augenblick, bis Anna begriff, und dann schwankte sie, als hätte sie einen Schlag in den Magen erhalten. Das Blut wich ihr aus den Gliedern, ihre Hände und Füße gefroren zu Eis, und sie fühlte sich einer Ohnmacht nahe. Gleichzeitig stieg eine mörderische Wut in ihr auf. Sie ging hinüber zum Bett und versetzte dem Möbel einen festen Fußtritt.

Charlie wachte auf und sah Anna vor sich stehen. «Oh .... äh ... hallo», murmelte er wie betrunken.

«Du Scheißkerl!» Sie schlug ihn ins Gesicht.

Er hielt die Hände hoch, um sich zu schützen. «Anna! Bitte!»

«Ich hasse dich!»

Die Wasserstoffblondine setzte sich auf und hielt sich die Bettdecke über die nackten Schultern. «Was ist denn los?» wollte sie wissen.

«Raus aus meinem Bett!» schrie Anna.

«Ja, geh.» Charlie sah das Mädchen nicht an. «Bitte geh!»

«Du bist ein beschissener Lügner! Du hast behauptet, du hättest keine Freundin.» Nackt glitt das Mädchen aus dem Bett. Sie war dünn, blaß und wirkte ungepflegt. Nachdem sie ihre Kleider eingesammelt hatte, verschwand sie im Badezimmer, um sich anzuziehen.

Charlie warf Anna einen beschämten Blick zu. «Ich weiß, ich hätte es nicht tun sollen. Aber ich habe mich über dich geärgert.»

«Du bist widerlich.»

«Keine Sorge, ich habe ein Kondom benutzt.»

«Darum geht es nicht. Du hast mich betrogen. Während ich mich abrackere, damit wir uns etwas zu essen kaufen können, vögelst du mit irgendeiner Schlampe in unserem Bett! In unserem Haus! Auf meinen Kopfkissen!» Sie marschierte aus dem Zimmer und schlug die Tür zu, stampfte durch die Diele ins Wohnzimmer und warf sich dort aufs Sofa. Seine Untreue, seine Schwäche und sein Verrat verletzten sie tief. Was sie empfand, war nicht nur Eifersucht auf das Mädchen, sondern sehr viel mehr. Die Enttäuschung traf sie bis ins Mark.

Sie hörte das Mädchen in der Diele zischend flüstern: «Ich will Geld fürs Taxi. Das ist das mindeste, was du tun kannst.»

Charlie antwortete: «Ich habe nur zehn Pfund.» Anna hörte, wie er den Umschlag mit Mr. Shufflebucks Miete aufschlitzte.

Das Mädchen verließ das Haus und stapfte ärgerlich über den Kiesweg davon. Charlie machte die Wohnzimmertür auf und flüsterte: «Anna!»

Sie antwortete nicht. Mit geschlossenen Augen lag sie unbeweglich da und tat so, als schliefe sie. Wäre Charlie näher gekommen, so hätte er die Tränen auf ihren Wangen glänzen sehen, aber er schlich davon.

Anna konnte die ganze Nacht kaum schlafen. Sie mußte immer an Charlie denken, der heimlich eine andere Frau in ihr Haus, in ihr

Bett gelassen und behauptet hatte, er lebe allein. Sie stellte sich vor, wie er sie küßte, mit ihr schlief, in den Körper der anderen Frau eindrang. Natürlich hatten sie in letzter Zeit Probleme gehabt, angesichts ihrer vielen Schwierigkeiten – aber in den vergangenen Wochen waren sie einander wieder nähergekommen. Deshalb verletzten sie seine Untreue und seine Lügen um so mehr.

Früh am nächsten Morgen rief sie Roz an, ob sie nach Lower Gossip Fen kommen könne.

«Natürlich», sagte Roz. «Wann?»

«Heute. Jetzt.»

«Anna, warum flüsterst du? Ist etwas passiert?»

«Das erzähle ich dir später.»

«Kommt Charlie auch?»

«Ganz bestimmt nicht!»

«Ich hole dich in Ely ab. Um zehn Uhr geht ein Zug vom King's-Cross-Bahnhof, wenn du dich beeilst, erwischst du ihn noch.»

Anna schlich sich ins Obergeschoß, wo ihre Koffer im großen Schlafzimmer an einer Wand gestapelt waren. Sie nahm eine Reisetasche, packte ihre Waschsachen aus dem Badezimmer ein und betrat leise das untere Schlafzimmer, um ihre Shorts, einige T-Shirts, ein Paar Jeans und ein rosafarbenes Sommerkleid zu holen. Charlie lag fest schlafend quer über dem Bett. Er rührte sich nicht einmal.

Auf dem Tisch in der Diele hinterließ sie eine Nachricht. «Ich brauche Abstand. Ich bin weggefahren. Am Dienstag bin ich wieder da. Anna.» Sie schrieb nicht: «Alles Liebe, Anna», denn in diesem Augenblick haßte sie ihn.

Roz wartete schon an der Sperre, als Anna in Ely ankam. «Du siehst schrecklich aus», sagte sie und umarmte Anna kurz. «Bist du krank?»

«Nein, es ist wegen Charlie, er ...» Anna verzog das Gesicht.

«Ich fürchte, das mußt du mir später erzählen», sagte Roz und scheuchte sie durch die Sperre. «Ich mußte Oliver und Phoebe mitnehmen, weil Tom mit Luke zum Chorsingen in die Kathedrale gefahren ist und Melissa einen Trotzanfall hat. Großmutter Tobias wird mit den Kindern nicht fertig. Habe ich dir schon gesagt, daß sie da ist? Nein? Ach, das habe ich vergessen. Mutter hat sie für eine Nacht zu uns gebracht, weil sie Jacynthia Peabody bei einem Wohltätigkeitsbasar hilft.»

Oliver saß auf dem Vordersitz von Roz' zerbeultem Kombiwagen. Er schob sein sommersprossiges Gesicht aus dem Fenster und schrie: «Phoebe hat mich gezwickt!»

«Das ist mir egal», gab Roz zurück. «Geh nach hinten. Und streitet euch nicht!» Sie schob ihn zwischen den Sitzen hindurch auf die Rückbank zu Phoebe und Augustus, dem riesigen, schwarzen, sabbernden Labrador. Als Oliver sich hinsetzte, streckte er die Hand aus und zog an einem von Phoebes blonden Rattenschwänzen. Sie kreischte und brach in Tränen aus.

Anna schloß ihren Sicherheitsgurt. «Danke, daß ich so kurzfristig kommen konnte.»

«Ach, auf einen mehr oder weniger kommt es nicht an. Nein, so habe ich es nicht gemeint, das weißt du doch. Ich freue mich, dich zu sehen.»

Auf der schmalen geraden Straße zwischen den tiefen Kanälen, wo das Wasser in den letzten regenlosen Wochen zu grünlichem Schlamm getrocknet war, fuhren sie durch die Moorlandschaft. Die Erde um Lower Gossip Fen war von der Sonne festgebacken und gesprungen, und Toms Kohlköpfe auf den Feldern wirkten wie eine Kompanie Soldaten, die bei der Parade in Ohnmacht fällt.

Die Kinder rauften auf dem Rücksitz, Augustus speichelte Anna in den Nacken, aber Roz schien das Durcheinander kaum zu bemerken. Sie hob lediglich die Stimme. «Zum Mittagessen sind wir zu zehnt», schrie sie. «Vermutlich leider nur Langeweiler.»

«Würde es dich sehr stören, wenn ich es ausfallen lasse?» Anna mußte schreien, um verstanden zu werden. «Ich habe drei schreckliche Tage hinter mir und möchte mich einfach nur ausruhen.»

«Ich schicke Melissa mit einem Tablett hinauf.»

«Ich habe keinen Hunger, mir ist sogar etwas übel.»

Roz warf einen Blick in den Rückspiegel, um sicherzugehen, daß Oliver und Phoebe nicht mithörten. «Du mußt so tun, als würdest du essen, während du bei uns bist. Tom behauptet zwar, ich machte mir unnötige Sorgen, aber ich habe Angst, daß Melissa magersüchtig wird. Tagelang hungert sie und stopft sich dann voll. Natürlich hört sie nicht auf mich, ich bin ja nur ihre Mutter, aber dich bewundert sie, weil sie dich für modern und interessant hält.»

Anna verzog das Gesicht. «Im Moment sehe ich bestimmt nicht so aus.»

«Nein, das stimmt», gab Roz mit ihrer üblichen Ehrlichkeit zu. Sie bog in den Hof der Farm ein, und eine Wolke von Staub stieg um den Wagen auf.

«Du weißt gar nicht, was für eine Erleichterung es ist, aus London wegzukommen.»

Roz nickte, war aber mit den Gedanken woanders. «Ich muß mich ums Mittagessen kümmern. Du wohnst im Speicherzimmer.» Sie eilte in die Küche, wo sie Melissa zusammenstauchte, weil der Tisch nicht gedeckt war.

Ihre Reisetasche über der Schulter, ging Anna langsam hinter ihr her. Sie wünschte sich, Roz für sich zu haben, wenn auch nur für zehn Minuten, damit sie ihr mit ihrer herrischen Stimme versicherte, es werde schon alles gut. Aber Roz war beschäftigt, und es war unvernünftig, etwas anderes zu erwarten – doch Anna war viel zu unglücklich, um vernünftig zu sein.

In dem alten gemauerten Bauernhaus war es kühl und dunkel, weil die meisten Fenster so tief lagen, daß sie nur wenig Licht einließen. Durch die Durchreiche sah Anna ins Eßzimmer, wo Melissa schmollend den Tisch deckte. Das Wohnzimmer, das hinter dem Eßzimmer lag, war dank der großen Terrassentüren sonnendurchflutet. Anna stellte sich vor, wie es wäre, in Lower Gossip Fen zu leben, jeden Sonntag Mittagessen zu kochen und schon genau zu wissen, was man am Montag tun würde, und in diesem Augenblick beneidete sie Roz um die Sicherheit – auch wenn es vielleicht gelegentlich ein ödes Leben war.

Da sie keine Lust auf Konversation hatte, ging sie Großmutter Tobias aus dem Weg und schlich die Hintertreppe hinauf. Das Knarzen der hölzernen Stufen wurde von der dröhnenden Rockmusik übertönt, die aus Melissas Zimmer drang. Das Speicherzimmer war Annas liebster Raum, weil es, wie in Cliff Cottage und Ladbroke Hill, eine eigene Welt war. Es lag direkt unter den Dachbalken, hatte eine Tür, die aufs Dach hinausführte, und an einem klaren Tag konnte sie die Kathedrale von Ely sehen.

Sie wartete, bis Roz mit dem Gong zum Mittagessen rief, und ging dann hinunter ins Badezimmer, um zu duschen. Als sie den Hahn aufdrehte, folgte zunächst ein tiefes Gegurgel, ehe die Rohre bebten und sich ein Strom Wasser über sie ergoß. Es schmeckte leicht brackig nach gutem sauberem Moorboden und wusch alles weg, den Schmutz der Stadt, den Geruch des Pubs und die Sache mit Charlie. Schon die Vorstellung, wie er mit der anderen Frau im Bett gelegen hatte, verursachte Anna Übelkeit.

Als sie in den Speicher zurückkehrte, fand sie einen Teller mit belegten Broten neben ihrem Bett vor. Roz zuliebe aß sie.

Sie war so erschöpft, daß sie wie betäubt in tiefen Schlaf fiel, aus dem sie erst am Spätnachmittag erwachte, als Autotüren zugeschlagen wurden und «Auf Wiedersehen»-Rufe ertönten. Selbst dann stand sie noch nicht auf, sondern lag im Bett und dachte an Charlie. Sie war nicht nur tief verletzt, sondern auch wütend. Glaubte er eigentlich, daß sie es lustig fand, kein Geld zu haben? Stellte er sich vor, daß sie es genoß, in einem Pub zu arbeiten und stundenlang Getränke einzuschenken? Natürlich lebte sie nicht gern so, aber die Mühe war ihr nicht zuviel gewesen, solange sie nur zusammen waren. Jetzt dachte sie voller Zorn daran, wie sehr sie ihn immer beschützt hatte, weil sie fürchtete, ihn zu bedrängen – genau wie ihre Mutter es bei ihrem Vater getan hatte.

Sie hörte, wie Roz Melissa zurief, sie solle Tee kochen, und stand auf. Sie schlüpfte in das rosafarbene Sommerkleid. Ihr Haar, das naß gewesen war, als sie einschlief, hatte beim Trocknen Knicke bekommen, die wie tiefe Falten eines Seidenvorhangs aussahen. Gerade kämpfte sie sich mit einem Kamm durch die verfilzten Strähnen, als Roz die Treppe heraufkam.

«Du siehst schon viel besser aus», sagte Roz fröhlich.

«Ich fühle mich auch so – auch wenn ich immer noch nicht weiß, was ich tun soll. Ich bin nach Hause gekommen, und da war Charlie ...»

«Erzähl mir heute abend davon. Ich muß Granny ihren Tee servieren.»

«Ja, natürlich.» Anna bemühte sich, auf die Abfuhr nicht verletzt zu reagieren.

Sie gingen hinunter in den Garten, wo ihre Großmutter neben den hängenden Zweigen einer alten Birke in einem Liegestuhl döste. Anna gab sich alle Mühe, fröhlich zu wirken und so zu tun, als mache sie lediglich einen Kurzurlaub von ihrer anstrengenden Arbeit und dem glücklichen Leben, aber innerlich war sie voller Verzweiflung.

Auch am Abend ergab sich keine Möglichkeit für ein Gespräch mit Roz, weil Melissa beim Abendessen verkündete, sie wolle nicht in das Internat zurückkehren, das sie die Woche über besuchte.

«Sei doch nicht albern», sagte Roz. «Du mußt hingehen, wir haben das Schulgeld bezahlt.»

«Ich hasse es.» Melissa warf das schwere dunkle Haar aus dem Gesicht und stand auf. Sie war groß für ihr Alter, und weil sie schnell gewachsen war, hielt sie sich leicht vorgebeugt, was sie unnötig plump wirken ließ.

«Du kannst nicht schon mit fünfzehn die Schule beenden, Lissa.» Tom sprach sie mit seinem Kosenamen an.

«Ich habe dort keine Freundinnen. Die anderen Mädchen mögen mich nicht.»

Anna floh in die Küche, um die Geschirrspülmaschine einzuschalten. Melissa war dasjenige von Roz' Kindern, das sie am wenigsten mochte, dennoch hatte sie Mitleid mit ihr. Natürlich sagte sie nichts, um Roz nicht wütend zu machen. Aber sie erinnerte sich an die immer wieder neuen Schulen ihrer eigenen Kindheit und das ständige Gefühl, eine Außenseiterin zu sein. Wie oft hatte sie am Rand einer kichernden Mädchenschar gestanden und all ihren Mut zusammennehmen müssen, um sich einzureihen.

Der Streit im Wohnzimmer tobte noch immer, als Anna «Gute Nacht!» rief und ins Bett ging. Sobald ihr Kopf das Kissen berührte, fiel sie wieder in tiefen, betäubten Schlaf und erwachte erst, als sie Roz rufen hörte: «Beeil dich, Melissa! Du kommst zu spät.»

Anna blieb im Bett liegen und begann eine innere Auseinandersetzung mit sich selbst über Charlie. Sie fragte sich traurig, was eigentlich schiefgelaufen war und ob sie teilweise selbst die Schuld daran trug – und sagte sich im nächsten Moment ärgerlich, daß ihre Beziehung zu Ende war, daß sie ihn widerlich fand und daß sie es nicht ertragen würde, wenn er sie noch einmal anfaßte.

Ein Geräusch auf der Treppe rief sie in die Wirklichkeit zurück. In einem rosafarbenen Pyjama mit einem Muster aus Osterhasen stand Phoebe auf der Schwelle. «Ich bin krank», sagte sie und zog die kleine Himmelfahrtsnase kraus. «Nein, eigentlich nicht so richtig, aber ich wollte heute nicht gehen, und da hat Daddy gesagt, ich muß nicht.» Sie trat in die Mitte des Zimmers und drehte vor Anna eine Pirouette, daß ihre blonden Zöpfe flogen.

Anna gähnte. «Läßt dich Daddy oft zu Hause bleiben?»

«Wenn er es nicht tut, dann weine ich.» Phoebe kicherte und machte einen wackligen Knicks. Dann legte sie den Kopf auf eine Seite und lauschte. «Mummy ist wieder da!» flüsterte sie und stapfte die Treppe zu ihrem Zimmer hinunter.

Roz war den ganzen Tag beschäftigt. Sie brachte Luke zu seiner Musikstunde, holte Oliver von den Pfadfindern ab und fuhr ihre Großmutter nach Hause. Anna hätte die beiden begleitet, aber sie wußte, ihre Mutter würde spüren, daß etwas nicht in Ordnung war, und sie fühlte sich nicht in der Lage, die unausweichlichen Fragen zu beantworten. Daher bot sie an, mit Phoebe zu Hause zu bleiben. Als die Sonne am Nachmittag warm schien, zog sie ihren Bikini an und streckte sich auf einer Decke unter dem Fenster von Phoebes Zimmer aus. Über ihr zogen dünne Wolkenfetzen über den hellblauen Himmel. Neben ihr summten Bienen auf dem bittersüßen Nachtschatten. Charlie schien weit weg, auf einem anderen Planeten, in einem anderen Leben. Sie beschloß, ihn nicht anzurufen, noch nicht, weil sie diese Oase der Ruhe, diesen Zufluchtsort, nicht zerstören wollte. Sobald sie seine Stimme hörte, würde die Wut wieder in ihr aufsteigen und die Wunde zu bluten beginnen, das wußte sie genau.

Roz kam später nach Hause als geplant und war zu beschäftigt, um zu plaudern. Anna ging früh ins Bett. Ihre Haut war von der Sonne gerötet, und sie fühlte sich kräftiger, aber am nächsten Morgen war ihr übel. Sie rannte die Treppe hinab und schaffte es gerade noch rechtzeitig ins Badezimmer, ehe sie sich erbrach. Es dauerte einige Zeit, bis sie sich wieder erholt hatte. Sie lehnte am Waschbekken, spülte sich den Mund aus und spritzte sich Wasser ins Gesicht. Als sie die Badezimmertür aufmachte, stand Roz davor, die auf sie gewartet hatte.

«Anna, du bist schwanger.»

«Das stimmt nicht, ich nehme die Pille.»

«Wann hattest du zum letzten Mal deine Periode?»

«Roz, du kommst mir vor wie eine Internatsleiterin. Ostern hatte ich eine. Na ja, vielleicht ist es auch schon etwas länger her. Ja, es war vor zwei Wochen, ehe ich im Pub zu arbeiten anfing, und das war Anfang April.»

«Sieben Wochen.» Roz langte auf das oberste Regalbrett des Medizinschranks und reichte Anna eine kleine Schachtel. «Ein Schwangerschaftstest. Mach ihn morgen früh.»

«Roz, glaub mir, ich bin nicht schwanger. Mein Leben war nur in letzter Zeit sehr schwierig, und ich hatte viel Streß. Wir sind arbeitslos, wir sind pleite, und ich habe Charlie mit … einer anderen Frau im Bett erwischt.»

«O nein!» Roz nahm Anna in den Arm. «So ein Mistkerl! Das tut mir so leid.»

Roz' Mitleid trieb Anna Tränen in die Augen. «Ich komme mir so … im Stich gelassen vor.»

Die Türklingel unterbrach sie. Roz tätschelte Annas Schulter. «Das ist der Kaminkehrer. Ich muß runter, aber wir reden später weiter.» Sie trat auf die Treppe und fügte hinzu: «George, unser Nachbar, kommt zum Abendessen. Er ist ein reicher, verwitweter Farmer.»

Anna schnitt eine Grimasse. «Ist es nicht ein bißchen zu spät, einen Mann kennenzulernen?» fragte sie und schwenkte den Schwangerschaftstest.

«Ach, George hätte nichts dagegen, er ist ein lieber alter Kerl.»

«Ich will aber keinen lieben alten Kerl!»

Roz lächelte. «Na also. Jetzt habe ich dich wenigstens zum Lachen gebracht.» Sie stieg die Treppe hinunter, um mit dem Kaminkehrer zu reden.

Anna ging zurück ins Badezimmer und trat auf die Waage. Seit Weihnachten hatte sie sechs Kilogramm verloren. Sie war nicht schwanger. Es waren die Nerven, die Sorgen, der Streß, die Anspannung. Früher war sie mit alldem fertig geworden, hatte es sogar anregend gefunden, und jetzt wurde sie davon erdrückt. Sie stellte den Schwangerschaftstest zurück auf den Medizinschrank.

George war nicht so alt und verbraucht, wie Roz behauptet hatte, und es dämmerte Anna, daß sie sich bei dieser Einladung etwas gedacht hatte. Er war über fünfzehn Jahre älter als Anna – aber das war bei Tom und Roz genauso –, untersetzt und grauhaarig. Aber er hatte nette, schüchterne braune Augen und die Ausstrahlung eines Mannes, der sich danach sehnte, daß man sich um ihn kümmerte, und der sich dafür dankbar zeigen würde. An seinem marineblauen

Blazer fehlten zwei Knöpfe, und als er sich setzte, bemerkte Anna, daß er eine schwarze und eine blaue Socke trug.

«Gefällt Ihnen unsere Moorlandschaft?» fragte er Anna, als Roz gerade in der Küche und Tom mit dem Tranchieren beschäftigt war.

«Im Sommer liebe ich sie. Wenn die Sonne scheint, so wie heute, dann frage ich mich, ob ich es jemals schaffe, wieder in die Stadt zu fahren.»

«Warum tun Sie es dann?»

«Ach ...» Sie wurde rot und lachte. «Die Lichter der Großstadt, vermutlich. Und ich hatte eine gute Stelle – ehe ich entlassen wurde.»

«Das muß schrecklich gewesen sein.» Er zeigte echtes Mitleid.

«Das war es auch. Ich bin mir so ... überflüssig vorgekommen.»

George warf Tom einen Blick zu, aber der tat so, als höre er gar nicht zu. «Vielleicht möchten Sie gerne einmal einen Wassergarten sehen. Meine Frau hat ihn vor ihrem Tod entworfen. Die Lilien blühen gerade auf.»

Sie dachte an Gerry, der sie am Donnerstag zur Arbeit erwartete. «Leider muß ich morgen nach London zurück.»

«Du kannst ohnehin nicht fahren», schrie Roz durch die Durchreiche zur Küche. «Die Eisenbahn und die U-Bahn streiken.»

«Dann haben Sie keine Entschuldigung.» George lächelte Anna schüchtern zu. Wie nett er doch ist, dachte sie, aber für sie war er bestimmt nicht der Richtige.

Am nächsten Morgen weckte Roz Anna. «Mach ihn jetzt», sagte sie und warf den Schwangerschaftstest aufs Bett.

Anna setzte sich auf. «Mir geht es gut heute.»

«Du bist schwanger – ich weiß das, ich habe vier Kinder bekommen. Du hast diese typischen Kuhaugen.»

«Na gut. Gib mir den Test.» Anna stieg aus dem Bett, zog ihren Morgenmantel über und tappte die Treppe hinab ins Badezimmer. Roz folgte ihr. Anna machte ihr die Tür vor der Nase zu und schrie: «Warte nicht draußen.» Dann öffnete sie die Schachtel und las die Gebrauchsanleitung.

Kurze Zeit später kam sie mit kalkweißem Gesicht aus dem Badezimmer.

Roz saß auf der Treppe. «Ich hatte recht, stimmt's?»

Anna nickte und ließ sich gegen die Wand sinken. Sie hatte das Gefühl, im nächsten Augenblick ohnmächtig zu werden, nicht nur weil ihr übel war, sondern auch aus Angst und Ungläubigkeit. Sie schlug die Hände vors Gesicht. «O Gott. Das hat mir gerade noch gefehlt. Was soll ich bloß machen?»

«Es bekommen oder wegmachen lassen», sagte Roz in ihrer typischen offenen Art. «Du mußt praktisch denken, Anna. Kinder kosten Geld, und sie brauchen ständige Zuwendung, ganz besonders als Babys.»

«Ich muß heute zurückfahren. Ich muß mit Charlie reden.»

«Wirst du ihn heiraten?»

Anna zuckte hilflos mit den Schultern und begann dann zu zittern. «Ich weiß nicht, was ich jetzt tun soll. Eigentlich war ich fest entschlossen, ihm zu erklären, daß es aus ist, selbst wenn ich keine Ahnung habe, wie wir uns trennen sollen, weil sich keiner von uns einen Umzug leisten kann. Aber jetzt weiß ich nicht mehr, was ich machen soll. Ich schaffe es nicht allein – und warum sollte ich? Wir sind beide verantwortlich. Es ist besser, wenn ich ihn anrufe.» Sie stieg die Treppe hinunter. Gestern hatte sie nicht mit Charlie reden wollen, heute war das völlig anders – aber von heute ab bis zu dem Zeitpunkt, wenn Anna – oder sie beide – entschieden hatten, was sie tun würden, war ohnehin alles unklar. Sie fühlte sich auf einmal soviel verletzlicher.

«Du willst es ihm doch nicht am Telefon sagen?» rief Roz erschrocken.

«Natürlich nicht, aber ich möchte, daß er zu Hause ist, wenn ich komme. Und ich will, daß er allein ist.»

«Was ist mit dem Streik?»

«Von Ely aus fährt bestimmt ein Bus.» Anna wählte die Nummer von Ladbroke Hill. Während es klingelte, stellte sie sich vor, wie Charlie schlaftrunken nach dem Hörer tastete.

Es klingelte fünfmal, dann sprang der Anrufbeantworter an. «Hier ist der Anschluß von Charlie Blythely und Anna Tobias. Leider sind wir im Augenblick nicht erreichbar. Bitte hinterlassen Sie Ihren Namen, die Telefonnummer und Ihre Nachricht.»

Da Anna annahm, daß er im Badezimmer war, wartete sie eine Minute und wählte dann erneut. Wieder war der Anrufbeantworter am Apparat. Diesmal sprach sie etwas aufs Band. «Charlie, ich komme heute nach Hause. Vermutlich bin ich so gegen vier Uhr da. Bitte sei daheim.»

Roz hatte einen Bus-Fahrplan gefunden. «Um zwölf fährt einer von Cambridge aus», sagte sie. «Wir sollten besser bald aufbrechen, weil bestimmt viel Verkehr ist. Du packst, während ich dir Frühstück mache.» Sie strebte in Richtung Küche.

Anna bremste sie mit einer heftigen Umarmung. «Roz, du kommandierst zwar alle ständig herum, aber du bist auch ein Schatz, und ich wüßte nicht, was ich ohne dich tun sollte.»

«Ruf mich nur an, ob alles in Ordnung ist, sonst bin ich krank vor Sorge.» Mit einem ärgerlichen Stirnrunzeln eilte Roz in die Küche.

Anna ging nach oben, um zu packen. Die Aussicht auf eine lange Busfahrt in der Sommerhitze verursachte ihr Übelkeit, und das bevorstehende Gespräch mit Charlie erfüllte sie mit Angst. Aber sie mußte ihn heute noch sehen. Was immer vorher geschehen war, was immer sie für die Zukunft entschieden, sie erwartete ein Kind von ihm, und sie brauchte seine Hilfe.

Kapitel 16

Weil die U-Bahn streikte und die Hälfte der Busse sich aus Sympathie angeschlossen hatte, mußte Anna den ganzen Weg, von der Victoria Station durch Knightsbridge bis zum Hyde Park, zu Fuß gehen. Sie marschierte über die heißen Bürgersteige, bis sich ihre Füße anfühlten wie nach einer Bastonade. Den Park hatte man vorübergehend in einen Parkplatz verwandelt, auf dem Reihen von Autos in der Sonne brüteten. Erschöpfte Fahrer wanderten hin und her und versuchten sich zu erinnern, wo sie ihr Fahrzeug abgestellt hatten. Sobald sie den Rasen betreten hatte, zog Anna ihre Schuhe aus. Auf dem Weg durch den Park spielte sie noch einmal probeweise ihr Gespräch mit Charlie durch. Seine Antworten improvisierte sie, und je müder sie wurde, desto wütender wurde die Auseinandersetzung. Aber als sie am Ladbroke Hill ankam und das Haus in der goldenen Sonne des Spätnachmittags vor sich sah, mit den Bäumen, die frische Knospen trugen, hob sich ihre Stimmung. Sie sah sich selbst, wie sie, viel fröhlicher als sie es sich jetzt vorstellen konnte, mit dem Baby im Arm aus dem Krankenhaus nach Hause kam, an ihrer Seite Charlie, ihr mittlerweile arbeitender und völlig verwandelter Ehemann.

Die Haustür war ins Schloß gezogen, aber nicht zweimal versperrt. Sie trat ein und rief: «Ich bin zu Hause!»

Niemand antwortete.

Sie rief erneut: «Charlie!» Ihre Stimme hallte im Schacht der Wendeltreppe wider, aber noch immer kam keine Antwort.

Vorsichtig, aus Angst vor dem, was sie vielleicht vorfinden würde, schob sie die Schlafzimmertür auf und spähte hinein. Das Zimmer war unaufgeräumt, aber leer. Das Bett war nicht gemacht, und die Bettdecke lag inmitten von Zeitungen und einer leeren Weinflasche auf dem Boden. Doch ausnahmsweise ärgerte Anna sich nicht darüber, sie war viel zu froh, daß er nicht mit einer anderen Frau im Bett lag.

Da ihr die Hitze und die abgestandene Luft Übelkeit verursachten, öffnete sie die Balkontüren und ging in die Küche. Im Spülbekken stapelte sich das schmutzige Geschirr. Im Kühlschrank befanden sich eine Packung mit sauer gewordener Milch, Brotscheiben, die sich am Rand wölbten, und Joghurt, dessen Haltbarkeitsdatum längst überschritten war. Aber im Wohnzimmer war zu ihrer Überraschung das übliche Durcheinander von Papieren, die sonst den Eßtisch bedeckten, zu einem ordentlichen Haufen neben dem Computer gestapelt, und zuoberst lag die Notiz, die sie Charlie hinterlassen hatte. Sie drehte das Blatt um, ob er etwas auf die Rückseite geschrieben hatte, aber da stand nichts. Dann zog sie die Schubladen auf, in denen Charlie seine Papiere aufbewahrte. Darin befanden sich zwei Päckchen mit Umschlägen und einige Briefmarken, sonst nichts.

Auf dem Anrufbeantworter waren drei Anrufe. Der erste war von ihrer Mutter; der zweite von Vivianne – «Charlie, ruf mich an, wenn du wieder da bist» –, und der dritte war ihre eigene Nachricht an ihn.

Um die Zeit bis zu seiner Rückkehr totzuschlagen, wusch Anna das Geschirr ab, brachte den Abfall hinaus und bezog das Bett neu. Dann erfrischte sie sich mit einer kühlen Dusche und schlüpfte in ein Sommerkleid. Charlie war immer noch nicht aufgetaucht, aber das Haus roch sauber, und ihr war nicht mehr so übel.

Nachdem sie ihre Habseligkeiten weggeräumt hatte, trug Anna ihre Reisetasche die Treppe hinauf, um sie wieder zu den anderen Koffern zu legen. Sie schaltete das Licht an und wollte das Zimmer durchqueren. Doch dann blieb sie plötzlich stocksteif stehen. An der Wand stapelten sich lediglich ihre eigenen vier Koffer in verschiedenen Größen und ein Haufen anderer Taschen, der sich über die Jahre bei ihr angesammelt hatte. Charlies Koffer waren verschwunden.

Eine Sekunde lang konnte sie das, was sie sah, gar nicht glauben. Sie stand so unbeweglich da, als sei sie innerlich und äußerlich zu Eis erstarrt. Dann stieß sie einen leisen Schrei aus und rannte die Treppe hinunter ins Schlafzimmer, wo sie die Schubladen aufzog, die Charlie benutzt hatte. Sie waren leer. Sie öffnete den Schrank, in dem er seine Anzüge aufbewahrte, aber an den Bügeln hing nichts mehr. Sie stürzte ins Badezimmer und sah, was ihr zuvor gar nicht aufgefallen war, daß sich sein weißer, flauschiger Bademantel nicht mehr hinter der Tür befand und sein Rasierzeug verschwunden war.

Sie lehnte sich verzweifelt gegen die Badezimmerwand, weil der Boden unter ihr nachzugeben schien. Niemals hätte sie geglaubt, daß er einfach verschwinden würde, nicht ohne Vorwarnung. Sie stolperte zum Telefon und tippte Delias Nummer ein. «Ist Charlie bei dir?» fragte sie weinend.

«Nein. Warum sollte er?»

«Delia, ich muß mit ihm reden, bitte hol ihn.»

«Er ist nicht hier. Wir haben ihn seit Samstag nicht gesehen. Du kannst dich doch an Samstag erinnern? Den Tag, als du so grob zu mir warst?»

«Dee, er hat seine ganzen Kleider mitgenommen, und ich muß wissen, wohin er gegangen ist. Es ist sehr wichtig.»

«Ach, er wird schon wiederkommen. Russell nimmt sein Rasierzeug jedesmal mit, wenn wir uns streiten, und manchmal reden wir wochenlang nicht miteinander.»

«Aber Charlie hat das noch nie gemacht. Er hat noch nicht einmal einen Brief hinterlassen. Da ist gar nichts.» Annas Stimme begann zu zittern.

Delia plapperte noch immer über Russell, als Anna den Hörer auflegte.

Sie ging ins Schlafzimmer und blieb am Fußende des Bettes stehen, die Hände vors Gesicht geschlagen. Was sollte sie nun machen? Wohin konnte er nur gegangen sein? Hatte ihm das Mädchen etwas bedeutet? War er bei ihr? Ahnte er etwas von Annas Schwangerschaft? War er deshalb davongelaufen? Nein, das konnte er nicht wissen.

Plötzlich dachte sie an den Computer. Vielleicht hatte er darin eine Nachricht hinterlassen. Das wäre typisch Charlie. Hatte Vivianne nicht gesagt, daß er kindisch war? Eilig lief sie zu dem Gerät, schaltete es ein und schob die Diskette ins Laufwerk. Als das Menü auf dem Bildschirm erschien, klingelte das Telefon. «Ja?»

«Anna, ich bin's.»

Sie hätte ihn am liebsten angeschrien, aber sie hielt sich zurück, denn ein Streit brachte gar nichts. «Ich habe mir solche Sorgen gemacht.» Sie sprach, so ruhig sie konnte. «Ich habe gesehen, daß deine ganzen Kleider verschwunden sind, und ich ...» Ihre Stimme bebte. Sie unterbrach sich und holte tief Luft. «Charlie, wir müssen miteinander reden.»

Eine Pause trat ein, und dann sagte er: «Ich bin in Melbourne.»

Sie war so geschockt, daß sie kein Wort herausbrachte.

«Heute morgen bin ich angekommen. Ich konnte es nicht mehr ertragen. Ich konnte nicht länger in diesem Haus leben ohne Geld, ohne Teppiche, ohne Auto, gar nichts.»

«Du meinst, du bist nach Australien zurückgegangen, ohne mich noch einmal zu sehen?»

«Ich konnte dir nicht gegenübertreten. Es tut mir so leid. Ich habe dich geliebt, und wir wären glücklich geworden, wenn wir unsere Arbeit nicht verloren hätten. Behalte das Haus. Du warst diejenige, die es wollte.»

«Charlie, ich bin schwanger.»

Er japste hörbar.

«Heute habe ich es festgestellt. Ich bin zurückgekommen, um es dir zu erzählen.»

«O Gott! Das tut mir leid. Wenn ich das gewußt hätte, wäre ich nie gefahren.»

Tränen traten ihr in die Augen. «Wir müssen uns entscheiden, was wir tun wollen.»

«Ich kann nicht mehr zurückkommen.»

«Du mußt aber! Wir sind beide dafür verantwortlich.»

«Ich würde dir Geld schicken, aber ich habe keins – das weißt du ja. Ich mußte mir schon von Viv etwas borgen, damit ich mir das Flugticket nach Hause kaufen konnte.»

«Charlie, ich bekomme ein Baby. Von dir!» Sie begann zu weinen, tiefe, angstvolle Schluchzer der Verlassenheit.

«Anna! Beruhige dich doch! Wir können nicht reden, wenn du weinst.»

Aber sie konnte nicht aufhören. Sie ließ den Hörer in ihre Arme gleiten, sank zu Boden und begrub ihr Gesicht auf den Knien.

«Anna, ich muß jetzt Schluß machen», schrie Charlie. «Ich denke mir etwas aus, mach dir keine Sorgen. Ich rufe dich später wieder an.» Es klickte, als er den Hörer auflegte.

Ihr blieb nur ein hallendes Echo in der Leitung, das die Entfernung zwischen ihnen noch zu betonen schien. Sie hatte immer gewußt, daß Charlie schwach war – das hatte sie schon vor Monaten gemerkt, auch wenn sie es nicht wahrhaben wollte –, doch sie hätte nie geglaubt, daß er auf die andere Seite der Erde fliehen würde, ohne ihr Bescheid zu sagen. Er war davongelaufen, weil er ein Feigling war, und sie haßte ihn – wie sie früher ihren Vater gehaßt hatte, nachdem er sie verlassen hatte. Aber im Lauf der Jahre war es ihr gelungen, ihren Vater zu verstehen, sie hatte Mitleid mit ihm und fühlte sich selbst schrecklich schuldig. Charlie hingegen würde sie nie verzeihen, und ganz bestimmt wollte sie sein Kind nicht bekommen.

Es dauerte eine Weile, ehe sie die Kraft fand, aufzustehen. Sie ging ins Badezimmer, um sich das Gesicht zu waschen. Bei einem Seitenblick sah sie sich selbst in dem großen Spiegel. Sie zog den Stoff ihres Kleides über dem Bauch glatt und betrachtete sich prüfend, ob bereits eine Wölbung zu sehen war, aber da war nichts. War es ein Mädchen oder ein Junge? Sah es aus wie sie oder wie Charlie?

Sie ließ das Kleid fallen und wandte sich vom Spiegel ab. Dieses Baby durfte sie sich nicht als Menschen vorstellen. Eine Abtreibung war die einzige Lösung. Sie stellte sich vor, wie sie eine Klinik betrat, nachdem sie, wie Roz es ausdrückte, eine «praktische Entscheidung» getroffen hatte – wobei Roz das selbst bestimmt nie tun würde. Aber Roz war in einer ganz anderen Situation; sie hatte einen Ehemann. Anna dachte an Elaine, die Danny mühsam allein aufzog.

Sie hatte Hunger und fühlte sich hohl und leer, obwohl ihr der Gedanke an Essen Übelkeit verursachte. Es war ohnehin nichts zu essen da. Sie öffnete eine Dose Cola und trank den Inhalt direkt aus der Dose. Dann legte sie sich ins Bett, zog die Bettdecke fest um sich und zitterte vor Kälte, trotz der warmen Nacht.

Das Telefon stand auf dem Nachttisch. Anna zweifelte nicht daran, daß Charlie sie anrufen würde, und sie dachte darüber nach, was sie sagen wollte. Er mußte ihr Geld schicken, ganz egal, wo er es auftrieb. Falls nötig, mußte er eben seine Eltern fragen. Um den Rest würde sie sich kümmern – irgendwie, irgendwo. In der U-Bahn hatte sie Plakate von Schwangerschaftsberatungen gesehen. Aber noch während sie über die praktischen Probleme nachdachte, sah sie plötzlich Charlie vor sich, auf einem Ausflug mit Josh und Matt, und stellte sich vor, wie er sagte: «Anna? O nein, das ist vorbei.» Nur mühsam konnte sie die Tränen zurückhalten. Die grausame Erkenntnis, wie schwach Charlie war, verletzte sie tiefer als alles, was sie bisher erlebt hatte.

Das Telefon klingelte. Sie griff eilig danach. «Ja?»

«Anna, ich bin's, Roz. Was ist passiert? Du solltest mich doch anrufen, wenn du angekommen bist. Geht es dir gut? Ich mache mir solche Sorgen.»

«Kann ich dich zurückrufen? Ich warte darauf, daß Charlie anruft.»

«Was meinst du damit? Ist er nicht zu Hause?»

«Er ... ist in Australien. Er war schon weg, ehe ich kam.»

«Was? Warum? Weiß er denn nicht, daß du schwanger bist?»

«Jetzt weiß er es. Roz, ich erzähl dir später alles.»

Anna legte den Hörer auf und wartete. Die Minuten vergingen und wurden zu Stunden. Sie schlief unruhig und wachte immer wieder auf. Dann hob sie den Hörer auf, um zu überprüfen, ob das Telefon funktionierte – bis sie sich zwang, das zu unterlassen, falls Charlie versuchte, sie gerade dann zu erreichen.

Am Morgen war ihr schrecklich übel. In ihrer Eile, das Badezimmer zu erreichen, stolperte sie über das Kabel der Nachttischlampe, die zu Boden fiel und zerschellte. Auf dem Rückweg ins Bett trat sie in die Porzellanscherben und schnitt sich den Fuß auf. Erst als die Bettdecke bereits voller Blut war, merkte sie, was geschehen war. Kurz darauf hörte sie, wie der Milchwagen in die Einfahrt bog, um Mr. Shufflebucks einzelne Flasche zu liefern. Sie stolperte aus dem Bett, griff nach ihrem Morgenmantel und hüpfte durchs Zimmer, um ihre Geldbörse zu suchen, aber als sie sie entdeckt hatte, war der Milchmann bereits weitergefahren. Weinend vor Enttäuschung, machte sie sich eine Tasse Tee ohne Milch und ging wieder ins Bett.

Sie war sicher gewesen, daß Charlie am Morgen anrufen würde, wenn in Melbourne später Abend war, aber er tat es nicht. Am Nachmittag entschuldigte sie sein Schweigen damit, daß es mitten in der Nacht war. Am Abend, seinem Morgen, wartete sie sehnsüchtig. Um neun Uhr abends war es bei ihm sieben Uhr morgens, zu früh für Charlie. Um Mitternacht war es in Melbourne zehn Uhr. Die Minuten vergingen, dann eine Stunde, zwei Stunden. Ein schreckliches Gefühl der Einsamkeit packte sie, als ihr klarwurde, daß er ihr nicht helfen würde. Ihr Gesicht und die Glieder wurden wie taub. Sie konnte noch nicht einmal weinen. Er ließ sie einfach im Stich, als hätte er mit ihrer Schwangerschaft nichts zu tun. Es war ihm egal, was aus ihr wurde, es war ihm immer egal gewesen. Jede Zurückweisung, die sie jemals erlitten hatte, fiel ihr wieder ein. Sie hatten ihren Vater verloren, Cliff Cottage, Charlie, Marinecover, und wenn Anna in diesem Augenblick die richtigen Tabletten gehabt hätte, sie hätte sie genommen.

Im Halbschlaf hörte Anna, wie die Haustür aufging. In der Diele waren Schritte zu hören.

«Charlie!» krächzte sie. «Oh, Gott sei Dank, du bist wieder da.»

«Miss Tobias?»

Sie versuchte sich aufzusetzen. «Wer ist da?»

«Ich bin's, Mr. Shufflebuck. Ihre Schwester hat mich angerufen. Ihr Telefon ist nicht in Ordnung, und sie macht sich Sorgen um Sie.» Er machte eine Pause. «Geht es Ihnen gut?»

Anna versuchte etwas zu sagen, aber es gelang ihr nicht. Sie konnte nur daran denken, daß Charlie sie nicht hatte erreichen können. Bestimmt hatte er es versucht.

Mr. Shufflebuck spähte ins Zimmer, und seine kleinen hellen Augen weiteten sich erschrocken, als er Anna wie eine zerbrochene Puppe in den Kissen liegen sah.

«Sie sind krank», sagte er. «Ach, du liebe Güte. Waren Sie beim Arzt?»

Sie schüttelte den Kopf.

«Haben Sie etwas gegessen?»

Sie schüttelte erneut den Kopf.

«Das ist sehr dumm.» Er eilte davon.

Anna schloß die Augen. Mr. Shufflebuck hatte sie sterbenskrank zurückgelassen. Aber das konnte sie ihm natürlich nicht vorwerfen, so wie sie ihn behandelt hatten.

Einige Minuten später hörte sie erneut seine Schritte, und als sie die Augen aufmachte, stand er, ein Glas Milch in der Hand, neben ihrem Bett. Er trug einen auberginefarbenen Samtanzug und einen schwarzen Filzhut, und hätte Anna sich nicht so krank gefühlt, dann hätte sie gelacht. «Sie müssen das trinken», sagte er und schürzte die Lippen wie eine mißbilligende Stationsschwester angesichts eines trotzigen Patienten. «Ich wollte sie eigentlich Erroll Flynn geben, aber der hat bestimmt nichts dagegen. Ich kaufe ihm neue.»

«Davon wird mir übel», flüsterte Anna.

«Milch ist gesund.» Er hielt ihr das Glas näher.

Der Anblick der dicken, weißen, sahnefarbenen Milch brachte sie zum Würgen. Sie ließ sich aus dem Bett rollen und rannte ins Badezimmer.

Als sie sich wieder erholt hatte, hörte sie Geschirrklappern aus der Küche. Sie öffnete die Tür und entdeckte Mr. Shufflebuck, der noch immer seinen Filzhut trug und sorgfältig ihre Teetasse und die Untertasse abwusch. «Ach bitte, machen Sie sich deshalb keine Umstände», sagte sie. «Das ist sehr nett von Ihnen, aber mir geht es schon wieder gut. Ich bin nicht wirklich krank, sondern nur etwas … unwohl.»

Er wurde rot, und Anna wurde klar, daß er glaubte, sie rede von Menstruationsbeschwerden. «Sie sollten sich hinlegen, mit einer heißen Wärmflasche auf dem Bauch. Das haben die Mädchen im Ballett immer getan.»

«Mr. Shufflebuck, es geht mir wieder gut. Wirklich.» Sie zwang sich zu einem Lächeln. «Vielen Dank.»

«Es ist beängstigend, wenn man krank wird und ganz allein ist», sagte er gefühlvoll.

«Woher wußten Sie, daß ich … allein war?»

«Ich habe gesehen, wie Mr. Blythely mit den Koffern das Haus verlassen hat.»

«Ich verstehe. Ja, er ist ausgezogen.»

Mr. Shufflebuck ging, und Anna kehrte ins Bett zurück. Da Charlie sie nicht anrufen konnte, selbst wenn er gewollt hätte, schlief sie zum erstenmal friedlich, seit sie sein Verschwinden entdeckt hatte. Sie wurde von Mr. Shufflebuck geweckt, der mit einem

Tablett hereinkam. Darauf befanden sich eine Schale mit Hühnersuppe und zwei dünn geschnittene Scheiben Brot, sorgfältig gebuttert und ohne Krusten. Beim Anblick von Essen bekam Anna plötzlich rasenden Hunger.

«Ich habe Ihnen einige Lebensmittel besorgt.» Er legte die Rechnung aufs Bett. «Natürlich ist meine Miete erst am Samstag fällig, aber ich habe nichts dagegen, sie für dieses Mal vorzuschießen.»

«Herzlichen Dank, Sie sind sehr freundlich.» Sie gab sich Mühe, das Essen nicht hinunterzuschlingen.

«Ihre Schwester hat noch einmal angerufen. Sie hat bei der Telefongesellschaft angerufen, aber die Leute dort sagen, es sei keine Störung, sondern man hätte es abgestellt.»

«Aber Charlie hat die Rechnung letzten Monat bezahlt.»

«Na ja, vielleicht hat man Sie mit jemandem verwechselt, das passiert heutzutage immer wieder. Das sind diese dummen Computer, sie sind kein Ersatz für Menschlichkeit.» Er ging in ihre Küche und verstaute die Vorräte ordentlich im Küchenschrank und im Kühlschrank. Als er wieder auftauchte, hatte er Schaufel und Kehrbesen dabei.

«Ach, bitte nicht, das kann ich schon selbst», protestierte Anna.

«Nein, das können Sie nicht.» Er kehrte die Scherben der Nachttischlampe zusammen.

Sie bedankte sich nochmals und sank zurück in die Kissen. Es war herrlich, wenn sich jemand um einen kümmerte. Es war, als könne sie die Zukunft aufschieben und noch einmal ein Kind sein, wenn auch nur für einen Tag.

In dieser Nacht träumte Anna, Charlie käme zurück und alles erwiese sich als Mißverständnis: Sie war gar nicht schwanger, sondern hatte Blinddarmentzündung, und er war nicht in Australien gewesen, sondern in Liverpool. Sie sah sich selbst im Krankenhaus, wie sie von der Blinddarmoperation zurückgebracht wurde und Charlie sie in einem weißen Doktorkittel empfing. Er sagte, er liebe sie, während er ihr einen Diamantring über den Ringfinger der linken Hand schob. Aber als sie die Arme ausstreckte, um ihn zu küssen, wich er zurück, und erst jetzt bemerkte sie, daß er schwankend am Rand eines Bahnsteigs stand und daß der Zug, der ihn überfahren würde, nach Ladbroke Hill fuhr.

Zitternd und mit nassen Wangen erwachte sie. Ihr Herz klopfte, als wäre alles wirklich gewesen, und für den Rest der Nacht starrte sie in die Dunkelheit und fragte sich, ob ihre Besessenheit wegen des Hauses Charlie davongetrieben hatte oder ob er sie ohnehin früher oder später im Stich gelassen hätte.

Neben der morgendlichen Übelkeit hatte Anna sich auch noch einen Virus eingefangen. Sie hatte leichtes Fieber, das sie schwächte und betäubte. Bis es ihr wieder besserging, kümmerte sich Mr. Shufflebuck um ihre Einkäufe und brachte ihr jeden Mittag einen Teller Hühnersuppe. Manchmal plauderte er noch kurz mit ihr, aber niemals länger als ein paar Minuten. Dann eilte er davon in seine Kellerwohnung oder zum Tanztee in einem Hotel in Shepherd's Bush.

Die Abendstunden waren am schlimmsten für Anna. Sie konnte Roz oder Delia nicht anrufen, und diese konnten sie ebenfalls nicht erreichen. Sie hoffte auf einen Besuch von Delia, aber Delia kam nicht. Niemand kam. Sie versuchte fernzusehen, aber keine Sendung konnte ihre Aufmerksamkeit fesseln. Von Zeit zu Zeit hörte sie Musik aus dem Keller, Glenn Millers Posaune oder Marilyn Monroe, die *Diamonds Are A Girl's Best Friend* sang.

Die Tage waren warm und die Abende schwül, die Leute saßen abends lange draußen, wie sie an den Stimmen hören konnte, die von den Pubs an der Portobello Road heraufklangen. Die Geräusche anderer Menschen, die sich vergnügten, verstärkten noch Annas Gefühl der Einsamkeit. Sie wollte Charlie nicht mehr zurück, und sie wollte ihn nie mehr sehen, aber sie waren zwei Jahre lang zusammengewesen, und vor Einsamkeit tat ihr alles weh. Sie sehnte sich nach menschlicher Gesellschaft, sie litt darunter, daß sie weder eine Freundin noch einen Liebhaber oder irgendein anderes menschliches Wesen um sich hatte. Sie vermißte das Gefühl eines anderen Körpers im Bett und jemanden, mit dem sie vor dem Einschlafen reden konnte, auch wenn Charlie meist vor ihr eingeschlafen war. Und sie trauerte um ihre verlorenen Hoffnungen, obwohl diese sich zuletzt immer mehr verflüchtigt hatten.

Sie erhielt eine angstvolle Nachricht von Roz, in der stand: «Was ist los? Bitte ruf mich mit R-Gespräch an.» Mit gleicher Post bekam sie einen Einschreibebrief der East Metro Bank. Sie öffnete ihn und las: «Da Sie auf unsere beiden vorhergehenden Einschreibebriefe (Kopien beigefügt) nicht geantwortet haben, sehen wir keine andere Möglichkeit, als die Angelegenheit unseren Anwälten zu übergeben.»

Anna drehte das Blatt um und entdeckte zwei Briefkopien. Der erste Brief war eine Antwort auf Annas Mitteilung, das Sozialamt übernehme die Hälfte der Zinsen, und im zweiten Brief wurde ihnen eine Frist von vierzehn Tagen gestellt, um einen Termin wegen der restlichen Schulden zu vereinbaren. Keinen der Briefe hatte sie jemals gesehen.

In einer Hand die Briefe und in der anderen etwas Kleingeld rannte sie den Hügel hinunter zu der Telefonzelle, die sich auf halber Höhe befand. Sie wurde sofort zu Mr. Hyde durchgestellt, der sie in eisigem Tonfall informierte: «Wir halten nicht viel von Kreditnehmern, die unsere Briefe nicht beantworten, Miss Tobias.»

«Wir haben Ihre vorhergehenden Briefe nie bekommen, Mr. Hyde.»

«Das ist unmöglich. Es waren Einschreibbriefe.»

«Es ist aber wahr. Ich würde einen Brief, der mein Haus in Gefahr bringt, bestimmt nicht vergessen, das können Sie mir glauben.»

Er seufzte. «Na gut, ich überprüfe das, aber es dauert eine Weile. Bitte bleiben Sie am Apparat.»

Weil Anna kein Geld verschwenden wollte, legte sie den Hörer auf, nahm zwanzig Pence aus dem Münzschlitz und wartete zehn Minuten, ehe sie erneut bei der East Metro anrief. «Oh, Mr. Hyde, wir wurden unterbrochen», log sie aus purer Notwendigkeit. «Das liegt an dieser ganzen Computerisierung.»

«Miss Tobias, ich habe versucht, Sie zu Hause anzurufen, aber Ihr Telefon ist abgestellt.»

«Das meine ich. Unsere Nummer ist ständig gestört, und bei unseren Nachbarn ist es genauso.»

«Ach ... wie unangenehm. Nun, meine Assistentin hat nachgesehen, und die beiden Briefe wurden von Mr. Blythely angenommen.»

Anna ließ sich gegen die Seitenwand der Telefonzelle sinken. «Ich habe diese Briefe bis heute nicht gesehen, und ich brauche etwas Zeit, bis ich das geklärt habe.»

«Miss Tobias, wir können Ihnen nicht mehr Zeit geben. Das Arbeitsamt zahlt nur die Hälfte der Rate, und Sie sind mit der anderen Hälfte Monate im Rückstand.»

«Mr. Hyde, wenn ich vorhätte, mich abzusetzen, dann hätte ich Sie doch heute nicht angerufen, oder? Bitte geben Sie mir eine Woche!»

Er zögerte. «Na gut, auch wenn es gegen die Geschäftspraktiken der East Metro geht. Eine Woche, und keinen Tag mehr.»

In dem ordentlichen Haufen von Charlies Papieren, die neben dem Computer lagen, konnte Anna keine Briefe der East Metro finden. Auch in seinem Nachttisch und den Schlafzimmerschränken befand sich nichts. Die Schubladen in der Kommode, wo er sein Briefpapier aufbewahrt hatte, waren bis auf die beiden oberen leer. Dennoch zog sie eine nach der anderen auf. Als sie die dritte Schublade öffnete, fiel ein Papierbündel heraus. Es war ein zusammengefalteter brauner Umschlag, in dem sich ein halbes Dutzend ungeöffneter Briefe befanden, darunter auch die beiden der East Metro.

Entsetzt sank Anna auf einen Stuhl. Außer den Schreiben der East Metro handelte es sich um die letzte Mahnung der Telefongesellschaft, eine weitere für Strom, eine Gasrechnung, und um einen Auszug von ihrem gemeinsamen Haushaltskonto, auf das sie jede

Woche zehn Pfund von ihrem im Pub verdienten Geld eingezahlt hatte. Am letzten Montag, als sie in Lower Gossip war, hatte Charlie alles abgehoben.

Sie griff nach ihrer Handtasche, ging zur Telefonzelle, stopfte eine Handvoll Münzen in den Schlitz und tippte seine Nummer in Melbourne ein.

Vivianne war am Apparat. «Anna, Charlie macht sich solche Sorgen um dich.»

«Gib ihn mir. Schnell!»

Er nahm den Hörer. «Anna, ich habe versucht, dich anzurufen, aber deine Nummer funktioniert nicht. Ich habe über uns nachgedacht, und ich finde nicht, daß es der richtige Zeitpunkt ist, um ein Baby zu bekommen, aber wenn du unbedingt darauf bestehst, es zu behalten, dann meine ich ...»

«Charlie, du hast mich belogen. Du hast die Rechnungen nicht bezahlt, sondern sie versteckt. Und außerdem hast du meinen Verdienst im Pub gestohlen. Du hast mein Geld von unserem Konto abgehoben.»

«Ich habe es für meine Reise gebraucht.»

«Du hast meinen Lohn genommen. Du bist ein Lügner und ein Dieb.»

«Anna, sei doch nicht gleich so wütend. Du mußt an das Baby denken. Viv ist sicher, daß Mum und Dad mir Geld geben, wenn ich es ihnen im richtigen Augenblick erzähle.»

«Charlie, ich will dein Baby nicht. Ich lasse es wegmachen. Ich will überhaupt nichts von dir – und ich will nie mehr wieder etwas von dir hören.» Sie legte auf.

Dann ging sie zurück, den Hügel hinauf, um das Durcheinander in ihrem Leben zu sortieren.

Kapitel 17

Nachdem Anna sich zu einer Abtreibung entschlossen hatte, wollte sie das Ganze so schnell wie möglich hinter sich bringen. Sie fragte bei mehreren Schwangerschaftsberatungen an und stellte fest, daß sie die Operation möglicherweise selbst zahlen mußte, wenn sie es sofort machen lassen wollte. Obwohl sie nur ein Viertel der nötigen Summe besaß, vereinbarte sie mit der billigsten Beratungsstelle einen Termin. Dann legte sie etwas Make-up auf, kämmte sich die Haare und ging den Hügel hinunter zum «Admiral Vernon», um Gerry um einen Monatslohn Vorschuß zu bitten.

Er lehnte in düsterer Stimmung an der Bar und unterhielt sich mit Dominic, der sich gerade eine Zigarette rollte. «Du bist vielleicht verschlagen», sagte Gerry, als Anna eintrat. «Mr. Marilyn kam vorbei, um zu sagen, daß du krank bist. Mit keinem Wort hast du erwähnt, daß du es bist, die den alten Knaben piesackt.»

Anna wurde puterrot. «Ich habe mich bei ihm entschuldigt.»

«Entschuldigungen reichen nicht. Ich will dich hier nicht mehr haben, und daß du mir ja nicht zu Mr. Marilyn gehst und ihm vorjammerst, ich hätte dich rausgeworfen. Ich will nicht, daß er sich wieder aufregt, hörst du?»

«Natürlich sage ich es ihm nicht.» Sie floh aus dem Pub.

Weil sie verzweifelt Geld brauchte, nahm Anna ihr rotes Armani-Kleid, das sie für die Einweihungsfeier gekauft hatte, und brachte es zu einem Secondhand-Laden. Dort wurde es für dreihundert Pfund ins Fenster gehängt. Sie sollte die Hälfte des Erlöses bekommen, aber nur, wenn es verkauft wurde. Dann trug sie Vince' Goldarmband, in das *Le Nouveau Monde* eingraviert war, zu einem Juwelier. Sie erhielt sechzig Pfund dafür, obwohl sie wußte, daß es mehr wert war. Aber sie war nicht in der Lage, sich herumzustreiten. Schließlich ging sie in einen Laden mit gebrauchten Elektrogeräten und vereinbarte, daß Charlies Computer und die teure Hi-Fi-Anlage abgeholt wurden. Auf dem Heimweg erstand sie an einem Blumenstand in der Nähe des Electric Cinemas, wo ihr Charlie einmal Narzissen gekauft hatte, ein Dutzend cremefarbener Rosen für Mr. Shufflebuck.

Die Schwangerschaftsberatung war eine funktionale, klinikähnliche Einrichtung, und das Personal wirkte auf angenehme Weise geschäftsmäßig. Obwohl Anna zu einer Abtreibung fest entschlossen war, bestand die Beratungsstelle darauf, daß sie sich mit einer Psychologin unterhielt, was weitere dreißig Pfund kostete. Die Frau erzählte eine Menge von Schuldgefühlen und Reue, was Anna gar nicht hören wollte, und war erst nach geraumer Zeit bereit, Anna an die beiden Ärzte zu überweisen, die das nötige Formular unterzeichnen mußten. Während der ganzen Prozedur blieb Anna völlig ruhig. Es war, als wäre sie zeitweise in den Körper eines anderen Menschen geschlüpft.

Am späten Nachmittag war alles geregelt. In der folgenden Woche hatte sie einen Termin in einer Privatklinik im Norden von London. Als sie die Beratungsstelle verließ, fühlte sie sich wie ein Roboter, und genau so ein hirnloses Wesen wollte sie auch sein. Aber alles schien sich verschworen zu haben, sie ständig an das Baby zu erinnern. Auf der Busfahrt nach Hause saß sie neben einer Schwangeren, jede Haltestelle schien sich vor einem Babyausstattungsgeschäft zu befinden, im Supermarkt stand sie zwischen einem Mann mit einem Kleinkind und einer Frau mit Zwillingen an der Kasse, und auf dem Bürgersteig kamen ihr ständig Frauen mit Kinderwagen entgegen.

Mr. Shufflebuck goß gerade die rosafarbenen Geranien vor seiner

Haustür, als Anna zu Hause ankam. Vermutlich war er bei seinem Tanztee gewesen, denn er trug seinen weißen Tropenanzug aus Leinen und einen Panamahut. In seiner oberen Jackettasche steckte ein Paar cremefarbener Glacéhandschuhe.

«Ich werde Sie heute abend aus dem Bierlokal abholen.» Er betonte das Wort «Bierlokal». «Es ist nicht gut, wenn eine junge Dame allein nach Hause geht.»

«Danke, aber ich … äh … ich arbeite nicht mehr dort.»

«Das freut mich zu hören.» Er beugte sich vor, um ein welkes Blatt abzuzupfen, wobei sein altes Koboldsgesicht beinahe die frischen rosa Blüten berührte.

Anna setzte sich auf die Kellertreppe. «Sie waren sehr freundlich.»

Er warf ihr von unten her einen Blick zu. «Lassen Sie mich hierbleiben.»

«Mr. Shufflebuck, Sie können so lange bleiben, wie ich hier wohne, das verspreche ich Ihnen. Aber vielleicht muß ich das Haus verkaufen. Die Bank möchte ihr Geld, und ich habe nur eine Woche, um ihr eine Lösung anzubieten.»

Er lächelte sie schüchtern an. «Sie dürfen mich Mr. Marilyn nennen – das tun alle meine Freunde. Wissen Sie, ich habe einmal mit Marilyn Monroe getanzt.»

Anna verriet nicht, daß sie das bereits wußte, denn sonst hätte sie ihm seine Geschichte kaputtgemacht. Statt dessen lächelte sie ihn ermutigend an.

«Ich weiß nicht mehr, woher ich den Mut nahm, Miss Monroe aufzufordern», begann er, «aber die Musik fing an …»

«Der *Chattanooga Choo-Choo*?»

Er nickte. «Ich sah Miss Monroe an, und sie lächelte mir zu – dieses komische, liebe, mädchenhafte Lächeln –, und dann wagte ich es. Sie trug ein Kleid aus rotem Satin, wie das, das sie in *Blondinen bevorzugt* anhatte. Sie war ein schönes Kind, Miss Tobias, und als ich von ihrem Dahinscheiden hörte, habe ich sehr geweint. Damals war ich natürlich schon nicht mehr in Hollywood. Ach, wie ich es vermisse!» Er warf einen Blick in seine Kellerwohnung. «Man sollte ja nicht in der Vergangenheit leben, aber es ist sehr verführerisch, wenn die Gegenwart so unsicher ist.»

«Machen Sie sich keine Sorgen, Mr. ... äh ...Marilyn.» Anna fand es seltsam, ihn mit einem neuen Namen anzusprechen. «Ich verkaufe das Haus erst, wenn mir gar nichts mehr übrigbleibt. Ich habe auch schon eine Idee, wie ich Geld auftreiben könnte; ich weiß gar nicht, warum ich nicht schon eher darauf gekommen bin. Wenn ich die beiden oberen Stockwerke vermiete, müßte es fast für die Ratenzahlungen reichen.»

«Mieter?» Mr. Marilyn sah erschrocken aus. «Miss Elismore hat Zimmer an Studenten vermietet, und die waren sehr rücksichtslos.»

«Ich werde Wohnungen vermieten, keine Zimmer.» Anna stieg die Treppe hinunter und legte eine Hand auf seinen Arm. Es war das erste Mal, daß sie ihn bewußt berührte. «Ich tue es nicht gerne, aber mir bleibt keine andere Wahl, wenn ich das Haus behalten will.»

«Dann müssen Sie es vermutlich so machen», gab er steif zurück und verschwand in seiner Wohnung.

Irritiert von seiner Empfindlichkeit, ging Anna wieder nach oben.

Das ganze Wochenende verbrachte sie damit, sich zu überlegen und auszurechnen, wie sie die beiden oberen Stockwerke vermieten konnte. Weil die Mieter sich zwei Küchen teilen mußten, war es wohl unpraktikabel, mehr als vier aufzunehmen. Sie ging durch die oberen Räume und teilte sie im Geiste in vier kleine Wohnungen auf, zwei auf jedem Stockwerk, von denen jede ein Schlafzimmer, ein Wohnzimmer und ein Badezimmer oder eine Dusche hatte. Um die Kosten der Renovierung abzuschätzen, besorgte sie sich im nächsten Heimwerker-Discountmarkt die Preise für die billigste Farbe und suchte im Anzeigenblatt den billigsten Teppich heraus. Im hinteren Teil des *Evening Standard* stellte sie die Mieten vergleichbarer Wohnungen fest und machte Termine aus, um sich zwei davon anzusehen. Eine war eine Luxuswohnung, die tausend Pfund im Monat kostete, die andere ein schäbiges Loch für zweihundert. Daraufhin setzte Anna die Preise für die Wohnungen im ersten Stock, wo die Räume größer waren, auf fünfhundert Pfund fest, und auf vierhundert im Dachgeschoß. Wenn sie Mr. Marilyns Miete dazurechnete, blieben von der Ratenzahlung nur noch hundert Pfund monatlich übrig. Früher hatte sie diese Summe allein fürs Mittagessen ausgegeben.

Diese Aktivitäten lenkten sie ab, aber sie entkam der bedrückenden Leere nicht. Sobald Anna spät nachts ins Bett fiel und automatisch die Hand nach Charlie ausstreckte, spürte sie wieder den schneidenden Schmerz, verlassen worden zu sein.

Sie versuchte, nicht an das Baby zu denken und sich einzureden, daß es nur ein weiteres Hindernis war, das es zu überwinden galt. In einer Woche würde alles hinter ihr liegen, und dann konnte sie sich mit Delia in einer Kneipe verabreden. Dabei bemühte sie sich, nicht daran zu denken, daß Delia sich nicht bei ihr gemeldet hatte. Sie stellte sich vor, wie sie in der Bar standen und sie selbst mit einem vollen Glas in der Hand betont fröhlich sagte: «Charlie? Ach, der ist in Australien. Wir haben uns fürs erste getrennt. Und ich? Ich richte das Haus ein. Es macht solchen Spaß!» Aber gelegentlich vergaß sie ihren festen Entschluß, legte die Hände auf ihren Bauch und fragte sich, ob das Kind wohl ein Mädchen oder ein Junge war.

Sie wartete Mr. Hydes nächste Aufforderung, ihn zu besuchen, nicht ab, und er gab ihr einen Nachmittagstermin, ein, zwei Tage vor ihrer Abtreibung. Sie zog ihr geschäftsmäßiges graues Kostüm an und steckte das helle Haar ordentlich hinter den Ohren fest.

Mr. Hyde hatte eine neue Brille, eine dunkle Schildpattbrille, die ihn mehr denn je einer mißmutigen Eule ähneln ließ.

«Ich habe eine Möglichkeit gefunden, meinen Kredit zurückzuzahlen», erklärte sie ihm und legte ihre ordentlich geschriebenen Berechnungen auf seinen Schreibtisch. «Ich werde alle Räume, die ich nicht benutze, vermieten. Sehen Sie.» Sie tippte mit dem Finger auf die Seite. «Die Miete deckt die monatlichen Zahlungen beinahe ab, und den Rest werde ich verdienen.» Sie lächelte ihn so gewinnend wie möglich an. «Unser Kreditvertrag schreibt vor, daß ich Ihre Zustimmung brauche, wenn ich vermieten will.»

Seine Brille lief an. «Das kommt nicht in Frage, Miss Tobias. Wenn wir das Haus versteigern müssen, ist es schon unangenehm genug, Sie selbst auf die Straße zu setzen. Aber es wäre ein Alptraum, auch noch vier weitere Leute obdachlos zu machen.»

«Wenn ich die Zimmer vermiete, müssen Sie das Haus nicht versteigern lassen.»

«Das Sozialamt zahlt Ihre Kreditzinsen nicht mehr, wenn Sie das Haus vermieten.»

«Ich habe nicht vor, von staatlicher Fürsorge zu leben. Ich werde arbeiten.»

«Was sagt Mr. Blythely dazu?»

«Er ist nach Australien zurückgegangen.» Sie holte tief Luft. «Er hat mich verlassen, und er möchte mit dem Haus nichts mehr zu tun haben.»

«Ach, du liebe Güte, das tut mir aber leid. Wie furchtbar, Miss Tobias. Und wenn Sie keine Stelle finden?»

«Dann werde ich in einem Zimmer wohnen und auch noch den Rest des Erdgeschosses vermieten.»

Mr. Hyde zögerte, und einen Augenblick lang glaubte Anna, sie hätte gewonnen, aber er schüttelte den Kopf. «Es tut mir leid.»

Verzweifelt spielte Anna ihre letzte Karte aus. «Die Immobilienpreise fallen. Wenn Sie mein Haus im jetzigen Zustand versteigern wollen, dann können Sie von Glück reden, wenn Sie Ihr Geld wiederbekommen – falls Sie überhaupt einen Käufer finden, was unwahrscheinlich ist. Wie Sie ja immer wieder betonen, habe ich ohnehin einen Mieter. Also wären Sie verantwortlich für ein riesiges halbleeres unrenoviertes Objekt. Hausbesetzer werden einziehen, und Sie müssen vor Gericht gehen, um sie wieder hinauszubefördern. Das würde Geld kosten. Falls die Besetzer ausziehen, hinterlassen sie das Haus in einem noch schlechteren Zustand, und dann sinkt der Wert weiter. Mein Plan wäre die beste Investition, die Sie machen können.»

«Miss Tobias, das verstößt gegen die Grundsätze der Bank.»

«Mr. Hyde, wenn Sie mir diese Chance geben und ich mit meinen Zahlungen in Rückstand gerate, dann gehe ich ohne weitere Auseinandersetzung. Das verspreche ich.» Sie streckte die Hand aus. «Einverstanden?»

Mit einem Seufzer gestand der Kreditmanager seine Niederlage ein und schüttelte ihr die Hand. «Na gut, aber ich werde die Situation ständig im Blick behalten, daher müssen alle Ihre Mieter innerhalb von einem Monat kündbar sein – nicht länger.»

«Das werden Sie nicht bedauern.» Anna lächelte ihn strahlend an. «Noch eine Sache.»

«Nein! Nichts mehr! Ich weigere mich!»

«Würden Sie einmal zu mir zum Tee kommen, wenn das Haus fertig ist? Es ist wirklich sehr schön.»

Mr. Hyde nahm seine Brille ab. «Sie sind eine ungewöhnliche Frau, Miss Tobias. Diese Einladung nehme ich gerne an.» Er stand auf und machte eine kleine ordentliche Verbeugung.

Am letzten Morgen vor ihrer Abtreibung war Annas Übelkeit schlimmer denn je. Als sie sich etwas erholt hatte und in den Garten ging, entdeckte sie dort Mr. Marilyn, der auf sie wartete. «Sie müssen zu einem Arzt gehen», erklärte er ihr streng. «Ich werde sofort einen anrufen.»

«Ich bin nicht krank, ich bin ... schwanger.»

«Sie bekommen ein Baby?» Er lächelte zögernd. «Wie aufregend! Herzlichen Glückwunsch!»

Anna wünschte, sie hätte nichts gesagt. «Ich werde es ... nicht behalten», sagte sie.

«Sie wollen es doch nicht ... wegmachen lassen?»

«Mr. Marilyn, Charlie hat mich verlassen, ich bin arbeitslos, und ich kann mir nicht vorstellen, wie ich ein Kind allein aufziehen soll. Und ich will es auch nicht. Ich will kein Baby.»

«Ich helfe Ihnen.»

«Nein! Bitte nicht! Ich bin fest entschlossen. Ich hätte Ihnen gar nichts sagen sollen. Morgen ist alles vorüber, dann kann ich mit dem Rest meines Lebens anfangen.» Sie ging ins Haus und blieb dort den ganzen Tag, damit sie ihm nicht begegnen mußte.

Am Abend entdeckte sie, daß der Umschlag mit seiner Miete unter ihrer Haustür durchgeschoben war. Er enthielt fünfundzwanzig Pfund. Sie ging damit hinunter ins Kellergeschoß und klopfte an seine Tür.

Er öffnete langsam. «Ja, Miss Tobias?»

«Sie haben mir fünf Pfund zuviel bezahlt.»

«Das habe ich absichtlich getan.»

«Mr. Marilyn, das ist sehr nett von Ihnen, aber ich muß das Haus trotzdem vermieten.»

«Ich habe es nicht für das Haus getan, sondern für das Baby.»

In ihrer Kehle bildete sich ein Klumpen. «Ich kann das Baby nicht behalten», schrie sie beinahe. «Können Sie das nicht verstehen? Ich schaffe es nicht, jetzt zumindest nicht.» Sie schob ihm die zuviel gezahlten fünf Pfund in die Hand und rannte die Treppe hinauf, um seinem traurigen Blick zu entkommen.

Als sie am nächsten Morgen, die Reisetasche fest umklammert, das Haus verließ, fühlte sie, wie er ihr durch die Stores hindurch nachsah.

Es war Stoßzeit, und die U-Bahn am Holland Park war überfüllt. Anna fand keinen Sitzplatz und mußte sich an einem Griff festhalten, das Gesicht gegen die Schulter eines Mannes gedrückt. Es war heiß, und ihr war übel, aber sie biß die Zähne zusammen. Am Oxford Circus mußte sie umsteigen. Als sie auf die Rolltreppe trat, folgte ihr eine junge Mutter, die Mühe mit dem Kinderwagen hatte.

«Kann ich Ihnen helfen?» fragte Anna, ohne das Baby anzusehen.

«Das ist sehr nett. Es ist schwierig, mit einem Kind unterwegs zu sein.»

Anna hielt den Kinderwagen im Gleichgewicht, bis sie sicher unten angekommen waren, und eilte dann davon, ehe ihr die Mutter danken konnte.

Von der U-Bahn-Station bis zur Klinik mußte Anna noch ein Stück zu Fuß gehen. Sie kam an einem kleinen Park vorüber, wo ein Junge mit einem jungen Hund spielte. Er rollte einen Ball übers Gras, damit der kleine Hund ihn fangen konnte. Anna blieb stehen und sah zu. Es war ein herrlicher Maimorgen, frisch, grün und voller Hoffnung. Der Tau der vergangenen Nacht hing noch an den Gänseblümchen unter den blühenden Kirschbäumen. Als der Ball in die heruntergefallenen Blüten rollte, sauste der junge Hund hinterher und verstreute die Blütenblätter wie Konfetti.

Hätte es geregnet, so wäre alles anders gewesen. Dann wären da weder ein Junge noch ein junger Hund noch glitzernder Tau oder wirbelnde Blütenblätter gewesen. Anna wäre an dem Park vorbeigeeilt, ohne einen Blick darauf zu verschwenden, hätte sich gegen den Nieselregen geduckt und wäre die Stufen zur Klinik hinaufgelaufen, wo die Empfangsdame noch immer darauf wartete, sie aufzunehmen. Aber die Schönheit dieses Tages veränderte alles. Sie schob die Hand unter ihr T-Shirt und streichelte ihren Bauch. Sie wollte kein Baby, wenigstens jetzt nicht – und Charlies Baby wollte sie überhaupt nicht –, aber sie brachte es nicht über sich, diesen schönen Tag zu zerstören. Allmählich verstand sie, was die Psychologin mit Reue gemeint hatte, und wußte, daß jeder herrliche Maimorgen für den Rest ihres Lebens ein trauriges Geheimnis bergen würde.

Sie ging zurück zur U-Bahn-Station. «Ich habe meinen Entschluß nicht geändert, Knopf.» Sie tätschelte ihren Bauch. «Die Sache ist nur aufgeschoben, mehr nicht.» Aber während sie das sagte, wußte sie, daß es nicht stimmte.

Kapitel 18

Mr. Marilyn war begeistert, als Anna ihm erzählte, daß sie die Abtreibung doch nicht hatte vornehmen lassen. Er eilte in die Stadtbücherei von Notting Hill und lieh jeden Schwangerschaftsratgeber aus, den er finden konnte.

«Sie sollten sich ausruhen», jammerte er, als er Anna dabei erwischte, wie sie ein Dutzend Tapetenrollen ins Speichergeschoß trug. «Hier steht es.» Er las laut vor: «Eine werdende Mutter sollte sich nicht überanstrengen.»

Über das Geländer hinweg antwortete sie: «Mr. Marilyn, ich muß die Zimmer renovieren.»

«Das wird dem Baby aber nicht gefallen.»

«Das wird dem Baby lieber sein als Obdachlosigkeit.» Sie stieg hinauf ins Speichergeschoß und machte sich daran, die Anweisung zu lesen, die auf den Rollen stand. Sie brauchte einen Vormittag und viele vergebliche Versuche, bis sie eine Wand tapeziert hatte, und danach war sie erschöpft und mit Kleister verschmiert. Aber sie hielt durch – sie hatte gar keine andere Wahl –, und am Ende der Woche hatte sie den gesamten Speicher tapeziert.

Nachdem Anna sich jetzt entschieden hatte, das Kind zu behalten, störte sie die Übelkeit weniger, weil sie einen Sinn darin sah. Dennoch kostete es sie Überwindung, früh aufzustehen und den Markt nach Sonderangeboten zu durchforsten. Sie schwankte, wenn die Menschenmenge sie vorwärts schob, und hoffte nur, daß sie nicht in Ohnmacht fiel, sich erbrechen mußte oder gar beides zugleich. An einem Eisenwarenstand entdeckte sie eine größere Menge hellgelber Wandfarbe. Eigentlich gefiel ihr der Farbton nicht besonders, aber da die Farbe nur die Hälfte des üblichen Preises kostete, konnte sie nicht wählerisch sein. An einem anderen Stand kaufte sie einen Farbroller. Um Geld zu sparen, verzichtete sie auf einen langen Griff. Die Holzstange des Gartenrechens würde es auch tun. Auf dem Heimweg kam sie an einem Sperrmüllcontainer vorbei, in dem eine Aluminiumleiter lag. Sie war zwar mit Farbe bekleckert, aber ansonsten völlig in Ordnung, und Anna schleppte sie mit nach Ladbroke Hill.

An diesem Nachmittag zog sie ihre mit Kleister verkrusteten Jeans und das T-Shirt an, deckte ihr Haar mit einer alten Baseballkappe ab und begann zu streichen. Obwohl der Geruch der Farbe sie zum Würgen brachte, schob sie unbeirrt den Roller über die Zimmerdecke. Während der Arbeit dachte sie an Charlie und Delia und Russell, an Marinecover, Gordon, Isaac und all die anderen Leute, die ihr soviel bedeutet hatten. Früher war sie fest davon überzeugt gewesen, ohne sie nicht überleben zu können. Und doch hatte sie es geschafft.

Zur Teezeit erschien Mr. Marilyn und brachte ein wunderschön gedecktes Tablett mit einer Tasse Earl-Grey-Tee, einem säuberlich geschnittenen Kresse-Sandwich und einer Multivitamin-Tablette auf einer Untertasse.

«Haben Sie einen Termin mit Ihrem Arzt vereinbart?» fragte er, eifrig um sie bemüht.

«Ja, aber ich kann nicht mehr hingehen, weil er nur Privatpatienten nimmt und ich nicht mehr in der Krankenversicherung von Marinecover bin.»

«Aber Sie brauchen einen Arzt.»

«Ich werde zu einem Arzt des Nationalen Gesundheitsdienstes gehen.» Sie ließ sich auf den Boden sinken, den schmerzenden Rükken gegen die Wand gelehnt.

Mr. Marilyn sah ihr zu, wie sie den Tee trank und das Kresse-

Sandwich aß. «Sie sollten jetzt mit dem Streichen aufhören», sagte er, als er bemerkte, wie erschöpft sie war.

«Sobald ich mit der Decke fertig bin.» Sie griff wieder nach dem Farbroller.

«Aber im Baby-Buch steht ...»

«Das Baby-Buch kann mich mal! Ich muß meinen Lebensunterhalt verdienen!»

Kopfschüttelnd lief er die Treppe hinunter.

Sie rief ihm nach: «Es tut mir leid, ich weiß, daß Sie es gut meinen.»

Er antwortete nicht, und sie war zu müde, um ihm nachzulaufen.

Als es dunkel wurde, war Anna so erschöpft, daß sie kaum noch stehen konnte. Sie hatte keine Kraft mehr zu kochen, also aß sie nur eine Schüssel Cornflakes und fiel ins Bett. Am Morgen trieb sie sich wieder an die Arbeit. Es war fast, als bestehe sie, wenn ihr Gehirn dem widerspenstigen Körper Befehle erteilte, aus zwei Menschen, einer Herrin und einer Sklavin. An diesem Abend war sie mit dem ersten Zimmer fertig. Selbst Mr. Marilyn bewunderte unwillig ihre Arbeit. Um seinen Nörgeleien zu entkommen, unterbrach Anna ihre Renovierungsarbeiten einen Vormittag lang, um die nahe gelegene Praxis eines Arztes aufzusuchen, dessen Behandlung im Rahmen des Nationalen Gesundheitsdienstes kostenlos war. Es war ein netter, aber überarbeiteter Schotte, der sichtlich erleichtert wirkte, als sie sich bereit erklärte, alle Vorsorgeuntersuchungen im Krankenhaus durchführen zu lassen. Bei der Rückkehr nach Hause entdeckte sie unter den Reklamesendungen auf dem Boden in der Diele einen getippten Umschlag. Da sie eine weitere unbezahlte und unbezahlbare Rechnung fürchtete, setzte sie sich, ehe sie ihn öffnete. Aber zu ihrer Freude fand sie darin einen Scheck: Ihr rotes Armani-Kleid war verkauft worden. Mit einem begeisterten Jubelschrei rannte sie ins Kellergeschoß, um Mr. Marilyn die gute Nachricht mitzuteilen.

Die Aussicht darauf, daß sie ihrer Mutter von dem Baby erzählen mußte, erfüllte Anna mit Besorgnis, nicht so sehr wegen ihrer Schwangerschaft als aus Angst vor der Enttäuschung ihrer Mutter. Denn sie mußte ihr ja nicht nur von dem Baby erzählen, sondern von der ganzen Spirale von Fehlschlägen: keine Arbeit, kein Charlie und kein Geld. Sie wurde das Bild nicht los, wie ihre Mutter aschfahl vor Angst gewartet hatte, während die Stunden vergingen und ihr Vater, der sonst immer mit demselben Zug nach Hause kam, nicht zurückkehrte. Und dann die Erleichterung, als sie Schritte auf dem Weg hörten, gefolgt von einem zögernden Klingeln. Anna konnte noch heute vor sich sehen, wie ihre Mutter aus der engen kleinen Küche hinauseilte an die ziemlich dunkle Haustür, den Mund bereits geöffnet, um den Vater zu tadeln, weil er zu spät kam, weil er seinen Mantel vergessen hatte, weil er schon wieder seinen Schlüssel nicht dabei hatte, weil er ihnen Sorgen bereitet hatte. Erst jetzt, Jahre später, begriff Anna, daß die Nörgelei ihrer Mutter ihre Art war zu zeigen, wie wichtig ihr jemand war. Allerdings hatten sie damals nicht die Schritte ihres Vaters gehört. Es waren zwei Polizistinnen gewesen, die ihnen berichteten, daß ihr Vater tot war.

Um einen Besuch ihrer Mutter zu verhindern und sie von einem Anruf bei Marinecover abzuhalten, schickte Anna ihr eine Postkarte, auf der stand, sie müsse einige Wochen geschäftlich verreisen. Danach werde die Telefongesellschaft in Notting Hill möglicherweise die Leitungen reparieren, so daß ihr Telefon gestört sein könne. Auf derart krasse Lügen griff sie nicht gern zurück, doch ihr fiel keine bessere Entschuldigung für ihr langes Schweigen ein.

Es gab viele Tage, an denen Anna mit niemand anderem sprach als mit Mr. Marilyn. Ihre Welt umfaßte lediglich das Speichergeschoß und das Radiogerät, und die Nachrichten beschäftigten sie so sehr, daß sie zu ihrer Realität wurden. Die chinesischen Studenten am Tienanmen-Platz befanden sich in ihrem Zimmer. Sie hörte ihre Stimmen, lauschte auf ihre Protestchöre und weinte um sie, als die Panzer auf den Platz rollten. Sie kannte die Temperatur in Washington, die Aktienpreise an der Wall Street und wußte, wann der Malpensa-Flughafen in Mailand wegen Nebel geschlossen war. Sie hörte die Verkehrsnachrichten und wußte viel genauer als zu der Zeit, als sie noch arbeitete und es eine Rolle gespielt hätte, auf welchen Straßen Stau herrschte und welche Züge nicht fuhren. Und dennoch hatte sie den Kontakt zur Außenwelt verloren, hatte für die zweihundert Gäste, die auf der Einweihungsparty ihren Champagner getrunken und getanzt hatten, aufgehört zu existieren.

Besonders Delias Schweigen verletzte sie. «Sie war meine engste Freundin», vertraute sie Mr. Marilyn eines Sonntag morgens an. «Sie muß doch wissen, daß ich hier allein bin. Ich kann mir gar nicht vorstellen, daß sie noch immer beleidigt ist, weil ich sie angeschrien habe.»

«Vielleicht hat sie versucht anzurufen. Wenn sie nicht durchkommt, dann glaubt sie vielleicht, Sie sind auch nach Australien gegangen.»

«Möglicherweise haben Sie recht.» Anna nahm ihr Portemonnaie, lief die Straße hinunter zur Telefonzelle und tippte die vertraute Nummer ein.

«Ja, hallo», antwortete Delia in gehetztem Tonfall.

«Dee, ich bin's, Anna. Ich kann leider nicht lange reden, weil ich in einer Telefonzelle bin, aber ich wollte nachfragen, wie es dir geht.»

«Großartig, ich bin nur sehr beschäftigt. Ich habe versucht, dich zu erreichen, aber du warst nie zu Hause.»

Anna dachte daran, daß ihr Telefon seit fast einem Monat abgestellt war. «Wann denn?»

«Letzte Woche, glaube ich, aber ich weiß nicht mehr genau. Du weißt doch, wie das ist, es gibt soviel zu tun. Was machst du so?»

Sie hatte Delia eigentlich von dem Baby erzählen wollen, aber jetzt beschloß sie, es nicht zu tun, zumindest jetzt noch nicht. «Mir ist es nicht besonders gutgegangen, und es ist nicht leicht, aber ich würde dich gerne sehen. Warum besuchst du mich nicht mal?»

«Bei dir zu Hause?» Delia klang nicht begeistert. «Ich schau mal, was sich machen läßt, Anna. Hör zu, ich muß aufhören, Russell ist gerade gekommen. Ruf mich bald mal an, dann gehen wir Mittag essen.»

Anna legte den Hörer auf. Delia hatte nicht einmal gefragt, weshalb sie in einer Telefonzelle war.

Bei ihrer Rückkehr sagte sie zu Mr. Marilyn: «Ich glaube, ich bin für Delia uninteressant geworden, seit ich nicht mehr zu ihrer Welt gehöre.»

Sie versuchte so zu tun, als mache ihr das nichts aus, aber es belastete sie doch. Darum rief sie einige Tage später noch einmal an, weil sie sich sagte, daß sie vielleicht überempfindlich war. Diesmal war Delia nicht zu Hause, und Anna hinterließ eine Nachricht. Sie hörte nichts von ihr.

Die Renovierung des ersten Stocks nahm mehr Zeit in Anspruch als das Speichergeschoß, weil die Zimmer größer und die Decken höher waren. Mr. Marilyn brachte Anna weiterhin täglich eine Tasse Tee und eine Vitamintablette, und als sie einander besser kannten, erzählte er von seiner Kindheit.

«Ich bin in Soho geboren», sagte er. «Ich war ein Einzelkind, und mein Vater starb, als ich noch ein Baby war. Mutter hat mich allein aufgezogen. Sie hat Kostüme für Theaterproduktionen geschneidert, herrliche Kleider, Chiffonroben mit perlenbesetzten Stirnbändern und Pressamt-Mäntel mit großen gefalteten Ärmeln. Als ich groß genug war, um die Kostüme zu tragen, ohne daß sie im Straßenschmutz schleiften, erlaubte mir Mutter, sie beim Theater abzugeben. Manchmal ließen mich die Wachmänner eine Probe ansehen. Damals verliebte ich mich ins Theater, Miss Tobias.»

«Mr. Marilyn, es wäre mir lieber, wenn Sie mich Anna nennen.»

«Meine Mutter hieß ebenfalls Anna.»

«Dann kann ich verstehen, wenn Sie es nicht möchten.»

«Nein!» sagte er eindringlich. «Ich nenne Sie sehr gerne Anna.»

Eines Morgens erschien Mr. Marilyn nicht, und weil sie sich

sorgte, er könne krank sein, ging Anna hinunter, um nach ihm zu sehen. Sie fand ihn im Keller, wo er seine Fleißigen Lieschen goß. «Ihre Mutter hat heute früh angerufen», sagte er, ohne sich zu Anna umzudrehen. «Sie weiß, daß Sie Ihre Arbeit verloren haben.»

«Haben Sie ihr auch von dem Baby erzählt?»

Er nickte schuldbewußt. «Es tut mir leid, ich wußte nicht, daß Sie ihr nichts davon gesagt hatten. Als sie fragte, wo Sie seien, habe ich ihr anvertraut, ich machte mir Sorgen, Sie könnten sich überanstrengen. Dann hat sie angefangen, mich auszufragen.»

Anna umarmte ihn kurz. «Machen Sie sich keine Gedanken, ich hätte es ihr früher oder später ohnehin erzählen müssen.» Sie stieg wieder die Treppe hinauf und rief: «Wenn Mutter kommt, ich bin im ersten Stock.»

«Sie hat nicht gesagt, daß sie kommt.»

«Das wird sie aber, ich kenne doch meine Mutter.»

Anna strich gerade eine Fußleiste, als sie die Schritte ihrer Mutter auf der Treppe hörte.

«Hier bin ich», rief sie.

Ihre Mutter betrat das Zimmer. Sie trug ein strenges Leinenkleid, das Anna früher einmal an Jacynthia Peabody gesehen hatte, und ihr silberblondes Haar war mit einem Samtreifen zurückgehalten. «Warum hast du mir nichts von dem Baby erzählt?» fragte sie mit leiser, verletzter Stimme.

Anna ließ den Farbpinsel sinken. «Ich wollte nicht, daß du dir Sorgen machst.»

«Aber ich bin deine Mutter, und das Baby wird mein Enkelkind.»

«Es tut mir leid.» Anna merkte jetzt, daß sie einen schweren Fehler begangen hatte, und senkte schuldbewußt den Kopf. «Ich dachte, es wäre das beste.»

«Ich wüßte es auch jetzt noch nicht, wenn Tom nicht herausgerutscht wäre, daß Charlie gegangen ist», fuhr ihre Mutter fort. «Natürlich hat Tom sich geweigert, mir mehr zu erzählen, aber ich habe geahnt, daß etwas nicht stimmt. Ich habe in deiner Firma angerufen und ... na ja ... warum hast du mir diese alberne Geschichte mit der Geschäftsreise erzählt?»

«Weil ... wegen Vater», sagte Anna zögernd. «Wenn ich dir gesagt hätte, daß ich entlassen wurde und kein Geld mehr habe, hättest du Ängste ausgestanden. Darum dachte ich, ich warte, bis ich wieder eine Stelle gefunden habe. Dann entdeckte ich die Schwangerschaft, und Charlie hat mich verlassen, und ... na ja, erst wollte ich das Baby nicht behalten, also warum hätte ich dich aufregen sollen? Ich wollte dich nicht aus meinem Leben ausschließen, Mum, wirklich nicht.» Anna brach beinahe in Tränen aus, so schuldig fühlte sie sich.

«Ach, jetzt habe ich dich auch noch durcheinandergebracht. Wein doch nicht, Anna, bitte. Weißt du, praktischer wäre es wohl gewesen, eine Abtreibung vornehmen zu lassen. Babys machen viel Arbeit. Dieser seltsame alte Mann in deinem Keller hat mir erzählt, es kommt im November. Warst du bei einem guten Arzt? Weißt du schon, in welches Krankenhaus du gehst?»

«Ja, und Mr. Marilyn achtet darauf, daß ich genug Vitamine esse und alles richtig mache. Er ist vielleicht schrullig, aber er ist sehr nett.»

Ihre Mutter sah sich in dem leeren Zimmer um. «Das mit Charlie tut mir leid. Ich finde es schrecklich, wenn du so verletzt wirst. Ich hoffe, daß er dir regelmäßig Geld schickt.»

«Er glaubt, ich hätte es abtreiben lassen.»

«Aber Liebes, er muß das Kind unterstützen.»

«Nein, Mum, ich will mit ihm nichts mehr zu tun haben. Lieber stehe ich alles allein durch, als daß ich diesen Mann noch einmal sehen muß.»

«Anna, du mußt vernünftig sein. Charlies Eltern sind vielleicht nicht reich, aber es geht ihnen gut, und sie könnten dem Kind einen Treuhandfonds einrichten. Ich selbst kann nur helfen, soweit es geht, aber viel habe ich nicht.»

«Mum, ich komme schon zurecht.»

Ihre Mutter seufzte. «Du siehst so müde aus, Liebes. Du kannst jederzeit zu uns ziehen, wenn dir alles über den Kopf wächst. Ich würde ja herkommen und mich um dich kümmern, aber Granny braucht mich.»

Anna erhob sich schwankend und umarmte ihre Mutter. «Vielen Dank, daß du gekommen bist, und für das Angebot, mir Geld zu geben. Es tut mir leid, wenn ich dich gekränkt habe.»

Vorsichtig schob ihre Mutter sie weg und rieb trockene Sprenkel gelber Farbe von ihrem Kleid. «Du bekleckerst mich mit Farbe, Liebes.»

«Entschuldige.» Anna sprang zur Seite. «Komm mit runter, dann mache ich dir einen Tee. Du mußt doch müde sein nach der Fahrt.»

Sie gingen zur Treppe, und auf dem Absatz sagte ihre Mutter: «Willst du, daß ich es Großmutter Tobias erzähle? Ich glaube, ich muß es tun, aber noch nicht heute abend. Ich möchte erst selbst ein bißchen darüber nachdenken.» Sie drückte Annas Hand. «In solchen Momenten vermisse ich Jeffrey ganz besonders.»

«Damit du mit ihm über die Probleme eurer Tochter reden kannst?» fragte Anna.

«Ach, nein, damit er sich mit mir freut.» Das Gesicht ihrer Mutter strahlte. «Schließlich werde ich wieder Großmutter.»

Sehr vorsichtig, damit sie keine Farbe auf ihr Kleid brachte, küßte Anna ihre Mutter auf die Wange.

Kapitel 19

An einem drückend heissen Wochenende im August wurde Anna mit dem Streichen fertig, und am Montag darauf lud sie Mr. Hyde von der East Metro zum Tee ein. An diesem Morgen hatte sie einen Brief von einem Anwalt in Melbourne erhalten, daß Charlie ihr seinen Anteil am Haus überschreiben wolle.

Mr. Hyde kam mit einem entsprechenden Brief. «Mr. Blythely ist ausgesprochen verantwortungslos», schimpfte er ärgerlich, als sie ihn durch die Diele führte. «Er schenkt Ihnen gar nichts, Miss Tobias, lediglich seinen Anteil an den Schulden. Den bekommen Sie, wenn Sie zustimmen.»

«Aber da Sie ohnehin von Charlie nie einen Penny sehen werden und ich alle Kosten übernehme, möchte ich, daß das Haus auf meinen Namen läuft.» Anna schob ihn in das sonnendurchflutete Wohnzimmer.

Als Mr. Hyde ging, hatte sie ihn überredet, ihr für den billigsten Teppich, den sie finden konnte, weitere tausend Pfund zu leihen.

Anna suchte auf den Kleinanzeigen-Seiten der Stadtteilzeitung nach Möbeln und erstand nach viel Handeln mit fünfzig Pfund, die ihre Mutter geschickt hatte, vier Betten und vier Sofas von einem pleite gegangenen Hotel und von einem Beerdigungsinstitut, das sich neu einrichtete, vier häßliche, aber brauchbare Tische mit geschwungenen Beinen. Als die Möbel geliefert wurden, streckte sie ihren Bauch heraus, um die Schwangerschaft zu betonen, worauf der Fahrer und sein Kollege Mitleid zeigten und die Möbel nach oben trugen. Zwischen dem Erdgeschoß und dem Speicher ließ sie beiläufig fallen, daß ihr Freund sie verlassen habe, und als sie tapfer ein Trinkgeld anbot, wiesen die beiden es zurück und sagten: «Behalten Sie das, Schätzchen, Sie können es brauchen.»

Zwei ältliche Schwestern, Freundinnen von Mr. Marilyn, die früher eine Pension in Hove geführt hatten, verkauften ihr eine Rolle blauweißen Dekorstoff für fünfzig Pence den Meter. Die fröhlichen breiten Streifen erinnerten Anna an die Markisen in einem Badeort der Jahrhundertwende. Als ihre Mutter zu Besuch kam, brachte sie Großmutter Tobias' alte mechanische Nähmaschine mit, und Anna war eine ganze Woche damit beschäftigt, das steife Material unter die Nadel zu schieben und Vorhänge zu nähen.

In der ersten Hälfte ihrer Schwangerschaft hatte sie, verglichen mit den anderen Frauen, die sie bei der monatlichen Vorsorgeuntersuchung traf, nur wenig zugenommen, aber im sechsten Monat blähte sie sich auf – zumindest empfand sie es so. Da sie nicht mehr in ihre Shorts paßte, auch nicht, wenn sie den Reißverschluß offenließ und den Bund mit einer Schnur zusammenhielt, trug sie lange, sackartige T-Shirts oder Roz' alte Umstandskleider in ausgebleichten Blumenmustern, in denen sie wie die Insassin eines viktorianischen Arbeitshauses aussah.

Es war einer der heißesten Sommer, seit Anna denken konnte, und sie litt sehr. Tagsüber war es auf den Straßen stickig und schwül, und die Fußgänger kämpften darum, im Schatten gehen zu können. Die Blätter bewegten sich kaum, in der Luft hingen schwer die Abgase. Über den Dächern von Portobello lag ein schmutziggelber Dunst. Nachts war es Anna oft zu heiß und zu unbequem, sie konnte nicht schlafen und spazierte statt dessen durch die dunklen Straßen. Früher hatte sie sich immer vor Räubern gefürchtet, aber jetzt ging sie mit dem Mut eines Menschen, der wenig zu verlieren hat. Wenn ein Betrunkener stehenblieb und Geld verlangte, erklärte sie ihm «Ich bin auch pleite» und spazierte weiter.

Auf diesen nächtlichen Streifzügen dachte sie oft mit einer Mischung aus Wut und Bitterkeit an Charlie, der jetzt in der Sicherheit seines Elternhauses lebte. Eines Abends kam sie an der Stelle vorbei, wo er vorgeschlagen hatte, ein Auto zu stehlen. Sie dachte an ihre Argumentation, so verzweifelt seien sie noch nicht, und sie fragte sich, wie verzweifelt sie eigentlich werden mußte, ehe sie ein Verbrechen beging. Was brachte Leute wohl dazu, diesen unwiderruflichen Schritt zu tun?

In einer anderen Nacht traf sie Dominic, der die Portobello Road entlangwanderte und in die mit Rollgittern verschlossenen Antiquitätenläden spähte.

«Hallo», sagte er, und dann bemerkte er ihre vorgewölbte Taille und wurde rot. «Du liebe Güte!»

«Es ist nur ein Baby.» Sie war überrascht, wie sehr sie sich freute, ihn zu sehen.

Er ging ein Stück neben ihr her, wobei er beschützend ihren Arm nahm und sich auf der Straßenseite hielt. «Gerry hatte unrecht, als er dich hinausgeworfen hat», sagte er. «Wenn Mr. Marilyn dich noch immer nicht ausstehen könnte, wäre er wohl kaum in den Pub gekommen, um zu sagen, daß du krank bist.»

Anna blieb stehen. «Dominic, wenn du so denkst, warum hast du mich dann nicht verteidigt?»

«Ach, ich mische mich nie in das Leben anderer Leute.»

«Das ist doch übertriebenes Gerede!» Anna trat einen Schritt zurück. «Du mußt dich doch für das, was richtig ist, einsetzen.»

«Ich kämpfe niemals. Ich bin ein Musiker, ein Träumer, ein Poet.»

«Aber so wirklichkeitsnah, daß du damals meine fünf Pfund genommen hast, warst du schon!»

Einen Augenblick sah Dominic verblüfft aus, dann antwortete er: «Wenn du nicht wolltest, daß ich das Geld nehme, hättest du es mir nicht anbieten sollen.»

«Du hättest es nicht annehmen sollen. Kein normaler Mensch hätte das getan.» Sie ging weiter und ließ ihn stehen.

Er holte sie ein. «Das ist es, was ich meine, Anna, ich bin nicht wie andere, ich bin nicht von dieser Welt.»

Sie marschierte weiter, ohne auf ihn zu achten. Er folgte ihr, und als sie am Haus ankamen, blieb ihm vor Erstaunen der Mund offen. «*Hier* wohnst du? Oh, dieses Haus habe ich immer schon geliebt.» Begeistert blickte er auf die weiße Fassade, die geisterhaft vor dem nachtblauen Himmel aufragte. «Anna!» Er faßte ihre Hand. «Darf ich hereinkommen? Darf ich den Rest meines Lebens hier verbringen?»

Jemandem, der Ladbroke Hill liebte, konnte Anna nicht böse sein. «Nein», gab sie zurück, «aber du kannst morgen wiederkommen und mir beim Aufhängen der Vorhänge helfen.»

Zu ihrer Überraschung erschien Dominic pünktlich am nächsten Morgen, und wenn er nicht gerade von seinem Innenleben redete, packte er schnell und tatkräftig zu. Im Lauf der nächsten Tage hängte er die Vorhangstangen und die Vorhänge auf und legte die Elektroleitungen um, so daß jede Wohnung ihren eigenen Schaltkreis hatte.

Ehe Anna das Haus in die Zeitung setzen konnte, mußte sie die noch offene Telefonrechnung zahlen. Da sie nichts mehr verkaufen konnte, wandte sie sich zögernd an Roz, die ihr dreihundert Pfund lieh. Sobald die Zeitung erschien, hörte das Telefon nicht mehr auf zu klingeln. Der erste Interessent, ein smarter Amerikaner, der Trainee bei einer Bank war, kam um die Mittagszeit. Er war ein blonder Riese, hatte ein zufriedenes kindliches Gesicht und ein aufrichtiges Lächeln.

«Hallo, ich bin Macdonald Bradley.» Er zerquetschte Annas Finger in seiner riesenhaften Hand.

Sie trat einen Schritt zurück. «Äh ... kommen Sie herein.»

Er schob sich an ihr vorbei in die Diele und sagte: «Mein Großvater und meine Großmutter haben draußen auf Long Island ein Haus wie dieses. Ist es das Haus Ihrer Familie, oder haben Sie es gekauft, um es zu vermieten?»

«Weder noch», antwortete sie steif und ging vor ihm die Treppe hinauf.

Er schien Annas kühle Reaktion gar nicht zu bemerken und folgte ihr fröhlich, wobei er so rasch redete, daß sie ihn kaum verstand. «Ich bin für ein Jahr hier … wollte immer schon mal in London leben, es ist so super hier … ewig könnte ich hier nicht bleiben, ich würde meine Heimat vermissen, aber ich glaube, in einem Jahr sollte ich mich hier ganz gut auskennen – ich will die Briten kennenlernen, ihre Kultur, und meinen Horizont erweitern.»

Anna zeigte ihm das große Zimmer im ersten Stock, das jetzt die «große Wohnung» genannt wurde. Er machte alle Schränke auf, einen nach dem anderen, und schob seinen großen Kopf hinein wie ein Polizeihund, der nach Drogen schnüffelt. «Wann wurde die Wohnung gestrichen?» fragte er.

«Gerade eben», antwortete Anna ungehalten. «Riechen Sie das nicht?»

Er lächelte, ohne ihren Ärger zu bemerken. «Sind die Laken aus Baumwolle? Ich mag nur Baumwolle.»

Anna, die jeden anderen Mieter vorgezogen hätte, sagte: «Sie müssen Ihre eigene Wäsche, Geschirr und Töpfe mitbringen. Also verschwenden Sie vermutlich nur Ihre Zeit, Mr. Bradley.»

«Nennen Sie mich Mac!» Er fuhr mit dem Finger über den Tisch, um ihn auf Staub zu überprüfen.

«Es ist sehr laut am Wochenende», fuhr Anna fort. «Direkt unterhalb der Anhöhe ist ein Straßenmarkt.»

«Schön. Ich mag Menschen.»

«Außerdem ist die Kriminalität in der Gegend sehr hoch. Bestimmt haben Sie von den Verhaftungen während des Karnevals in diesem Jahr gelesen.»

«Ich bin New York gewöhnt.»

«Die Küche müßten Sie mit dem anderen Mieter im ersten Stock teilen, und es gibt nur ein Münztelefon.»

«Ich esse außerhalb, und ich habe mein eigenes Mobiltelefon.»

Ein treuherziges Lächeln bildete Grübchen in seinen rundlichen Wangen. «Aber es ist nett, daß Sie mich auf die Nachteile hinweisen.»

Anna wollte gerade deutlich sagen, sie wolle ihn nicht im Haus haben, als es klingelte. Sie eilte nach unten, und auf der Schwelle stand ein großer blasser Mann in einem grauen Anzug. Es war Colin vom Verteidigungsministerium, der ideale Mieter, der eine Frau auf dem Land hatte und jedes Wochenende nach Hause fuhr.

Als Anna ihn die Treppe hinaufführte, kam der Amerikaner gerade aus der großen Wohnung. «Macdonald Bradley.» Er schüttelte Colin die Hand. «Ich werde auch hier wohnen.»

Anna war wütend, aber sie konnte ihn schlecht aus dem Haus weisen, sonst hätte Colin sie für einen unerträglichen Besen gehalten. «Rufen Sie mich später an, Mr. Bradley», meinte sie knapp.

«Das ist nicht nötig, ich habe mich schon entschieden.» Er reichte ihr ein Bündel Zwanzigpfundnoten. «Hier ist eine Monatsmiete im voraus, die Kaution und die Referenz meines Chefs – genau wie Sie mir am Telefon gesagt haben. Am Samstag vormittag ziehe ich ein. Dann können Sie mir die Quittung geben.» Er stampfte die Treppe hinunter, während Anna schwankte, ob sie ihm das Geld nachwerfen oder es triumphierend zu Mr. Hyde tragen sollte.

«Amerikaner sind sehr entschiedene Menschen, nicht wahr?» meinte Colin mit sanfter Stimme.

Anna nickte. Sie war von einem Riesenbaby ausgetrickst worden.

Colin entschied sich für eine der Speicherwohnungen, und eine sehr ernste polnische Jurastudentin namens Grazyna nahm die andere. Mit ihren kurzen braunen Haaren und der kindlichen Figur sah sie aus, als wäre sie kaum aus der Schule entlassen, aber sie erzählte der erstaunten Anna, sie sei schon fast dreißig. Acht weitere Interessenten besichtigten die zweite Wohnung im ersten Stock, aber alle lehnten ab, weil sie die Küche nicht teilen wollten. Um zehn Uhr war Anna erschöpft, ihre Knöchel waren geschwollen, und der Rücken tat ihr weh. Sie schaltete den Anrufbeantworter an, goß sich einen Becher Milch ein und warf sich in einen Lehnsessel. Sobald sie saß, rief eine Frau durch den Briefschlitz: «Hallo!»

In ihrem erschöpften Zustand glaubte Anna, es sei Delia, und sie ging schwankend zur Haustür, voller Freude, weil sie sich bezüglich ihrer Freundschaft doch nicht geirrt hatte. Aber als sie öffnete, stand dort eine stattliche, rothaarige Frau, die wie ein aufgeregter Vogel auf und ab hüpfte und Anna vage bekannt vorkam. Sie hatte ein Adlergesicht mit unregelmäßigen Zügen, jede Menge Sommersprossen und einen Schopf feiner orangefarbener Haare, die sich an den Spitzen wie angesengter Tabak kringelten. Ihre Garderobe schien dem Kostümfundus eines Theaters zu entstammen: ein weites burgunderrotes Kleid und ein schwarzer Schal, den sie über eine Schulter drapiert hatte und dessen Ende nachlässig auf dem Boden schleifte.

«Ich bin Louise», sagte sie. «Ich habe vor einiger Zeit angerufen. Tut mir leid, daß ich so spät komme.»

«Sie müssen morgen wiederkommen.» Anna konnte sich kaum auf den Beinen halten.

«Ach bitte, es war nicht meine Schuld. Ich hatte das Licht am Wagen angelassen, und die Batterie war leer.» Louise deutete auf einen hellroten Lieferwagen, der Annas Einfahrt blockierte. «Sie wissen doch, wie es ist, wenn man es eilig hat. Da geht immer etwas schief. Aber so spät bin ich auch wieder nicht, es ist erst zehn Uhr.»

«Ich bin zu müde.» Anna lehnte sich an die Wand.

«Lassen Sie mich herein, dann schaue ich mich ganz schnell um, ich verspreche es.» Louise ging an ihr vorbei in die Diele. «Wir haben uns schon einmal gesehen.» Im elektrischen Licht betrachtete sie Anna. «Der Himmel weiß, wo, ich habe ein Gedächtnis wie ein Sieb. Vielleicht kriege ich Alzheimer und weiß es nur noch nicht. Wie jung kann man das bekommen?»

«Ich habe keine Ahnung», stöhnte Anna. Sie wünschte, Louise würde aufhören zu plappern.

«Haben wir uns beim Kunststudium kennengelernt? Ja, das könnte sein. Im Royal College? Nein? Dann vielleicht beim Theater? Sind Sie Schauspielerin?»

«Ich kann nicht Theater spielen, und ich kann nicht malen.» Anna brach beinahe in Tränen aus und ließ sich auf die unterste Treppenstufe sinken. «Wenn Sie die Wohnung sehen wollen, sie ist im ersten Stock, auf der linken Seite, aber ich schaffe es nicht noch einmal, die Treppe raufzusteigen.»

«Nur keine Sorge.» Louise hüpfte die Stufen so schnell hinauf, daß sich der weite Saum ihres Kleides zwischen ihren langen Beinen fing. Lautstark marschierte sie durch die Zimmer und rief dann über das Geländer nach unten: «Mit wem teile ich die Küche?»

«Einem amerikanischen Bankangestellten.»

«Ist er attraktiv?»

«Du liebe Güte, nein! Hören Sie, wollen Sie die Wohnung haben? Sonst gehe ich nämlich ins Bett.»

«Ich nehme sie.» Zwei Stufen auf einmal nehmend, kam Louise die Treppe herunter. Als sie Anna sah, die auf der untersten Stufe zusammengesunken war, sagte sie: «He, Sie sind ja sehr schwanger.»

«Warum, glauben Sie, wäre ich sonst so erschöpft?»

Louise wurde rot. «Es tut mir leid, daß ich so spät gekommen bin, aber ich bin sehr unter Druck. Vor zwei Jahren habe ich eine Wohnung gekauft, und die Zinsen sind jetzt so hoch, daß ich die Raten nicht mehr zahlen kann, deshalb wird am Montag meine Wohnung versteigert. Natürlich hätte ich mir längst etwas Neues suchen sollen, aber ich schiebe immer alles bis zur letzten Minute auf. Heute habe ich mir zehn Wohnungen angesehen, und jede hätte den Preis für das Rattenloch des Jahres verdient. Ich weiß, was Sie denken – warum ich nicht gleich zu Ihnen gekommen bin? Na ja, die Wahrheit ist, daß ich nicht gerne die Küche mit jemandem teile, weil ich Vegetarierin bin und es hasse, wenn Fleisch in meinem Kühlschrank liegt. Aber nachdem ich Ihr Haus gesehen habe, würde ich gerne einziehen.» Sie machte eine Pause. «Könnten Sie mit der Miete heruntergehen?»

Anna war zu müde, um verärgert zu sein, sie schüttelte nur den Kopf. «Ich vermiete das Haus nur, damit ich nicht hinausgeworfen werde, und ich brauche jeden Penny, den ich damit verdienen kann – nicht nur für mich, auch für das Baby.»

Louise hob die Hand. «Vergessen Sie, daß ich das gesagt habe. Es tut mir leid, ich hätte Sie gar nicht erst fragen sollen.» Sie streckte die Hand aus und nahm Anna am Arm. «Lassen Sie mich Ihnen aufhelfen, dann mache ich Ihnen eine Tasse Tee. O mein Gott, ich komme mir so grob vor, weil ich Sie um einen Nachlaß gebeten habe. Wenn man Sie so ansieht, schwanger und völlig verarmt.»

«Hören Sie auf!» rief Anna halb verärgert und halb lachend.

«Ich will Sie doch nur aufmuntern.»

«Indem Sie mir erzählen, wie schlecht es mir geht?»

«Sie haben recht. Ich bin taktlos. So war ich schon immer. Kommen Sie, wo ist der Tee?»

Louise führte Anna zu einem Lehnsessel und eilte geschäftig in die Küche. Ein paar Minuten später erschien sie wieder mit einer Kanne Tee und einem Teller Kresse-Sandwiches, die fast so edel aussahen wie die von Mr. Marilyn.

«Jetzt weiß ich, woher ich Sie kenne», sagte Anna zu ihr. «Sie haben einen Kleiderstand auf dem Markt.»

«Ich habe Ihren Freund ein ignorantes Arschloch genannt. Heißt das, daß ich nicht einziehen kann?»

«Er war auch ein Arschloch, aber das wußte ich damals noch nicht.»

Sie sahen einander an und lachten. Auf einmal war Anna sehr froh, daß sie Louise nicht weggeschickt hatte. Auch wenn sie Mr. Marilyn sehr mochte, so vermißte sie doch den Kontakt zu Menschen ihres Alters und zu anderen Frauen.

Die Mieter zogen am Samstag ein. Mac besaß ein Set zusammenpassender Koffer, Colin brachte fünf graue Anzüge mit, und Grazyna hatte einen einzigen alten Lederkoffer. Sie trafen einander in der Diele und auf der Treppe und schüttelten sich verlegen die Hände – abgesehen von Louise, die hereingerannt kam, «Hallo!» rief, einen Armvoll Kleider in ihre Wohnung warf, den Schlüssel abholte und wieder zum Markt zurückrannte: am Samstag war am meisten los.

Es war ungewohnt für Anna, andere Menschen im Haus zu haben. Jetzt konnte sie nicht mehr halb angezogen durch die leeren Zimmer spazieren oder von einem Speicherfenster aus das Leben auf dem Markt betrachten. Der Lärm im Haus war nicht mehr ihr Lärm, und wenn das Telefon auf dem Treppenabsatz im ersten Stock klingelte, war es nicht für sie.

Am Spätnachmittag klopfte es heftig an ihre Tür, und als sie öffnete, stand Grazyna davor. Sie war weiß vor Wut. «In einem lauten Haus kann ich nicht wohnen», beklagte sie sich in ihrem steifen Englisch und deutete auf Macdonald Bradleys Wohnung, aus der trotz der geschlossenen Tür die dröhnende Stimme eines Fußballkommentators tönte. «Ich muß arbeiten. Ich habe ein Stipendium bekommen, um in London internationales Recht zu studieren, und ich bin es denjenigen, die mich ausgewählt haben, schuldig.»

«Ich werde ihn bitten, den Fernseher leiser zu drehen», sagte Anna. Hoffentlich kam es nicht gleich zum ersten Streit. Gefolgt von Grazyna ging sie nach oben und klopfte an die Tür des Amerikaners. Niemand öffnete. Sie wollte gerade fester klopfen, als sie hörte, wie die Haustür aufging und Macdonald Bradley mit einer Flasche Champagner und einem Sechserpack Bier hereinkam.

Er lächelte, als er Anna und Grazyna vor seiner Tür stehen sah. «Kann ich etwas für Sie tun?»

«Sie müssen mit diesem Lärm aufhören», fuhr ihn Grazyna an.

Er lief hellrot an.

«Das stört die anderen Mieter», erläuterte Anna. «Können Sie die Lautstärke bitte etwas herunterdrehen?»

«Natürlich, kein Problem.» Er kam die Treppe herauf.

«Er muß es ganz ausschalten.» Grazyna ballte die Fäuste. «Ich muß mich konzentrieren.»

«Das ist eine unvernünftige Forderung.» Anna fragte sich, wie sie auf den Gedanken gekommen war, Grazyna für schwächlich zu halten. «Mr. Bradley hat das Recht fernzusehen. Das ist zwar kein lautes Haus, aber es ist auch keine Leichenhalle.» Mit festen Schritten ging sie die Treppe hinunter. Sie schob sich an dem Amerikaner vorbei, ging in ihre Wohnung und machte entschieden die Tür hinter sich zu.

Im Obergeschoß war es still. Anna rechnete damit, daß Grazyna verkündete, sie ziehe aus und wolle ihr Geld zurück. Da Anna es ihr nicht hätte zurückzahlen können, umschiffte sie das Problem, indem sie das Haus verließ. Sie ging zu Ceres, um frisches, knuspriges Brot zu kaufen, und spazierte dann über den Markt in der Hoffnung, daß der Friede im Haus wiederhergestellt war, wenn sie zurückkehrte. Als sie die Straße hinaufging, sah sie Louise, die gerade einer zögernden Deutschen ein edles schwarzes Samtcape verkaufen wollte.

Ohne auch nur mit einem Wimpernzucken anzudeuten, daß sie Louise kannte, überquerte Anna die Straße und trat an den Stand. «Das ist schön», sagte sie und strich über den schwarzen Samt. «Wieviel kostet es?»

«Achtzig», antwortete Louise mit unbewegtem Gesicht. «Es ist heruntergesetzt, vorher hat es hundert gekostet.»

Anna wandte sich an die Deutsche. «Wenn Sie es nicht nehmen, würde ich es gerne anprobieren.»

«Nein! Ich kaufe es.» Die Deutsche wühlte in ihrer Handtasche und holte ihre Geldbörse heraus.

Während die Frau bezahlte, tat Anna so, als betrachte sie die anderen Kleider, die auf einer Stange neben dem Stand hingen. Sie stammten größtenteils aus den zwanziger und dreißiger Jahren oder waren zumindest in diesem Stil gehalten, genäht aus Knittersamt oder Crêpe de Chine, mit tief angesetzten Taillen und aufwendigen

Ärmeln. An der Seite des Tisches, wo Louise stand, lag eine Reihe antiker Abendtaschen aus Brokat oder mit Perlen bestickt und ein Dutzend Paar Schnallenschuhe aus Satin mit geschwungenen Absätzen. Dazwischen hingen überall Drucke, die das alte London zeigten.

Nachdem die Deutsche weitergegangen war, zischte Louise Anna zu: «Du warst toll! Hier sind fünf Pfund Kommission.»

«Nein! Das hat mir doch Spaß gemacht.»

«Dann gehen wir dafür etwas trinken. Ich packe nur eben zusammen.» Louise hievte die Kleider mitsamt ihrer Stange in den Laderaum des roten Lieferwagens, der in der Nähe parkte. Dann öffnete sie einen großen, abgeschabten Lederkoffer, um die Taschen darin zu stapeln. «Die Drucke gehören Lionel. Er läßt mich seinen Stand mitbenutzen, weil er gerne auf Pferde wettet und jemanden braucht, der sich um den Laden kümmert», erklärte Louise, während sie einpackte. «Seine Tochter Karen war mit mir an der Kunstschule. Sie hat früher hier Kleider verkauft, aber sie ist nach New York gezogen und handelt jetzt auf einem Markt an der Upper West Side mit altem Modeschmuck. Lionel sagt, sie verdient ganz gut, und das ist ein Glück, denn wenn sie zurückkäme, müßte ich verschwinden. Die meisten Standbesitzer sind schon seit Jahren hier. Ich hatte Glück, daß ich zur rechten Zeit gekommen bin.» Louise schloß den Koffer und begann die Schuhe einzeln in Stoffstreifen zu wickeln, damit der Satin nicht abgestoßen wurde.

Ein grauhaariger Mann mit einem ordentlich geschnittenen Ziegenbärtchen kam herangeschlendert. «Ich hatte zwei von dreien bei der Dreierwette, aber das letzte blöde Pferd ist beim Start hängengeblieben», jammerte er Louise vor. Dann sah er Anna an, lächelte und sagte: «Hallo, Blondchen, wann kommt denn das Baby?»

Anna wurde rot. «Im November.»

«Sie heißt Anna und nicht Blondchen, du Chauvinist!» Louise versetzte ihm mit dem Ellbogen einen Rippenstoß. «Wir gehen in den Pub. Kommst du mit?»

Lionel schüttelte den Kopf. «Meine Frau hat heute Geburtstag.»

Anna und Louise gingen die Straße hinunter zum nächsten Pub. Er war voll, und der einzige freie Tisch befand sich in einer Nische nahe am Fenster. «Besetz ihn» sagte Louise und schob sich zur Bar durch.

Anna setzte sich und nahm die Tüte mit dem Weißbrot auf den Schoß. Sie sah sich unter den redenden und lachenden Menschen um, es kam ihr unglaublich vor, daß es so etwas gab, gleich in Sichtweite ihres Hauses, wo sie so einsam und isoliert gelebt hatte.

Ein Mann berührte sie am Arm, und sie zuckte erschrocken zusammen.

«Dich habe ich hier noch nie gesehen», sagte er mit einem fröhlichen Lächeln.

«Ich ... äh ... war auch noch nie da.» Sie schob die Brottüte von ihrem Bauch herunter.

Sein Blick fiel auf ihre dicke Taille, und er wurde hochrot.

Louise kam mit zwei hohen Gläsern mit eiskaltem Weißwein und Mineralwasser und unterbrach sie. Der Mann floh. «Also weißt du, Anna! Einen Mann aufzureißen, in deinem Zustand!»

Anna kicherte. «Es war ihm so peinlich.» Sie machte eine Pause. «Danke, daß du mich mitgenommen hast. Ich bin nicht mehr ausgegangen, seit Charlie mich verlassen hat. Ich habe in einer Oase gelebt, nur ich und das Baby, wir zwei gegen den Rest der Welt. Ich habe richtig Angst davor, wie es sein wird, wenn ich ... jemals wieder einen Mann kennenlerne. Ich wüßte gar nicht, was ich tun oder sagen soll.»

Louise stützte die Ellbogen auf den runden Tisch. «Ich weiß, was du meinst. Freddie und ich haben fünf Jahre zusammengelebt. Wir haben sogar in demselben Graphik-Design-Studio gearbeitet. Aber als ich meine Stelle aufgab, um mit alten Kleidern zu handeln, was bis dahin nur ein Hobby gewesen war, wurde alles anders. Freddie redete gerne über seine Arbeit im Studio, aber das interessierte mich nicht mehr. Er haßte den Markt und die Tatsache, daß ich am Samstag beschäftigt war, und eines Abends erklärte er mir, ihm reiche es jetzt.»

«Warst du wütend?»

«O ja, ich war am Boden zerstört. Ich konnte gar nicht mehr klar denken. Damals kaufte ich die Wohnung – die jetzt versteigert wird. Sie war schon am Anfang teuer, aber ich mußte aus Freddies Haus ausziehen, und darum nahm ich sie. Ich mache Freddie keine Vorwürfe, ihm ging es genauso schlecht wie mir. Schließlich hatte er die Frau, die er liebte, verloren, weil ich mich geändert hatte. Zumindest in seinen Augen. Jetzt bin ich mit einem Freund von Lionel zusammen. Robert restauriert Gemälde und lebt die halbe Zeit des Jahres in Italien, darum treffen wir uns nicht öfter als einmal im Monat oder so. Es macht Spaß mit ihm, er ist zehn Jahre jünger als ich, und da gibt es keine Erwartungen und keine gebrochenen Herzen. Mehr will ich nicht, zumindest nicht im Augenblick. Nicht so bald nach Freddie.» Louise sprang auf. «Komm, wir trinken noch etwas.»

Anna schüttelte den Kopf. «Babys und Alkohol passen nicht zusammen.»

«Dann fahre ich dich nach Hause.»

«Triffst du dich heute abend mit dem Restaurator?»

Louise kicherte und nickte. Dann hängte sie sich bei Anna ein, und sie gingen hinaus in die Abenddämmerung.

Kapitel 20

Sechs Wochen, bevor das Baby kommen sollte, besuchte Anna die erste Stunde ihres Geburtsvorbereitungskurses. Die Geburt wurde anschaulich beschrieben, doch danach war sie ängstlicher als zuvor. Von den dreißig Frauen in ihrem Kurs hatte etwa die Hälfte ihre Partner dabei. Wenigstens war sie nicht die einzige, die allein gekommen war.

Bei ihrer Rückkehr traf sie Macdonald Bradley in der Diele an, wo er auf und ab marschierte. «Der Wasserdruck in meiner Dusche ist nicht so stark, wie er sein könnte, und ich habe jetzt den Grund dafür entdeckt», erklärte er triumphierend. «Zu diesen Armaturen gehört ein sondergefertigter Dreifach-Duschkopf, kein Standard-Einfachkopf.»

Anna hatte keine Lust, von Xavier und der unbezahlten Rechnung zu erzählen. «Ich weiß», gab sie zurück, «aber die Dreifachköpfe kosten das Zwanzigfache.»

«Aber ein Dreifachkopf gehört auf diese Armatur.»

«Ich kann mir keinen leisten. Funktioniert die Dusche?»

«Ja, aber ...»

«Dann hören Sie auf zu jammern! Wenn Ihnen mein Haus nicht gefällt, können Sie ausziehen.» Sie ging in ihr Zimmer und machte die Tür hinter sich zu.

Einen Augenblick später tauchte Louise auf. «Was hast du denn zu Big Mac gesagt? Er ist mit eingezogenem Schwanz die Treppe hinaufgeschlichen.»

«Big Mac! Der Name paßt.» Anna ließ sich aufs Bett sinken. «Ich habe ihm erklärt, er soll mit dem Gejammer aufhören oder ausziehen. Gestern hat er sich über die Kälte beklagt, letzte Woche wollte er die ganze Nacht über die Heizung anhaben, und heute ging es um den blöden Wasserdruck.»

Louise setzte sich neben sie. «Du siehst erschöpft aus. Ich gehe Pizza holen. Willst du auch welche?»

«Ich bin bestimmt keine angenehme Gesellschaft. Ich komme mir fett, langweilig und unbeweglich vor.» Anna zupfte an ihrem Kleid, einem von Roz' ausgebleichten Baumwollkleidern. «Schau dir an, wie dick meine Knöchel sind. Sogar meine Finger sind geschwollen. Hätte sich Gott nicht eine bessere Fortpflanzungsmethode ausdenken können?»

Louise kicherte und ging. Kurz darauf kam sie mit einer riesigen Pizza zurück, die sie auf dem Balkon aßen, wo der herbstliche Geruch die letzten Spuren des Sommers vertrieb.

Nach diesem Abend aßen sie oft gemeinsam. Sie saßen an dem langen Refektoriumstisch in Annas Wohnzimmer, und als die Abende kühler wurden, zündeten sie ein Feuer im Kamin an. Es machte das Zimmer gemütlich und einladend, und sie blieben lange auf und redeten, während ihre Schatten an den Wänden flackerten. Mit dem Kochen wechselten sie sich ab. Louise war Vegetarierin. Da sie immer in Eile war, kaufte sie Fertiggerichte bei Marks and Spencer. Wenn Anna an der Reihe war, ging sie früh zum Markt, kaufte die preiswertesten Gemüse und füllte zwei Backformen, eine mit und eine ohne Fleisch. Mit einer Hand auf dem Bauch, der auf und nieder hüpfte, wenn das Baby strampelte, watschelte sie den ganzen Nachmittag in der Küche herum. Früher hatte ihr das Kochen nie Spaß gemacht, weil sie nicht genug Zeit dazu fand, aber jetzt genoß sie es, mit Gewürzen und Kräutern zu experimentieren. Oft luden sie Gäste ein wie Mr. Marilyn, Lionel und seine Frau, Dominic und gelegentlich Grazyna, obwohl diese in der Regel lieber arbeitete. Der einzige, den sie nie einluden, war Big Mac.

Roz kam zu Besuch und schlief eine Nacht auf dem Sofa. Sie brachte Tüten mit Babykleidung, eine Wiege und einen Kinderwagen mit, und Mr. Marilyn bewahrte die Sachen in seiner Wohnung auf, um kein Unglück heraufzubeschwören. Anna hatte Roz seit Mai nicht gesehen, seit dem scheinbar unendlich weit zurückliegenden Tag, als sie Lower Gossip verließ, um Charlie von ihrer Schwangerschaft zu erzählen.

Eine Woche, ehe das Baby kommen sollte, verspürte Anna plötzlich das Bedürfnis, die Wohnung gründlich zu putzen. Sie wischte die Küchenregale ab, scheuerte den Herd, reinigte den Boden und warf alle Vorhänge in die Waschmaschine.

Gerade als sie fertig war, rief Roz an. «Die Sanitäter machen Dienst nach Vorschrift. Was willst du tun, wenn das Baby kommt?» fragte sie mit der herrischen Stimme einer Pfadfinderführerin.

Anna gähnte. «Davon wußte ich gar nichts.»

«Herrgott noch mal! Hörst du keine Nachrichten?»

«Ach, Roz, sei doch nicht gleich wütend. Du weißt doch, wie es ist, wenn man hochschwanger ist. Nichts kann einen wirklich berühren.»

«Aber das geht dich an. Wie willst du ins Krankenhaus kommen, wenn du kein Auto hast, keine Sanitäter und, ich sage das nicht gern, keinen Ehemann?»

Anna dachte einen Augenblick nach. «Vermutlich muß ich Louise darum bitten.»

Eigentlich wollte sie Louise, die ständig auf den verschiedenen Märkten von ganz London unterwegs war und verkaufte, nicht auch noch damit belasten, aber sonst fiel ihr niemand ein. Zu ihrer Erleichterung freute sich Louise offenbar. «Natürlich bringe ich dich hin», sagte sie. «Ich bleibe auch bei der Geburt dabei, wenn es dir recht ist. Ich habe noch nie gesehen, wie ein Baby auf die Welt kommt. Hast du Angst, Anna? Ich hätte Angst.»

«Ich bin panisch.» Anna stieß ein nervöses Kichern aus. «Aber ich finde es auch aufregend.»

Die erste Wehe spürte sie an einem eisigen Novembernachmittag, drei Tage, bevor das Baby fällig war. Anna wurde nervös, weil Louise nicht zu Hause war, und hielt sich unruhig in der Nähe ihres gepackten Koffers. Sie überlegte, ob sie im Krankenhaus anrufen sollte, wollte aber nicht überempfindlich erscheinen oder gar falschen Alarm auslösen. Erst zwei Stunden später folgte die nächste Wehe. Inzwischen war Anna bereits unsicher geworden, ob sie sich die erste nur eingebildet hatte, aber als Louise nach Hause kam, hatte sie die Wehen bereits stündlich. Um Mitternacht kamen sie immer noch nicht häufiger, und so legte sich Anna aufs Bett. Louise packte sich neben ihr auf das Sofa, die Schlüssel des Lieferwagens griffbereit.

«Ich frage mich, was Babys bei ihrer Ankunft in der Welt empfinden», sagte Anna und legte die Hände auf ihren Bauch. «Ich wünschte, ich könnte mich daran erinnern, was ich dachte. Es muß doch sehr beängstigend sein, wenn man plötzlich ins Licht und zu lärmenden Leuten rutscht. Ich bin sicher, sie wünschen sich, sie wären wieder drinnen.»

«Du sagst wirklich komische Sachen», murmelte Louise im Halbschlaf.

Um drei Uhr nachts kamen die Wehen alle fünfzehn Minuten, und Anna rief in der Klinik an. Dann weckte sie Louise, die hochschoß und rief: «O Gott! Ist das Baby da?»

«Nein, aber es kommt bald.»

Anna biß wegen der schmerzhaften Krämpfe die Zähne zusammen, und kichernd vor Nervosität stolperten die beiden in die nächtliche Kälte hinaus. Als sie über den Kiesweg zum Lieferwagen gingen, hörte Mr. Marilyn ihre knirschenden Schritte und kam aus dem Kellergeschoß heraufgerannt. «Ist es soweit?» fragte er.

«Noch nicht, aber bald.» Anna umklammerte Louises Hand, um nicht laut aufzuschreien, und stieg in den Lieferwagen.

Die Fahrt in dem holpernden Lieferwagen wurde für Anna zum Alptraum. Sie hatte panische Angst, das Baby könne im Wagen zur Welt kommen, und Louise war genauso panisch angesichts der Aussicht, dabei helfen zu müssen. Endlich erreichten sie die Klinik, und man half Anna aus dem Wagen und führte sie durch den hell erleuchteten Korridor der Entbindungsstation.

Eine halbe Stunde später lag sie auf einem Bett im Kreißsaal, trug ein weißes Baumwollnachthemd und hatte die Haare nach hinten gebunden. «Das dauert noch eine Weile», sagte die Hebamme. «Ich schicke Ihre Freundin herein, damit Sie Gesellschaft haben.» Sie machte die Tür auf und winkte Louise herein.

«Mr. Marilyn ist draußen», sagte Louise, während sie sich einen Stuhl heranzog. «Ich habe den Schwestern erzählt, er sei der Vater des Kindes.»

«Du Miststück!» Anna mußte lachen, aber die nächste heftige Wehe unterbrach sie.

Daisy wurde um sechs Uhr morgens geboren. Seit dem Maimorgen, als sie den jungen Hund inmitten der Blütenblätter und der Gänseblümchen spielen sah, hatte Anna diesen Namen heimlich mit sich herumgetragen.

Alles tat ihr weh, und sie fühlte sich völlig erschöpft, als ihr Daisy in die Arme gelegt wurde. Gerne hätte Anna gesagt, daß sie von Mutterliebe überschwemmt wurde, aber das stimmte nicht. Daisy sah aus wie ein aus dem Nest gefallener junger Vogel. Sie hatte ein runzliges tomatenrotes Gesicht, und nasse Strähnen blonder Haare klebten an ihrem Kopf. Während Mr. Marilyn und Louise entzückt auf Daisy einredeten und ihre winzigen Finger bewunderten, kam Anna sich schrecklich gemein vor, weil sie eigentlich nur schlafen wollte. Sie war erleichtert, als die beiden gingen und sie in einen großen luftigen Saal gebracht wurde, wo fünf zufriedene Mütter ihre Babys stillten.

«Bestimmt wollen Sie das Baby neben sich haben», sagte die Schwester und schob Daisys Wagen neben Annas Bett.

Anna war viel zu müde, um sich darum zu kümmern. Sie fiel ins Bett und schloß die Augen.

Es schien überhaupt keine Zeit vergangen zu sein, als sie plötzlich von einem miauenden Schreien aus dem Bettchen geweckt wurde. Eine andere Schwester kam und sagte: «Jetzt ist es Zeit, das Baby zu stillen.»

Anna, die noch immer steif und müde war, nahm Daisy von der Schwester entgegen und umklammerte sie fest, weil sie fürchtete, das Baby fallen zu lassen. Dann versuchte sie sich an alles zu erinnern, was sie im Geburtsvorbereitungskurs gelernt hatte, und hielt Daisy an ihre linke Brust, aber Daisys Wimmern wurde zu lautem Jammern. Anna versuchte das Baby zum Saugen zu zwingen, doch das machte alles nur noch schlimmer. Daisy schrie immer lauter. Die anderen Mütter im Saal riefen ihr Ratschläge zu, aber nichts half, und als die Hebamme endlich kam, um sie zu unterstützen, war Anna verzweifelt. Tränen der Erschöpfung und der Hilflosigkeit liefen ihr über die Wangen.

Das Stillen schien ewig zu dauern, und danach ließ Anna sich in ein herrliches warmes Bad sinken. Als sie ins Bett zurückkam, legte sie sich zum Schlafen hin, wurde aber sofort von Daisys Wimmern geweckt. Es war Zeit, sie zu wickeln, zu waschen und zu stillen. Anna war gerade damit fertig, als ihre Mutter und Roz hereinkamen. Voller Bewunderung traten sie an das Babybettchen, und Anna fragte sich, ob etwas mit ihr nicht in Ordnung war, denn sie fühlte keinerlei mütterliche Liebe.

«Sie hat deine blonden Haare.» Roz lächelte Daisy an.

«Oder die von diesem vermaledeiten Charlie», sagte ihre Mutter, die wie immer nicht merkte, wie taktlos sie war. «Liebling, ich hoffe, du hast deine Meinung geändert und sagst es ihm jetzt. Er muß Unterhalt zahlen. Du wirst das Geld brauchen.»

«Mutter, jetzt nicht!» sagte Roz.

«Oh, es tut mir leid, Anna. Ich wollte mich nicht einmischen, aber ...»

«Mum, bitte!» Anna hob die Hand. «Ich habe meine Meinung nicht geändert.»

Roz tätschelte ihr die Schulter. «Du wirst das schon schaffen, Anna, du hast es noch immer geschafft. Wenn diese verdammte Wirtschaftskrise vorüber ist, dann wird Marinecover dich anflehen, daß du zurückkommst.»

Anna versuchte zu lächeln, aber sie konnte sich nicht vorstellen, wie sie jemals die Energie aufbringen sollte, wieder zu arbeiten.

Im Lauf der nächsten Tage lernte Anna das Stillen allmählich. Verglichen mit anderen Babys schrie Daisy nicht viel. Abgesehen von einigen Stunden am Abend schlief sie meist oder machte komische Geräusche wie ein junges Kätzchen.

Fünf Tage nach der Geburt kehrte Anna nach Hause zurück. Daisy sah inzwischen hübscher aus, sie war nicht mehr so rot und runzlig. Mr. Marilyn erwartete sie auf der Vordertreppe. Er trug einen großen Strauß weißer Lilien in der Hand, an dem eine Karte hing: «Für die beiden Mädchen in meinem Leben.» In ihrer Wohnung fand Anna die Wiege bereits vorbereitet, den Kühlschrank gefüllt und den Kinderwagen bereitgestellt. Neben einer Karte von Grazyna und Blumen von Colin stand da auch eine Flasche Champagner.

«Ich weiß gar nicht, wie ich euch danken soll», sagte Anna zu Louise und Mr. Marilyn.

«Der Champagner ist von Big Mac», sagte Louise.

«Wie peinlich.» Sie stellte die Flasche beiseite, um sie ihm zurückzugeben.

Als sie allein waren, legte Anna Daisy in die Wiege, kochte sich Tee und räumte die Babykleider in die Schrankseite, die früher Charlie gehört hatte. Um die Mittagszeit war Daisy noch immer still, und weil Anna Angst hatte, sie könne aufgehört haben zu atmen, fühlte sie nach ihrem Puls. Das weckte Daisy, und sie begann zu jammern. Anna hob sie heraus, wechselte die Windel und stillte sie – oder versuchte es zumindest, aber Daisy weigerte sich zu saugen. Die neue Umgebung machte sie unruhig und ängstlich, und sie fing an zu schreien. Es dauerte Stunden, bis Anna sie gefüttert hatte, und selbst dann saugte Daisy nur zögernd. Danach gelang es ihr nicht, Daisy, die bisher stets problemlos aufgestoßen hatte, ein Bäuerchen zu entlocken. Anna wußte nicht, ob sie nicht konnte oder nicht wollte.

Als Mr. Marilyn von seinem Tanztee zurückkehrte, brüllte Daisy noch immer, und Anna war vor Erschöpfung ganz grau im Gesicht. «Kommen Sie, ich nehme sie.» Er streckte die Arme aus.

Dankbar reichte Anna ihm das Baby. Daisy stieß einen enormen Rülpser aus, spuckte Milch über Mr. Marilyns grünes Samtjackett und schlief auf seiner Schulter ein.

«Ich komme mir völlig hoffnungslos vor», sagte Anna, während sie Mr. Marilyns Jackett reinigte. «Ich bin ihre Mutter, und ich habe sie nicht dazu gebracht, mit dem Schreien aufzuhören.»

«Ach, das war reines Glück, daß ich sie in diesem Augenblick genommen habe. Jetzt essen Sie etwas, und dann schlafen Sie, Sie brauchen Ihre Kraft.»

Zwei Stunden später, als Anna gerade gemütlich unter der Bettdecke schlummerte, begann Daisy zu schreien. Sie schrie die ganze Nacht, und wenn sie nicht schrie, zerrte sie an Annas gereizten Brustwarzen. Als am nächsten Morgen die Fürsorgerin kam, war Anna ein Wrack und Daisy weder gebadet noch gewickelt. Die Fürsorgerin strahlte Ruhe aus, und Daisy spürte das. Sie ließ sich stillen, sie rülpste, sie schlief, aber kurz nachdem die Frau gegangen war, als Anna gerade beim Mittagessen war, wachte Daisy auf und begann wieder zu schreien. Sie schrie den ganzen Nachmittag, und am Abend war Anna in Tränen aufgelöst.

Es klopfte an der Tür. Als sie öffnete, stand Big Mac vor ihr, noch in seinem Büroanzug. «Es tut mir leid wegen dem Baby», sagte sie, um seiner Beschwerde die Spitze zu nehmen.

«Ach, darum geht es nicht. Ich wollte Ihnen nur sagen, daß eine von den Glühbirnen auf dem Treppenabsatz kaputt ist.»

Die noch immer schreiende Daisy auf dem Arm, holte Anna eine Birne aus der Küche. «Bitte sehr.»

«Ach ... äh ... soll ich sie hineindrehen?»

Anna explodierte. «Herrgott noch mal! Ich kann das jetzt doch nicht machen. Wenn Sie eine neue Birne haben wollen, schrauben Sie sie selbst hinein.»

Big Mac nahm die Glühbirne und floh.

Die nächsten drei Wochen waren für Anna ein Alptraum. Hätte ihr jemand angeboten, Daisy zu sich zu nehmen, dann hätte sie ihre Tochter mit Freuden weggegeben. An manchen Tagen schlief Daisy eine Stunde, an manchen waren es drei, und manchmal schlief sie überhaupt nicht. Wenn sie wach war und nicht gerade gestillt oder gebadet wurde, dann brüllte sie. Die Fürsorgerin meinte, sie müsse «sich an einen regelmäßigen Tagesablauf gewöhnen», aber Anna schaffte es gerade noch, ihr Kind nicht zu schlagen.

Oft fand sie nicht einmal Zeit für eine Tasse Tee zwischen einer Fütterung und dem nächsten Schreien. Der freundliche Mr. Marilyn kaufte für sie ein, Louise kam jeden Abend vorbei, Roz rief an und gab Ratschläge, und ihre Mutter rief an und gab noch mehr Ratschläge, aber oft war Anna so müde, daß sie kaum sprechen konnte. Einmal war eine Nachricht von Isaac auf ihrem Anrufbeantworter, der fragte, wie es ihr gehe, und Anna war so benebelt vor Erschöpfung, daß ihr einen Augenblick lang sein Nachname nicht mehr einfiel.

Eines Morgens, als sie die ganze Nacht nicht geschlafen hatte und erfolglos versuchte, Daisy ihr Bäuerchen zu entlocken, klopfte Big Mac an ihre Tür. «Hätten Sie vielleicht Zeit, sich einmal meine Heizkörper anzusehen?» fragte er höflich. «Sie sind nicht so heiß, wie sie sein sollten, und müßten vielleicht entlüftet werden.»

«Zeit!» schrie Anna ihn an. «Sehen Sie denn nicht, daß ich für überhaupt nichts Zeit habe?»

«Ich dachte, daß ... äh ... während das Baby schläft ...»

«Sie schläft nicht, Sie Idiot!»

Big Mac wurde rot und wich zurück.

«Ich gebe Ihnen einen Monat, um sich eine andere Wohnung zu

suchen», sagte Anna, und ihre Stimme zitterte vor Erschöpfung und Wut. «Sie mäkeln unablässig, und das kann ich nicht mehr ertragen.» Sie schlug ihm die Tür vor der Nase zu.

Der Lärm erschreckte Daisy, und sie stieß einen enormen Rülpser aus, starrte Anna überrascht an und verzog das Gesicht langsam zu einem Lächeln – zumindest schien es Anna so. Anna zog das winzige Bündel an sich, küßte die zarte Haut auf Daisys Stirn – und von diesem Augenblick an hätte sie ihre Tochter nie mehr hergegeben.

Kapitel 21

Daisy hörte nicht auf zu schreien, nur weil Anna begonnen hatte, sie zu lieben, aber weil Anna sie liebte, waren der Lärm und die Müdigkeit leichter zu ertragen. Es war genau wie damals, als sie mit der Übelkeit besser fertig wurde, nachdem sie sich gegen eine Abtreibung entschieden hatte. Nach und nach gelang es ihr, ihren Tagesablauf so regelmäßig zu gestalten, wie es die Fürsorgerin empfohlen hatte. Sie schaffte es sogar, mit der Rückbildungsgymnastik anzufangen, denn zu ihrem Kummer paßte sie noch immer nicht in ihre alten Kleider.

Tom und Roz hatten die ganze Familie eingeladen, Weihnachten in Lower Gossip Fen zu verbringen, und Anna freute sich sehr auf diese Abwechslung. Aber eine Woche vorher, als Annas Mutter und Großmutter bereits dort waren, rief Roz an und teilte ihr mit, ihre Mutter habe Grippe und Phoebe die Masern und sie rechne damit, daß Oliver ebenfalls Masern bekomme. Obwohl Anna wußte, daß Daisy vermutlich noch durch die mütterlichen Immunstoffe geschützt war, konnte sie es doch nicht riskieren. Als sie auflegte, kämpfte sie mit den Tränen. Sollte sie Weihnachten allein verbringen? Dann biß sie die Zähne zusammen und ging hinunter zu Mr. Marilyn, der an seinem Küchentisch saß und Weihnachtskarten an seine alten Damen schrieb. «Was machen Sie am Weihnachtstag?» fragte sie.

«Nun, ich …» Er sah verlegen aus. «Normalerweise verbringe ich ihn allein.»

«Hätten Sie Lust, mit mir und Daisy zu feiern? Wir könnten ein Weihnachtsessen an meinem langen Tisch veranstalten.»

«Ach, Anna, das fände ich herrlich.» Sein Gesicht leuchtete vor Freude. Dann zögerte er. «Aber ... wollten Sie nicht zu Ihrer Schwester fahren?»

«Eines ihrer Kinder hat Masern, darum kann ich mit Daisy nicht hin, und ich dachte, ehe ich allein dasitze und Trübsal blase, lade ich alle Leute im Haus ein, die allein sind, und wir feiern gemeinsam.»

Er lächelte. «Das ist eine wunderbare Idee. Ich bringe den Pudding und die Fruchttörtchen mit. Nein, Anna, keine Widerrede. Sie können sich nicht leisten, alle zu verköstigen, besonders nicht, nachdem Sie jetzt Daisy haben.»

«Sehr gut.» Sie widersprach nicht, denn er hatte recht.

Sie verbrachten den Nachmittag damit, Einladungen zu entwerfen. Anna schrieb den Text, und Mr. Marilyn verzierte die Karten mit hübschen Zeichnungen von Stechpalmen- und Mistelzweigen. Dann schoben sie die Karten unter der Tür jeder Wohnung durch, nur nicht bei Big Mac. Als Louise ihre Karte gelesen hatte, kam sie zu Anna heruntergerannt und rief: «Ja, ich komme schrecklich gern. Ich hasse es, zu meinem Vater und meiner Stiefmutter zu gehen, da komme ich mir immer wie ein Eindringling vor, und Robert ist beim Skifahren. Ich besorge das Gemüse und den Salat.»

Grazyna nahm die Einladung ebenfalls an, was Anna überraschte. «Darf ich eine amerikanische Kollegin mitbringen?» fragte sie höflich. «Sie ist am Weihnachtstag allein.»

«Je mehr, desto besser – besonders, wenn es sich um gutaussehende Männer handelt», sagte Louise. Sie wandte sich an Anna, die hoffte, daß Grazynas Kollegin nicht ebenso ernst war wie Grazyna. «Was ist mit Big Mac?»

«Bis dahin ist er nicht mehr da, Gott sei Dank!»

«Der arme, alte Mac. Er ist eine Nervensäge, aber er meint es nicht so.» Louise zwinkerte Anna vielsagend zu. «Und er mag dich.»

«Quatsch!» Anna warf ihr einen von Daisys Babyschuhen nach.

Louise fing den Schuh mit einer Hand. «Das hat er mir gesagt.»

«Sie könnten es schlechter treffen, Anna», sagte Grazyna mit kühler Logik. «Sie sind allein, haben ein Kind, und Mac ist zwar nervtötend, aber er hat Geld.»

Anna jaulte entsetzt auf. «Das könnte meine Mutter gesagt haben!»

Am Samstag kauften sie auf dem Markt einen Christbaum. Weil einer der unteren Äste abgebrochen war, bekamen sie ihn zum halben Preis. Dominic trug ihn zum Haus, und so luden sie ihn ebenfalls auf das Fest ein. Am Abend schmückten sie das Wohnzimmer. Sie befestigten ihre Weihnachtskarten an langen roten Bändern und hängten sie so geschickt auf, daß man die ungestrichene Wand darunter nicht sah. Anna mußte an den Zauber der Weihnachtstage in Cliff Cottage denken, wenn ihr Vater auf der Bank im Fenster stand, während sie und Roz ihm die Papiergirlanden reichten, die er an der Vorhangstange befestigte. Sie konnte ihn vor sich sehen, wie er Reißnägel einhämmerte und dabei mehr fallen ließ, als er verwendete. Die Reißzwecken verschwanden in den Kissen auf der Fensterbank, bis sich – zu Annas größtem Vergnügen – ein Besucher hineinsetzte.

Anna schickte Weihnachtskarten an Isaac und Sybil, Miss Thin, Elaine und nach einigem Zögern auch an Delia. Nur Miss Thin und die Finesteins antworteten. Delias Schweigen trug Anna mit philosophischer Gelassenheit, aber sie wunderte sich, nichts von Elaine zu hören. Dieser Kontakt mit ihrem früheren Leben erinnerte sie daran, daß sie Anfang des Jahres mit der Arbeitssuche beginnen mußte, und davor hatte sie schon jetzt Angst. Allerdings war sie nicht sicher, ob sie sich mehr davor fürchtete, Daisy zu verlassen, oder davor, in der Welt, die sie ausgeschlossen hatte, erneut zu versagen.

An dem Tag, an dem Big Mac ausziehen sollte, wartete Anna darauf, daß er seinen Schlüssel zurückgab. Sie hatte damit gerechnet, daß er um die Mittagszeit ging, aber er kam nicht. Nachdem sie noch eine weitere Stunde gewartet hatte, machte sie sich Sorgen, er könne sich vielleicht weigern auszuziehen. Sie marschierte nach oben, um ihn zur Rede zu stellen.

Inmitten seiner Koffer saß er auf dem Fußende des Bettes. Seine großen Schultern hingen herab, und das Gesicht hatte er mit den Händen bedeckt. Als er Anna kommen hörte, blickte er auf. «Ich möchte mich entschuldigen, daß ich so langsam bin, aber ich habe Grippe», krächzte er.

«Ich ... ähm ... ich rufe Ihnen ein Taxi.»

«Ich schaffe es schon. Bitte machen Sie sich keine Mühe.» Schwankend erhob er sich.

«Das ist doch kein Aufwand.»

Er sah sie mit traurigen Augen an. «Es tut mir so leid, wenn ich Sie verärgert habe, Anna, aber ich habe es wirklich nicht so gemeint.»

«Mac, Sie haben sich unaufhörlich beschwert.»

«Eigentlich wollte ich, daß wir Freunde werden. Aber jedesmal, wenn ich nach unten ging, um mit Ihnen zu reden, habe ich die Nerven verloren. Außer dem Haus fiel mir kein einziger Grund ein, um Sie anzusprechen.»

«Eine Beschwerde.»

«Ja, Sie haben recht, ich habe es vermasselt.» Niedergeschlagen griff er nach seinem Koffer.

Er wirkte wie ein großes krankes Baby. Anna hatte bereits ein Baby und wollte sich nicht noch mehr Verantwortung aufladen, aber sie wußte, wie es war, krank und allein zu sein. «Sie müssen nicht umziehen, wenn Sie krank sind», sagte sie zu ihm.

Er nahm einen zweiten Koffer. «Nein! Sie wollten, daß ich gehe, also gehe ich.»

«Mac, gehen Sie zurück ins Bett, ehe Sie sich umbringen.»

Er ließ die Koffer fallen, sank wieder aufs Bett, machte die Augen zu und flüsterte: «Danke. Ich werde Ihnen nie wieder auf die Nerven gehen.»

Als Louise und Mr. Marilyn am Abend kamen, um letzte Hand

an den Christbaum zu legen, erzählte Anna ihnen, weshalb sie Big Mac zu bleiben erlaubt hatte. «Ich bin dafür, daß wir ihn zum Weihnachtsfest einladen.» Sie sah in ihre zweifelnden Gesichter. «Er hat doch sonst niemanden.»

Schweigen trat ein, und dann sagte Louise: «Kein Wunder, daß er in dich verliebt ist.»

Anna schrieb Mac eine Einladung und schob sie unter seiner Tür durch. Am nächsten Morgen kam er sehr früh noch im Morgenmantel herunter, aber sie schickte ihn wieder nach oben, weil sie verhindern wollte, daß er Daisy ansteckte. «Mein Beitrag ist der Truthahn, und ich brate ihn auch», rief er über das Geländer hinunter und weckte damit das ganze Haus auf.

Anna bedeutete ihm, leiser zu sprechen. «Danke, aber ... wissen Sie auch, wie das geht?» Sie sah verärgerte Gäste vor sich, die den ganzen Tag auf das Essen warteten.

Mac richtete sich auf. «Wir machen das Thanksgiving-Essen immer im Haus meiner Großeltern, und ich habe beim Truthahn geholfen, seit ich klein war. Es ist das einzige Gericht, das ich kochen kann, aber das kann ich wirklich.»

«Na gut. Danke. Und jetzt gehen Sie wieder ins Bett. Sie sind krank.»

Er salutierte scherzhaft. «Zu Befehl, Madam.»

Alle warfen sich für das Fest in Schale. Mac trug einen Abendanzug, Mr. Marilyn kam in seinem Samtsmoking, und sogar Dominic hatte einen Anzug angezogen. Grazyna besaß nur wenige Kleider und bestimmt nichts Extravagantes – Anna vermutete, daß sie wenig Geld hatte –, und sie trug eines ihrer ordentlichen Kostüme. Victoria, Grazynas amerikanische Kollegin, ein hübsches Mädchen mit glänzendem braunen Haar, kam in einem einfachen geblümten Kleid, das Anna an Roz' Umstandskleider erinnerte, aber es paßte zu ihrer ruhigen Art. Victoria entdeckte bald, daß ihre Tante auf Long Island früher einmal gegenüber von Macs Großeltern gewohnt hatte.

Anna lieh sich eins von Louises Kleidern aus, die auf dem Markt zum Verkauf standen. Sie paßte noch immer nicht in ihre eigene Abendgarderobe, die ohnehin spärlich war, nachdem sie das schönste Kleid verkauft hatte. Das Kleid, das sie aussuchte, war aus nachtblauem Knittersamt. Es hatte einen tiefen V-Ausschnitt und war schräg geschnitten, so daß es sich über ihren Hüften bauschte und in einem in sechs Zipfeln spitz zulaufenden Saum endete.

«Damit sehe ich aus, als wäre ich noch immer schwanger», jammerte sie verzweifelt und sah Louise an, deren enganliegendes goldenes Trägerkleid ihr schönes Dekolleté betonte.

«Es sieht gut aus.» Louise zog Annas Hand vom Halsausschnitt weg. «Aber du solltest weiterhin deine Gymnastik machen.»

«Nächsten Monat, wenn ich Daisy abstille, fange ich eine Diät an.» Anna bemühte sich noch einmal, das Kleid zurechtzuziehen, dann gab sie auf und ging zu den Gästen.

Mit dem Essen begannen sie sehr spät, und noch lange, nachdem sie fertig waren, saßen sie am Tisch zusammen. «Es ist komisch, daß in manchen Jahren anscheinend gar nichts passiert», bemerkte Louise. «In anderen hingegen, wie für mich zum Beispiel in diesem letzten, stellt sich das ganze Leben auf den Kopf.»

«Ich weiß, was du meinst.» Anna lächelte schwermütig. «Letztes Jahr war ich in Melbourne und rechnete damit, mich zu verloben. Jetzt habe ich Daisy.»

Grazyna, die während des ganzen Essens sehr wenig gesagt hatte, ergriff das Wort. «Letztes Jahr habe ich für die Solidarnosc verbotene Flugblätter verteilt. Ich habe gefroren, und ich hatte ein Loch in meinen Stiefeln.» Sie lächelte, und ihr Gesicht verlor seine Strenge. «Jetzt ist die Solidarnosc an der Regierung, und ich bin in London.»

«Tja, und ich war letztes Jahr allein», sagte Mr. Marilyn. «Ich wäre auch dieses Jahr wieder allein, wenn es Sie nicht gäbe, Anna.» Er lächelte sein listiges Koboldlächeln und hob das Glas. «Auf Sie und Daisy.»

Louise griff ebenfalls nach ihrem Glas. «Da trinke ich mit. Auf Anna und Daisy.»

Als sie mit ihr anstießen, füllten sich Annas Augen mit Tränen.

«He, wein doch nicht!« sagte Louise.

«Ich kann nicht anders, ich bin so gerührt. Nachdem ... Charlie mich verlassen hat, hatte ich Angst, daß mich nie wieder jemand mag.» Anna schnitt eine Grimasse und versuchte zu lachen, aber sie wußte, daß Mr. Marilyn sie verstand, denn er streckte den Arm aus und drückte ihr die Hand.

Da Anna Weihnachten nicht mit ihrer Familie verbringen konnte, brachte ihre Mutter Großmutter Tobias nach London, damit sie Daisy sehen konnte, und im März fuhr Anna nach Lower Gossip. Sie hatte ganz vergessen, wie herrlich der Frühling im Moor war, wenn die steilen Ufer der Kanäle mit Schlüsselblumen bedeckt waren und die neugeborenen Lämmer einander über das leuchtend grüne saftige Gras jagten.

Sie blieb zwei Wochen und genoß die langen Spaziergänge mit Roz, auf denen sie Daisy im Kinderwagen schoben. Augustus tänzelte neben ihnen her, sie hatten Sonne und Wind im Gesicht und rochen den salzigen Geruch des Marschlandes.

An ihrem letzten Tag wog Anna sich auf der Farmwaage, die normalerweise für die Schafe verwendet wurde. «Noch vier Kilo muß ich loswerden.» Sie stöhnte bei dem Gedanken, sich weiterhin kasteien zu müssen. «Aber ich werde sie bestimmt abnehmen, sobald ich zu arbeiten anfange.»

Roz sah überrascht aus. «Bestimmt verdienst du doch mit den ganzen Mietern genug?»

Anna zog einen Strohhalm aus einem neben ihr liegenden Ballen und zerbrach ihn. «Die Miete deckt noch nicht einmal die Ratenzahlung ab – und ich muß außerdem essen und meine Rechnungen zahlen. Auf meinem Bankkonto sammelt sich jeden Monat ein Minus an, das abgestottert sein will.»

«Aber ich dachte, das Sozialamt hilft dir», sagte Roz, als sie über den Hof zur Küche gingen.

«Jetzt, nachdem ich Mieter habe, nicht mehr.»

«Dann mußt du praktisch denken, Anna. Verkauf das Haus und kauf dir etwas Billigeres.»

«Bitte nicht, Roz! Das hat Charlie immer gesagt. Manchmal glaube ich, ich habe ihn vertrieben, weil ich mich von dem Haus nicht trennen kann, aber ich kann es einfach nicht. Außerdem würde nicht mehr viel bleiben, um etwas anderes zu kaufen. Wir mußten einen riesenhaften Kredit aufnehmen, und das Haus ist jetzt weniger wert, als wir dafür bezahlt haben. Und ich könnte es nicht ertragen, es zu verkaufen. Ladbroke Hill ist mein Cliff Cottage, mein sicherer Hafen, meine Zuflucht. Und es ist nicht nur mein Zuhause, sondern auch Daisys. Ich will nicht, daß sie sich so heimatlos fühlt wie ich damals.»

«Ich weiß, was du meinst», sagte Roz leise. «Lower Gossip Fen ist meine Oase. Das Haus ist zu groß für uns, und wir können die Farm kaum erhalten, aber es gehört uns. Ich hatte Glück, daß ich schon hier war, als Vater … starb. Für dich war es viel schlimmer, weil du schon wieder abgeschoben wurdest, in ein anderes Haus, eine andere Schule.»

«Ich wußte gar nicht, daß dir klar war, wieviel mir das ausgemacht hat.» Anna war angerührt von dem Mitleid in Roz' Stimme

Es kostete Anna Überwindung, die Sicherheit der Farm zu verlassen, wo sie für nichts verantwortlich gewesen war. Jetzt mußte sie sich wieder dem aussichtslosen Kampf stellen, mit dem Geld auszukommen. Aber sobald sie in Ladbroke Hill ankam, war sie froh, wieder zu Hause zu sein. Louise und Mr. Marilyn empfingen sie mit den neuesten Nachrichten: Mac war zur Beerdigung seines Großvaters nach Hause gefahren, Grazyna hatte ihre erste Prüfung bestanden, und Errol Flynn war in eine Rauferei geraten und hatte sich das Ohr angerissen.

An diesem Wochenende bot Anna an, sich um den Marktstand zu kümmern, weil Louises Freund Robert in London war. Mr. Marilyn paßte auf Daisy auf. Um sich dem Stil ihrer Waren anzunähern, trug Anna ein Nachmittagskleid mit gewickeltem Oberteil und großen Puffärmeln. Anfangs befüchtete sie, die Kleider zu falschen Preisen zu verkaufen oder einiges an Ladendiebe zu verlieren, doch sie wurde zusehends sicherer und begann die ungewohnte Situation zu genießen. Auf dem Markt herrschte eine Kameradschaft, die sie immer neidvoll beobachtet hatte, und der bärtige Lionel unterhielt sie den ganzen Tag mit liebevollen und amüsanten Geschichten über die anderen Standbesitzer.

Am Abend hatte Anna für hundert Pfund Waren verkauft. Das war zwar längst nicht soviel, wie Louise in der Regel einnahm, aber zumindest war nichts gestohlen worden. Während sie die Kleider in den roten Lieferwagen verlud, tauchte Mac auf. «Das mit Ihrem Großvater tut mir leid», sagte Anna.

«Danke. Ich bin froh, daß ich zur Beerdigung nach Hause gefahren bin. Es war zwar ein trauriger Anlaß, aber es war doch schön, und ich habe Cousinen und Cousins getroffen, die ich seit Jahren nicht mehr gesehen habe. Es ist seltsam, aber diejenigen, die ich früher gemocht habe, finde ich jetzt aufgeblasen, und die beiden, die mich immer langweilig fanden, haben mich eingeladen, sie in Paris zu treffen. Offenbar habe ich mich verändert.»

Aus dem Laderaum von Louises Lieferwagen rief Anna: «Das haben Sie auch, Mac, und bitte ändern Sie sich nicht zurück!»

«Meinen Sie das wirklich?»

«Natürlich.»

Er lächelte zögernd. «Das Kleid steht Ihnen, Anna, darin sehen Sie so weiblich und weich aus, und ...» Er wurde rot und hielt inne.

«Danke.» Anna richtete sich auf. «He, Mac, was haben Sie denn gemacht? Sie sind dünner geworden. Jetzt müssen wir Sie bald Little Mac nennen.»

«Ich habe eine Diät gemacht.»

«Sie sehen viel besser aus.» Anna schloß den Koffer mit den Schuhen und bückte sich, um ihn in den Lieferwagen zu heben.

Mac half ihr. «Ich habe Sie vermißt, Anna», sagte er leise, als sein Gesicht ganz nahe an dem ihren war.

Verlegen wich Anna zurück, nahm eilig die letzten Kleider von der Stange und stieg in den Lieferwagen.

«Würden Sie mit mir essen gehen?» fragte er.

Sie schluckte heftig. «Ich ... ähem ... ich bin sehr froh, daß Sie an Weihnachten nicht ausgezogen sind, Mac, aber ...»

Er hob die Hand. «Reden Sie nicht weiter!» Er drehte sich abrupt um und ging die Straße hinauf zum Haus.

Anna sah ihm nach. Sie dachte daran, wie er an dem Tag seines Auszugs noch nach dem zweiten Koffer gegriffen hatte, obwohl sie ihm bereits gesagt hatte, er könne bleiben. Die Art, wie er seinen Stolz wahrte, auch wenn er zurückgewiesen wurde, war bewundernswert.

Einige Wochen lang ging er ihr aus dem Weg, aber danach war er wieder der alte freundliche, fröhliche Mac, und es war, als hätte er nie etwas gesagt. Aber Anna blieb unruhig, denn er hatte sie daran erinnert, daß es noch mehr im Leben gab als Daisy und Ladbroke Hill. Er hatte in ihr die Sehnsucht geweckt nach Romantik, Liebe, Leidenschaft und Intimität.

Daisy wurde größer. Krabbeln konnte sie noch nicht, aber sie robbte seitwärts über den Boden, wobei sie gurgelte wie ein kleiner Seehund. Sie liebte Musik, und wenn Mr. Marilyn seinen Plattenspieler anschaltete, klopfte sie auf den Boden. Auch der Fernseher gefiel ihr, und sie starrte den Apparat stundenlang aus jeder Richtung an, selbst wenn er gar nicht angeschaltet war, bis Anna zu dem Schluß kam, sie suche nach den Leuten darin.

Um sich einen gewissen Privatraum zu schaffen, trennte Anna ihr Schlafzimmer von Daisys Zimmer, indem sie die Doppeltür dazwischen schloß. Sie stellte Daisys Bettchen in den vorderen Teil des

Zimmers, wo es ruhiger war, und sie selbst nahm den hinteren Teil mit dem Balkon und der Tür zur Küche und zum Badezimmer. Es war der pure Luxus, wieder im Bett lesen zu können.

Sie hatte vorgehabt, sich nach Arbeit umzusehen, sobald Daisy sechs Monate alt war – die Mieten deckten die Ratenzahlung nicht ab, und sie war sich nur zu bewußt, daß ihre Schulden wuchsen –, aber sie schob die Suche immer wieder auf. Das Wetter war ungewöhnlich warm, und die Aussicht, in einem stickigen Büro sitzen zu müssen, erschien ihr unerträglich – falls sie überhaupt etwas fand, was nach den neuesten Wirtschaftsmeldungen zunehmend schwieriger wurde. Daher genoß sie den Sommer und versuchte, sich keine Sorgen zu machen. Wann immer Mr. Marilyn sich bereit erklärte, auf Daisy aufzupassen, half sie Louise auf dem Markt, und Louise bestand darauf, daß sie einen Anteil an den Einnahmen behielt. Die Umsätze am Stand waren sehr unregelmäßig. An einem Tag waren es weniger als dreißig Pfund, und am nächsten konnten es fünfhundert sein. Annas Anteil reichte gerade für Essen und die Rechnungen, wenn sie sehr sparsam lebte, aber die East Metro konnte sie damit nicht zahlen. Sie fürchtete sich vor der nächsten Mahnung.

Mac baute im Garten einen Grill, und an warmen Sonntagen aßen sie draußen. Sie lagen auf Decken und lasen die Zeitungen. Victoria kam jetzt oft zu Besuch, und alle hatten das sanfte, zurückhaltende Mädchen gern.

Eines Abends, als Victoria nach Hause gegangen war, sagte Grazyna zu Mac: «Victoria braucht einen Partner für einen Ball, und sie traut sich nicht, Sie einzuladen, weil sie Angst hat, Sie könnten absagen.»

Er wurde rot und warf Anna, die mit Daisy spielte, einen Blick zu. «Ach, ich bin kein guter Tänzer.»

«Na, kommen Sie schon, Mac.» Louise blickte von der *News of the World* auf. «Seien Sie kein Feigling.»

«Mein Abendanzug ist zu groß, weil ich soviel abgenommen habe.»

«Das ist keine Entschuldigung. Sie können sich einen ausleihen.»

Er sah sie so verzweifelt an wie der Bräutigam bei einer erzwungenen Hochzeit, aber alle lachten und zogen ihn auf, bis er schließlich seufzend sagte: «Na gut, ihr habt gewonnen!»

Eine Woche später begleitete er Victoria auf den Ball, und am nächsten Morgen überraschte ihn Louise, als er, noch immer im Abendanzug, die Treppe hinaufschlich. «Mac!» rief sie staunend. «Es ist elf Uhr!»

Er lächelte verlegen und verschwand eilig in seiner Wohnung.

Louise rannte die Treppe hinunter, um Anna davon zu erzählen, die sich, mit Daisy an ihrer Seite, noch einmal ins Bett gelegt hatte. «Mac war die ganze Nacht weg!» rief sie grinsend.

«Victoria hat bei der ersten Verabredung mit Mac die Nacht verbracht?» Anna fuhr hoch. «Dabei wirkt sie wie ein Mäuschen!»

«Die Stillen haben es oft faustdick hinter den Ohren!» Louise verdrehte in scherzhaftem Tadel die Augen. «So etwas erwarten die Leute nur von Frauen wie mir, weil ich irgendwie wild ausschaue, oder auch von dir.» Sie grinste Anna an. «Weil du wirkst wie ein Eisberg, in dem es brodelt. Aber Victoria! Und Mac! Ich meine, man kann sich gar nicht vorstellen, daß er sich bei der ersten Verabredung überhaupt traut!» Louise machte die Balkontür auf und trat hinaus.

Anna lehnte sich in die Kissen zurück und sah hinaus in den Garten, wo das morgendliche Sonnenlicht durch die Zweige des alten Apfelbaums fiel. Sie fragte sich, ob sie sich jemals wieder verlieben würde, ob sie jemals wieder in den Armen eines Mannes schlafen und ihr Leben, ihre Hoffnungen und ihre Ängste mit ihm teilen würde – und plötzlich sehnte sie sich nach einer Umarmung.

Kapitel 22

Eines Morgens erhielt Anna einen Brief von Mr. Hyde, in dem er ihr mitteilte, daß er zum Filialleiter ernannt worden sei. Daher übernehme ein neuer Kreditmanager, Mr. Flatbush, seine Arbeit. Er warnte sie, daß Mr. Flatbush sich an die Regeln halte und sofortige Schritte unternehmen werde, wenn sie die bei ihren Monatsraten fehlende Summe nicht nachzahle. Das brachte Anna dazu, mit der Arbeitssuche zu beginnen.

Louise vertraute sie an, daß das Haus bedroht sei, aber Mr. Marilyn erzählte sie nichts davon, weil sie ihn nicht beunruhigen wollte. Sie erklärte lediglich, daß sie vorhabe, sich eine Arbeit zu suchen. Nachdem er düster etwas gemurmelt hatte von ehrgeizigen modernen Frauen, die so ganz anders seien als seine eigene liebe verstorbene Mutter, bot er an, sich um Daisy zu kümmern, wenn Anna Vorstellungsgespräche hatte. Ohne seine Hilfe hätte sie es sich gar nicht leisten können, eine Stelle zu suchen.

Vor ihrem ersten Vorstellungstermin bei einer Marineversicherungsfirma in der Nähe von Aldgate East verwendete Anna größte Sorgfalt auf ihr Äußeres. Louise schnitt ihr die Haare zu einem hübschen Bob, und Victoria lieh ihr eine Aktenmappe. Während der Schwangerschaft hatte sie den größten Teil ihrer Bürokleidung verkauft, als einzige passende Sommergarderobe war ihr ein schwarzes Leinenkostüm geblieben. Es hatte einen kurzen, gerade geschnittenen Rock und eine taillierte Jacke, aber der Rock saß viel enger als vor ihrer Schwangerschaft, und während sie mit der U-Bahn zu dem

Termin fuhr, wagte sie nicht, sich hinzusetzen, damit er an den Hüften keine Falten bekam.

Als sie die Versicherungsgesellschaft erreichte, warteten dort dreißig weitere Anwärter. Es dauerte drei Stunden, bis Anna an die Reihe kam, und als sie endlich empfangen wurde, war sie müde und hungrig, und ihr Leinenkostüm sah aus wie ein alter Lappen.

«Warum haben Sie während der letzten zwei Jahre nicht gearbeitet?» fragte der Personalchef nach einem Blick in ihren Lebenslauf.

«Ich habe ein Kind bekommen.»

«Sie sind nicht verheiratet?»

Anna schüttelte den Kopf.

«Haben Sie ein Kindermädchen für den ganzen Tag?»

«Nein, aber ...»

«Vielen Dank, Miss Tobias. Wir melden uns bei Ihnen.»

Anna mußte daran denken, was Elaine ihr erzählt hatte.

Sie sah sich weiterhin nach Arbeit um, aber es kam ihr wie ein schreckliches Déjà-vu-Erlebnis vor, das sie an die Zeit mit Charlie erinnerte. Zu ihrer Überraschung mußte sie feststellen, daß sie ihn vermißte. Sie mußte an ihn denken, wenn sie die *Lloyd's List* studierte, und sie erinnerte sich, wie sie einander ermutigt hatten, sich auf jede freie Stelle zu bewerben. Zu zweit war es schon mühsam gewesen, allein war es noch weitaus schwieriger. Bei all seinen Fehlern hatte Charlie wenigstens nachvollziehen können, wie entsetzlich es war, immer wieder abgelehnt zu werden.

Glücklicherweise wollte Macs Bank ihn noch ein weiteres Jahr in London behalten, und Grazyna verlängerte ihr Studium bis nach Weihnachten, so daß sie sich nicht um neue Mieter zu kümmern brauchte. Außerdem hätte es ihr leid getan, sie gehen zu sehen, besonders Mac, denn er war für sie fast eine Art Ersatzbruder geworden. Louise sagte oft, es sei kaum zu glauben, daß sie ihn einmal nicht gemocht hatten.

Nach zwei Monaten erfolgloser Arbeitssuche geriet Anna so in Panik, daß sie ihren Stolz überwand und Gordon anrief.

Miss Thin war am Telefon. «Anna! Was für eine nette Überraschung. Sie wollen den Chef sprechen? Na ja ... äh ... ich fürchte, er ist in einer Abteilungsleitersitzung.»

«Bitte sagen Sie ihm doch, ich hätte angerufen.» Anna hätte sich nur zu gern nach all ihren Bekannten bei Marinecover erkundigt, aber das Zögern in Miss Thins Stimme brachte sie in Verlegenheit. Deshalb verabschiedete sie sich und legte auf.

Den ganzen Tag wartete sie auf Gordons Rückruf, aber er kam nicht. Auch am nächsten Tag und am übernächsten rief er nicht an. Anna wünschte sich, sie hätte es gar nicht erst versucht. Sie war davon überzeugt, daß Miss Thin gezögert hatte, weil Gordon neben ihr stand und ihr bedeutete, Anna nicht durchzustellen. Sie stellte sich vor, wie er ihren früheren Kollegen erklärte: «Anna Tobias hat noch immer nicht begriffen, daß sie wegen Unfähigkeit entlassen wurde.»

Als das Telefon endlich klingelte, war es Isaac Finestein. «Was ist los?» fragte er. «Sie kommen nicht mehr zu uns zum Abendessen, und Sie rufen uns nicht einmal mehr an. Was haben wir falsch gemacht?»

«Ach, Isaac, es tut mir leid, aber ...» Sie sah zu Daisy hinüber, die mit einer Stoffpuppe spielte. «Ich war sehr beschäftigt.»

«Und Sie suchen eine Stelle?»

«Woher wissen Sie das?»

«Gordon hat mir erzählt, Sie hätten bei ihm angerufen.»

«Ja.» Sie wollte gar nicht daran denken, was Gordon vielleicht sonst noch gesagt hatte.

«Kommen Sie am Sonntag zu uns zum Essen?» sagte Isaac. «Wir sind nur die Familie und ein paar enge Freunde.»

«Ich würde sehr gerne kommen, aber ... mmmh ... ich müßte jemanden mitbringen, der ein Geheimnis bleiben muß, zumindest was unsere Branche betrifft.»

«Sie haben einen nicht vorzeigbaren Liebhaber, den Sie uns vorstellen wollen?» Er schien beleidigt.

«Nein, Isaac, ich habe eine kleine Tochter namens Daisy.»

«Sie haben ein Kind!»

«Sie ist im letzten Winter zur Welt gekommen. Darum habe ich mich nicht gemeldet.»

«Natürlich müssen Sie sie am Sonntag mitbringen. Sybil wird begeistert sein. Wir lieben Kinder.» Er machte eine Pause. «Sie leben vermutlich nicht mit dem Vater zusammen?»

«Er paßt nicht in unser Leben.»

«Aber warum so ein Geheimnis?»

«Weil ich keine Stelle bekomme, Isaac. Niemand will eine alleinstehende Mutter anstellen.»

«Bei uns ist Ihr Geheimnis sicher, aber ich möchte Sie vorwarnen, daß wir noch einen anderen Gast haben, einen, den Sie kennen. Aber wenn Sie ihn darum bitten, wird er bestimmt nichts von Ihrem kleinen Mädchen erzählen.»

«Wer ist es?»

«Sybil sagt, ich darf es Ihnen nicht verraten, sonst kommen Sie nicht. Ich fürchte, sie kuppelt wieder einmal.»

«Isaac, ich brauche einen Job und keinen Mann.»

«Es ist nicht schlecht, wenn man beides hat.»

«Männer bringen nichts als Schwierigkeiten – zumindest diejenigen, bei denen ich lande.»

Er lachte und verabschiedete sich.

Anna fielen nur zwei Männer aus ihrem Bekanntenkreis ein, die auch die Finesteins kannten, und das waren Gordon und Paul Sheldon. Sie konnte sich nicht vorstellen, daß Isaac und Sybil sie mit einem von beiden zusammen einladen würden, zumindest nicht mit Gordon. Dann blieb noch Paul. Sie dachte an den kurzen Augenblick intensiver Nähe auf ihrem Balkon, als sie über das Segeln gesprochen hatten und er ihr von dem Haus auf Rhode Island erzählt hatte, das er so liebte. Wie hieß es noch? Sie konnte sich nicht mehr erinnern.

Zum Mittagessen bei den Finesteins trug Anna ein einfaches rotes

Wollkleid, das zwar ein wenig eng war, aber ihre Sonnenbräune betonte. Als sie das Haus verließ, war ihr Haar leicht gelockt und ihr Kleid sauber, aber nachdem sie mit der U-Bahn nach Highgate hinausgefahren war mit Daisy, dem Buggy und Daisys zahllosen Utensilien, wie Windeln, Puder, Ersatzkleidern und Lätzchen, war sie aufgelöst. Ihre Schuhe taten weh, ihre Arme schmerzten, und Daisy hatte auf die Schulter ihres Kleides gesabbert.

Sybil war entsetzt, als ihr klar wurde, daß Anna den ganzen Weg mit öffentlichen Verkehrsmitteln gekommen war. Sie begrüßte Anna besonders herzlich und zeigte sich besorgt darüber, wie erschöpft und müde sie aussah. «Was für ein niedliches kleines Mädchen», sagte sie und beugte ihr freundliches Gesicht zu Daisy hinunter. Mit gespielter Strenge fügte sie hinzu: «Aber ich bin böse auf Sie, Anna, weil Sie mir nichts von dem Baby erzählt haben. Dabei liebe ich Babys.» Sie senkte die Stimme. «Ihr Tischpartner ist noch nicht da.»

«Sybil, wer ist es denn?»

«Sie haben ein Kind bekommen, ohne mir etwas zu sagen, und jetzt habe ich auch ein Geheimnis vor Ihnen.» Sybil öffnete den Gurt, der Daisy im Buggy sicherte, und hob sie heraus. «Na komm, mein Herzchen», gurrte sie.

Bevor Anna die Familie begrüßte, schlüpfte sie nach oben, um sich die Hände zu waschen, ihr Kleid zu säubern, das Make-up zu erneuern und die Haare zu kämmen. Als sie wieder herunterkam, fand sie Daisy auf dem Teppich im Wohnzimmer sitzend vor, umgeben von der gesamten Familie Finestein. Daisy spielte gerade mit Gideon, dem ältesten Sohn der Finesteins, der sich normalerweise als ernsthafter Intellektueller gab, und versteckte ihr Gesicht hinter dem Rock ihres rotkarierten Kleidchens.

«Ihre Tochter ist bezaubernd», sagte Isaac, während er Anna ein Glas Weißwein einschenkte. «Ist es unpassend zu fragen, ob der Australier ihr Vater ist?»

«Ja, Isaac, das ist es.» Anna wollte eigentlich nicht so kurz angebunden sein und war gerade im Begriff, sich zu entschuldigen, als Isaacs Aufmerksamkeit von einem Neuankömmling abgelenkt wurde.

«Unser letzter Gast», sagte er lächelnd.

Anna blickte auf und sah Paul Sheldon, der gerade von Sybil auf der Schwelle umarmt wurde. Als er Anna sah, drückte sein Gesicht Erstaunen aus. Sybil hatte ihm erzählt, sie hätte jemand Besonderen eingeladen, und beinahe wäre er nicht gekommen, weil er sich nicht gerne verkuppeln ließ, aber heute morgen auf der Fahrt von Chelsea hatte er sich doch gefragt, wer dieser besondere Jemand sein konnte. Auf Anna Tobias war er nicht gekommen.

Anna war peinlich berührt. Sie hatte den unangenehmen Verdacht, Paul glaube, sie hätte Sybil um die Vermittlung dieses Treffens gebeten, darum wandte sie ihm eilig den Rücken zu. Sie schenkte ihre ganze Aufmerksamkeit Rebecca Finestein, beobachtete allerdings aus dem Augenwinkel, wie Paul durchs Zimmer ging, jeden mit Namen begrüßte, die Frauen auf die Wange küßte und den Männern die Hand gab.

Als er zu Anna kam, lächelte er und sagte: «Was für eine Überraschung. Wie geht es Ihnen?» Aber zu diesem Zeitpunkt hatte sie sich bereits hinter einer Mauer der Selbstverteidigung zurückgezogen, und ihr fiel keine Antwort ein außer einer gemurmelten Begrüßung. Darauf ging er weiter, um sich mit Gideon zu unterhalten.

Das bestätigte Annas Befürchtung, er vermute, sie habe um dieses Treffen gebeten. Vor den anderen konnte sie das Mißverständnis nicht aufklären, und so ging sie auf die andere Seite des Zimmers, um sich mit Sybil zu unterhalten.

Beim Mittagessen wurde sie neben Paul plaziert, und Daisy saß auf ihrer anderen Seite. In ihrer Verlegenheit beschäftigte sie sich unnötig lange damit, Daisys Lätzchen zu befestigen.

Paul war erstaunt, als er feststellte, daß Anna die Mutter des kleinen Mädchens mit den blonden Ringellocken war, das auf dem

Teppich gesessen hatte. In den sechs oder sieben Jahren, seit sie ihm zum ersten Mal aufgefallen war, als sie schwungvoll in einem kurzen schwarzen Rock durch Lloyd's schritt, hatte er stets den Eindruck gehabt, sie habe ihr Leben ziemlich gut unter Kontrolle, vielleicht abgesehen von der Nacht, als er sie betrunken mit nach Hause genommen hatte, und dem Morgen, an dem sie Vince Ellery-Creswell geohrfeigt hatte. Isaac hatte oft gesagt, sie sei doppelt soviel wert wie Charlie. Gordon habe Charlie nur deshalb nicht früher entlassen, weil er nicht riskieren wollte, Anna Tobias zu verlieren. Damals auf dem Balkon, als sie inmitten ihrer Party und den ganzen Leuten, die sie umschwärmten, plötzlich sehr allein gewirkt und von der Vergangenheit gesprochen hatte, war ihm aufgefallen, wie unerbittlich sie sich wieder in die Gegenwart gezwungen hatte. Diese Kraftanstrengung war ihm durchaus bekannt vorgekommen, weil es ihm selbst oft genug genauso ging.

Als er sie jetzt beobachtete, sah er die Zärtlichkeit, mit der sie Daisys Haare hob, damit sie sich nicht im Band des Lätzchens verfingen, und bemerkte, wie weich ihr Gesicht wurde, wenn sie mit ihrem Kind sprach. Ihm fiel auch auf, daß sie die Nägel der einen Hand lackiert, die der anderen aber vergessen hatte, und das fand er seltsam anrührend.

Nachdem Anna mit Daisy fertig war, wandte sich Paul an sie. «Ich wußte gar nicht, daß Sie ein Kind haben», sagte er.

Sie war noch immer in Verteidigungsstellung. «Sie meinen, Isaac hat es Ihnen nicht erklärt?»

Er sah verwirrt aus. «Was soll er erklärt haben?»

«Daß ich nicht möchte, daß jemand bei Lloyd's von Daisy erfährt, weil ich sonst keine Chancen habe, eine Stelle zu finden. Die Firmen müssen keine alleinstehenden Mütter nehmen, wenn sie auf jede Stelle Hunderte anderer Bewerber ohne Verpflichtungen haben.» Sie schwieg, weil ihr plötzlich bewußt wurde, daß sie Paul angriff, als sei das alles seine Schuld.

Noch ehe sie etwas Versöhnliches hinzufügen konnte, sagte er sehr freundlich: «Es ist bestimmt schwer, wenn man mit einem Kind allein ist.»

«Ja.» Ihr Gesichtsausdruck zeigte sowohl Traurigkeit als auch Entschlossenheit, und er erkannte beides.

«Ich habe Sie falsch eingeschätzt.» Paul sprach so leise, daß niemand außer ihr es hören konnte.

Anna war sich nicht sicher, ob er sich auf die jetzige Situation bezog oder ob er ihre gesamte sprunghafte Beziehung meinte, aber etwas in seiner Stimme und seinem Gesicht schien ihr anzudeuten, daß er nicht nur vom heutigen Tag sprach. «Sie sind sehr tapfer», fuhr er fort.

Sie dachte an ihre Schulden. «Das ist reine Notwendigkeit.»

«Ich habe gerade daran gedacht, wie Sie es Ellerby-Creswell gezeigt haben.»

Sie lachte ein wenig, was Farbe auf ihre Wangen brachte. «Vince hatte es verdient, der Gauner!»

Paul hätte beinahe gefragt, ob er am Ende zu ihrer Kündigung beigetragen habe, indem er Gordon auf ihren Besuch bei Creswell aufmerksam machte, aber sie lächelte jetzt, und er wollte ihr die Fröhlichkeit nicht nehmen. Während er ihr Glas mit Weißwein füllte, fragte er: «Leben Sie noch immer in dem schönen Haus?»

Ihr Lächeln wurde strahlender. «Ladbroke Hill ist meine Oase, mein Fels. Wovor ich am meisten Angst habe, ist, daß ich mein Zuhause verlieren könnte.»

Er schwieg, während die Finesteins um sie herum sich lebhaft über das politische Tagesgeschehen unterhielten. Als Paul wieder etwas zu Anna sagte, wählte er seine Worte sorgfältig. «Hilft Ihnen ... Daisys Vater denn?»

Sie schüttelte den Kopf. «Nein.»

Noch ehe er weiterbohren konnte, rief Sybil über den Tisch hinweg: «Paul, Sie müssen Anna einmal auf Ihr Boot einladen. Sie segelt sehr gerne. Ihr beiden habt soviel gemeinsam.»

Anna hatte ihre anfängliche Verlegenheit beinahe vergessen, aber jetzt wurde sie rot und wandte sich von Paul ab, um sich mit Gideon zu unterhalten, während Paul eine komplizierte Diskussion mit Rebecca begann. Während Anna sich Gideons Ansichten über die Golfkrise anhörte, fragte sie sich, ob es leichter wäre, mit dem Bus nach Hause zu fahren als mit der U-Bahn.

Nach dem Mittagessen eilte Anna mit Daisy die Treppe hinauf, um ihr die Windel zu wechseln. Als sie wieder herunterkam, wurde gerade der Kaffee serviert. «Ich muß leider gehen», sagte sie zu Sybil. «Die Heimfahrt ist ziemlich lang.»

«Paul hat angeboten, daß er Sie nach Hause fährt. Ich habe ihm gesagt, daß Sie kein Auto haben. Und tun Sie nicht so, als hätten Sie eines! Ich habe gesehen, wie Sie bei Ihrer Ankunft den Buggy den Bürgersteig entlanggeschoben haben.»

Paul lächelte Anna an. «Möchten Sie mitfahren?»

«Ja, danke.» Einen Augenblick lang überlegte sie, ob er vielleicht Mitleid mit ihr hatte, aber dann war es ihr egal. Sie war nur erleichtert, nicht mühsam mit öffentlichen Verkehrsmitteln fahren zu müssen.

Weil Paul keinen Kindersitz im Wagen hatte, setzte sie sich auf den Rücksitz und nahm Daisy auf den Schoß. «Stimmt es, daß Sie kein Auto haben?» fragte er beim Losfahren.

Sie nickte.

«Das ist bestimmt nicht einfach mit einem Kind.»

«Wie wahr.» Sie schwieg, während Daisy auf ihrem Schoß schlief. Eigentlich wollte sie nicht unhöflich sein, aber die Aussicht auf den morgigen Tag, den sie wieder mit der Suche nach Arbeit verbringen mußte, ließ sie beinahe in Tränen ausbrechen.

Paul hätte gern mehr über ihr Leben erfahren, das sich offenbar so sehr von dem der früheren Anna Tobias unterschied. Er fragte sich, wie sie wohl ihre Abende verbrachte und ob sie die Möglichkeit hatte auszugehen. Wenn sie schon kein Auto hatte, konnte sie sich bestimmt auch keinen Babysitter leisten. Er stellte sich vor, wie sie in den schönen Räumen ihres Hauses lebte, und sich allein mit ihrem Kind durchkämpfte. Aber vielleicht war sie gar nicht allein? Gerne hätte er sich deshalb bei Sybil erkundigt, aber diese Klatschbase hätte Anna bestimmt von seinem Interesse erzählt. Er warf einen Blick in den Rückspiegel und sah, daß sie auf der Rückbank in der Ecke zusammengesunken war und Daisy im Arm hielt. Ihr Gesicht war sorgenvoll angespannt. Sie sah so verletzlich aus und zugleich so mutig.

Als sie Ladbroke Hill erreichten, half er ihr mit dem Buggy und ihrer Tasche die Treppe hinauf. «Ich würde Sie ja gerne noch hereinbitten, aber Daisy ist müde», sagte sie und suchte in ihrer Jackentasche nach dem Schlüssel.

«Kommen Sie, ich helfe Ihnen.» Er nahm ihr die Schlüssel aus der Hand, und einen Augenblick lang berührten sich ihre Hände. Dann schloß er die Tür auf. Er hätte ihr gern hineingeholfen, um sie nicht auf der Schwelle stehenzulassen und sicherzugehen, daß es ihr gut ging, aber er spürte, daß sie allein sein wollte.

«Danke fürs Mitnehmen», sagte sie. Jetzt tat es ihr leid, daß sie nicht dazu gekommen war, ihn nach seinem Boot zu fragen.

«Es war mir ein Vergnügen. Auf Wiedersehen.» Er stieg die Treppe zu seinem Wagen hinunter und drehte sich dann um, um noch etwas zu sagen, aber Anna war bereits im Haus verschwunden.

Kapitel 23

Gordon rief am nächsten Morgen an, als Anna gerade Gemüse im Kühlschrank verstaute. «Sie haben mich nie zurückgerufen», sagte er knapp.

«Ich weiß, es tut mir leid.»

«Und jetzt melden Sie sich, weil Sie einen Job brauchen?»

Noch ehe Anna Zeit für eine Erklärung fand, klemmte Daisy sich die Hand im Abfalleimer ein und stieß einen ohrenbetäubenden Schrei aus. Anna ließ den Hörer fallen und rannte zu ihrer Tochter. Als sie ihn wieder aufnahm, hatte Gordon das Gespräch an Miss Thin übergeben. «Der Chef möchte mit Ihnen essen gehen», erklärte sie Anna. «Wie wäre es nächsten Dienstag im Savoy? Haben Sie Zeit?»

Anna hätte beinahe geantwortet: «Wenn ich einen Babysitter finde», aber sie erzählte nichts von Daisy. «Das wäre schön», antwortete sie statt dessen, und weil Miss Thin freundlich klang, fuhr sie fort: «Wie geht es Ihnen? Das freut mich. Nein, ich habe Delia seit Monaten nicht gesehen. Sie hat zu Merchant & Leisure gewechselt? Und was ist mit Elaine? Sie hat geheiratet und lebt in den Vereinigten Staaten? Das erklärt, warum ich so lange nichts mehr von ihr gehört habe. Ja, ich hätte gern ihre Adresse.» Als Anna den Hörer auflegte, hatte sich ihre Stimmung gehoben. Miss Thin war freundlich gewesen, Elaine hatte sie nicht einfach ignoriert, und Gordon lud sie zum Essen ein, was nur eines bedeuten konnte: Er hatte vor, ihr eine Stelle anzubieten.

In der vergeblichen Hoffnung, etwas Besseres als das schwarze Leinenkostüm zu finden, wühlte sie in ihrem Kleiderschrank, als das Telefon klingelte. Sie hob ab und bereitete sich innerlich auf eine Enttäuschung vor, falls Gordon seine Meinung geändert hatte.

«Anna, hier ist Paul Sheldon.»

In ihrer Erleichterung darüber, daß es nicht Gordon mit einer Absage war, verfiel Anna in unkontrolliertes Plappern: «Ich glaube, ich habe einen Job. Es ist noch nichts Festes, aber Gordon Routlish hat mich zum Mittagessen eingeladen, und wir wissen alle, daß er das nur tut, wenn es um Geschäftliches geht. Natürlich, ehe ich Daisy hatte, wäre ich niemals zu Marinecover zurückgegangen, aber jetzt kann ich mir nicht mehr leisten, wählerisch zu sein. Sie ahnen ja nicht, wie knapp ich davor stand, das Haus zu verlieren. Als ich klein war, sind wir ständig umgezogen, weil mein Vater in der Armee war, und später, na ja, da war er oft arbeitslos. Ich habe mich so sehr nach einem eigenen Heim gesehnt, nach etwas, das mir gehört und das mir niemand mehr wegnehmen kann, und jetzt hatte ich solche Angst, Ladbroke Hill zu verlieren.» Sie unterbrach sich und fügte dann hinzu: «Es tut mir leid, ich rede Unsinn. Normalerweise spreche ich nicht über meine Probleme.»

«Aber das sollten Sie tun, denn sonst wachsen sie unter der Decke weiter. Sie können so groß werden, daß Ihnen niemand mehr helfen kann.» Er sprach so eindringlich, daß sie sich fragte, ob sie unabsichtlich eine offene Wunde berührt hatte. «Wie geht es Daisy?» erkundigte er sich.

«Prima, vielen Dank. Sie sitzt gerade in ihrem Stühlchen und wartet auf ihr Mittagessen. Warum haben Sie angerufen? Oh, tut mir leid, das hätte ich nicht fragen sollen.» Sie lachte verlegen. «Ich hätte warten sollen, bis Sie es mir selbst sagen, aber daran sehen Sie, wie wenig Übung ich in ... solchen Sachen habe.»

Ihre Ehrlichkeit gefiel ihm, eine erfrischende Abwechslung zu den meisten Frauen, die er kannte. Er beschloß, sie ein wenig aufzuziehen: «Was für Sachen?»

«Ach ... mmmh ... Sie wissen schon.» Anna wurde rot. «Sie sollten sich beeilen, um das, was Sie sagen wollen, loszuwerden, denn Daisy wird jeden Moment anfangen, nach ihrem Mittagessen zu schreien.»

Ihre Mischung aus Verlegenheit und Zurückhaltung brachte ihn zum Lachen. «Kommen Sie nächsten Sonntag zum Mittagessen mit auf mein Schiff?»

«Sehr gern! Ich wollte mich schon danach erkundigen.»

«Es heißt *Goshawk* und ist eine zwölf Meter lange Bermuda-Ketsch, die in den fünfziger Jahren von Laurent Giles in Portsmouth gebaut wurde. Dort in der Nähe liegt sie jetzt auch, weil sie repariert wird. Ich habe sie letztes Jahr gekauft, und sie muß fast vollständig überholt werden.»

«Das klingt, als wäre sie wunderschön», sagte Anna begeistert. «Aber ich muß leider Daisy mitbringen. Wenn ich Bewerbungsgespräche habe, paßt der Mieter aus dem Kellergeschoß auf sie auf, aber ich kann ihn nicht bitten, sie auch noch am Wochenende zu nehmen.»

«Die Einladung gilt für Sie beide.»

«Dann nehmen wir gerne an. Hoffentlich fällt Daisy nicht ins Wasser.»

«Nur keine Sorge, wir werden auf sie aufpassen. Ich hole Sie um elf Uhr ab.»

Die Aussicht auf ein Angebot von Gordon und Pauls Einladung versetzten Anna in Hochstimmung, sie gönnte sich ein paar Tagträume von einem Leben außerhalb des Hauses, in dem sie wieder vergnügt sein konnte. Aber noch ehe die Woche vorbei war, wurde ihr zarter Optimismus von einem weiteren Brief der East Metro zerstört, die wissen wollte, warum sie ihre Rückstände nicht bezahlte. Anna war so niedergeschlagen, daß sie beinahe das Mittagessen mit Paul abgesagt hätte. Nur Louise hinderte sie daran, zum Telefon zu greifen.

Sie zog sich nicht besonders an, sondern trug ihre alten Jeans, einen ausgebeulten Seemannspullover und die Turnschuhe, die sie gekauft hatte, ehe sie nach Australien fuhr.

Als Louise sie sah, stöhnte sie. «Kannst du nicht hübschere Schuhe anziehen?»

«Ich gehe auf ein Boot.»

«Dann lackiere dir doch wenigstens die Nägel. Ich habe eine wunderschöne neue Farbe, die ‹Versuchung in Magentarot› heißt.» Louise schwenkte triumphierend die rotlackierten Fingernägel, aber Anna mußte lachen bei dem Gedanken, wie sie mit purpurfarbenen Krallen das Hauptsegel einholte.

Als Paul kam, fiel ihr auf, wie gut er aussah. Mit windverwehten braunen Haaren und den grauen Augen, die durch seine gebräunte Haut fast blau wirkten, kam er über den Kiesweg geschlendert.

«Er ist toll!» rief Louise, die hinter den Vorhängen versteckt durch Annas Fenster spähte. «Männer mit ungekämmten Haaren gefallen mir. Ich genieße es, mit den Fingern hindurchzufahren. Anna, wenn du ihn nicht willst, stell ihn mir vor.»

«Du hast Robert.» Anna packte Daisy, ihre Tasche und eine Jacke und eilte aus dem Haus, ehe Paul die Treppe erreicht hatte.

«Hallo», sagte er und trat lächelnd auf sie zu. «Ich hatte gehofft, Sie wären noch nicht fertig, damit ich es noch einmal sehen kann.»

«Ach, es hat sich verändert, weil es größtenteils vermietet ist.»

«Ich habe nur das Erdgeschoß gesehen.» Ihre kurzangebundene Art irritierte ihn.

Anna wußte, daß sie unfreundlich klang, und es tat ihr auch leid, aber sie konnte nicht erklären, wie empfindlich sie in bezug auf Ladbroke Hill war. Sie hatte eine merkwürdige Scheu davor, ihn, der doch eigentlich noch ein Fremder war, hereinzubitten.

Während der Fahrt nach Portsmouth plauderte Paul, und Anna gab einsilbige Antworten. Sie überlegte, wie lange es wohl dauern würde, bis die East Metro Maßnahmen gegen sie einleitete.

Als sie die Marina erreicht hatten, hielt Paul an und wandte sich an sie. «Wenn Sie lieber wieder nach Hause möchten, dann fahre ich Sie zurück», sagte er. «Aber ich weigere mich, den ganzen Tag mit jemanden zu verbringen, der ganz offensichtlich lieber woanders wäre.»

Anna wurde rot. «Es tut mir leid, ich wollte nicht unhöflich sein, es ist nur so, daß ...»

Seine Strenge löste sich, als er die Anspannung in ihrem Gesicht sah. «Anna, erzählen Sie es mir.»

«Ich habe wieder einen Brief von der Bank bekommen wegen meines Kredits, und ich habe ein schlechtes Gewissen, weil ich eigentlich auf Stellensuche sein sollte.»

Er berührte sie sanft an der Schulter. «Am Sonntag? Wer sollte denn heute mit Ihnen ein Bewerbungsgespräch führen, Anna? Sie treffen sich nächste Woche mit Gordon, und er würde Sie nicht sehen wollen, wenn er nicht eine freie Stelle hätte, das haben Sie selbst gesagt. Heute sollten Sie sich entspannen.»

Sie lächelte zögernd. «Sie haben recht. Ich verliere nur manchmal die Nerven.»

Er strich ihr kurz über die Wange. «Das überrascht mich nicht.»

Sie stiegen aus dem Auto in den Sonnenschein. Draußen in der Marina lagen reihenweise teure Jachten an hölzernen Schwimmstegen. Sie schaukelten auf dem dunkelblauen Wasser, ihre Falleinen schlugen gegen die Masten, und das Licht, das vom Wasser reflektiert wurde, warf Wellenmuster auf die Schiffsrümpfe.

«Welche davon ist Ihre?» fragte Anna und sog genüßlich den Geruch des Meeres ein.

«Die mit dem Hund an Bord.» Er deutete auf eine hölzerne Zweimast-Ketsch, auf deren schön geschwungenem Bug fröhlich ein großer, schwarzer Mischlingshund hüpfte mit flauschigem Fell, hellbraunen Pfoten und einem buschigen Schwanz.

Paul stützte Anna, während sie Daisy über den Schwimmsteg trug. Als er an der *Goshawk* war, schwang er sich an Bord und tätschelte den Hund. «Na, Bobby, mein Guter, hast du allen Dieben ordentlich Angst eingejagt?» sagte er. «Natürlich hast du das. Bobby ist mein Wachhund.» Er steckte die Arme aus, um Daisy zu nehmen.

Anna zögerte.

«Vertrauen Sie mir», sagte Paul. «Ich lasse sie nicht fallen.»

Sie nickte und reichte ihm Daisy.

Er setzte das Kind in die Mitte des Bootes und wandte sich dann zu Anna um, aber sie war bereits selbst an Bord gesprungen. «Ich habe etwas für Daisy», sagte er und zog eine winzige rote Schwimmweste hervor. «Ich habe sie von meiner Schwester Harriet geliehen. Ihr Sohn hat sie früher getragen.»

Anna war erstaunt, daß ein Mann, der keine Kinder hatte, an so etwas dachte.

Paul bückte sich, um Daisy die Schwimmweste überzuziehen. «Sie erwähnen niemals ihren Vater», sagte er, während er versuchte, Daisys Arme durch die Armlöcher zu schieben. «Ist es ... wie hieß er noch mal ... der Australier?»

«Daisy hat keinen Vater – ich meine, er paßt nicht in unser Leben.» Sie kniete sich hin, um ihm mit Daisy zu helfen. «Sie müssen erst die Hände durchschieben und sie dann festhalten, sonst zieht sie sie wieder zurück. So ist es richtig. Jetzt machen Sie schnell die Weste zu.» Sie lachte. «Man sieht, daß Sie keine Erfahrung im Anziehen von Kindern haben, sonst wüßten Sie, daß sie einen immer austricksen.»

Er trat beiseite. «Wir hatten keine Kinder.»

«Es tut mir leid, ich wollte nicht taktlos sein.» Ihre Worte verklangen, und sie fragte sich, ob er es bedauerte, kein Kind zu haben, das ihn an seine verstorbene Frau erinnerte.

«Ich zeige Ihnen jetzt das Boot», sagte er und ging vor ihr her über das Deck. Aus der Art, wie er die Schultern anspannte, glaubte Anna zu erkennen, daß er sehr traurig war. Sie wünschte sich erneut, sie hätte die Bemerkung über Kinder nicht gemacht.

Die *Goshawk* war ein altes Schiff, dessen sanfter Charme durch neueste Bordelektronik ergänzt wurde. Ihr Rumpf war aus Mahagoni, das Deck und die Beschläge waren aus Teak. Sie war hervorragend überholt. Das Holz war erst kürzlich mit frischem Firnis überzogen worden, und die Winschen und Beschläge waren poliert, daß sie wie neu glänzten. Nur das Cockpit war noch ein Durcheinander aus losen Drähten und offenen Löchern.

«Sie kann nicht gefahren werden, weil noch kein Motor eingebaut ist und sämtliche Segel in Fetzen hängen», erklärte Paul. «Aber ich muß Bobby als Wache hierlassen, weil ich in einer der Kabinen ein Büro eingerichtet habe. Michael, ein ehemaliger Polizist, arbeitet während der Woche dort für mich, und er schläft auch an Bord, wenn ich nicht da bin.» Er ging vor Anna her einige Stufen hinunter in einen überraschend großzügigen Salon, dessen Holzvertäfelung abgebeizt, aber noch nicht wieder gestrichen worden war. Auf den Sitzen in der Kabine lagen keine Polster.

Auf der Steuerbordseite befand sich ein feststehender ovaler Tisch mit einer halbrunden Bank. Anna setzte Daisy auf den Tisch. «Es ist wunderschön», sagte sie und dachte daran, wie sehr ihrem Vater die *Goshawk* gefallen hätte.

Paul lächelte voller Stolz. «Das wird es eines Tages sein, wenn ich Zeit finde, die Ausstattung zu vervollständigen. Aber ich muß mich um mein Geschäft kümmern und bin oft nicht da, nicht nur in London, sondern auch auf Auslandsreisen. Morgen früh fliege ich schon wieder in die Staaten.»

Anna fühlte sich seltsam ernüchtert, weil er ihr das nicht früher gesagt hatte.

«Ich besuche Whaler's Rock, das Haus auf Rhode Island, von dem ich Ihnen erzählt habe», fuhr Paul fort. «Steven, der Sohn meines Patenonkels, der das Grundstück geerbt hat, ist einer meiner engsten Freunde, und wir haben eine Abmachung, daß ich ihn jedes Jahr im Herbst besuche. Jedes Jahr fallen mir hundert Gründe ein, weshalb ich nicht von der Arbeit wegkann – wobei ich natürlich nicht vollständig unterbreche, ich leite auch von dort aus Untersuchungen –, aber sobald ich in Whaler's Rock ankomme, bin ich froh, daß ich gefahren bin.» Er lächelte. «Ich kann mich erinnern, daß Sie mir auch von einem Haus erzählt haben, das Sie liebten, dort, wo Sie segeln gelernt haben. Wo war es?»

«In Dorset, oberhalb der Belworth-Bucht. Es war nur ein einfaches graues Steincottage, nichts Großartiges, aber der Ausblick war sagenhaft. Ich habe es sehr geliebt.»

«Besuchen Sie es gelegentlich?» fragte er behutsam.

«Nur um es anzusehen, und jedesmal ist es ein wenig mehr verfallen. Wissen Sie, Cliff Cottage war das einzige Haus, das uns jemals gehört hat. Die anderen waren immer nur gemietet, und mein Vater mußte es verkaufen, als er ... arbeitslos wurde.» Sie wollte nicht daran denken, was ihren Vater in den Selbstmord getrieben hatte, nicht heute. Darum holte sie tief Luft und sagte betont fröhlich: «Erzählen Sie mir mehr von Whaler's Rock.»

Paul hatte gesehen, wie Annas Gesicht plötzlich traurig wurde. Er fragte sich, was wohl der Grund dafür sein mochte, aber er spürte, daß sie im Moment nicht mehr darüber sagen wollte. «Whaler's Rock ist ein altes Herrenhaus», sagte er. «Es ähnelt Breakers und Marble House, den Häusern am Cliff Walk in Newport, die für die Vanderbilts gebaut wurden, nur das es in einer wilderen und ursprünglicheren Umgebung liegt. Es steht auf einer Landzunge zwischen einer felsigen Bucht und einem Sandstrand. Ich werde nie meinen ersten Besuch vergessen, als ich nach einem langen Flug von Boston – meinem ersten Flug allein – aus dem Cadillac stieg, der von einem Chauffeur gefahren wurde, und diesen Palast sah. So etwas Eindrucksvolles hatte ich noch nie gesehen, auch wenn ich zu stolz war, das Steven gegenüber zuzugeben.»

Anna lächelte: «Das hat ihn bestimmt geärgert.»

«O ja, das stimmt. Wir stritten ständig miteinander, wir rauften und schlugen uns, bis wir voller blauer Flecke waren. Ich war ein kleiner Kraftprotz, der an andere Kinder gewöhnt und zum ersten Mal von zu Hause weg war, und Steven hatte bisher immer seinen

Willen durchgesetzt. Mein Patenonkel lebte seit dem Tod seiner Frau sehr zurückgezogen und erlaubte Steven nicht, Freunde einzuladen. Bei mir machte er eine Ausnahme, aus Freundschaft zu meinem Vater. Die beiden hatten sich während des Krieges kennengelernt. Mein Vater sollte in der Normandie eine Brücke sprengen, und er blieb eine Nacht lang dort hängen, im selben Schützenstand wie mein Patenonkel.»

«Bestimmt waren Sie sehr traurig, als er starb», meinte Anna, die an die Leere und Ungläubigkeit dachte, die der Tod ihres eigenen Vaters in ihr hinterlassen hatte.

Paul lehnte sich an den Tisch. «Ich sage es nicht gern, aber es hat mir wenig ausgemacht. Kleine Jungen sind unglaublich gefühllos, und außerdem kannte ich ihn kaum. Er war Geologe und war meistens unterwegs, an Orten, zu denen wir ihn nicht begleiten konnten. Er starb bei einem Unfall, eine verunglückte Sprengung. Erst später habe ich ihn vermißt, wenn die Leute von seinen Heldentaten sprachen und sagten, ich erinnerte sie an ihn. Dann tat es mir leid, daß ich ihn nicht gekannt hatte.» Er hielt inne. «Und wie ist das bei Ihnen? Stammen Sie aus einer großen Familie?»

Anna schüttelte den Kopf. «Nur eine ältere Schwester, die mit einem Farmer verheiratet ist, und meine Mutter, die sich um meine Großmutter kümmert.» Sie bückte sich, um ein Band in Daisys Haar zu richten. «Mein Vater ist ... gestorben.»

«Das tut mir leid», sagte Paul schnell. «Wie taktlos von mir, so zu reden. So etwas habe ich schon lange nicht mehr gemacht.»

«Das stört mich nicht. Reden hält die Toten am Leben.»

«Felicity hat das gehaßt.» Sein Gesicht wurde verschlossen. «Jetzt führe ich sie noch ein bißchen herum.»

Anna ging hinter ihm her durch die Pantry zu den Kabinen, und während er seine Pläne erläuterte, wurde ihr klar, daß er zum ersten Mal den Namen seiner Frau ausgesprochen hatte.

Das Schiff hatte drei Kabinen. Die Hauptkabine war noch nicht eingerichtet; in einer Ecke befand sich eine Koje, und eine umgedrehte Teekiste diente als Tisch. Die zweite, sehr viel kleinere Kabine wurde von Michael, dem ehemaligen Polizisten, benutzt, wenn Paul nicht da war. Die dritte war durch eine außen angebrachte Videokamera und eine Alarmanlage gesichert, die mit der nächsten Polizeistation verbunden war. In der Kabine befand sich ein kompaktes Büro, in dem zwei Leute arbeiten konnten, mit einem Faxgerät, sechs Telefonen, einem Computer und einer Reihe von Bildschirmen und elektronischen Geräten. Alle Papiere trugen das Logo von Sheldon Investigations: ein Schiff, das von einem Anker durchkreuzt wurde.

«Mein Hauptbüro ist in London, aber ich bin hier so gut ausgestattet, daß ich an den Wochenenden arbeiten kann – wenn auch nicht so aufwendig, daß jemand, der einbricht, etwas damit anfangen könnte.» Paul drückte einen Knopf, und die fünf kleinen Bildschirme vor Anna leuchteten auf. Sie konnte alle Zugänge zur *Goshawk* sehen und sogar das Innere des Salons, durch eine Kamera, die sie für einen Lichtstrahler gehalten hatte.

«Sie haben offenbar ziemliche Angst vor Dieben», sagte sie und setzte Daisy auf einen Stuhl.

«Ich muß vorsichtig sein. In meinem Job habe ich Informationen über eine Menge Leute, von denen einige kriminell oder möglicherweise kriminell sind, wie Ihr Ellerby-Creswell beispielsweise.» Er drückte einen weiteren Knopf neben einem größeren Bildschirm, und das Bild einer Luxusjacht erschien, neben dem Informationen über das Schiff aufgeführt waren. «Dieses Schiff ist für zweihundertfünfzigtausend Pfund versichert, und der Eigentümer behauptet, es sei in der Adria gesunken. Am Mittwoch habe ich ihn in Cannes verhört. Ich bin mir sicher, daß er lügt, auch wenn ich es noch nicht beweisen kann.»

«Was werden Sie tun?» Anna war fasziniert. Sie hatte es immer nur mit der Klientenseite einer Forderung zu tun gehabt.

«Ich versuche ihn dazu zu bringen, daß er sich in Widersprüche verwickelt.»

«Und wenn Ihnen das nicht gelingt?»

«Ich würde ihn nicht offen bezichtigen, das tue ich nie. Ich schlage ihm nur vor, er solle noch einmal über seine Geschichte nachdenken. Wenn er kein Idiot ist, wird er es sich überlegen und seine Forderung zurückziehen.»

«Und was dann? Melden Sie ihn bei der Polizei?»

«Bei diesem Mann tue ich das bestimmt.» Paul schaltete den Bildschirm ab. «Ob er seine Forderung zurückzieht oder nicht, er hat einen ziemlichen Betrug versucht. Was mich so wütend macht, ist die Tatsache, daß es viele begeisterte Segler gibt, die sparen müssen, um sich ein Boot leisten zu können – und dann stellt dieser Gauner eine betrügerische Forderung, und alle Prämien werden erhöht. Eine Viertelmillion Pfund mag sich für jemanden, der bei einer Versicherung arbeitet, nicht gerade großartig anhören, aber es ist über ein Pfund für jeden Einwohner einer Stadt so groß wie Derby.»

Beruhigend legte Anna ihm die Hand auf den Arm. «Paul, ich wollte Sie nicht kritisieren. Ich finde, Sie haben recht.»

«Wirklich?» Er sah erfreut aus. Dann schüttelte er den Kopf und mußte über sich selbst lachen. «Das ist wie eine Seifenkiste ohne Bremse, in die ich immer hineinsteige, wenn ich Unrecht wittere.»

«So etwas kenne ich.» Anna lachte auch. «Mein gegenwärtiges Thema ist das Fehlen von bezahlbaren Krippenplätzen, aber sprechen Sie mich lieber nicht darauf an!»

Er lächelte sie an. «Das werde ich auch nicht, zumindest nicht heute, denn Sie sollen sich entspannen.»

Plötzlich wurde ihr bewußt, daß ihre Hand noch immer auf seinem Arm lag. Sie zog sie schnell zurück und sagte: «Daisy will bald ihr Mittagessen haben, sonst fängt sie an zu schreien.»

Sie gingen zurück in den Salon, wo Anna Daisy ablenkte, während Paul in die Pantry ging, um das Essen vorzubereiten. «Ich fürchte, ich kann lediglich Fertiggerichte anbieten«, rief er und stellte einen großen *Shepherd's Pie* in die Mikrowelle. «Aber der Weißwein ist ausgezeichnet.» Er goß ihr ein Glas ein.

Sie aßen an dem ovalen Tisch. Bobby verfolgte jede von Daisys Bewegungen in der Hoffnung, sie würde etwas von ihrem Essen fallen lassen. Paul sprach von seinen Plänen für das Boot und erzählte, daß er damit eines Tages eine Weltreise machen wolle. «Darum habe ich eine hochgetakelte Ketsch gekauft», sagte er. «Mit zwei Masten ist sie bei Starkwind leichter zu segeln als mit einem. Da kann ich das Großsegel wegnehmen und habe noch immer ein Vorsegel und den Besan, um die Kursstabilität zu erhalten.»

«Und das bei geringem Druck auf Ruder und Pinne», sagte Anna und trank einen Schluck Wein.

«Ich habe vergessen, daß Sie Expertin sind.»

Sie wurde rot. «O nein, ich bin aus der Übung. Ich bin seit Jahren nicht mehr gesegelt, seit mein Vater sein Boot verkaufen mußte. Er hat sie nach Bosham gebracht, nachdem wir aus Cliff Cottage ausgezogen waren, aber er konnte sich die Liegegebühren nicht mehr leisten, deshalb mußte sie verkauft werden.»

Paul sah, wie ihre Lider zuckten, als sie ihren Vater erwähnte. Am liebsten hätte er sie in den Arm genommen, aber er wußte, daß dieser Verlust ein sehr persönlicher war, und er wollte sich nicht aufdrängen.

Auf der Fahrt zurück nach London liefen im Radio leise Elgars *Enigma-Variationen*, und Daisy schlief auf dem Rücksitz, aber es herrschte nicht dieselbe gespannte Stille wie auf der Hinfahrt. Es war eher ein freundliches gemeinschaftliches Schweigen, geprägt von dem jagenden Crescendo der Musik, der nebligen Herbstlandschaft und der hereinbrechenden Dämmerung. Beim Schalten berührte Paul mit dem Handrücken einmal Annas Hand, und sie zog sie nicht zurück, wie sie es noch auf dem Schiff getan hatte.

Als sie angekommen waren, trug Paul Daisy zur Haustür hinauf. Anna hoffte, er würde nicht fragen, ob er hereinkommen dürfe, denn es war ihr noch zu früh, aber gleichzeitig bedauerte sie, daß sie sich trennen mußten. «Danke für das Mittagessen», sagte sie. «Es war ein schöner Tag für mich, einer der schönsten seit langer Zeit.»

«Mir hat es auch sehr gefallen.» Er berührte Daisys Wange und lächelte Anna zu. Sie sah so verletzlich aus, wie sie in dem dunklen Vorbau ihr Kind im Arm hielt, und das Licht, das aus der Diele schien, ließ ihr Gesicht noch blasser wirken. Er hätte ihr gerne etwas Beruhigendes gesagt oder seine Hilfe angeboten, aber jetzt, nachdem sie sich wieder auf ihrem eigenen Territorium befand, war sie noch vorsichtiger. «Viel Glück mit Gordon», sagte er. «Ich rufe Sie an, um zu hören, wie es gelaufen ist.» Damit lief er die Treppe hinunter und fuhr davon.

Später an diesem Abend, als Daisy schon im Bett lag, schob Anna ein paar Kassetten in ihren alten Rekorder. Erst als sie durch die Wohnung ging und Daisys Spielsachen aufräumte, wurde ihr bewußt, daß sie noch einmal die *Enigma-Variationen* hörte.

Kapitel 24

Anna brauchte den gesamten Dienstag vormittag, um sich auf ihr Mittagessen mit Gordon vorzubereiten. Sie bügelte ihr schwarzes Kostüm und putzte ihre Schuhe, und Louise richtete ihr die Haare. Dann studierte sie die *Financial Times*, damit sie die Preise von Aktien und Währungen kannte und nicht nur die von Wegwerfwindeln.

Sie beschloß, sich ein Taxi zum Savoy zu gönnen, weil sie nach einer U-Bahn-Fahrt nicht zerknittert und verschwitzt ankommen wollte. Als sie das River Restaurant mit seiner cremefarbenen Einrichtung, den Säulen und den glitzernden Kronleuchtern betrat, mußte sie sich zwicken, damit sie glauben konnte, daß dies alles Wirklichkeit war. Endlich würde das Sparen und Knausern ein Ende haben.

Sie lächelte zuversichtlich, als der Oberkellner auf sie zutrat. «Ich bin mit Mr. Routlish verabredet.»

«Ach, dann müssen Sie Miss Tobias sein. Ich fürchte, er kommt etwas später, seine Sekretärin hat gerade angerufen.»

Anna gab sich Mühe so zu wirken, als mache ihr das nichts aus, aber der kleinste Rückschlag versetzte sie wieder in Panik. Als der Oberkellner sie durch den Speisesaal führte, stieß sie an eine Säule, und nachdem sie Gordons reservierten Tisch, von dem aus man den Park am Fluß überblicken konnte, erreicht hatten, stolperte sie gegen einen Stuhl. Sie wurde rot und entschuldigte sich. Dann setzte sie sich und bestellte ein Glas Mineralwasser. Etwas Teureres wagte sie nicht zu nehmen, falls Gordon durch irgendeine Katastrophe am Kommen gehindert wurde und sie gezwungen war, ihre Rechnung selbst zu zahlen.

Zehn Minuten später marschierte er in den Speisesaal, sah zu ihr hinüber und zögerte, so daß Anna schon fürchtete, er habe jemand anders erwartet. Dann aber kam er mit ausgestreckten Händen auf sie zu. «Anna.» Er faßte fest ihre Hand. «Schön, Sie zu sehen. Ich bin so froh, daß Sie sich endlich gemeldet haben, aber Sie haben sich so verändert, daß ich Sie beinahe nicht erkannt hätte.»

Sie zog den Bauch ein. «Ich habe etwas zugenommen.»

«Das steht Ihnen. Sie sehen ... weiblicher aus, auch wenn ihr Feministinnen dieses Wort bestimmt schrecklich findet. Aber ich meine das als Kompliment.»

Anna lächelte. «Danke.» Sie hatte sich nie als Feministin betrachtet, auch wenn sie natürlich die gleichen Rechte wie Männer beanspruchte. Aber so, wie Gordon das Wort aussprach, meinte er offenbar eine Frau, der es um mehr ging als nur um gleiche Rechte, während Anna lediglich nach Gleichbehandlung strebte – aber das war nicht der richtige Moment, um sich zu streiten.

Gordon bestellte eine Flasche trockenen weißen Burgunder und stürzte sich in einen Bericht über die neuesten Ereignisse bei Marinecover. Anna lauschte aufmerksam, weil sie wußte, daß er seine Zeit niemals für zielloses Geplauder verschwendete. «Es tut mir wirklich leid, daß wir Sie entlassen mußten», sagte er. «Es hatte mit Creswell gar nichts zu tun, auch wenn ich weiß, daß Sie das glauben. Soviel ich weiß, ist Ihr krimineller Klient noch immer so frei wie ein Vogel und trinkt Pink Gin an der spanischen Ganovenküste. Ah, sehr gut, Sie haben schon eine Speisekarte. Bestellen wir erst einmal, und dann können wir entspannt reden.»

Anna wählte Räucherlachs mit Krabbenfleisch und danach Lamm.

«Na, was haben Sie denn so gemacht?» fragte er, nachdem der Kellner gegangen war.

«Ich habe einer Freundin bei ihrem Stand am Portobello Markt geholfen.»

«Sie machen Witze!»

«Nein, wirklich, aber jetzt brauche ich endlich ein richtiges Einkommen.»

«Sie werden sich mit einer niedrigeren Summe abfinden müssen. Wir stecken in einer tiefen Wirtschaftskrise.»

«Das ist mir klar.» Sie zitierte den Leitartikel der *Financial Times*.

Gordon nickte zustimmend und sprach weiter über Marinecover und Lloyd's. Er erzählte ihr, welche Syndikate in Schwierigkeiten waren und welche Namen bei Lloyd's ein Vermögen verloren hatten. «Einige werden sogar ihre Häuser verkaufen müssen.» Er senkte die Stimme. «Sie werden alles verlieren. Natürlich hat man sie vorher gewarnt, aber die Gier macht die Leute taub gegen sämtliche Warnungen.»

Anna dachte an Ladbroke Hill und fragte sich, ob sie zu gierig gewesen war, weil sie in einem so schönen Haus leben wollte.

«Ich wünschte, ich könnte Ihnen eine Stelle anbieten, Anna», sagte er, als der Kaffee serviert wurde.

«Sie meinen ... Sie haben keine?»

«Ich fürchte nicht – aber es war schön, Sie einmal wiederzusehen.»

Sie war so enttäuscht, daß sie kaum schlucken konnte. Es kostete sie alle Mühe, nicht in Tränen auszubrechen und zu schreien: «Sie haben mir Hoffnungen gemacht, darum bin ich mit dem Taxi gekommen und habe ein Heidengeld verschwendet!»

Sie trennten sich vor dem Savoy. Sie dankte ihm höflich für das Mittagessen und bestand darauf, daß er das einzige wartende Taxi nahm. «Sie haben es eilig», sagte sie. «Ich nehme das nächste.»

Fröhlich rief er ihr «Auf Wiedersehen» zu, und dann verschwand er in Richtung City.

Anna lächelte, winkte und wartete noch, bis er außer Sichtweite war. Dann machte sie sich auf den Weg zur Bushaltestelle. Sie schob sich durch die Gruppen von Touristen, die auf dem Weg zum Strand waren. Als ihr Bus kam, stieg sie mit schweren Gliedern ein und ließ sich auf den nächsten Sitz sinken. Sie sehnte sich nach dem Augenblick, in dem sie Ladbroke Hill erreichte und die Tür vor der feindlichen Welt verschließen konnte. Doch ehe der Bus an der nächsten Haltestelle ankam, richtete sie sich auf. Wenn sie jetzt aufgab und nach Hause ging, würde sie nie eine Stelle finden. «Ich bin im falschen Bus», sagte sie zum Schaffner und ignorierte seine ausgestreckte Hand. «Ich muß in die andere Richtung.» Sie sprang vom Trittbrett, rannte über die Straße und nahm einen Bus in die City.

Sie besuchte fünf Personalagenturen für ihre Branche, von denen keine eine freie Stelle hatte. Aber es war wichtig, sich einmal wieder sehen zu lassen, vor allem, weil sie gerade so passend angezogen war. Als letztes betrat sie das Büro von Keifer & Bell, das schäbiger wirkte, als Anna es in Erinnerung hatte. Statt der beiden lächelnden Empfangsdamen saß nur noch ein mißmutiges Mädchen da. Sie winkte Anna durch in Mr. Keifers Büro und sagte: «Gehen Sie nur hinein. Er ist frei.»

Mr. Keifer saß an seinem Schreibtisch und war mit einem riesigen Kreuzworträtsel beschäftigt. Er blickte auf und schien Schwierigkeiten zu haben, sich an Annas Namen zu erinnern.

«Anna Tobias», stellte sie sich vor. «Ich habe mich letztes Jahr bei Ihnen gemeldet und habe vor ein paar Wochen noch einmal angerufen.»

«O je! Ich fürchte, es ist hoffnungslos. Ich habe nicht eine einzige freie Stelle. Das ist diese verdammte Wirtschaftskrise. Am Freitag mache ich mein Büro ohnehin zu. Tut mir leid, daß ich so pessimistisch sein muß.»

Anna verließ eilig das Zimmer. «Auf Wiedersehen und viel Glück», sagte sie und floh vor dem bitteren Geruch der Niederlage.

Völlig niedergeschlagen kam sie zu Hause an. Draußen im Garten konnte sie Mr. Marilyn hören, der sich mit Daisy unterhielt, und sie beschloß, ihre Tochter noch eine Weile bei ihm zu lassen, damit sie

Zeit fand, sich zu erholen. Ihr Telefon klingelte, aber sie ging nicht an den Apparat, weil sie sich zu erschöpft fühlte. Sie warf sich aufs Bett, schloß die Augen und ließ den Anrufbeantworter laufen.

Es klickte mehrmals, und dann hörte sie: «Anna, hier ist Paul.» Stille trat ein, während er wartete, ob sie ans Telefon ging. Doch sie rührte sich nicht – sie war zu enttäuscht, um mit ihm zu reden. «Ich wollte wissen, wie es heute gelaufen ist», fuhr er fort. «Hoffentlich bedeutet Ihre Abwesenheit, daß Sie feiern.» Er legte auf, und das Gerät spulte das Band zurück. In derselben Sekunde wünschte sie schon, sie hätte mit ihm gesprochen, weil ihr einfiel, was er über das Verschweigen von Problemen gesagt hatte.

Als Louise und Mac nach Hause kamen, warfen sie nur einen Blick auf Annas Gesicht und stellten keine weiteren Fragen. Um sie aufzumuntern, bestellten sie Essen aus ihrem indischen Lieblingsrestaurant und weigerten sich, sie ihren Anteil bezahlen zu lassen. Ihnen und auch Daisy zuliebe setzte Anna ein fröhliches Gesicht auf.

Zwei Tage später rief Paul wieder an. Anna saß gerade an ihrem Schreibtisch und rechnete aus, wieviel sie zusätzlich einnehmen konnte, wenn sie ihr Wohnzimmer untervermietete. Diesmal ging sie eilig an den Apparat.

«Da sind Sie ja endlich», sagte er erleichtert. «Wie war das Mittagessen?»

«Nicht so gut.» Sie ließ sich aufs Bett sinken. «Gordon hat mir keinen Job angeboten, es war lediglich ein Mittagessen, mehr nicht.» Sie konnte nicht verhindern, daß ihre Stimme zitterte.

«Ach, Anna, das tut mir so leid. Geht es Ihnen einigermaßen? Ich wünschte, ich wäre in England, dann könnte ich vorbeikommen, und wir würden essen gehen.»

Sie konnte sich nicht erinnern, wann sich zum letzten Mal jemand so sehr um ihr Wohlergehen gesorgt hatte, und es kostete sie Mühe, nicht zu schreien: «Hilf mir, ich schaffe es nicht allein!» Aber sie hatte Angst, sich nach Charlie wieder von jemandem abhängig zu machen, und so sagte sie mit einer Zuversicht, die sie keineswegs empfand: «Ich muß eben weiterkämpfen.»

«Das bewundere ich so an Ihnen. Sie schütteln Enttäuschungen einfach ab und versuchen es noch einmal.»

«Ach, eigentlich bin ich gar nicht so tapfer.»

«Aber Sie geben nicht auf.» Er machte eine Pause. «Anna, ich möchte, daß Sie mich anrufen, wenn ich etwas für Sie tun kann, wenn Ihre Lage wirklich ... verzweifelt wird. Sie müssen nur Ihren Namen sagen, ich rufe sofort zurück.» Er gab ihr die Nummer in Whaler's Rock, und dann erkundigte sie sich nach seinen Ferien und ob er schon segeln gewesen sei. Beim Abschied bat er sie noch einmal, ihn anzurufen. Sie sagte ihm nicht, daß sie sich einen Anruf in Amerika nicht leisten konnte, weil sie kaum genug Geld hatte, um Daisy durchzubringen.

Eine Woche später, als Anna gerade nach einem weiteren erfolglosen Tag nach Hause gekommen war, rief Gordon noch einmal an. «Ich habe eine Stelle für Sie», sagte er. «Nichts Großartiges, nur als Versicherungsagentin für Eurohull, eine Tochtergesellschaft, die teilweise zu uns gehört. Anfangsgehalt fünfzehntausend zuzüglich Provision.»

Anna überschlug die Konditionen rasch im Kopf. Die Kreditrate, die nach den verringerten Zahlungen im letzten Jahr erhöht worden war, fraß bereits fünftausend, und die Kinderbetreuung würde mindestens noch einmal viertausend ausmachen. «Fünfzehntausend ist nicht sehr viel», murmelte sie.

«Mehr kann ich nicht zahlen, aber wir geben eine gute Provision.»

«Na gut, ich nehme die Stelle. Vielen Dank.»

«Sie werden reisen müssen, oft sogar mehrere Tage in der Woche, aber nur innerhalb Europas.»

Im Hintergrund hörte Anna Daisy leise kichern. Sie seufzte. Wie sollte sie ihre Tochter allein lassen, sie war doch noch so klein?

«Reisen ist doch bestimmt kein Problem, oder?» sagte Gordon, den ihr Schweigen überraschte.

«Nein, natürlich nicht.» Wenn sie ihr Zuhause verloren, würde es Daisy noch viel mehr schaden.

Gordon gab ihr die Adresse von Eurohull durch und fügte hinzu: «Sie fangen am Montag an. Einen Monat haben Sie Probezeit. Ein Vorstellungsgespräch ist nicht nötig, ich habe Sie selbst empfohlen. Außerdem kennen Sie Ihren Chef bereits, es ist Stuart Porterill.»

«Die Kobra? Sind Sie sicher, daß er mich haben will?»

«Er sagt, Sie seien ein Gewinn für seine Mannschaft.»

«Ich dachte, er hat etwas gegen Frauen in der City.»

«Das stimmt, aber seine Prinzipien sind nicht mehr so streng. Wir mußten ihn gehenlassen, und er war ein Jahr lang arbeitslos, ehe wir ihn zu Eurohull schickten. Es gibt nichts Besseres, als eine Weile arbeitslos zu sein, damit Angestellte weniger Forderungen stellen.»

«Sie meinen mich damit?» Sie versuchte nicht so wütend zu klingen, wie sie eigentlich war, damit Gordon sein Angebot nicht zurückzog.

«Sie sagen es, Anna.»

«Ziemlich berechnend! Trotzdem, ich bin Ihnen dankbar für den Job.»

Er legte auf, ohne noch weiter mit ihr zu plaudern.

Anna eilte ins Wohnzimmer, wo Louise mit Daisy spielte. «Ich habe eine Stelle», sagte sie. «Ich kann es gar nicht glauben, jemand will mich haben!» Sie schwang Daisy in die Höhe und umarmte sie heftig. «Jetzt muß ich für dich etwas finden. Ich wünschte, ich müßte dich nicht allein lassen, aber ich habe keine andere Wahl.»

Paul rief am selben Abend an, und sie erzählte ihm die große Neuigkeit. Er gratulierte ihr und sagte: «Am nächsten Wochenende komme ich zurück, ehe ich nach Australien muß. Wollen Sie mit mir essen gehen?»

«Sehr gern.»

«Ich freue mich auf ein Wiedersehen, Anna», sagte er leise.

Ihr war, als bringe seine Stimme etwas in ihr zum Schmelzen. Sie murmelte eine Antwort und wußte danach nicht mehr, was sie gesagt hatte, aber plötzlich schien alles gut zu werden.

Noch konnte sie kaum glauben, daß all ihre Schwierigkeiten ein Ende haben sollten. Würde sie wirklich in der Lage sein, einen Brief der East Metro zu öffnen, ohne daß ihr übel wurde vor Angst, das Haus zu verlieren? Hatte sie nun tatsächlich jemanden, der sich um sie sorgte und mit dem sie ihre Probleme besprechen konnte, jemanden, dem sie vielleicht vertrauen konnte, wenn sie überhaupt jemals wieder wagte, jemandem zu vertrauen?

Jede wache Minute war Anna damit beschäftigt, eine geeignete Betreuung für Daisy zu finden. Eine Kinderfrau, die bei ihr wohnte, konnte sie sich nicht leisten, abgesehen davon, daß sie gar keinen Platz hatte. Eine tägliche Betreuung zu Hause wäre zu teuer gewesen und hätte das Problem der Geschäftsreisen mit Übernachtung noch nicht gelöst. Daher war eine flexible Tagesmutter die einzige Lösung. Nach einigen fehlgeschlagenen Anläufen suchte sie eine Tagesmutter auf, die Lionels Frau empfohlen hatte.

Heather war eine gemütliche Schottin, die mit einem lebhaften Saxophonisten aus Jamaica verheiratet war. Die beiden lebten in einer großen Erdgeschoßwohnung mit einem umzäunten Garten, die bei schnellem Fußmarsch fünfzehn Minuten von Ladbroke Hill entfernt lag. Unterstützt von ihrer Tochter, kümmerte sich Heather um vier Kleinkinder, und wenn die Kinder unruhig wurden, setzte Walter, ihr Ehemann, sie nebeneinander und unterhielt sie mit Dixie-Musik. Heather verlangte siebzig Pfund in der Woche, wenn Daisy von acht Uhr morgens bis sieben Uhr abends bei ihr blieb, und Wochenenden oder Übernachtungen kosteten extra. Das riß ein großes Loch in Annas Finanzen, aber sie hatte keine andere Möglichkeit.

Am Morgen ihres ersten Arbeitstages bei Eurohull rannte Anna zwischen der Dusche, ihren Kleidern, Frühstück und Make-up hin und her. Währenddessen saß Daisy in ihrem Stühlchen und weigerte sich, ihr Frühstück zu essen, weil der Wechsel in ihrem gewohnten Alltag sie beunruhigte. Als Anna Daisy in den Kinderwagen hob, begann sie zu schreien und wehrte sich mit wütendem Strampeln gegen das Schließen der Riemen. Ihr Schreien wurde zum Gebrüll, als Anna mit ihr das warme Haus verließ und die dunkle kalte Straße hinunterging.

«Ach du liebe Güte, was ist denn das für ein winziger Brummbär», sagte Heather, als sie breit lächelnd die Wohnungstür öffnete. «Hallo, Daisy. Jetzt sag Mummy schön auf Wiedersehen. Und Mummy, Sie verabschieden sich schnell und gehen dann. So ist es richtig. Jetzt gehen Sie! Warten Sie nicht noch, sonst machen Sie alles noch schlimmer. Uns geht's doch gut, nicht wahr, Daisy?»

Mit einem bedrückend schlechten Gewissen küßte Anna Daisy auf die tränennasse Wange und floh.

Eurohull befand sich im obersten Stockwerk eines großen, funktionalen Bürogebäudes auf der häßlicheren Seite der Blackfriars Bridge. Gordon hatte recht gehabt, als er sagte, es sei nicht großartig. Das Büro bestand aus einem riesigen, ungeteilten Raum mit Reihen von Sperrholzschreibtischen, Telefonen und einem Dutzend ängstlicher Versicherungsverkäufer auf der Jagd nach Provisionen.

Es dauerte einen Moment, ehe Anna in dem Mann, der neben ihr am Empfang stand, Stuart Porterill erkannte: Sein Haar war vollständig grau geworden. Er streckte die Hand aus. «Schön, daß Sie zu uns kommen, Anna. Sie sehen gut aus.»

«Sie auch.»

«Nein, ich sehe beschissen aus.» Er begrüßte die sieben anderen Leute, die mit Anna im Lift heraufgefahren waren, auf eine Weise, die ihr klarmachte, daß sie ebenfalls neu waren. Dann führte er alle zu seinem Schreibtisch am anderen Ende des Großraumbüros, bat sie, sich Stühle zu nehmen, und ließ sie, sobald sie sich gesetzt hatten, einen nach dem anderen wieder aufstehen, damit sie ihre Namen nannten. Außer Anna war noch eine weitere Frau dabei, eine freundliche Brünette namens Sophie. Nach einem kurzen Willkommensgruß stürzte sich Stuart in seine Eröffnungsrede. Er beschrieb ihnen Marinecover, Eurohull und ihre Stellung auf dem Versicherungsmarkt. «Wir sind klein und sehr aktiv, und Ihre Aufgabe ist es, so viele Anteile wie möglich vom europäischen Schiffsversicherungsmarkt für uns zu ergattern, damit wir groß und sehr aktiv werden. Den Montag werden Sie damit verbringen, Termine zu machen, sowohl in Großbritannien als auch im übrigen Europa, Dienstag bis Donnerstag sind Sie unterwegs, und am Freitag liefern Sie mir Ihre Berichte ab – wenn Sie sich nicht mit einem Kunden treffen. Ein Klient hat immer Vorrang, selbst vor der Beerdigung Ihrer Großmutter. Wenn Sie mit Ihren Verwaltungsarbeiten ins Hintertreffen geraten, müssen Sie sie zu Hause erledigen. Es ist ein harter Job, aber wenn Sie ihn gut machen, können Sie viel verdienen. Falls nicht, sind Sie draußen. Die Überlebensrate liegt bei zwanzig Prozent.»

«Meinen Sie, wir rufen einfach an, ohne Voranmeldung?» fragte Sophie.

«So ist es.»

«Ich ... äh ... ich glaube, das ist nichts für mich.» Sie nahm ihre Aktentasche an sich und ging.

Stuart sah die anderen an. «Sonst noch jemand?»

Ein älterer Mann mit einem leichten Hinken verließ scharrend den Raum. Während sie ihm nachsah, überlegte Anna, was für eine Kündigungsfrist Heather eigentlich hatte, falls sie ihren Job verlor.

Es schien Stuart nicht zu stören, daß die beiden gegangen waren. «Unsere Firma wird von den Maklern unserer Mutterfirma Marinecover bei Lloyd's vertreten», fuhr er fort. «Es ist kein Geheimnis, daß Lloyd's in letzter Zeit Negativschlagzeilen gemacht hat. Man wird Ihnen deshalb Fragen stellen, und Sie antworten darauf, daß Lloyd's noch jede berechtigte Forderung bezahlt hat. Die Pressemeldungen betreffen nur einige wenige Namen, die Verluste gemacht haben. Verstanden?»

Alle nickten.

Stuart drückte jedem eine kurzgefaßte Firmengeschichte von Marinecover, eine Hochglanzbroschüre über Eurohull und eine Liste von Reedereien mit den Telefonnummern der Ansprechpartner in die Hand, und dann wies er sie an, sich einen Schreibtisch auszusuchen.

Anna wählte einen Platz am Fenster, damit sie etwas ungestörter war.

Stuart folgte ihr. «Das ist ein Mann-gegen-Mann-Job, Anna. Sie hätten etwas Besseres verdient.»

«Es gibt nicht viel Auswahl, wenn so viele arbeitslos sind.»

«Als ob ich das nicht wüßte!» Er fuhr sich über das graue Haar. «Ich habe mein Haus, meinen Porsche, meine Jacht und meine Frau verloren. Jetzt wohne ich mit meiner Schwester in einer Mietwohnung. Was haben Sie gemacht, seit Sie von Marinecover weg sind? Jemand hat mir erzählt, Sie und Charlie hätten sich getrennt.»

«Charlie ist nach Australien zurückgegangen, und ich habe eine Karrierepause eingelegt», antwortete sie gelassen. Sie mußte sich bemühen, nicht zu kichern bei dem Gedanken, daß sie das Zerdrücken von Kartoffeln für Daisys Mittagessen eine Karrierepause nannte.

Zwei Stunden vergingen, und keiner der Neuankömmlinge griff zum Telefon. Alle studierten aufmerksam die Broschüre über Eurohull. Als Anna aufblickte, bemerkte sie, daß Stuart sie alle mit seinen halbgeschlossenen Kobraaugen prüfend betrachtete. Sie holte tief Luft, um ihre Nerven zu beruhigen, legte Stift und Notizblock bereit und griff nach dem Telefon, um den ersten Namen auf ihrer Liste anzurufen: Mr. Bernard van Rooyen von der Reederei van Rooyen, Rotterdam, ein Familienbetrieb. Als sie den Hörer hob, sahen die anderen sie bewundernd an, und was noch wichtiger war, Stuart nickte bestätigend.

Zu Annas Erstaunen wurde sie sofort zu Mr. van Rooyen

durchgestellt. «Hier ist Anna Tobias von Eurohull», begann sie. «Ich würde gern einen Termin vereinbaren, um mit Ihnen über Ihre Schiffsversicherungen zu sprechen. Wir bei Eurohull glauben, daß wir Ihnen …»

«Wer sind Sie?» wollte eine ärgerliche, heisere Stimme wissen.

«Anna Tobias von Eurohull.»

«Aber ich habe einen Anruf von Merchant & Leisure erwartet. Offenbar hat meine Telefonistin etwas durcheinandergebracht und Sie versehentlich durchgestellt.»

Beinahe hätte Anna die Nerven verloren, aber sie ließ sich nicht abwimmeln. «Das ist eine glückliche Fügung, Mr. van Rooyen. Sie haben auf ein Gespräch mit einem Versicherungsmakler gewartet, und ich rufe von einer anderen Firma an, die Ihnen ein sehr viel besseres Angebot machen kann – höhere Deckung und niedrigere Prämien. Ich bin nächste Woche in Rotterdam. Wann hätten Sie Zeit für mich?»

«Das kommt nicht in Frage. Wir arbeiten seit fünf Jahren mit Merchant & Leisure zusammen. Außerdem bin ich nächste Woche in London.»

«Noch besser. Würden Sie mit mir zu Mittag essen?»

«Miss … äh … Sie verschwenden Ihre Zeit. Ich gebe zu, daß wir uns wegen der hohen Prämien von Merchant & Leisure Gedanken gemacht haben, aber …»

«Am nächsten Dienstag im River Restaurant des Savoy?»

Stuart war aufgesprungen, winkte Anna zu und zischte: «Zu teuer!»

Aber sie achtete nicht auf ihn. «Würde Ihnen ein Uhr passen, Mr. van Rooyen?»

«Na gut, faxen Sie mir Ihre Bedingungen, dann schaue ich sie mir an. Aber ich kann Ihnen nicht versprechen, daß wir zu Eurohull wechseln. Das ist nur ein Vorgespräch, Miss … äh …»

«Tobias. Ich freue mich sehr, Sie kennenzulernen.»

Als sie auflegte, explodierte Stuart. «Anna, Sie können es sich nicht leisten, mit Kunden auf unsere Kosten im Savoy essen zu gehen!»

«Ich kann es mir nicht leisten, es nicht zu tun, Stuart. Ich muß van Rooyen beeindrucken, und das ist das einzige teure Restaurant in London, wo sich der Oberkellner an mich erinnern wird. Ich war letzte Woche mit Gordon dort, wissen Sie.»

«Tatsächlich? Du lieber Himmel! Na ja ... äh ... meinetwegen, aber wenn Sie den Abschluß nicht machen, zahlen Sie das Mittagessen selbst.»

Anna hätte beinahe die Segel gestrichen, aber sie tat es nicht. Sie folgte ihrem Instinkt.

Den Nachmittag verbrachte sie damit, das Angebot für van Rooyen vorzubereiten, und kurz bevor sie nach Hause ging, faxte sie es ihm. Dieser erste kleine Erfolg hatte ihr neue Energie gegeben, aber nachdem sie sich mit der U-Bahn nach Hause durchgekämpft hatte, war sie erschöpft. Sie sehnte sich nach einem Bad, einem guten Essen und ausreichend Schlaf, aber sie mußte Daisy abholen, die nach ihrem ersten Tag in einer fremden Umgebung und mit anderen Kindern müde und mißmutig war. Auf dem ganzen Weg nach Hause schrie Daisy. Sie weigerte sich, ihr Abendbrot zu essen, und brauchte Stunden, bis sie sich beruhigte. Selbst als Louise kam, begann sie wieder zu schreien. Nachdem Anna endlich ins Bett gekrochen war, schien überhaupt keine Zeit vergangen, als schon der Wecker klingelte, und sie wieder eilig mit Daisy frühstücken und sie zu Heather bringen mußte.

Als sie am Freitag abend das Büro verließ, rief ihr Stuart nach: «Kommen Sie noch mit etwas trinken, Anna?»

«Ich würde gerne, aber ich kann nicht.» Sie verabschiedete sich und eilte nach Hause zu Daisy.

Paul hatte gehofft, an diesem Wochenende nach England zurückkehren zu können, aber vor Newport war eine wertvolle Jacht gestohlen worden, die Stevens Cousin gehörte, und Steven hatte Paul um Hilfe gebeten. Wie er Anna bedauernd erklärte, hatte er sich nicht weigern können. So hörte er die Geschichte über Mr. van Rooyen am Telefon und lachte mit ihr, weil sie die Kobra ausgetrickst hatte.

Für ihr Essen mit Mr. van Rooyen trug Anna ihr graues Kostüm mit einem eleganten und femininen cremefarbenen Seidenhemd. Früher als ihr Gast betrat sie das Savoy und nannte dem Oberkellner ihren Namen. Sie bat um denselben Tisch, an dem sie in der Woche zuvor mit Gordon gesessen hatte. Anstatt am Tisch zu warten, setzte sie sich in die Lounge, wo sie den Eingang des Restaurants überblicken konnte. Punkt ein Uhr ging ein korpulenter Mann mit sandfarbenem Haar und einem ordentlichen Bart auf den Eingang des Speisesaals zu. In der sicheren Annahme, daß es sich um van Rooyen handelte, folgte Anna ihm.

«Ich bin mit einer Miss Tobias verabredet», informierte er den Oberkellner mit einer tiefen heiseren Stimme.

«Sie steht direkt hinter Ihnen. Ach, Miss Tobias, Ihr Lieblingstisch ist bereit.»

Mr. van Rooyen sah entsprechend beeindruckt aus.

Wie Gordon war er ein Mann, der neben seiner Arbeit wenig andere Interessen hatte. Sobald sie sich gesetzt hatten, stürzte er sich in einen Bericht über die Geschichte von van Rooyen Rotterdam, der Firma seiner Familie, und redete während des gesamten Essens darüber, bis Anna fürchtete, er habe gar nicht vor, mit ihr Geschäftsbeziehungen aufzunehmen. Er aß zwei reichhaltige Schokoladenpuddings, einen nach dem anderen, und als er seine Serviette hob, um sich die fleischigen Lippen abzuwischen, sagte er: «Köstlich. Na gut, Miss Tobias, ich habe Ihr Angebot geprüft und bin zu der Entscheidung gelangt, Ihnen die Kaskoversicherung für unsere drei mittelgroßen Tanker zu übergeben. Wenn Ihre Betreuung so gut ist, wie Sie versprechen, dann kommen Sie im Januar nach Rotterdam, und wir unterhalten uns über unseren neuen Supertanker.»

Anna strahlte. «Vielen Dank, Mr. van Rooyen.»

«Sie sind eine clevere junge Dame.» Ohne weitere Bemerkungen stand er auf und überließ es ihr, die Rechnung zu begleichen.

Anna konnte es kaum erwarten, wieder zu Eurohull zu kommen. Stuart saß an seinem Schreibtisch, als sie schwungvoll durch das Büro schritt und mit der Rechnung des Savoy wedelte. «Das Mittagessen geht auf Sie!» erklärte sie ihm triumphierend.

Er war erstaunt. «Sie haben es geschafft! Sie haben van Rooyen gewonnen!»

«Drei Tanker in diesem Jahr und einen Supertanker im Januar.» Lachend warf sie ihm die Rechnung in den Schoß, ging zu ihrem Schreibtisch und griff nach ihrer Kundenliste. Sofort rief sie bei fünf weiteren Adressen an. Sie strahlte soviel Zuversicht aus, daß alle bereit waren, sich mit ihr zu treffen.

An diesem Abend sagte Stuart: «Wie wäre es, wollen wir das feiern?»

«Herzlich gern, aber nicht heute abend.»

«Das sagen Sie immer. Haben Sie einen heimlichen Liebhaber, Anna? Ist das der Grund, warum Sie es immer so eilig haben?»

Sie lachte, rief ihm über die Schulter hinweg «Auf Wiedersehen!» zu und marschierte aus dem Büro. Eines Tages würde sie Stuart vielleicht von Daisy erzählen, aber jetzt noch nicht.

Auf dem Heimweg kaufte sie eine Flasche Wein, um ihren Sieg über van Rooyen zu feiern, aber als sie in Ladbroke Hill ankam, was alles dunkel. Auf dem Anrufbeantworter war eine Nachricht von Louise, die auf eine Party gegangen war, und Mac hatte einen Zettel hinterlassen, er sei geschäftlich in Zürich. Enttäuscht brachte Anna Daisy ins Bett. Dann öffnete sie die Weinflasche, goß sich ein Glas ein und setzte sich vor den Fernseher. Aber sie konnte sich nicht auf die Sendung konzentrieren, sie wollte ihre gute Nachricht mit jemandem teilen.

Sie rief Roz an, aber die war nicht zu Hause, weil sie Luke zu einem Konzert begleitete. Tom gratulierte Anna zwar, aber ihre Geschichte sagte ihm wenig. Dann rief sie ihre Mutter an, die sich für sie freute, aber da ihre Mutter selbst nie berufliche Ambitionen gehabt hatte, konnte sie sich nicht so recht vorstellen, welche Befriedigung das bedeutete. Anna wünschte sich, Paul würde anrufen, aber er war auf dem Weg nach Miami, der gestohlenen Jacht auf der Spur. Er hätte es verstanden, denn er wußte um ihre Befürchtungen, wußte, wie sehr sie diesen Triumph brauchte, nicht nur wegen des Geldes, sondern auch für ihr angeschlagenes empfindliches Selbstbewußtsein.

Als sie nach Rotterdam flog, ließ sie Daisy zum ersten Mal über Nacht bei Heather. Sie war noch nie in Rotterdam gewesen, und auf den ersten Blick gefiel es ihr nicht besonders. Sie mochte alte Städte, und Rotterdam war modern, da die meisten alten Gebäude den Bomben des Zweiten Weltkriegs zum Opfer gefallen waren. Aber mit seinem hochindustrialisierten Transithafen war es ein günstiger Handelsplatz.

Obwohl die Versicherungsagenten von Eurohull normalerweise nicht in Fünf-Sterne-Hotels absteigen durften, hatte Stuart zugestimmt, daß Anna im Hilton wohnte. Damit konnte sie Mr. van Rooyen beeindrucken, der offensichtlich auf Kleinigkeiten Wert legte. Das Hotel befand sich im Stadtzentrum, auf der Weena, einer breiten Straße, die zwischen dem Stationplein und dem Hofplein verlief. Bereits eine Stunde nach der Landung ihres Flugzeugs saß Anna in ihrem Hotelzimmer und rief bei Heather an, um zu hören, wie es Daisy ging.

Nach dem Telefonanruf blieb ihr kaum noch genug Zeit, sich die Haare zu kämmen, ehe sie ins Restaurant eilen mußte. Dort traf sie sich mit einem potentiellen Kunden, einem entfernten Cousin von Mr. van Rooyens Frau. Nach dem Mittagessen war er bereit, ihr Angebot für einen seiner drei Supertanker zu prüfen, und Anna war bester Stimmung. Sie machte sich sofort zu ihrem zweiten Termin mit dem Finanzchef einer kleinen Reederei auf, deren Büros auf der Südseite des Nieuwe Maas lagen, dem breiten, den Gezeiten ausgesetzten Nordarm des Rheins, an dessen Ufer Rotterdam erbaut war.

Innerhalb von zehn Minuten nach ihrer Ankunft merkte Anna, daß er lediglich ihr Angebot mit den Bedingungen seiner gegenwärtigen Versicherung vergleichen wollte und nicht die Absicht hatte, zu Eurohull zu wechseln. Hätte sie mehr Erfahrung gehabt, dann hätte sie sich zu diesem Zeitpunkt bereits verabschiedet. So allerdings blieb sie zwei Stunden.

Sie eilte ins Hilton zurück zu einem frühen Abendessen mit Mr. van Rooyen. Während des Essens erzählte er ihr erneut seine Familiengeschichte, und sie mußte sich auf die Lippen beißen, um nicht zu gähnen. Sobald er gegangen war, lief Anna hinauf in ihr Zimmer, um Heather anzurufen. «Geht es Daisy gut?» fragte sie angstvoll.

«Sie schläft tief und fest. Machen Sie sich keine Sorgen.»

«Ich kann nichts dagegen tun!»

«Das verstehe ich», sagte Heather freundlich. «Mir ginge es genauso.»

Für Anna war es zu früh, um schon ins Bett zu gehen, aber zu spät, um noch etwas zu unternehmen. Da sie keine Lust verspürte, ihren Bericht zu schreiben, stand sie am Fenster und sah hinaus auf die Lichter der Stadt. Sie war weniger einsam als allein und wünschte, sie hätte jemanden, den sie anrufen könnte, um mit ihm zu plaudern. Da das Hotel Schreibutensilien bereitgelegt hatte, schrieb sie eine Postkarte an ihre Mutter und ihre Großmutter und eine an Roz. Dann nahm sie die letzte Karte und schrieb: «Ich wünschte, Sie wären hier. Wirklich. Alles Liebe, Anna.» Sie adressierte die Karte an Paul auf der *Goshawk*, weil sie die Hausnummer seiner Wohnung in London nicht wußte. Aber als sie die Karte noch einmal las, war sie nicht sicher, ob der Text nicht zu freimütig war, und wußte nicht genau, ob sie sie abschicken sollte. Daher stellte sie die Karte auf den Frisiertisch und schob die Entscheidung bis zum nächsten Morgen auf.

Ein früher Telefonanruf von einer Firma, mit der ihr Mr. van Rooyen einen Kontakt verschafft hatte, hatte eine Frühstücksbesprechung zur Folge. Das bedeutete, daß sie sich in aller Eile anziehen und packen mußte. Erst im Flugzeug zurück nach London fiel ihr die Postkarte wieder ein.

Zu Hause fand sie auf dem Anrufbeantworter eine Nachricht von Paul vor, der ihr mitteilte, die gestohlene Jacht habe ihn soviel Zeit gekostet, daß er direkt nach Australien fliegen müsse. Er sei aber in zwei Wochen wieder da. Sie hatte nicht gewußt, daß er so oft unterwegs war, und ihre Hoffnungen und Illusionen schwanden. Sie fragte sich, wann sie einander treffen würden und ob sie die ganze Sache vielleicht doch vergessen sollte, anstatt zu riskieren, von jemandem abhängig zu sein, der nie erreichbar war. Ihre Beziehung schien bereits überschattet, noch ehe sie begonnen hatte – und doch war sie sich nicht sicher.

Die Arbeit bei Eurohull gefiel Anna längst nicht so sehr wie die Stelle bei Marinecover, aber sie war der Star unter den Neuanfängern, und der Erfolg gab ihr ein gutes Gefühl. Ihre Provisionen waren hoch, allerdings bestand Mr. Flatbush darauf, daß ihr Zusatzverdienst samt und sonders auf das Konto der East Metro eingezahlt wurde. Nach den Abzügen für die Hypothekenrate und die zusätzliche Zahlung, um das Defizit des vergangenen Jahres abzudecken, hatte sie kaum genug, um die Rechnungen und Heather zu bezahlen und die Ausgaben zu tragen, die für ihre neue Stellung anfielen: ordentliche Kostüme fürs Büro, regelmäßige Friseurbesuche, eine neue Aktenmappe und die Kosten für Taxifahrten, wenn sie lange arbeitete und zu müde war, um mit öffentlichen Verkehrsmitteln nach Hause zu fahren.

Sie sehnte sich danach, ein ganzes Wochenende frei zu haben, um auf dem Land spazierenzugehen, auszuschlafen und sich zu entspannen. Doch an den Wochenenden mußte sie den liegengebliebenen Papierkram erledigen, so daß sie es meistens lediglich schaffte, am Sonntag bei ihrer Mutter und ihrer Großmutter zu essen – eine weite Fahrt für einen Tag.

An Daisys erstem Geburtstag mußte Anna in Rotterdam sein. Obwohl sie deshalb ein schlechtes Gewissen hatte, konnte sie ihren Termin nicht absagen, also feierten sie am Sonntag darauf mit einer Teeparty. Alle Hausbewohner waren eingeladen.

Anna war gerade in der Küche und verzierte die Geburtstagstorte, als es an der Haustür klingelte. Mac öffnete. Anna hörte ihn reden, aber sie achtete nicht sonderlich darauf. Dann hörte sie Mac sagen: «Sie ist da drin.»

«Hallo, Anna.» Paul stand auf der Schwelle. Mit seiner sonnengebräunten Haut wirkte er exotisch, besonders neben dem blonden, rosahäutigen Mac. «Tut mir leid, daß ich unangemeldet hereinplatze», sagte er, «aber ich bin heute zurückgekommen und bleibe nur diesen Nachmittag in London und ...» Er lächelte. «Ich wollte Sie sehen.»

Sie wurde rot und wußte nicht, was sie sagen sollte. «Daisy hat Geburtstag.» Sie deutete mit der Palette von Zuckerguß auf den Kuchen und vergaß ganz, daß sie es nicht mochte, wenn man in ihr Zuhause eindrang.

«Vielen Dank für die Postkarte», sagte er leise. «Das war eine nette Überraschung.»

Sie erinnerte sich, was sie geschrieben hatte, und wurde dunkelrot. «Haben Sie sie bekommen?»

«Natürlich.»

«Aber ich habe sie gar nicht abgeschickt. Ich habe sie auf dem Frisiertisch im Hotel gelassen.»

«Dann wußte derjenige, der sie fand, offensichtlich, daß sie weggeschickt werden mußte.»

Anna konzentrierte sich darauf, den Kerzenhalter in die Mitte des Kuchens zu stecken.

Am Telefon konnten sie entspannt miteinander reden, aber jetzt, wo Paul hier war, fand sie es schwer, ihn anzusehen. Sie versuchte die Kerze in den Ständer zu manövrieren, aber sie war zu dick und wollte nicht halten.

«Lassen Sie mich mal», bot er an, nahm ein scharfes Messer und spitzte mit entschiedenen Bewegungen das Ende der Kerze an.

«Wenn Sie früher gekommen wären, hätten Sie gleich noch den Kuchen backen können», witzelte sie, um ihre Verlegenheit zu überspielen. Sie war noch immer verunsichert durch sein plötzliches Erscheinen.

Er reichte ihr die Platte mit dem Kuchen. «Machen Sie sich nicht lustig über mich, sonst bekommen Sie lockige Haare.»

«Ich wollte immer schon Locken haben,» antwortete sie wahrheitsgemäß und ging vor ihm her ins Wohnzimmer, wo Daisy zwischen Mr. Marilyn und Louise in ihrem Hochstuhl saß. Anna stellte den Kuchen vor ihre Tochter hin und half ihr dabei, die Kerze auszublasen, während alle *Happy Birthday* sangen.

Paul ging bald darauf. «Ich wünschte, ich hätte Daisy ein Geburtstagsgeschenk mitgebracht, sagte er zu Anna, die ihn zur Tür begleitete.

«Eigentlich war ihr Geburtstag schon am Freitag, aber da war ich geschäftlich unterwegs.» Sie schnitt eine Grimasse. «Ich habe ein entsetzlich schlechtes Gewissen, aber ich konnte beim besten Willen keinen Tag freinehmen. Ich habe ja gerade erst angefangen, und außerdem konnte ich schon gar nichts von Daisys Geburtstag sagen, weil die Kobra nicht weiß, daß ich ein Kind habe.»

«Daisy weiß nicht, daß ihr Geburtstag nicht heute ist», sagte Paul, um sie zu beruhigen.

«Natürlich, aber nächstes Jahr wird sie es vermutlich wissen, und auf jeden Fall im übernächsten Jahr. Aber was soll ich machen? Ich muß arbeiten.» Sie hatte eigenlich nicht vorgehabt, ihre Unsicherheit so deutlich zu zeigen.

Paul nahm ihre Hände. «Hören Sie auf, sich schlecht zu machen. Sie geben Ihr Bestes.»

Sie sah ihn an und mußte plötzlich lachen. «Sie haben recht, ich mache mich schlechter, als ich bin. Ständig rede ich mir ein, ich wäre ein hoffnungloser Fall.»

Er lächelte, auch wenn seine klaren grauen Augen nachdenklich wirkten. «Ich bin am Freitag wieder da. Gehen Sie mit mir zum Abendessen?»

Anna zögerte. Sie hätte ihn gern gesehen, aber sie erinnerte sich, wie sehr sie sich danach gesehnt hatte, mit ihm zu reden, während er in Australien unterwegs war, und fürchtete, von seiner Gegenwart und seiner Unterstützung abhängig zu werden.

Als sie nicht antwortete, soufflierte er grinsend: «Ja, danke, Paul, ich komme sehr gerne.»

Einem Mann, der sie zum Lachen brachte, konnte sie einfach nichts abschlagen.

Kapitel 25

Als Anna am Montag morgen ins Büro kam, erfuhr sie, daß einer der älteren Versicherungsagenten nach einem Streit mit Stuart gekündigt hatte, und da sie die höchsten Abschlußzahlen vorweisen konnte, erhielt sie seinen Firmenwagen. An diesem Abend holte sie Daisy im strömenden Regen mit dem Auto ab, anstatt sie durch die kalten, nassen Straßen zu schieben.

Am späteren Abend rief Paul an, und sie erzählte ihm von dem Auto. Er war mittlerweile in Kolumbien. Sie seufzte. «Ich kenne niemanden, der soviel reist wie Sie.»

«So kann man am leichtesten fliehen, und es gab eine Zeit, da war mir das sehr recht.» Er machte eine Pause und fügte dann mit leiser Stimme hinzu: «Aber jetzt wäre ich lieber zu Hause.»

Sie fragte sich, ob er seiner Frau entkommen wollte oder der Tatsache ihres Todes, und hoffte, daß er noch mehr sagen würde, doch er fuhr fort: «Ich organisiere gerade ein weltweites Netz von Kontaktpersonen, mit denen ich Informationen austauschen kann. Wenn das einmal funktioniert, muß ich nicht mehr soviel reisen.»

«Dann haben Sie Zeit, die *Goshawk* zu genießen.»

«Und für andere Dinge!» Das sagte er so sanft eindringlich, daß es wie ein Streicheln auf ihrer Haut wirkte.

Das Prickeln der Erregung, das seine Stimme in ihr hervorrief, genoß sie, aber zugleich machte es sie nervös. «Sie meinen, Sie möchten mehr Zeit mit Bobby verbringen?» Nicht allzu geistreich, aber auch ein lauer Scherz brachte einen wieder auf sicheren Boden.

Er lachte. «Wir sehen uns am Freitag. Ich freue mich darauf – sehr.»

Anna brachte Daisy ins Bett und las ihr eine kurze Geschichte vor, aber ihre Gedanken waren nicht bei den Bildern im Buch, sondern wanderten immer wieder zu Paul. Wenn sie genau nachdachte, hatte sie ihn eigentlich immer schon attraktiv gefunden. Sonst wäre sie damals, egal wie betrunken, nicht mit ihm nach Hause gegangen. Er strahlte eine faszinierende Mischung aus lässiger Jungenhaftigkeit und gepflegtem Charme aus, und sie genoß das scherzhafte Geplauder mit ihm, das ihr über die Verlegenheit wegen ihrer ersten Begegnung hinweghalf. Allerdings schien Paul die Erinnerung nicht im mindesten in Verlegenheit zu bringen.

Seit Anna zu arbeiten begonnen hatte, war das gemeinsame Leben im Haus zum Stillstand gekommen, weil sie keine Zeit mehr hatte, am Abendessentisch zu plaudern. Außerdem lag der Tisch ohnehin meist voll mit ihren Berichten. Ihr war gar nicht bewußt gewesen, wie sehr die anderen diese Veränderung bedauerten, ehe Mr. Marilyn sie, an dem Morgen, nachdem sie das Auto bekommen hatte, in der Auffahrt ansprach. «Vermutlich werden wir dieses Jahr nicht zusammen Weihnachten feiern?» fragte er sorgenvoll.

Eigentlich hatte Anna vorgehabt, nach Lower Gossip Fen zu fahren, weil sie Roz nicht mehr gesehen hatte, seit sie bei Eurohull angefangen hatte, aber Mr. Marilyns trauriges Gesicht rührte sie. Sie hatte nicht vergessen, was für ein guter Freund er ihr gewesen war. Wie oft hatte er sich um Daisy gekümmert, während Anna Arbeit suchte. «Natürlich werden wir gemeinsam feiern», sagte sie und schnallte Daisy im Kindersitz fest. Sie hoffte, ihre Mutter würde ihr verzeihen.

Seine Augen strahlten. «Meinen Sie das wirklich?»

«Selbstverständlich. Schließlich geht Grazyna bald zurück nach Polen, und wir sollten sie anständig verabschieden.» Anna gab ihm einen schnellen Kuß auf die Wange und sprang in den Wagen.

Während sie davonfuhr, überlegte sie, was sie ihrer Mutter erzählen sollte. Ihre Mutter hatte keine engen Freundschaften, nicht einmal zu Jacynthia, und konnte bestimmt nicht verstehen, daß für Anna ihre Freunde so wichtig waren wie ihre Familie.

Paul ging Anna während der gesamten Woche nicht mehr aus dem Kopf. Er war in ihren Gedanken, als sie am Mittwoch nach Rotterdam flog, er saß neben ihr auf dem Rücksitz des Taxis, das sie von einem Termin zum nächsten fuhr, und am Abend, ehe sie einschlief, hielt er sie in den Armen. Sie schwankte zwischen der Angst, erneut verletzt zu werden, und der Sehnsucht nach seiner Nähe.

Ihren Rückflug am Freitag hatte sie bewußt früh gelegt, doch in letzter Minute faxte ihr Stuart noch einen Termin für ein Mittagessen mit einem neuen Klienten. Es war bereits spät am Nachmittag, als sie in Rotterdam das Flugzeug bestieg. Dann brach der Pilot den Start auch noch wegen eines Instrumentenfehlers ab, und Anna mußte einen anderen Flug nehmen. Nachdem sie Daisy abgeholt und Ladbroke Hill erreicht hatte, blieb nur noch eine halbe Stunde Zeit, ehe Paul kommen sollte. Sie war erschöpft, brachte es aber nicht über sich, das Abendessen abzusagen, weil sie ihn ohnehin so selten sah.

Louise kam zum Babysitten und fand Anna in einem Sessel vor, wo sie Daisy eine Geschichte vorlas. «Du siehst erledigt aus», meinte sie. «Was ist passiert?»

«Ich hatte einen anstrengenden Tag und bin gerade erst nach Hause gekommen.»

«Ich kümmere mich um Daisy.» Louise zog Anna hoch. «Schenk dir einen Brandy ein, und steig ins Bad. Dann fühlst du dich besser.»

Anna döste noch im duftenden Wasser, als Paul klingelte. Wie der Blitz schoß sie, während Louise die Tür öffnete, aus der Wanne und trocknete sich ab. Louise und Paul unterhielten sich im Wohnzimmer.

Sie hatte eigentlich vorgehabt, ein enganliegendes Kleid aus schwarzem Crêpe-de-Chine zu tragen, aber nachdem sie ihren

Schrank durchwühlt hatte, fiel ihr ein, daß es noch in der Reinigung war. Also griff sie nach einem schwarzen Lederrock, den sie in der ersten Zeit mit Charlie gekauft und seither nicht mehr getragen hatte, weil er sie an Charlie erinnerte. Jetzt war sie zu müde, als daß es ihr etwas ausgemacht hätte.

Seit sie bei Eurohull arbeitete, hatte sie die zusätzlichen Pfunde aus der Schwangerschaft wieder verloren, aber sie sah, wie sie selbst fand, deshalb nicht besser aus. Ihr Gesicht war hohlwangig, und sie hatte dunkle Ringe unter den Augen. Hätte sie Zeit gehabt, sich sorgfältig zu schminken, hätte sie die Ringe abdecken können, doch sie war in Eile. Sie gab etwas Feuchtigkeitscreme ins Gesicht, legte Rouge auf, tuschte sich die Wimpern und strich Lippgloss auf den Mund. Schließlich schlüpfte sie in ein Paar Pumps, die zumindest bequem waren, auch wenn hohe Schuhe erotischer gewirkt hätten.

Als sie zum Wohnzimmer ging, hörte sie Paul mit Louise reden und dachte an das Prickeln der Erregung, das sie beim Klang seiner Stimme empfunden hatte. Jetzt konnte sie nur daran denken, wie lange es noch dauerte, bis sie endlich schlafen durfte.

Paul drehte sich um und lächelte, als Anna den Raum betrat. In seinem dunklen Anzug sah er sehr gut aus, obwohl sein Haar so unordentlich war wie immer. «Hallo.» Er gab ihr einen Kuß auf die Wange. «Ich habe Ihnen ja gesagt, daß ich komme. Sie hat es mir nicht geglaubt, Louise, sie dachte, ich rufe wieder vom anderen Ende der Welt an und sage ab, stimmt's?»

Sie nickte und gab sich alle Mühe, fröhlich zu wirken. Schuldbewußt dachte sie daran, daß er den weiten Weg gemacht hatte, nur um mit einem Zombie zu Abend essen zu gehen.

«Ich habe einen Tisch im *L'Artiste Assoiffé* bestellt», sagte er. «Hoffentlich gefällt es Ihnen.»

«Ja, sehr.» Sie sagte ihm nicht, daß es eines von Charlies Lieblingslokalen gewesen war.

Er half ihr in den Mantel, und sie traten hinaus in die Dunkelheit. Vor dem Haus zeigte sie ihm ihren Wagen, und dann stiegen sie in seinen, wo die Wärme sie nur noch schläfriger machte.

«Ich habe gesehen, daß es über den Niederlanden neblig war.» Besorgt sah er sie an. «War die Reise sehr anstrengend?»

«Nur ein abgebrochener Start.» Sie konnte kaum noch die Augen offenhalten.

«Wie war der langweilige Mr. van Rooyen?»

«Er war … sehr öde.» Sie riß sich zusammen. «Erzählen Sie mir von Kolumbien.»

«Es ist ein gefährliches Land – schön und sehr gefährlich.» Er lächelte. «Genau wie manche Frauen.»

Vor dem Restaurant nahm er ihren Arm und schob sie hinein. Zu Annas Erleichterung befand sich ihr Tisch nicht neben dem Karussell, wo Charlie gerne gesessen hatte, sondern in einer stilleren Ecke neben einem Wandbild, das einen Clown zeigte.

Der Kellner brachte die Weinkarte, und während Paul sie studierte, döste Anna vor sich hin. Er machte einen Vorschlag, und sie nickte, obwohl sie kein Wort mitbekommen hatte. Aber als der Kellner mit einer Flasche Château Laroze wiederkam, war sie erfreut, obwohl der Wein sie nur noch schläfriger machte.

«Wie geht es Daisy?» erkundigte sich Paul.

«Ihr geht es gut. Heather ist sehr nett. Ein Glück, daß ich sie gefunden habe. Und es ist eine solche Erleichterung, ein Auto zu haben!» Der Wein war ihr direkt zu Kopf gestiegen, und sie stützte die Ellbogen auf den Tisch, um nicht zu schwanken. «Erzählen Sie mir mehr über Ihre Fälle in Südamerika», sagte sie.

Ermutigt durch ihr Interesse, antwortete er, aber er war ein zu guter Detektiv, um nicht zu merken, daß er abgelenkt werden sollte. «Zwei der drei Schiffe, die ich suchte, habe ich gefunden. Aber der Himmel weiß, wo das dritte – das teuerste – geblieben ist. Die meisten größeren Fahrtensegler, die in Europa verschwinden, landen in der Karibik und werden an Drogenhändler verkauft. Ich fürchte, das ist auch mit diesem Schiff passiert.»

Sie wachte aus ihrem Dämmerschlaf auf und erinnerte sich an die Autobombe in Medellin. «Haben Sie denn keine Angst?»

«Ich wäre ein Lügner, wenn ich das nicht zugeben würde. Aber ich bin vorsichtig, und ich denke immer daran, daß es sich nicht lohnt, mein Leben aufs Spiel zu setzen, nur um eine Jacht zu finden oder eine betrügerische Forderung aufzudecken.»

Der Kellner nahm ihre Bestellung auf. Sobald er gegangen war, wußte Anna schon nicht mehr, was sie ausgesucht hatte. Sie stützte einen Arm auf die Lehne ihres Stuhles und ihr Kinn in die Handfläche. Aus der Ferne hörte sie den Klang von Pauls Stimme, die wie ein Schlaflied wirkte. Langsam schlossen sich ihre Augen, und ihr Kopf fiel zur Seite. Paul hörte auf zu reden und starrte auf die schlafende Frau vor sich. Dann beugte er sich über den Tisch und schüttelte sie sanft an der Schulter. «Anna, sind Sie krank?»

Erschrocken erwachte sie. «Was ist los?»

«Sie sind eingeschlafen.»

«O nein! Das tut mir wirklich leid.»

«Ich wußte nicht, daß ich so langweilig bin.» Er war eher amüsiert als verärgert.

«Aber nein, das sind Sie nicht! Es ist nur so, daß ich ... ich bin so erschöpft. Ich bin erst eine Stunde, bevor Sie kamen, nach Hause gekommen, und es ist nicht nur die Arbeit, sondern dieses ständige Hetzen. Ich bringe Daisy zu Heather, eile ins Büro, kämpfe dort den ganzen Tag, um meine Abschlußzahlen zu halten, und fahre dann schnell zurück, um Daisy abzuholen.» Sie holte tief Luft. «Es tut mir leid, ich wollte nicht jammern.»

Er langte über den Tisch und nahm ihre Hand. «Anna, warum haben Sie das Abendessen nicht verschoben?»

«Weil ich Sie sehen wollte und weil Sie morgen schon wieder fahren und der Himmel weiß, wann Sie wieder zurückkommen.» Sie war viel zu müde, um nicht ehrlich zu antworten.

Er schob seine Finger durch ihre. «Ich wollte Sie auch sehen – unbedingt.»

«Und Sie sind quer über den Atlantik geflogen und sind nicht müde, während ich gerade mal aus Holland komme.»

«Anna, ich habe keine Daisy.» Er winkte dem Kellner. «Die Dame fühlt sich nicht wohl. Können wir die Rechnung haben?»

«O nein, Sie müssen zu Ende essen», protestierte Anna. «Es geht schon, ich kann warten.»

«Sie gehen jetzt nach Hause und ins Bett.» Paul reichte dem Kellner seine Kreditkarte.

Zu müde, um sich zu widersetzen, ließ sich Anna aus dem Restaurant zum Auto führen. Da sie jetzt nicht mehr so tun mußte, als sei sie wach, schlief sie auf dem Vordersitz ein, den Kopf an Pauls Schulter gelegt.

Als sie das Haus erreicht hatten, trug er sie fast die Stufen hinauf, nahm ihr den Schlüssel aus der Hand und öffnete die Tür. Dann strich er ihr das Haar aus der Stirn und umfaßte ihr Gesicht mit den Händen.

«Es tut mir leid», wiederholte sie noch einmal. «Danke, daß Sie es so nett aufgenommen haben.»

«Schlaf gut.» Er strich mit seinem Mund über den ihren, ganz leicht, und flüsterte: «Ich rufe dich morgen an, ehe ich fahre. Jetzt geh ins Bett.» Zärtlich schob er sie ins Haus.

Louise lag auf dem Sofa und sah fern. Erstaunt blickte sie auf, als Anna allein hereinkam. «Was ist passiert? Du bist gerade mal eine Stunde weggewesen.»

«Ich bin eingeschlafen.» Plötzlich mußte Anna lachen.

«Bei deinem ersten Rendezvous – und nachdem du so aufgeregt warst!» Louise stieß einen Schreckensschrei aus, der in wildem Gekicher endete. «Was hat er gesagt?»

«Er hat sehr nett reagiert, unglaublich nett. Wenn ich mich bei Charlie so benommen hätte, er hätte mir nie verziehen.»

«Na, dann hoffe ich nur, es war nicht das erste und einzige Rendezvous.»

«Ganz sicher nicht.» Anna stolperte weiter in ihr Schlafzimmer, schlüpfte aus den Schuhen, zog die Kleider aus und ließ sich aufs Bett fallen. Sie war viel zu müde, um erst noch ihr Make-up zu entfernen.

Louise erschien in der Tür. «Ich mag Paul, und ich freue mich, daß er dich noch mal eingeladen hat.»

«Das hat er gar nicht.» Anna schloß die Augen. «Ich werde ihn zum Weihnachtsfest einladen.»

Das tat Anna auch, als Paul sich am nächsten Morgen bei ihr meldete, und er nahm die Einladung an. Sie telefonierten länger als eine Stunde, bis das Taxi kam, das ihn zum Flughafen bringen sollte. Als sie auflegte, fühlte Anna sich merkwürdig niedergeschlagen. Vor Heiligabend würde er nicht zurückkommen. In den zwei Monaten seit dem Essen bei den Finesteins hatten sie sich gerade dreimal gesehen, und dennoch war er zu einem so wesentlichen Faktor in ihrem Leben geworden.

Am nächsten Morgen erhielt Anna eine Postkarte mit dem Bild einer fest schlafenden Maus. Sie war in Heathrow aufgegeben worden. Wie so vieles, was er tat, brachte sie die Karte zum Lächeln.

Um allen Hausbewohnern klarzumachen, daß das Fest tatsächlich stattfinden würde, bestellte Anna einen Weihnachtsbaum. In diesem Jahr konnte sie sich zwar einen unbeschädigten Baum leisten, aber sie kam nicht dazu, ihn zu schmücken – das übernahmen Mr. Marilyn und Louise, während Anna auf Geschäftsreise war. Wie im Jahr zuvor kümmerte sich jeder um ein Gericht. Anna war für den Pudding zuständig, aber sie bereitete ihn nicht selbst, sondern kaufte ihn, weil sie keine Zeit zum Kochen hatte. Aber sie gönnte sich ein wunderschönes neues Kleid. Es war aus dunkelgrünem Samt, bodenlang, und hatte auf einer Seite einen verführerischen Schlitz, der bis über den Oberschenkel reichte.

Das Problem mit ihrer Mutter umschiffte sie, indem sie erklärte, sie müsse an Heiligabend lange arbeiten, werde aber in der Woche vor Neujahr nach Lower Gossip Fen kommen. Sie log nicht gerne, aber es schien der einzige Weg zu sein, die Gefühle ihrer Mutter nicht zu verletzen.

In den Wochen vor Weihnachten gab es bei Eurohull besonders viel zu tun, und Anna war fast ständig unterwegs. Es war immer quälend, Daisy allein zu lassen, aber sobald Anna Eurohull betrat, schaltete sie in ihren Arbeitsrhythmus um. Es war, als bestehe sie aus zwei unterschiedlichen Menschen und verwandle sich irgendwo zwischen Holland Park und Blackfriars aus einer Mutter in eine Karrierefrau. Dennoch weinte sie beinahe, als sie am Heiligabend aus Holland zurückkehrte und erfuhr, daß Daisy sich in Heathers Spielzimmer zum erstenmal aufrecht hingestellt hatte. Während sie über Versicherungen sprach, hatte ihre Tochter ihren ersten zögernden Schritt gemacht, und sie hatte ihn verpaßt.

Am Weihnachtstag stand Anna um die Mittagszeit in ihrem neuen Kleid vor dem hohen Spiegel, und plötzlich war sie ein Nervenbündel. Sie hatte Paul seit Wochen nicht gesehen, auch wenn sie oft miteinander telefoniert hatten. Aber er war der erste Mann, den sie ins Haus einlud, und sie wünschte sich so sehr, daß die Familie von Ladbroke Hill ihn mochte – und er sie.

Die Türklingel ertönte, als sie sich gerade die Nägel lackierte. Sie lauschte aufmerksam, als Grazyna öffnete, entspannte sich aber, als sie Dominics Stimme hörte.

«Fröhliche Weihnachten, Anna», rief er ihr zu. «Was höre ich da über einen neuen Freund?»

«Er ist wirklich bloß ein Freund!» Hoffentlich brachte Dominic sie vor Paul nicht in Verlegenheit.

Sie versammelten sich im Wohnzimmer, wo Mac sich um die Getränke kümmerte und Mr. Marilyn die winzigen gefüllten Blätterteigpasteten herumreichte, für deren Herstellung er die ganze Woche gebraucht hatte. Einige Minuten, ehe Paul kommen sollte, schlüpfte Anna in die Küche, aber nicht, weil sie gebraucht wurde – dort waren Victoria und Mac zugange –, sondern weil sie so nervös war, daß sie nicht ruhig bleiben konnte. Louise lehnte am Kühlschrank und sah traurig aus.

«Was ist los?» fragte Anna.

«Robert hat versprochen, mich gestern anzurufen.»

«Er ruft bestimmt noch an, das tut er doch immer – irgendwann.»

«Ja, aber es ist schon das fünfte Mal, daß er sich verspätet.» Louise seufzte. «Ist Paul schon da?»

Anna schüttelte den Kopf. «Hoffentlich hat er es nicht vergessen.»

«Na, wer ist jetzt pessimistisch?»

Die Türklingel läutete erneut, und Anna umklammerte Louises Arm. «O nein! Das ist er!»

«Natürlich ist er das, du hast ihn schließlich eingeladen», sagte Mac.

«Ich weiß, aber ich habe Angst.» Anna fuhr sich mit den Fingern durch das weiche blonde Haar. «Ich komme mir vor wie ein Teenager bei der ersten Verabredung. Sehe ich gut aus?»

«Ja. Na, komm schon, mach auf!» Louise gab ihr einen sanften Schubs.

Paul stand auf der obersten Treppenstufe, in einer Hand einen riesigen Strauß goldfarbener Lilien und in der anderen eine lebensgroße Sprechpuppe. Er starrte Anna schweigend an.

Sie lächelte schüchtern. «Stimmt etwas nicht?»

«Du bist wunderschön.» Er trat einen Schritt auf sie zu und gab ihr einen Kuß auf die Wange. «Fröhliche Weihnachten, Anna», flüsterte er.

«Fröhliche Weihnachten, Paul.» Sie löste sich nicht von ihm.

Sie wurden von Daisy unterbrochen, die mit unsicheren Schritten aus dem Wohnzimmer kam. Als sie Paul so nahe bei ihrer Mutter stehen sah, trat ein instinktives tiefes Mißtrauen in ihre Augen.

«Hallo, Daisy. Ich hab dir was mitgebracht.» Paul bückte sich, um ihr die Puppe zu geben.

Entschieden legte Daisy die Hände auf den Rücken.

«O je.» Er blickte zu Anna.

«Das wird schon noch», sagte Anna. «Sie ist es nicht gewöhnt, mich so zu sehen …» Sie brach ab und wurde rot.

Paul berührte ihre Hand. Sein Lächeln zeigte, daß er ihre Ängste und ihre Zurückhaltung verstand.

Sie führte ihn ins Wohnzimmer und stellte ihn den anderen vor, soweit er sie nicht schon kannte. Mr. Marilyn und Mac machten kein Geheimnis daraus, daß sie Paul scharf beobachteten. Ihr Mißtrauen fand Anna rührend und amüsant, und sie war erleichtert, daß Paul es gutgelaunt aufnahm. Er war charmant, ohne sich zu verstellen, und Anna freute sich, daß er besonders aufmerksam mit Mr. Marilyn sprach. Beim Mittagessen saß er neben ihr, und auf ihrer anderen Seite saß Daisy. Anna genoß Pauls entspannte Aufmerksamkeit, obwohl Daisy ihm jedesmal, wenn er etwas sagte, einen mißtrauischen Blick zuwarf.

Nachdem Mac mit dem Tranchieren des Truthahns fertig und jeder Teller reichlich gefüllt war, blickte er strahlend über den Tisch. «Victoria und ich möchten etwas ankündigen», sagte er. «Wir heiraten im September, und wir hoffen, daß ihr alle zu unserer Hochzeit kommt.»

Alle gratulierten und hoben die Gläser. Anna warf Louise einen Blick zu und wußte, daß sie sich bemühte, nicht an Robert zu denken.

Das Essen dauerte den ganzen Nachmittag, und nachdem sie den Tisch aufgehoben hatten, versammelten sie sich vor dem Kaminfeuer. Paul saß neben Anna auf dem Sofa und Daisy neben ihr. «Ich sehe, daß eine bestimmte kleine Person mit meinem Geschenk spielt», flüsterte er und beobachtete Daisy, die die blonden Locken der Puppe streichelte.

Anna lächelte. «Sie braucht immer etwas Zeit; sie ist kein Mädchen, das ihre Zuneigung unbedenklich an jeden verteilt.»

Paul berührte ihre Hand. «Genau wie ihre Mutter?»

Anna spürte ein Prickeln, als seine Haut die ihre berührte, und sie sahen einander in die Augen. Einen Augenblick war es, als seien sie allein im Zimmer, und sie nahm niemanden wahr außer Paul. Schließlich holten die Stimmen der anderen sie wieder in die Wirklichkeit zurück, aber jetzt konnte ihre Nähe dadurch nicht mehr gestört werden.

Paul mußte, noch ehe das Fest vorüber war, zur Isle of Wight aufbrechen, wo seine Schwester ihn am Abend erwartete. Er hatte Anna vorgewarnt, doch sie war trotzdem enttäuscht. «Ich gehe wirklich nicht gerne», sagte er und nahm ihre Hand, «aber Harriet gibt morgen ein Fest, und ich habe ihr versprochen zu helfen. Justin – ihr Mann – ist vor ein paar Jahren von einer Leiter gefallen und hat sich den Rücken gebrochen. Seither kann er kaum gehen.»

«Ich verstehe», sagte Anna. Sie dachte, wie wenig selbstsüchtig er war, so ganz anders als Charlie.

«Übermorgen bin ich wieder da.» Er küßte sie zärtlich. «Bist du zu Hause?»

«Ja, aber ich muß diese Woche meine Mutter besuchen.»

«Dann haben wir einen Tag.» Er zog sie an sich. «Danach muß ich nach Südamerika.»

«Schon wieder?» fragte sie, und es klang ein wenig schroff.

«Für zwei Wochen. Das ist meine letzte Reise, ich verspreche es.» Er lächelte. «Danach werde ich so oft dasein, daß du dich mit mir langweilen wirst.»

Sie lachte, weil es so unvorstellbar schien, und sie hielten einander umfaßt. Nur ihre Münder berührten sich, mehr nicht, und ihre Körper waren unbeweglich aneinandergepreßt. Sein Atem streichelte ihre Haut, seine Hände lagen auf ihren Schultern, und sie genoß die Kraft und die Entschlossenheit, die sie an ihm spürte. Er gab ihr ein Gefühl von Sicherheit, von Wertschätzung und Begehren, mit ihm war sie nicht mehr allein. Sie sehnte sich danach, ihre Gedanken und ihren Körper mit ihm zu teilen, mit ihm zu verschmelzen, ein Teil von ihm zu werden und ihn selbst einen Teil von sich werden zu lassen. Die Macht ihres Begehrens war so stark, daß sie erschauerte.

«Ich will dich», murmelte er kaum hörbar.

«Ja.» Ihre Stimme war heiser und ihre Sehnsucht nach ihm so heftig, daß sie ihm, wären sie jetzt allein gewesen, nicht widerstanden hätte. Aber zugleich war sie froh, daß Daisy und die anderen im Haus waren, und sie zum Abwarten zwangen.

Kapitel 26

Paul konnte nicht wie geplant nach London zurückkehren. Wegen eines eiligen Falls an der Costa del Sol mußte er direkt von der Isle of Wight zum Flughafen fahren, um ein Flugzeug nach Malaga zu bekommen. Aber er bat Anna, sich mit ihm zum Frühstück am Flughafen zu treffen.

Anna brachte Daisy zu Mr. Marilyn und fuhr nach Heathrow. Sie kam so rechtzeitig, daß sie noch Zeit hatte, ihr Haar zu kämmen und Lipgloss aufzulegen. Doch dann mußte sie feststellen, daß sie in ihrer aufgeregten Vorfreude auf das Wiedersehen mit Paul zum falschen Terminal gegangen war. Als sie am vereinbarten Treffpunkt ankam, war sie sehr verspätet. Mit geröteten Wangen rannte sie die Rolltreppe hinauf und sah, daß er bereits sorgenvoll vor dem Informationsschalter auf und ab ging.

«Tut mir leid», keuchte sie. «Ich war beim Terminal Vier.»

Er lächelte erleichtert und küßte sie auf den Mundwinkel. «Ich dachte schon, ich wäre sitzengelassen worden. Komm!» Er nahm ihren Arm. «Ich muß bald ins Flugzeug.»

Das Restaurant war voll, und sie mußten auf einen Tisch warten. Zu ihrer Überraschung wartete Paul, der es gewohnt war, in Höchstgeschwindigkeit um die Welt zu reisen, voller Geduld, aber das Gebrabbel der Stimmen in allen möglichen Sprachen und das rücksichtslose Dröhnen des Lautsprechers, der ständig Leute mit unaussprechlichen Namen ausrief, machten ein Gespräch unmöglich.

«Wenigstens schlafe ich nicht», rief sie ihm lächelnd zu, als der Lärm einen Augenblick abebbte.

Er legte den Arm um sie und zog sie an sich, so daß sie ihm nicht entkommen konnte. «Oder erbrichst dich auf den Teppich …»

Es war das erste Mal, daß einer von beiden die Nacht in seinem Studio erwähnte, und Anna wurde puterrot. «Das war nicht nett, Paul», sagte sie und versuchte sich loszumachen.

Aber er hielt sie fest. «Wir schleichen ständig wie auf Samtpfoten um die Ereignisse dieser Nacht, und keiner erwähnt sie. Jetzt ist es endlich ausgesprochen. Zwischen uns darf es keine verbotenen Themen geben.»

Sie dachte an ihre Mutter, die immer so tat, als sei der Tod ihres Vaters ein Unfall gewesen. «Du hast recht.»

Er küßte sie auf die Wange. «Du mußt es so sehen: Es kann nur besser werden.»

Sie lachte und schob ihre Hand in seine. «Das Leben wird bereits erfreulicher. Die Kellnerin winkt uns – wir haben einen Tisch.»

Sie bestellten Kaffee und Toast, und Paul überredete die Kellnerin, daß sie ihnen das Frühstück vor allen anderen brachte. Plötzlich war alles in Ordnung, und Anna fürchtete sich nicht mehr vor einer Erwähnung ihres Debakels. Es war richtig von ihm gewesen, die Atmosphäre zu reinigen. Sie sah ihn über den Tisch hinweg an und dachte, wie leer ihr Leben gewesen war, ehe er auftauchte.

«Ich glaube, ich habe einen Assistenten gefunden», erzählte er und goß Kaffee ein, während Anna den Toast butterte. «Er ist ein ehemaliger Soldat und hat keine Verpflichtungen.»

Sie lächelte. «Vielleicht flieht er vor den Verpflichtungen, die er hat?»

«Ich fliehe nicht mehr, Anna.» Paul langte über den Tisch, nahm ihre Hand und drückte die Fingerspitzen. «Sag mal», er sah sie prüfend an, «was ist mit dem Australier passiert?»

«Er ist gegangen, als es schwierig wurde.» Sie verzog das Gesicht, um ihren noch immer lebendigen Ärger zu verbergen.

«Du erwähnst ihn nie.»

«Da gibt es nichts zu sagen.»

«Und Daisy?»

«Sie gehört mir und nur mir allein.» Anna hob das Kinn und sah ihn an. «Du redest auch nie über ... deine Frau.»

Er runzelte die Stirn. «Was würdest du gerne wissen?»

«Hast du sie ... geliebt?»

«Sehr.»

Sie fühlte sich ernüchtert. «Wie habt ihr euch kennengelernt?»

«Auf der Hochzeit von Steven und Georgina, als ich einundzwanzig war. Felicity ist mit Georgina in die Schule gegangen.» Er machte eine Pause. «Aber später haben die beiden sich auseinandergelebt.»

«Und ihr ... ihr habt euch getrennt und seid dann wieder zusammengekommen?» Anna war sich bewußt, daß sie in seine Intimsphäre eindrang, aber sie wollte wissen, wie tief er um Felicity getrauert hatte und welche Gefühle er noch für sie hegte.

«Ja, aber es war ein Fehler.»

Anna hätte ihn gerne gefragt, ob die Trennung ein Fehler gewesen war – oder der Wiederbeginn. Aber er sah aus dem Fenster auf die Flugzeuge, die an die Einstiegsschächte gezogen wurden, und auf seinem Gesicht zeigte sich eine erschreckende Düsterkeit – und Wut. Sie langte über den Tisch und streichelte die Haut auf seinem Handrücken. «Es tut mir leid, daß ich dich ausgefragt habe, aber ich mußte es wissen.»

Er legte seine Hände auf die ihren und sagte mit heiserer Stimme: «Eines Tages werde ich dir alles erzählen.» Dann warf er einen Blick auf den Monitor mit den Abflugzeiten und sprang auf. «Die Boarding Time ist schon abgelaufen. Ich muß los. Ich rufe dich später an.» Er beugte sich über den Tisch und küßte sie auf den Mund. Noch ehe Anna ihm sagen konnte, daß sie am Nachmittag nach Lower Gossip Fen fuhr, war er verschwunden.

Granny Tobias machte ein übertriebenes Theater um Daisy, und Anna wurde von ihrer Mutter ein wenig kühl empfangen.

«Sie ist ärgerlich, weil du Weihnachten nicht gekommen bist», erzählte ihr Roz auf einem Spaziergang durch den trostlosen, winterlichen Garten.

«Ich mußte am Heiligabend lange arbeiten und ...» Anna dachte an Paul und wurde rot.

«Du hast einen neuen Mann kennengelernt!» Roz lachte über Annas Verwirrung und umarmte sie herzlich. «Ich wußte, daß etwas im Busch war, weil du so ein Strahlen in den Augen hast, aber ich wollte dich nicht ausfragen. Ich hoffe nur, daß er nett ist.»

«O ja, das ist er!» Bei dem Gedanken an Paul vibrierte Annas ganzer Körper vor Vorfreude auf seine Berührungen.

In Ladbroke Hill wurde sie von Louise in der Diele empfangen. «Schau mal, was für dich gekommen ist», sagte sie und öffnete die Wohnzimmertür.

In der Mitte des langen Eßtisches stand eine Vase voll geschlossener roter Rosen. Anna mußte die Karte nicht lesen, um zu wissen, daß sie von Paul waren.

Nach der Freiheit, die sie im Urlaub genossen hatte, kostete es Anna Mühe, wieder ins Büro zu gehen. Während sie ihren Wagen durch den Verkehr am Themseufer entlangsteuerte, beneidete sie Paul um seine berufliche Freiheit und Ungebundenheit. Aber als sie die Blackfriars Bridge erreicht hatte, freute sie sich schon wieder auf die Herausforderungen der Arbeit.

Doch bei Eurohull herrschte eine bedrückende Atmosphäre. Die Hälfte der Versicherungsagenten war entlassen worden, und sie war jetzt die letzte aus der Gruppe derjenigen, die mit ihr zusammen angefangen hatten. Während sie beobachtete, wie ihre scheidenden Kollegen diesen Schock aufnahmen, war Anna übel vor Angst. Die Erinnerung an ihren letzten Tag bei Marinecover war noch so lebendig, als wäre es erst gestern geschehen.

Stuart rief die verbleibenden Angestellten zu einer Besprechung zusammen und verkündete, daß sie in Zukunft bestimmte monatliche Verkaufssummen erreichen mußten. Wenn sie diese Zahlen nicht schafften, verloren sie ihren Job. Annas Verkaufsziel war das höchste. «Das ist nicht gerecht», protestierte sie.

«Sie haben in einem Monat noch viel mehr gemacht.»

«Weil ich einen außergewöhnlich guten Abschluß mit van Rooyen hatte.»

«Sie würden mehr gute Abschlüsse machen, wenn Sie nach der Arbeit Kontakte pflegen würden. Sie müssen sich sehen lassen, Anna. Das gehört zum Job, denken Sie daran. Ich treffe mich heute abend mit ein paar Maklern, und Sie sollten mitkommen.»

Das war nicht der geeignete Zeitpunkt, um Stuart zu erzählen, daß sie ein Kind hatte. «Na gut», sagte sie und lächelte ihm fröhlich zu. «Ich komme mit.»

Sie gingen in die Bar, in der sie sich oft mit Delia getroffen hatte, und unwillkürlich suchte sie in der Menschenmenge an der Bar nach Delias dunklem Bubikopf. Aber sie war nirgendwo zu sehen. Die Makler, mit denen Stuart sich verabredet hatte, kannten Anna noch aus ihrer Zeit bei Marinecover. Sie erkundigten sich nach Charlie, und sie antwortete, er sei vermutlich in Australien, so beiläufig, als habe sie beinahe vergessen, daß es ihn gab. Kevin Kitterick gesellte sich zu ihnen und unterhielt Anna mit Geschichten über seinen jüngsten Golfurlaub, bis Bridget kam und Anna den neuesten Klatsch bei Lloyd's erzählte. Anna genoß den Abend so sehr, daß sie erst spät nach Hause ging.

Dort fand sie eine Karte von Elaine vor, die von ihrem neuen Leben in den Vereinigten Staaten, ihrem neuen Ehemann und Danny berichtete. Anna freute sich, endlich von ihr zu hören. Neben der Karte lag ein Brief von Colin, der seine Wohnung kündigte – Anna hatte, seit er eingezogen war, kaum etwas von ihm gesehen –, und eine Mitteilung von Louise, die anbot, ins Speichergeschoß zu ziehen, damit Mac und Victoria den gesamten ersten Stock für sich haben konnten. Schließlich hörte Anna den Anrufbeantworter ab. Auf dem Band war eine Nachricht von Paul, der sich wunderte, daß sie nicht zu Hause war. Er hätte gerne mit ihr geplaudert. Sie spielte die Aufnahme zweimal ab, nur um seine Stimme zu hören.

Am Ende der Woche lud Gordon Anna zum Mittagessen ein, um ihr zu ihrem Erfolg bei Eurohull zu gratulieren. «Es ist ein harter Job, und ich ziehe meinen Hut vor Ihnen, weil Sie sich nicht abschütteln lassen», erklärte er.

«Ich habe Verpflichtungen, die eine Arbeitslosigkeit nicht zulassen.» Sie beschloß, Daisy noch nicht zu erwähnen.

«Ich weiß, was Sie meinen. Die Kreditzinsen sind tödlich für uns alle.»

Gordon berichtete über weitere Entlassungen bei Marinecover, und Anna war froh, daß sie nicht mehr erzählt hatte.

Sie verabschiedeten sich auf dem Bürgersteig vor Lloyd's. Gordon ging hinein, und Anna marschierte die Leadenhall Street entlang, um ein Taxi zu finden. Als sie gerade eines herbeiwinkte, kreischte auf der anderen Straßenseite jemand laut auf, und Delia schoß wie eine fliehende Giraffe durch den Verkehr.

«Anna!» jubelte sie. «Jemand hat mir erzählt, daß du wieder da bist, aber ich habe es nicht geglaubt. Ich wäre die erste, die du anrufen würdest, habe ich gesagt. Warum hast du dich nicht gemeldet? Ich bin sehr beleidigt.»

«Du hättest mit *mir* Kontakt aufnehmen können.» Anna winkte das Taxi zu sich. «Ich war monatelang zu Hause.»

«Ja, ich weiß, ich hätte dich anrufen sollen.» Die Kritik ärgerte Delia. «Aber ich bin hoffnungslos, wenn Leute krank oder deprimiert sind, und du weißt doch, wie das ist – man ist so beschäftigt, daß man gar nicht weiß, wo die Zeit bleibt. Aber jetzt, wo du wieder da bist, könnten wir uns doch einmal an einem Abend treffen.»

«Ich hab keine Zeit.» Anna öffnete die Tür des Taxis und stieg ein.

«Was ist mit dem Wochenende?»

«Delia, darum geht es nicht. Wir waren nie wirklich Freundinnen, sonst hättest du mich besucht, als Charlie gegangen und ich arbeitslos war. Unsere Freundschaft war eigentlich gar keine, wir haben immer nur über die Arbeit und über Männer geredet.»

Delia war wütend. «Was gibt es denn sonst noch für Themen?»

Anna dachte an Daisy und an ihre Nachbarn im Haus am Ladbroke Hill. «Vieles, aber es würde zu lange dauern, das zu erklären.» Sie schloß die Tür des Taxis und rief dem Fahrer zu, er solle sie zu Eurohull bringen.

Sie hatte gehofft, daß Paul es schaffen würde, noch vor dem Wochenende zurückzukommen, aber er wurde in Marokko aufgehalten, wo er einem verzweifelten Ehepaar erklären mußte, daß das Boot, das sie vor einem Monat gekauft hatten, im Winter davor gestohlen worden war und jetzt seinem rechtmäßigen Eigentümer zurückgegeben werden müsse. Da er nicht bei Anna sein konnte, schrieb er ihr einen langen Brief, warmherzig, humorvoll und romantisch. Anna lag zusammengekuschelt im Bett und las ihn immer wieder, bis das Papier so weich war wie Stoff. Das Telefon klingelte, und weil Paul gesagt hatte, er werde anrufen, nahm sie an, er sei es. Daher antwortete sie mit einem leisen «Hallo?».

Eine Frauenstimme, die ihr bekannt vorkam, ohne daß sie wußte, woher, sagte: «Könnte ich Anna Tobias sprechen?»

«Ich bin am Apparat.»

«Hier ist Phyllis Blythely, Charlies Mutter.»

Anna war so überrascht, daß sie nicht wußte, was sie sagen sollte. Mit einem Anruf der Blythelys hatte sie nie gerechnet, und sie streckte die Hand nach Daisy aus, weil sie sich angstvoll fragte, ob sie von ihrer Existenz wußten.

«Wir fanden Sie damals so nett», fuhr Phyllis fort. «Und es hat uns leid getan, daß aus der Sache zwischen Ihnen und Charlie … nichts geworden ist. Wir sind gerade in England und dachten, wir rufen an, weil wir Sie gerne sehen würden, Anna – wenn Sie nichts dagegen haben, uns zu treffen. Wir sind noch eine weitere Woche hier.»

Die Blythelys wußten offenbar nicht, daß sie Daisy behalten hatte, aber Anna beschloß, nichts dem Zufall zu überlassen. «Ich bin leider auf Geschäftsreise», sagte sie.

«Das verstehen wir.» Phyllis klang ehrlich enttäuscht. «Ich hoffe, Sie hatten nichts dagegen, daß wir uns bei Ihnen gemeldet haben.»

Anna hatte ein schlechtes Gewissen, auch wenn sie sich sagte, daß es dafür keinen Grund gab. «Natürlich nicht, es war schön, von Ihnen zu hören.»

«Dann rufe ich Sie noch einmal an, bevor wir fahren, in der Hoffnung, Sie zwischen zwei Reisen einmal anzutreffen. Gute Reise, meine Liebe. Donald läßt Sie herzlich grüßen.»

Anna warf den Hörer auf die Gabel und rannte hinauf in Louises Wohnung. «Wenn eine Frau namens Phyllis Blythely anruft oder herkommt, dann bin ich nie zu Hause», sagte sie. Ihre Stimme zitterte vor Aufregung.

Mit einem erstaunten Lächeln blickte Louise von ihrer Abrechnung auf. «Warum?»

«Weil sie Charlies Mutter ist und ich nicht will, daß sie von Daisy erfährt.»

Jetzt war Anna froh, daß Paul nicht früher zurückgekommen war.

Kapitel 27

Phyllis Blythelys Anruf beunruhigte Anna sehr. Er brachte die ganze unbeendete – und nicht zu beendende – Angelegenheit mit Charlie wieder an die Oberfläche und zwang sie, die unangenehme Tatsache zur Kenntnis zu nehmen, daß Daisy nicht nur einen Vater hatte, sondern auch noch Großeltern und eine zweite Tante. Eines Tages würde sie diese Verwandten kennenlernen wollen. Anna war sich allerdings sicher, daß Phyllis nicht unangemeldet bei ihr auftauchen würde. Als sie am Mittwoch nach einem anstrengenden, aber erfolgreichen Tag ins Rotterdam Hilton zurückkehrte, wurde ihr eine Nachricht von Paul überbracht. Er sei am kommenden Abend in Den Haag und hoffe, sie habe Zeit, mit ihm essen zu gehen.

Sie hatte an diesem Tag bis zum späten Abend Termine und sollte am frühen Morgen des darauffolgenden Tages nach London zurückfliegen, aber es gelang ihr, die Termine zu verlegen und ihren Rückflug auf den späteren Vormittag zu verschieben.

Den ganzen nächsten Tag konnte Anna an nichts anderes denken als an Paul. Sie sehnte sich danach, ihn wiederzusehen. Wenn sie sich während ihrer Termine plötzlich vorstellte, in seinen Armen zu liegen und mit ihm zu schlafen, dann trat eine solche Wärme in ihre Augen, daß jeder Klient, den sie traf, seine Versicherung nur zu gern bei Eurohull abschloß.

Ihre letzte Besprechung endete um fünf Uhr nachmittags, und sie eilte zurück zum Hilton. In der Fußgängerzone auf der Südseite des

Hotels entdeckte sie im Schaufenster einer Edelboutique ein wunderschönes Kleid. Es war aus bestem italienischen Seidenjersey, und die Farbe war ein tiefes Dunkelrot – wie die Rosen, die Paul ihr am Neujahrsabend geschenkt hatte. Der tulpenförmige Wickelrock gab auf verführerische und sinnliche, aber nicht vulgäre Weise den Blick auf die Beine frei. Einen Augenblick zögerte Anna, und dann betrat sie den Laden. Das Kleid paßte, als sei es für sie entworfen worden.

Im Hotel hatte sie noch genug Zeit, um in ein heißes, duftendes Bad zu steigen, ihr Haar zu bürsten, bis es sich seidig anfühlte, die Nägel zu lackieren und in aller Ruhe, nicht wie sonst in Eile und Hast, das Make-up aufzutragen. Sie war gerade in ihr neues Kleid geschlüpft, als der Portier anrief, um ihr mitzuteilen, Mr. Sheldon warte in der Empfangshalle. Anna sprühte sich noch Parfüm auf, warf ihren Mantel über die Schultern und ging.

Paul blätterte in den Informationsschriften für Touristen, die auf dem Tisch neben dem Empfang lagen. Er sah sehr elegant aus, wirkte aber trotz seines tadellosen dunklen Anzugs nicht übertrieben geschniegelt. Als er Anna sah, lächelte er. «Du siehst wunderbar aus.» Er trat zu ihr, gab ihr einen Kuß auf die Wange und umarmte sie fest. «Ich kann gar nicht glauben, daß wir endlich wieder zusammen sind. Wie verrückt, daß wir dazu bis nach Holland fahren mußten.»

Sie lehnte sich an ihn. «Mein Anrufbeantworter wird sich ganz verlassen fühlen, wenn du ihn nicht mehr ständig anrufst.»

«Ich rufe ihn gleich morgen früh an. Ich möchte ihn nicht beleidigen.»

«Vielleicht weigert er sich dann, deine Anrufe anzunehmen.»

Er lachte und half ihr in den Mantel.

Vor dem Hotel wartete der Portier mit Pauls Wagen. Der Motor und die Heizung liefen bereits.

«Ich habe in einem kleinen italienischen Restaurant, das angeblich sehr gut ist, einen Tisch reserviert», sagte Paul, als sie abfuhren. «Ich war noch nie dort, aber es ist ganz in der Nähe.»

Anna fragte sich, ob er in der Nähe essen wolle, damit sie danach in ihr Hotelzimmer gehen konnten. Sie hatte bisher noch nie einen Mann ins Hotel mitgenommen und wußte gar nicht, wie man sich dabei verhielt. Aber wie immer der Abend auch verlaufen würde, sie wollte mit Paul zusammensein.

Das Restaurant lag in einer schmalen Straße mit Häusern, die sehr alt aussahen, aber Paul erklärte, sie seien nach dem Krieg wieder aufgebaut worden. Es war klein und gemütlich, und der Tisch, den er reserviert hatte, befand sich in einer geschützten Nische neben einem offenen Feuer. Sie bestellten sofort, damit sie danach nicht mehr gestört wurden.

«Ich habe gestern Isaac getroffen.» Paul nahm Annas Hand. «Er und Sybil haben uns zu einem ihrer Essen am Freitagabend eingeladen.»

«Wissen die beiden, daß wir hier sind ... zusammen ... heute abend?»

«Nein, aber stell dir vor, wie Sybil sich freuen würde.»

«Ich bin schon seit Jahren nicht mehr verkuppelt worden», sagte Anna, «außer mit einem verwitweten Farmer, den meine Schwester Roz mir vorgestellt hat.»

«Aha, den hast du also im Moor besucht. Meinen Rivalen. Ich sollte ihn zu einem Duell fordern. Mistgabeln bei Sonnenaufgang.»

Anna kicherte. «Er züchtet Wasserlilien.»

Paul zog sie an sich. «Ich weigere mich, in einem Tümpel um dein Herz zu kämpfen.»

Sie lehnte sich an ihn, so daß ihr Mund ganz nah unter seinem war und sagte mit gespielter Gekränktheit: «Das ist aber nicht sehr schmeichelhaft.»

«Ich habe meine Grenzen.» Er biß ihr ins Ohrläppchen – nicht fest, aber es genügte, um einen Schauder der Erregung durch ihren Körper zu schicken.

Ein diskretes Hüsteln des Kellners ertönte, und sie lösten sich voneinander, während die Vorspeise aus Prosciutto und gemischten Früchten serviert wurde.

«Gab es bei Eurohull noch weitere Entlassungen?» fragte Paul, nachdem der Kellner sich zurückgezogen hatte.

Anna schüttelte den Kopf. «Nein – Gott sei Dank.»

«Hast du Gordon von Daisy erzählt?»

«Ich habe mich nicht getraut. Die Kobra würde es bestimmt erfahren, und wenn er dann das nächste Mal das Personal reduzieren muß, nimmt er mich.» Sie aß ein Stück Melone. «Natürlich würde er nicht sagen, daß es wegen Daisy ist, dazu ist er viel zu schlau. Er würde behaupten, daß mich private Interessen von der Arbeit ablenkten.»

«Darum mußt du so hart arbeiten – falls er es herausfindet.»

Sie nickte. «Genau. Die hohen Abschlußzahlen sind meine einzige Rückversicherung.»

Paul hob ihre Hand an seine Lippen und küßte die zarte Haut zwischen ihren Fingern. «Ich wünschte, meine Mutter wäre noch am Leben. Sie hätte dich kennenlernen sollen. Sie hat ihre Kinder auch allein aufgezogen. Erst seit ich dich kenne, ist mir klar, wie schwer das für sie gewesen sein muß.»

«Ich hätte sie auch gern kennengelernt», sagte Anna leise.

Er küßte sie zärtlich auf den Mund, und sie öffnete die Lippen unter seinen.

Der Kellner räusperte sich wieder diskret und deckte die Teller ab, um den Hauptgang zu servieren und die Gläser neu zu füllen. Der Wein war warm und weich, und sie saßen eng aneinandergeschmiegt in der Privatheit ihrer Nische. Der Schein des Feuers beleuchtete ihre Gesichter.

«Du hast mir noch immer nicht erzählt, was du in Holland eigentlich machst», sagte Anna und brach ein Stück Brot ab.

«Ich zeige Ginger, meinem neuen Assistenten, wie man in einem unbekannten Hafen eine Untersuchung durchführt. In Scheveningen liegt eine verdächtige Jacht, und er sitzt jetzt am Kai und beobachtet sie.»

Anna dachte an den armen Mr. Cargill, der bei Marinecover unter

Verdacht geraten war. «Was bringt dich darauf, daß sie gestohlen ist?»

«Es ist ein teures Schiff, aber der Anstrich ist schlampig gemacht. Ein richtiger Besitzer gibt nicht neunzigtausend für eine Jacht aus und läßt sie dann in aller Eile anstreichen. Gegenwärtig heißt sie *Magnolia II*, aber ich bin sicher, daß sie in Wirklichkeit die *Lady Jane* ist, die in Poole Harbour gestohlen wurde.»

«Wie willst du das beweisen?»

«Indem ich nahe genug herangehe, um ihre echte Nummer zu erkennen, die möglicherweise mit einer falschen überstrichen wurde. Dann überprüfe ich die Originalnummer und ihren Namen im Schiffsregister. Im Moment basiert dieser Verdacht nur auf meinem Gefühl, und obwohl die Polizei an dem Fall interessiert ist, will sie doch etwas Konkreteres haben als nur meine vage Vermutung, ehe sie das Schiff beschlagnahmt. Das Schiff kann jederzeit weggebracht werden – allerdings ist es fünfzehn Meter lang und hat nur einen Mann an Bord. Er würde es sicher nicht wagen, mit der Jacht allein hinauszufahren, nicht auf die Nordsee, und ich habe Ginger angewiesen, mich zu warnen, falls ein Komplize auftaucht.»

«Du wirst doch nicht etwa an Bord gehen?» fragte sie, entsetzt über das Risiko.

«Nicht bei Nacht, aber ich muß ihr amtliches Kennzeichen fotografieren, und da ich sicher bin, daß es verändert wurde, muß das bei Tageslicht geschehen. Bis jetzt war den ganzen Tag jemand an Deck. Für dieses Spiel braucht man unendlich viel Geduld. Ginger beobachtet das Schiff von einem parkenden Auto aus, und er darf noch nicht einmal die Heizung einschalten, damit er niemanden auf sich aufmerksam macht.»

Anna gab Paul einen Kuß aufs Kinn. «Aber wenn Ginger nicht wäre, müßtest du dort sein – und wärst nicht hier mit mir. Ich bin ihm sehr dankbar.»

Sie sprachen einen Toast aus auf Ginger, dessen Anstellung mehr Freizeit für Paul bedeutete. Ohne daß sie es aussprachen, schien es beiden selbstverständlich, daß sie diese Zeit zusammen verbringen würden.

Sie waren fast fertig mit dem Essen, als es in Pauls Jackettasche sehr leise summte. Er zog ein Mobiltelefon hervor. Ein so kleines Gerät hatte Anna noch nie gesehen. «Das wird Ginger sein», sagte Paul und küßte sie schnell auf die Nase, ehe er antwortete: «Ja … Wann? … Bleib, wo du bist.»

Während Paul einsilbige Antworten gab, beobachtete Anna die flackernden Flammen, die sich um ein großes Holzscheit auf dem offenen Gitterrost wanden. Sie fühlte sich geliebt, verehrt und unglaublich glücklich.

Er steckte das Telefon wieder in die Tasche. «Tut mir leid», sagte er zu Anna.

«Das macht doch nichts.» Sie glaubte, er spreche von der Unterbrechung und drehte sich mit einem Lächeln zu ihm um, aber als sie seinen Gesichtsausdruck sah, wurde sie ernst. «Was ist passiert?»

«Der Komplize ist gekommen. Ausgerechnet jetzt! Nachdem er fünfzehn Stunden lang weg war, muß er sich gerade diesen Augenblick aussuchen, um wieder aufzutauchen. Anna, wenn Ginger Erfahrung hätte, würde er allein damit fertig, aber das ist sein erster Auftrag, deshalb muß ich hinfahren.»

«Ich verstehe.» Sie stand auf.

Paul umarmte sie. «Danke, daß du es mir nicht noch schwerer machst. Es tut mir leid, wirklich. Das weißt du ja.»

«Mir tut es auch leid.» Sie grinste ihn schelmisch an.

Der Kellner brachte Annas Mantel, während Paul bezahlte. «Ich setze dich am Hotel ab», sagte er, als sie in die kühle, feuchte Nacht hinaustraten.

«Nein, Paul, ich will dich begleiten. Ich möchte sehen, was passiert.»

«Das geht nicht, es könnte gefährlich werden. Vielleicht ist er bewaffnet.»

«Ich halte mich im Hintergrund.»

«Dir wird kalt und langweilig werden. Vielleicht dauert es Stunden.»

«Ich habe einen warmen Mantel.» Sie schob ihren Arm durch seinen. «Es hat keinen Sinn, Paul, so leicht wirst du mich nicht los.»

«Na gut, aber sag nicht, ich hätte dich nicht gewarnt, wenn es dir später leid tut.» Er sperrte ihre Autotür auf und fügte hinzu: «So habe ich mir den Abend eigentlich nicht vorgestellt.»

Sie ließ sich auf ihren Sitz gleiten. «Ich auch nicht.»

Sie fuhren durch die nordöstlichen Vororte von Rotterdam, vorbei am Flughafen und dann auf der Autobahn nach Den Haag, einer ordentlichen Stadt mit hübschen baumbestandenen Vorortstraßen, die Anna an Melbourne erinnerten. Scheveningen lag an der Küste. Einst ein kleines Fischerdorf, war es jetzt ein ausufernder Touristenort mit einem breiten Sandstrand, einem Pier und einer Promenade. Im Sommer war die Strandpromenade voller Feriengäste, aber an diesem kalten, feuchten Januarabend sah sie trostlos aus.

Der Hafen lag am Südende der Promenade. Es gab ein inneres und ein äußeres Becken, einen Jachthafen und eine Anlegestelle für die Fähre nach England. Der Hafenbereich war gut beleuchtet, und das Licht der Lampen glitzerte auf dem feuchten Asphalt und flakkerte auf dem dunklen öligen Wasser. Die meisten Jachten waren mit Persennings abgedeckt, und der Hafen war menschenleer. Nur gelegentlich lief jemand mit eiligen Schritten am Kai entlang.

Paul tippte eine Nummer in sein Telefon. Es knackte, und dann antwortete eine tiefe heisere Stimme: «*Politie*.»

«Hendrik, hier ist Paul Sheldon.»

«Aaaah, Paul, arbeitest du heute nacht schon wieder?»

«Ich beobachte noch immer diese Jacht, also sag deinen Jungs bitte, sie sollen mich nicht verhaften.»

Hendrik lachte. «Mach ich. *Goedenacht*.»

Paul schob das Telefon in die Tasche. «Hendrik ist ein alter Freund. Meine Aufgabe ist eigentlich nur, das Schiff zu finden und den Underwriter zu informieren, sonst nichts, aber ich halte immer

Kontakt zur örtlichen Polizei. Schließlich ist das hier ihr Land, und wenn etwas schiefgeht, kann es sein, daß ich ihre Hilfe brauche.»

Er fuhr mit dem Wagen langsam am Rand des Hafenbeckens entlang und hielt schließlich hinter einem anderen Fahrzeug, das im Schatten einer Mauer parkte. Anna konnte lediglich den Umriß eines Mannes erkennen, der reglos und tief geduckt auf dem Fahrersitz saß. Während sie ihn beobachtete, verschwand er plötzlich aus ihrem Blickfeld, und einen Augenblick später schlich er an der Mauer entlang und stieg hinten in ihren Wagen.

Er war ein untersetzter Typ mit kurzen roten Haaren und einem sehr runden Gesicht. Offensichtlich war er sehr überrascht, eine Frau im Auto vorzufinden, obwohl er nichts sagte.

«Anna, das ist Ginger», flüsterte Paul, und als eine Art Erklärung zu Ginger sagte er: «Anna arbeitet bei einer Schiffsversicherung.»

«Hallo, Ginger.»

Er grinste. «Hallo, Anna. Freut mich, Sie kennenzulernen.»

«Ist etwas passiert?» fragte Paul und deutete mit einem Kopfnikken auf die große weiße Jacht, die in etwa dreißig Meter Entfernung festgemacht war.

«Der Dicke ist vor zehn Minuten gegangen und noch nicht wieder zurückgekommen.»

«Und der andere, der mit dem Hinken?»

«Noch immer an Bord.»

Sie starrten alle auf das Schiff, das an seiner Anlegestelle schaukelte. Das harte Licht einer nahen Straßenlaterne zeichnete seltsame Schattenmuster auf das weißgestrichene Deck. Das einzige Geräusch war das ferne Rauschen des Verkehrs und das Platschen des Wassers gegen die Hafenmauer. Plötzlich ging in einer der Kabinen ein Licht an, aber sie waren zu weit entfernt, um mehr als den Schatten einer Gestalt zu sehen, der sich im Lichtschein bewegte.

«Soll ich näher rangehen?» fragte Ginger.

Paul dachte einen Augenblick nach. «Nein, ich gehe.» Er sah Anna an. «Willst du mir wirklich helfen?»

Sie nickte begeistert.

«Ein einzelner Mann sieht verdächtiger aus als ein Liebespaaar. Wenn du deine Meinung nicht geändert hast, dann mach jetzt die Tür auf, und steig aus. Aber sei ganz leise, bis wir ein gutes Stück vom Auto entfernt sind.»

«Ich bin dabei.» Anna schlüpfte hinaus, und Paul folgte ihr. Es war eiskalt und feucht, aber sie war viel zu aufgeregt, um sich daran zu stören.

«Wir spazieren am Schiff vorbei», sagte Paul und legte seinen Arm um ihre Schulter. «Nein, schau nicht hin. Du hast nur Augen für mich, denk dran.»

Sie kicherte amüsiert, aber auch, weil sie nervös war und fror.

Als sie neben der Jacht waren, zog Paul sie plötzlich an sich und küßte sie heftig. Seine Leidenschaftlichkeit raubte Anna den Atem – bis sie sah, daß seine Augen über ihre Schulter auf die beleuchtete Kabine gerichtet waren. Einen Augenblick lang fühlte sie sich fast ein wenig beleidigt.

Dann zwinkerte Paul ihr zu und flüsterte: «Wenn ich dich auf alle meine Untersuchungen mitnähme, käme ich gar nicht mehr zum Arbeiten.»

«Das nennst du Arbeit?» Sie fand die ganze Sache – die Nacht, die Überwachung und ihn – sagenhaft aufregend.

Sie gingen Arm in Arm, bis sie weit genug entfernt waren, daß Paul Ginger anrufen konnte, ohne gehört zu werden. «Er packt eine Kiste», flüsterte er. «Ich habe nicht gesehen, was darin war, aber wir gehen zurück und versuchen es noch einmal.»

Arm in Arm spazierten sie am Kai entlang. «Hier könnten wir uns hinsetzen», sagte Anna und deutete auf eine niedrige Mauer, die dem Bullauge direkt gegenüber lag.

Er berührte ihren Hals mit seinen Lippen. «Wenn du jemals einen Job brauchst, sag mir Bescheid.»

Sie setzten sich und taten, als wären sie völlig ineinander versunken, während sie abwechselnd die Kabine beobachteten, wo ein kleiner buckliger Mann an einem Tisch saß und schrieb. Paul drückte Anna fest an sich. «Dir ist kalt, aber wir gehen bald wieder ins Auto», sagte er.

«Mir geht es gut.» Sie unterdrückte ein Zittern. «Verbringst du viele Abende so?»

«Jetzt nicht mehr, seit ich Ginger habe. Früher hatte ich schon einmal einen Assistenten, der freiberuflich für mich arbeitete, aber als ich dann Probleme in meiner Ehe bekam, hatte ich so viele unerwartete Ausgaben, daß ich ihn mir nicht länger leisten konnte. Seitdem habe ich alle Überwachungen selbst gemacht.» Er hielt inne. «Vielleicht brauchte ich auch nur eine Entschuldigung, um von zu Hause wegzukommen.» Er lächelte und gab ihr einen Kuß auf die Wange. «Man kann sich leicht einreden, daß man etwas aus ganz anderen Gründen tut. Ich bin mir sicher, die Diebe reden sich ein, daß die Schiffsbesitzer gern das Geld der Versicherung nehmen. Das mag in manchen Fällen zutreffen, aber nicht in allen, und hier bestimmt nicht. Der Besitzer liebt sein Schiff.»

«Wo würden sie die Jacht verkaufen?» fragte Anna. Sie überlegte, was er wohl mit «unerwarteten Ausgaben» gemeint hatte, spürte aber, daß er es ihr irgendwann schon erzählen würde.

«Ein Schiff dieser Größe? Möglicherweise im Mittelmeer, indem sie ein kleineres Schiff mit einer Chiffreanzeige in einer Jachtzeitschrift annoncieren.»

«Aber mein Vater hat Wochen gebraucht, bis er die *Little Auk* verkauft hatte.» Sie erinnerte sich an die Aufregung, als niemand auf die Anzeige geantwortet hatte. Weil sie sich die Anlegegebühren in Bosham nicht mehr leisten konnten, hatten sie die *Little Auk* schließlich in einem zugewucherten Flußlauf verankert.

«Weil dein Vater einen guten Preis dafür erzielen wollte», sagte Paul. «Gestohlene Boote lassen sich schnell verkaufen, weil die Diebe sie unter Marktwert anbieten – wenn auch nicht so niedrig, daß es offensichtlich wäre. Die Leute fragen sich immer, warum die Polizei nicht die Chiffreanzeigen überprüft, aber wie sollte sie? Es sind Hunderte. Und die Käufer sind so vertrauensselig. Oft besitzen die Diebe sogar das Logbuch und die Papiere, weil die Eigentümer sie sorglos an Bord lassen. Wenn man weiß, wie es geht, wird man ein gestohlenes Schiff so leicht los wie ein gestohlenes Auto.»

Anna dachte an Charlie. Hätte er das Auto wirklich gestohlen, wenn sie nicht protestiert hätte? Sie war sich nicht sicher.

Paul zog eine ganz kleine Videokamera aus seiner Tasche und legte sie so auf Annas Oberschenkel, daß die Linse auf das Bullauge gerichtet war. «Das ist eine Infrarot-Kamera», erläuterte er. «Sie ist besser als nichts, falls sie das Schiff wegbringen, ehe ich das Kennzeichen überprüfen kann.» Er legte seine Hand auf den Camcorder, um ihn festzuhalten. Jeder, der zufällig hinsah, hätte geglaubt, er habe seine Hand auf Annas Bein.

Sie hielt sich so still wie möglich, aber die Mauer war feucht und hart, und die Kälte drang durch ihren Mantel. Die Seidenstrümpfe schützten ihre Beine nicht vor der Nachtluft, und ihre Zehen in den zierlichen Schuhen waren längst eiskalt.

Als Paul sah, wie sie die Zähne zusammenbiß, um nicht zu zittern, zog er sie fester an sich. «Noch eine Minute», sagte er.

Sein Mobiltelefon blinkte, und er antwortete flüsternd. «Der zweite Mann? Verdammt!» Er murmelte Anna ins Ohr: «Der Komplize kommt zurück. Wir müssen warten, bis er an Bord ist.»

Sie nickte, aber plötzlich hatte sie Angst. Sie dachte an Daisy und tadelte sich, weil sie dieses Risiko eingegangen war.

Sie lauschten. In der Ferne waren schwere Schritte zu hören. Paul hielt sie fest umarmt. «Schau ihn nicht an! Ich hätte es nicht zulassen sollen, daß du mitkommst. Das war verrückt, es könnte gefährlich werden.»

«Ich wollte es doch.» Sie schob ihre Hand in seinen Mantel und erschauerte vor Kälte und Nervosität.

«Dir ist eiskalt.» Er tat sein Bestes, um sie zu wärmen.

Die Schritte kamen näher. Anna zitterte.

«Ich lasse nicht zu, daß er dir etwas tut», sagte Paul und beugte seinen Körper schützend über sie.

Der Mann auf dem Schiff öffnete die Luke und sah hinaus. Als er das Liebespaar neben der Jacht sah, runzelte er die Stirn, dann aber bemerkte er erleichtert, daß sie nur Augen füreinander hatten. Paul umfaßte Annas Gesicht mit den Händen und küßte sie. Sie öffnete die Lippen unter den seinen. Ihre Sehnsucht nach ihm war stärker als ihre Angst. In seinen Armen vergaß sie die harte Mauer, die Kälte und den gefährlichen Schiffsdieb. Unter ihrer Decke aus Mänteln öffnete sich der tulpenförmige Rock und zeigte ihr Bein bis weit über den Oberschenkel.

«Was ist mit der Kamera passiert?» flüsterte Paul.

«Ich weiß nicht.»

Er fuhr mit der Hand an ihrem Bein entlang und lachte leise. «Hier ist sie, und es geht ihr ausgezeichnet.»

Er nahm Anna wieder in die Arme, und sie beobachtete über seine Schulter hinweg die beiden Männer in der Kabine.

«Der dicke Mann steht. Er sieht wütend aus. Der Kleine scheint ihn beruhigen zu wollen.»

«Sonst noch etwas?» Er steckte seine Hand in ihren Mantel und streichelte sie am Hals.

«Der Dicke zieht seinen Mantel und das Jackett aus. Jetzt hat er die Kabine verlassen, er ist nach nebenan gegangen, er legt sich in eine Koje, er hat das Licht ausgeschaltet. Der kleine Mann räumt sein Schreibzeug auf. Er sieht besorgt aus, er macht die Kabinentür auf, er macht sie wieder zu. Jetzt richtet er sich ein Bett auf dem Sofa. Paul, wenn du mich streichelst, kann ich mich nicht konzentrieren.»

Er nahm seine Hand nicht weg. «Ich will dich berühren – immer wieder halte ich mich zurück, und dann gerate ich wieder in Versuchung. Ich habe noch nie eine Frau auf eine Überwachung mitgenommen. Die Idee ist mir einfach nie gekommen. Aber hier mit dir auf dieser Mauer zu sitzen, so ungemütlich es auch ist, das ist eines der erotischsten Erlebnisse meines Lebens. Am liebsten würde ich auf der Stelle mit dir schlafen, ganz egal, wie risikoreich das wäre! Ich halte mich nur zurück, weil ich dich nicht noch mehr in Gefahr bringen will.»

Das Licht in der Kabine ging aus, und auf dem Schiff herrschte Stille. Paul schaltete den Camcorder aus. Sie warteten noch einige Minuten, dann beschloß Paul, daß es jetzt sicher war, zu gehen. Langsam, wie Liebende, die sich noch nicht trennen wollen, gingen sie zurück zum Wagen, auch wenn jeder Nerv in Annas Körper danach schrie loszurennen.

Der Morgen graute schon, ehe Paul es sicher genug fand, Ginger allein zu lassen und Anna nach Rotterdam zu fahren. Im Auto vor dem Hotel gaben sie sich einen schläfrigen Gute-Nacht-Kuß, während der Portier tat, als sehe er nichts. «Hast du am Samstag Zeit?» fragte er.

Anna nickte.

«Und am Sonntag?»

Sie lächelte. «Auch.»

«Was ist mit Daisy?»

«Ich bitte Heather, sie zu nehmen.»

Er küßte sie noch einmal. «Ich mag Daisy wirklich, aber ich möchte mit dir allein sein.»

«Das will ich auch», antwortete sie. «Das will ich sogar sehr.»

Kapitel 28

Während Anna und Paul die Jacht überwachten, hatten die Alliierten Bagdad bombardiert. Beim Frühstück in ihrem Zimmer sah Anna die Nachrichten auf CNN, im Flugzeug las sie die Zeitungen, und in Ladbroke Hill redeten Louise und Mac kaum mehr miteinander: Louise war Pazifistin, und Mac hatte die Kriegsbegeisterung gepackt. Am Abend dröhnte aus ihren jeweiligen Fernsehern Maschinengewehrfeuer durchs Haus, gelegentlich unterbrochen von Mac, der seine Tür aufriß und die Hymne der amerikanischen Marines sang. Louise konterte mit *Give Peace a Chance*. Anna achtete nur mit halbem Ohr auf die Streitigkeiten. Sie schwebte auf Wolken, und nicht einmal der Dritte Weltkrieg hätte sie aus ihrer Vorfreude auf den Samstag reißen können.

Bei ihrer Rückkehr hatte sie auf dem Anrufbeantworter eine Nachricht von Phyllis vorgefunden: «Wir fliegen am Sonntag. Ruf uns an, wenn du Zeit hast.» Anna löschte sie. Sie fürchtete die Blythelys nicht mehr; in zwei Tagen würden sie auf der anderen Seite der Erdkugel sein.

Heather war bereit, Daisy am Samstag abend zu nehmen. Obwohl Anna ihr den Grund nicht genannt hatte, zwinkerte ihr die fröhliche Kinderfrau anzüglich zu.

Mittags rief Paul an, um zu sagen, daß er mit einem früheren Flug käme. «Ist es dir zu früh, wenn ich um fünf bei dir bin?» fragte er.

«Für mich nicht, aber ich habe ausgemacht, Daisy um diese Zeit abzuliefern.»

«Wir könnten sie gemeinsam hinbringen. Dann dachte ich, daß wir an der Themse entlangfahren und in einem Restaurant am Fluß zu Abend essen. Ich weiß, es ist nicht das Meer, aber …»

«Ach, ich liebe auch Flüsse. Ich bin einfach gern am Wasser.» Sie stellte sich vor, mit Paul in einem niedrigen Speisesaal mit Balkendecke zu sitzen, mit Sprossenfenstern, durch die man auf ein Wehr blicken konnte, und auf dem weißen Damast-Tischtuch hielt Paul ihre Hand.

Anna beschloß, etwas Elegantes, aber Schlichtes zu tragen, ein gerade geschnittenes schwarzes Kleid mit einem herzförmigen Ausschnitt, das sie vor Weihnachten für Geschäftsreisen gekauft hatte, ehe ihr dann der Rock zu kurz vorkam. Als Pauls Ankunft immer näherrückte, wurde ihre Aufregung zu Nervosität, und sie lief unruhig durchs Haus. Sie wünschte sich, Louise wäre vom Markt zurück, um mit ihr zu plaudern.

Die Türklingel läutete, und mit einem Herzklopfen, das in ihren Ohren dröhnte, öffnete Anna. Als sie Paul sah, wurde sie plötzlich so verlegen, daß sie kaum ein Lächeln zustande brachte, aber er zog sie an sich und umarmte sie heftig. «Ich habe dich vermißt», sagte er.

«Ich dich auch.» Sie ließ sich gegen ihn sinken.

Sie ging vor ihm her in ihr Schlafzimmer, wo Daisy in der Mitte des Bettes saß und versuchte, die Übernachtungstasche, die Anna für sie vorbereitet hatte, wieder auszupacken. Als sie Paul sah, warf sie ihm einen mißtrauischen Blick zu.

«Hallo, Daisy», sagte er freundlich. «Soll ich dir helfen, deinen Mantel anzuziehen?»

Zu Annas Überraschung ließ Daisy sich von Paul anziehen, wobei sie ihn so hochmütig anblickte wie eine Königin ihren Sklaven. Anna schlüpfte in ihren eigenen Mantel, nahm Daisys Habseligkeiten und ihre Handtasche. «Kannst du sie für mich tragen?» fragte sie Paul.

«Wenn sie es zuläßt.» Er bückte sich, um Daisy hochzuheben. Sie duldete es, auch wenn sie sich immer noch nicht zu einem Lächeln herbeiließ.

Anna ging voraus zur Haustür, aber als sie öffnete, bemerkte sie eine Bewegung am Tor. Phyllis und Donald Blythely standen in der Auffahrt. Sie sahen Anna und winkten.

«Bleib im Haus!» zischte Anna Paul zu und schob ihn und Daisy zurück in die Diele.

«Warum? Was ist los?»

«Frag nicht! Geh hinein!»

Sie machte die Haustür zu, während die Blythelys eilig auf sie zukamen. «Anna, was für ein Glück, daß wir Sie zu Hause antreffen!» rief Phyllis. «Wir waren auf dem Portobello Market und dachten, wir schauen uns das Haus an, in dem Charlie gewohnt hat.»

Durch die Tür konnte Anna Daisy wimmern hören, und Paul sagte: «Ist schon gut, Mummy kommt gleich zurück.»

Um die Blythelys außer Hörweite zu halten, rannte Anna die Treppe hinunter und die Auffahrt entlang, um sie zu begrüßen.

Phyllis interpretierte dieses Verhalten fälschlicherweise als Freundlichkeit und umarmte Anna innig. «Ach, Anna, wir sind so froh, Sie zu sehen. Das mit Ihnen und Charlie tut uns so leid, auch wenn wir das nicht sagen sollten. Es geht uns ja nichts an.»

Verlegen befreite Anna sich. «Es tut mir leid, aber ich bin gerade auf dem Weg ins Ausland.»

«Wie schade! Wir hätten so gerne das Haus gesehen; Charlie möchte sicher wissen, wie es jetzt aussieht.»

«Auch wenn uns natürlich klar ist, daß er kein Anrecht mehr darauf hat», fügte Donald eilig hinzu.

Anna zog die Autoschlüssel aus ihrer Handtasche. «Es tut mir leid, ich bin schon spät dran.» Aus dem Augenwinkel konnte sie Paul mit verblüfftem Gesichtsausdruck am Wohnzimmerfenster stehen sehen, Daisy im Arm.

Plötzlich wurde Phyllis offenbar klar, daß Anna keineswegs erfreut war, sie zu sehen, und sie trat einen Schritt zurück. «Es war taktlos von uns, zu kommen», sagte sie, «aber wir haben Sie gerne gemocht, und Sie waren gut für Charlie. Sie haben ihn unterstützt.»

«Jetzt komm schon, Phyllis», sagte Donald und steckte die Hand seiner Frau unter seinen Arm. «Anna will das doch alles gar nicht hören, sie hat es eilig.»

«Ja, wie dumm von mir. Auf Wiedersehen, meine Liebe.» Arm in Arm gingen sie davon, den Hügel hinab.

Anna ließ sich gegen die Seite des Wagens sinken. Ihr war ganz schwach in den Knien vor Erleichterung, weil sie Daisy nicht entdeckt hatten. Hoffentlich hörte sie nie wieder etwas von ihnen. Gleichzeitig tat es ihr leid, daß es so sein mußte, denn sie mochte die beiden.

Paul kam ohne Daisy aus dem Haus. «Was war denn das, bitte?»

«Ach, das waren nur Bekannte, aber ich wollte nicht, daß sie hereinkommen, weil ... ich sie sonst nicht mehr losgeworden wäre.»

«Es waren Australier. Ich habe ihren Akzent erkannt.»

«Ja, Australier.» Sie sah ihn nicht an.

«Wie dein Ex-Freund?»

«Ja.» Sie rannte die Treppe hinauf, weil sie plötzlich zu Daisy wollte, wie um sicherzugehen, daß niemand sie ihr weggenommen hatte. Obwohl Anna wußte, daß solche Befürchtungen irrational waren, hatten die Blythelys sie an alle Unsicherheiten ihres Lebens erinnert – an ihre gescheiterten und aufgegebenen Träume.

Paul holte sie ein. «Das waren Charlies Eltern, nicht wahr?»

«Und wenn schon?» Anna ging ins Wohnzimmer, wo Daisy gerade voller Entschiedenheit auf das Bücherregal zustrebte. «Du gehörst mir! Nur mir!» Sie hob ihre Tochter hoch und umarmte sie so heftig, als versuche jemand, sie zu trennen.

Paul beobachtete sie. «Charlie ist Daisys Vater.»

Sie zuckte die Achseln. «Das weißt du doch.»

«Und du willst nicht, daß sie ihre Enkelin sehen?»

«Daisy ist mein Kind. Ich habe dir schon einmal gesagt, ihr Vater spielt keine Rolle.»

«Weiß er von ihrer Existenz?»

«Nein, er weiß nichts, und so soll es auch bleiben. Charlie ist einfach gegangen, er hat mich völlig mittellos zurückgelassen, weil er unser weniges Geld mitgenommen hat – das ich durch Arbeit in einem Pub verdient hatte. Und als ich ihm erzählte, ich sei schwanger, jammerte er, er könne es sich nicht leisten zurückzukommen. Ich habe jeden Bissen verdient, den Daisy gegessen hat, ich habe dieses Haus ganz allein renoviert, damit wir es vermieten können und ein Dach über dem Kopf haben, ich arbeite zwölf Stunden am Tag, um uns durchzubringen, und Daisy ist meine Tochter. Ich werde sie nicht mit ihm teilen.»

Paul hob die Hände. «Entschuldige, ich wollte dich nicht wütend machen.»

«Dann hör auf, mich auszufragen», schrie sie, fast in Tränen aufgelöst.

Paul ging zum Fenster und blickte hinaus in den kahlen winterlichen Garten. «Anna, wir müssen uns unterhalten», sagte er ruhig.

«Was gibt es da noch zu sagen?» fuhr sie ihn an. Sie war verzweifelt, aber nicht nur, weil die Blythelys aufgetaucht waren, sondern auch wegen des ruinierten Abends.

Er sah sie traurig an. «Du hast so heftig auf den Besuch von Charlies Eltern reagiert, daß ich mich frage ... ob dir vielleicht noch etwas an ihm liegt.»

«Ich liebe Charlie nicht. Ich fühle gar nichts. Ich will ihn nie wiedersehen. Ich war nur erschrocken, sie zu sehen, wegen Daisy und ...» Sie unterbrach sich. Von ihrem Vater und ihrer Angst, verlassen zu werden, hatte sie ihm noch nicht erzählt.

Paul faßte sie an den Schultern und sah ihr tief in die Augen. «Ich möchte dir glauben, Anna, aber ich denke, du brauchst Zeit, um dir über alles klarzuwerden. Weißt du, ich könnte dich sehr lieben – vielleicht tue ich es längst –, aber ich will mich nicht auf eine Frau einlassen, die einen anderen Mann liebt.»

«Was ist mit deiner Frau?» fragte sie ärgerlich. «Wie, glaubst du, komme ich mir vor, wenn ich weiß, daß du sie immer lieben wirst?»

Seine Finger gruben sich in ihre Schultern. «Ich habe Felicity am Schluß nicht mehr geliebt. Zwischen uns ist ... zuviel falsch gelaufen. Ich glaube auch nicht, daß sie mich noch geliebt hat. Wenn wir beide ehrlich gewesen wären, hätten wir nicht wieder angefangen, aber keiner von uns hat gesagt, was er wirklich dachte.» Ein düsterer Blick trat in seine Augen, und kaum lauter als ein Flüstern fügte er hinzu: «Wenn ich stärker gewesen wäre, dann ... wäre sie nicht gestorben.»

Anna versuchte nicht, ihn zurückzuhalten, als er ging. Sie wußte, daß er nicht bleiben würde, nicht heute. Hätte sie ihm doch von ihrem Vater erzählt! Dann hätte sie ihn überzeugen können, daß es nicht Charlie, sondern ihre geheimen Alpträume waren, die sie so heftig reagieren ließen. Sie wußte, es würde nicht leicht werden, denn je öfter sie Paul sah, desto deutlicher erkannte sie, daß auch er noch eine Bürde aus der Vergangenheit mit sich herumtrug.

KAPITEL 29

ANNA BESCHLOSS, PAUL ZU SCHREIBEN, WEIL SIE ES OFT LEICHter fand, sich in einem Brief mitzuteilen. Doch an diesem Abend kam sie nicht dazu, weil Daisy krank war. Auch am nächsten Tag weinte Daisy ständig, hatte leichtes Fieber und schrie, sobald Anna außer Sichtweite war. Als Anna am Montag morgen nach Holland aufbrach, ging es Daisy immer noch nicht gut.

Anna hatte ein furchtbar schlechtes Gewissen, weil sie ihre Tochter allein ließ, aber sie konnte die Geschäftsreise nicht absagen. Als habe sich alles gegen sie verschworen, mußte sie in Heathrow feststellen, daß Nebel in Rotterdam die Ankunft ihres Flugzeugs verzögerte. So wartete sie zwei Stunden lang auf dem Flughafen, hoffte ständig, nicht auf Paul zu treffen – und wünschte sich doch gleichzeitig, ihn zu sehen.

Bevor sie an Bord ging, rief sie bei Heather an. «Wie geht es Daisy?» fragte sie.

«Sie ist sehr schläfrig und scheint zu frösteln, deshalb habe ich sie ins Bett gesteckt. Jetzt machen Sie sich keine Sorgen, ich bin sicher, daß es nichts Ernstes ist.»

Über Lautsprecher kam der letzte Aufruf für Annas Flug. Hektisch eilte sie zum Flugsteig. Weil ihr Abflug so verspätet war, hatte sie, als sie das Hilton erreichte, keine Zeit mehr, sich kurz auszuruhen. Sie rannte in ihr Zimmer, warf den Koffer aufs Bett und öffnete, während sie bereits Heathers Nummer wählte, ihre Aktenmappe, um den Terminplan für den heutigen Tag zu überprüfen.

Walter war am Apparat und gab ihr Heather, die sagte: «Daisy hat leicht erhöhte Temperatur. Wenn es schlimmer wird, rufe ich den Arzt.»

«Und Sie halten mich auf dem laufenden?»

«Natürlich, Anna. Aber Kinder haben oft leichtes Fieber, das habe ich Ihnen schon beim letzten Mal, als sie krank war, gesagt.»

«Ich weiß. Tut mir leid, daß ich so ein Theater mache.»

Annas erster Termin war das Mittagessen mit einem neuen Kunden, den ihr wieder einmal Mr. van Rooyen vermittelt hatte. Vom Restaurant aus mußte sie sofort zu ihrem zweiten Termin bei einer kleinen Reederei auf der anderen Seite der Nieuwe Maas. Sie hatte mit dieser Firma bereits einige Verträge abgeschlossen, und es handelte sich eher um einen Höflichkeitsbesuch. Während ihr Kunde über Versicherungsangelegenheiten sprach, machte sie sich Sorgen um Daisy und sah das müde kleine Gesicht ihrer Tochter vor sich. Annas nächster Termin war ein vorgezogenes Abendessen mit Mr. van Rooyen in der Rotisserie an der Spitze des Euromast-Turms. Davor hatte sie gerade noch genug Zeit, ins Hilton zurückzufahren, Heather anzurufen, zu baden und sich umzuziehen.

Während sich Anna auf dem Rücksitz des Taxis entspannte, die ersten Schwaden des abendlichen Nebels über der Nieuwe Maas hereinziehen sah und die Nebelhörner der flußaufwärts oder -abwärts fahrenden großen Schiffe hörte, dachte sie an Paul. Sie beschloß, ihn morgen abend anzurufen, weil ein Brief zu lange dauerte. Sie würde ihm von ihrem Vater erzählen, von Leatherbridge, und ihm klarmachen, daß Charlie ihr nichts mehr bedeutete.

Plötzlich merkte sie, daß ihr Taxi vor der Einfahrt zum Maas-Tunnel zum Stillstand gekommen war.

«Unfall», rief der Fahrer.

Sie beugte sich vor, um mit ihm zu sprechen. «Ich habe es eilig. Gibt es einen Umweg?»

Er schüttelte den Kopf. «Nur wenn Sie durch den Fluß schwimmen.»

Eine Stunde lang wartete Anna verärgert und unruhig in dem stehenden Taxi. Als die Straße endlich wieder freigegeben wurde, war es zu spät, um noch ins Hotel zu fahren, also ließ sie sich direkt zum Restaurant bringen.

Mr. van Rooyen hatte seinen üblichen Tisch in der Nähe des Fensters reserviert, von dem aus man einen herrlichen Blick über die Stadt und den Hafen hatte – wenn nicht gerade Nebel die Sicht verdeckte. Zu Annas Überraschung saßen noch zwei andere Leute bei ihm, eine freundliche ältere Blondine und ein gutaussehender Mann, der etwa in Annas Alter war, eine Nickelbrille wie aus den sechziger Jahren trug und ebenmäßige Gesichtszüge hatte, die Anna an Charlie erinnerten.

Mr. van Rooyen erhob sich, um sie zu begrüßen. «Heute hat meine Frau Geburtstag, und ich habe sie gebeten mitzukommen», erläuterte er, während er seine Tischgenossen vorstellte. «Und das ist mein Neffe Nicolaas, der gerade aus Amerika zurückgekehrt ist.»

Anna gratulierte Mrs. van Rooyen herzlich zum Geburtstag. Sie freute sich, nicht allein mit Mr. van Rooyen essen zu müssen.

Während Mr. van Rooyen und seine Frau jedes Gericht auf der Karte ausführlich diskutierten, fing Nicolaas Annas Blick auf und grinste. «Reden Sie mit mir nur nicht über Schiffe, Miss Tobias.» Er sprach mit starkem amerikanischen Akzent. «Ich bin das schwarze Schaf der Familie, wie man so sagt.»

Mr. van Rooyen stieß einen ungeduldigen Seufzer aus. «Miss Tobias, mein Neffe hat gerade die wundervolle Gelegenheit ausgeschlagen, van Rooyen Rotterdam in der nächsten Generation zu führen.»

«Onkel, eine Gelegenheit ist nicht wundervoll, wenn man sie nicht haben will.»

«Schiffe liegen uns im Blut!»

«Nicht in meinem, aber sie würden mich mehr interessieren, wenn der Hafen voll von hübschen Frauen wie Miss Tobias wäre.»

«Nicolaas, bitte keine Frivolitäten!»

Anna bemerkte, daß es sich um ein Dauerthema in der Familie handelte. Daher wandte sie sich an Mrs. van Rooyen, um sich nach den Kindern zu erkundigen. Höflich hörte sie zu, während die Eigenschaften jedes Kindes in allen Einzelheiten beschrieben wurden. Aber in Gedanken war sie bei Daisy und der Überlegung, ob sie noch ein Telefon finden würde, ehe es zu spät war, Heather zu stören.

Mr. van Rooyen aß gewöhnlich schnell und verließ, sobald er fertig war, eilig das Restaurant, aber heute abend blieb er vor seinem Kaffee sitzen und wiederholte eine seiner vielen Geschichten über die Reederei van Rooyen, während Mrs. van Rooyen nachsichtig seine Hand tätschelte, als sei er ein kleiner Junge, der von seinem Tag in der Schule erzählt. Anna hielt ihre Ungeduld im Zaum und sah zu, wie die Zeiger der Uhr allmählich weit über die Zeit hinwegwanderten, zu der sie Heather höflicherweise noch anrufen konnte. Endlich verlangte Mr. van Rooyen die Rechnung und bestand darauf, daß diesmal er und nicht Eurohull bezahlte.

Gemeinsam fuhren sie im Lift ins Foyer hinunter, wo sie sich verabschiedeten. Mr. van Rooyen bat Nicolaas, Anna noch ein Taxi zu rufen. Anna sah, wie er und seine Frau sich an den Händen hielten, während sie zum Parkplatz gingen, und sie fühlte plötzlich eine tiefe Zuneigung zu Mr. van Rooyen, auch wenn er ein Langweiler war.

«Mögen Sie Jazz?» fragte Nicolaas.

«Manchen Jazz. Warum?»

«Der wird Ihnen gefallen.» Er nahm ihre Hand. «Kommen Sie mit, wir gehen in einen Club.»

«Ich muß zurück ins Hotel.»

«Weshalb denn?»

Beinahe hätte sie ihm von Daisy erzählt, aber im Augenblick konnte sie ohnehin nichts für ihre Tochter tun, und sie wollte nicht das Risiko eingehen, daß Stuart von ihrem Kind erfuhr. Daher antwortete sie: «Ich habe morgen zum Frühstück einen Termin.»

«Ich auch. Wir bleiben nicht lange. Nur eine Stunde.» Er winkte ein Taxi heran und schob sie auf den Rücksitz, ehe sie sich eine bessere Ausrede einfallen lassen konnte.

«Meine Tante und mein Onkel sind wirklich sterbenslangweilig», sagte er und legte den Arm auf die Sitzlehne hinter Annas Kopf.

«Ich finde sie sehr nett.» Sie hatte nicht vor, ihren besten Kunden zu kritisieren.

Er lachte. «Wie diplomatisch!» Dann beugte er sich vor, um mit dem Fahrer die Route zu besprechen. Anna überlegte, was Paul wohl gerade tat und ob er eifersüchtig wurde, wenn er sie mit einem anderen Mann sah.

Der Jazzclub lag im Keller eines alten Hauses in einer schmalen Straße nahe der Innenstadt. Anna hatte keine Ahnung, wo genau sie sich befanden. Der Raum war dunkel und verraucht, die Gäste sahen zum größten Teil aus wie wohlhabende Bohèmiens. Am Klavier saß ein schwarzer Pianist. Seine dunklen Finger glitten zärtlich über die Tasten, von Zeit zu Zeit blickte er durch den Raum und lächelte in sich hinein. Er schien das Publikum gar nicht zu bemerken und spielte ausgezeichnet, aber so, als sei er ganz allein.

Nicolaas schien in dem Club Stammgast zu sein, und sie setzten sich an einen Tisch mit jungen Leuten, von denen die meisten bereits ziemlich betrunken waren. Alle sprachen englisch, und Anna bemerkte, daß Nicolaas, als er sie vorstellte, nicht dazu sagte, daß sie lediglich eine geschäftliche Beziehung hatten.

«Rum?» fragte er.

«Na ja ... gut, vielen Dank – aber nur einen.»

Er legte seinen Arm auf Annas Stuhllehne. «Seien Sie doch nicht so nervös.»

«Ich bin nicht nervös. Ich bin es nur nicht gewöhnt, in Rotterdam auszugehen, wenn ich nicht geschäftlich unterwegs bin.» Selbstverständlich erzählte sie ihm nichts von dem Abendessen mit Paul in dem italienischen Restaurant.

Der Rum wurde in hohen Gläsern serviert. So starken Rum hatte sie noch nie getrunken, und die Kombination aus Alkohol, Wärme und Musik machte sie beschwipst. Sie lehnte sich an Nicolaas' Arm, und er begann augenblicklich, ihren Nacken zu streicheln.

«Ich möchte alles über Sie wissen», sagte er. «Gibt es einen Mr. Tobias?»

Sie schüttelte den Kopf.

«Leben Sie mit einem Mann zusammen?»

«Nicht mehr.»

«Bei mir ist es dasselbe. Ich meine, ich lebe nicht mehr mit einer Frau zusammen. Vor Weihnachten habe ich mich von meiner Freundin getrennt, und ich habe sie sehr vermißt – aber jetzt habe ich wieder Lust zu leben.»

Anna nickte unwillkürlich, und das faßte Nicolaas als Ermutigung auf. Dabei war es lediglich der Rum, der ihr zu Kopf gestiegen war. Sie wußte, daß sie sich zurückhalten sollte – er war ein geschäftlicher Kontakt, und außerdem kannte sie ihn gar nicht –, aber Paul hatte in ihr die Sehnsucht nach Liebe, nach Romantik, Sex und Intimität wachgerufen.

Nicolaas strich mit seinem Finger über ihr Kinn. «Ich möchte Sie küssen», sagte er.

Sie wandte ihm das Gesicht zu, und seine Lippen strichen über die ihren, ganz zart, fast ohne sie zu berühren. «Ich ... ich muß zurück ins Hotel», stammelte sie.

Er berührte ihren Mund mit einer Fingerspitze. «Sehr schön, ich rufe ein Taxi.»

Sie war überrascht, daß er nicht protestierte, bis ihr klar wurde, daß er erwartete, auf ihr Zimmer eingeladen zu werden. Im Taxi nahm er sie in die Arme und küßte sie stürmisch. Als er sie auf sich zog, glitt ihr Rock über die Oberschenkel, weil sein Knie ihre Beine auseinanderdrängte. Einen Augenblick war sie zu überrascht, um ihn zu bremsen. Dann löste sie sich mit einer heftigen Bewegung. «Nicolaas, bitte, ich kenne Sie doch kaum, und ...»

Er klopfte auf seine Brusttasche. «Nur keine Angst. Ich bin auch für Safer Sex.»

«Das habe ich nicht gemeint.» Sie hielt ihn davon ab, sie erneut zu umarmen. «Bitte, es tut mir leid, wenn Sie einen falschen Eindruck bekommen haben , aber der Rum war stärker, als ich dachte.»

Das Taxi hielt vor dem Hotel. Anna strich ihre Kleidung glatt und stieg aus. Sie hoffte, daß Nicolaas sich jetzt verabschiedete, aber er begleitete sie ins Foyer, und ihr wurde klar, daß sie sich nicht deutlich genug ausgedrückt hatte. Nicolaas sprach gut Englisch, aber ihre unklare Mitteilung hatte er nicht verstanden.

Die Portiers sahen sie an, und sie wurde puterrot, als könnten sie sehen, in welchem Dilemma Anna steckte. «Miss Tobias, da ist eine eilige Nachricht für Sie.» Einer von ihnen hielt einen Zettel hoch. «Der Anrufer hat den ganzen Abend versucht, Sie zu erreichen.»

Anna trat eilig an die Theke und las die Nachricht: «Daisy im Krankenhaus. Verdacht auf Meningitis. Rufen Sie mich an. Heather.» Die Worte verschwammen vor ihren Augen, und der Boden unter ihren Füßen schien nachzugeben. «Es ist meine Tochter», flüsterte Anna und hielt sich an Nicolaas fest, um nicht umzufallen. «Sie ist krank.»

«Ich wußte nicht, daß Sie ein Kind haben.» Er sah bestürzt aus.

«Daisy. Ich muß telefonieren. Ich hätte nicht aus London wegfahren sollen. Ich werde mir nie verzeihen, wenn ...»

Während der Portier versuchte, einen Flug nach London zu buchen, wählte Anna Heathers Nummer. Ein verschlafener Walter war am Apparat. «Heather ist im Krankenhaus, sie hat versucht, Sie zu erreichen.» Er gab Anna die Nummer.

Anna machte sich bittere Vorwürfe, weil sie so leichtsinnig gewesen war, in einen Jazzclub zu gehen, während Daisy krank war. Auf der Station wurde sie sofort zu einer Schwester durchgestellt. «Wie geht es meiner Tochter?» Anna schrie beinahe vor Angst.

«Sie ist sehr krank, Mrs. Tobias. Wir vermuten Meningitis. Um die Art der Infektion festzustellen, haben wir eine Lumbalpunktion vorgenommen. In der Zwischenzeit behandeln wir Ihre Tochter mit Penicillin, denn es könnte zu gefährlich sein, auf das Testergebnis zu warten.»

Anna war so gelähmt vor Schreck, daß sie lediglich stottern konnte. «Sie wird doch ... es wird doch wieder gut, oder?»

«Wir tun unser Bestes, aber ich würde Ihnen empfehlen, schnell zu kommen.»

Sie reichte den Hörer an Heather weiter, die müde und erschöpft klang: «Gott sei Dank, daß Sie sich melden, Anna. Ich habe mir solche Sorgen gemacht. Eine Stunde, nachdem wir telefoniert haben, ist Daisys Temperatur gestiegen, und sie hat sich erbrochen. Dann ist mir aufgefallen, daß ihr das Licht in den Augen weh tat – Photophobie nennt das der Arzt –, und ich habe mich daran erinnert, daß ich letzten Monat beim Friseur etwas über Meningitis gelesen habe. Darum bin ich so schnell wie möglich mit ihr ins Krankenhaus. Ich habe versucht, Sie anzurufen.»

«Ich weiß, es ist meine Schuld. Ich hätte im Hotel nachfragen sollen. Sie waren großartig, Heather. Es tut mir so leid, daß ich Ihnen das alles überlassen habe, aber ich komme mit dem nächsten Flugzeug zurück. Sagen Sie Daisy, ihre Mummy kommt.» Anna stiegen die Tränen in die Augen. «Sagen Sie ihr, Mummy hat sie lieb.»

Als Anna auflegte, stand Nicolaas mit einem Glas Brandy vor ihr. «Trinken Sie das», sagte er. «Sie werden es brauchen. Alle Flughäfen sind wegen Nebels geschlossen, und sie öffnen erst morgen vormittag wieder.»

Sie lehnte den Brandy ab, weil sie bereits genug getrunken hatte. «Aber ich muß nach Hause. Daisy ist krank; sie stirbt vielleicht.»

«Es gibt keine Flüge, Anna.»

«Dann nehme ich das Schiff.»

«Die Fähre von Hoek van Holland nach Harwich dauert sieben Stunden. Das Flugzeug ist schneller.»

«Nicht, wenn es nicht fliegt. Nicolaas, ich muß unbedingt heim. Meine Tochter braucht mich.» Annas Stimme wurde lauter vor Panik. «Wenn es sein muß, stehle ich eine Jacht und segele damit nach England.» Sie erinnerte sich, was Charlie gesagt hatte, und fügte hinzu: «Verzweifelt genug bin ich.» Erschrocken wurde ihr klar, daß sie es ernst meinte.

«Ich fahre Sie nach Ostende», sagte Nicolaas. «Um fünf Uhr geht eine Fähre, die noch vor neun Uhr in Dover ist. Das Schiff fährt sogar, wenn die Flüge nicht gehen.»

«Nein, das kann ich nicht zulassen, die Fahrt dauert drei Stunden. Ich nehme mir einen Mietwagen.»

«Sie können nicht fahren – so aufgeregt, wie Sie sind, würden Sie vielleicht einen Unfall bauen. Packen Sie Ihre Tasche, während ich meinen Wagen hole. Er steht nur ein paar Minuten entfernt.»

Anna zögerte, dann sagte sie: «Ich nehme Ihr Angebot an. Vielen Dank.»

Er drückte ihre Hand. «So habe ich mir den Abend nicht vorgestellt.»

Als Anna zum Lift ging, fiel ihr ein, daß Paul hier in Rotterdam genau dasselbe gesagt hatte.

Als Anna endlich in London ankam, war sie dreißig Stunden unterwegs gewesen und vollkommen erschöpft. Auf der Fähre hatte sie eine Kabine genommen, aber vor Sorgen nicht schlafen können. Sie hielt es drinnen nicht lange aus, sondern stand lieber an Deck und fühlte den kalten Salzwind im Gesicht. Selbst in den schrecklichsten Momenten ihres Lebens half ihr das Meer. In das Rauschen der Wellen hinein rief sie Daisy zu, sie solle nicht sterben.

In Dover telefonierte sie mit Roz und bat sie, ihre Mutter vorzuwarnen: Sie selbst hatte keine Zeit mehr, ehe ihr Zug fuhr. Von der Victoria Station ging sie direkt zum St.-Kathryn-Kinderkrankenhaus, wo Daisy auf der Intensivstation lag. Trotz der schweren Erkrankungen der Patienten hatte man sich bemüht, die Station fröhlich zu gestalten: Auf die bunten Kinderbetten waren Hasen gezeichnet, und an den Wänden sah man Teddybären beim Picknick.

Anna eilte an den Empfangstisch der Schwestern und rief: «Ich bin die Mutter von Daisy Tobias. Wie geht es ihr?»

«Ach, Mrs. Tobias. Die Stationsschwester möchte mit Ihnen sprechen.»

Anna ließ ihre Tasche fallen. «Daisy ist tot!»

«Nein! Wirklich nicht.» Die Schwester drückte einen Rufknopf. «Hier kommt die Stationsschwester.»

Eine forsche grauhaarige Frau mit so dichten dunklen Augenbrauen wie Josef Stalin durchquerte mit schnellen Schritten die Station. Anna rannte zu ihr. «Wie geht es meiner Tochter? Wie geht es Daisy? Ist sie …» Tränen stiegen ihr in die Augen, und die Worte blieben ihr im Hals stecken.

«Daisy ist sehr krank, Mrs. Tobias.»

«Was ist mit dem Test?»

«Wir warten immer noch auf die Diagnose. Meningitis ist eine Entzündung der Häute um Hirn und Rückenmark. Anhand der Rückenmarksflüssigkeit können wir feststellen, ob sie Meningokokkenmeningitis hat, gegen die Penicillin hilft, oder eine virale Meningitis, gegen die wir keine Behandlungsmöglichkeit haben, die aber weniger schwer ist.»

Anna bemühte sich, die medizinischen Details zu verstehen, aber sie konnte nur daran denken, daß Daisy im Sterben lag und sie, ihre Mutter, sie im Stich gelassen hatte. «Kann ich sie sehen?» fragte sie mit zitternder Stimme.

«Nur wenn Sie sich beruhigen. Sie helfen ihr nicht, wenn Sie aufgeregt sind.»

«Ja, natürlich. Tut mir leid.»

Die Schwester lächelte ihr streng, aber durchaus mitleidig zu. «Natürlich machen Sie sich Sorgen, aber das dürfen Sie Daisy nicht merken lassen. Sie braucht Ruhe.»

«Ich verstehe.»

Anna wurde in einen kleinen abgedunkelten Seitenraum geführt, wo Daisy in einem gepolsterten Bettchen lag, damit sie sich, wenn sie um sich schlug, nicht verletzte. Unter einer Bandage lief ein intravenöser Tropf mit Penicillin und anderen Flüssigkeiten in ihre Armvene. Neben dem Bett saß eine Schwester, die eine Tabelle auf den Knien hatte, und mit gezücktem Stift jede Veränderung notierte. Als sie die Stationsschwester erblickte, setzte sie sich noch aufrechter und hielt ihren Stift so fest, daß er beinahe zerbrach.

Daisy dämmerte unruhig vor sich hin, als habe sie einen bösen Traum. Anna verbiß sich die Tränen, streckte den Arm in das Bettchen und faßte Daisys winzige Hand. «Daisy», flüsterte sie. «Mummy ist da.»

Daisy schlug die Augen auf und versuchte Anna anzusehen, aber selbst der kleinste Lichtstrahl ließ sie bereits zusammenzucken, und sie machte die Augen wieder zu.

«Kann ich etwas für sie tun?» Mit einem verzweifelten Gefühl von völliger Hilflosigkeit wandte sich Anna an die Stationsschwester.

«Gar nichts.» Die Schwester nahm Anna am Arm, um sie aus dem Zimmer zu führen.

«Nein, bitte, ich möchte bei Daisy bleiben. Ich bin auch ganz leise, das verspreche ich, aber ich kann es nicht ertragen, sie allein zu lassen, selbst wenn ich ihr nicht helfen kann.»

«In Ordnung.» Die Schwester sprach mit leiser Stimme. «Ich lasse Ihnen eine Tasse Kaffee bringen. Sie sind bestimmt müde, wenn Sie die ganze Nacht unterwegs waren.»

«Das stimmt, aber ich könnte jetzt sowieso nicht schlafen.» Anna senkte schuldbewußt den Kopf. «Ich hätte Daisy nie allein lassen dürfen, aber es ist so schwer, sich frei zu nehmen. Ich muß arbeiten, weil wir das Geld brauchen.»

«Machen Sie sich keine Vorwürfe.» Die Schwester schob Anna mit einer freundlichen Geste auf einen Stuhl. «Für eine berufstätige Mutter ist das Leben ein Kampf. Ich weiß das, ich habe es selbst durchgemacht.»

«Danke, daß Sie das gesagt haben», flüsterte Anna. «Sie nehmen mir meine Schuldgefühle ein wenig.» Sie wandte sich an die andere Schwester. «Vielen Dank, daß Sie bei meiner Tochter gesessen haben.»

«Ach, das war nicht schlimm. Wir hoffen alle, daß es ihr bald bessergeht. Sie ist so ein liebes kleines Mädchen.»

«Ich weiß.» Anna biß sich auf die Oberlippe, damit sie nicht anfing zu weinen.

Stundenlang saß sie vorgebeugt da, das Kinn auf die Hände gestützt, und beobachtete Daisy. Gern hätte sie zu Gott gebetet, er solle Daisy nicht sterben lassen, aber sie fürchtete, er würde sie – falls es ihn überhaupt gab, und dessen war sie sich noch immer nicht sicher – für eine Heuchlerin halten, weil sie sich nur an ihn wandte, wenn sie in Not war.

Offenbar war sie irgendwann eingedöst, denn als sie erwachte, wechselten sich Daisys Schwestern gerade ab, und die Schwester der Tagschicht winkte Anna in den Korridor, wo Louise, Mr. Marilyn und Mac warteten. Als Anna zu ihnen trat, versagte ihre Selbstbeherrschung, und sie begann zu weinen. Die Freunde umarmten sie und führten sie zu einem Stuhl. Anna setzte sich und wischte sich die Tränen ab.

«Ich habe dir deinen Trainingsanzug und Turnschuhe mitgebracht», sagte Louise und reichte ihr eine Plastiktüte mit Kleidern.

«Oh, vielen Dank. Ich kann es gar nicht erwarten, aus meinem Kostüm zu kommen.»

«Sybil Finestein hat angerufen», sagte Mac. «Ich habe ihr von Daisy erzählt, und sie läßt dich ganz lieb grüßen. Und Stuart hat zweimal auf deinen Anrufbeantworter gesprochen. Soll ich ihm die Situation erklären?»

«Ja, bitte. Ich schaffe es heute nicht, mit ihm zu reden. Wahrscheinlich würde ich in Tränen ausbrechen, und er ist ein derart brutaler Kerl, daß ich es mir nicht leisten kann, mich so verletzlich zu zeigen.»

«Was ist mit Paul?» fragte Louise. «Sollen wir es ihm erzählen?»

Anna zögerte und schüttelte dann den Kopf. «Er wird es früh genug von den Finesteins erfahren, und wenn er mit mir Kontakt aufnehmen will, dann hat er dazu die Möglichkeit. Ich will nicht, daß er herkommt, nur weil er sich dazu verpflichtet fühlt.»

Die Freunde blieben nur ein paar Minuten, weil sie spürten, daß Anna es eilig hatte, zu Daisy zurückzukehren. Das rechnete sie ihnen fast ebenso hoch an wie ihren Besuch.

Kurz darauf erschien Heather, und während sie bei Daisy blieb, suchte Anna in den langen, mit Linoleum ausgelegten Gängen nach einer leeren Toilette. Da es sich um ein Kinderkrankenhaus handelte, befand sich kein Schloß an der Tür, und so mußte sie einen Stuhl unter die Klinke klemmen, während sie sich den Schmutz von zwei Reisetagen vom Körper wusch. Da sie sich mit Papierhandtüchern abtrocknen mußte, war sie noch naß, als sie in den Trainingsanzug schlüpfte.

Bei ihrer Rückkehr auf die Intensivstation fand sie auf dem Korridor vor Daisys Zimmer ihre Mutter im Gespräch mit Heather vor.

«Ach, Liebes, Daisy tut mir so leid.» Mit ausgestreckten Armen kam ihre Mutter auf sie zu, und ihr Mitleid führte dazu, daß Anna erneut in Tränen ausbrach. Sie weinte an der Schulter ihrer Mutter, wie sie es seit ihrer Kinderzeit nicht mehr getan hatte.

Ihre Mutter konnte nur eine Stunde lang bleiben, weil sie Großmutter Tobias nach Einbruch der Dunkelheit nicht allein lassen wollte, aber Anna war sehr dankbar, daß sie sich die Mühe gemacht hatte, in einer eiskalten Winternacht mehr als hundert Meilen weit zu fahren.

Etwa eine Stunde später rief die Stationsschwester Anna aus Daisys Zimmer. «Wir haben ein Ergebnis», sagte sie lächelnd. «Daisy hat Menigokokkenmeningitis, und daher sollte das Penicillin sehr bald zu wirken anfangen.»

Anna wurde schwach vor Erleichterung. «Dann wird sie bald wieder gesund?»

«Es ist noch zu früh, das definitiv zu sagen, aber zumindest wissen wir, was ihr fehlt.»

«Was ist mit ihrem Gehirn? Kann sie ... behindert bleiben?»

«Sie reagiert auf Reize, daher hoffen wir das nicht. Jetzt fahren Sie nach Hause, und schlafen Sie sich einmal richtig aus. Sie werden Ihre Kräfte noch brauchen, meine Liebe.»

«Ach, Schwester, ich kann sie nicht allein lassen, nicht, ehe sie über den Berg ist.»

«Dann lasse ich Ihnen ein Abendessen bringen und bitte einen Helfer, Ihnen ein Klappbett aufzustellen. Es muß ja nicht sein, daß Sie auch noch krank werden.»

Zwei Tage später fuhr Anna nach Hause. Die Ärzte hatten erklärt, Daisy habe das Schlimmste jetzt hinter sich. Ihre Temperatur war gesunken, sie war wieder völlig bei Bewußtsein, und ihre Reaktionen bestätigten, daß sie keinen dauerhaften Hirnschaden davongetragen hatte. Anna warf kaum einen Blick auf ihre Post und machte sich nicht die Mühe, den Anrufbeantworter abzuhören. Statt dessen ging sie schnurstracks ins Bett und schlief ein. Sie wurde von dem Telefon auf ihrem Nachttisch geweckt, und voller Panik, Daisy könne es wieder schlechtergehen, griff sie hastig nach dem Hörer und schrie: «Ja?»

«Anna, hier ist Stuart. Wo zum Teufel stecken Sie denn? Ich habe eine unverständliche Mitteilung bekommen, Sie kümmerten sich um ein krankes Kind.»

«Meine Tochter, Stuart.» Anna setzte sich im Bett auf. «Sie liegt mit Meningitis im Krankenhaus und ist gerade wieder außer Lebensgefahr.»

Einen Augenblick lang schwieg er, dann sagte er: «Es tut mir leid, das zu hören, aber Sie können nicht viel Mitleid von mir erwarten, wenn Sie der Personalabteilung nicht einmal sagen, daß Sie ein Kind haben.»

Es hatte keinen Sinn, irgend etwas abzustreiten. «Ich habe Ihnen nichts von Daisy gesagt, weil ich Ihre Meinung über berufstätige Mütter kenne», sagte sie.

«Ich verstehe. Nun, was soll ich sonst sagen, außer: Wann kommen Sie wieder in die Arbeit?»

«Frühestens in einer Woche.»

«Eine Woche! Anna, was ist mit Ihren Kunden? Van Rooyen erwartet, daß Sie ihm die Quoten für seinen neuen Tanker geben.»

Sie hätte gerne gesagt, daß sie die Arbeit nicht im geringsten interessiere, solange Daisy krank war, aber das konnte sie sich nicht leisten. Daher antwortete sie: «Van Rooyen weiß, was los ist, sein Neffe hat mich zur Fähre gefahren und meine restlichen Termine abgesagt. Also schikanieren Sie mich nicht, Stuart, ich habe alles unter Kontrolle.»

Wie die meisten rücksichtslosen Menschen wich er sofort zurück, wenn er angegriffen wurde. «Van Rooyens Neffe! Ich habe doch immer gesagt, Sie sind ein As, was die Kundenpflege angeht. Na gut, nehmen Sie noch eine Woche, aber das wird als Urlaub gerechnet. Hoffentlich geht es dem Kind bald besser.»

«Danke.» Sie legte den Hörer auf und rief sich die vielen Gründe ins Gedächtnis, weshalb sie Stuart nicht mochte.

Daisy wurde schnell gesund. Am Wochenende wurde der Tropf entfernt, und sie aß und trank wieder normal. In ihrem abgedunkelten Zimmer war sie unruhig und langweilte sich bald, so daß Anna ihre ganze Phantasie aufbieten mußte, um ihre Tochter bei Laune zu halten. Anna bekam viele freundliche Mitteilungen, darunter auch eine Karte von Gordon, der durch Isaac von Daisy erfahren hatte, und einen Telefonanruf von Nicolaas van Rooyen. Aber von Paul hörte sie nichts, obwohl sie sicher war, daß ihm die Finesteins von Daisy erzählt haben mußten. Sein Schweigen verletzte sie.

Drei Tage, ehe Anna wieder arbeiten sollte, wurde Daisy aus dem Krankenhaus entlassen. Obwohl es ihr schon viel besser ging, war sie noch immer blaß, klammerte und brach leicht in Tränen aus.

Anna rief Stuart an. «Ich brauche noch eine Woche», erklärte sie ihm. «Ich nehme unbezahlten Urlaub.»

«Annie, Sie werden hier gebraucht.»

Diese Verniedlichung ihres Namens ärgerte sie. «Stuart, ich kann Daisy jetzt nicht allein lassen.»

«Und Sie können Ihre Arbeit nicht länger vernachlässigen. Auch wenn Sie meine beste Vertreterin sind, so sind Sie doch nicht die einzige. Es gibt Tausende von verzweifelten Leuten, die Arbeit suchen.»

Sie spürte, wie sie wütend wurde. «Das ist mir durchaus bewußt.»

«Haben Sie vergessen, wie es ist, arbeitslos zu sein?»

«Nein, das habe ich nicht, aber ich kann mein Kind nicht im Stich lassen, wenn es krank ist. Ich habe Ihnen schon gesagt, ich nehme unbezahlten Urlaub, also hören Sie auf, mir zu drohen.»

«Annie, wenn Sie am Montag morgen nicht hier auftauchen, dann können Sie sich Urlaub auf immer nehmen. Seien Sie sich dessen bewußt! Kein Gehalt. Kein Wagen. Und wer wird dann für das Kind zahlen?»

Anna schwieg.

«Gut. Sie haben verstanden – endlich. Ich sehe Sie dann am Montag. Sie werden am Nachmittag nach Rotterdam fliegen, also bringen Sie Ihr Gepäck mit. Ich werde Ihre Termine neu vereinbaren. Und denken Sie daran, das Kind darf Ihre Arbeit nicht beeinträchtigen. Ich will nichts mehr von diesem Muttergerede hören.» Er legte auf, ohne sich zu verabschieden.

Anna sah Daisy an, deren Gesicht sich jämmerlich und unsicher verzog. Sie tippte die Nummer von Stuarts zweitem Telefonanschluß, der ständig an den Lautsprecher angeschlossen war. «Stuart.» Sie konnte hören, wie ihre Stimme im Büro der Eurohull widerhallte. «Ich habe Vernunft angenommen.»

«Sie sind ein braves Mädchen, Annie. Ich wußte doch gleich, daß Sie es einsehen.»

«Stuart, Sie sind ein Arschloch. Davon war ich schon immer überzeugt, und mein Instinkt hat mich nicht getrogen. Wissen Sie, was Sie mit Ihrem Job tun können? Stopfen Sie ihn sich sonstwohin!» Als Anna den Hörer auflegte, vernahm sie noch das unterdrückte Gelächter der gesamten eingeschüchterten Verkaufsabteilung.

Sie lachte ebenfalls und schlug vor Begeisterung mit der Faust in die Luft. Sofort begann Daisy zu lächeln. «Das wird nicht lustig werden», sagte Anna, hob sie schwungvoll in die Höhe und küßte sie. «Keine neuen Kleider mehr. Keine neuen Spielsachen. Kein Auto. Ich werde mir irgendeinen Job suchen müssen. Das mußt du verstehen, Daisy. Wir müssen irgendwie leben. Wir müssen essen. Aber was immer auch geschieht, ich werde dich nicht mehr den ganzen Tag allein lassen. Das verspreche ich dir.»

Kapitel 30

An dem Morgen, nachdem Anna Stuart so deutlich erklärt hatte, was er mit Eurohull machen konnte, lag dicker Schnee, und Eiszapfen hingen an den Bäumen. Als dann der Heißwasserboiler kaputtging, wurde sie so heftig von der vertrauten Panik erfaßt, daß sie beinahe geschrien hätte. Doch sie holte tief Luft und erklärte Mac in ruhigem Ton: «Danke, daß du es mir gesagt hast. Ich lasse ihn reparieren.»

Sie setzte sich an den Schreibtisch und befahl sich, ganz ruhig zu bleiben. Eurohull schuldete ihr noch einen Monat Gehalt und fast siebentausend Pfund Provision, dank ihres jüngsten Geschäftsabschlusses mit van Rooyen Rotterdam. Das genügte, um Heather und die letzte erhöhte Rate für das Haus zu bezahlen. Danach würden die Mieten ihre monatliche Rate fast abdecken. Anna plante, sich nach einer Halbtagsstelle umzusehen, sobald es Daisy besserging. Als sie von Marinecover entlassen worden war, hatte sie sich halt- und hilflos gefühlt. Jetzt hatte sie die Situation besser unter Kontrolle, weil sie wußte, wie sie sich verhalten mußte – sie hatte es schon einmal erlebt.

Natürlich hatte sie Paul nicht vergessen, doch sein andauerndes Schweigen verletzte sie. Natürlich war es logisch, denn sie wußte, daß es an ihr war, sich zu melden. Aber die Situation, als sie sich zum letztenmal gesehen hatten, der Brief, den sie schreiben wollte, der Telefonanruf, den sie immer wieder durchgespielt hatte, all das war von ihren Ängsten um Daisy verdrängt worden. Sie war so voller Panik und Furcht gewesen, daß nichts anderes Platz gehabt hatte. Und jetzt schien es zu spät zu sein.

Daisys Zustand besserte sich schnell, und bald ging es ihr gut genug, daß sie in den Garten gehen konnte, wo Mr. Marilyn ihr zeigte, wie man einen Schneemann baute. Während Anna den beiden vom warmen Wohnzimmer aus zusah, war sie sehr erleichtert, daß sie sich nicht durch die Kälte ins Büro kämpfen mußte.

Der Briefträger brachte ein Einschreiben der East Metro. Anna war überrascht, daß sie eine monatliche Abrechnung auf so teurem Weg erhielt, öffnete den Brief und las: «Durch die unerwartete Reduzierung Ihres monatlichen Einkommens waren wir nicht in der Lage, die zusätzlichen fünftausend Pfund Kreditrückzahlung, die Sie zum Ausgleich Ihres früheren Defizits zu zahlen bereit waren, von Ihrem Konto abzubuchen.»

Verärgert rief sie Mr. Flatbush an. «Ihren Brief verstehe ich nicht. Abgesehen von meinem Gehalt hätten Sie noch knappe siebentausend Pfund an Provision erhalten müssen.»

«Miss Tobias, als ich diese Abteilung übernommen habe, habe ich Sie gewarnt: Wenn Sie noch eine Zahlung verpassen, müssen wir das Verfahren zur Versteigerung des Besitzes einleiten.»

«Aber ich habe Ihnen doch gerade gesagt, ich bekomme noch Provision. Mein Arbeitgeber hat offenbar einen Fehler gemacht.» Es war nicht der geeignete Augenblick, ihm zu sagen, daß sie bei Eurohull gekündigt hatte.

«Dann erwarte ich, daß dieses Geld innerhalb von sieben Arbeitstagen Ihrem Konto gutgeschrieben wird.»

«Das wird es auch.» Sie warf den Hörer auf und wünschte sich den netten, eulenartigen Mr. Hyde zurück.

Dann rief sie bei Eurohull an und wurde zur Gehaltsabrechnung durchgestellt. «Sie haben offenbar meine Provision übersehen», erklärte sie dem Angestellten höflich.

«Es tut mir leid, Miss Tobias, aber die Überweisung wurde so von Mr. Porterill abgezeichnet.»

«Dann hat er vielleicht einen Fehler gemacht. Könnten Sie das bitte berichtigen? Ich muß meine Kreditraten zahlen.»

«Ich sehe nach und rufe Sie dann zurück.»

Anna erwartete, daß es mindestens eine Stunde dauern würde, daher war sie angenehm überrascht, als sich schon nach wenigen Minuten Stuart persönlich meldete. «Wo liegt das Problem?» fragte er.

«Danke, daß Sie mich so schnell zurückrufen», sagte sie freundlich in der Annahme, das sei die beste Vorgehensweise. «Offenbar gab es einen Fehler bei meiner Abschlußabrechnung.»

«Das ist kein Fehler, Annie. Wenn Sie Ihre Stelle fristlos kündigen, verzichten Sie auf einen Monat Provisionen.»

«Kommen Sie, Stuart, das ist nicht wahr, und das wissen Sie genau.»

«Wer sind Sie denn, daß Sie mich über die Bedingungen aufklären können?»

«Stuart, treiben Sie keine Spielchen; ich brauche das Geld.»

«Jetzt tut es Ihnen bestimmt leid, daß Sie mich über Lautsprecher blamiert haben. Sie hätten mir nicht sagen sollen, ich soll mir den Job sonstwohin schieben, Annie.» Er kicherte bösartig. «Na, jetzt sitzen Sie selbst in der Tinte.»

Sie versuchte ruhig zu bleiben. «Stuart, wenn Sie mir nicht zahlen, was mir zusteht, dann zerre ich Sie vor Gericht.»

«Annie, meine Süße, haben Sie denn das Kleingedruckte in Ihrem Vertrag nicht gelesen?»

Sie zögerte.

«Natürlich nicht. Sie haben ja verzweifelt eine Stelle gebraucht. Aber jetzt haben Sie einen anderen Job – als Kindermädchen.» Er lachte und legte den Hörer auf.

Anna rannte zu ihrem Schreibtisch, riß die oberste Schublade auf und zog ihren Arbeitsvertrag heraus. Auf der zweiten Seite stand der Passus über die Kündigung durch den Arbeitnehmer. Vor der Unterschrift hatte sie den Vertrag lediglich überflogen, aber jetzt las sie jede Zeile sorgfältig durch: «Ein Angestellter, der die Kündigungszeit von einem Monat nicht einhält, kann zum Verzicht auf dreißig Tage Provision verpflichtet werden.» Stuart hätte ihre Provision nicht zurückhalten müssen, er hatte es getan, um sich an ihr zu rächen, und sie konnte nichts dagegen machen. Ein Klumpen Angst stieg in ihrer Kehle auf und brachte einen bitteren Geschmack in ihren Mund. Sie rannte ins Badezimmer und erbrach sich heftig.

Als sie wieder herauskam, stand Daisy mitten in der Küche und hielt krampfhaft die Puppe fest, die sie von Paul bekommen hatte. «Mummy krank?» flüsterte sie, und Tränen standen in ihren Augen.

«Nein, Liebling.» Anna kniete sich neben sie. «Mummy geht es gut. Du brauchst keine Angst zu haben.»

«Mummy Arbeit?» Daisys Stimme zitterte.

«Natürlich nicht. Habe ich dir nicht versprochen, daß ich erst wieder in die Arbeit gehe, wenn du so groß bist, daß du den ganzen Tag in der Schule bist? Und Mummy hält immer, was sie verspricht.» Anna nahm Daisy mitsamt der Puppe in die Arme. Sie hatte keine Ahnung, wie sie die East Metro bezahlen sollte, aber sie mußte eine Lösung finden. Mit der Provision hatte sie nicht nur wegen der ausstehenden Ratenzahlung, sondern auch für den Lebensunterhalt gerechnet.

Louise war der einzige Mensch, von dem sie sich Geld leihen konnte, ohne sich unwohl zu fühlen. Als sie Louise früher als üblich nach Hause kommen hörte, machte sie die Tür auf und fragte zögernd: «Hast du ... mmmh ... Zeit, ein bißchen zu reden?»

«Ich habe Zeit, etwas zu trinken!»

Louise drehte sich zu ihr um, und selbst im düsteren Licht der Dielenlampe sah Anna, daß sie geweint hatte. «Was ist passiert?» fragte sie.

«Mein halbes Lager ist gestohlen worden.» Louise ließ sich gegen die Wand sinken. «Ich hatte die Tür des Lastwagens nicht abgesperrt, und irgendein Mistkerl ist mit Kleidern im Wert von tausend Pfund abmarschiert.»

«O nein! Das ist ja schrecklich!» Anna drängte ihre eigenen Probleme beiseite und schob Louise ins Wohnzimmer, wo sie ihr bedeutete, sich in einen der Sessel vor dem Kaminfeuer zu setzen. «Kann ich dir helfen? Hast du es der Polizei gemeldet?»

«Ja, aber was soll sie schon machen? Es ist meine eigene Schuld, wenn ich den Lastwagen nicht sicher abschließe.» Louise strich sich das tabakbraune Haar aus dem Gesicht. «Was wolltest du mich fragen?»

«Das ist nicht wichtig.»

«Na hör mal, das stimmt doch nicht. Du hast so einen sorgenvollen Ausdruck im Gesicht. Geht es wieder um das Haus?»

Anna zögerte. «Weißt du ... ich habe da ein Problem ...»

«Du möchtest am Stand arbeiten? Ach, Anna, ich wünschte, ich könnte ja sagen, aber bei der Wirtschaftskrise und nach dem Diebstahl verdiene ich kaum genug für mich selbst.» Louise hielt inne. «Darum ging es doch, oder?»

Anna nickte. Es war sinnlos, Louise wegen über fünftausend Pfund zu beunruhigen, wenn sie ohnehin nicht helfen konnte. Aber Anna fragte sich, was für ein Dieb jemandem, der diesen Verlust ganz offensichtlich kaum verkraften konnte, Kleider stahl. Derart verzweifelt konnte sie niemals sein, daß sie so tief sinken würde, das wußte sie.

Anna versuchte alles, um das Geld für die East Metro aufzubringen. Sie ging zum Sozialamt, aber da sie ihre Stelle selbst gekündigt hatte, blieb ihr kein Anspruch auf Arbeitslosengeld. Außerdem hätte man ihr die Summe, die sie brauchte, um das Haus zu retten, ohnehin nicht gegeben. Sie verwandelte das Wohnzimmer in ein Untermietszimmer und war bereit, mit Daisy in zwei Zimmern zu leben, aber so viele Hausbesitzer versuchten, leere Zimmer zu vermieten, daß sich auf ihre Anzeige nur drei Interessenten meldeten. Keiner davon erschien. Sie schätzte, was sie für den Verkauf ihrer Kleider bekommen würde, doch selbst wenn sie jedes einzelne Stück los wurde, waren es kaum mehr als ein ein paar hundert Pfund. In den Zeitungen suchte sie nach hochbezahlter Teilzeitarbeit. Das einzige, was sie fand, waren Anzeigen von Agenturen, die Begleitungen für einen Abend organisierten.

In ihrer Verzweiflung rief sie bei einer dieser Agenturen an. «Wieviel würde ich verdienen?» fragte sie die Frau mit der rauchigen Stimme, die am Telefon war.

«Das hängt davon ab, was Sie machen, meine Liebe. Die Agentur vermittelt lediglich die Begleitung, und dafür verlangen wir von Ihnen eine Gebühr. Was Sie selbst von dem Kunden verlangen, ist Ihre Sache.»

«Wieviel könnte ich verdienen, wenn ich lediglich zum Abendessen mitgehe, sonst nichts?» beharrte Anna.

«Nicht viel, und besonders viele Buchungen bekämen Sie auch nicht. Die meisten Kunden wünschen kleine Sonderdienste.»

Bei dieser Aussicht bekam Anna eine Gänsehaut. «Ich verstehe.»

«Sie haben so etwas noch nie gemacht, oder?»

«Nein, natürlich nicht. Ich meine, nein, habe ich nicht.»

«Sie scheinen aus einem guten Stall zu stammen. Wenn Sie hübsch sind, sich gut anziehen und ein bißchen Phantasie zeigen – Sie wissen schon, was ich meine –, dann könnten Sie zweihundert Pfund pro Stunde verdienen, vielleicht auch dreihundert oder mehr. Die Männer zahlen extra für etwas Besonderes. Soll ich Ihnen ein Antragsformular schicken, meine Liebe?»

«Äh … ich glaube nicht.» Anna legte auf.

Kein Haus, nicht einmal Ladbroke Hill, war das wert.

Kapitel 31

Die Tage vergingen, und Anna wurde immer panischer. Sie konnte nicht mehr schlafen, und wenn sie schlief, dann hatte sie gräßliche Träume, aus denen sie zitternd und schreiend erwachte. In einem immer wiederkehrenden Alptraum war sie obdachlos, trug Daisy im Arm, und ihre ganzen Besitztümer waren im Kinderwagen gestapelt. Sie wanderten durch die Straßen von London – Anna wußte, daß es London war, auch wenn sie nichts wiedererkannte. Es war bitter kalt, und Daisy hatte Fieber, aber Anna konnte keinen Arzt rufen, weil sie kein Zuhause hatten. Als sie aufwachte, war ihr Gesicht tränennaß. Sie schaltete die Nachttischlampe ein und betrachtete die tröstliche, vertraute Umgebung. Obwohl sie wußte, daß es nur ein Traum gewesen war, verschwand die Furcht nicht.

Mehr als jemals zuvor konnte sie ihren Vater verstehen. Sie würde sich nicht umbringen, das konnte sie Daisy nicht antun, aber ihr war jetzt klar, was es hieß, am Rande des Abgrunds zu stehen – und sie wußte genau, warum er sich ihrer Mutter oder einem anderen Familienmitglied nicht anvertraut hatte. Sie selbst schämte sich viel zu sehr, um andere zu beunruhigen.

Immer öfter dachte sie an das, was Charlie über Verzweiflung gesagt hatte, und sie wußte, daß sie diesen Punkt allmählich erreicht hatte. Sie erinnerte sich daran, daß sowohl Paul als auch Kevin erzählt hatten, wie einfach es sei, eine Jacht von einer Boje zu stehlen, und daß die Besitzer manchmal sogar erleichtert waren, wenn das Schiff verschwunden war und sie das Geld der Versicherung einfordern konnten. Sie hätte nie daran gedacht, Geld oder Schmuck zu stehlen, aber wenn sie überlegte, ein Auto – oder eine Jacht – zu entwenden, dann konnte sie sich gelegentlich fast davon überzeugen, es sei ein Verbrechen, bei dem es keine Opfer gab, weil der Besitzer entschädigt wurde. Aber sobald ihr das gelungen war, fiel ihr wieder Pauls Bemerkung über ein Pfund für jeden Bewohner von Derby ein, und sie wußte, daß es kein Verbrechen ohne Opfer gab. Da war immer jemand, der darunter litt.

Sie schwankte zwischen ungläubiger Verblüffung, daß sie überhaupt daran denken konnte, ein Verbrechen zu begehen, und panischer Angst davor, was mit Daisy geschehen würde, falls sie erwischt wurde. Aber je mehr Zeit verging, desto mehr wurden diese Gefühle von der Furcht verdrängt, ihr Zuhause zu verlieren.

Nachdem sie eine weitere Forderung der East Metro erhalten hatte, trieb sie diese Furcht dazu, die alten Seekarten herauszusuchen, die ihr damals ihr Vater geschenkt hatte, um den Verlust der *Little Auk* erträglicher zu machen. Sie konnte zwar noch immer kaum glauben, daß sie es ernsthaft in Erwägung zog, aber sie strich die Ärmelkanalkarte glatt und fuhr mit dem Finger den Solent entlang bis Bosham und zum Hafen von Chichester.

Plötzlich faltete sie die Karte wieder zusammen. Was tat sie da? Wie konnte sie auch nur daran denken, ein Schiff zu stehlen? Wie sollte sie ihrer Familie, ihren Freunden, Daisy – und vor allem sich selbst – jemals wieder ins Gesicht sehen können? Was wäre mit den Besitzern? Sie konnte nicht wissen, ob sie die Versicherungssumme gerne nahmen. Und wenn sie erwischt wurde und ins Gefängnis mußte, was würde dann aus Daisy?

Aus dem Kellergeschoß ertönte Musik, und sie stellte sich vor, wie der liebe alte Mr. Marilyn hinausgeworfen wurde, um in einem anonymen Hochhaus zu leben. Ladbroke Hill war nicht nur Daisys Zuflucht, es war auch das Zuhause ihrer Freunde, die für Daisy genauso eine Familie waren wie ihre Verwandten, wenn nicht noch mehr. Sie dachte an die Begleitagentur, die ihr als die einzige Alternative erschien, aber sie wußte, daß sie, wenn sie für Geld mit Männern schlief, nicht nur ihren Körper, sondern auch ihre Seele verkaufte.

Am Nachmittag, als niemand zu Hause war, entfaltete sie die Karte erneut und studierte sie genauer. Sie entdeckte den namenlosen Bach nahe der Mündung eines kleinen Flusses, wo sie und ihr Vater die *Little Auk* versteckt hatten, als er die Liegegebühren von Bosham nicht mehr bezahlen konnte.

Dann holte sie ihren alten schwarzen Neoprenanzug aus dem Schrank unter der Treppe und überprüfte ihn in der wassergefüllten Badewanne auf Löcher. Schließlich untersuchte sie noch ihre gepolsterte Schwimmweste, suchte ihren Handkompaß heraus und kaufte eine Batterie für die Taschenlampe. Selbst nach diesen Vorbereitungen konnte sie noch nicht glauben, daß sie es tatsächlich tun würde.

Ehe Louise und Mac nach Hause kamen, verstaute Anna die Sachen wieder. Sehr gerne hätte sie zu Louise gesagt: «Falls etwas schiefgeht, dann sorge bitte dafür, daß Daisy versteht, ich habe es für sie getan.» Aber Louise würde eine Erklärung verlangen, und Anna wußte, es war nicht fair, sie mit hineinzuziehen.

In der Nacht schlug sie ihre alten Segelbücher auf und rief sich die Besonderheiten jedes einzelnen Bootstyps in Erinnerung. Sie dachte an die gefährlichen Untiefen und Strömungen im Solent – in der Nacht war die Navigation noch viel schwieriger. Aus ihren Karten ersah sie, daß am folgenden Tag um die Mittagszeit Ebbe sein würde – eine Nipptide, weil bei Halbmond die Gezeitenkräfte am geringsten waren. In der nächsten Woche war Vollmond, und dann gab es entsprechend eine kraftvolle Springtide.

Während die Nachtstunden vergingen, wurde Anna immer nervöser. Sie mußte das Geld auf andere Weise auftreiben. Was hätte Daisy davon, wenn sie ins Meer gespült wurde und ertrank? Aber am nächsten Morgen brachte der Briefträger, als Anna gerade mit dem Frühstück fertig war, eine Karte von Roz, die anfragte, ob

Anna schon eine Stelle gefunden habe, und eine letzte Warnung der East Metro, die Anna informierte, man werde «die Angelegenheit unseren Anwälten übergeben». Anna hatte das Gefühl, mit dem Rücken zur Wand zu stehen. Sie rief Heather an und bat sie, die Nacht über auf Daisy aufzupassen. Dann packte sie eine wasserdichte Segeltasche mit ihrem Neoprenanzug, der Rettungsweste, den Seekarten, der Taschenlampe, einem zweiten Paar Turnschuhe und einem Ersatzpullover. Als sie Daisy bei Heather zurückließ, hatte sie angesichts des Risikos, das sie einzugehen bereit war, ein solches Schuldgefühl, daß sie ihrer Tochter kaum ins Gesicht sehen konnte.

An der Waterloo Station bestieg sie einen Zug nach Portsmouth. Sie saß in dem fast leeren Waggon, sah hinaus auf die grünen Felder von Hampshire und fragte sich, ob das alles wirklich geschah. In Portsmouth stieg sie um nach Sailham, einem häßlichen, erst vor kurzem gebauten Ferienort. Anders als Bosham und Belworth und viele der anderen alten Fischerdörfer hatte dieser Ort kein Zentrum, sondern bestand aus Reihen trostloser Bungalows oberhalb einer großen Marina, die zwischen einem Vergnügungsplatz auf der einen und Fast-food-Läden und einem abstoßend wirkenden Pub auf der anderen Seite lag.

Es war ein herrlicher kühler Morgen, der erste warme Tag in diesem Frühling, und es herrschte Ebbe. Das Wasser glitzerte auf den Sandbänken, und eine leichte auflandige Brise warf kleine Wellen an dem erst kürzlich ausgebaggerten Kanal, der die einzige Ausfahrt aus Sailham bei jedem Gezeitenstand bildete. Zahlreiche Leute spazierten durch die Marina und betrachteten die Boote, während einige Besitzer bereits an Bord waren und das Deck strichen, um ihr Schiff für den Sommer vorzubereiten. Keiner warf mehr als einen beiläufigen Blick auf Anna. In ihrem Trainingsanzug und den Turnschuhen sah sie aus wie alle anderen Segler.

Sie stellte fest, daß die Jachten, die entlang den aus Holzlatten gebauten Schwimmstegen innerhalb der Marina lagen, mit einem

Eintrittskartensystem gesichert waren, während diejenigen weiter draußen frei zugänglich waren. Die Boote an den Bojen im Sailham-Kanal lagen noch ungeschützter.

Sie ging am Ufer entlang und kam zu einem unbefestigten Stück, wo Dutzende umgedrehter Dingis planlos nebeneinanderlagen. Ohne genauer hinzusehen, wußte sie, daß sich unter einigen die dazugehörigen Riemen befanden. Dann folgte sie einem Pfad, der auf eine kleine runde Landzunge führte. Die Anhöhe lag nur etwa sechs Meter über den Sandbänken, aber von hier aus hatte Anna einen guten Blick auf die Schiffe, die an Bojen schwojten. Bei allen war das Großsegel am Baum festgemacht, und in einigen Fällen lag die Fock unordentlich in der Plicht. Sie stellte sich vor, was ihr Vater angesichts unverstauter Segel gesagt hätte, und es gelang ihr beinahe, sich einzureden, daß solche Besitzer den Verlust ihrer Jacht verdient hatten.

Sie war sich noch immer nicht sicher, ob sie es, wenn der geeignete Zeitpunkt gekommen war, über sich bringen würde zu stehlen. Aber auf jeden Fall brauchte sie dazu Flut und den Schutz der Dunkelheit. Um die Zeit bis dahin herumzubringen und den Augenblick der Entscheidung noch hinauszuschieben, nahm sie den Bus nach Portsmouth und ging in die öffentliche Bücherei, wo sie den ganzen Nachmittag lang alle verfügbaren Bücher über den Solent studierte. Als die Bücherei zumachte, spazierte sie durch die Stadt, bis sie ein Schnellrestaurant fand. Dort aß sie einen Hamburger, trank eine Tasse Kaffee und kaufte sich noch ein Sandwich, das sie in ihrer Segeltasche verstaute.

Sie fühlte sich erstaunlich ruhig, als sie mit dem Zug nach Sailham fuhr und eine Station früher ausstieg. Hier stiegen mehr Leute um, daher war es unwahrscheinlicher, daß sich jemand später an sie erinnerte. Von dort aus ging sie zu Fuß die Straße entlang, wo die Autos schnell an ihr vorüberfuhren.

Es dämmerte, und von der Landseite her, die bei Tag freundlich und bäuerlich gewirkt hatte, erklangen seltsame Tierlaute. Die

Dunkelheit machte Anna nervös. Plötzlich hatte sie Angst. Sie blieb in einer Einfahrt stehen, um sich zu beruhigen, aber ihre Zähne klapperten. Zum Weitergehen mußte sie sich zwingen.

In einer öffentlichen Toilette am Rand von Sailham zog sie ihren Neoprenanzug unter den Trainingsanzug. Sie würde ihn brauchen, denn am Ende eines langen Winters war das Meer am kältesten. Dann ging sie die abfallende Straße hinunter zur Marina, die menschenleer schien. Nur ein Licht brannte an jedem Schwimmsteg, und das einzige Geräusch – abgesehen von den Wellen – stammte von einer lautstarken Party in einem entfernt stehenden Wohnmobil, wo das Personal der Marina wohnte.

Im fahlen Schein des Halbmonds tastete sich Anna über den unbefestigten Strand zu den Dingis vor. Im Lauf des Nachmittags waren noch mehr Boote dazugekommen, die alle in unordentlichen Reihen lagen. Eines befand sich aufrecht ganz nah am Wasser, und die Riemen waren nachlässig hineingeworfen. Sie spürte den Wind auf ihren Wangen. Er kam jetzt ablandig und war zu einer frischen Brise geworden. Die Flut war hoch, aber der Gezeitenwechsel stand kurz bevor. Wenn sie ein Boot stehlen wollte, mußte sie es jetzt tun – bei stillem Wasser, ehe die Ebbe an Kraft gewann und sie das Dingi nicht mehr unter Kontrolle halten konnte.

Sie trat zurück – sie schaffte es nicht, sie hatte zuviel Angst. Sie stellte sich vor, wie sie sich in der Dunkelheit verirrte, wie sie in einem fremden Schiff gegen die Wellen kämpfte, über Bord gespült wurde, ohne daß jemand wußte, wo sie war, bis ihre Leiche ans Ufer trieb. Sie ging den Weg zurück in Richtung Straße, aber bei den Läden blieb sie stehen. Sie sah Ladbroke Hill vor sich, mit einem «Zu verkaufen»-Schild davor, und hörte Daisy weinen, wie sie selbst um Cliff Cottage geweint hatte.

Am Strand überprüfte sie das aufrecht liegende Dingi auf Löcher und sah sich die Riemen an. Dann zog sie sich bis auf den Neoprenanzug aus, legte ihre Rettungsweste an – sie war vielleicht eine Diebin, aber bestimmt nicht dumm –, rollte die Kleider zusammen und verstaute sie in der Segeltasche, die sie ins Boot legte. So leise sie konnte, schob sie das Boot hinunter ins Wasser. Dann watete sie hinterher, bis ihr das Wasser bis zu den Knien reichte. Beinahe stockte ihr der Atem, als ihr das eisige Wasser in die Turnschuhe lief. Sobald sie festen Untergrund fühlte, kletterte sie ins Boot. Dabei versuchte sie ihr Gesicht so zu halten, daß es nicht vom Licht der Marina beleuchtet wurde.

Unterstützt von der stärker werdenden Ebbe, ruderte sie auf die Bojen zu. Schon nach einer kurzen Strecke war das Ufer in der Dunkelheit nicht mehr zu sehen, und ein zufälliger Beobachter hätte Schwierigkeiten gehabt, Anna zu entdecken. Während sie sich der ersten Jacht näherte, dachte sie plötzlich an Vince Ellerby-Creswell. Wie würde er lachen, wenn er sie jetzt sehen könnte.

Das erste Schiff war mindestens zwölf Meter lang, und selbst mit viel Übung hätte sie es nicht allein steuern können. Die nächsten waren ebenfalls zu groß, aber weiter unten am Kanal sichtete sie eine ältere hölzerne Schaluppe. Als sie näher kam, stellte sie fest, daß die Segel sehr ordentlich zusammengerollt waren. Wem diese Jacht gehörte, der hatte wenig Geld, war aber ein wirklicher Seemann, und Anna konnte es nicht über sich bringen, ein sehr geliebtes Schiff zu stehlen.

Sie ruderte weiter, bis sie zu einer acht Meter langen Jacht kam, die *Blonde Bimbo* hieß. Trotz der Nervenanspannung ärgerte sie sich über den Namen «Blonde Tussi», und sie fuhr näher heran. Die Jacht war ziemlich neu und der verstärkte Plastikrumpf in gutem Zustand. Aber das Schiff war schmutzig und schlampig gestrichen. Vorsichtig, weil sie befürchtete, es könne jemand an Bord schlafen, umrundete Anna die *Blonde Bimbo*, ehe sie es wagte, zum Schiff zu rudern. Entsetzt zuckte sie zusammen, als ihr Dingi gegen den Rumpf stieß. Sie erstarrte, und ihr wurde übel vor Angst, aber niemand erschien, kein Licht ging an, und niemand rief etwas – daher zwang sie sich weiterzumachen, band das Dingi fest und kletterte sehr vorsichtig an Bord der Jacht.

Die *Blonde Bimbo* schaukelte unter ihr. Anna duckte sich und lauschte, ob irgendwo ein Motorboot zu hören war, konnte aber nur die Geräusche des Wassers vernehmen: das Plätschern der Wellen, das Klappern der Fallen am Mast und das Anstoßen des Dingis. Behutsam versuchte sie die Tür zum Niedergang zu öffnen. Sie war nicht versperrt und führte hinunter in eine Kajüte, in der sich drei leere Kojen, ein Kocher und ein schwarzer Plastikmüllsack voller leerer Bierdosen befanden. Sogar in dem düsteren Licht konnte Anna erkennen, daß dieses Schiff nicht geliebt wurde. Die Fock war nicht verstaut, und die Leinen lagen in unordentlichen Haufen, anstatt aufgeschossen zu sein, wie ihr Vater es ihr beigebracht hatte.

Anna holte ihre Taschenlampe heraus, deckte den Schein mit ihrem Körper ab und überprüfte den Boden auf verräterische Wasserspuren. Nachdem sie sich überzeugt hatte, daß das Schiff seetüchtig war, nahm sie die Fock und ging wieder an Deck, wo sie das Großsegel betrachtete. Sie faltete es teilweise auseinander, um sicherzugehen, daß es nicht zerrissen war, und befestigte das Großfall. Dann prüfte sie Ruder und Pinne, ob möglicherweise irgend etwas gebrochen war. Dabei dachte sie immer daran, daß ihr niemand zu Hilfe kommen würde, wenn sie in Schwierigkeiten geriet.

Mit gesenktem Kopf hängte Anna schnell die Fock und das Fockfall an, zog das Segel aber noch nicht hoch, denn sie mußte zunächst das Schiff vorbereiten. Sie führte die Fockschoten durch die Leitösen und zog sie in den Curryklemmen fest. Ihre Finger zitterten vor Angst, während sie die Knoten machte. Nachdem alles fertig war, atmete sie ein paarmal tief durch, um ihre Nerven zu beruhigen, und erinnerte sich daran, daß sie gar keine andere Möglichkeit hatte. Dann machte sie das Dingi an der Boje fest, löste die Leine der *Blonde Bimbo* und zog schnell die Fock hoch.

Der Wind füllte das Segel, die Jacht drehte sich und fuhr mit wachsender Geschwindigkeit stromabwärts. Instinktiv stellte Anna das Segel ein, und das Schiff wurde schneller. Es durchschnitt die Dunkelheit und die eiskalten schwarzen Wellen, die an den schlampig gestrichenen Rumpf schlugen und salzige Sprühnebel in Annas Gesicht warfen. Anna lachte laut vor Angst, Erleichterung und Aufregung. Trotz der nervenaufreibenden Umstände genoß sie es, wieder zu segeln.

Es war gerade hell genug, um die Hafeneinfahrt und die Umrisse der Landmasse auf beiden Seiten zu erkennen. Ihr fiel ein, daß es nahe der Einfahrt eine Sandbank gab, die man bei Niedrigwasser umfahren mußte. Weil sie die genaue Lage nicht wußte, drehte sie das Boot in den Wind und ließ die *Blonde Bimbo* treiben, während sie beim Licht der Taschenlampe die Seekarte studierte. Es war jetzt fast eine Stunde her, seit sie das Ufer verlassen hatte, und sie fragte sich, ob der Diebstahl wohl schon entdeckt worden war. Eigentlich konnte sie sich das nicht vorstellen, aber die Möglichkeit einer Verhaftung versetzte sie in Panik. Schnell setzte sie das Großsegel, und mit gefüllten Segeln schoß die *Blonde Bimbo* durchs Wasser, über die noch tief genug unter Wasser liegende Sandbank hinweg und den schmalen Kanal hinab auf den Solent zu.

Anna setzte keine Lichter, um andere Boote nicht auf sich aufmerksam zu machen, und bemühte sich, das Schiff immer an der Steuerbord-Fahrwasserseite zu halten, aber die Strömung im Kanal war stark und zog sie ständig zum Hafen hin. Sie änderte den Kurs und drehte das Schiff mit dem Heck durch den Wind. Anders als beim Wenden gab es keinen Moment des Stillstands, als das Boot durch den Wind ging. Statt dessen mußte Anna die Seiten schnell wechseln und sich unter dem Baum hindurchducken, während er über das Deck schwang. Dabei schlugen die hereinrollenden Wellen der offenen See über den Bug, und die von den Wellenkämmen aufsteigende feine Gischt durchnäßte sie bis auf die Haut.

Sie fror. Ihr Neoprenanzug war an den Nähten aufgerissen und ließ zuviel Wasser durch, das Salz brannte ihr in den Augen, ihre Hände waren eiskalt, und die Füße in den nassen Turnschuhen hatten sich in Eisklumpen verwandelt. Die Begeisterung, die sie anfangs empfunden hatte, war längst verschwunden. Statt dessen spürte sie nervöse Erschöpfung und lähmende Müdigkeit.

Um den Bach zu erreichen, mußte sie ein kurzes Stück an der Küste entlangfahren, aber solange der Wind ablandig war und das Wasser ablief, schaffte sie das nicht. Sie benötigte entweder den Wind oder die Tide zur Unterstützung. Bis zum Niedrigwasser dauerte es noch eine Stunde, und dann mußte sie weitere zwei Stunden warten, bis die hereinkommende Flut genug Kraft hatte, damit sie gegen den Wind ankam. Um sich die Zeit zu vertreiben, kreuzte sie hin und her. Sie drehte nicht bei, denn sie fürchtete einzuschlafen und vor eines der riesigen Containerschiffe zu treiben, deren Lichter sie sah, während sie durch den East Solent auf Southampton zufuhren.

Anna zitterte vor Kälte. Sie aß das Sandwich, das sie in Portsmouth gekauft hatte. Ob sie wohl an Lungenentzündung sterben würde – vielleicht war das ihre Strafe? Jetzt hatte sie Zeit, über den Besitzer der *Blonde Bimbo* nachzudenken, und sie hoffte, daß er oder sie nicht allzu verzweifelt war. Etwa alle zehn Minuten nahm sie die Kompaßpeilung des fernen Leuchtturms von Chichester Bar, der in Intervallen von fünf Sekunden weiß blinkte, und eine weitere zu der rot blinkenden Fahrwassertonne vor der Hafeneinfahrt von Langstone. Solange sich die beiden Peilungen nicht veränderten, war sie nicht abgetrieben.

Bei Morgengrauen kenterte die Tide, und Anna konnte langsam die Küste entlang bis zu dem unmarkierten Bach aufkreuzen. Ihr Vater hatte ihn als kleiner Junge entdeckt während eines Segelurlaubs zusammen mit seinem Vater, Großvater Tobias, in dem Sommer, bevor der Krieg ausbrach.

Seit fünfzehn Jahren war Anna nicht mehr hiergewesen, und der Bach war sehr viel dichter zugewachsen, als sie es in Erinnerung hatte. Die Bäume auf beiden Uferseiten berührten sich über dem Wasser und bildeten einen dunklen, grünen Tunnel. Sie barg die Segel und griff nach den Riemen, um das Schiff ein gutes Stück weit in den Bachlauf hineinzufahren, aber der Untergrund war so voller Ablagerungen, daß sich der Kiel hineinbohrte. So blieb ihr nichts anderes übrig, als in der Mündung zu ankern. Jetzt, im ersten Morgenlicht, konnte sie das Boot gründlich betrachten. Es war in keinem schlechten Zustand, sondern lediglich wenig gepflegt. Sie dachte daran, wieviel Farbe, Firnis und Liebe sie und ihr Vater auf die *Little Auk* verwendet hatten, die ein sehr viel billigeres Schiff als dieses hier gewesen war.

Anna fror so sehr, daß sie mit den Zähnen klapperte und ihr die Hände und Füße weh taten. Wie gerne hätte sie jetzt eine Tasse Kaffee getrunken und etwas Warmes gegessen! Sie sehnte sich nach einem heißen Bad und ihrem Zuhause – aber eine Fußgängerin so früh am Morgen hätte hier sicherlich Aufmerksamkeit erregt. Außerdem mußte sie noch einiges erledigen. Mit einem Lappen, der wie ein vergessener Waschlappen aussah, reinigte sie den Rumpf, so gut es ging. Dann wischte sie die Oberflächen ab. Sie holte die Segel ein, rollte die verschiedenen Stoffe und Taue auf und verstaute alles säuberlich. Als sie den Sack mit den Bierdosen unter eine Koje schieben wollte, entdeckte sie hinter einer Leiste einen Schlüssel. Er paßte in das Schränkchen unter der anderen Koje. Darin fand sie erstaunlich neu aussehende Schiffspapiere für die *Blonde Bimbo*. Die Jacht gehörte einer Firma in Essex, und laut dem Logbuch, dessen Eintragungen unregelmäßig und in verschiedenen Handschriften geschrieben waren, lag sie seit zwei Monaten in Sailham. Die letzte Eintragung lautete: «Motor kaputt. Sollte bis zum Sommer repariert werden.» Das war bestimmt kein Schiff, das geliebt wurde, und Anna empfand zunehmend weniger Schuldgefühle, weil sie es gestohlen hatte.

Sie verstaute das Logbuch in ihrer Segeltasche, warf ein Seil über eine Seite des Schiffes und ließ sich in das kalte, schlammige Wasser hinab. Mit der Tasche auf den Schultern schwamm sie an Land, wo sie am Uferrand hinaufklettern mußte. Dabei riß sie sich an Dornbüschen die Handflächen auf und prallte mit dem Oberarm heftig an einen Ast einer alten Eiche. Sie schälte sich aus dem Neoprenanzug und schlüpfte, da sie nichts dabeihatte, um sich abzutrocknen, noch naß vom Meerwasser und mit schlammigen und durchnäßten Turnschuhen in den Trainingsanzug.

Dann machte sie sich auf den zwei Meilen langen Weg entlang am Flußufer bis zu der belebten Kreuzung, wo der Bus nach Portsmouth hielt. Eine Stunde, nachdem sie das Schiff verlassen hatte, stieg sie bereits in einen Schnellzug nach London. Der einzige freie Platz befand sich neben einem arroganten Mann, der seinen Mantel nur ungern entfernte, damit Anna sich setzen konnte. Auf der Hälfte der Strecke bemerkte Anna, daß Wasser von ihrem Neoprenanzug aus der Segeltasche, die oben auf der Gepäckablage lag, lief und auf seinen wertvollen Mantel tropfte. Er bemerkte es nicht, und sie sagte nichts.

Von der Waterloo Station aus nahm Anna die U-Bahn nach Notting Hill. Als sie aus dem Zug stieg, betrat Mac ihren Wagen.

«Anna!» Er starrte sie an. «Was machst du denn hier so früh?»

Sie wurde rot. «Ach ... ich ... äh ... ich habe einen Freund besucht.»

Er grinste. «Ich wollte nicht neugierig sein. Bis später.» Die Türen schlossen sich, und er verschwand zu seinem Büro in der Nähe von Moorgate.

Anna lächelte ein wenig bei dem Gedanken, wie Mac sich ihre vergangene Nacht vorstellte. Wenn er die Wahrheit wüßte, würde er vermutlich kein Wort mehr mit ihr sprechen. Keiner von ihnen würde das, und das könnte sie ihnen nicht übelnehmen. Sie war eine Diebin, und während sie langsam nach Hause trottete, begriff sie erst, was sie getan hatte.

In Ladbroke Hill war es sehr still. Das Haus schlief in der Morgensonne, und das einzige, was sich bewegte, war Errol Flynn, der zielbewußt die Mauer entlangging bis zu den Abfalltonnen, wo sich die Katzen der Straße trafen. Anna konnte kaum glauben, daß das Haus genau wie vorher aussah, obwohl sich ihr Leben ein für allemal geändert hatte. Sie machte sich eine Tasse Kaffee und öffnete die Balkontür. Der Balkon erinnerte sie an Paul, und eine plötzliche Traurigkeit überfiel sie, denn ihr wurde klar, daß sie gerade eine mögliche gemeinsame Zukunft verspielt hatte – auch wenn dafür ohnehin keine große Chance bestanden hatte. Aber letzte Nacht hatte sie die Seiten gewechselt. Sie war zum Wilderer geworden, während er noch immer der Wildhüter war.

Kapitel 32

Anna wollte mit dem Verkauf der *Blonde Bimbo* keinen Profit erzielen, sondern nur genug Geld bekommen, damit die East Metro das Haus nicht versteigerte. Obwohl sie wußte, daß es irrational war, kam sie sich weniger unehrlich vor, wenn sie kein Geld für sich behielt. Aber da vermutlich jeder Käufer ihren Preis herunterhandeln würde, setzte sie das Schiff für 5400 Pfund Verhandlungsbasis in eine Jachtzeitschrift. Um ihre Identität nicht zu verraten, benutzte sie eine Chiffre.

In der ersten Woche erhielt sie nur eine Antwort, und als sie zurückrief, hatte der Interessent bereits ein anderes Schiff gekauft. Voller Panik inserierte sie erneut, diesmal für 5200 Pfund. Daraufhin erhielt sie drei Antworten: ein Interessent wollte ein größeres Schiff, der nächste lebte in Irland, und der dritte Brief bestand aus einer getippten Mitteilung: «Bezahle bar, Besichtigung jederzeit. Derek.» An der Vorwahl der Telefonnummer erkannte Anna, daß er in der Gegend um Southampton lebte.

Sie rief ihn nicht von zu Hause aus an, wo vielleicht jemand mitgehört hätte, sondern bat Mr. Marilyn, zehn Minuten lang auf Daisy aufzupassen, während sie den Hügel hinunter zur Telefonzelle lief.

Ein Mann war am Telefon. Seine Stimme klang kurz angebunden und argwöhnisch, und Anna war so nervös, daß sie stotterte. «Ich bin … äh … ich rufe an wegen Ihrer Antwort auf meine Anzeige.»

«Welches Schiff?»

«Die Slup im *The Yachting Exchange*.»

«Ach ja, ich weiß.» Er entspannte sich und wurde freundlicher. «Wo liegt sie? Wann kann ich sie sehen?»

Plötzlich wurde Anna klar, wie dumm es gewesen war, einen abgelegenen Bach zu wählen. Jeder Idiot würde merken, daß die *Blonde Bimbo* gestohlen war. «Sie liegt ... mmmh ... im Solent, an einer privaten Anlegestelle.»

«Sind Sie die Besitzerin?»

«Sie gehört meinem Bruder, aber er ist im Ausland.»

«Haben Sie das Logbuch?» Er klang mißtrauisch, und das machte sie noch ängstlicher.

«O ja, natürlich, und die Papiere und den Schlüssel. Ich habe alles. Wenn Sie interessiert sind, dann bringe ich die Jacht in einen der Häfen, und dann können Sie sie ansehen.» Ihre Nerven flatterten, aber sie konnte nichts dagegen tun.

Sofort sagte er: «Wie wäre es mit Cobbleford? Da gibt es einen Pub, er heißt Cobble Keys, neben dem Fluß, gleich unterhalb der leerstehenden Kirche. Sie können am Treidelpfad festmachen und mich von der Bar aus anrufen.»

Cobbleford lag vor Southampton, auf der anderen Seite des Baches. «Das ist gut», sagte sie. «Abhängig von den Gezeiten und dem Wetter bin ich morgen früh dort.»

«Geben Sie mir Ihre Telefonnummer, falls ich Sie zurückrufen muß.»

«Ich ... äh ... ich habe kein Telefon.» Sie log, um sich zu schützen.

«Haben Sie denn einen Namen?»

«Ja, ich heiße Caroline.»

«Wir treffen uns dann im Cobble Keys, Caroline. Ihr Boot dürfte genau das sein, was ich mir vorstelle. Ich bringe das Geld mit.»

«Danke.» Der Hörer glitt ihr aus den schweißnassen Händen.

Sie rechnete aus, daß die Flut kurz nach Sonnenaufgang am höchsten sein würde. Wenn sie die Morgenflut erwischte, würde der Gezeitenstrom sie aus dem schlammigen Bach treiben, und bei günstigem Wind konnte sie zum Frühstück in Cobbleford sein. Am späten Nachmittag zog sie ihre hellgrauen Leggins aus und schwarze an und tauschte ihr weißes Sweatshirt gegen ein dunkelblaues, wobei sie bewußt dunkle Farben wählte. Dann machte sie sich drei Sandwiches und eine Thermoskanne mit starkem gesüßtem Kaffee, packte ihren Neoprenanzug und die Seekarten ein und lieferte Daisy bei Heather ab. Heather zog die Augenbrauen hoch, als sie Anna schon wieder mit ihrer Segeltasche sah, sagte aber nichts.

Anna stieg in einen Zug nach Portsmouth, wo sie in ihrer gedeckten Kleidung unter den anderen Reisenden nicht auffiel. Vom Bahnhof aus nahm sie einen Bus zu der Straßenkreuzung, und von dort aus ging sie zu Fuß.

Es dämmerte bereits, als sie den Bach erreichte. Sie näherte sich vorsichtig und hielt sich im Schatten, während sie die Bäume nach Lebenszeichen absuchte. Aber kein Mensch war zu sehen. Neben der Eiche blieb sie stehen, um ihren Neoprenanzug anzuziehen und ihre Kleider in der Segeltasche zu verstauen, aber als sie aufs Wasser zuging, hörte sie im Unterholz ein Geräusch und erstarrte. Sie bekam panische Angst, daß die Polizei vielleicht schon wartete, um sie zu verhaften. Eine Minute verging, und nichts geschah. Anna begann sich zu entspannen. Da brach ein Zweig, und sie biß sich vor Schreck auf die Lippen.

Eine Füchsin kam aus dem gegenüberliegenden Gebüsch. Sie hob ihre spitze Nase und schnüffelte in die feuchte Abendluft. Da Anna auf der windabgewandten Seite stand, war die Füchsin zwar vorsichtig, wurde aber nicht mißtrauisch. Mit gespitzten Ohren lauschte sie auf unbekannte Geräusche und betrachtete mit ihren braunen Augen das vor ihr liegende Unterholz, ehe sie mit einer schnellen Bewegung ihres Schwanzes mit seiner weißen Spitze davonlief, um sich auf Nahrungssuche zu begeben. Anna sah ihr nach und ahnte, daß sich – auch wenn sie sie nicht sehen konnte – irgendwo in der Nähe ihre Jungen befanden. Dann rutschte Anna am Ufer hinab ins Wasser und schwamm, die Segeltasche auf den Schultern, hinaus zu der *Blonde Bimbo.* Mit Hilfe des Seils stieg sie an Bord und ließ sich schnell auf die Knie sinken, damit sich ihre Silhouette nicht vor dem Abendhimmel abzeichnete. Genau wie die Füchsin war sie sehr vorsichtig.

Im Inneren der Kabine setzte sie sich hin, um die Hälfte ihrer Sandwiches zu essen und eine Tasse Kaffee zu trinken. Am Bachufer wurde es allmählich lebendig, als kleine Tiere auftauchten, die Futter suchten – oder als Futter dienen mußten. Anna legte sich in eine der Kojen und versuchte zu schlafen.

Im Morgengrauen nieselte es, und vom Meer her wehte eine leichte Brise. Steif vor Kälte, aß Anna den Rest der Sandwiches und trank den Kaffee aus. Dann zog sie ihren Neoprenanzug an, rollte ihre Kleider in der Segeltasche zusammen, um sie später anzuziehen, und machte sich daran, die Segel zu setzen. Kurze Zeit später war sie unterwegs.

An diesem Morgen schienen die Schiffahrtswege besonders belebt. Riesige Tanker fuhren auf Southampton zu oder verließen es gerade, und Autofähren waren auf dem Weg von oder nach Frankreich oder der Isle of Wight. Mehrmals wurde Anna von Sprühnebeln durchnäßt, während die *Blonde Bimbo* in den Heckwellen der großen Schiffe hin und her geworfen wurde. Es dauerte bis zur Mittagszeit, ehe sie endlich Cobbleford erreichte. Am äußersten Ende des Dorfes führte eine Sackgasse an der Kirche vorbei zum Cobble Keys, einem heruntergekommenen Pub, dessen verwilderter Garten bis zum Treidelpfad reichte. Anna legte an einer Stelle an, wo die *Blonde Bimbo* von den Ästen einer Weide verdeckt wurde.

Kein Mensch war zu sehen. Lediglich einige Schiffe lagen da, mit Persennings verkleidet, um sie vor dem Nieselregen und der Feuchtigkeit zu schützen. Während der gesamten Fahrt hatte sie die Pinne nicht losgelassen, um keinen katastrophalen Unfall zu verursachen, und jetzt war sie durchgefroren und mußte dringend auf die Toilette. Aber in ihrem Neoprenanzug konnte sie wohl kaum in den Pub rennen. Darum schälte sie sich im Schutz der Kabine aus dem nassen Gummizeug, zog ihre Kleider an und lief den Pfad hinauf. Ihre Turnschuhe waren patschnaß vom Meerwasser.

Der Pub war schäbig, aber warm und gemütlich, ähnlich wie der Admiral Vernon. An der Bar unterhielten sich einige Leute, doch niemand achtete auf Anna, als sie in die Damentoilette schlüpfte. Erst als sie in den Spiegel blickte, merkte sie, wie ungepflegt sie aussah mit ihrem erschöpften Gesicht, den schwarzen Ringen unter den Augen und dem nassen Haar, das ihr in dicken Strähnen ums Gesicht hing. Ihr Instinkt warnte sie, daß sie Derek nicht so verletzlich begegnen durfte. Daher zog sie mühsam einen Kamm durch ihre Haare, zwickte sich in die Wangen, um ihnen Farbe zu geben, legte Lippenstift auf und zog die Turnschuhe aus, um das Wasser herauszudrücken, damit sie beim Gehen keine Geräusche von sich gaben.

Dann ging sie zurück an die Bar und bestellte sich eine Tomatensuppe und ein Käsebrötchen. Während das Essen zubereitet wurde, telefonierte sie.

Derek war am Apparat, und er klang wieder vorsichtig.

«Hier ist Caroline», erklärte sie. «Ich bin im Cobble Keys.»

«In zehn Minuten bin ich da.»

Sie trug ihre Suppe und das Brötchen zu einem Tisch am Fenster, von dem sie die gesamte Straße bis zur Bushaltestelle nach Southampton übersehen konnte. Das Ende dieses Alptraums war jetzt so nahe, daß sie den Moment, in dem sie in den Bus stieg, beinahe spüren konnte.

Fünf Minuten vergingen – dann zehn, fünfzehn, zwanzig, aber niemand kam die Straße herunter auf den Pub zu. Sie bekam schon Angst, ob Derek vielleicht seine Meinung geändert hatte. Aber da öffnete sich die Hintertür des Pubs, und ein dürrer Mann in einer Kamelhaarjacke schlüpfte an die Bar.

«Das Übliche, Derek?» rief der Barmann.

«Einen Doppelten.» Derek richtete seine hellen Augen auf Anna. «Was trinken Sie, Caroline?»

Anna lächelte höflich. «Nichts, vielen Dank.»

«Sie haben hoffentlich nichts dagegen, wenn ich mir einen genehmige.» Er setzte sich, und sie sah, daß er zwar wettergegerbte Haut hatte, aber ein hübsches Gesicht mit feinen Zügen. Sein Haar, das bereits grau wurde, war gut geschnitten. «Zeigen Sie mir einmal das Logbuch», sagte er. «Ein ordentliches Logbuch gefällt Kahnfahrern immer.»

Anna legte die Papiere vor ihm auf den Tisch. «Kaufen Sie das Schiff denn nicht für sich selbst?»

«Für meine Tochter.» Schnell, aber genau überprüfte er die Papiere. «Und der Schlüssel?»

Sie hielt ihn auf ihrer Handfläche, damit er ihn sehen konnte.

«Das scheint alles in Ordnung zu sein.» Er trank aus und stand auf. «Dann schauen wir es uns einmal an.»

Rasch ging er zum Treidelpfad hinunter und atmete dabei zischend durch die Vorderzähne. Anna mußte laufen, um mit ihm Schritt zu halten. Als sie die Boote erreicht hatten, fragte er gar nicht, welches ihr gehörte, sondern stieg mit sicherem Schritt auf das Deck der *Blonde Bimbo*. Ihr kam der Verdacht, daß er sich das Schiff bereits angesehen hatte, während sie im Pub wartete. «Hat es einen Außenbordmotor?» fragte er.

Sie schüttelte den Kopf.

Anna erwartete, daß er die Segel prüfte, aber er machte sich gar nicht die Mühe. «Ich kaufe sie», sagte er, steckte die Hand in seine Jackentasche und holte ein Bündel Geldscheine heraus. «Fünftausendzweihundert.»

Anna war erstaunt, daß er nicht zu handeln versuchte. «Äh ... mein Bruder will nur fünftausend», sagte sie. «Ich habe einen Fehler gemacht.»

«Dann nehmen Sie den Rest für Ihre Mühe.»

«Nein! Wirklich! Ich will es nicht.»

Sein Blick wurde aufmerksam. «Warum nicht? Sie haben es verdient, Mädchen. Sie müssen verdammt gut segeln können, um das Schiff ganz allein hierherzubringen.»

Um sein Mißtrauen zu beruhigen, stimmte Anna zu. «Sie haben recht, ich habe es verdient.» Sie nahm den Umschlag und zählte den Inhalt, um ihm zu zeigen, daß sie nicht naiv war. Dann übergab sie ihm den Schlüssel, das Logbuch und die Schiffspapiere. «Vielen Dank», sagte sie, griff nach ihrer Segeltasche und stieg schnell ans Ufer. «Auf Wiedersehen.»

Er antwortete nicht, und in seinem Schweigen lag etwas Bösartiges. Anna ging den Treidelpfad entlang auf die Bushaltestelle zu. Als sie etwa zwanzig Meter weit gekommen war, rief er: «Caroline!»

Es dauerte einige Schritte, bis sie sich an den Namen erinnerte und antwortete: «Ja?»

«Ich kaufe auch das nächste Schiff Ihres Bruders.»

«Er hatte nur diese Jacht.»

Er stieß ein ungläubiges Lachen aus. «Dieses Schiff ist zweimal soviel wert, wie Sie verlangt haben. Ich will mich wirklich nicht beschweren, aber nur ein Idiot oder ein Dieb verkauft so billig – und eine Idiotin sind Sie nicht.»

«Mein Bruder wollte die Jacht schnell verkaufen.»

Er lachte wieder. «Und ich habe viele Töchter!»

Anna antwortete nicht. Sie ging davon und mußte sich zwingen, nicht zu rennen.

Als sie am Nachmittag in London ankam, fuhr sie direkt zur East Metro, um Dereks schmutziges Geld loszuwerden. Während sie am Schalter stand und dem Angestellten die letzten Scheine durchschob, kam Mr. Flatbush aus seinem Büro. «Miss Tobias, Sie haben nicht auf meine Briefe geantwortet», sagte er streng.

«Mr. Flatbush, ich habe meine Schulden beglichen. Ich habe sogar noch etwas mehr bezahlt.» Mit einem triumphierenden Winken eilte sie aus der Bank.

Daisy war fröhlich damit beschäftigt, mit den anderen Kindern Plastikklötzchen zu stapeln, als Anna zu Heather kam. Sie hob Daisy hoch und umarmte sie heftig. Erst jetzt konnte sie sich das volle Ausmaß des Risikos klarmachen, das sie eingegangen war. Ihr wurde übel vor Entsetzen, wenn sie daran dachte, was sie getan hatte, aber weniger in der Angst, erwischt zu werden, als deshalb, weil sie gegen ihr eigenes inneres Ehrgefühl gehandelt hatte.

Kapitel 33

Das Meer hatte in Anna die Sehnsucht nach dem Geräusch der Wellen und dem salzigen Wind geweckt. Am nächsten sonnigen Morgen zog sie Daisy ihren gelben Frühlingsoverall an, kleidete sich selbst in Jeans, T-Shirt, einen Baumwollpullover und eine dünne Jacke, bereitete ein Picknick vor und stieg in den Zug nach Chichester. Von dort aus nahm sie den Bus bis Bosham, einem alten Fischerdorf.

Nur wenige Minuten nach ihrer Ankunft bildete sich im Westen eine Wolkenwand und ein kalter Wind pfiff durch den Kanal von Bosham, der an der Spitze des sehr viel größeren Hafens von Chichester lag. Anna hatte für Daisy zwar einen Anorak mitgebracht, aber ansonsten keine wärmere Kleidung eingepackt. Als sie sah, wie Daisy das Gesicht verzog, überlegte sie, ob sie ein Taxi rufen sollte, anstatt auf den nächsten Bus zu warten, aber sie hatte bereits mehr als geplant für die Bahnfahrt ausgegeben. Daher schnallte sie Daisy in ihrem Buggy fest und sagte: «Es wird wärmer, wenn wir uns bewegen.»

Anna senkte das Gesicht gegen den Wind und die gelegentlichen Regenschauer und eilte mit dem Buggy eine Straße mit alten Cottages hinab, die zu der bei Flut überspülten Uferstraße führte. Dort parkte vor einem Pub eine Reihe von Autos, die bei Flut unter Wasser gestanden hätten. Ein paar Enten kamen auf sie zu und bettelten um Futter, und um Daisy aufzumuntern, opferte Anna ein Sandwich und fütterte sie. Trotz der Kälte genoß sie die zauberhafte

Schönheit von Bosham, das gedämpfte Licht, das von den Fenstern der georgianischen Häuser an der Küste reflektiert wurde. Dunkle Spiegel aus Wasser verteilten sich über die schlammige Sandfläche, und dazwischen suchten die Schwäne und Enten nach Plankton.

Anna ging weiter am Ufer entlang, vorbei an der Wassermühle, in der sich der Segelclub befand, bis zum Kai, an dessen äußerstem Ende ein alter Schuppen in den Kanal ragte. Gleich nördlich davon hatte sich der Anlegeplatz der *Little Auk* befunden.

Da der nächste Bus erst in einer halben Stunde fuhr, setzte Anna sich auf eine Bank vor der alten angelsächsischen Steinkirche, öffnete den Gurt, der Daisy im Buggy festhielt, und gab ihr ein Sandwich. Dann lehnte sie sich zurück und sah zu den Schiffen im Hafen hinaus. Obwohl sie versuchte, den Gedanken zu verdrängen, mußte sie an die Nacht denken, als sie die *Blonde Bimbo* gestohlen hatte. Schnell stand sie auf – sie hätte nicht hierherkommen sollen. Natürlich war Sailham nicht Bosham, aber so weit lagen die Orte nicht auseinander. Als sie Daisy in den Buggy setzte, fiel ihr ein großer Regentropfen auf den Kopf, und innerhalb von Sekunden goß es in Strömen. Die brüllende Daisy unter einem Arm, das Picknick und den Buggy unter dem anderen, rannte Anna auf die nächste Unterstellmöglichkeit zu: die alte Kirche.

Drinnen war es leer und still, obwohl frische Blumen auf dem Altar standen. So gut es ging, trocknete Anna Daisys Haare ab und stellte erleichtert fest, daß sie unter dem Anorak trocken geblieben war. Sie selbst fror allerdings, und ihr Baumwollpullover war tropfnaß. «Das war nicht gerade eine glanzvolle Idee von Mummy», sagte sie, während sie Daisy fest im Arm hielt und sich nach dem Kaminfeuer von Ladbroke Hill sehnte.

Ihr war kalt, deshalb stand sie auf und ging mit Daisy auf dem Arm durch die kleine Kirche, wobei sie nasse Fußabdrücke auf dem Steinboden hinterließ. In einer Ecke direkt über dem Fußboden entdeckte sie eine steinerne Tafel, auf der ein schwarzer Rabe, die Insignie der dänischen Könige, zu sehen war und dazu die Worte:

«In Erinnerung an eine Tochter des Königs Canute, die Anfang des fünften Jahrhunderts im Alter von etwa acht Jahren starb.» Sie beugte sich nach unten, um die Tafel genauer zu betrachten, als die Kirchentür knarzte. Anna, die einen Kirchendiener erwartete, wollte gerade sagen: «Tut mir leid, daß ich so nasse Füße habe.» Doch sie warf einen Blick auf den Mann an der Tür und erstarrte.

«Hallo, Anna.» Paul stand in der Düsternis am anderen Ende des Ganges. Er trug Ölzeug, von dem in Bächen das Regenwasser lief, und sein dunkles Haar war so naß, daß es an seinem Kopf klebte. Er hatte fast gar keine Ähnlichkeit mehr mit dem gutgekleideten Regulierungsbeauftragten, als den sie ihn damals bei Marinecover kennengelernt hatte.

Anna war so überrascht, ihn zu sehen, daß sie um ein Haar Daisy fallen gelassen hätte. «Was ... was machst du denn hier?» fragte sie mit gepreßter Stimme.

«Ich saß mit ein paar Freunden im Segelklub und trank etwas, als ich eine Frau und ein Kind auf einer Bank sitzen und im Regen ihr Picknick essen sah. Sie sah aus wie du. Ich konnte zwar kaum glauben, daß es so einen Zufall gibt, aber ich dachte, ich sehe mal nach.» Paul kam den Gang hinunter auf sie zu. «Es hat mir so leid getan, als ich hörte, daß Daisy krank war», sagte er. «Geht es ihr jetzt wieder gut?»

«Ja, aber ...» Anna warf ihm einen bitteren Blick zu. «Es ist sechs Wochen her, daß sie krank wurde.»

«Ich habe erst gestern abend davon erfahren, durch Sybil. Ich war in Südamerika.» Er trat näher. «Heute morgen, als ich hierherfuhr, habe ich darüber nachgedacht, ob ich dir schreiben oder dich anrufen soll. Darum konnte ich es ja nicht glauben, als ich dich auf der Bank sitzen sah.»

«Ach, das tut mir leid. Ich dachte ...» Sie brach ab.

«Daß es mir egal ist?» Er strich Daisy über die weiche Wange. «Anna, natürlich hätte ich dich angerufen. Wie kannst du nur daran zweifeln?» Er streckte die Arme aus, als wollte er sie an den Schultern fassen, ließ die Hände aber dann wieder sinken. «Du mußt eine schreckliche Zeit durchgemacht haben.»

Sie nickte. Ihre Kehle war so zugeschnürt, daß sie kein Wort herausbrachte, und sie fragte sich, was er wohl sagen würde, wenn er von der *Blonde Bimbo* erfuhr.

Er sah, wie ein düsterer Ausdruck in ihr Gesicht trat. «Ich wünschte, ich wäre dagewesen, um dir beizustehen», sagte er.

«Danke.» Ihre Stimme war kaum mehr als ein Flüstern. Sie schwiegen beide, während sie an ihre letzte Begegnung dachten.

«Du hattest unrecht, was Charlie angeht», sagte sie schließlich. «Ich fühle nichts mehr für ihn, aber es stimmt, er weiß nichts von Daisys Existenz. Er glaubt, ich hätte eine Abtreibung vornehmen lassen, denn das hatte ich vor – bis zum letzten Augenblick. Aber der Anblick seiner Eltern hat die Erinnerungen wieder wachgerufen, als er ... gegangen ist – als er mich verlassen hat. Und nicht nur diese Erinnerungen – sondern auch andere. Weißt du, ich habe dir nie erzählt, daß mein Vater ...» Sie schluckte heftig. «... daß mein Vater sich umgebracht hat.»

«O Gott!» Ungeachtet der Tatsache, daß sie sechs Wochen lang nicht mehr miteinander gesprochen hatten und daß sie sich vielleicht nie wiedersehen würden, nahm Paul Anna und Daisy in die Arme. «Das tut mir so leid.»

«Er hat sich vor einen Zug geworfen, nachdem er entlassen worden war – wieder einmal.» Annas Stimme wurde von Pauls Schulter gedämpft. «Ich kam mir so verlassen vor, so wütend, so hilflos. Es war vor sechzehn Jahren, aber ich erinnere mich daran, als wäre es gestern gewesen.»

Paul streichelte Daisys Haare. «Glaub mir, ich weiß, wie schwer es ist, der Vergangenheit zu entkommen.»

«Weil du noch immer über Felicity trauerst, auch wenn eure Ehe ... schiefgelaufen ist?»

«Anna, wenn du nur wüßtest!» Er hatte die Hände auf ihre Schultern gelegt und bemerkte auf einmal, daß ihr Baumwollpullover völlig durchnäßt war. «Dir ist doch bestimmt eiskalt», sagte er. «Hier, nimm meinen Pullover.» Er zog erst sein Ölzeug aus und dann seinen dunkelblauen Pullover aus dicker Wolle. Ihre Proteste wehrte er ab: «Nein, du zitterst ja, du holst dir noch eine Lungenentzündung. Hör zu, warum kommst du nicht mit in mein Bootshaus, trocknest dich dort und trinkst etwas Heißes? Ich will alles erfahren, alles. Isaac hat mir erzählt, daß du von Eurohull weggegangen bist.» Er machte eine Pause. «Ich habe dir doch von meinem Bootshaus erzählt, oder nicht?»

Ihre Hände berührten sich nicht, als er ihr den Pullover reichte. «Nein, Paul. Das hast du nicht.»

Er lachte laut und unterbrach sich dann plötzlich. «Ich habe ganz vergessen, daß wir in einer Kirche sind», flüsterte er. «Du hast recht, das war mein Geheimnis. Ich wollte dich überraschen, weil es nur ein paar Meilen entfernt ist, in der Black Swan Bay, und ich wußte, daß du an Bosham Erinnerungen hast.» Sein Blick wurde sehr ernst. «Siehst du, ich vergesse nichts.»

Sie dachte an die *Blonde Bimbo*. «Ich auch nicht, obwohl ich mir manchmal wünsche, ich könnte es.» Als sie seinen Pullover über den Kopf gezogen und die viel zu langen Ärmel umgeschlagen hatte, spürte sie seine Körperwärme in der Wolle und roch seinen maskulinen, ganz leicht zitronigen Duft. Das gab ihr das Gefühl, als hätte er seine Arme um sie gelegt.

«Besser?» fragte er.

Sie lächelte. «Viel wärmer.»

«Dann komm jetzt mit, und bewundere mein Bootshaus.» Er klemmte den Buggy unter den Arm, und Anna nahm Daisy an die Hand. Zusammen gingen sie hinaus in die vom Regen gewaschene Luft, wo zögernde Sonnenstrahlen durch die Wolken brachen.

Black Swan Bay war einer der wenigen Häfen, wo Anna noch nie gewesen war. Es war ein Fischerdörfchen einige Meilen weiter unten an der Küste, das Bosham ähnelte, aber sehr viel kleiner war. Die wenigen hübschen alten Cottages lagen um eine den Gezeiten ausgesetzte Bucht und eine dramatisch wirkende Landspitze, auf der sich die Ruine eines Klosters befand und außerdem die noch viel ältere Ruine einer Steinkrypta, in der angeblich während des siebten Jahrhunderts ein Eremit mit einem schwarzen Schwan gelebt hatte.

Die Uferstraße war ungeteert, und Pauls Landrover schaukelte durch die Pfützen. Sie kamen an einem winzigen Zeitungsladen vorbei, der zugleich Lebensmittel verkaufte, und an einem alten Pub mit Balkendecke, dessen Fischrestaurant berühmt war. Er hieß *The Hungry Pirate* und hatte immer geöffnet, außer wenn der Besitzer, ein amüsantes Rauhbein, vor Gericht mußte, weil er die gesetzlichen Sperrzeiten nicht einhielt.

Auf der anderen Seite der Bucht mündete der sanft dahinfließende Black Creek in den schnelleren Swan River, und auf einem handtuchgroßen Stück Land am Zusammenfluß lag ein altes Bootshaus, das durch eine große Eiche vom Dorf getrennt wurde. Es war aus warmen abgerundeten Feuersteinen und dunklem verwittertem Holz gebaut. Ein Teil des Gebäudes stand auf dem festen Ufer und ein Teil auf Stützbalken im Black Creek, der tief genug war, daß ein größeres Schiff anlegen konnte.

Angesichts seiner Schönheit stockte Anna der Atem. «Das ist genau so ein bezauberndes Haus, wie es mein Vater immer kaufen wollte.»

Er berührte ihre Hand. «Ich hoffe, das macht dich nicht traurig.»

Sie lächelte. «Nicht mehr so wie früher.»

Paul stieg aus dem Wagen, hielt zwei Finger an die Lippen und stieß einen scharfen Pfiff aus wie ein Hotelportier, der ein Taxi ruft. Im nächsten Moment tauchte in dem Feld auf der anderen Seite des Baches Bobby auf. Er rannte durch das lange üppige Gras, und sein Kopf bewegte sich auf und ab, bis er am Bach war, wo er sich, ohne zu zögern, ins Wasser warf. Eine Familie von

Moorhühnern paddelte erschrocken in Sicherheit. Einen Augenblick später sprang er ans Ufer und schüttelte das Wasser aus seinem langen nassen Fell. Daisy quietschte vor Vergnügen.

Paul scheuchte alle ins Bootshaus. Es bestand aus einem langen weißen höhlenartigen Raum mit großen, bequemen Sofas vor einem offenen Kamin, einer Küche mit Balkendecke am anderen Ende und einer großen Glasplatte im Fußboden, durch die man den Black Creek vorbeirauschen sah. Das ganze Haus roch nach Farbe und Lösungsmitteln, zwei Gerüche, die Anna sehr gut kannte.

«Du hättest sehen sollen, in was für einem miserablen Zustand es war, als ich es gekauft habe», sagte er, während er Milch für Daisy warm machte.

Anna lachte. «Aber Paul, alles, was du kaufst, muß restauriert werden.»

Er grinste. «Ja, ich rette gerne. Vielleicht stamme ich, ohne es zu wissen, von Missionaren ab.»

Anna schob ihr feuchtes Haar hinter die Ohren und wandte den Blick ab. Er war nicht bei ihr gewesen, um sie zu retten, und sie fragte sich, wie schnell er sie hinauswerfen würde, wenn er von der *Blonde Bimbo* erfuhr.

Paul kochte Kaffee und strich Sandwiches. Dann setzten sie sich auf das Sofa vor dem Kaminfeuer. «Erzähl mir von Daisys Krankheit», sagte er.

Anna senkte den Blick und sah auf ihre Hände. «Ich habe noch nie solche Angst gehabt. Ich dachte wirklich, sie würde sterben. Ich war in Holland, als sie krank wurde, und ich habe mich so hilflos gefühlt und so schuldig, weil ich nicht bei ihr war und sie im Stich gelassen hatte. Ich hätte beinahe geglaubt, daß ich ihren Tod verdient hätte, weil ich so eine schlechte Mutter war.»

«Anna, das stimmt doch nicht. War es diese Furcht, die dich dazu gebracht hat, bei Eurohull zu kündigen?»

«Ich wollte zurückkommen, aber Stuart hat angefangen, mich zu schikanieren. Er wollte mir nicht einmal eine zusätzliche Woche freigeben, damit ich bei Daisy bleiben konnte, obwohl ich unbezahlten Urlaub genommen hätte. Darum habe ich ihm erklärt, was er mit seinem Job machen kann – über Lautsprecher, so daß es jeder hören konnte.»

Er lachte. «Da hätte ich gerne sein Gesicht gesehen.»

«Er hat sich gerächt.» Anna konnte ihre Bitterkeit nicht verbergen. «Er hat wegen der fristlosen Kündigung meine Provision einbehalten.»

«Das ist wirklich ungerecht. Hör zu …» Er machte eine Pause. «Anna, ich will mich nicht aufdrängen, aber wenn ich dir helfen kann …»

Hätte er ihr das eine Woche früher angeboten, so hätte Anna ihren Stolz hinuntergeschluckt und angenommen, aber jetzt war es zu spät. «Ich komme zurecht, danke», sagte sie mit einem bemühten Lächeln. «Es tut mir nur leid, daß ich Gordon im Stich gelassen habe. Er hat mir geholfen.»

«Ach, er wird es überleben, aber was willst du jetzt machen?»

«Den Gürtel enger schnallen.»

«Wirst du arbeiten?»

«Nicht mehr ganztags, bis Daisy in der Schule ist. Ich werde mir kleine Gelegenheitsjobs suchen und Louise helfen oder Lionel in seinem Bilderrahmengeschäft. Ich werde nicht viel verdienen, aber ich komme zurecht. Und wenigstens lasse ich Daisy nicht mehr nächtelang allein.»

Er streckte die Hand aus und fuhr mit einem Finger über die weiche Haut ihres Handrückens. «Wie ich schon einmal gesagt habe, du hast viel Mut.»

Der düstere Ausdruck trat wieder in ihr Gesicht, was ihn erstaunte, und sie fragte: «Was für Pläne hast du mit dem Bootshaus?»

Paul wußte, daß er wieder einmal abgelenkt wurde, aber er beschloß, ihr Zeit zu lassen. «Ich werde die *Goshawk* hierherlegen», berichtete er. «Der Bach ist tief genug, sogar bei Ebbe, und ich plane, hier ein weiteres Büro neben dem in London einzurichten.

Ich zeige dir, wo.» Er ging vor ihr eine offene Holztreppe zum Speicher hinauf, wo ein Zimmermann gerade eine Trennwand einzog zwischen einem geräumigen Schlafzimmer mit Blick über die Bucht und einem funktionalen Arbeitsraum mit vielen hölzernen Regalen, von dem aus man die Zufahrtsstraße sehen konnte.

Sie standen nebeneinander und sahen hinaus. Die Gezeiten hatten gewechselt, und die Flut kroch langsam über den schlammigen Sand, wo bei Ebbe einige Jachten trockengefallen waren und sich auf die Seite gelegt hatten. Auf der anderen Seite der Bucht ragte vor dem hellen Himmel die Klosterruine auf. Ihr Spiegelbild schimmerte auf der hereinkommenden Flut. Anna spürte Pauls Gegenwart neben sich, seine Wärme, seinen Atem, seinen Arm, der ihren berührte.

«Ich habe dich vermißt», sagte er leise.

«Ich dich auch.» Jeder Nerv ihres Körpers erschauerte, sie wagte nicht, sich zu bewegen, aus Angst, den Zauber des Augenblicks zu zerstören.

Er strich ihr über den Ärmel, und sie fühlte seine Finger, als hätten sie ihre Haut berührt und nicht nur die dicke Wolle ihres Pullovers.

Dann erinnerte sie sich an den Morgen, als sie nach dem Diebstahl der Jacht auf dem Balkon gestanden und gewußt hatte, daß sie jede Zukunft mit Paul verspielt hatte. Plötzlich war sie unendlich traurig. Ihre Beziehung stand unter einem schlechten Stern, es hatte keinen Sinn, sich an etwas festzuklammern, was so aussichtslos war. «Ich muß Daisy nach Hause bringen», sagte sie abrupt und löste sich von ihm.

«Ich fahre dich zum Bahnhof.» Ihr plötzlicher Stimmungsumschwung weckte in ihm dunkle Erinnerungen an Felicity, und er fragte sich, ob er Anna falsch eingeschätzt hatte. Gab es diese Mischung aus Tapferkeit und Verletzlichkeit, die er so anziehend fand, tatsächlich, oder sah er lediglich, was er sehen wollte? Betrog er sich schon wieder selbst?

Sie begann seinen Pullover auszuziehen.

«Behalte ihn an, sonst frierst du», sagte er.

Sie zögerte. «Nein, danke. Es geht schon.» Ihr Tonfall war kurz angebunden. Dann hob sie Daisy hoch und eilte hinunter, damit sie ihre Meinung nicht noch änderte. Sie griff nach ihrer Jacke und der Tasche und ging hinaus zum Landrover.

Schweigend fuhren sie zum Bahnhof. Anna hätte gerne erklärt, daß sie zurückgewichen war, weil sie Angst hatte, aber die richtigen Worte wollten ihr nicht einfallen. Das schien immer so zu sein, wenn es darauf ankam.

Der Zug nach London wartete bereits, und sie mußten auf den Bahnsteig laufen. Paul hob Daisy in den Waggon und suchte ihnen einen Fensterplatz. Dann wandte er sich an Anna. «Du hast deinen nassen Pullover im Bootshaus gelassen, und du weißt ja, was man über Leute sagt, die Sachen vergessen?»

«Nein. Erzähl es mir.»

«Das bedeutet, daß du zurückkommen willst.»

Ihre Entschlossenheit schmolz dahin, und sie lächelte. Sie konnte ihm nicht widerstehen. «Das stimmt.»

Ehe sie noch mehr sagen konnte, pfiff der Schaffner, die Waggontüren schlugen zu, und der Zug setzte sich in Bewegung. Paul gab ihr einen raschen Kuß auf den Mund. «Laß uns am Samstag essen gehen», rief er, als er auf den Bahnsteig sprang.

Anna sank in ihre Ecke, nahm Daisy auf den Schoß und lachte. Sie wußte, daß sie mit dem Feuer spielte. Eines Tages mußte sie ihm von der *Blonde Bimbo* erzählen.

Kapitel 34

Paul rief Anna im Laufe der Woche an. «Ich habe einen Vorschlag», sagte er. «Statt am Samstag lediglich essen zu gehen, könnten wir, wenn du tagsüber Zeit hast, die *Goshawk* zum Bootshaus segeln und im *Hungry Pirate* essen.»

«Das wäre toll», sagte sie begeistert. «Ich frage mal, ob Heather bereit ist, Daisy zu nehmen.»

Er zögerte und fügte dann hinzu: «Würdest du mir erlauben, den Babysitter zu zahlen?»

«Nein, auf keinen Fall. Heather schuldet mir ohnehin noch ein paar Tage.»

Paul holte Anna am Samstag schon früh ab. Sie brachten Daisy zu Heather und verließen dann die Stadt. Anna war warm angezogen mit einem dicken gelben Pullover und ihrer Jeans, die in gelben Segelstiefeln steckte. Sie hatte eine wasserdichte Tasche dabei, in der sich ihre Rettungsweste und Kleidung zum Wechseln – ein kurzes rotes Kleid für das Abendessen – befanden. Auf der Fahrt aus London hörten sie den Seewetterbericht: «Windstärke vier bis fünf, mäßig bis stark.»

An der Marina wurden sie von Michael, dem ehemaligen Polizisten, mit einem düsteren Blick empfangen. «Es gibt ein Problem mit dem Motor, Paul. Dasselbe, was du schon einmal hattest. Er läuft kurze Zeit und fällt aus, sobald man langsamer wird.»

«Vielleicht ist es nur Schmutz.» Paul wandte sich an Anna. «Ich fürchte, wenn wir erst noch das Öl wechseln müssen, verpassen wir die Flut. Hier macht das nichts, aber die Black Swan Bay ist tidenabhängig.»

«Wir brauchen doch keinen Motor. Wir können segeln.» Anna sah die Ketsch an, die auf den kleinen, unruhigen Wellen schaukelte. «Der Wind ist ablandig.»

«Wenn ich allein wäre, würde ich das tun, aber ...»

Mit einem Blick brachte sie ihn zum Schweigen.

Er drückte ihre Hand. «Wenn du bereit bist, ich habe nichts dagegen. Dann hoch mit den Segeln, und ab die Post. Ich prüfe den Bordnetzgenerator und das Werkzeug. Michael, könntest du dich darum kümmern, daß wir Wasser, Kaffee, Sandwiches und Munition für die Leuchtpistole haben? Eigentlich sollten wir zwar nur ein paar Stunden unterwegs sein, aber ohne Motor müssen wir für Notfälle gerüstet sein.»

Schnell gingen sie über den Holzsteg zur *Goshawk*. Paul schwang sich an Bord und streckte dann die Hand aus, um Anna zu helfen. Während er die Instrumente und Karten überprüfte, machte sie die Segel klar. Dabei versuchte sie nicht an das letzte Mal zu denken, als sie das getan hatte. Das Boot war ein Zweimaster, der dank seiner drei Segel bei starkem Wind leichter zu manövrieren war: Man konnte das Großsegel wegnehmen, und das Schiff lag dann nur mit Fock und Besan immer noch gut auf dem Ruder.

Anna machte gerade die letzten Knoten, die verhindern sollten, daß die Schotenenden aus den Klemmen rutschten, als Paul erschien. Er betrachtete ihre Arbeit und lächelte. «Ich wußte nicht, daß meine Crew so fachkundig ist.»

«Ich hab dir doch erzählt, daß ich segeln kann.»

«Tausende von Leuten behaupten, sie könnten segeln, aber dann sind sie zu nichts zu gebrauchen.»

Sie zog eine Augenbraue hoch. «Für mich gilt das nicht.»

Er lachte. «Das sehe ich.»

Bald waren sie fertig zum Ablegen. Nur mit den beiden kleinen Segeln trug sie der steife ablandige Wind den Fluß hinab. Paul übernahm das Ruder, Anna saß neben ihm, den Pullover gegen die Kälte weit nach unten gezogen. Der Wind blies ihr das blonde Haar unablässig ins Gesicht.

«Bist du froh, daß du mitgekommen bist?» fragte er.

Sie nickte. «Was hast du gesagt, wieviel Heuer du der Crew bezahlst?»

Er sah sie erschrocken an.

Sie lachte und ging, um die Schoten zu überprüfen.

Als sie den Solent erreichten, setzten sie das Großsegel, um gegen die Tide anzukommen. Sie segelten hart am Wind und schnitten durch die Wellen. Es begann zu regnen. Sie zogen Ölzeug an und befestigten die Sicherheitsleinen am Schiff, falls einer von ihnen den Halt verlor und ins Wasser fiel.

Der Regen wollte nicht nachlassen. Anna stieg hinunter in die Pantry, um Kaffee zu kochen, und schloß die Niedergangstür fest hinter sich, damit kein Wasser in die Kajüte lief. Es war nicht leicht, das Wasser zum Kochen zu bringen, weil es jedesmal überschwappte, wenn das Schiff überholte, aber sie schaffte es, und mit einem Becher Kaffee in jeder Hand kehrte sie an Deck zurück.

Paul nahm ihr seinen Becher ab. «Danke.» Er mußte schreien, damit sie ihn hören konnte beim Lärm des Windes und der Wellen, die gegen den Bug schlugen.

Sie lächelte und hob den Daumen der rechten Hand.

«Bist du noch immer froh, daß du mitgekommen bist?»

«Solche Stunden müssen doppelt bezahlt werden.» Der Wind fuhr in ihr salziges Haar und legte es ihr übers Gesicht.

Mit der Hand strich er die Strähnen beiseite. Seine Finger auf ihrer Wange waren eisig. Mit einem Lächeln deutete sie an, daß sie ihn nicht zurückweisen würde. Er streckte den Arm aus, und sie trat neben ihn und schmiegte sich an ihn. Eine riesige Welle traf das Schiff breitseits und besprühte sie mit Gischt. Sie sahen einander an und lachten, genossen das Meer, die Gefahr und das Zusammensein. Anna war so auf Paul konzentriert, daß sie gar nicht bemerkte, wie sie an dem unmarkierten Bach und der Hafeneinfahrt von Sailham vorbeifuhren. Paul zog sie an sich und küßte ihr das Salzwasser von den Lippen. Eng standen sie beisammen, die Arme umeinander geschlungen, bis ein Kurswechsel Anna zurück an die Segel zwang.

Es dauerte weniger lange, als sie gedacht hatten, die Tonne von Chichester Bar zu erreichen, die eine halbe Meile vor dem Hafen lag.

«Von hier aus müssen wir auf die Hafeneinfahrt zuhalten», rief Paul Anna zu.

Beim Tidenwechsel hatte der Wind gedreht. Die *Goshawk* fuhr so schnell auf die schmale Einfahrt zu, daß sie beinahe die grün blinkende West-Winner-Tonne verpaßt hätten, aber in letzter Minute gelang es Paul, das Schiff zu wenden, und mit Braßfahrt schossen sie in geschütztere Gewässer. Gleich hinter der Einfahrt mußten sie rasch über Steuerbord halsen, um nicht am Kanal von Bosham vorbeizufahren. Kurz darauf sahen sie bereits die Klosterruine über der Black Swan Bay. Die Flut kam jetzt sehr schnell. Das Wasser lief auf den schlammigen Sand, richtete alle trockengefallenen Jachten auf und schwappte auf die Uferstraße.

Anna fror. Sie wünschte, sie hätte ihren Neoprenanzug angezogen, auch wenn er schlimme Erinnerungen weckte.

«Wir müssen sie mit Besan und Fock hineinfahren», sagte Paul. «Die Bachmündung ist schmal, und das Wasser fließt dort sehr schnell. Es kann etwas unruhig werden.»

Sie lächelte. «Du machst mir keine Angst.»

«Das dachte ich mir.»

Sie schossen in den Wind und holten in dem kurzen Moment des Stillstands das Großsegel ein. Mit weniger Segelfläche bewegten sie sich ruhiger vorwärts. Nur die hereinkommende Flut ließ das Schiff schaukeln.

«Fast zu Hause.» Paul warf die Fender über die Seiten der *Goshawk*, um den Rumpf beim Anlegen am Steg zu schützen.

Anna nahm die Vorleine und sprang an Land. Dort warf sie die Leine schnell über den Poller und hielt das Schiff, während Paul die übrigen Leinen ausbrachte.

«Ohne dich hätte ich das überhaupt nicht geschafft», sagte er, sprang an Land und umarmte sie.

«Ich habe es genossen.» Sie lächelte zähneklappernd.

«Jetzt brauchst du ein heißes Bad.» Er schob sie vor sich her zum Bootshaus, wo Bobby aufgeregt bellend auf und ab sprang.

«Was ist mit dir? Frierst du nicht?»

«Mir ist eiskalt – aber ich will erst noch die Alarmanlage anschalten. Ich stünde ziemlich dumm da, wenn mir mein eigenes Schiff gestohlen wird.»

Die Wärme im Innern des Hauses umfing sie wie eine gemütliche Decke. Die Lichter und die Heizung waren bereits eingeschaltet, das Kaminfeuer war vorbereitet. Paul hielt ein Streichholz in den Kamin, und knisternd begann es zu brennen.

«Darf ich Heather anrufen?» fragte Anna, ohne hinzuzufügen, daß sie die Kinderfrau fragen wollte, ob sie Daisy über Nacht behalten konnte.

«Natürlich. Am Treppenabsatz ist ein Telefon. Magst du Hummer?»

«Sehr gern, aber du willst doch nicht sagen, daß du jetzt hinausfährst, um einen zu fangen?»

Er lachte. «Bestimmt nicht! Einer der Vorzüge der Black Swan Bay ist das ausgezeichnete Fischrestaurant im *Hungry Pirate* – und innerhalb des Dorfes liefern sie auch ins Haus.»

Es dauerte einige Zeit, bis Anna in der Badewanne durch und durch aufgetaut war. Sie döste im warmen Wasser und ließ ihre offenen Haare schwimmen. Draußen konnte sie Paul erst mit Bobby reden und dann die Treppe hinaufgehen hören. Schließlich fuhr draußen ein Auto vor. Als ihr klar wurde, daß der Hummer geliefert wurde, sprang sie schnell aus der Wanne, wickelte ein Handtuch um ihr nasses Haar und stellte dann fest, daß sie ihre Tasche im Erdgeschoß vergessen hatte. An einem Haken hinter der Tür hing ein weicher blauer Bademantel. Sie schlüpfte hinein und eilte mit nackten Füßen die Holztreppe hinunter.

Am Kamingitter flackerten die Flammen in den Kamin hinauf. Paul war nirgendwo zu sehen. Sie ging durch den Raum, aber ihre Tasche war nicht dort, wo sie sie hingestellt hatte. Sie suchte danach, konnte sie aber nicht finden, also setzte sie sich auf ein großes Kissen vor dem Feuer, nahm das Handtuch von ihrem Kopf und ließ ihre Haare trocknen.

Die Haustür ging auf, und Bobby sprang herein. Hinter ihm kam Paul, der lächelte, als er Anna in seinem Bademantel vor dem glühenden Feuer knien sah, während ihr nasses Haar wie ein Lockenvorhang um ihren Kopf hing.

Sie blickte auf. «Ich konnte meine Kleider nicht finden.»

«Sie sind im Gästezimmer.»

Anna wollte aufstehen, aber er sagte: «Nein, bleib so! Du siehst wunderschön aus.»

Sie ließ sich wieder auf das Kissen sinken. Paul ging in die Küche und kam mit einem Tablett zurück, auf dem eine Flasche Weißwein, zwei Gläser, knuspriges französisches Weißbrot und ein Teller mit heißem Spargel, mit geschmolzener Butter übergossen, standen. Er stellte es vor ihnen auf den Boden.

«Ich esse sehr gern vor dem Feuer», sagte er und zog alle Polster vom Sofa, damit sie gemütlich sitzen konnten. «Bobby auch, darum habe ich ihn in die Küche gesperrt.»

«Der arme Bobby.»

Er reichte ihr ein Glas Wein. «Das würdest du nicht sagen, wenn er hier wäre. Er nimmt nichts, aber er sitzt einfach vor dir, macht Hundeaugen und bettelt dich an.»

Sie kicherte, lehnte sich in die Kissen, trank den Wein in kleinen Schlucken und genoß Pauls Anwesenheit neben sich. Er hatte die langen Beine ausgestreckt, sein markantes Gesicht glühte im Schein der Flammen. Sie wußte, daß er ebenso auf sie konzentriert war, und diese Tatsache, die Wärme und seine Nähe ließen sie weniger vorsichtig sein als sonst. Mit gesenkten Lidern warf sie ihm einen Blick zu und bemerkte, daß auch er sie ansah. Sie wurde nicht rot und blickte auch nicht beiseite, sondern hielt seinem Blick stand, forderte ihn heraus und spürte ihr Verlangen nach ihm. Er brach ein Stück Brot ab, tunkte es in die geschmolzene Butter und hielt es ihr hin. Sie aß es und brach dann ein Stück für ihn ab. Er faßte sie am Handgelenk, und seine Berührung war wie ein elektrischer Schlag. Sie fuhren fort, einander zu füttern, ohne zu sprechen, ohne sich zu berühren, es sei denn, um einander die Butter von den Fingern zu lecken.

Das Gefühl, seine Haut auf der ihren zu spüren, erfüllte Anna mit prickelndem Verlangen. Sie begehrte Paul mit einer Leidenschaft, die ihren ganzen Körper erfüllte und es unmöglich machte, ihm zu widerstehen.

Paul goß Wein nach. «Du bekommst Knoten in den Haaren, wenn sie so trocknen», sagte er. «Ich werde sie mit den Fingern auskämmen.»

Bei seiner Berührung zog sich ihre Kopfhaut zusammen. Er streichelte ihr das Haar und dann den Hals, umfaßte ihr Gesicht mit den Händen und strich mit den Lippen zärtlich und langsam über ihren Mund. Dann hielt er sie fest und küßte sie heftiger. Sie öffnete ihre Lippen unter seinen und zog ihn an sich.

Sie ließen sich auf die Kissen fallen. Er bedeckte ihren Hals und die Schultern mit zarten, leichten Küssen, die sie kaum spürte, die aber das Verlangen nach mehr in ihr weckten. Ihr Bademantel öffnete sich, und er schob ihn beiseite, während er seinen Kopf zwischen ihren Brüsten nach unten bewegte. Im Licht des Feuers glühte ihr Körper warm und golden. Zum erstenmal in ihrem Leben schämte sie sich ihrer Nacktheit nicht. Paul gab ihr das Gefühl, schön und begehrenswert zu sein.

Sie kniete sich vor ihn, um die Knöpfe an seinem Hemd aufzumachen, und küßte seine Brust, während sie einen nach dem anderen öffnete. Mit ihm würde sie Dinge tun, die sie selbst bei Charlie manchmal verlegen gemacht hatten. Mit Paul fühlte sie keine Hemmungen. Im Schein des Feuers liebten sie sich – erst langsam und rhythmisch, mit Küssen und tiefen Blicken, und dann heftig, begierig. Sie schlang die Beine um ihn, zog ihn in sich hinein und schrie auf. Er schob sich in sie, nahm sie mit, und die Wogen des Genusses überrollten sie, bis sie erschöpft, weich und befriedigt war.

Anna wußte jetzt, weshalb sie sich vor Paul gefürchtet hatte. In diesen Mann konnte sie sich heftig verlieben, deshalb war er gefährlich für sie.

Er wandte ihr seinen Blick zu und bemerkte ihren Gesichtsausdruck. «So etwas solltest du nicht denken!» sagte er entschieden.

«Woher weißt du, was ich denke?»

Er küßte sie. «Ich weiß es eben.»

Sie schmiegte sich an ihn und ließ vor dem Feuerschein Schattenhasen über seine Brust springen. Er flüsterte: «Darf ich dir etwas sehr Persönliches sagen?»

Sie nickte. Wie immer befürchtete sie das Schlimmste.

«Ich bin am Verhungern.»

Erleichtert lachte sie. «Ich auch.»

Gierig aßen sie den Hummer und tranken Wein, ohne auf Bobby zu achten, der am unteren Rand der Küchentür schnüffelte.

«Er kann nicht verstehen, warum er ausgesperrt wurde», sagte Paul. «Das ist noch nie zuvor passiert. Du bist die erste Frau, die ich jemals ins Bootshaus mitgenommen habe.»

Langsam und zärtlich schliefen sie noch einmal miteinander und dösten dann ein. Als Anna aufwachte, war das Feuer heruntergebrannt. Paul war wach und reichte ihr den Bademantel. «Komm mit ins Bett», sagte er.

Sie stolperte die Treppe hinauf, fiel ins Bett und sank sofort in einen tiefen Schlaf.

Am frühen Morgen wurde Anna von lautem Schnarchen geweckt. Sie sah zu Paul hinüber, aber er schlief ruhig auf dem Kopfkissen neben ihr, und so spähte sie über den Bettrand. Bobby lag ausgestreckt auf dem Bettvorleger und schnarchte. Anna hielt sich die Ohren zu.

Als sie erneut aufwachte, spürte sie, wie Paul ihren Rücken streichelte. «Glaubst du, Heather würde Daisy noch eine weitere Nacht nehmen?» murmelte er.

«Ich werde sie fragen. Glaubst du, Bobby könnte etwas tragen, damit er nicht schnarcht?»

Er preßte seinen Mund an ihren Hals. «Ich werde ihn fragen.»

Sie blieben bis Mittag im Bett, redeten und schliefen miteinander – oder lagen in zufriedenem Schweigen da. Schließlich trieb sie der Hunger hinunter ins Erdgeschoß. Während Anna mit Heather telefonierte, bereitete Paul aus Schinken, Eiern, Pilzen, Tomaten und dicken braunen Brotscheiben mit reichlich Butter ein riesiges Frühstück zu.

Am Nachmittag machten sie einen Spaziergang am Hafen bis zur Klosterruine. Es regnete nicht mehr, der Wind hatte aufgehört, und durch die Haufenwolken schoben sich warme Sonnenstrahlen. Es war Ebbe, und die Enten und Möwen suchten sich Futter auf dem schlammigen Sand. Draußen im Kanal fuhr ein Schiff, das Pauls Jacht ähnelte, auf den Solent zu.

Sie war noch immer neugierig auf seine Vergangenheit. «Wo hast du eigentlich gewohnt, als du noch verheiratet warst?» fragte sie.

«In den Cotswolds.»

Sie war erstaunt. «Das ist ja meilenweit vom Meer entfernt.»

«Ja.» Er hielt sie fester. «Ich habe es sehr vermißt.»

Sie lehnte sich an ihn. «Statt dessen hattest du dort diese ganzen trockenen Steinmauern.»

Er antwortete nicht.

Erschrocken drehte sie sich zu ihm um. «Paul, habe ich etwas Falsches gesagt?»

«Felicity starb, als ihr Auto gegen eine Steinmauer raste.» Trauer trat in seine grauen Augen. «Sie schoß quer über die Straße, sie hatte ... sie hatte zuviel getrunken.»

«O Gott – es tut mir so leid.»

Paul strich ihr das Haar aus dem Gesicht. «Anna, das konntest du nicht wissen. Ich hätte es dir schon früher sagen sollen, aber ich kann nicht über ihren Tod reden. Ich komme mir so gemein vor, wenn ich sage, daß sie betrunken war, auch wenn es stimmt.»

«Aber du darfst dir nicht die Schuld daran geben», sagte sie.

«O doch, das sollte ich schon.» Paul hielt Anna so fest, daß sie kaum noch Luft bekam, aber sie bat ihn nicht, sie loszulassen. Obwohl sie gerne mehr erfahren hätte, ahnte sie, daß er über Felicitys Tod vielleicht schon mehr gesagt hatte, als er wollte. Aber die Tatsache, daß er ihr seinen Kummer anvertraut hatte, genau wie sie ihm ihren, brachte sie einander näher.

Am folgenden Morgen, als Anna nach London zurückkehrte und Paul in Richtung Spanien aufbrach, sehnten sie sich bereits nacheinander, noch ehe sie sich getrennt hatten.

KAPITEL 35

PAUL HATTE ANNA ANGEBOTEN, SIE NACH LONDON ZU FAHren, aber da sie wußte, wieviel er noch zu tun hatte, ehe er nach Spanien abreiste, versicherte sie ihm, sie könne ohne weiteres den Zug nehmen.

Es war ein herrlicher Frühlingsmorgen, und nachdem Anna Daisy von Heather abgeholt hatte, spazierte sie nach Hause. An den Rädern des Buggy klebten die heruntergefallenen Blütenblätter der Kirschbäume. Anna dachte zurück an einen anderen Maimorgen und beugte sich vor, um Daisys blondes Haar zu streicheln. Als sie sich aufrichtete, entdeckte sie eine Gestalt hinter der vom Sturm beschädigten Eibe neben der Einfahrt. Sie blieb stehen und starrte in den Baumschatten.

Derek trat ins Sonnenlicht. «Hallo, Caroline.»

Vor Angst stockte ihr der Atem. «Was ... was machen Sie hier?»

«Du scheinst ja nicht sonderlich erfreut, mich zu sehen.» Mit einem verschlagenen Lächeln auf seinen hübschen feinen Gesichtszügen schlenderte er auf sie zu.

«Woher kennen Sie meine Adresse?» Anna war fassungslos.

«Ach, ich habe ... einen guten Freund beim *Yachting Exchange*.»

«Sie meinen, man hat Ihnen meine Daten gegeben, obwohl ich für eine Chiffreanzeige bezahlt hatte?» Sie war wütend. «Was wollen Sie?»

«Ich dachte, wir sollten uns unterhalten.»

«Worüber?»

«Du warst gut, Caroline. Sehr gut. Ich denke, du und ich, wir könnten viel Geld verdienen.»

«Ich weiß nicht, was Sie meinen.»

Er sah sie von oben bis unten an und lachte. «Wer würde glauben, daß du Schiffe klaust?»

Sie wußte, daß sie ihm ihre Angst nicht zeigen durfte. «Die Slup hat meinem Bruder gehört, wie ich Ihnen gesagt habe.» Mit entschiedenen Schritten ging sie die Auffahrt hinauf, hob Daisy aus dem Buggy, stieg die Treppe hinauf und verschwand im Haus.

Überrascht und erleichtert stellte sie fest, daß Derek ihr nicht folgte. Als sie hinter dem Wohnzimmervorhang versteckt aus dem Fenster spähte, war er verschwunden. Dennoch war sie beunruhigt. Ihre Hände zitterten, während sie Daisys Jacke aufknöpfte, und als das Telefon klingelte, hätte sie vor Schreck beinahe aufgeschrien. In dem sicheren Glauben, es sei Derek, ging sie nicht an den Apparat. Es gab nicht so viele Tobias im Londoner Telefonbuch, daß er ihre Nummer nicht herausbekommen hätte. Sie stand neben dem Anrufbeantworter, während das vertraute Klicken ablief. Dann sprach Paul: «Ich steige gleich ins Flugzeug, und ich wollte nur hören, ob du gut nach Hause gekommen bist.» Er machte eine Pause. «Nein, das stimmt nicht ganz. Ich wollte deine Stimme hören.»

Sie ballte die Fäuste, während er sprach, weil sie sich danach sehnte, den Hörer abzunehmen und mit ihm zu sprechen. Aber sie hatte auch Angst davor. Es wäre nicht fair gewesen, Paul in ihre private Hölle hineinzuziehen, zumal er in diesem gefährlichen Bereich außerdem noch ihr Gegner sein mußte.

Das Auftauchen von Derek hatte Anna solche Angst eingejagt, daß sie das Haus nicht zu verlassen wagte, um ihm nicht zu begegnen. Beinahe glaubte sie, die Polizei sei ihr längst auf den Fersen, und in ihrer Vorstellung sah sie sich bereits verhaftet und zu einer langen Gefängnisstrafe verurteilt. Am liebsten hätte sie sich Louise anvertraut, aber das war unmöglich, ohne zu verraten, wie sie Derek kennengelernt hatte. Als Paul aus Spanien anrief, wagte sie immer noch nicht, mit ihm zu sprechen, damit er das Schuldbewußtsein in ihrer Stimme nicht hörte. Doch wenn sie Daisy ansah, wie sie sich sicher in ihrer vertrauten Welt bewegte, waren ihr die Gründe wieder bewußt, die sie dazu getrieben hatten, das Schiff zu stehlen.

Schließlich mußte sie das Haus doch verlassen, weil sie Lionel versprochen hatte, ihm in seinem Bilderrahmengeschäft zu helfen. Sie brachte Daisy zu Mr. Marilyn und sah hinaus auf die Einfahrt, ehe sie die Haustür öffnete. Dann rannte sie los.

Lionel hatte die Passepartouts bereits zugeschnitten. Es war Annas Aufgabe, sie zusammenzulegen, in die Rahmen zu schieben und das Glas zu polieren. Zwischendurch nahm sie Anrufe entgegen und versuchte, Ordnung in seine Abrechnung zu bringen. Er zahlte ihr dreißig Pfund am Tag und bat sie, auch in der folgenden Woche noch zu kommen. «Sie machen das gut, Sie haben eine ruhige Hand», sagte er.

Als sie nach Ladbroke Hill zurückkehrte, näherte sie sich dem Haus vorsichtig und betrachtete prüfend die üppigen Büsche an der Einfahrt. Doch Derek war nirgendwo zu sehen. Sie kam zu dem Schluß, daß er lediglich versucht hatte, sie unter Druck zu setzen. Vielleicht würde er gar nicht mehr zurückkommen, nachdem er keinen Erfolg gehabt hatte.

Paul rief an diesem Abend noch einmal an, und diesmal ging Anna schnell an den Apparat.

«Wo bist du denn gewesen?» fragte er. «Ich habe mir schon Sorgen gemacht.»

Sie setzte sich in einen Sessel. «Tut mir leid. Ich ... ich hatte aus Versehen die Telefonklingel abgestellt.»

«Was – drei Tage lang?»

«Ja, es war dumm von mir.» Sie haßte es zu lügen, aber ihr fiel keine andere Ausrede ein.

Sie sprachen über den kommenden Sonntag. Anna erzählte ihm, daß Mac und Victoria angeboten hatten, Daisy über Nacht zu nehmen, und er berichtete, er habe seinen Flug umgebucht und werde in Gatwick landen. «Ginger stellt mir den Landrover hin», sagte er. «Würdest du mich dort abholen? Dann können wir direkt in die Black Swan Bucht fahren – in unser Bootshaus.» Seine Stimme wurde weicher und tiefer. «Ich kann es gar nicht erwarten, dich wiederzusehen, dich zu küssen und mit dir zu schlafen. Wenn ich dich nicht erreiche, stelle ich mir immer vor, du könntest krank sein oder einen Unfall gehabt haben oder Daisy wäre krank.»

Jetzt wurde ihr klar, wie selbstsüchtig sie gewesen war, als sie nicht ans Telefon ging. Aber Schweigen war ihr zu diesem Zeitpunkt als die beste Lösung erschienen. «Uns beiden geht es ausgezeichnet», sagte sie schnell. Sie genoß seine Fürsorge, und sie war selbst überwältigt von der heftigen Sehnsucht, mit der sie an das Wiedersehen dachte.

Anna beschloß, Paul am nächsten Wochenende von Derek zu erzählen, denn sie wollte, daß es keine Geheimnisse zwischen ihnen gab. Im Zug nach Gatwick überlegte sie, was sie ihm sagen würde. Falls er sie anschließend nicht mehr wiedersehen wollte, war es besser, wenn es jetzt zum Bruch kam, ehe sie ihn zu sehr liebte. Aber als sie ihn in die Ankunftshalle kommen sah, wußte sie, daß sie bereits jetzt eine tiefe Liebe zu ihm empfand. Sie rannte auf ihn zu, er breitete die Arme aus, und sie spürte ein herrliches Gefühl von Sicherheit.

Sie verbrachten den Nachmittag im Bett. Zum Abendessen gingen sie in den *Hungry Pirate*, wo sie in einer stillen Ecke saßen und sich eine gemischte Platte mit Meeresfrüchten teilten. Anna dachte immer wieder an das, was sie Paul erzählen wollte, aber der richtige Augenblick bot sich nicht.

Am nächsten Morgen verschliefen sie und mußten in aller Eile frühstücken. Auf der Fahrt nach London, wo sie Daisy abholen wollten, hörten sie *La Traviata*, und Anna brachte es nicht über sich, den Zauber der Musik zu zerstören. Bei der Rückfahrt saß Daisy plappernd auf dem Rücksitz, und im Lauf des Nachmittags fand sich auch nie ein geeigneter Moment. Anna beschloß, bis zum Abend zu warten. Während sie die aufgekratzte Daisy im Gästezimmer schlafen legte, kochte Paul Spaghetti alle vongole. Sie aßen am Kamin und lasen die Sonntagszeitungen, zu denen sie vorher nicht gekommen waren. Als sie mit dem Abendessen fertig waren, holte Anna tief Luft.

Doch noch ehe sie etwas sagen konnte, bemerkte Paul: «Ach, schau mal! Heute abend kommt im Fernsehen einer meiner Lieblingsfilme: *Haben und Nichthaben* mit Humphrey Bogart und Lauren Bacall. Hast du den schon mal gesehen?»

Sie schüttelte den Kopf und überlegte, ob sie es ihm jetzt schnell sagen sollte.

«Dann mußt du ihn dir anschauen, er wird dir gefallen. Es ist eine dieser knisternden Affären aus der Kriegszeit. Wir können ihn im Bett sehen. Komm! In zehn Minuten fängt er an.»

Sie beschloß, es ihm nach dem Film zu erzählen.

Anna konnte sich nicht auf die Handlung konzentrieren, weil sie immer wieder an ihre Rede dachte. Sie übte noch ihren Anfangssatz, als der Film endete und Lauren Bacall aus der Piano-Bar in Humphrey Bogarts Leben lief.

«Hat er dir gefallen?» fragte Paul und schmiegte sich an sie.

«Ja ... sehr.» Sie holte tief Luft und sammelte ihre Gedanken.

«Das wußte ich.» Er schaltete den Fernseher ab. «Das einzige, was ich etwas weit hergeholt finde, ist die Stelle, als sie die Brieftasche nimmt.»

«Warum?» Annas Stimme war angespannt.

Er zog sie an sich und küßte sie auf die Nase. «Weil die meisten Leute es doch schwer finden würden, jemanden zu lieben, den sie beim Stehlen ertappt haben.»

Sie starrte hinaus in die dunkle Nacht vor dem Fenster. Jetzt konnte sie es ihm nicht mehr sagen.

Anna verliebte sich in Paul – und in die Black Swan Bay. Sie und Daisy blieben den größten Teil dieser Woche im Bootshaus. Das Wetter war herrlich, mit klarem, blauem Himmel und warmem Sonnenschein. Tagsüber, wenn Paul arbeitete, ging Anna mit Daisy in die nahe gelegene sandige Bucht, wo sie auf einer Decke döste, Sandburgen baute und über ihre Liebesaffäre mit Paul nachdachte. Es war zugleich aufregend und auf so angenehme Weise vertraut. Anna schien es fast unglaublich, daß sie mit Paul, den sie noch vor kurzem kaum gekannt hatte, jetzt fast ihre ganze Zeit verbrachte. Bei ihm empfand sie keine der Unsicherheiten aus ihrer ersten Zeit mit Charlie.

Wegen Daisy konnten sie am Abend nicht ausgehen. Sie ließen sich etwas aus dem *Hungry Pirate* kommen und aßen vor dem Feuer, denn trotz der warmen Tage waren die Nächte kühl.

Sie sprachen über ihre Kindheit und ihre Familien. Anna erzählte Paul von Cliff Cottage und den fehlgeschlagenen Erfindungen ihres Vaters. Auch von der *Little Auk* sprach sie und von ihrer Freude, wenn ihr Vater das Kommando übernahm – wenn auch nur auf See.

Anna beschrieb das billige kleine Haus in Leatherbridge, wo ihre Schlafzimmerwand so feucht gewesen war, daß über der Fußleiste der Schimmel wuchs. Sie lag in Pauls Armen und durchlebte noch einmal den Augenblick, als die Polizistin sagte: «Mrs. Tobias, wir haben eine schlechte Nachricht für Sie.» Sie erzählte ihm, wie sehr sie ihre Mutter dafür gehaßt hatte, daß sie ihren Vater manipulierte – und wie wütend sie über seine Schwächen war. Dann erinnerte sie sich an den plötzlichen Umzug in das Haus ihrer Großmutter und den Schulwechsel im letzten Schuljahr. Sie sprach von Roz, deren herrische Art Anna eine gewisse Sicherheit gab, und von Lower Gossip Fen, wo sie im Speicherzimmer schlief, von dem aus sie an klaren Tagen den Turm der Kathedrale von Ely sehen konnte. Sie erzählte ihm von dem Weihnachtsfest, als ihr Vater versucht hatte, die Schafe vor dem Schlachter zu retten – aber zwischen diesen ganzen Kindheitserinnerungen schien es nie einen geeigneten Moment zu geben, um ihm von ihrer eigenen jüngsten Vergangenheit zu erzählen.

Paul wiederum sprach von seiner Jugend, die er in einem kleinen, hügeligen Dorf am Rand des Forest of Dean verbracht hatte. Sein großes Vorbild war sein Vater gewesen, den er selten sah und der nur alle paar Monate einmal auftauchte, um sie alle zu aufregenden Ausflügen nach Cardiff oder Gloucester mitzunehmen. Manchmal machten sie auch lange Spaziergänge durch den Wald, wo er Paul Tricks beibrachte, wie etwa die Technik, einen Fuchs anzulocken, indem man ein Geräusch machte wie ein verletzter Hase.

«Als mein Vater umkam, hatte meine Mutter gerade entdeckt, daß sie schwanger war, und durch den Schrecken hatte sie eine Fehlgeburt», sagte er. «Damals wußte ich es nicht, aber das war zum Teil der Grund, weshalb ich nach Whaler's Rock geschickt wurde.»

«Was war mit deiner Schwester?» fragte Anna.

«Die arme Harry mußte zu Hause bleiben. Mein Patenonkel duldete nach dem Tod seiner Frau keine Frau im Haus – nicht einmal ein vierzehnjähriges Mädchen.»

«Hat deine Mutter nie mehr geheiratet?»

Er schüttelte den Kopf. «Sie hatte gerade einen neuen Mann kennengelernt, als sie ihren letzten Schlaganfall bekam, was mir sehr leid tut, denn sie hätte es verdient, glücklich zu werden. Mein Vater war ein Optimist, der glaubte, er würde unendlich lange leben, und er hatte ihr wenig Geld und keinerlei Versorgung hinterlassen. Deshalb mußte meine Mutter ganztags in einer Sägemühle am Ort arbeiten.»

«Und Harriets Ehemann? Wie kommt er zurecht, nachdem er jetzt nicht mehr laufen kann?»

«Sie machen das Beste daraus – so ist Harriet eben. Sie haben eine Jacht, die speziell für Justin umgebaut wurde. Harry ist eine gute Seglerin – wenn auch keine so ausgezeichnete wie du, aber du darfst ihr nie verraten, daß ich das gesagt habe.» Er gab Anna einen Kuß und fügte hinzu: «Leider mußten sie die Jacht am Ende des letzten

Sommers in Jugoslawien zurücklassen, weil sich Rupert, ihr ältester Sohn, beim Wasserskifahren das Bein gebrochen hat. Jetzt ist aus dem Konflikt ein Krieg geworden, und sie bekommen das Schiff nicht mehr heraus.»

«Und ihre Versicherung deckt Kriegsschäden nicht ab», bemerkte Anna fachmännisch.

Er nickte. «Leider können sie sich, sollte dieses Schiff beschädigt werden, kein neues leisten.»

Anna betrachtete die flammenden Holzscheite auf dem Kamingitter. Ihre Haut glühte von der Sonne, dem Meer und Pauls Berührungen. Jeder Tag, den sie mit ihm zusammen war, brachte sie der Überzeugung einen Schritt näher, daß ihr dieses Glück nicht mehr genommen werden würde. Dabei spielten auch kleine Dinge eine Rolle – wenn Paul Anna bat, seiner Schwester nicht zu erzählen, daß er Anna als bessere Seglerin bezeichnet hatte, fühlte sie sich als ein Teil seines Lebens, und zwar nicht nur jetzt, sondern auch in Zukunft.

Es war nicht einfach, die Schönheit der Black Swan Bay hinter sich zu lassen und in die feuchte Hitze von London zurückzukehren, aber die Finesteins hatten sie für den Abend zum Essen eingeladen, und Paul hatte an diesem Tag geschäftlich bei Lloyd's zu tun.

Auf dem Weg in die Stadt setzte er Anna und Daisy in Ladbroke Hill ab. «Du siehst so elegant aus», sagte sie zu ihm, als sie sich durch das Wagenfenster beugte, um ihm einen Abschiedskuß zu geben. «Sehr nach Lloyd's und gar nicht nach der Black Swan Bay – von Kleinigkeiten abgesehen.» Sie entfernte von seinem Nadelstreifenanzug ein Haar von Bobby.

«Das ist lediglich eine Maske.» Er berührte ihre Wange. «Um sechs Uhr bin ich vermutlich wieder da. Bitte schalte das Telefon nicht ab, das könnte gefährlich werden.»

Sie zog eine Augenbraue hoch. «Wieso?»

«Weil ich nicht sicher bin, ob ich einen ganzen Tag überleben kann, ohne mit dir zu reden.»

Er fuhr ab, und Anna lief schwungvoll die Treppe hinauf ins Haus.

In einem schwarzen Morgenrock aus Seide, der auf beiden Seiten der Brust mit einem sprungbereiten goldenen Drachen bestickt war, kam Louise die Treppe herunter. «Hast du im Lotto gewonnen?» fragte sie, als sie Annas strahlendes Lächeln sah.

Anna lachte. «Nein, ich bin verliebt. Verrückt vor Liebe, leidenschaftlich und absolut verliebt.» Mit Daisy im Arm tanzte sie durch die sonnendurchfluteten Räume.

Die Türglocke schrillte, und Anna blieb stocksteif stehen. «Mach nicht auf!» zischte sie.

Louise sah verblüfft aus. «Wieso nicht?»

«Weil ... ein Mann ist mir gefolgt.»

«Nur keine Sorge, ich werde ihn schon los.» Louise marschierte zum Dielenfenster, riß es auf und schrie: «Hauen Sie ab!» Dann zog sie sich plötzlich zurück und sagte zu Anna: «Er sieht nicht gerade so aus wie jemand, der einen belästigt. Er ist groß, blond und nicht unattraktiv.»

«Aber Charlie ist es nicht?» fragte Anna entsetzt.

«Bestimmt nicht. Charlie war ein Arschloch. Dieser Kerl sieht aus wie ein intellektueller Yuppie.» Sie beugte sich wieder aus dem Fenster. «He! Sie! Wie heißen Sie?»

«Ich bin Nicolaas van Rooyen, und ich suche Miss Tobias.»

Anna wurde puterrot. «Das ist der Mann aus Rotterdam, von dem ich dir erzählt habe.»

«Der im Taxi?» Louise kicherte. «Na, dann kannst du ihn wohl kaum auf der Schwelle stehen lassen.»

Nicolaas war schon halb wieder aus der Ausfahrt, als Anna die Tür öffnete. Sie entschuldigte sich, weil sie ihn hatte warten lassen, und bat ihn herein. «Ich möchte Ihnen noch einmal danken, daß Sie mich nach Ostende gefahren haben», sagte sie.

Er legte ihr eine Hand auf die Schulter. «Es war mir ein Vergnügen. Wie geht es Ihrer Tochter?»

«Sie hat sich wieder vollständig erholt, vielen Dank.» Anna trat beiseite und überlegte sich, wie sie ihm Pauls Existenz andeuten konnte, ohne bemüht zu wirken.

«Ich war zufällig hier und dachte schon, ich wäre beim falschen Haus gelandet», sagte Nicholaas. «Eine sehr seltsame Frau hat mich angeschrien, ich solle abhauen.»

Anna mußte sich auf die Lippen beißen, um nicht laut zu lachen, während sie Nicholaas ins Wohnzimmer führte, wo Louise in ihrem Drachen-Morgenmantel auf dem Sofa lag. Als er sie sah, stammelte er: «Ich ... ich wollte Ihre Freundin nicht beleidigen.»

«O nein, ich habe Sie beleidigt.» Louise schenkte ihm ihr breites freundliches sommersprossiges Lächeln. «Aber Anna wurde von einem Exhibitionisten belästigt, und wir dachten, Sie wären es.»

Anna wurde rot. «Louise, du übertreibst! Ich habe nichts von einem Exhibitionisten gesagt.» Sie zog sich in die Küche zurück, um Kaffee zu kochen, während Louise eine anschauliche Beschreibung des angeblichen Exhibitionisten gab.

Nicolaas lud Anna, Daisy und Louise zum Mittagessen in das italienische Restaurant ein, in dem Anna und Charlie einst ihre sicher geglaubten Jobangebote gefeiert hatten. Danach gingen sie mit Daisy in Kensington Gardens spazieren. Nach ihrer Rückkehr machte Nicolaas keine Anstalten zu gehen, sondern setzte sich gemütlich mit einer Nummer von *Time Out* in einen Sessel und strich die Theaterstücke an, die Anna, wie er offenbar annahm, mit ihm besuchen würde, solange er in London war.

Schließlich winkte Anna Louise in die Küche und flüsterte: «Paul kommt bald.»

«Was machst du mit ...» Louise nickte zu Nicholaas hinüber.

«Würdest du mit ihm ins Theater gehen, wenn er eine Begleitung braucht?»

«Solange er nicht in irgendein Kitsch-Musical möchte ...» Louise grinste verschwörerisch.

Zu Annas Überraschung erwähnte Paul Nicolaas überhaupt nicht. Den ganzen Weg hinaus nach Highgate rechnete sie mit seiner Frage, wer eigentlich der Holländer gewesen sei, doch statt dessen unterhielt er sie mit dem neuesten Klatsch von Lloyd's.

Bei den Finesteins wurden sie mit großem Hallo empfangen. Sybil scherzte, sie werde Paul umgehend ihre Rechnung für die Partnervermittlung schicken. Paul schüttelte mit gespieltem Bedauern den Kopf: Da er Anna bereits vorher gekannt habe, erwarte er einen gewaltigen Preisnachlaß.

«Ich habe immer schon gewußt, daß ihr beiden zusammenpaßt», sagte Sybil strahlend zu Anna, als sie nach dem Abendessen mit ihr ins Obergeschoß ging. «Paul wirkt glücklicher als seit vielen Jahren, und das liegt an Ihnen, meine Liebe.»

Anna wurde rot vor Freude. «Danke.» Vor dem großen Spiegel in Sybils Schlafzimmer zog sie ihr Kleid zurecht. «Wie lange kennen Sie Paul schon?»

«Ach, bestimmt schon zwölf Jahre.» Sybil senkte die Stimme. «Das war schrecklich mit Felicity. Sie war charmant, so ein hübsches Mädchen und wirklich elegant, aber wenn sie trank ... na ja, dann wurde es peinlich. In der Öffentlichkeit hat sie gar nicht soviel getrunken – es war das, was sie vorher schon heimlich gebechert hatte. Paul hat mir so leid getan; er hat versucht, ihr zu helfen.» Sybil tätschelte Annas Hand. «Jetzt gehen wir besser wieder hinunter, sonst wissen die Männer, daß wir klatschen.»

Während Anna hinter ihrer Gastgeberin die Treppe hinunterging, fiel ihr ihre erste, betrunkene Nacht mit Paul wieder ein. Kein Wunder, daß er danach am Telefon kühl gewesen war.

Es war spät, als sie nach Hause fuhren, und sobald sie unterwegs waren, fragte Paul: «Woher kennst du Nicolaas?»

«Er ist der Neffe von Mr. van Rooyen.»

«Also ist er ein Freund von dir und nicht von Louise?»

«Ja, Herr Kriminalkommissar, aber als er heute gekommen ist, wußte er nichts von dir ... von uns, weil ich ihn kennengelernt habe, ehe du und ich ‹wir› waren.» Sie beugte sich zu ihm und gab ihm einen Kuß auf die Seite seines Gesichts. «Zufrieden?»

Er lächelte sie an. «Es ist mein Job, mißtrauisch zu sein.»

Sie dachte an Derek und war außerordentlich erleichtert, daß Paul ihn nicht zu Gesicht bekommen hatte.

Kapitel 36

Anna liess sich durch den Sommer treiben, spielte mit Daisy und schlief mit Paul. Trotz ihres Vorsatzes erzählte sie ihm nichts von der *Blonde Bimbo*. Die meiste Zeit gelang es ihr auch, das Ganze zu verdrängen – wenn nicht etwas geschah, was ihr alles wieder ins Gedächtnis rief, wie etwa an dem Tag, als sie Paul zu Ginger sagen hörte, in Sailham sei eine teure Jacht gestohlen worden. Darauf war sie stundenlang niedergeschlagen, bedrückt von ihrem Verbrechen und der Furcht vor Obdachlosigkeit, die sie dazu getrieben hatte.

Da ihr Zusatzkredit jetzt abbezahlt war, deckten die Mieten fast ihre monatlichen Verpflichtungen. Durch ihre Arbeit für Lionel und Louise verdiente sie genug für den Rest der Hypothek, ihre Rechnungen und das, was sie und Daisy brauchten. Endlich mußte sie nicht mehr in ständiger Angst wegen ihrer unsicheren Existenz leben, und sie spürte, wieviel innere Ruhe ihr die Beziehung zu Paul gab.

Manchmal fragte sie sich in dieser Zeit, wie sie es überhaupt geschafft hatte, für Eurohull zu arbeiten. Damals war ihr Leben ein ständiger Balanceakt gewesen, nie hatte sie eine Minute für sich selbst gehabt. Doch gleichzeitig war ihr klar, daß sie diesen faulen Sommer nur deshalb so genießen konnte, weil sie vorher soviel durchgemacht hatte. Irgendwann würde ihr das nicht mehr genügen. Wenn sie nicht arbeitete, verbrachte sie die meiste Zeit bei Paul im Bootshaus. Es gab allerdings auch Tage, an denen sie Muße gehabt hätte, aber nicht hinfuhr. Noch immer fürchtete sie, von ihm abhängig zu werden. Es konnte ja sein, daß etwas passierte und er sie verließ. Deshalb blieb sie manchmal zu Hause in Ladbroke Hill, obwohl sie gerne mit Paul zusammengewesen wäre.

An einem warmen Nachmittag, als sie im Garten saßen und Tee tranken, fragte Mr. Marilyn sie nervös: «Was wird mit dem Haus, wenn Sie Paul heiraten?»

Eine leichte Röte trat in ihr Gesicht. «Also wirklich, Mr. Marilyn, ich habe ihn doch gerade erst kennengelernt.»

«Ich wollte nicht neugierig sein.» Er sah beschämt aus. «Aber ich kann mir nicht helfen, ich mache mir Sorgen, auch wenn es selbstsüchtig ist. Das hier ist die einzige Familie, die ich habe, und ich könnte es nicht ertragen, unter Fremden zu sterben.»

Anna faßte seine Hand und drückte sie. «Das wird nicht geschehen. Ich verspreche es.»

Er lächelte und schloß die Augen, ließ aber Annas Hand nicht los. Erst als er eingeschlafen war, löste sich sein Griff.

Pauls Firma wuchs, und er beschloß, sein gesamtes Büro in die Black Swan Bay zu verlegen und in seinem Loft in Chelsea lediglich ein Telefon und ein Faxgerät zu belassen. Er baute die alten Geräteschuppen zu Büros um und stellte zusätzliche Leute ein, darunter eine stets gutgelaunte Sekretärin namens Virginia und einen fröhlichen Buchhalter, der Jackie hieß. Michael, der ehemalige Polizist, war nach Chichester umgezogen. Er kümmerte sich um viele der Nachforschungen in dieser Gegend und schlief außerdem im Bootshaus, wenn Paul nicht da war. Ginger verbrachte die meiste Zeit im Ausland, aber er benutzte das Büro, um für Untersuchungen zu recherchieren und die Berichte über abgeschlossene Aufträge zu schreiben. Diese Aktivitäten hatten zur Folge, daß Paul und Anna unter der Woche selten zur Ruhe kamen, und es gab Augenblicke, in denen sie einen warmen Blick von ihm auffing und wußte, daß er – genau wie sie – sich wünschte, sie wären allein.

Dennoch genoß Anna das geschäftige Treiben im Büro, das sie sehr an ihre Abteilung bei Marinecover erinnerte, und sie half, wo immer sie konnte. Sie besorgte Informationen für Ginger, wenn er aus dem Ausland anrief, schickte Faxe für Virginia ab, ergänzte im Supermarkt die Vorräte und strich Sandwiches zum Mittagessen, wenn alle beschäftigt waren. Sie hätte gerne mehr getan und ihre Fachkenntnisse für Paul eingesetzt, aber er schlug es nicht vor. Sheldon Investigations war seine Schöpfung, und sie wagte nicht, sich ohne Aufforderung einzumischen.

Eines Morgens, nachdem Paul auf dem Weg zu Lloyd's Anna in Ladbroke Hill abgesetzt hatte und sie nach fast einer Woche Abwesenheit das Haus putzte, klingelte das Telefon.

Sie nahm den Hörer ab, und ihr wurde eiskalt. «Hallo, Caroline», sagte Derek. «Wo bist du denn gewesen? Man sollte fast glauben, du willst nicht mit mir reden.»

Ihre Hand, die den Hörer hielt, war feucht, und ihre Stimme zitterte, obwohl sie versuchte, sie unter Kontrolle zu halten. «Da haben Sie recht, das möchte ich auch nicht.»

«Aber ich würde gerne Geschäfte mit dir machen. Ich habe dir ja gesagt, wir könnten viel Geld verdienen. Niemand würde ein solches Klasseweib wie dich verdächtigen.»

«Ich weiß nicht, wovon Sie sprechen», sagte sie steif.

Er stieß ein unfreundliches Lachen aus. «Ich ziehe meinen Hut vor dir, Caroline, du hast wirklich Mumm. Aber wem willst du eigentlich etwas weismachen? Ich weiß, daß du das Schiff gestohlen hast, weil du es einem Freund von uns weggenommen hast – und er hatte es von jemand anders gestohlen.» Er lachte wieder. «Und das ist das Problem, weißt du. Als wir es verkauft haben, mußten wir ihm die Hälfte des Geldes geben, und zwar aus unserer Tasche. Du schuldest uns etwas, Caroline.»

Sie war wütend auf ihn, weil er sie bedrängte, und auch auf sich, weil sie es zuließ. «Hören Sie zu.» Ihre Stimme klang kalt und deutlich. «Sie werden mich nicht mehr anrufen. Nie wieder!»

«Oder was? Dann rufst du wohl die Polizei?»

«Ja, das tue ich.»

«Und was glaubst du, was die sagen, wenn sie von der *Blonde Bimbo* erfahren?»

«Gar nichts. Sie werden sich freuen, daß sie Sie erwischt haben.» Sie legte den Hörer auf.

Jetzt war sie nicht mehr eingeschüchtert, sondern wütend, aber der größte Teil der Wut speiste sich aus ihrer Angst. Ihr blieb keine Wahl mehr. Sie mußte Paul davon erzählen.

Er kehrte früher als erwartet am Nachmittag zurück, und weil sie wegen Derek so aufgeregt war, nahm sie irrationalerweise an, er habe von der *Blonde Bimbo* erfahren. Daher rannte sie auf ihn zu und rief: «Ich weiß, warum du früher kommst. Ich wollte es dir schon erzählen.»

Er sah sie verblüfft an. «Hast du von Jugoslawien gehört?»

Sie starrte ihn an. «Von Jugoslawien?»

«Ja.» Er faßte sie an den Schultern. «Ich bin gekommen, um dir zu sagen, daß ich morgen früh nach Dubrovnik reise.»

Ihre Erleichterung, daß er nichts von ihrem Verbrechen wußte, wurde von der Angst um seine Sicherheit verdrängt. «Paul, das ist gefährlich. Sie haben gerade gemeldet, daß alle Touristen evakuiert werden.»

«Ich bin kein Tourist, Anna.» Er umfaßte ihr Gesicht mit den Händen. «Ich hole Harriets und Justins Boot heraus.»

Plötzlich überfiel sie eine panische Angst, er könne dabei getötet werden. Es kam ihr vor, als stünde sie am Rand eines Abgrunds. Selbst in ihren leidenschaftlichsten Momenten mit Paul hatte sie bisher nicht den Kopf verloren. Die Vergangenheit hinderte sie daran, sich völlig fallenzulassen; ihre Ängste zwangen sie dazu, ein kleines Stück von sich selbst zu behalten, genug, um wieder auf die Beine zu kommen, falls etwas schiefging. Jetzt tat sich der Boden unter ihren Füßen auf, und ihre Schutzmauer brach zusammen.

«Geh nicht, Paul!» Sie grub ihre Finger in seinen Arm. «Es lohnt sich nicht, für ein Schiff zu sterben.»

«Ich muß es versuchen. Diese Jacht ist Justins größte Freude.» Er versuchte Anna zu beruhigen, indem er hinzufügte: «Mir wird schon nichts passieren. Ich kenne die Gegend gut, sie liegt in einem Ferienort namens Cavtat, einer alten Fischerstadt, etwa zwölf Meilen südlich von Dubrovnik.»

«Aber in den Nachrichten haben sie gesagt, daß die Serben in den Hügeln hinter Dubrovnik sind.»

«Sie haben noch nicht angefangen zu schießen, zumindest dort nicht. Die Unruhen sind weiter im Norden, nahe Slowenien. Darum muß ich jetzt fahren.» Er streichelte ihre Wange. «Mach dir keine Sorgen. Auf der Dubrovnik zugewandten Seite von Cavtat gibt es eine hohe bewaldete Halbinsel mit einem alten Mausoleum, das völlig von knorrigen Pinien verdeckt wird. Von dort aus kann ich alles, was im Hafen geschieht, überblicken, und wenn es nicht sicher aussieht, warte ich, bis die Nacht hereinbricht. Das Schiff liegt auf dieser Seite der Stadt am Kai, direkt vor einem Restaurant, das früher das beste der Stadt war, auch wenn es jetzt bestimmt nicht mehr viele Gäste hat.»

«Und wenn das Schiff nicht seetüchtig ist?» wandte sie ein.

«Dann komme ich zurück – irgendwie. Der Flughafen ist noch immer offen. Ich fliege morgen hin, und von dort aus sind es nur drei Meilen bis Cavtat. Wenn ich kein Taxi finde oder die Hauptstraße gesperrt ist, kann ich auch zu Fuß gehen. Du siehst, ich habe an alles gedacht.»

Anna konnte den Gedanken nicht ertragen, von Paul getrennt zu werden und mit Derek allein fertig werden zu müssen. «Nimm mich mit», flehte sie ihn an.

«Nicht in ein Land, das am Rand eines Krieges steht.»

«Ich habe keine Angst – und ich kann gut segeln.»

Er zog sie an sich. «Ich hätte Angst um dich, und das würde meine Entscheidungsfähigkeit beeinträchtigen.»

Draußen im Garten konnten sie Daisy mit Mr. Marilyn plappern hören. «Vermutlich hast du recht», meinte sie in resignierendem Tonfall. «Ich muß an Daisy denken, sie hat niemanden außer mir.»

Während sie dastanden und einander in die Augen sahen, spürte Anna eine plötzliche Woge des Begehrens, die ihren ganzen Körper durchflutete, durch ihre Venen und bis in die Fingerspitzen. Paul schob sie gegen die Wand und küßte sie gierig. Er streifte die Träger ihres Sommerkleids von ihren Schultern und küßte ihren Nacken unter den Haaren. Dann hob er ihren Rock und fuhr mit der Hand über die Innenseite ihres Schenkels. Sie löste seine Gürtelschnalle und begann ihn zu streicheln. Er umfaßte sie mit seinen starken Händen, und seine Finger gruben sich schmerzhaft in ihre Haut, aber sie begehrte ihn genauso wie er sie. Er hob sie auf sich. Sie keuchte vor Genuß und schlug die Zähne in seine Schulter, um ihre Schreie zu dämpfen, als er sie an der Wand ihres Schlafzimmers nahm.

Danach klammerten sie sich aneinander und zitterten noch nach der Heftigkeit ihrer Leidenschaft. Seine bevorstehende gefahrvolle Mission hatte sie dazu gebracht, sich ihren Gefühlen zu stellen, und jetzt konnten sie es kaum ertragen, sich zu trennen. Diese intensive Vereinigung hatte wenig mit der sanften, zärtlichen, alle Möglichkeiten auslotenden Liebe im Bootshaus gemein, aber sie zeigte beiden, wie sehr sie einander brauchten.

Paul küßte Anna auf die Wange und lächelte sie an, und sie antwortete, indem sie ihr Gesicht gegen seine Schulter rieb. Dann zog er ihr Kleid zurecht, während sie seinen Gürtel wieder schloß – gerade noch rechtzeitig, ehe Mr. Marilyn mit Daisy die Treppe heraufkam.

Als sie nachts eng nebeneinander im Bett lagen, bemerkte Paul: «Als ich heute ankam, warst du so aufgeregt. Was ist denn passiert?»

«Ich ... Es spielt keine Rolle.» Sie konnte ihn nicht auf diese gefahrvolle Reise gehen lassen, wenn er um ihre Sicherheit fürchtete.

«Nein, erzähl es mir! Was war los?» Er nahm sie in die Arme und küßte sie auf eine Augenbraue.

«Es war nicht wichtig ... ehrlich.»

«Anna, bitte erzähl es mir.»

Sie konnte nicht wissen, daß ihre Zurückhaltung schmerzhafte Erinnerungen in ihm weckte an die Zeiten, als Felicity sich weigerte zuzugeben, daß sie Hilfe brauchte.

Anna glaubte, Paul stecke in der Rolle des Detektivs, der nicht aufgeben konnte, ehe er eine zufriedenstellende Antwort bekam, also sagte sie: «Ich habe ein schlechtes Gewissen, weil es schon Monate her ist, seit ich meine Mutter und meine Großmutter zuletzt besucht habe.»

«Ist das alles?»

Sie nickte. «Natürlich.»

Er lächelte erleichtert. «Ich lasse dir meinen Wagen da, dann kannst du zu ihnen fahren. Das macht die Fahrt mit Daisy leichter für dich.»

Sie bedankte sich bei ihm und tat so, als schliefe sie, aber ihre Gedanken wanderten immer wieder zu Derek. Sie konnte sich nicht länger einreden, daß er sie in Ruhe lassen würde.

Anna vermißte Paul, aber nicht mehr nur mit vager Zärtlichkeit wie vorher. Jetzt spürte sie einen heftigen Schmerz, als sei ein Stück ihres Körpers ohne Narkose aus ihr herausgerissen worden. Aufmerksam lauschte sie auf die neuesten Berichte aus Jugoslawien, als könne sie ihm auf diese Weise nahekommen. Ihre Sorge um Paul drängte Derek in den Hintergrund. Das Haus verließ sie kaum, aber nicht nur, weil sie Angst hatte, Derek zu begegnen, sondern auch, weil sie zu Hause sein wollte, wenn es Paul gelang, sie anzurufen. Als sie eine Nacht in Lower Gossip Fen verbrachte, konnte sie ihre Ungeduld kaum bezähmen, weil Melissa den größten Teil des Abends das Telefon belegte, und bei ihrer Mutter und ihrer Großmutter saß sie wie auf glühenden Kohlen, weil das Telefon gestört war.

Louise war in den Westen Englands zum Nachlaßverkauf einer alten Dame gefahren, die einst die Geliebte eines reichen französischen Industriellen gewesen war. Beladen mit Satin-Morgenröcken und Seidenjäckchen, kehrte sie zurück und fand Anna vor den Fernsehnachrichten. Sie hatte kaum zu erzählen begonnen, Nicolaas habe sie eingeladen, ihn in Holland zu besuchen, sie sei aber fest entschlossen, nicht hinzufahren, als das Telefon klingelte.

Anna griff eilig nach dem Hörer. Ein Knacksen war in der Leitung zu hören, und dann sagte Paul: «Bist du das oder ist es dein blöder Anrufbeantworter?»

Beim Klang seiner Stimme wurde Anna fast schwindelig. «Ich bin es!» Sie lachte aufgeregt. «Wie geht es dir? Wo bist du?»

«Ich bin in Cavtat. Wie geht es dir? Wie geht es Daisy?»

«Uns geht es gut. Und dir? Bist du in Sicherheit?»

«Ja, aber hier herrscht ziemliche Aufregung. Ich wohne im Hotel Croatia. Als ich das letzte Mal hier war, was es voll; jetzt bin ich fast der einzige Gast.»

«Dann hätte ich doch mitkommen können», witzelte sie.

Er lachte. «Das habe ich jetzt nicht gehört.»

Sie kicherte. «O doch, das hast du genau gehört. Erzähl, was ist mit dem Schiff? Ist es seetüchtig?»

«Eine der Motoraufhängungen war gesprungen und mußte geschweißt werden, weil es hier natürlich keine Ersatzteile gibt, aber ich hoffe, daß ich morgen fahren kann.» Ein seltsames Echo ertönte, und seine Stimme wurde leise. «Du fehlst mir», schrie er, dann war die Leitung tot.

Anna legte den Hörer auf und drehte sich zu Louise um. «Es geht ihm gut. Er lebt.» Sie legte die Hände vors Gesicht und weinte aus purer Erleichterung.

Jetzt, nachdem Anna von Paul gehört hatte, war sie weniger ängstlich, obwohl sie weiterhin die Nachrichten aus Jugoslawien verfolgte.

Kurz vor Marktschluß am Samstag traf Anna Dominic, als sie gerade Rosen für Mr. Marilyn kaufte, der sich um Daisy kümmerte.

«Hast du noch immer denselben Freund?» erkundigte er sich.

Sie lächelte stolz. «Aber sicher!»

«Der Glückliche!» Dominic nahm ihre Einkäufe und half ihr, sie nach Hause zu tragen, aber ihre Einladung, noch etwas zu trinken, lehnte er ab.

Sie ging hinunter ins Kellergeschoß, um Daisy abzuholen, und wurde von Mr. Marilyn mit einem freudestrahlenden Gesicht empfangen. «Mac und Victoria haben mich zu ihrer Hochzeit eingeladen.» Er deutete auf eine große weiße Einladung, die einen Ehrenplatz auf dem Kaminsims hatte.

«Werden Sie fahren?» fragte Anna und beugte sich hinunter, um Daisy zu umarmen.

Er schüttelte den Kopf. «Ich kann es mir gar nicht leisten. Und um die Wahrheit zu sagen, ich möchte auch gar nicht so weit fliegen, an einen fremden Ort, um mit Menschen zusammenzusein, die ich nicht kenne. Ich finde es nur herrlich, daß ich eingeladen bin.»

«Ich kann mir auch nicht leisten hinzufahren», sagte Anna voller Bedauern.

Als sie hinaufkam, war es still im Haus. Offenbar war niemand zu Hause. Auf dem Tisch in der Diele befanden sich zwei ordentliche Poststapel, einer für sie und der andere für Louise, und auf jedem lag ein großer weißer Umschlag, auf dem in Macs schräger Handschrift die Adresse stand. Auf Annas Stapel lag auch noch eine Einladung für Paul, und sie spürte eine warme Freude, daß er mit ihr eingeladen war, selbst wenn sie nicht fahren konnte.

Sie öffnete ihre übrigen Briefe: ihre monatliche Abrechnung der East Metro, eine Karte von Roz, auf der sie mitteilte, daß Luke eine weitere Musikprüfung geschafft hatte, ein Zeitungsartikel über Sauberkeitserziehung von ihrer Mutter und ein weißer gefütterter Umschlag mit getippter Adresse und ohne Absender. Zunächst dachte sie, er sei leer, aber als sie ihn umdrehte, fiel ihr ein Schnappschuß in die Hand. Es war ein Bild von Daisy, wie sie mit Errol Flynn im Garten spielte, und darüber stand: «Du schuldest uns etwas.»

Anna ließ kreidebleich den Umschlag sinken. Die Botschaft war unmißverständlich. Sie rannte in die Küche, wo Daisy am Boden saß und so tat, als füttere sie ihre Puppen, und riß ihre Tochter von der Hintertür weg. Dann zog sie alle Vorhänge zu und spähte prüfend in die Auffahrt und den Garten hinaus.

Ohne Daisy von ihrer Seite zu lassen, durchsuchte sie fieberhaft die Seitentaschen ihrer Segeltasche und versuchte sich zu erinnern, wohin sie Dereks Telefonnummer gesteckt hatte. Schließlich fand sie sie, in einer Reißverschlußtasche im Inneren.

Ihre Hände zitterten, während sie die Nummer eintippte, aber nicht nur vor Angst, sondern auch vor Wut.

Er war sofort am Telefon.

«Derek?» sagte sie.

«Hallo, Caroline, ich habe bereits erwartet, von dir zu hören. Schön, daß du zur Vernunft gekommen bist.»

«Derek, wenn Sie mein Kind anrühren, dann bringe ich Sie um. Hören Sie mich? Mir ist es völlig gleichgültig, ob ich ins Gefängnis muß, aber ich werde Sie aufspüren und umbringen.» Sie legte auf, ehe er antworten konnte.

Innerhalb von Sekunden klingelte ihr Telefon. Sie packte den Hörer und schrie: «Ja!»

«Anna, hier ist Paul. Was ist passiert? Wieso schreist du so?»

Sie antwortete nicht – sie konnte nicht sprechen, weil sie vor Angst zitterte.

Beruhigend fuhr er fort: «Anna, hör zu. Ich bin in Italien, ich habe das Schiff herausbekommen. Ich buche dir für morgen einen Flug nach Neapel, und dann können wir sie zusammen zurücksegeln. Das wird wunderbar, dann sind wir allein, nur wir beide, und wir können über alles reden, was dich bedrückt. Ich weiß, daß etwas nicht stimmt.»

«Ich kann Daisy nicht allein lassen!» rief sie verzweifelt.

«Ich bezahle dafür, daß Heather sie nimmt.»

«Nein! Es geht nicht. Im Augenblick geht es einfach nicht.»

«Anna, sind Charlies Eltern wieder aufgetaucht? Ist das der Grund, weshalb du so durcheinander bist? Oder ist es Charlie? Ist er zurückgekommen? Liebling, ich kann dir nicht helfen, wenn du mir nicht vertraust.»

«Ich kann Daisy nicht mehr allein lassen.» Annas Stimme bebte. «Ich fahre zu meiner Schwester.»

Da sie jede weitere Auskunft verweigerte, verabschiedete Paul sich etwas verstimmt. Er hätte ihr nur zu gern geholfen, doch was konnte er tun, wenn sie sich ihm nicht anvertraute? Erneut erinnerte sie ihn mit ihrer Abwehr an Felicity, auch wenn er sich immer wieder klarzumachen versuchte, wie unterschiedlich die beiden waren. Anna war beherzt und offen und zugleich auf attraktive Weise scheu. Felicity war der Mittelpunkt jeder Party gewesen, aber sie hatte Angst vor dem Alleinsein gehabt, was er erst gemerkt hatte, als es zu spät war. Er war sicher, daß Anna nicht trank – dafür besaß er inzwischen einen sechsten Sinn –, aber sie hatte irgendeinen Kummer, und es beunruhigte ihn zutiefst, daß sie ihre Sorgen vor ihm geheimhielt. Ihr Schweigen rief den Alptraum aus seiner Vergangenheit wach.

Kapitel 37

Eine Stunde später brach Anna nach Lower Gossip Fen auf. Sie fuhr nicht, weil sie Angst um sich selbst hatte, sondern weil sie um Daisys Sicherheit fürchtete. Es tat ihr leid, daß sie Lionel und Louise im Stich lassen mußte, besonders jetzt, wo es auf dem Markt geschäftiger wurde, aber sie konnte nichts dagegen tun.

Roz stellte bei der plötzlichen Ankunft ihrer Schwester keine Fragen. Sie nahm einfach an, daß sich Paul als ein weiterer von Annas unzuverlässigen Männern erwiesen hatte, und als Anna sich weigerte, die Farm auch nur zu einem Einkauf in Ely zu verlassen, vermutete Roz, sie hoffe auf einen Telefonanruf von Paul.

Die Ruhe in Lower Gossip Fen besänftigte Annas Nerven. Wenn sie hinausblickte über die neblige Moorlandschaft, wo die Schafe friedlich an den Ufern der tiefen Entwässerungskanäle grasten und in der Ferne das gleichmäßige Summen eines Mähdreschers zu hören war, dann konnte sie kaum glauben, daß sie sich in die schäbige Gewaltsamkeit von Dereks Welt hatte hineinziehen lassen.

In Lower Gossip schien alles einfacher zu sein. Sie hätte das Geld auf andere Weise aufbringen sollen – bestimmt hätte es eine Alternative gegeben, obwohl ihr auch jetzt noch keine einfiel –, aber nachdem sie das Verbrechen begangen hatte, hätte sie, gleich nachdem Derek wieder aufgetaucht war, zur Polizei gehen und ihre Strafe auf sich nehmen sollen, denn nichts konnte schlimmer sein als diese Zwangslage aus Angst und Bedrohung.

Sie überlegte, ob sie ins Dorf gehen und dem ältlichen Constable ihre Geschichte gestehen sollte, aber sie fand das nicht fair gegenüber Tom und Roz. Lower Gossip war klein, und der Ruf der Familie wäre ruiniert, ohne daß Roz oder ihr Mann etwas dafür konnten. Nein, sie mußte es Paul erzählen. Er würde wissen, was zu tun war.

Sie dachte ständig an ihn, wie er gerade die italienische Küste entlangsegelte, und wünschte sich, sie hätte ihn begleiten können. Sie stellte sich vor, wie er seine Arme schützend um sie legte, dachte an die Nähe seines Körpers, sein Lächeln, seinen zärtlichen Spott und seine Küsse.

Mehrere Tage lang rief er nicht an, und als Anna schon glaubte, sie hätte ihn vertrieben, meldete er sich, als sie gerade beim Abendessen saßen, aus Genua.

«Endlich habe ich dich gefunden», sagte er. «Roz' Nummer war im Loft, und ich wußte ihren Nachnamen nicht. Aber zum Glück habe ich mich an den von Mr. Marilyn erinnert und konnte ihn durch die Auslandsauskunft ausfindig machen.»

Ihr war ganz schwindlig vor Erleichterung, weil sie endlich von ihm hörte. «Ich ... das mit neulich tut mir leid. Ich erkläre dir alles, wenn du wieder da bist.»

«Kannst du es mir nicht jetzt erzählen?» fragte er.

«Nicht am Telefon. Es hat Zeit.» Hier in Lower Gossip Fen fühlte sie sich sicher genug, um zu warten, bis sie ihn wiedersah.

«Dann mußt du es mir in New York erzählen.»

«Wie bitte?»

«Mr. Marilyn hat mir erzählt, daß wir zu Macs und Victorias Hochzeit eingeladen sind. Möchtest du denn nicht hinfahren?»

Sie wollte nicht sagen, daß sie es sich nicht leisten konnte. «Ja, aber ich ... ich bin mir nicht sicher, ob ich das kann.»

Er erriet, daß sie auf die Kosten anspielte, und eine Woge der Zärtlichkeit durchflutete ihn angesichts ihres Stolzes. Mit einem ironischen Lächeln dachte er daran, wie Felicity immer erwartet hatte, daß er für sie zahlte, auch als er noch ein armer Student von einundzwanzig Jahren war und sie vom Geld ihrer reichen Eltern lebte.

«Anna, ich lade dich ein, mit mir auf die Hochzeit zu gehen und dann nach Whaler's Rock zu fahren. Ich möchte, daß du Steven und Georgina kennenlernst. Sie geben am Wochenende nach der Hochzeit einen Ball zu ihrem zwanzigsten Hochzeitstag – und ehe du mir erzählst, daß du Daisy nicht allein lassen kannst, Steven hat bereits sein altes Kindermädchen gebeten, sich um sie zu kümmern.»

«Ich komme wahnsinnig gern!» Anna lachte vor Freude laut auf. «Ich kann es gar nicht erwarten!»

«Ich wünschte, ich wäre jetzt bei dir.» Seine Stimme wurde sanft. «Ich möchte dein Lächeln sehen, dich in den Armen halten, mit dir schlafen. Als du vor ein paar Tagen so ... aufgeregt warst, dachte ich, Charlie wäre zurückgekommen.»

«Paul, ich habe dir doch gesagt, er ist Vergangenheit.»

«Aber die Vergangenheit kann einen verfolgen, selbst wenn man sie zu vergessen versucht.»

Sie wußte, daß er sich auf Felicity bezog, und wollte gerade etwas Tröstliches sagen, als sie Roz rufen hörte: «Dein Abendessen wird kalt.» Sie sagte: «Meine Schwester wird ungeduldig. Ich sollte besser auflegen.» Sie brauchten einige Minuten, um sich zu verabschieden, und selbst nachdem Anna aufgelegt hatte, blieb sie noch einen Augenblick in der dunklen Diele stehen und versuchte, ihrer Gefühle Herr zu werden. Die Einladung nach Whaler's Rock war die größtmögliche Auszeichnung. Es war der verzauberte Ort von Pauls Kindheit, wie Belworth es für sie gewesen war.

Roz und Tom saßen bereits beim Käse, als Anna ins Eßzimmer kam. «Ich gehe auf einen Ball.» Sie klatschte in die Hände. «In Newport.»

«Auf der Isle of Wight?» fragte Tom.

«Auf Rhode Island!» Anna ließ sich auf ihren Stuhl fallen. «Und zu einer Hochzeit in New York.»

Tom ließ sein Messer sinken. «Dieser Kerl kann doch nicht so ohne sein, Roz. Hast du nicht gesagt, er sei schon wieder so ein Fehlschlag?»

«So etwas habe ich nie gesagt.» Roz warf Anna einen verlegenen Blick zu. «Ich habe mir nur Sorgen um Anna gemacht. Wenn sie schon wieder aus heiterem Himmel hierherkommt – nicht daß es mich stören würde, Anna, ich freue mich, daß du da bist –, aber natürlich dachte ich, du wärst in Schwierigkeiten. Na ja, ich habe mich wohl geirrt.»

Anna schnitt in eine kalte Bratkartoffel. «Würdest du mir helfen, ein Kleid für den Ball zu nähen, Roz? Es muß sagenhaft romantisch werden.»

«Natürlich.» Roz begann die Teller einzusammeln. «Beeil dich mit dem Abendessen, damit wir die Schnitte auf dem Tisch ausbreiten können. Morgen fahren wir nach Cambridge und kaufen einen Stoff. Ich weiß genau den richtigen Laden.»

Mit Roz' fachmännischer Hilfe schneiderte sich Anna ein wunderschönes nachtblaues Ballkleid und ein einfaches, aber elegantes Kleid aus graubraunem Crêpe-de-Chine für die Hochzeit. In einem Secondhand-Laden in Ely entdeckten sie einen großen, schwarzen Hut mit breiter Krempe, von dem die Verkäuferin behauptete, er sei nur einmal getragen worden, und zwar in Ascot. Sie versahen ihn mit einer graubraunen Seidenschärpe.

Tagsüber waren sie so beschäftigt, daß es Anna gelang, ihre panische Angst vor Derek in den Hintergrund zu drängen. Hier im Moor fühlte sie sich zunehmend sicher. Das Farmhaus lag einsam, aber das umgebende Land war so flach, daß niemand sich ungesehen nähern konnte. Und wenn auch nur ein Fahrrad auf der Straße vorbeifuhr, raste Augustus wild bellend aus dem Haus. Nur in der Nacht, während sie auf die knarzenden Geräusche in dem alten Haus und die draußen vorüberhuschenden kleinen Tiere horchte, wurde Anna unruhig. Dann schlich sie sich in Daisys Zimmer und betrachtete auf dem Kissen das kleine Gesicht ihrer Tochter, die friedlich und ahnungslos schlief.

Um Daisy zu beschäftigen und sie aus dem Nähzimmer fernzuhalten, wurde Melissa beauftragt, mit ihr zu spielen. Sie hatte endlich die Erlaubnis bekommen, das Internat zu verlassen, und wartete, bis das College begann. Ihre Zeit verbrachte sie damit, auf ihrem Bett zu liegen und Musik zu hören oder mit mißmutigem Gesichtsausdruck in schweren Stiefeln, einer sackartigen schwarzen Hose und einer unförmigen Jacke durchs Haus zu marschieren. Mit Roz stritt sie sich, Anna gegenüber war sie schüchtern, aber mit Daisy war sie freundlich und geduldig.

Beim Nähen erzählte Anna Roz alles über Paul. «Er bringt mich zum Lachen», sagte sie. «Keiner der Männer, mit denen ich bisher zusammen war, hat das getan.»

Roz lächelte ihr mütterlich zu. «Es wird ja Zeit, daß du was Festes findest. Ach, zieh doch kein solches Gesicht – ich habe es nett gemeint –, du brauchst jemanden, der sich um dich kümmert. Und um Daisy. Wenn du aus den Staaten zurück bist, mußt du uns Paul einmal vorstellen.»

«Ihr mögt ihn bestimmt.» Anna lächelte liebevoll. Dann trat ein besorgter Ausdruck in ihr Gesicht. «Ich hoffe nur, daß Steven und Georgina nichts gegen mich einzuwenden haben. Er und Paul sind so enge Freunde, und Felicity war eine Schulfreundin von Georgina. Sie könnten mich als Eindringling sehen, auch wenn Pauls Ehe ... schiefgelaufen ist.»

«Natürlich werden sie dich mögen», versicherte ihr Roz. «Und das Kleid ist herrlich.» Sie strich über einen Rest blauer Seide und fügte sehnsüchtig hinzu: «Ich wünschte, Melissa würde zulassen, daß ich ihr schöne Kleider nähe, anstatt in dieser formlosen Witwenkluft herumzulaufen.» Sie zögerte: «Würdest du mir einen Gefallen tun, wenn du zurückkommst?»

Mit einem Lächeln blickte Anna von ihrer Näharbeit auf. «Was immer du willst.»

«Laß Melissa bei dir wohnen, ehe sie mit dem College anfängt. Sie kann dir mit Daisy helfen.» Roz redete rasch weiter, als Anna zögerte. «Mit Kindern kann sie gut umgehen, das hast du ja gesehen, und sie hält dich für großartig. Ich finde es so frustrierend mir ihr, immer schreie ich sie an, und das macht sie nur noch trotziger.»

Anna dachte daran, wie oft sie Roz als Zuflucht gebraucht hatte, und sagte: «Natürlich nehme ich sie. Wir wäre es mit der Woche, wenn ich zurückkomme?»

Roz lächelte. «Danke. Sie wird sich so freuen.»

Paul konnte vor der Hochzeit nicht mehr nach England zurückkommen. Statt dessen legte er Justins Schiff nach Barcelona und flog direkt in die Vereinigten Staaten, um einen Auftrag zu erledigen. Anna wagte erst am Nachmittag, bevor sie nach New York fliegen sollte, nach Ladbroke Hill zurückzukehren. Auf dem Tisch in der Diele fand sie ihre Post in einem ordentlichen Stapel vor. Der Anblick drehte ihr vor Angst den Magen um, aber es war nichts von Derek dabei, kein schlecht getippter, gefütterter Briefumschlag. Auch unter den Nachrichten auf ihrem Anrufbeantworter stammte keine von ihm. Dennoch war sie unruhig. Ehe sie Daisy aus ihrem Arm ließ, durchsuchte sie alle Zimmer.

Mit großer Erleichterung stieg sie früh am nächsten Morgen in das Taxi, das Paul vorausschauend für sie bestellt hatte. Sie hatte nie geglaubt, daß sie einmal froh sein würde, aus Ladbroke Hill fortzukommen – aber sie konnte es nicht erwarten, von hier zu fliehen.

Kapitel 38

New York

Paul erwartete Anna, als sie mit der erschöpften Daisy auf dem Arm aus der Ankunftshalle kam. Er umarmte sie fest und sagte: «Du kannst dir gar nicht vorstellen, wie sehr ich dich vermißt habe.»

«Ich habe dich auch vermißt.» Sie vergrub ihr Gesicht an seiner Schulter, sog seinen vertrauten Geruch ein, und die Panik der letzten Wochen verschwand, als wäre das alles einem anderen Menschen passiert – jemandem, der ihr nahestand, aber nicht ihr selbst.

Paul küßte Daisy auf ihr verschlafenes Gesicht. «Hallo, meine Kleine. Ich glaube, wir sollten dich besser schnell ins Bett stecken.» Er nahm Anna den Gepäckwagen ab und ging vor ihnen her aus dem klimatisierten Terminal in die Hitze des belebten Kennedy-Flughafens. «Mac hat ein wunderschönes Hotel auf Long Island empfohlen», erzählte er Anna, sobald sie auf dem Rücksitz eines Taxis saßen. «Von dort aus kann man zu Fuß zur Hochzeit gehen. Es wird dir gefallen.»

«Hat unser Zimmer einen Blick aufs Meer?» fragte sie und dachte dabei, wie gut und lässig er in dem cremefarbenen Hemd mit offenem Kragen und der Khakihose aussah.

«Es ist nicht nur ein Zimmer, sondern eine Suite!»

«Das klingt großartig.» Sie stupste ihn vielsagend an, und sein Blick wurde warm und liebevoll.

Sie brauchten etwas über eine Stunde, bis sie die kleine Stadt am Nordufer erreichten, wo Macs Großmutter lebte und Victorias Tante einst ein Haus besessen hatte. In den dreißiger Jahren war die Stadt ein mondäner Badeort gewesen, aber jetzt wirkte sie beschaulich und bürgerlich. Sie erstreckte sich um eine sanfte Bucht und hatte breite saubere baumbestandene Straßen und gepflegte weiße Holzhäuser, jedes mit einer Veranda und einer weitläufigen, sorgfältig gemähten Rasenfläche.

Ihr Hotel war früher ein großes Privathaus gewesen und war das älteste Gebäude der Stadt. Es lag zwischen einem Golfplatz und dem glitzernden, blauen Meeresarm des Long Island Sound. Sie gingen in die Suite, wo Paul bereits eine Nacht verbracht hatte, und traten hinaus auf den Balkon, der sich über die gesamte Länge ihres Wohnzimmers erstreckte. Unter ihnen lag die Bucht wie ein Halbmond aus weißem Sand, auf dem sanfte Wellen ausliefen. Am Strand waren wenige Leute, nur ein paar Familien und ein Hund, der in der Brandung auf und ab rannte. Noch vor einer Woche, am Labor Day, hatten sich dort Feriengäste gedrängt, aber die meisten waren jetzt nach Hause in die Städte gefahren, zurück zum Beruf oder in die Schule.

«Bist du glücklich?» Paul küßte Anna auf den Nacken.

«Sehr.» Sie lehnte sich an ihn, und obwohl sie müde war von der Reise, empfand sie bei seiner Berührung ein wohliges Schaudern.

Er zog sie an sich. «Anna, was ... worüber hast du dir solche Sorgen gemacht?»

Sie hätte es ihm beinahe erzählt, aber hielt dann doch inne. Derek war zweitausend Meilen weit entfernt, und es war nicht nötig, das Wiedersehen mit Paul zu trüben. «Ach, es ist nicht wichtig, jetzt, wo ich hier bin.»

Weil sie so entspannt und glücklich aussah, beschloß Paul, nicht weiter in sie zu dringen.

Nachdem Anna Daisy im kleineren Schlafzimmer untergebracht hatte, duschte sie und schlüpfte in ein kühles Sommerkleid. Als sie aus dem Schlafzimmer kam, stand Paul noch immer auf dem Balkon und winkte sie zu sich.

Mit den Schuhen in der Hand und einem Panamahut fest auf dem Kopf ging ein Mann, der Mr. Marilyn ähnlich sah, am Ufer entlang.

«Der liebe alte Mr. Marilyn», sagte Anna und schlang ihre Arme um Paul. «Er wollte nicht zu der Hochzeit kommen, aber er hat sich so sehr über die Einladung gefreut.»

«Ich weiß.» Paul streichelte ihren Nacken. «Er hat es mir erzählt, als ich ihn nach Roz' Nummer gefragt habe.» Er machte eine Pause. «Warum warst du so aufgeregt, Anna? Was ist passiert?»

Sie drückte sich an ihn, weil sie ihn begehrte. «Das spielt keine Rolle, nicht heute abend.»

Er küßte sie so zärtlich, daß sein Mund den ihren kaum berührte. Dann hob er sie plötzlich hoch und trug sie ins Schlafzimmer.

Als Anna am nächsten Morgen erwachte, schien strahlend die Sonne, und Pauls Kopf lag auf dem Kissen neben ihr. Unbeweglich lag sie da, betrachtete die Muster, die das Sonnenlicht auf die Decke des unvertrauten Raumes warf und lauschte auf die amerikanischen Stimmen, die sich unten am Strand laut unterhielten.

Jetzt, wo zwischen ihr und Derek ein Ozean lag, brachte sie es nicht über sich, ihre Ferien zu gefährden, indem sie Paul von ihm erzählte. Sie würde es ihm gegen Ende sagen, wenn sie bereits zwei wundervolle Wochen miteinander verbracht hatten und sie so sicher wie möglich war, daß er sie deshalb nicht ablehnen würde. In einem geeigneten Augenblick, wenn sie allein waren und sie genug Zeit hatte, würde sie ihm ihre Gründe verständlich machen. Aber auch wenn sie sich noch so sehr einredete, sie habe jedes Recht abzuwarten, wußte sie doch, sie war so sehr in Paul verliebt, daß sie fürchtete, es könne etwas passieren – ihr Glück könnte sich plötzlich in Luft auflösen wie damals, als ihr Vater seine Stelle verlor und sie Cliff Cottage verkaufen mußten.

Mac und Victoria heirateten im Garten des Hauses von Macs Großmutter. Unter einem Bogen aus Rosen, inmitten der weiten grünen Rasenflächen und vor dem Hintergrundgeräusch des Meeres gaben sie sich das Jawort. Etwa dreihundert Freunde und Verwandte sahen aus dem Schatten eines bonbonfarben gestreiften Zeltes zu, während in der Nähe ein Streichquartett Stücke von Mozart spielte.

Nach der Zeremonie unterhielten sich die Gäste miteinander. Mac und Victoria hatten viele Verwandte eingeladen und dazu ihre Freunde aus der Collegezeit, Macs Kollegen aus der Bank und Freunde der Familie aus den eng verbundenen reichen Familien, die seit Generationen am Nordufer wohnten. Paul und Anna kannten nur wenige der anderen Gäste, aber das störte sie nicht. Sie genossen es, zusammenzusein.

Eine freundliche Tante von Victoria hatte angeboten, einige Stunden auf Daisy aufzupassen. Anfangs zögerte Anna, weil ihre Angst vor Derek so groß war, aber Paul wollte das Angebot unbedingt annehmen, und ihr fiel kein Ablehnungsgrund ein, wenn sie ihm nicht die ganze unangenehme Geschichte erzählen wollte. Und dazu war jetzt, mitten auf der Hochzeit, wirklich nicht der geeignete Moment.

Am frühen Abend, als die Sonne unterging, spazierten sie Hand in Hand durch den Garten und genossen den Duft des Jasmins, der an einem hölzernen Pavillon wuchs.

«Mit diesem Hut siehst du wunderschön aus», sagte Paul zu Anna. «Ich liebe es, wenn Frauen Hüte tragen, das macht sie so … geheimnisvoll.»

Sie lächelte ihn an und wußte, daß es richtig gewesen war, ihr Geheimnis zu bewahren und diesen Tag nicht zu zerstören.

Mac und Victoria brachen zu ihren Flitterwochen auf den Galapagos-Inseln auf, aber Anna und Paul blieben noch bis Anfang der nächsten Woche auf Long Island und fuhren dann nach Norden in Richtung Whaler's Rock. Als sie am Rand von New York vorbeikamen, sahen sie Wegweiser nach Brooklyn, und Anna erzählte Paul von Elaine. «Ich wünschte, ich hätte ihre Telefonnummer mitgenommen», fügte sie hinzu. «Sie hat nicht einmal ein Jahr lang für mich gearbeitet, aber sie hat mich sehr unterstützt, und es ist seltsam, wie ähnlich sich unsere Lebensläufe entwickelt haben.»

Nachdem sie über den East River gefahren waren, kamen sie durch die Bronx, die mit ihren seelenlosen Hochhäusern, den von Graffiti bedeckten Spielplätzen, den Fast-food-Läden und den Reklametafeln auf erdrückende Weise städtisch wirkte. Sie waren froh, als sie endlich die wogenden bewaldeten Hügel von Connecticut erreicht hatten.

In New Haven hielten sie an, um Mittag zu essen in einer Pizzeria, die bei Yale-Studenten beliebt war. Paul erzählte Anna, daß er hier oft gegessen habe, als Steven an der Universität studierte.

Es war heiß, und selbst auf dem kurzen Weg zwischen dem Restaurant und dem Parkplatz spürte Anna, wie die Haut auf ihren Armen und Beinen brannte. Sie trug ein zartrosa Sommerkleid, das bei der Abfahrt in Long Island sauber und hübsch ausgesehen hatte. Jetzt war es von der Reise verknittert. «Ich hoffe, ich bin gut genug angezogen», sagte sie. Nervös stellte sie sich vor, wie sie von einer eleganten Georgina im Designerkleid mißtrauisch gemustert wurde.

«Natürlich bist du das.» Paul berührte ihre Wange. «Sie laufen ganz lässig herum – zumindest tagsüber.»

Anna bemühte sich um einen zuversichtlichen Gesichtsausdruck, aber sie wünschte, sie hätte mehr Abendgarderobe mitgebracht.

Paul konnte ihre Gedanken lesen. «Mach dir keine Sorgen. Du wirst keine Schwierigkeiten mit der Garderobe haben. Georgina kauft ihre Kleidung mit geschlossenen Augen, das ist ein Teil ihres Charmes.»

Anna lachte, aber sie konnte ihre Aufregung nicht ganz abschütteln. Immer wieder mußte sie daran denken, daß Felicity und Georgina seit ihren Kindertagen Freundinnen gewesen waren und daß Sybil Felicity als außerordentlich hübsch beschrieben hatte.

Es war später Nachmittag, als sie über die große Stahlbrücke fuhren, die sich von Jamestown nach Newport über die Narragansett Bay spannte. Anna sah den Hafen, der voll mit teuren Jachten war, und dahinter die alte Stadt aus eng stehenden, bunt gestrichenen Holzhäusern. Obwohl die Feriensaison offiziell vorüber war, waren die engen Straßen noch immer voll von sonnengebräunten Passanten in Designer-T-Shirts, die durch die modischen Boutiquen schlenderten oder vor einem der vielen Restaurants Kaffee tranken.

«Die meisten der großen Häuser, wie etwa Cornelius Vanderbilts ‹The Breakers›, liegen hinter dem Kai entlang dem Cliff Walk», erklärte Paul Anna, als sie den Hafen hinter sich ließen und durch breite Straßen mit großen Häusern im Kolonialstil nach oben fuhren. «Die meisten hier stehen nur noch für die Touristen. Whaler's Rock ist eines der wenigen, das nach wie vor bewohnt ist und derselben Familie wie früher gehört.»

Jetzt wurde die Gegend ganz und gar ländlich, und sie fuhren über schmale, kurvige Straßen durch einen Wald, in ein friedliches Tal und an der anderen Seite wieder den Berg hinauf. Der Wagen ächzte, bis sie endlich oben waren – und dann lag Whaler's Rock vor ihnen. Es war ein beeindruckender Palast aus weißem Marmor am Ende der Landzunge. Vier korinthische Säulen trugen den Portico, und eine kreisförmige, mit einem Geländer versehene Auffahrt führte vor die breite messingbeschlagene Eingangstür.

Anna war sprachlos. Sie hatte sich das Haus durchaus groß vorgestellt, aber die Wirklichkeit war atemberaubend.

«Jetzt weißt du, wie ich mich bei meinem ersten Besuch fühlte», sagte Paul und lächelte angesichts ihres verblüfften Gesichtsausdrucks.

«Und du warst damals erst neun!»

Die Eingangstür öffnete sich, und ein stattlicher Mann trat aus dem Haus. Er war für sein Alter ungewöhnlich kahl und trug eine Brille mit dickem Gestell, hinter der seine Augen fröhlich blinzelten. «Paul!» rief er. «Endlich bist du da. Ich habe mich schon so auf dich gefreut!» Er gab Paul einen Klaps auf den Rücken und grinste Anna an. «Also, das ist die Dame, die besser segelt als ich? Ja, das hat man mir erzählt.» Er streckte ihr seine Hand hin. «Steven Winslow. Willkommen auf Whaler's Rock. Ich hoffe, daß dies der erste Besuch von vielen ist. Wenn es stimmt, daß Sie besser segeln als ich, weiß ich allerdings nicht, ob mein Stolz das verträgt.»

Anna lachte. «Nur keine Angst, ich werde Sie nicht bloßstellen», sagte sie. Steven war ihr auf Anhieb sympathisch.

«Hallo, da seid ihr ja.» Eine große, knochige Frau mit schulterlangen braunen Haaren kam über den Rasen auf sie zu. Sie trug ein weites Baumwollkleid, hielt eine Gartenschere in der einen Hand und einen Weidenkorb mit abgeschnittenen Rosen in der anderen. Drei große, zottige Hunde folgten ihr auf dem Fuße. Sie gab Paul einen Kuß auf die Wange und wandte sich dann Anna zu.

«Ich bin Georgina.» Sie reichte Anna eine knochige, grasfleckige Hand. «Wir freuen uns, daß wir Sie endlich kennenlernen.»

«Danke.» Anna lächelte nervös.

Georgina spähte in den Wagen. «Du meine Güte!» Sie starrte Daisy an. «Das ist ja ein Baby.»

Daisys Gesicht verzog sich, und Anna beugte sich hinein, um ihre Tochter zu trösten. «Sie ist kein Baby mehr, sie ist schon fast zwei», sagte sie zu Daisys Verteidigung.

Georgina tätschelte Annas Rücken, als sei sie einer der Wolfshunde. «Ich wollte sie nicht beleidigen. Ich mag Kinder – auch wenn mir Hunde lieber sind. Aber Paul, du hättest mich vorwarnen sollen, daß das Kind noch so klein ist. Dann hätten wir das Kinderbett aus dem Speicher geholt.»

«Georgey, ich habe es dir gesagt», erklärte Steven.

«Ja, aber ich dachte, du übertreibst.» Georgina lächelte Anna zu. «Männer übertreiben doch immer, stimmt's?»

«Das ist nicht wahr!» protestierte ihr Mann mit gespielt ernster Miene.

«Komm, Anna, wir lassen die Männer allein», sagte Georgina. «Ich zeige Ihnen Ihr Zimmer.»

Als Anna damit fertig war, Daisy aus ihrem Sitz zu lösen und aus dem Auto zu heben, war Georgina bereits halb die herrliche goldverzierte Wendeltreppe hinaufgestiegen, und Anna mußte laufen, um sie noch einzuholen. «Ich habe Sie und Paul im Westflügel untergebracht», sagte Georgina, während sie den langen und breiten, mit Spiegeln versehenen Korridor hinuntergingen, der über die gesamte Breite des Hauses reichte. «Ich lasse das Bettchen noch vor heute abend herunterbringen.»

«Ach, machen Sie sich doch bitte keine Mühe.» Anna tat ihr Bestes, mit Georginas langen Schritten mitzuhalten.

«Wir können doch nicht zulassen, daß sie aus dem Bett fällt. Ich hatte wirklich keine Ahnung, daß sie noch so klein ist. Bestimmt hat Steven es mir erzählt, aber ich bin leider schrecklich vergeßlich. Das Schöne an Whaler's Rock ist, daß die Tage ineinanderfließen, aber das hat den Nachteil, daß ich nie weiß, ob gerade Montag oder Freitag ist.»

Anna lächelte. «Das kenne ich – und seit ich Daisy habe, ist es schlimmer geworden.»

«Was ist mit Ihrem Mann passiert?» erkundigte sich Georgina mit einer Direktheit, die Anna nervös machte.

«Ich ... äh ... ich war nicht verheiratet.»

«Wo ist Daisys Vater?»

«Wir haben keinen Kontakt zueinander.» Anna versuchte, ihren Ärger über die Neugier ihrer Gastgeberin zu verbergen.

«Das ist bestimmt nicht leicht.» Georgina beschwichtigte Anna mit einem Lächeln, in dem sich ehrliches Mitleid zeigte. Dann ging sie voraus in ein sonnendurchflutetes Schlafzimmer, das in Blau und Gold eingerichtet war. Dominiert wurde das Zimmer von einem riesigen Himmelbett, das mit blau-goldenen Quasten geschmückt war. Diese Farben fanden sich auch im Wohnzimmer und im Ankleideraum, wo für Daisy ein Einzelbett vorbereitet war.

«Ist das die Bucht, wo Paul und Steven segeln gelernt haben?» fragte Anna. Sie sah hinaus durch eines der großen Fenster, die vom Boden bis zur Decke reichten und einen beeindruckenden Blick über die Rasenflächen bis zum Meer boten.

«Ja, das ist der Weg, der zur Anlegestelle führt. Sie sind seit jenem ersten Jahr Freunde.» Georgina lächelte erneut, und ihre strengen Züge wurden weicher. «Wir freuen uns so, Sie kennenzulernen, Anna, und Paul wieder glücklich zu sehen.»

Anna wurde rot vor Freude und verzieh Georgina ihre aufdringliche Neugier. «Danke. Ich finde es herrlich hier. Paul redet ständig von Whaler's Rock.»

Sie wurden von einem ältlichen Diener unterbrochen, der Annas Gepäck auf einem Wagen hereinfuhr. Er wurde als Bowson, der ältere Bruder des Kindermädchens, vorgestellt. «Meine Schwester wird von diesem kleinen Mädchen begeistert sein», sagte er und schenkte Daisy ein breites Grinsen.

«Dann lasse ich Sie jetzt allein, damit Sie sich hier einrichten können», sagte Georgina zu Anna. «Ich fahre schnell noch in die Stadt und kaufe eine Gummiunterlage für das Kinderbett. Meine beiden sind schon lange herausgewachsen, Gott sei Dank, darum haben wir so etwas nicht mehr.»

«Sie müssen sich keine Mühe machen! Ich habe alles dabei.» Anna deutete auf ihr Gepäck, das auf dem wunderschönen hellrosablauen Aubusson-Teppich erschreckend schäbig wirkte.

«Sie sind ja gut organisiert!» Georgina tätschelte ihr nochmals den Rücken. «Aber Sie sollten darauf achten, daß Daisy bald aus den Windeln kommt. Hunde und kleine Kinder sind unmöglich, ehe sie sauber sind.» Aus dem Garten ertönte ein Ruf. Georgina beugte sich aus dem Fenster und schrie: «Ich komme gleich.» Dann wandte sie sich an Anna. «Tee gibt es im gelben Salon, das ist die erste Tür links, am Fuß der Treppe. Kommen Sie, sobald Sie fertig sind. Ich liebe die Teestunde. Das habe ich mir angewöhnt, als ich in England in der Schule war.» Sie eilte aus Annas Zimmer und lief die

Treppe hinab, wobei sie abwechselnd nach ihren Söhnen, ihren Hunden, dem Dienstpersonal und ihrem Ehemann rief.

Anna brachte Daisy ins Badezimmer, wechselte ihr die Windel, wusch ihr Hände und Gesicht und kämmte ihr Haar. Dann machte sie sich selbst frisch, zog ihr Sommerkleid aus und schlüpfte in einen kurzen cremefarbenen Leinenrock und eine Bluse.

«Jetzt komm.» Sie hob Daisy hoch. «Nun lassen wir uns mal anschauen.»

Vor ihrer Suite am Ende des verspiegelten Korridors befand sich eine Nische mit einem Schreibtisch und einem Stuhl. An der Wand dahinter hingen mehrere Schwarzweiß-Fotografien. Anna warf im Vorübergehen einen kurzen Blick darauf. Dann blieb sie stehen und ging zurück. Das größte Bild zeigte etwa dreißig Mädchen, die in drei Reihen standen. Die Unterschrift lautete: «1967, fünfte Klasse», und darunter standen in Kursivschrift die Namen. Anna entdeckte Georgina in der hintersten Reihe bei den größten Mädchen. Sie hatte sich kaum verändert. Aber es war nicht ihre Gastgeberin, die Anna gesucht hatte. Sie fuhr mit dem Finger über die Namen, bis sie zu Felicity Granger-Thompson kam, der einzigen Felicity in der Klasse. Zierlich und elegant kniete sie zu Füßen der Lehrerin, das Gesicht von hellen Locken umrahmt und bei weitem das hübscheste Mädchen in der Klasse. Nachdem sie Felicity gesehen hatte, wünschte sich Anna, sie wäre nicht stehengeblieben.

Sie holte tief Luft und ging weiter, stieg die Wendeltreppe hinab in die kreisförmige Eingangshalle aus rosafarbenem Marmor und öffnete die Tür zum gelben Salon. Der Raum war so groß, daß die anderen, die am entgegengesetzten Ende des Zimmers saßen, sie nicht hereinkommen hörten. Scheu zögerte Anna und betrachtete die Szenerie, ohne daß sie bemerkt wurde. Auf Whaler's Rock war sie sich Felicitys so bewußt wie niemals zuvor. Felicity war Georginas Schulfreundin gewesen, und man hatte sie in dieser Familie gemocht. Sie hatte dieses Haus besucht und hier ebenfalls ein Zimmer mit Paul geteilt – vielleicht sogar dasselbe Bett. Sie hatten sich in Whaler's Rock kennengelernt, sich geküßt, Zärtlichkeiten ausgetauscht und miteinander geschlafen. Anna trat einen Schritt zurück, als Paul sie entdeckte. «Ich bin nicht zu dir hinaufgegangen, weil ich dachte, du wärst lieber allein mit Daisy», sagte er und trat eilig auf sie zu. Sein Lächeln vertrieb ihre Unsicherheit.

Steven stellte sie seinen Söhnen vor, zwei großen, athletischen Teenagern namens Eddie und David. «Ist das nicht ein hübsches kleines Mädchen?» sagte er und lächelte Daisy an. «Ich habe mir immer eine Tochter gewünscht.»

Seine Söhne lachten gutgelaunt, und Georgina grinste. «Na, jetzt bekomme ich kein Kind mehr, Schatz, nicht in meinem Alter. Ich habe meine Pflicht getan, also mach dir nur keine Hoffnungen. Setzen Sie sich doch, Anna, Sie müssen nicht aus lauter Höflichkeit stehenbleiben.» Sie reichte Anna eine Tasse Tee und bot Daisy einen Schokoladenkeks an, aber das kleine Mädchen grub das Gesicht schüchtern in den kurzen Rock ihrer Mutter. Zu Annas Erleichterung bedrängte Georgina Daisy nicht, und das Gespräch wandte sich anderen Themen zu.

Anna äußerte ihre Bewunderung für Whaler's Rock, was Steven freute, der sehr stolz auf sein Erbe war. «Mein Urgroßvater hat das Haus als Sommerresidenz erbaut», erklärte er. «Er hatte dreißig Bedienstete und lebte nur einen Monat im Jahr hier. Wir müssen mit sechs Leuten auskommen, die alle zur Familie Bowson gehören. Das hört sich vielleicht viel an, ist es aber nicht bei einem Haus dieser Größe.» Er tätschelte seiner Frau die Hand. «Und natürlich habe ich Georgey, die alles organisiert. Jetzt müssen Sie Nanny, das Kindermädchen, kennenlernen. Eddie, hol doch mal Nanny.» Er wandte sich wieder an Anna. «Nanny ist auch eine Bowson. Ihr Sohn ist unser Chefgärtner, und seine Frau kocht für uns. Der Großvater hat Paul und mir das Segeln beigebracht. Er war über zwei Meter groß, hatte einen weißen Bart und eine dröhnende Stimme. Wir haben ihn immer Käpt'n Ahab genannt, nach der Figur in *Moby Dick*, aber nur hinter seinem Rücken.»

«Wir waren zwölf, als er gestorben ist», setzte Paul die Geschichte fort. «Ich war nach meinem dritten Sommer auf Whaler's Rock gerade nach England zurückgekehrt und saß in der Schule, mitten in einer Geographiestunde, als ich ans Telefon gerufen wurde. Es war der erste Telefonanruf aus Übersee, den ich jemals erhalten habe, und an meiner kleinen ländlichen Schule war man so etwas nicht gewöhnt. Du kannst dir nicht vorstellen, wie das mein Ansehen bei meinen Freunden gehoben hat.» Er lächelte Steven zu. «Der gute alte Käpt'n Ahab, wir hatten solche Ehrfurcht vor ihm. Und wir haben ihn sehr vermißt.»

«Nanny ist überhaupt nicht einschüchternd», beeilte sich Georgina Anna zu versichern. «Daisy wird sie mögen.»

«Das hoffe ich.» Anna wünschte sich sehr, daß sie recht behielt. Daisy faßte nicht leicht Vertrauen zu Fremden.

Eddie kam mit einer winzigen rundlichen Frau zurück, die ein Gesicht wie ein fröhliches Eichhörnchen hatte. Voller Wärme faßte sie Annas Hand und sagte: «Ich liebe kleine Mädchen.» Dann beugte sie sich zu Daisy hinunter. «In der Küche habe ich ein paar leckere Kekse. Magst du welche?»

«Du ißt doch gerne Kekse», sagte Anna zu Daisy.

Daisy zögerte, aber dann streckte sie langsam ihre Arme zu Nanny aus. Diese hob sie hoch, drückte sie zärtlich an sich und trug sie aus dem Zimmer.

«Das ist eine Erleichterung!» sagte Anna und entspannte sich.

Paul griff nach ihrer Hand. «Ich möchte dir die Bucht zeigen. Steven ... Georgina, kommt ihr mit?»

«Nein, geht ihr beiden nur allein.» Steven lächelte. «Fahrt mit dem Schiff hinaus, wenn ihr wollt.»

Eilig verließen Anna und Paul den Salon und traten hinaus in die goldene Wärme der Abendsonne. Sie überquerten die Marmorterrasse und liefen die Treppe hinunter auf den wunderschön gepflegten Rasen, der sich bis zum Rand der Landzunge erstreckte. Von dort aus führte ein gewundener, steiler Pfad durch einen versteckten Garten mit mächtigen Felsblöcken und weinroten Strauchrosen, hüfthohen Gräsern und windgebeugten Bäumen.

Der Weg endete in einer privaten Bucht, wo ein Bootshaus an den Felsen gebaut war und das Motorboot der Winslows am hölzernen Anlegesteg lag. Die Bucht war schön und menschenleer, und die Abendsonne warf tiefrotes Licht auf das Wasser.

Sie standen nebeneinander und blickten hinaus aufs Meer, wo die Wellen am Fuß der Landzunge gegen die Felsen schlugen und ihre Kraft verloren, ehe sie in der geschützten Bucht ausliefen.

«Das ist einfach zauberhaft», sagte Anna und lehnte sich an Paul. «Ich kann verstehen, daß dies der ganz besondere Ort deiner Kindheit war. Für mich wäre er das auch gewesen.»

Er legte seine Arme um sie. «Erinnert es dich an Cliff Cottage?»

«O nein! Das hier ist ein Palast. Und doch ...» Sie betrachtete die felsige Küstenlinie. «Es gibt eine Ähnlichkeit. Beide Orte liegen wild und einsam und sind den Elementen ausgesetzt.»

Er küßte sie auf die Augenbraue und fuhr mit zarten Küssen über ihre Wange bis zu ihrem Mund. Langsam wurden seine Küsse immer drängender, bis er sich plötzlich zurückzog, sie bei der Hand nahm und sie am Ufer entlang auf die andere Seite des Bootshauses führte, wo sie vor Blicken geschützt waren. Dort legten sie sich nebeneinander in den seidenweichen Sand und küßten sich zärtlich. Die Sonne wärmte ihre Glieder, über ihnen schrien die Möwen. Paul streichelte ihren Körper so sanft, daß seine Hände sie fast nicht berührten. Anna öffnete die Knöpfe an seinem Hemd und fuhr mit der Zunge über seine nackte Brust, gab ihm kleine Küsse, während seine Hände über ihre Schenkel bis zum Saum ihres kurzen Rocks glitten, den er mit zärtlichen Bewegungen nach oben schob. Er berührte sie zärtlich, und sie stöhnte genußvoll.

Plötzlich ertönte ein Ruf von Georgina. «Paul, Ginger ist am Telefon. Er sagt, es sei dringend.»

Paul setzte sich auf. «Ach, verdammt, ich muß hinauf. Ich muß mit ihm reden.» Er drückte sie sanft. «Tut mir leid.»

«Ich komme später nach.» Anna küßte ihn. Sie selbst ging noch nicht zurück zum Haus, sondern schlenderte den Strand entlang und genoß die Berührung und den Geruch des Meeres.

Vor dem Abendessen fanden sie keine Gelegenheit mehr, allein zu sein, weil Paul fast eine Stunde lang telefonierte und Anna, als er fertig war, zusammen mit Nanny Daisy badete. Nachdem Anna Daisy ins Bett gebracht hatte, war Paul bereits mit dem Duschen fertig und hinuntergegangen. Eigentlich hatte sie ihn fragen wollen, was sie anziehen sollte – zur Auswahl standen das graubraune Kleid, ein schwarz-weißer Anzug aus Seide im Pyjama-Stil und ein dunkelblaues Leinenkleid. Sie entschloß sich für das letztere. Es schien ihr die sicherste Wahl.

Das Abendessen verlief sehr viel förmlicher, als Anna erwartet hatte. Ein langer Mahagoni-Tisch war mit glänzendem Silber gedeckt, und Nannys Enkelin in einem schwarzen Kleid mit einem kleinen weißen Schürzchen servierte bei Tisch. Von Zeit zu Zeit fing Anna Pauls Blick auf, und sie tauschten ein geheimes Lächeln. Einmal stellte sie fest, daß Steven sie dabei beobachtete, und sie wurde puterrot, aber er lachte nur und legte ihr liebevoll die Hand auf den Arm.

Am Ende des Abendessens war Anna so müde, daß sie beinahe einschlief. Es war ein langer Tag gewesen. Die Anstrengung, Gast zu sein, vor allem mit einem kleinen Kind in einem derart großen Haushalt, und nicht zuletzt das Bewußtsein, immer mit Felicity verglichen zu werden, hatten sie erschöpft. Sie zwang sich, wach zu bleiben, während der Kaffee serviert wurde, aber als Steven ein Kartenspiel vorschlug, nahm sie allen Mut zusammen und wandte sich an Georgina. «Es tut mir leid, aber ich muß ins Bett», sagte sie.

«Aber natürlich, Sie sollen sich hier doch wie zu Hause fühlen», antwortete Georgina freundllich.

Paul berührte Annas Wange. «Ich komme gleich nach.»

Sie wünschte gute Nacht und schlüpfte aus dem Zimmer. Als Paul wenig später nach oben kam, lag sie in die Kissen geschmiegt und schlief schon fast. Er warf seine Kleider auf einen Stuhl und streckte sich neben ihr aus. Dann nahm er sie in die Arme und begann sie zärtlich zu streicheln. Sie wandte ihm das Gesicht zu, und er küßte sie auf Augen und Mund. Obwohl sie todmüde war, erwachte Annas Körper bei seiner Berührung. Zärtlich und langsam schliefen sie miteinander. Die Fenster waren weit geöffnet und ließen die nächtliche Meeresbrise herein, die über den Rhode Island Sound und den dunklen Garten heranwehte und über ihre nackten Körper strich, während sie tiefe und genußvolle Erfüllung fanden.

Danach lag Anna in Pauls Arm, und gemeinsam lauschten sie auf die Geräusche des Meeres. Sie fühlte sich, als könne nichts ihr etwas anhaben, niemand sie mehr verletzen. Derek lebte auf einem anderen Planeten.

Am folgenden Nachmittag, während Daisy friedlich bei Nanny blieb, fuhr Steven mit Paul und Anna in seiner Motorjacht die Küste entlang nach Newport. Dabei erläuterte er ihnen beim Vorüberfahren alle Anwesen entlang dem Cliff Walk.

«Vor zweihundert Jahren war Newport der belebteste Hafen an der Ostküste», erzählte Steven, während sie am Kai vor einigen bunt gestrichenen Holzhäusern anlegten. «Die meisten dieser Häuser sind neu aufgebaut worden, aber wenigstens im alten Stil.» Er zwinkerte ihr zu. «Restaurieren ist meine Leidenschaft, Anna.»

Sie lachte. «Die von Paul auch.»

Steven war ein faszinierender Fremdenführer durch die Stadt, in der er, abgesehen von den Studienjahren in Yale, sein ganzes Leben verbracht hatte. Er kannte die Geschichte jedes einzelnen Hauses und der meisten Bewohner, und alle paar Meter wurde er von Bekannten begrüßt, die ausnahmslos begeistert von dem bevorstehenden Ball sprachen.

«Eines Tages werden wir mit der *Goshawk* übers Meer nach Newport segeln», sagte Paul zu Anna, als Steven sich gerade mit einer alten Dame unterhielt. «Hättest du Lust dazu?»

«Das wäre toll.» Sie schmiegte sich an ihn und drückte ihr Gesicht zärtlich an seine Schulter. Sie liebte ihn – nicht nur, weil der heutige Tag so schön war, sondern vor allem, weil er «wir» gesagt hatte und von ihnen sprach, als würden sie auch in Zukunft noch zusammensein.

Die Tage auf Whaler's Rock strahlten eine ruhige Zeitlosigkeit aus, die herrlich erholsam war. Während Nanny sich um Daisy kümmerte, schliefen Paul und Anna lange, liebten sich in dem blau-goldenen Himmelbett, schwammen im Swimmingpool oder im Meer und segelten mit Georgina und Steven auf deren Slup.

An einem Tag gingen die Männer zum Angeln, und Anna begleitete Georgina nach Boston, um das Ballkleid abzuholen. Auf dem Heimweg hielten sie an, um in einem Fischrestaurant Mittag zu essen, und beide bestellten sich ein Glas Weißwein.

«Es ist schön, wenn man trinken kann, was man will», gestand Georgina. «Wenn Felicity dabei war, haben wir selten Alkohol getrunken, um sie nicht in Versuchung zu führen. Bestimmt hat Ihnen Paul alles erzählt.»

«Nicht in allen Einzelheiten, dazu ist er zu loyal, aber die Freunde, die uns zusammengebracht haben, erzählten mir, daß Felicity ... Probleme hatte.»

Georgina wartete ab, bis die Teller mit Meeresfrüchtesalat serviert waren, und sagte dann mit gedämpfter Stimme: «Felicity war Alkoholikerin.»

Anna war überrascht. «Ich wußte nicht, daß es so ernst war.»

«Der Alkohol hat sie umgebracht.» Georginas Gesicht wurde traurig, was sie abgespannt und sehr viel älter wirken ließ. «Wir hätten eigentlich merken müssen, daß etwas nicht stimmt, weil sie vor jeder gesellschaftlichen Veranstaltung ein paar Wodkas getrunken hat, aber sie hat es schlau verborgen. Sie hat ihre eigenen geheimen Vorräte mitgebracht, in einem verschlossenen Koffer, und da sie ihr eigenes Geld besaß, konnte Paul gar nicht wissen, wieviel sie für Alkohol ausgab.»

«Hat sie denn nie betrunken gewirkt?» fragte Anna und brach ein Stück Brot ab.

Georgina schüttelte den Kopf. «Erst in den letzten Jahren gelegentlich. Wissen Sie, Felicity war immer schon lebhaft. Als ich sechzehn war, fand meine Mutter, ich könne etwas gesellschaftlichen Schliff vertragen, und schickte mich in ein englisches Internat. Es war die Hölle – abgesehen von Felicity. Niemand war freundlicher und netter, aber dennoch war sie nicht beliebt, was ich unfair fand. Als Steven sie kennenlernte, sagte er, sie lege es zu sehr darauf an, gemocht zu werden. Diese Bemerkung ärgerte mich, weil sie meine Freundin war und er sie kritisiert hatte, aber später mußte ich zugeben, daß er recht hatte. Felicity wagte nicht, sie selbst zu sein, daher übernahm sie alles von dem Menschen, mit dem sie zusammen war – die Verhaltensweisen und Ansichten, die Vorlieben und Abneigungen. Ich glaube, das war der Grund, weshalb Paul schließlich aufhörte, sie zu lieben.»

«Hat sie daraufhin zu trinken angefangen?» erkundigte sich Anna. Das Mädchen auf dem Foto jagte ihr jetzt keine Angst mehr ein. Sie spürte lediglich Mitleid.

Georgina schob ihren Teller beiseite. «Nein, aber damals hat sie angefangen, Anschuldigungen zu äußern. Sie meinte es nicht so, es war der Wodka. Aber ihre giftigen Behauptungen konnte man nicht ignorieren, und daher kam Paul in diesen letzten Jahren, ehe sie starb, nicht mehr nach Whaler's Rock.» Sie warf einen Blick auf ihre Armbanduhr. «Wir sollten uns beeilen. Heute nachmittag wird das Zelt geliefert.»

Als sie beim Haus ankamen, war das Zelt auf dem Rasen bereits teilweise aufgestellt, und entlang der Auffahrt standen Töpfe mit blühenden Rosen. Während Georgina davoneilte und Anweisungen rief, zog sich Anna ins Obergeschoß zurück, um ein bißchen zu dösen und über Felicity nachzudenken. Sie überlegte, was für schreckliche Worte wohl gefallen sein mußten, daß sie Paul von den Menschen und dem Haus fernhielten, die er so sehr liebte.

Am Morgen des Balls nahm Nanny Daisy mit in ihr eigenes Haus, und Paul und Anna, deren Hilfsangebote zurückgewiesen worden waren, fuhren mit dem Motorboot hinunter nach Brenton Point an der Südwestspitze der Insel.

«Anfang des achtzehnten Jahrhunderts ist hier eine spanische Brigg gestrandet», sagte Paul, während er das Motorboot zwischen den Felsen hindurchsteuerte. «Das Schiff hieß *Minerva*, und das Unglück geschah am Weihnachtsabend. Sie begruben die Toten am Castle Hill, aber ein großer Teil der Ladung wurde nie gefunden. Steven und ich haben Stunden damit verbracht, nach Kunstschätzen zu suchen.»

Anna kniete sich neben ihn und spähte ins Wasser. «Was du wirklich suchst, sind Goldbarren. Gib es zu!»

Er fuhr ihr durchs Haar. «Was ich wirklich suche, bist du!»

Sie ankerten in einer menschenleeren Bucht, zogen sich aus und tauchten nackt ins kalte Meer. Lachend spritzten sie einander an. Dann schwammen sie an Land und streckten sich im weißen Sand neben einem großen schwarzen Felsen aus, wo sie von Spaziergängern an der Küste nicht gesehen werden konnten. Zärtlich sahen sie einander an, berührten sich mit den Fingerspitzen, bis die Spannung zwischen ihnen derart angestiegen war, daß sie im Sand miteinander schliefen, während die Brandungswellen ihre Füße umspülten.

Mit einem leichten Sonnenbrand kehrten sie zum Haus zurück, wo sie von Georgina mit gutmütigem Necken empfangen wurden. Sie war schon für den Ball bereit und trug ein luxuriöses Silberlamé-Kleid, hatte ihr Haar zu einer eleganten Rolle gesteckt, und um ihren Hals glänzten die berühmten Smaragde der Winslows.

«Das Kleid ist wunderschön», sagte Anna zu ihr, ehe sie mit Paul nach oben lief, um sich umzuziehen.

Gemeinsam sprangen sie unter die Dusche. Paul shampoonierte Anna die Haare, während sie seine Brust küßte, dann trockneten sie einander ab. Er war lange vor ihr angezogen, und sie flehte ihn an, hinunterzugehen und sie ihr Haar und das Make-up allein machen zu lassen, weil sie sonst nie fertig werde. Eigentlich hatte sie vorgehabt, sich die Haare einzudrehen, aber dazu blieb keine Zeit mehr, also kämmte sie sie zu einem hoch angesetzten Zopf nach hinten. Die seitlichen Haare ließ sie offen und drehte sie mit dem Finger zu Locken.

Als Anna die Treppe hinunterkam, waren die meisten Gäste bereits eingetroffen. Sie war in nachtblaue Seide gehüllt, ihre bloßen Schultern glänzten goldbraun von der Sonne, und in ihren Augen glitzerten Liebe und Lachen.

Paul löste sich aus einer Gruppe von Gästen und eilte auf sie zu. «Du siehst wunderschön aus», sagte er, nahm ihre Hand und bewunderte ihr Kleid. «Jeder Mann im Raum wird mich beneiden. Alle schauen dich an und denken sich, was für ein Glück ich doch habe.» Eine versteckte Erinnerung verdüsterte seine grauen Augen. «Und ich bin glücklich, Anna», sagte er leise. «Mein Gott, das bin ich wirklich!»

«Ich bin auch glücklich.» Sie dachte an die einsamen Monate in Ladbroke Hill, vor Louise und Mac, vor Daisy, vor Paul.

Er zog sie an sich. «Heute am Strand warst du genauso schön.»

Ihr Körper erbebte bei der Erinnerung an seine Berührung. Er sah ihre Augen leuchten und drückte ihre Hand, während er sie durch den Raum führte, um sie den anderen Gästen vorzustellen.

Auf dem Rasen war das Zelt aufgestellt, aber weil die Nacht warm war, hatte man die Seiten geöffnet, so daß der Wind vom Meer hindurchwehte. Die Tanzfläche befand sich unter dem freien Sternenhimmel. Ein Pianist spielte *Rhapsody in Blue*, sie tranken Champagner, und zum Abendessen gab es Muscheln und danach Erdbeeren. Steven sprach einen Toast auf Georgina aus, und sie einen auf ihn, und die Gäste hoben die Gläser und riefen beiden ihre Glückwünsche zu. Die Band begann zu spielen, und unter dem Klatschen und Jubeln ihrer Freunde drehten sich Steven und Georgina ganz allein auf der Tanzfläche, ehe die anderen sich anschlossen.

«Komm, wir tanzen», sagte Paul, nahm Anna bei der Hand und führte sie auf die Tanzfläche. Aber kurz davor blieb er stehen und drehte sie so, daß sie Whaler's Rock sah, dessen breiter Umriß aus weißem Marmor sich vor dem Nachthimmel abhob.

«Ist es nicht großartig?» flüsterte er ihr ins Ohr.

Sie nickte. «Danke, daß du mich mitgenommen hast.»

«Ich wollte es mit dir teilen.» Er schob seine Hand in ihren Nakken und streichelte die weichen Haare unter ihrem Zopf. «Habe ich dir schon gesagt, daß ich dich liebe?» fragte er mit leiser Stimme. «Denn das tue ich, Anna. Ich hätte nie gedacht, daß ich mich noch einmal verlieben könnte, nicht nach ... nach allem, was passiert ist.» Er zog sie an sich. «Wenn wir nach England zurückkommen, dann möchte ich, daß wir immer zusammen sind. Bisher sehen wir uns ja immer nur für ein paar Nächte, und jeder lebt in seinem eigenen Haus. Ja, ich weiß, es ist meine Schuld, wenn ich ständig weg bin, aber ich habe vor, nicht mehr so oft zu reisen. Ich möchte mein Heim mit dir teilen, Anna, mein Leben mit dir teilen. Ich will am Abend im Bett mit dir reden können, spät in der Nacht, wenn es dunkel ist. Ich möchte aufwachen und dich neben mir in die Kissen geschmiegt sehen. Ich möchte nach Hause kommen, und du bist da.»

Er nahm sie in die Arme und zog sie schwungvoll auf die Tanzfläche. Paul war ein hervorragender Tänzer, weil er tanzte, wie er lebte und wie er liebte: voller Rhythmus, Intimität und Humor. Und obwohl Anna in Gesellschaftstänzen keine große Erfahrung hatte, gelang ihr der Walzer mit Paul. Ihre Füße machten die richtigen Schritte, sie stolperte nicht, sie bewegte sich anmutig – vor allem aber strahlte sie vor Glück.

Kapitel 39

Anna hatte Tränen in den Augen, als sie Rhode Island verließen. Hier waren sie so glücklich gewesen, daß sie Angst hatte, all das hinter sich zu lassen. Auf Whaler's Rock hatte sie sich sicher und von ihrer Vergangenheit ungefährdet gefühlt, aber während sie nun auf New York zufuhren, kehrten ihre Schuldgefühle und die Furcht zurück, als erwarte sie Derek bereits am Flughafen Heathrow und niemand könne Daisy vor ihm schützen.

Sie beschloß, Paul im Flugzeug alles zu erzählen. Er hatte drei nebeneinanderliegende Sitze neben einem Fenster reserviert und einen Kinderplatz für Daisy bezahlt, obwohl das noch gar nicht nötig war. Aber auf diese Weise hatte sie einen eigenen Sitz. Im Flugzeug würden sie stundenlang Zeit haben, ungestört miteinander zu reden, und sie konnte die Verzweiflung erklären, die sie zum Stehlen getrieben hatte, und ihm klarmachen, wie sehr sie das alles bedauerte.

Paul sprach am Autotelefon mit Ginger. Anna betrachtete das Nachmittagslicht auf seinen Wangenknochen und dem dunklen Haar, das ihm, wenn er es zurückstrich, sofort wieder ins Gesicht fiel. In diesen gemeinsamen vierzehn Tagen waren sie einander so nahegekommen, daß es ihr zeitweise schien, als lebten sie in demselben Körper. Sie legte eine Hand auf seinen Oberschenkel.

Er lächelte ihr zu, hielt die Hand über die Muschel und flüsterte: «Tut mir leid.»

Sie fühlte sich wieder glücklicher. Wenn sie England erreichten, würde Paul von Derek und der *Blonde Bimbo* erfahren haben, und das Geheimnis würde sie nicht länger belasten. Dann mußte sie keine Angst mehr haben, daß er es herausfand und sie verließ.

Aus seinem Telefongespräch erriet sie, daß eine verdächtige Jacht, die Ginger in Jamaica beobachtete, so aussah, als werde sie ihren Liegeplatz bald verlassen, aber da es keine Beweise gab, konnte die örtliche Polizei sie nicht beschlagnahmen. Es war ein ähnlicher Fall wie damals in Scheveningen, nur daß es diesmal gefährlicher war. Die Männer an Bord der großen Jacht waren Kolumbianer, vermutlich Drogenhändler.

Paul schaltete das Telefon aus. «Ich muß hinfahren», sagte er. «Meine Kontaktleute vertrauen Ginger noch nicht ganz, nicht in einer so gefährlichen Situation.» Er legte seine Hand auf Annas. «Macht es dir etwas aus, wenn ich dich in Heathrow in ein Taxi setze?»

Es dauerte einen Augenblick, ehe ihr klar wurde, daß er vorhatte, zweimal über den Atlantik zu fliegen. Auch wenn sie unbedingt mit ihm reden wollte, konnte sie es nicht ertragen, ihn noch einem zusätzlichen Risiko auszusetzen. Er sollte nicht erschöpft sein, wenn er dieser Gefahr gegenübertrat.

«Du mußt sofort nach Jamaica fliegen. Ich fahre allein nach Hause», sagte sie tapfer und fragte sich, weshalb sie sich in einen Mann verlieben mußte, der sich so gern in gefährliche Situationen brachte.

Er warf einen Blick in den Rückspiegel auf Daisy, die auf der Rückbank döste. «Ich möchte dich nicht allein mit einem kleinen Kind reisen lassen.»

Sie rückte näher an ihn heran und küßte ihn. «Und ich will, daß du sicher bist. Ich komme schon zurecht, auf dem Herflug hat Daisy gar keine Schwierigkeiten gemacht.» Sie sah sein Zögern und fügte hinzu: «Paul, die Stewardessen werden mir helfen. Sie lassen kleine Kinder immer zuerst an Bord, und wenn ich in London bin, besucht mich Melissa und hilft mir.»

Er berührte ihre Wange. «Wenn du sicher bist – ich würde einen Tag gewinnen.»

«Komm nur schnell wieder nach Hause.» Sie dachte an Derek und mußte sich auf die Unterlippe beißen, die zu zittern begonnen hatte.

Sie kamen gut voran, bis sie über den East River fuhren. Dann gerieten sie in den beginnenden Feierabendverkehr und steckten bis zum Flughafen fest. Knapp vor dem Abflug des Flugzeugs nach Kingston bremste Paul vor dem Terminal der British Airways. Er konnte nicht mehr warten, bis Anna eingecheckt hatte, weil er den Leihwagen noch zurückgeben und zu einem anderen Terminal laufen mußte. Darum winkte er einen Gepäckträger herbei, schob ihm zwanzig Dollar zu und bat ihn, sich um Anna zu kümmern. «Ich finde es schrecklich, daß ich dich hier so stehenlassen muß», sagte er und küßte erst sie und dann Daisy, während sich der Anfahrtsverkehr, die Passagiere und die Gepäckträger um sie drängten.

«Wir kommen schon zurecht.» Sie hielt Daisy fest im Arm. «Jetzt geh! Du verpaßt noch dein Flugzeug.»

Er sah, daß sie bleich vor Angst war. «Liebes, du hast doch keine Angst vor dem Fliegen, oder?»

Sie schüttelte den Kopf. «Paul, du mußt dich beeilen.»

Er zögerte noch immer. «Ich bin furchtbar egoistisch; ich sollte bei dir bleiben.»

«Wir schaffen das schon.» Sie bemühte sich um ein Lächeln. «Wirklich.»

Er küßte sie noch einmal und stieg dann in den Wagen. «Ich rufe dich heute abend an, ich meine morgen ... morgen bei dir.»

Sie winkte ihm zum Abschied nach. Ihre Kehle war so zugeschnürt, daß sie nichts mehr sagen konnte.

Daisy schlief den größten Teil des Fluges, auf ihrem Sitz zusammengerollt und den Kopf auf Annas Schoß gelegt. Anna hingegen schlief überhaupt nicht. Während der gesamten Reise machte sie sich Sorgen um Paul. Sie stellte sich vor, wie er in einer dunklen

Gasse in eine Falle geriet, von Drogenhändlern ermordet wurde, verschwand – und sie würde nie erfahren, wie oder wohin.

Körperlich und seelisch völlig erschöpft, kam sie zu Hause an. Das Haus war still – Louise war nicht da. An der Post, die unordentlich auf dem Tisch in der Diele lag, anstatt wie sonst zu ordentlichen Haufen geordnet zu sein, erkannte Anna, daß Mac und Victoria noch nicht zurück waren. Während sie die Briefe sortierte, bereitete sie sich innerlich darauf vor, einen Umschlag mit Dereks fehlerhafter Schreibmaschinenschrift zu finden, aber es war nichts dabei. Schwindlig vor Erleichterung, öffnete sie die Tür zu ihrem Schlafzimmer und ließ die Taschen auf den Boden fallen.

Plötzlich überkam sie ein schreckliches Gefühl der Leere. Während sie sich im Zimmer umsah, spürte sie schmerzhaft, daß Paul nicht mehr bei ihr war. Sie öffnete die Fenster, um die staubige, leicht abgestandene Luft hinauszulassen, drückte dann die «Play»-Taste an ihrem Anrufbeantworter und wartete, bis das Band zurückgespult war. Da war eine Nachricht von Roz, die sie an Melissa erinnerte; ihre Mutter, die wissen wollte, wann sie Paul kennenlernen würde; einige Klicks von Anrufern, die keine Nachricht hinterlassen hatten; und – endlich – Paul: «Du bist jetzt noch im Flugzeug, und wenn du nach Hause kommst, befinde ich mich gerade auf einem Schiff, aber ich möchte, daß du bei deiner Ankunft diese Nachricht hörst. Als ich dich am Terminal verlassen habe und du dastandst mit Daisy auf dem Arm und zu lächeln versucht hast, da habe ich dich mehr denn je geliebt.»

Sie hörte die Nachricht mehrmals ab und war noch damit beschäftigt, als Roz anrief: «War es schön? Wie war der Ball? Hat das Kleid hübsch ausgesehen?»

«Ach, es war zauberhaft – und das Kleid war wunderschön. Es hat Paul sehr gefallen. Danke, daß du mir geholfen hast.» Anna begann, Whaler's Rock zu beschreiben.

Als sie ihren Bericht beendet hatte, fragte Roz ängstlich: «Du hast doch deine Meinung wegen Melissa nicht geändert?»

«Nein, natürlich nicht. Schick sie mir morgen nachmittag. Sie muß auf dem Sofa schlafen. Ich habe kein Gästezimmer.»

«Solange du sie überhaupt nimmst, ist es mir ganz egal, wo sie schläft. Sie wird immer schwieriger.» Roz stieß einen erschöpften Seufzer aus. «Und wann lernen wir Paul einmal kennen? Willst du ihn im nächsten Monat nicht zu einem Besuch nach Lower Gossip mitbringen? Mutter kommt auch, und sie ist schon ganz begierig darauf, ihn gründlich zu inspizieren.»

Anna lachte. «Das kann ich mir vorstellen! Ja, er kommt bestimmt gern – wenn er in England ist.»

Melissa kam eine Stunde zu spät, Anna hätte beinahe bei Roz angerufen, um sich nach ihr zu erkundigen. Mit einem kleinen Koffer in der Hand kam Melissa die Auffahrt heraufgestapft in ihren schwarzen Stiefeln, der formlosen schwarzen Wolljacke und den schwarzen Leggins. Ihr dunkles Haar war in der Mitte gescheitelt und hing ihr wie ein Trauervorhang ins Gesicht. Anna erkannte darin einen Versuch, sich vor der Welt zu verbergen und zu schützen. Plötzlich fühlte sie Mitleid mit dem Mädchen.

«Hallo, Melissa», sagte sie freundlich. «Ich habe mir schon Sorgen gemacht. Roz hat gesagt, du kommst mit dem Taxi.»

«Ich bin mit der U-Bahn gefahren, um Geld zu sparen.» Melissa marschierte ins Wohnzimmer und warf ihre Tasche auf den Boden. Dann ließ sie sich auf den Boden sinken, zog eine Schachtel Zigaretten heraus, zündete eine davon an und inhalierte tief. Sie ließ den Rauch langsam durch die Nasenlöcher ausströmen.

Annas Mitleid verflog, und sie fragte sich, worauf sie sich da eingelassen hatte. «Ich möchte nicht, daß du in Daisys Anwesenheit rauchst», sagte sie. «Roz läßt dich überhaupt nicht rauchen, das weiß ich.»

Melissas Mund verzog sich trotzig. «Mutter erlaubt mir gar nichts.»

Das Telefon unterbrach sie, und Anna eilte ins Schlafzimmer, um dort an den Apparat zu gehen. Sie schloß die Tür fest hinter sich.

Es war Paul, der aus seinem Hotel in Kingston anrief. Anna war sehr erleichtert zu hören, daß er in Sicherheit war.

«Wie war deine Reise?» erkundigte er sich.

«Gut, keine Probleme, nur etwas ermüdend. Wie geht es dir? Ich habe mir solche Sorgen gemacht. Was ist mit der Jacht?»

«Sie ist vorübergehend beschlagnahmt worden. Ihre Papiere sehen echt aus, obwohl ich mir sicher bin, daß es Fälschungen sind. Aber wenn wir es nicht beweisen können, muß die Polizei sie wieder hergeben.»

«Wie frustrierend!»

«Das stimmt – und die ganze Zeit denke ich daran, daß ich zu Hause bei dir sein könnte.»

«Und ... wann kommst du zurück?» fragte sie und bemühte sich, nicht allzu ängstlich zu klingen, um ihn nicht zu beunruhigen.

«Übermorgen, wenn wir einen Durchbruch erzielen. Falls nicht, könnte ich hier eine oder zwei Wochen festsitzen. Tut mir leid, Liebes, wirklich. Das Alleinsein kommt mir seltsam vor. Es ist so öde ohne dich, nach Whaler's Rock.» Er machte eine Pause und sagte dann: «Du hast aufgeregt geklungen, als du ans Telefon gegangen bist. Stimmt etwas nicht?»

«Es ist nur meine Nichte. Sie stellt mich auf die Probe, indem sie raucht, obwohl ich weiß, daß Roz es ihr nicht erlaubt.»

Er schien erleichtert, daß es nichts Schlimmeres war. «Sag ihr doch, sie kann ab und zu im Garten eine rauchen.»

«Das würde mir Roz nie verzeihen.»

«Harriets Sohn raucht nur, um sie zu reizen.»

Anna lachte. «Na gut. Ich werde es versuchen.»

Sie plauderten noch über dieses und jenes, bis Anna schließlich sagte: «Dieser Anruf kostet dich ein Vermögen.»

Ihre Besorgnis brachte ihn zum Lächeln: «Das macht nichts, ich wollte mir dir reden – obwohl wir Anteile kaufen sollten, wenn British Telecom das nächste Mal welche ausgibt. Wir sind bestimmt ihre besten Kunden.»

Als Anna ins Wohnzimmer zurückkehrte, fand sie Melissa auf dem Fußboden vor, wo sie Daisy beim Bau eines Legohauses half. Sie berichtete ihr, was Paul vorgeschlagen hatte, wenn sie es auch als ihre eigene Idee ausgab. Melissa sah überrascht aus. «Na gut», murmelte sie und beschäftigte sich weiterhin mit dem Legohaus. Es dauerte fast zwei Stunden, bis sie hinausschlüpfte, um zu rauchen.

Anna hatte Mr. Marilyn eingeladen, mit ihnen zu Abend zu essen. Er kam herauf und wollte unbedingt wissen, wie die Hochzeit gewesen war. Als sie sich gerade zum Essen hinsetzten, segelte Louise herein, in magentarotem Chiffon. Melissa fand die Bewohner des Hauses faszinierend.

Am nächsten Morgen ließ Anna ihre Nichte ausschlafen und ging mit Daisy Lebensmittel einkaufen. Auf dem Heimweg besuchte sie Heather und trank dort einen Kaffee. Es war schon nach zwölf, als sie wieder nach Hause kam. Die Vorhänge waren noch immer zugezogen, und Melissa lag im Bett. Anna sah das Durcheinander im Wohnzimmer – das Mädchen auf dem Ausziehsofa, ihre Kleider im ganzen Zimmer verstreut, das nasse Handtuch auf dem Fußboden –, und sie konnte Roz vollständig verstehen.

«Ein Mann hat angerufen», murmelte Melissa, ohne die Augen aufzumachen.

«War es Paul?»

«Weiß nicht.» Sie drehte Anna den Rücken zu.

«Du hättest ihn nach seinem Namen fragen sollen.» Verärgert zog Anna die Vorhänge auf.

Melissa setzte sich auf. «Wieso? Er wollte gar nicht dich, sondern hat nach jemandem namens Caroline gefragt.»

Anna schwankte und mußte sich am Sofa festhalten. «Du rührst mein Telefon nicht noch einmal an!» fuhr sie Melissa an.

«Warum nicht? Es hätte ja für mich sein können!»

«Weil ich es sage!»

Melissa legte sich wieder hin und zog sich die Bettdecke über den Kopf.

Anna packte das Fußende der Decke und zog sie weg, so daß das Mädchen lediglich in seinem kindlichen Schlafanzug mit Teddybären-Muster dalag. «Steh auf!» schrie Anna. «Räum dieses Zimmer auf! Du bist eigentlich hergekommen, um mir zu helfen und nicht, um den ganzen Tag herumzuliegen. Kein Wunder, daß Roz die Nase voll hat von dir.» Sie marschierte aus dem Zimmer und schlug die Tür hinter sich zu. Wäre sie Raucherin gewesen, so hätte sie sich jetzt eine Zigarette angezündet. So ging sie zum Kühlschrank und goß sich ein Glas Wein ein, aber dann dachte sie an Felicity und schüttete es in den Ausguß.

Sobald Anna sich beruhigt hatte, tat es ihr leid, daß sie so mit Melissa geredet hatte, aber sie war panisch und wütend gewesen. Angst spürte sie auch jetzt noch. Sie hob Daisy aus ihrem Hochstuhl und wollte Melissa gerade zum Mittagessen rufen, als sie hörte, wie die Haustür zuschlug. Jemand eilte mit schnellen Schritten davon. Anna spähte ins Wohnzimmer und überlegte, ob sie das wohl eine Woche lang aushalten konnte. Das Zimmer sah tadellos aus: das Sofa war eingeklappt, die Kissen lagen an ihrem Platz, die Bettdecke war zusammengefaltet, und Melissas Habseligkeiten stapelten sich ordentlich in einer Ecke. Wenigstens war sie nicht ganz und gar davongelaufen.

Anna lief den ganzen Nachmittag unruhig durchs Haus und dachte darüber nach, wie sie mit Derek umgehen sollte. Sie wußte, daß sie eigentlich zur Polizei gehen müßte, selbst zu diesem Zeitpunkt noch, aber dann hätte sie ihr anfängliches Verbrechen zugeben müssen. In ihrer Zeit bei Marinecover hatte sie viele Rechtsanwälte kennengelernt, aber keiner stand ihr nahe genug, daß sie ihn um einen kostenlosen Ratschlag bitten konnte. Sie wünschte, sie hätte Paul alles erzählt, aber jedesmal, wenn sie kurz davor stand, hatte sie etwas daran gehindert. Meistens war es, das gestand sie sich jetzt ein, die Angst gewesen, ihn zu verlieren.

Mehrmals klingelte das Telefon, aber sie hob nicht ab, sondern lauschte nur. Ein Klicken ertönte, aber niemand sagte etwas – man hörte lediglich Atmen, dann wurde der Hörer aufgelegt. Sie wußte, daß es Derek war, und sie spürte, wie er immer näher kam, sie verfolgte – und, was noch beängstigender war, hinter Daisy herschlich.

Anna war so in Gedanken versunken, daß sie Melissa vergaß, bis Louise um sechs Uhr nach Hause kam und fragte: «Wo steckt denn die Witwe?»

«Die Witwe? Ach ja, sie sieht aus, als trage sie Trauer. Es tut mir leid, aber ich habe sie angeschrien, und sie ist aus dem Haus gestürmt.»

Sie plauderten einige Minuten, dann ging Louise nach oben, und Anna war mit ihrer Angst wieder allein.

Um elf Uhr war Melissa noch immer nicht zu Hause, und Anna machte sich große Sorgen. Sie durchsuchte das Wohnzimmer nach einem Hinweis, wohin das Mädchen gegangen sein konnte. Auf dem Fußboden neben ihrem Koffer lag ein Faltblatt des Electric Cinema in der Portobello Road. Neben *Denn sie wissen nicht, was sie tun* befand sich ein rotes Kreuz.

Sie bat Louise, auf Daisy aufzupassen. Es fiel ihr schwer, das Kind auch nur kurze Zeit allein zu lassen, aber sie befürchtete, Derek könne sich an Melissa heranmachen. «Laß bitte auf keinen Fall Fremde ins Haus, was immer auch passiert», bat sie Louise flehentlich.

«Das würde ich doch niemals tun.» Louise sah verblüfft aus.

Es hatte zu nieseln begonnen, als Anna die Portobello Road hinuntereilte. Angstvoll blickte sie sich um und verfluchte Melissa, weil das Mädchen sie zwang, Daisy allein zu lassen, und sich selbst, weil sie Melissa angeschrien hatte. Die Antiquitätenläden waren geschlossen und mit den nächtlichen Sicherheitsgittern versehen, aber Anna bemerkte jeden Schatten in einer Einfahrt. Auf der Straße befanden sich kaum Leute, nur vor einem Pub standen einige Männer, und zwei Jungen im Teenageralter teilten sich eine Tüte Chips. In ihrer Angst vor Derek betrachtete sie jedes Gesicht genau.

Das Electric Cinema hatte ein kleines Foyer, in dem guter Kaffee und Karottenkuchen serviert wurden. Hinter der Kassentheke unterhielten sich zwei Mädchen.

«Ich suche meine Nichte», erklärte Anna. «Sie ist bei mir zu Besuch, und wir haben uns gestritten. Ich könnte mir vorstellen, daß sie hier ist.»

Die Mädchen lächelten. «Der Film ist gerade zu Ende. Warten Sie doch, ob sie auftaucht.»

Anna hatte es eilig, wieder zu Daisy zurückzukehren, und so wartete sie ungeduldig, während das Publikum herausströmte und ins helle Licht blinzelte. Melissa war nicht dabei.

«Ich bringe Sie hinein.» Eine der jungen Frauen führte Anna in den Zuschauerraum.

Er war leer, abgesehen von einer zusammengekauerten Gestalt am anderen Ende der letzten Reihe. Anna ging zu ihr. «Melissa!» sagte sie. «Es tut mir leid, daß ich diese Bemerkung über deine Mutter gemacht habe.»

Melissa blickte auf. Ihr Gesicht war vom Weinen geschwollen. «Aber sie kann mich wirklich nicht leiden; sie ist nur an Luke interessiert.»

Darauf konnte Anna nur schwer antworten, weil sie zwischen ihrer Loyalität zu Roz und dem Mitleid für das verzweifelte Mädchen hin- und hergerissen wurde. Sie dachte an ihre eigene Kindheit, als ihre Mutter Roz scheinbar vorgezogen hatte. «Luke ist sehr talentiert», sagte sie zögernd. «Aber du hast auch deine Talente.»

«Was zum Beispiel?»

«Jeder kann etwas besonders gut. Jetzt komm! Wir reden auf dem Heimweg weiter.»

Melissa schob sich aus ihrem Sitz und folgte Anna aus dem Zuschauerraum. Die Mädchen im Foyer lächelten ihr freundlich zu. Anna ging schnell und unterdrückte das Bedürfnis zu laufen. Kaugummi kauend, trödelte Melissa hinter ihr her.

«Ich habe die Schule gehaßt», sagte sie. «Ich habe keine Freundinnen gefunden. Das gelingt mir nie – obwohl ich es will ... Mum sagt, ich bemühe mich zu sehr darum, aber ich weiß nicht, wie ich sie sonst für mich gewinnen soll. Alle anderen Mädchen hatten Jungen, die ihnen Briefe schrieben, nur ich nicht. Wenn ich versuche, mit Mum darüber zu reden, sagt sie, ich sei zu jung dafür. Aber das stimmt nicht, ich bin fast sechzehn.»

«Roz will, daß du dich auf deine Ausbildung konzentrierst.» Anna ging noch schneller. Sie hätte Daisy nicht allein lassen sollen, nicht einmal mit Louise.

«Mum sollte sich freuen, daß ich nicht mehr in diese Schule gehe», fuhr Melissa fort. «Das College kostet nichts, und sie beklagt sich ständig darüber, daß wir zuwenig Geld haben – obwohl für Lukes Musikstunden immer genug da ist.» Melissa schleuderte ihr Kaugummipapier auf den Boden, aber noch ehe Anna etwas sagen konnte, bückte sie sich schuldbewußt, hob es auf und warf es in einen nahen Papierkorb.

Als sie auf Ladbroke Hill zugingen, spähte Anna aufmerksam zwischen die Bäume, ob sich dort jemand bewegte, aber nichts rührte sich.

«Mum war so neidisch, als du das Haus gekauft hast», vertraute ihr Melissa an. «Sie hat immer wieder gesagt, du hättest alles. Jetzt weißt du wohl, wie ich mich mit Luke fühle.»

«Ich glaube nicht, daß sie noch immer auf mich neidisch ist», sagte Anna, schloß die Haustür auf und rief: «Louise, wir sind wieder da.»

«O nein, nicht seit du schwanger warst und Charlie dich verlassen hat.» Melissa schluckte. «Tut mir leid, das hätte ich nicht sagen sollen.»

«Es macht mir nichts aus.» Anna machte die Tür zu Daisys Zimmer auf und hätte vor Erleichterung beinahe geweint, als sie das liebe kleine Gesicht friedlich schlafend ins Kissen gedrückt sah.

«Danke, daß du mir zugehört hast», sagte Melissa hinter ihr. «Es tut mir leid, daß ich dir heute nicht geholfen habe.»

«Du kannst mir morgen wieder helfen. Jetzt geh ins Bett, und mach dir keine Sorgen um die Zukunft. Das kommt schon alles in Ordnung. Ich wette, die Hälfte der Mädchen, die behaupten, von Jungen Briefe zu bekommen, haben gelogen. Wahrscheinlich haben ihre Brüder die Briefe geschrieben.»

Melissa kicherte und verschwand im Wohnzimmer. Als sie allein war, legte Anna sich aufs Bett und lauschte voller Panik. Sie wußte nicht, was sie tun sollte, und ehe sie eine Entscheidung getroffen hatte, mußte sie Derek aus dem Weg gehen.

Am nächsten Morgen stand Melissa schnell auf und zog sich an, und während sie Daisy ihr Frühstück gab, bereitete Anna ein Picknick vor. Sie hätten alle frische Luft nötig, sagte sie, und scheuchte die Mädchen aus dem Haus. Sie verbrachten den Tag in Kensington Gardens und kehrten erst nach Ladbroke Hill zurück, als Anna sicher sein konnte, daß Louise zu Hause war.

An diesem Abend lud sie Dominic und Mr. Marilyn zum Abendessen ein, teilweise, weil dann der Abend für Melissa vergnüglicher wurde, und teilweise, weil es ihr ein Gefühl der Sicherheit gab. Es war ein warmer Septemberabend, und alle wollten im Garten essen, außer Anna, aber ihr fiel kein überzeugender Ablehnungsgrund ein. Während des gesamten Abendessens hatte sie den Eindruck, daß sie beobachtet wurden, obwohl, wenn sie sich umblickte, niemand im Garten zu sehen war.

Dominic ging erst sehr spät – das tat er immer –, und als Anna ihn zur Haustür brachte, bückte er sich, um einen Umschlag von der Fußmatte aufzuheben. «Für dich.» Er reichte ihn ihr. «Vielen Dank für das Essen. Gute Nacht.»

Anna merkte nicht einmal, daß er ging, während sie auf die fehlerhaft getippte Schrift starrte. Mit zitternden Fingern öffnete sie den Umschlag. Darin befand sich ein Foto von Daisy, identisch mit dem vorigen, nur daß es diesmal in zwei Teile geschnitten war. Sie stieß einen unterdrückten Schrei aus und rannte ins Schlafzimmer, wo sie die Nummer von Pauls Hotel in Jamaica wählte. Sie mußte jetzt mit ihm sprechen, sie konnte nicht warten, bis sie es ihm persönlich erzählen konnte, und es spielte auch keine Rolle mehr, ob sie ihn dadurch verlor, denn sie hatte zuviel Angst um Daisy, um an ihr eigenes Glück zu denken.

Den Hörer ans Ohr gedrückt, kauerte sie auf der Bettkante, und als das Hotel sich meldete, sprach sie so schnell, daß man sie nicht verstand und sie Pauls Namen wiederholen mußte.

«Mr. Sheldon? Oh, ich fürchte, er ist heute morgen ausgezogen», informierte sie die Empfangsdame des Hotels.

«Es ist außerordentlich dringend. Hat er eine Nummer hinterlassen, unter der er erreichbar ist?»

«Nein, Ma'am, das hat er leider nicht.»

Anna legte den Hörer auf. Sie fühlte sich, als hätte Paul sie im Stich gelassen, obwohl sie wußte, wie irrational das war. Er konnte ja nicht wissen, daß sie ihn so sehr brauchte.

Es war schon weit nach Mitternacht, aber sie wollte keinesfalls bis zum Morgen warten. Deshalb rief sie im Bootshaus an und weckte Michael. «Es tut mir leid, wenn ich so spät noch anrufe, aber ich muß unbedingt mit Paul sprechen.»

«Ach ... Anna?» Sie hörte das Rascheln des Bettzeugs, als Michael sich aufsetzte. «Paul ist nicht erreichbar.»

«Aber er hat doch immer ein Mobiltelefon dabei.» Ihre Stimme wurde laut vor Panik.

«Er ist auf einer der kleineren Inseln, wo der Empfang sehr schlecht ist. Anna, kann ich Ihnen helfen? Was ist passiert?»

Beinahe hätte sie Michael die ganze schreckliche Geschichte anvertraut, aber sie bremste sich. Sie war es Paul schuldig, es ihm als erstem zu erzählen. Schon längst hätte sie mit ihm darüber reden sollen und sich nicht von ihrer Angst, ihn zu verlieren, abhalten lassen dürfen. «Ist schon gut», antwortete sie.

«Ich werde ihm sagen, daß Sie angerufen haben. Bestimmt meldet er sich, sobald er kann.»

«Danke.» Es fiel ihr schwer, nicht zu weinen.

Kaum hatte sie den Hörer aufgelegt, da klingelte das Telefon. In der Hoffnung, daß es Paul war, packte sie den Hörer und schrie: «Hallo ... hallo?»

Niemand antwortete. Lediglich schweres Atmen war zu vernehmen. Sie legte den Hörer auf.

Es klingelte wieder, sie ging an den Apparat, und erneut antwortete niemand.

Anna stand mitten im Zimmer und starrte das Telefon an. Ihr war, als wäre der Apparat der Ausgangspunkt einer gefährlichen Strömung, die sie umfaßt hielt, an ihren Beinen zog und sie rückwärts auf Derek zutrieb. Sosehr sie sich auch dagegen wehrte, es half nichts. Sie hatte etwas Falsches getan und verdiente, in den Strudel gezogen zu werden.

In dieser Nacht schlief sie kaum, und am Morgen kam sie zu dem Schluß, daß sie Derek zu Daisy lockte, wenn sie zu Hause blieb. Daher sagte sie, als das Telefon das nächste Mal läutete und niemand sprach: «Ich treffe mich mit Ihnen um zwölf Uhr mittags in dem Park in der Mitte von Ladbroke Hill.»

Sie ließ Daisy ungern allein, aber es war zu gefährlich, sie mitzunehmen. Darum stieg sie die alte Wendeltreppe im Inneren des Hauses hinunter und erschreckte Mr. Marilyn, als sie plötzlich mit Daisy im Arm in seiner Diele auftauchte. «Könnten Sie auf sie aufpassen?» flüsterte sie. «Nur für eine Stunde. Aber lassen Sie sie nicht in den Garten.»

«Natürlich, aber was ist los, Anna? Sie sehen so blaß aus.» Sie log wieder, weil sie keinen anderen Ausweg wußte. «Charlie ist in London.»

Mr. Marylin machte eilig die Tür zum Garten zu. «Machen Sie sich keine Sorgen», sagte er mit fester Stimme. «Ich lasse ihn nicht ins Haus.»

Anna umarmte Daisy angstvoll und ging die Treppe hinauf.

Sie hatte die Mitte des Platzes gewählt, weil sie den Ort vom Haus aus sehen konnte und daher erst losgehen mußte, wenn Derek kam.

Auf diese Weise konnte er ihr nicht den Weg abschneiden – und zu Daisy gelangen.

Es war noch längst nicht zwölf Uhr, als sie auf dem Treppenabsatz im Speichergeschoß stand und aus dem Fenster spähte. Sie mußte nicht lange warten, bis Derek in ihr Blickfeld geschlendert kam. Augenblicklich rannte sie hinunter und schlüpfte in ihre Jacke, doch dann zögerte sie. Wenn er nun bewaffnet war? Wenn er sie angriff und ihr die Hausschlüssel abnahm? Sie ging in die Küche, zog eine Schublade auf und starrte auf die Reihe der Messer. Sie konnte sich zwar nicht vorstellen, tatsächlich ein Messer gegen ihn einzusetzen, aber vielleicht konnte sie ihn damit so lange abwehren, bis sie ins Haus geflüchtet war. Sie wählte ein bedrohlich wirkendes, aber nicht besonders scharfes Messer, steckte es in die Tasche und ging.

Derek saß auf der Bank und rauchte einen dunklen Zigarillo. Er blickte auf, als Anna den Park betrat, und lächelte sie liebenswürdig an. «Hallo, Caroline, ich wußte doch, du würdest Vernunft annehmen.»

Es schien unglaublich, daß dieser schmale, elegante Mann so bedrohlich wirken konnte. «Ich habe Ihnen doch gesagt, Sie sollen mich in Ruhe lassen», sagte Anna.

«Du scheinst immer noch nicht zu begreifen. Du schuldest einigen Freunden von mir Geld, und die werden allmählich ungeduldig.»

«Wenn Sie mich nicht in Ruhe lassen, gehe ich zur Polizei.»

«Das würde ich nicht tun», meinte er gelassen.

Ihre Finger umfaßten den Griff des Messers. «Drohen Sie mir nicht.»

«Caroline, wir wollen lediglich unser Geld. Erledige noch eine Sache für uns, dann ist Schluß, und wir lassen dich in Ruhe.» Er lächelte. «Das verspreche ich.»

«So dumm bin ich nicht. Sie lassen mich doch nie los.»

Er zog ein Foto aus seiner Jackentasche und legte es auf die Bank.

«Das ist das Schiff, das wir haben wollen. Es liegt im Lymington River, nahe der Mündung. Die Besitzer waren seit Wochen nicht mehr dort, diese Idioten. Die Segel sind in gutem Zustand, der Motor ist an Bord, und die Schlüssel hängen direkt über der Kabinentür an einem Haken. Du bringst es mit der Fock hinaus und schließt dann den Motor kurz. Nein, vielleicht nicht: Eine junge Dame wie du weiß bestimmt nicht, wie das geht. Aber du bist eine geschickte Seglerin, und mit gutem Westwind und der Gezeitenströmung könntest du in ein paar Stunden in Cobbleford sein. Dann erwischst du noch den letzten Zug nach London – und danach hörst du nie wieder von uns.»

Anna konnte nicht widerstehen, einen Blick auf das Bild zu werfen. Die Jacht hieß *The Ballard*, und sie war sehr schön. «Dieses Schiff ist mindestens siebzigtausend wert», protestierte sie.

«Dann geben wir dir noch ein Geschenk, genug, damit du mit deinem kleinen Mädchen einen schönen Urlaub am Meer verbringen kannst.»

«Ich brauche Ihr Geld nicht. Ich will nur, daß Sie uns in Ruhe lassen.»

Er lächelte sie traurig an. «Meine Freunde mögen es nicht, wenn man sie warten läßt, Caroline. Ich habe ihnen nicht erzählt, wo du wohnst – noch nicht –, und es täte mir leid, wenn ich es tun müßte.» Er ließ das Foto auf der Bank liegen und schlenderte davon. Als er die Umzäunung des Parks erreicht hatte, sagte er: «Ich gebe dir noch ein paar Stunden, dann mußt du zur Vernunft kommen. Ich bin kein brutaler Mensch, ich mag kleine Kinder.»

Mit der Hand in der Tasche, die Finger lose um den Griff des Messers gelegt, sah Anna ihm nach. Sie hätte gerne zugestochen, um ihn zu vernichten, aber es half Daisy nichts, wenn ihre Mutter wegen Mordes ins Gefängnis mußte. Sie ließ die Fotografie, wo Derek sie hingelegt hatte, und eilte zurück ins Haus.

Über die innere Wendeltreppe ging sie hinunter, um Daisy von Mr. Marilyn abzuholen. Er war so besorgt wegen Charlie, daß er alle Vorhänge zugezogen hatte. Dann ging sie durchs Innere des Hauses zurück in ihre Wohnung und betrat die Diele in der Nähe des Tisches. Sie warf einen Blick darauf – und vor Schreck stockte ihr der Atem. Die Fotografie des Schiffes lag mitten auf dem Tisch. Derek war nicht nur am Haus gewesen, sondern hatte sich sogar Eintritt verschafft. Anna hatte das Gefühl, ihre Welt breche zusammen. Niemand konnte ihr helfen, Daisy zu beschützen. Wenn Paul nach Hause kam, würde es zu spät sein.

An diesem Abend, als Melissa ins Bett gegangen war, rief sie bei Derek an. «Ich mache es», sagte sie. «Dieses eine Mal.»

«Du bist ein kluges Mädchen, Caroline, das habe ich immer schon gewußt.» Er gab ihr die notwendigen Informationen über das Schiff, wo es lag, wie man hinkam, wie das Wetter sein würde, wann die Gezeiten wechselten und wo sich die nächste Polizeidienststelle befand.

Nach dem Telefongespräch legte Anna die Hände vors Gesicht und weinte. Wie hatte sie nur glauben können, sie könne ein Verbrechen begehen, ohne daß es Folgen hatte?

Kapitel 40

Am folgenden Nachmittag liess Anna Daisy bei Melissa. Sie sagte, sie wolle eine Freundin besuchen und komme erst spät nach Hause. Ehe sie ging, stellte sie allerdings sicher, daß nicht nur Mr. Marilyn, sondern auch Louise in dieser Nacht zu Hause waren. Sie nahm den Abendzug von Waterloo nach Brockenhurst im New Forest, wo sie nach Lymington und zur Isle-of-Wight-Fähre umstieg. Mit ihrem Rock und dem Jackett fiel sie unter den Pendlern, die an diesem trüben Septemberabend nach Hause eilten, nicht weiter auf. Nicht einmal ihre Segeltasche wirkte ungewöhnlich.

Am Anlegepier der Fähre zog sie sich in der Damentoilette um. Sie schlüpfte aus ihrer Bürokleidung und zwängte sich in den engen Neoprenanzug, über den sie noch einen schwarzen Trainingsanzug zog.

Als sie aus der Kabine trat, stand eine Frau mit blondgefärbten Haaren am Waschbecken und kämmte sich. «Das Wetter ist einfach eine Schande», sagte sie zu Anna. «Immer, wenn ich Urlaub habe, regnet es.»

«Wie schade.» Anna hängte sich die Segeltasche über die Schulter und verließ die Toilette. Was die Frau wohl sagen würde, wenn sie wüßte, daß Anna vorhatte, ein Schiff zu stehlen?

Sie ging quer über den Parkplatz und bog dann, wie Derek es ihr gesagt hatte, von der Hauptstraße scharf rechts auf eine bewaldete Landstraße ab. Die Straße führte kurvig an dem der Stadt gegenüberliegenden Flußufer entlang. Es dämmerte schon fast, und Anna ging schnell. Sie kam an mehreren Häusern vorbei, die entweder von einzelnen Familien bewohnt oder in Wohnungen aufgeteilt waren. Die Straße wurde schmaler; von den Bäumen, deren Äste sich beinahe in Kopfhöhe befanden, tropfte es feucht. Im düsteren Licht wirkte die Umgebung unheimlich, und als ein Zweig auf den Boden fiel, machte Anna vor Schreck einen Satz. Sie blieb stehen, blickte zurück zum Bahnhof und überlegte, ob sie nach Hause fahren und das Ganze vergessen sollte. Dann dachte sie an Derek und zwang sich weiterzugehen.

An einer bestimmten Stelle, wo die Straße breiter wurde und die Häuser durch weite Felder ersetzt wurden, kam Anna an den Pfad, der zum Fluß hinunterführte. Sie folgte ihm eilig durch das hohe nasse Gras, bis sie am Ufer des Flusses war, unterhalb des Auslegers, der teilweise vor der Hafeneinfahrt lag.

Der Fußmarsch hatte länger gedauert, als sie erwartet hatte, und es war Ebbe. Sie konnte den Schlamm glitzern sehen, wo das Wasser sich zurückgezogen und Wasserrinnen und hohe rote Schilfgräser freigelegt hatte. Der einzige Wasserlauf, den man zu allen Gezeitenständen befahren konnte, war der mittlere Kanal, der durch rote und grüne Lichter markiert wurde. Die Fähre zur Isle of Wight war gerade auf der Fahrt hinaus. Sie schob sich durch die Fahrrinne und ließ die Jachten an ihren Bojen tanzen. Anna blieb im Schatten eines tropfenden Holunderbusches stehen, bis das Schiff vorübergefahren war, und ging dann am Ufer entlang weiter, bis sie an einer Boje, inmitten einer Reihe anderer Schiffe, die *Ballard* erkennen konnte.

Genau wo Derek gesagt hatte, fand sie unter einem Busch an der Mündung eines schmalen Kanals das Ruderboot aus Polyester. Im Inneren lagen die Riemen. Schnell schob sie das Boot übers Ufer hinunter ins Wasser und stieg ein.

Die auslaufende Ebbe war stärker, als Anna erwartet hatte, und sie trieb bald auf einer Höhe mit der *Ballard*. Eigentlich hatte sie vorgehabt, zunächst in einiger Entfernung einmal um das Schiff herumzufahren, um sicherzugehen, daß sich niemand an Bord befand, doch das erwies sich als unmöglich, weil die Tide das Dingi zum Meer hin zog. Ihr blieb nichts anderes übrig, als den Kampf aufzugeben und das Beste zu hoffen. Sie machte das Boot an der *Ballard* fest.

Ehe sie an Bord ging, wartete sie noch eine Minute und lauschte aufmerksam. Ihre Nerven waren aufs äußerste gespannt. Aber die einzigen Geräusche waren das Plätschern der Wellen und das Klappern der Fallen. Sie stand ganz langsam auf und griff nach oben, um sich an der *Ballard* festzuhalten. Dabei war sie jederzeit bereit, sich wieder fallen zu lassen. Aber niemand rief sie an, in der Kabine wurde kein Licht angeschaltet, und während sie schnell an Bord kletterte, fiel ihr ein, daß das Ruderboot ohne Zweifel ebenfalls gestohlen war.

Derek hatte gesagt, die *Ballard* sei zwölf Meter lang, doch sie maß über dreizehn Meter und war weitaus größer als jedes Schiff, das Anna jemals allein gesegelt hatte, was sie noch nervöser machte. Aber es war eine schöne schnittige Jacht, und Anna erschien es verrückt, daß ihre Besitzer, die offenbar eine Menge Geld hineingesteckt hatten, zu geizig waren, um sie in einer sicheren Marina unterzubringen. Sie überprüfte die Jacht kurz, fand den Schlüssel zur Luke, fragte sich einen Moment lang, woher Derek das Versteck kannte, und entdeckte dann die Fock, die ordentlich in der Kajüte verstaut war.

Bei der Rückkehr auf Deck stellte sie fest, daß das Wasser in ihrer kurzen Abwesenheit weit zurückgewichen war und die *Ballard* jetzt kaum zehn Meter von der nächsten Schlickbank entfernt lag. Schnell nahm sie das Segelkleid vom Großsegel ab und schlug das Fall an. Dann befestigte sie das Dingi an der Boje, machte die Jacht los und fing sofort damit an, die Fock zu setzen. Doch als das Segel zur Hälfte oben war, hakte das Fockfall. Anna versuchte ruhig zu bleiben, löste das Fall und zog erneut, aber die Leine hing im Mast und ließ sich nicht befreien. Während die Jacht gefährlich nahe an den Schlickbänken den Fluß hinuntertrieb, bemerkte Anna plötzlich die andere Wight-Fähre, die auf ihrer Fahrt in den Hafen durch die Fahrrinne dampfte. Schnell zog sie das Großsegel hoch, aber ehe sie die *Ballard* unter Kontrolle bekam, schob die Bugwelle der Fähre das Schiff seitwärts, der Wasserschwall hob es auf die Schlickbank, und als das Wasser wieder abfloß, saß der Kiel fest.

Anna war gestrandet und vor Angst wie gelähmt. Sie wußte nicht, was sie jetzt tun sollte. Vom anderen Ufer des Flusses blinkten die Lichter der Altstadt von Lymington durch die Nacht. Aus dem Jachtclub klangen Stimmen und Gelächter über den Fluß. Dann hörte sie plötzlich das ferne Dröhnen eines Motorbootes, das von der Isle of Wight herüberkam. Das war keine Fähre, sondern ein schnelles starkes Boot, und sie erinnerte sich an Dereks Warnung vor dem Patrouillenboot der Polizei von Ashburton.

Bilder vom Gefängnis und von Daisys tränennassem Gesicht stiegen in ihr auf, und sie machte sich schnell daran, über die Seite des Schiffes hinunterzusteigen. Dann fiel ihr wieder ein, daß Derek sie ermahnt hatte, keine Beweise zu hinterlassen, und sie packte ihre Segeltasche, die im Vorschiff lag, ehe sie sich über Bord schwang.

Sofort sank sie knietief in den Schlick und verlor das Gleichgewicht. Sie erwischte einige Schilfstengel, die ihr in die Handflächen schnitten, zog sich hoch und watete panisch durch den klebrigen Schlamm, der fest entschlossen schien, sie zu verschlingen. Während das Motorboot schnell näher kam, erreichte sie festeren Boden. Sie schlitterte über nassen Schlick und riß sich die Hände an Dornen auf, aber es gelang ihr, über das Ufer nach oben und in die Sicherheit des Unterholzes zu klettern. Sie warf einen Blick zurück und sah, daß das Motorboot nur noch wenige Meter von der *Ballard* entfernt war.

In diesem Augenblick gingen die Suchscheinwerfer an, streiften über die wellige Wasseroberfläche, und Stimmen riefen: «Ist da jemand? Ist jemand verletzt?»

Sie wußte, daß es nicht lange dauern würde, bis die Polizei einen versuchten Diebstahl vermutete und die Suche ausweitete. Daher blieb sie erst stehen, als sie den zum Fluß hin gelegenen Garten des ersten Hauses erreicht hatte, obwohl sie vor Hitze in ihrem Neoprenanzug fast umkam. Ihr Instinkt befahl ihr zwar weiterzulaufen, doch so schlammbedeckt konnte sie nicht in den Zug steigen. Da sie keine Zeit hatte, den Neoprenanzug auszuziehen, säuberte sie sich, so gut es ging, indem sie sich im langen Gras wälzte. Dann band sie ihr Haar zu einem Pferdeschwanz zusammen und zog den Trainingsanzug an. Ihr war heiß und unbequem, und sie fühlte sich unangenehm schmutzig, aber so sah sie aus wie eine Fitneßfanatikerin, die im Regen gejoggt hatte. Derek hatte recht gehabt. Sie sah nicht aus wie eine Frau, die ein Schiff stehlen wollte.

Der letzte Zug nach Brockenhurst wartete bereits am Bahnsteig, als sie in den Bahnhof rannte. Mit einer feuchten Zwanzig-Pfund-Note kaufte sie ein Ticket und sprang in den nächsten Wagen. Sie sehnte sich danach, den Neoprenanzug auszuziehen, aber die Fahrt war zu kurz. Erschöpft stellte sie sich neben ein offenes Fenster und atmete tief ein. Unter dem Gummi lief ihr der Schweiß herunter.

Sobald Anna in den Anschlußzug nach London gestiegen war, schloß sie sich in der Toilette ein und schälte sich aus dem nassen Gummi, wobei die Bewegungen des Zuges sie von einer Seite zur anderen warfen. Dann spritzte sie sich Wasser ins Gesicht, säuberte die Verletzungen an ihren Händen und wusch sich die Stirnhaare. Durch das Wasser wurde ihr abwechselnd glühendheiß und eiskalt.

Als sie herauskam, hatte sie das nasse Haar glatt hinter die Ohren gestrichen, und ihr Gesicht war vom Reiben gerötet. Sie setzte sich auf einen Fensterplatz am Ende des einzigen Wagens, in dem sich andere weibliche Fahrgäste befanden, und schob die Hände im Schoß ineinander, um sie am Zittern zu hindern. Sie konnte kaum glauben, daß sie noch vor einer Woche in nachtblauer Seide an Pauls Arm über die Tanzfläche geschwebt war.

An der Waterloo Station rechnete sie beinahe damit, von einer Abordnung Polizisten erwartet zu werden, aber der Bahnhof war leer, abgesehen von den Obdachlosen, die in den dunklen Ecken schnarchten. Die U-Bahn fuhr nicht mehr, und sie mußte auf einen Nachtbus warten. Als er sie in der Nähe von Holland Park absetzte, war es schon fast zwei Uhr nachts. Inzwischen fror sie bitterlich, und ihr Haar war zu steifen, salzigen Strähnen getrocknet. Sie war so müde, daß sie kaum den Hügel hinaufsteigen konnte, und als sie das Haus erreichte, liefen ihr vor Erleichterung die Tränen über die Wangen. Sie schloß die Haustür auf und schlich sich ins Schlafzimmer, stellte ihre Segeltasche auf den Boden und brach voll bekleidet auf ihrem Bett zusammen.

Die gegenüberliegende Zimmertür öffnete sich, und Paul trat herein: «Liebes, warum hast du mir nicht erzählt, daß du in Schwierigkeiten steckst?» fragte er. Als er ihr aufgelöstes Äußeres bemerkte, starrte er sie entsetzt an. «Was ist passiert? Bist du verletzt?»

Sie schüttelte den Kopf und war erstaunt, daß er bereits von Derek und der *Ballard* wußte. Gleichzeitig fühlte sie sich aber auch unendlich erleichtert. «Ich ... ich war verzweifelt. Ach, Paul, ich wußte nicht, was ich sonst hätte tun sollen.» Ihr ganzer Körper erbebte in der Erinnerung an den überstandenen Schrecken.

Er nahm sie in die Arme, hielt sie fest und begann sie zärtlich zu streicheln und zu trösten. «Warum hast du mir am Telefon nicht gesagt, daß Charlie dich verfolgt?»

Sie verstand gar nicht, wovon er redete. «Charlie? Was hat er damit zu tun?»

«Anna, ich weiß, daß er hier ist – Mr. Marilyn hat es mir erzählt.»

«Aber du irrst dich, Paul.»

Er hielt sie auf Armeslänge von sich weg. «Warum sonst hast du Daisy heute nachmittag unten gelassen?»

Sie hatte sich in ihrem eigenen Netz verfangen und konnte niemandem außer sich selbst die Schuld daran geben. Es war dumm von ihr gewesen, Mr. Marilyn eine Lüge zu erzählen, doch wie so oft in ihrem Leben war ihr das zu diesem Zeitpunkt als die beste Lösung erschienen. In der Regel bemerkte sie ihre Fehler immer erst im nachhinein. Aber sie war jetzt viel zu müde und erschöpft, um die Lügen auseinanderzuklauben, von Derek zu berichten, und dafür auch noch die richtigen Worte zu finden. Sie konnte nur noch murmeln: «Charlie ist nicht hier.»

«Wenn es nicht Charlie ist, was ist dann los?» fragte er. «Ich muß es wissen, Anna. Vertraust du mir denn nicht? Ich liebe dich, aber ich kann nicht mehr mit Geheimnissen leben.»

«Ich sage es dir morgen, das verspreche ich.» Ihre Lider fielen zu, und sie konnte sich nicht mehr gegen den Schlaf wehren.

Paul betrachtete ihr abgespanntes, bleiches Gesicht und wußte nicht, was er glauben sollte. Ihm war lediglich klar, daß er schon einmal ein Leben voller vorgespiegelter Tatsachen geführt hatte, und sosehr er Anna auch liebte, er würde nie wieder so leben.

Kapitel 41

Als Anna am nächsten Morgen erwachte, wusste sie, daß sie Paul verlieren würde. Vielleicht würde er noch nicht heute gehen – aber am Ende doch. Während sie im Bett lag und an die vergangene Nacht dachte, wurde ihr klar, daß es jetzt zu spät war, lediglich den Diebstahl der *Blonde Bimbo* zu gestehen. Sie mußte den Schaden wiedergutmachen – und nicht nur wegen Paul, sondern, was genauso wichtig war, für sich selbst.

Sie rief früh bei Derek an. «Das Boot ist auf Grund gelaufen». Sie flüsterte, damit Melissa sie nicht hören konnte. «Ich bin im Schlamm beinahe ertrunken, und das Polizeiboot kam. Ich dachte schon, sie würden mich erwischen. Ich war panisch.»

«Ich weiß. Wir hatten jemanden zur Beobachtung dort.»

Sie dachte an das Fiberglas-Dingi, das jemand für sie bereitgelegt hatte, und an die Schlüssel der *Ballard*, deren Versteck Derek gekannt hatte. «Wenn Sie einen Mann in Lymington hatten, wozu haben Sie dann mich gebraucht?»

«Weil bei dir niemand Verdacht schöpfen würde, Caroline.»

«Sie irren sich.» Sie sprach noch leiser. «Auf der Straße parkt ein Auto, und ich glaube, der Fahrer beobachtet das Haus.»

«Seit wann?» Derek klang erschrocken.

«Seit unserem letzten Telefongespräch.»

«Und du rufst mich von deinem Telefon zu Hause an?»

«Warum nicht?»

«Es wird abgehört, du dumme Pute!» Er knallte den Hörer auf.

Anna verspürte einen kleinen Stich des Triumphes. Derek hatte sie terrorisiert, und jetzt war es ihr gelungen, ihm Angst einzujagen. Zumindest eine Zeitlang würde er es nicht wagen, sich Ladbroke Hill zu nähern.

Als Melissa aufstand, hatte Anna ihren Trainingsanzug und die Segeltasche im Schrank unter der Treppe versteckt, den zerrissenen Neoprenanzug in einem öffentlichen Abfalleimer am Portobello Market versenkt und die Wunden an ihren Händen desinfiziert. Sie schickte Melissa zum Einkaufen, weil sie Zeit zum Nachdenken brauchte. Aber als sie sich mit einer Tasse Kaffee hinsetzte, klopfte Mr. Marilyn an die Tür zum Garten.

«Anna, ich muß Sie sprechen», rief er und rang kummervoll die Hände.

Sie machte die Tür auf. «Was ist passiert?»

Er hatte Tränen in den Augen. «Das mit gestern abend tut mir so leid. Ich hätte Paul nicht erzählen sollen, daß Mr. Blythely hier war. Das ging mich nichts an.»

Sie seufzte. «Machen Sie sich keine Sorgen, es ist nicht Ihre Schuld. Ich habe den Fehler begangen.» Sie zog ihn ins Haus. «Ich habe gerade Kaffee gekocht. Trinken Sie doch eine Tasse mit.»

«Na ja … eine kleine.» Er lächelte sie scheu an und sprach weiter. «Es war dumm von mir, Paul zu beunruhigen. Ich wußte, Sie würden nichts hinter seinem Rücken tun, so eine Frau sind Sie nicht. Sie sind wie meine Mutter – ehrlich und freundlich.»

Anna dachte daran, wie sie gestern auf der Flucht vor dem Polizeiboot durch den Schlamm gestapft war. «Mr. Marilyn, das würden Sie nicht sagen, wenn Sie die Wahrheit wüßten.»

«Unsinn! Sie sind doch gar nicht in der Lage etwas zu tun, wofür Sie sich schämen müßten.»

«Wirklich nicht? Nun, dann verrate ich Ihnen ein Geheimnis, von dem ich noch nicht einmal Paul erzählt habe. Sie dürfen mich nicht für einen vollkommenen Menschen halten. Als ich im letzten Frühjahr die Raten für das Haus nicht mehr zahlen konnte, habe ich

… etwas Unehrliches getan.» Sie ersparte ihm die Einzelheiten, weil sie wußte, daß er entsetzt gewesen wäre.

«Was immer Sie getan haben, Sie haben dadurch unser Zuhause gerettet, und dafür bin ich dankbar.» Er legte seine runzlige Hand auf die von Anna. «Ich muß Ihnen auch eine Sünde beichten. Ich habe Ihnen immer erzählt, ich hätte mit Marilyn Monroe getanzt. Na ja … das ist nicht wahr.» Sein Blick war betrübt. «Wissen Sie, als ich durch den Raum ging, um Miss Monroe zum Tanz aufzufordern, kam mir ein anderer Mann zuvor und führte sie davon.»

Anna wäre beinahe damit herausgeplatzt, daß seine kleine Übertreibung nichts sei im Vergleich mit ihrem Vergehen, aber sie merkte, wie ernst es ihm war. «Bestimmt hätte Marilyn Monroe lieber mit Ihnen getanzt», sagte sie, um ihn zu trösten.

Er beugte sich zu ihr und küßte mit sehr langsamen Bewegungen ihre Wange. «Danke. Das habe ich noch nie zuvor jemandem erzählt, und es lag mir so sehr auf der Seele. Es ist ein Fehler, wenn man etwas zu lange für sich behält.»

Sie dachte an Paul. «Da haben Sie recht.»

Es regnete den ganzen Nachmittag, worüber Anna froh war, weil sie sich keinen Grund ausdenken mußte, um Daisy im Haus zu halten. Obwohl sie nicht glaubte, daß Derek es wagen würde, ins Haus zu kommen, wollte sie doch kein Risiko eingehen, falls er sich in den Straßen der Umgebung herumtrieb. So spielte Melissa mit Daisy im Wohnzimmer, und Anna probte im Schlafzimmer ihr Gespräch mit Paul. Sie hoffte, daß er anrief, aber er tat es nicht, und als sie darüber nachdachte, wurde ihr klar, daß er auf eine Erklärung von ihr wartete. Während der Tag endete und es dunkel wurde, stand sie am Balkonfenster, sah hinaus in den regennassen Garten und fragte sich, wie sie sich in so eine verzweifelte Lage hatte bringen können. Sie stellte sich ein Leben ohne Paul vor – einsam, ziellos und traurig –, und Tränen traten ihr in die Augen.

Sie wischte sie ab und rief Melissa zu: «Ich muß heute abend noch einmal weggehen. Es tut mir leid, wenn ich dich schon wieder allein lasse, aber Mr. Marilyn ist unten, und im Kühlschrank haben wir jede Menge zu essen.»

Melissa lächelte. «Nur keine Sorge. Louise hat gesagt, ich darf die Kleider, die sie am Markt verkauft, anprobieren.»

«Ist sie heute abend zu Hause?»

«Sie bringt ihre Lagerhaltung auf den neuesten Stand.»

Anna rannte die Treppe hinauf und klopfte an die Tür von Louise.

«Immer herein, wenn Sie ein kraftvoller Mann sind», rief Louise.

«Ich bin's nur.» Anna trat ein.

«Man soll ja die Hoffnung nicht aufgeben.» Louise saß auf dem Fußboden inmitten von Haufen jüngst erworbener Kleider. «Was hast du gestern nacht eigentlich getrieben?» Das fragte sie in demselben mißbilligenden Ton, den sie damals angeschlagen hatte, als Victoria Mac bei ihrem ersten Rendevous bei sich übernachten ließ. «Mr. Marilyn hat gesagt, du wärst mit diesem Arschloch Charlie unterwegs. Also wirklich, Anna, ich glaube, du brauchst eine Hirntransplantation.»

«Ich war nicht bei Charlie.»

«Und wo warst du dann, du unartiges Mädchen?»

«Bitte frag mich nicht.»

Louise ließ sich auf die Fersen sinken. «Was ist denn los? Du siehst völlig erledigt aus.»

Anna sehnte sich danach, sich jemandem anzuvertrauen, aber sie hatte Angst, daß sie, wenn sie zu erzählen begann, zusammenbrach und nicht mehr den Mut für ihr Vorhaben heute abend aufbrachte. «Ach ... es ist nichts», sagte sie und versuchte gelassen zu klingen. «Aber könntest du mir einen Gefallen tun, Louise? Darf ich mir den Lieferwagen ausleihen?»

«Natürlich.» Louise drückte Anna die Schlüssel in die Hand. «Du siehst so unglücklich aus», sagte sie voller Mitleid. «Kann ich dir nicht irgendwie helfen? Ist es wieder die Bank?»

Anna schüttelte den Kopf. «Ich kann es dir nicht erzählen. Vielleicht ein andermal, aber nicht heute abend.» Sie stürzte hinaus, eilte nach unten, ehe sie schwach wurde.

Sie wählte eine Garderobe, die sie nachts unsichtbar machte: einen schwarzen Body zu einer schwarzen Hose und dazu ihre schwarze Lederjacke und schwarze Stiefel. Eine Tasche nahm sie nicht mit, weil jeder überflüssige Gegenstand hinderlich werden konnte, aber sie steckte ihre kleine Kamera, den Hausschlüssel und etwas Kleingeld in ihre Jackentasche. Ehe sie ging, warf sie noch einen Blick in Daisys Schlafzimmer und betrachtete die kleine, schlafende Gestalt. «Gute Nacht, Liebes», flüsterte sie. «Wenn etwas schiefgeht ...» Ihre Kehle war wie zugeschnürt, und sie konnte den Satz nicht zu Ende sprechen.

Angstvoll, aber entschlossen fuhr Anna mit dem roten Lieferwagen über die Autobahn zur Rownhams Service Station westlich von Southampton. Dort hielt sie an und tankte, ehe sie die Autobahn verließ und durch die dunklen Außenbezirke der Stadt auf eine schmale Straße fuhr, die parallel zum Southampton Water verlief. Sie mußte ihr nicht lange folgen, ehe sie zu einem Wegweiser nach Cobbleford kam.

Jetzt wurde ihr klar, daß es ein Fehler gewesen war, ein so auffälliges Fahrzeug wie den roten Lieferwagen zu nehmen, aber es war zu spät, um noch umzukehren. Langsam fuhr sie durch das Dorf, vorbei an der Bushaltestelle, und parkte den Lieferwagen hinter der Kirche außer Sichtweite des Pubs. Sie ließ eine der Türen unverriegelt, um im Notfall schnell fliehen zu können, und schlich leise über den Parkplatz auf den Pub zu. Ihr Herzschlag dröhnte ihr in den Ohren, ihre Hände waren schweißnaß vor Angst. In ihrer Jackentasche klirrten die Schlüssel, und sie umklammerte sie fest.

Der Himmel war wolkenverhangen, und der zunehmende Mond warf nur wenig Licht, aber die Fahrstraße vor dem Cobble Keys war durch vereinzelte Lampen beleuchtet, und der Lichtschein und die Stimmen aus der Bar wirkten wie ein Leuchtturm. Der Treidelpfad führte vor dem Pub vorbei, und Anna konnte dort, wo sie mit der *Blonde Bimbo* angelegt hatte, zwei Schiffe liegen sehen. Aber da war noch ein weiterer Weg, breit genug für einen Lastwagen, der hinter dem Gebäude verlief. Erst glaubte Anna, er ende an der Hintertür des Pubs und diene lediglich der Anlieferung von Getränken und Lebensmitteln, aber als ihre Augen sich besser an die Dunkelheit gewöhnt hatten, sah sie, daß diese unbefestigte Straße weiterführte, vorbei an einem alten, verrosteten Eisenschuppen.

Sie zögerte und blieb im Schatten stehen, um aufmerksam zu lauschen, damit sie jemanden kommen hörte, ehe er sie wahrnahm. Sie wußte nicht genau, wo sich Dereks Anlegestelle befand, aber sie war sich sicher, daß es in der Nähe war. Mit geballten Fäusten in der Jackentasche schlich sie die unbefestigte Fahrspur entlang, die tiefe Traktorspuren aufwies. Auf beiden Seiten wucherten Dornbüsche und niedriges Unkraut. Die Pflanzen schienen sich um Annas Beine zu schlingen, als sie vorüberging.

Nach etwa fünfzig Metern erreichte sie eine Freifläche, auf der sich rostige Bootsanhänger und alte Reifen befanden. Auf der anderen Seite konnte sie im bleichen Mondlicht gerade noch die dunkle Silhouette eines großen Schuppens von der Größe eines kleinen Flugzeughangars ausmachen. Daneben befand sich ein kleiner Anbau und hinter diesem eine kleinere Hütte mit schrägem Dach. Anna arbeitete sich am Rand der freien Fläche ganz langsam vorwärts und blieb alle paar Meter stehen, um zu lauschen. Aber die einzigen Geräusche waren das ferne Gelächter aus dem Pub und das Plätschern des nahen Wassers.

Als sie näher an den Schuppen kam, sah sie, daß er an einem Nebenfluß des Cobble lag. Vorsichtig, um durch geknickte Grashalme keine allzu deutliche Spur zu hinterlassen, schlich sie ans Ufer und spähte hinunter ins Wasser. Dort im Schatten lag ein größeres Schiff, das sorgfältig mit einer Persenning abgedeckt war. Sie trat ein paar Schritte näher und streckte die Hand aus, um eine Ecke des Stoffes anzuheben. Darunter befand sich der glänzende Bug einer kleinen, aber teuren Jacht.

Sie begann den Weg wieder zurückzugehen und dachte nur noch an den Augenblick, wenn sie endlich in den Lieferwagen steigen, davonfahren und Cobbleford für immer verlassen könnte. Aber dann hielt sie inne – sie war diesen weiten Weg nicht gekommen, um jetzt klein beizugeben. Sie kletterte wieder hinunter zu der Jacht bis auf Höhe des Bugs, wobei sie sich an den langen Grashalmen festhielt, um nicht ins Wasser zu fallen. Dann balancierte sie zwischen dem Ufer und dem Schiff und zog die Persenning zur Seite. Auf dem Schiff stand kein Name. Vorsichtig stieg sie an Bord, kniete sich aufs Vorderdeck und überprüfte die andere Seite. Nichts. Dann fuhr sie mit der Hand über die Außenwand, bis ihre Finger an die Stelle kamen, wo die Registrierungsnummer des Schiffes stehen sollte. Da waren keine Vertiefungen zu spüren, aber die Oberfläche war so rauh, als hätte man sie mit Füllzement behandelt, der noch mit Sandpapier glattgerieben werden mußte. Sie kletterte ans Ufer und lauschte noch einmal, aber außer dem Pub in der Ferne war nichts zu hören. Nun zog sie ihre Kamera aus der Tasche, schaltete den Blitz an und drückte auf den Auslöser. Es gab einen erschreckend hellen Lichtschein, als sie eine Nahaufnahme der bearbeiteten Registrierungsnummer machte. Sie machte noch eine weitere Aufnahme von rechts und eine von links, wobei sie schnell abdrückte. Sie wußte, wenn man sie jetzt ertappte, hatte sie wenig Chancen zu entkommen.

Nachdem sie die Persenning wieder zurückgelegt hatte, stolperte sie über das Ufer nach oben. Jetzt war die Angst stärker als die Vorsicht, und sie achtete nicht mehr darauf, das Gras nicht zu zertreten. Sie rannte über die freie Fläche und blieb dann stehen. Da sie sich nun nicht mehr heimlich zu schaffen machte, wurde sie mutiger. Sie richtete die Kamera so aus, daß der Schuppen, der Anbau, die kleine Hütte und die Spitze der Jacht im Sucher zu sehen waren und machte noch ein letztes Foto.

Nur einen Augenblick, nachdem der Blitz die freie Fläche erleuchtet hatte, ertönte aus der kleinen Hütte ein Geräusch, als würde eine Kette über einen Holzboden gezogen, und die Tür sprang auf. Ein riesiger weißer Köter raste mit wütendem Gebell heraus. Anna schrie auf, als er auf sie zusprang. Sie hob die Hände, um ihr Gesicht vor dem geifernden, gefletschten Maul zu schützen. Am liebsten wäre sie davongerannt, aber die Angst lähmte sie. Der Hund würde sie ohnehin erwischen.

Dann blieb das Tier auf einmal ruckartig stehen und glitt auf dem schlammigen Untergrund beinahe aus. Es winselte, als sich die Kette um seinen Hals spannte. Anna floh die Fahrspur entlang auf den Cobble Keys Pub zu, während hinter ihr der Hund wütend bellte. Er schleppte seine Kette hin und her und heulte seinen Ärger in die Nacht. Als sie den verrosteten Schuppen erreicht hatte, wurde die Hintertür des Pubs aufgestoßen, und der Lichtschein erleuchtete den gesamten Hof. Anna zog sich in den Schatten zurück und biß sich auf die Hände, um ihr Keuchen zu dämpfen. Sie war gerade in ihrem Versteck verschwunden, als Derek heraustrat.

«Ständig bellt dieser blöde Hund», hörte sie ihn sagen.

«Du hast mir doch erzählt, der Hund wäre taub», sagte sein Begleiter.

«Das behauptet der Tierarzt. Diese verdammten Tierärzte, kosten ein Vermögen und haben keine Ahnung.» Mürrisch ging Derek die Fahrspur hinunter auf das Bootshaus zu.

Anna wartete, bis die beiden Männer außer Sichtweite waren, dann rannte sie, so schnell sie konnte. Sie hatte Angst, Derek könne den Hund losbinden. Als sie im Lieferwagen saß, zitterte sie so stark, daß sie Mühe hatte, den Schlüssel ins Zündschloß zu stecken. Beim Herausfahren aus dem Parkplatz stieß sie einen Topf mit Geranien um, aber sie hielt nicht an.

Kapitel 42

Anna zitterte noch immer, als sie die Black Swan Bay erreichte. Langsam fuhr sie um den Hafen, vorbei am *Hungry Pirate* mit seinen schwarzen Fachwerkbalken, der, obwohl es bereits nach Mitternacht war, hell erleuchtet war. Auf der Landzunge stand bleich und unheimlich die Klosterruine. Gegenüber blinkten hinter der riesigen alten Eiche die Lichter von Pauls Bootshaus. Sie hielt an, um den Film aus der Kamera zu nehmen. Eine Weile lang saß sie einfach nur da, vertieft in den Anblick und die Geräusche des kleinen Fischerdorfs. Hier war sie mit Paul so glücklich gewesen.

Bobby begann zu bellen, als sie unter der alten Eiche parkte. An einer Bewegung in einem der oberen Fenster erkannte sie, daß Paul ihre Ankunft bemerkt hatte. Sie fuhr sich mit den Fingern durchs Haar, holte tief Luft und stieg aus dem Lieferwagen.

Paul war gerade dabei gewesen, ins Bett zu gehen. Er zog seine Jeans und einen Pullover an und eilte hinunter. Noch ehe Anna an der Tür war, stand er bereits auf der Schwelle. Er hatte Anna an diesem Tag nicht angerufen, weil er beschlossen hatte, daß sie nun am Zug war, und als er nichts hörte, hatte er die Hoffnung aufgegeben – zumindest hatte er es versucht.

Anna blieb ein Stück vor ihm stehen, und in gespanntem Schweigen starrten sie einander an. Sie hatte nicht erwartet, daß er ihr um den Hals fiel, aber seine Distanziertheit beunruhigte sie. Und dennoch hatte er selten so gut ausgesehen wie gerade jetzt, mit dem unordentlichen dunklen Haar und den schläfrigen grauen Augen.

«Ich habe dir eine Erklärung versprochen», sagte sie.

«Ich hatte sie früher erwartet.»

«Vorher konnte ich sie noch nicht geben.»

Verblüfft trat er zur Seite. «Komm herein.»

Sie ging durchs Zimmer bis vor den Kamin und achtete darauf, zwischen sich und Paul Abstand zu halten. Dann stellte sie sich auf eine Seite und sagte: «Bitte setz dich. Ich möchte dir alles erzählen. Das hätte ich schon längst tun sollen.»

Er drehte einen Sessel so, daß er sie ansehen konnte, und setzte sich. Die langen Beine hatte er vor sich ausgestreckt. «Ich höre», sagte er in neutralem Tonfall.

Sie hatte die Rede, die sie geprobt hatte, vergessen. Verzweifelt rang sie nach Worten, während sie vor ihm auf und ab marschierte. «Es fing an, als ich von Eurohull wegging», begann sie. «Nein, eigentlich schon viel früher, als Charlie und ich das Haus am Ladbroke Hill kauften. Es war wirklich viel zu teuer, aber ich wollte es unbedingt haben – ich habe dir ja schon erzählt, daß es mich an Cliff Cottage erinnert. Als wir entlassen wurden und unseren günstigen Kredit verloren, war die East Metro die einzige Bank, die unseren Antrag in Erwägung zog.» Sie bemerkte seinen Gesichtausdruck. «Ja, es sind Haie, aber wir hatten keine andere Wahl. Sie waren einverstanden, daß wir ihnen das Haus als Sicherheit überschrieben und weitere Schulden auflaufen ließen, bis wir wieder verdienten – nur daß wir keine Arbeit fanden. Und dann verließ mich Charlie, und ich stellte fest, daß ich schwanger war. Die East Metro drohte mit Versteigerung, aber irgendwie – der Himmel weiß wie – konnte ich den Sachbearbeiter überzeugen, daß er mich Mieter aufnehmen und die zusätzlichen Schulden nach Daisys Geburt abzahlen ließ. Aber die Hypothekenzinsen stiegen, die Mieten deckten die Ratenzahlungen nicht vollständig, und so sammelte ich weitere Schulden an. Als ich bei Eurohull anfing, war es schon eine ziemliche Summe. Fast alles, was ich verdiente, mußte ich für die Tilgung hinlegen. Ich hätte die letzten fünftausend Pfund zahlen sollen, als

Daisy krank wurde. Es wäre noch immer gegangen – hätte Stuart nicht meine Provision zurückgehalten.»

Sie sah Paul an, aber er schwieg. Seine Miene zeigte keine Regung.

«Da ich nicht zahlen konnte, begann die East Metro ein Enteignungsverfahren für Ladbroke Hill», fuhr sie fort. «Ich habe alles versucht, um das Geld aufzutreiben ... ich habe meine Kleider verkauft, Louise meine Hilfe angeboten, es beim Sozialamt versucht, ich habe sogar eine Agentur für Damenbegleitung angerufen.» Sie beantwortete seinen fragenden Blick. «Nein, das habe ich nicht getan! Aber ich war drauf und dran, obdachlos zu werden, mit einem kranken Kind. Ich war verzweifelt.» Sie machte eine Pause und fügte dann sehr langsam hinzu: «Schließlich habe ich ... eine Jacht gestohlen.»

Paul starrte sie ungläubig an.

Hastig sprach sie weiter. «Ich wollte es nicht tun, aber mir fiel einfach nichts anderes ein. Ich fuhr nach Sailham ... ja, du erinnerst dich vielleicht, wie du mir erzählt hast, dort gebe es eine ganze Reihe von Diebstählen. Nun, meiner war einer davon. Ich ruderte hinaus, stahl eine kleine Jacht namens *Blonde Bimbo* und versteckte sie in dem Bachlauf, wo mein Vater die *Little Auk* liegen hatte, als er die Liegegebühren nicht mehr bezahlen konnte. Dann inserierte ich sie in einer Jachtzeitung, unter einer Chiffreanzeige. Ein Mann namens Derek antwortete – ich weiß seinen Nachnamen nicht, aber er wohnt in Cobbleford. Dorthin segelte ich das Schiff. Es hat ihm gefallen, und er hat mir das Geld in bar gegeben. Ich wollte nur fünftausend Pfund, gerade genug, um meine Schulden zu bezahlen, sonst nichts. Meinen richtigen Namen habe ich ihm nie gesagt, und auch meine Adresse nicht, und ich rechnete nicht damit, ihn jemals wiederzusehen. Aber ich hatte mich geirrt.»

Sie sprach jetzt fast ohne Pause, um den Alptraum loszuwerden. «Derek kannte jemanden bei der Zeitschrift, der ihm Informationen über mich gab. Er kam zum Haus. Er wollte, daß ich weitermache. Er sagte, ich sei die perfekte Diebin, gerade weil ich nicht so aussähe, und als ich mich weigerte, begann er Daisy zu bedrohen.» Ihre Stimme zitterte. «Er schickte mir eine zerschnittene Fotografie von ihr. Er kam zum Haus, er bedrohte mich am Telefon, er sagte, die *Blonde Bimbo* sei bereits gestohlen gewesen und ich schuldete ihm und seinen Freunden die fünftausend Pfund, die sie mir gezahlt hätten.» Tränen liefen ihr über die Wangen, aber sie versuchte nicht, sie zurückzuhalten. «Er sagte, ich müsse ein weiteres Schiff stehlen, um meine Schuld zu begleichen, und wenn ich ablehnte, würden sie Daisy etwas antun. Deshalb bin ich, während du weg warst, zu Roz gefahren, vor unserer Amerikareise. Ich hatte Angst, in Ladbroke Hill zu bleiben. Wenn du damals in England gewesen wärst, hätte ich es dir erzählt.» Sie schwieg einen Moment und fuhr dann fort: «Einen Tag nach meiner Rückkehr aus Whaler's Rock bedrohte mich Derek erneut. Darum habe ich mitten in der Nacht Michael angerufen – ich wollte unbedingt mit dir reden, weil ich nicht wußte, was ich tun sollte. Ich steckte viel zu tief in der Sache drin, um zur Polizei zu gehen, und außerdem überwachte Derek das Haus.»

Sie holte tief Luft. «Schließlich gab ich nach und versprach ... einen weiteren Diebstahl. Als du dachtest, ich wäre bei Charlie, habe ich versucht, am Lymington River eine Jacht zu stehlen.»

Jetzt sagte Paul zum ersten Mal etwas. «Du meinst die *Ballard*?»

Sie nickte und fühlte sich viel zu elend, um überrascht zu sein, daß er den Namen wußte.

«Und du hast geglaubt, sie lassen dich in Ruhe?» Sein Ton war so sachlich, als sei sie ihm völlig fremd.

«Ja ... nein ... natürlich nicht. Aber ich war verzweifelt.» Sie sah ihn an, aber er starrte mit gerunzelter Stirn auf den Boden, und sie war mehr denn je überzeugt, daß seine Liebe zu ihr vorüber war. Sie konnte nichts dagegen tun, sie war selbst schuld. «Ich weiß ... das ist für uns das Ende. Mir ist klar, daß du unmöglich verstehen kannst, warum ich so etwas getan habe – ich habe mir diese Frage selbst oft genug gestellt. Aber wenn du dir diese Fotos ansiehst, solltest du Derek erwischen können, und dann denkst du vielleicht nicht mehr ganz so schlecht über mich.» Sie legte die Filmrolle auf den Couchtisch und machte sich auf den Weg zur Tür.

Erst als sie die Tür schon geöffnet hatte, hörte sie seine Stimme. «Warte», rief er.

Sie zögerte, weil sie gern geblieben wäre. Andererseits wollte sie das unvermeidliche Ende nicht noch weiter hinauszögern.

Er stand auf. «Anna, warum hast du mir das denn nicht gebeichtet?»

«Ich wollte es ja, von Anfang an. An dem Abend, als wir *Haben und Nichthaben* gesehen haben, hatte ich es vor. Aber dann hast du gesagt, du würdest einer Frau, die stiehlt, niemals vertrauen.»

Er konnte kaum glauben, daß sie sich von so einer beiläufigen Bemerkung hatte abhalten lassen. «Das war doch nur so dahingesagt. Ich habe überhaupt nicht darüber nachgedacht.»

«An dem Tag deiner Abreise nach Jugoslawien hat Derek angerufen, ehe du nach Hause kamst. Weißt du nicht mehr, daß ich etwas Wichtiges erzählen wollte?»

«Ja, aber du hast gesagt, es ginge um deine Mutter.»

«Ich weiß. Es war falsch von mir zu lügen, aber ich wollte dich vor der Abreise nicht mit meinen Problemen belasten.»

«Anna, wir waren vierzehn Tage lang in den Vereinigten Staaten und jede Minute zusammen. Warum hast du es mir da nicht erzählt?»

«Weil ich die Wahrheit so lange verschwiegen hatte, daß ich Angst hatte, du würdest, wenn du es wüßtest ...»

«Daß ich dich verlasse?»

Sie nickte. «Ja.»

Beinahe hätte er gesagt, er sei nicht Charlie oder ihr Vater, aber er bremste sich, damit sie nicht noch mehr leiden mußte. Er sah ihren Blick und hörte das tiefe Unglück in ihrer Stimme und nahm sie sanft in die Arme. «Mach dir keine Sorgen», sagte er. «Wir werden eine Lösung finden – irgendwie.»

Sie konnte nicht sprechen, weil sie so heftig an seiner Schulter weinte. Es dauerte einen Moment, bis sie begriff, daß er sie trotzdem liebte und nicht verlassen würde. «Es tut mir leid», flüsterte sie. «So schrecklich leid.»

Er streichelte ihr Haar. «Ist schon gut, Liebes. Du bist in Sicherheit. Derek kann dir nichts tun, aber wir müssen uns etwas ausdenken. Was ist auf dem Film?»

«Fotos von Dereks Bootsanlegestelle und von einer teuren Jacht, die unterhalb davon liegt. Ich bin mit der Hand über den Rumpf gefahren. Die Nummer ist ausgefüllt worden.»

«Wo ist diese Anlegestelle?»

«In Cobbleford, hinter dem Pub.»

«Wann hast du die Fotos aufgenommen?»

«Heute abend.»

Er war entsetzt über das Risiko, das sie eingegangen war, und gleichzeitig voller Bewunderung. «Du meinst, du bist allein hingegangen, in der Nacht?»

«Das mußte ich tun.» Sie hob das Kinn. «Ich wollte Beweise für dich sammeln – und für mich.»

Er ließ sie los und ging zum Barschrank. Dort holte er eine Flasche Brandy heraus und goß jedem von ihnen ein Glas ein. «Das ist ein unglaublicher Zufall», sagte er und reichte ihr ein Glas. «Man hat mich gebeten, eine Forderung wegen eines Wasserschadens auf der *Ballard* zu untersuchen. Michael sagt, die Polizei vermutet eine Frau als Täterin. Sie haben Fußabdrücke Größe 38 im Uferschlamm gefunden.»

«O Gott!» Entsetzt sah sie ihn an und stellte ihr Glas beiseite, ohne einen Schluck getrunken zu haben.

«Paul, bitte, laß mich dir helfen. Ich tue alles, damit du Derek eine Falle stellen kannst.»

Er nahm ihr Gesicht fest in beide Hände. «Nur wenn du mir versprichst, daß du mir vertraust.»

«Das tue ich. Das werde ich.»

Er strich mit seinen Lippen über die ihren. «Wir müssen schnell handeln. Die Polizei muß Derek dabei erwischen, wie er sich an dem Boot zu schaffen macht, sonst behauptet er, er hätte es in gutem Glauben von jemandem gekauft, dessen Namen er vergessen hat. Wenn wir direkt zur Polizei gehen, dann wollen sie wissen, welche Rolle du dabei spielst. Und dann werden sie versuchen, dich zu einer Aussage gegen ihn zu überreden.»

«Das könnte ich nie tun». Ihre Stimme zitterte. «Sobald Derek klar wird, daß ich gegen ihn ausgesagt habe, wäre Daisy nie mehr sicher. Vielleicht geht er für ein oder sogar zwei Jahre ins Gefängnis, aber früher oder später wäre er draußen, und dann verfolgt er sie.»

Mit seinen Händen, die ihr Gesicht umfaßten, zwang Paul sie, ihn anzusehen. «Anna, es ist schon gut, das habe ich auch nicht gemeint. Michael ist der beste Weg. Er ist daran gewöhnt, verdeckt zu arbeiten, er hat alle nötigen Kontakte, aber er ist nicht mehr im offiziellen Polizeidienst. Er wird wissen, was wir tun müssen.» Er ließ sie vorsichtig los und griff nach dem Telefonhörer.

Sie packte seinen Arm. «Paul! Nein! Ich riskiere mein eigenes Leben, um Derek zu fassen, aber nicht das von Daisy. Ich sage dir genau, wo du die Anlegestelle findest, und du kannst das an Michael weitergeben, aber niemand darf erfahren, daß die Information von mir stammt.»

Er nahm ihre Hände in seine und zuckte zusammen, als er die Schnitte in ihren Handflächen sah. «Ich würde dich nicht im Traum in Gefahr bringen», sagte er, «aber Michael vertraue ich vollkommen.»

«Dieses Risiko kann ich nicht eingehen.» Sie löste sich von ihm. «Du darfst nicht denken, daß ich deinem Urteil nicht traue, aber ich habe panische Angst um Daisy.» Sie stand vor ihm, und in ihren Augen lag die ganze Verzweiflung der vergangenen Wochen. «Ich kann nicht erwarten, daß du verstehst, was mich zum Stehlen getrieben hat. Mir ist klar, daß mein Verbrechen immer zwischen uns stehen wird. Es war naiv von mir anzunehmen, es könne anders sein.» Tränen liefen ihr über die Wangen, und sie wandte sich ab. «Ich habe unsere Vereinbarung gebrochen, Paul. Ich weiß, daß du mir nie verzeihen kannst, denn so etwas hättest du niemals getan. Niemals hättest du etwas getan, wofür du dich schämen mußt und was du bedauerst. Du wirst nicht von der Vergangenheit gejagt ...» Sie brach ab, als sie den dunklen Schmerz in seinen Augen sah.

Schweigend sahen sie einander an. Als er sprach, klang seine Stimme merkwürdig rauh. «Ich verstehe dich nur zu gut. Weißt du, ich habe ... Felicity getötet.»

Sie war so verblüfft, daß sie gar nicht reagierte.

«Ich meine nicht, daß ich sie ermordet habe», fuhr er fort, «aber ich habe zugelassen, daß sie die Wagenschlüssel nahm, obwohl ich wußte, daß sie betrunken war.»

Anna vergaß einen Augenblick lang ihre eigene Situation und trat unwillkürlich einen Schritt auf ihn zu. «Paul ... das war doch nicht deine Schuld.»

«O doch.» Er begann auf und ab zu gehen, genau wie sie, als sie ihre Geschichte erzählt hatte. Und genau wie er es getan hatte, ließ sie ihn erzählen, ohne ihn zu unterbrechen.

«Nach unserer Trennung ging ich zurück zu Felicity, weil ich sie noch immer liebte – oder vielleicht liebte ich die Erinnerung an das, was wir einst miteinander gehabt hatten –, und als sie mir sagte, sie habe einen Platz in einer Klinik, da hoffte ich, daß wir vielleicht von vorn anfangen könnten. Schließlich war es teilweise meine Schuld, daß sie trank. Als wir heirateten, war sie noch keine Alkoholikerin gewesen, und ich machte mir Vorwürfe, weil ich ihren Schwierigkeiten gegenüber so blind gewesen war. Aber es war nicht leicht, Felicity zu helfen. Sie hat immer so getan, als wäre alles in Ordnung – genau wie du.»

Er sah sie an und lächelte ein wenig. «Aber sobald ich wieder da war, sagte sie den Klinikaufenthalt ab. Wir kämpften uns ein paar Wochen lang durch. Sie trank sehr viel, aber immer im geheimen. In der Nacht, als sie starb, sagte ich ihr, ich wolle mich scheiden lassen. Wir hatten einen schrecklichen Streit. Dann fing sie wieder an, von Georgina zu reden – wir waren nicht mehr nach Whaler's Rock gefahren, weil sie behauptete, Georgina und ich hätten ein Verhältnis. Ich erinnere mich noch, wie ich die Treppe hinaufstieg. Sie nahm die Autoschlüssel von dem Messingteller, wo sie immer lagen, und schrie mir nach: ‹Ich werde mich umbringen.› Zum ersten Mal habe ich nicht versucht, sie davon abzuhalten. Sie verließ das Haus, und ich ließ sie gehen. Erst als ich den Wagen die Auffahrt hinunterfahren hörte, wurde mir klar, daß sie es ernst meinte. Ich rannte ihr nach. Ich weiß, daß sie mich im Rückspiegel sah, weil sie Gas gab. Wahrscheinlich wollte sie mich nur erschrecken, aber als sie auf die Straße kam, verlor sie die Kontrolle über den Wagen und raste direkt in die Mauer.»

Anna trat zu ihm und legte die Arme um ihn. «Du darfst dir nicht die Schuld geben», sagte sie.

Er zog sie an sich. «Ich hätte ihr die Autoschlüssel wegnehmen können.»

«Ich hätte Ladbroke Hill verkaufen können.»

«Aber du hast es nicht getan – und das hindert mich nicht daran, dich zu lieben. Ich weiß, wie es ist, wenn man verzweifelt ist.»

Sie flüsterte. «Das wissen wir beide.»

Paul küßte sie zärtlich – und sie wußte, daß sie bei ihm in Sicherheit war, daß er von nun an ihre Zuflucht sein würde. Vor allem aber wußte sie, daß sie bei ihm sie selbst sein konnte, weil ihm klar war, was sie durchgemacht hatte.

Sie konnte sie selbst sein, und er liebte sie – so, wie sie war.

Very British: Landschaften der Liebe

Unterhaltung (nicht nur) für Frauen bei rororo

Rosamunde Pilcher
Die Muschelsucher
Roman. 3-499-13180-3

Wintersonne
Roman. 3-499-23212-X

Kitty Ray
Nells geheimer Garten
Roman. 3-499-23238-3
Als die Literaturdozentin Ellis in das kleine Cottage ihrer verstorbenen Großtante Nell zieht, entdeckt sie deren Tagebuch. Es erzählt die Geschichte einer tragischen Liebe und eines großen Geheimnisses. Ein Geheimnis, das Ellis einen Weg in die Zukunft weist.

Die Gabe einer Liebe
Roman. 3-499-22851-3

Rückkehr nach Manor Hall
Roman 3-499-22852-1
«Eine charmante Liebesgeschichte.» (The Times)

Diana Stainforth
Unter den Hügeln von Wales
Roman
Alex Stapleton lebt mit ihrem Mann Robert glücklich in London. Als Robert, ein bekannter Arzt, in Bosnien durch eine Landmine ums Leben kommt, bricht für Alex eine Welt zusammen.

3-499-23436-X